Lese ich später.
A.L.W.

Über die Autorin

Maja Winter ist das Pseudonym der erfolgreichen Autorin Lena Klassen, unter dem sie epische Fantasygeschichten veröffentlicht. 1971 in Moskau geboren, wuchs sie in Deutschland auf. In Bielefeld studierte sie Literaturwissenschaft, Anglistik und Philosophie. Neben ihren Fantasyromanen hat sie auch zahlreiche Kinder- und Jugendbücher sowie Romane für Erwachsene verfasst. Die Autorin lebt mit ihrem Mann und ihren zwei Kindern im ländlichen Westfalen.

MAJA WINTER

TRÄUME AUS EISEN

Roman

BASTEI LÜBBE TASCHENBUCH
Band 20858

Dieser Titel ist auch als E-Book erschienen

Originalausgabe

Copyright © 2018 by Bastei Lübbe AG, Köln
Textredaktion: Julia Abrahams, Köln
Kartenillustration: Markus Weber, Guter Punkt, München
Titelillustration: Guter Punkt, München | www.guter-punkt.de
unter Verwendung von Motiven von © Thinkstock/Stockbyte; Thinkstock/Top
Photo Group; Thinkstock/Extezy; Thinkstock/Mikhail Dudarev; Thinkstock/
dimatlt633; Guter Punkt, München | www.guter-punkt.de unter Verwendung von
Motiven von © Thinkstock/Nobilior; Thinkstock/GlobalP; Thinkstock/Extezy;
Thinkstock/Mikhail Dudarev; Thinkstock/THPStock
Umschlaggestaltung: Guter Punkt, München | www.guter-punkt.de
Satz: two-up, Düsseldorf
Gesetzt aus der Garamond
Druck und Verarbeitung: C. H. Beck, Nördlingen
Printed in Germany
ISBN 978-3-404-20858-6

1 3 5 4 2

Sie finden uns im Internet unter www.luebbe.de
Bitte beachten Sie auch: www.lesejury.de

*Ein verlagsneues Buch kostet in Deutschland und Österreich jeweils überall dasselbe.
Damit die kulturelle Vielfalt erhalten und für die Leser bezahlbar bleibt, gibt es
die gesetzliche Buchpreisbindung. Ob im Internet, in der Großbuchhandlung,
beim lokalen Buchhändler, im Dorf oder in der Großstadt – überall bekommen
Sie Ihre verlagsneuen Bücher zum selben Preis.*

Inhaltsverzeichnis

Was zuletzt geschah   7
Lied   11

TEIL I: IN DEN VERWUNSCHENEN WÄLDERN   13
1. Das andere Schloss   15
2. Der Flammende König   30
3. Karims Dohle   46
4. Auf Brautschau   58
5. Ein Kind im Palast   70
6. Sehnsucht nach Daja   90
7. Auf der Jagd   102
8. Hinter hohen Mauern   120
9. Das Geschenk   135
10. Blind   152
11. Goldener Himmel   165
12. Krähenträume   176
13. Wege durch Mauern   194
14. Die Eisenstadt   209
15. In den Spiegeln   233

TEIL II: THRONE UND KRONEN   245
16. Herbstzeit   247
17. Fallen   266
18. Am Grund des Brunnens   281
19. Die Scherbe eines Spiegels   294
20. König und Königin   305
21. Des Kaisers Schwur   320
22. Durch Türen gehen   337

23. Der Preis   347
24. Rumas Fenster   369
25. Das Blut eines Vaters   390
26. Wenn wir in den Kampf ziehen   406
27. Matinos Glück   418

TEIL III: VON SOLDATEN UND UNGEHEUERN   429
28. In den verschneiten Wäldern   431
29. Das Feuer hinter den Türen   444
30. Ein Kind im Schnee   460
31. In der Glut   471
32. Das Kostbarste   492
33. Der Duft von Wüstenblumen   507
34. Was in der Nacht näher kommt   519
35. Der Sturm auf Daja   534
36. Der Meister   549
37. Die Wahrheit hinter dem Thron   568
38. Heimkehr   590

Personenverzeichnis   603

Was zuletzt geschah

Sie sagen, die Götter lenken die Entscheidungen der Menschen. Sie weben einen Teppich, bunt und voller Muster. Namen werden verflochten und zu Fäden verbunden. Manchmal genügt ein kurzer Augenblick, um einen neuen Faden ins Muster zu knüpfen. Manchmal reißt ein Faden. Doch die Götter verlangen Vertrauen.

Anyana von Anta'jarim glaubte an die Götter, obwohl diese ihre Augen vor ihrem Leid verschlossen und sie ihrem Schicksal überlassen hatten. Sie war die rechtmäßige Herrscherin von Wajun! Nach Großkönig Tizaruns Ermordung waren sie und Sadi, der kleine Sohn des Großkönigspaares, die neue Sonne – so war es per Gesetz beschlossen. Die Götter hätten die Hand über sie halten sollen, und doch hatten sie zugelassen, dass Großkönigin Tenira ihre Familie ermordete. Sie hatten zugelassen, dass Anyana jahrelang als Sklavin in den Kolonien hatte schuften müssen, dass Laimoc, ihr Herr, Hand an sie gelegt hatte, dass Anyana Laimoc erstochen hatte. Anyana wäre gerne vor die Götter getreten und hätte ihnen ihren Zorn entgegengeschleudert. Am liebsten hätte sie eine Armee gegen Tenira angeführt, doch diesen Krieg hatte es schon gegeben. Die Rebellion hatte ohne sie stattgefunden und war gescheitert.

Und so hatte Anyana das Schicksal selbst in die Hand genommen: Sie war aus den Kolonien geflohen, zusammen mit dem Stallburschen Mago, und mit dem Grauen Schiff nach Kato gefahren. Sie hatte ihren Sohn geboren und ihn vor dem Grauen Kapitän gerettet. Und in Kato hatte sie den Freien Mann getroffen, der sich als Fürst Wihaji herausgestellt hatte. Mit seiner Hilfe würde sie nach Wajun zurückkehren und ihren rechtmäßigen Platz auf dem Thron einnehmen, daran glaubte sie fest.

Fürst Wihaji von Lhe'tah, einer der Edlen Acht, der Freie Mann, der Gegenkönig in Kato, glaubte an die Götter. Obwohl sie zugelassen hatten, dass Großkönigin Tenira ihn für den Mord an Tizarun, den er nicht begangen hatte, in den Kerker geworfen hatte. Und dann hatte Tenira ihn durch den Brunnen nach Kato geschickt. »Du sollst Tizarun für mich suchen«, hatte sie gesagt. »Geh zu den Göttern und frag, ob sie ihn haben. Geh ihn suchen und bring mir seine Seele zurück.« Er war in Kato angekommen, dem Land der Feen, das die Götter für ihre Kinder erschaffen hatten, doch die Götter selbst hatte er nicht gefunden. Nur den Flammenden König, der grausam über Kato herrschte. Und obwohl er gegen den Flammenden König kämpfte, sehnte auch er sich nach Wajun zurück – und zu seiner geliebten Linua, die nur dann frei sein würde, wenn er Tizarun zu Tenira zurückbrachte.

Linua, die Wüstendämonin, die keine Assassine mehr sein wollte, Geliebte Wihajis, glaubte an die Götter. Und sie glaubte an sich selbst. Im Gefängnis von Burg Katall hatte sie ihre Kraft wiedergefunden. Sie hatte die Gefangenen in einen Aufstand geführt und sich den Rebellen gegen Tenira angeschlossen. Als die Rebellion scheiterte, floh sie mit den letzten Gefährten nach Daja. Doch in Linuas Innerem wohnte ein Lied, wild und süß, unwirklich und überirdisch. Ein Geheimnis, das in ihr ruhte. Ein Rätsel, das es zu entschlüsseln galt. Und so trennte sie sich von den Gefährten. Vielleicht war sie ja wirklich eine Lichtgeborene, wie ihre Mitgefangene Usita geglaubt hatte. Sie stellte sich ihrem alten Meister, begegnete dem Tod und trat über die Schwelle. Und fiel hinein in das Licht und das Lied. Sie ließ das Licht der Sterne in ihren Körper fluten und streichelte mit dem Gesang ihre geschundenen Glieder. Der finstere Schmerz in ihr löste sich auf. Und dann kehrte sie zurück. Und mit ihr das Wissen: Magie war Wille. Magie war Wünschen. Wer den göttlichen Funken in sich trug, konnte lernen, ihn anzufachen und den Dingen seinen Willen aufzuzwingen. Und mit ihrem Willen rettete sie Karim, ihren Wüstenbruder, vor dem sicheren Tod.

Karim von Lhe'tah, Ziehsohn des Königs von Daja, Feuerreiter, Wüstendämon, Bastard eines Großkönigs, geboren aus Verbrechen, gezeugt in Gewalt, Königsmörder, Vatermörder, glaubte an die Götter. Und doch versuchte er, selbst die Fäden des Schicksals zu spinnen. Erst, als er Großkönig Tizarun – seinem Vater – das Gift in den Met tat. Dann, als er seine Ziehschwester Ruma täuschte und sie zur Heirat mit Liro von Kanchar brachte, obwohl sie doch dessen Slaven liebte, Yando, der eigentlich der verschollene Prinz von Guna war. Und schließlich, als er die Feuerreiter in die Rebellion gegen Kanchar führte und sie dazu brachte, sich seiner Feindin Tenira anzuschließen, die mit ihrem Heer gegen die Stadt Daja zog. Und all das, um den Thron der Sonne zu erringen, das Erbe seines Vaters. Und als Tenira ihn verriet und zu einem Götterurteil in die Skorpiongrube werfen ließ, retten sie ihn nicht. Und doch konnte der Fadenspinner Karim, der Fadenverknoter, der Fadenzerreißer, fliehen. Und doch konnte er sich mit letzter Kraft nach Guna schleppen. Und doch konnte ihn Linua von der Schwelle des Todes zurückholen, obwohl gegen das Gift der Skorpione kein Heilmittel existierte ... Vielleicht glauben die Götter auch an Karim.

An Yando, einst einer der Edlen Acht, schienen sie nicht zu glauben. Und obwohl Yando die Götter verfluchte, glaubte er, dass sie die Fäden der Menschen in das Muster der Welt hineinweben und dabei ihre unerbittliche Nadel ins Fleisch eines jeden stechen. Der Stachel in Yandos Fleisch saß besonders tief. Sein Schicksal hätte es sein sollen, der König von Guna zu werden. Doch als Kriegsgefangener war er vor Jahren in die Gefangenschaft nach Kanchar gekommen, wo er seitdem sein Leben als Leibsklave von Prinz Liro von Kanchar fristete. Vergessen von der Welt und den Göttern.

Wie viel Leid kann ein Schicksal für einen Mann bereithalten? Wie viel Schmerz kann ein Mensch ertragen? Als er die Chance zur Flucht hatte, konnte Yando sie nicht ergreifen und seinen Schützling Liro schwer verletzt zurücklassen. Als er sich verliebte und seine Liebe erwidert wurde, entriss man ihm die geliebte Ruma und gab sie seinem Herrn als Braut. Und als Matino, der grausame Kronprinz von Kanchar, seine Stellung als Erbe wegen eines verkrüppelten Beines an Liro abtreten musste, durfte Yando dessen Zorn ertragen. Wie sehr mussten ihn die Götter hassen? Doch dann kam Yando die Erkenntnis, warum die Götter ihm nie geben würden, was sein Herz begehrte – weil er sie hasste.

Die wahnsinnige Großkönigin Tenira hielt sich selbst für eine Göttin voll Zorn und Hass auf jene, die ihr den Geliebten, einen Teil von sich selbst, genommen hatten. Und doch musste sie den Rachefeldzug gegen Kanchar schließlich verloren geben und die bittere Niederlage eingestehen. Als Unterpfand des Friedens musste sie ihren Sohn, Prinz Sadi, in die Hand des Feindes geben. Doch wenn die Kancharer ihn erzogen und formten, wer würde er dann sein? Ein Fremder. Ein verfluchter Kancharer, ein Feind. Tenira hatte keine Wahl, und so wurde Sadi in die Hauptstadt von Kanchar gebracht und in die Obhut eines Sklaven aus Guna gegeben ...

Und nun, ihr Götter, welche Fäden werdet ihr knüpfen, um das Muster weiterzuspinnen? Und Mernat, der Gott der schicksalhaften Verknüpfungen, hielt für einen Augenblick inne. Und während der Augenblick sich dehnte, während die Webstühle des Schicksals still standen, die Fäden sich verstrickten, rissen, neu geknüpft wurden, ging ein Regen von Sternschnuppen nieder, und die Sterne fielen in einen offenen Brunnen.

Sie sagen, am Grund des tiefsten Brunnens wartet eine andere Welt auf den, der springt. Sie sagen, am Grund des tiefsten Brunnens gehen Wünsche in Erfüllung. Sie sagen, am Grund des tiefsten Brunnens findet man, was man am meisten liebt.

Ich trat durch die Zeit,
Ging durch die Uhr,
Wo der Thron
Herzschlag
Blüht.

Mein Schloss in Flammen,
Blüten der Angst,
Sieh das Tor
Brennen.
Spring.

Mein blühendes Haus
In Rot getaucht
Wächst sternwärts
Hoch ins
Licht.

I. IN DEN VERWUNSCHENEN WÄLDERN

1. Das andere Schloss

Es war Anta'jarim, und es war nicht Anta'jarim.
 Seit Anyana im sagenhaften Kato, das die Götter für ihre Kinder geschaffen hatten, an Land gegangen war, wurde sie von der Menge an Seltsamkeiten und Wundern überwältigt. Die Landschaften, die sie bisher gesehen hatte, glichen in verblüffender Weise der Welt der Menschen, so wie die leicht verschwommene Spiegelung auf der Oberfläche eines Teichs der Wirklichkeit glich. Bei näherer Betrachtung erst fielen die Unterschiede auf. Das Schloss, das sich inmitten der verwunschenen Wälder erhob, ähnelte dem Ort, an dem Anyana aufgewachsen war, nur auf den ersten Blick. Genau wie der echte Herrschaftssitz der Königsfamilie von Anta'jarim bestand auch der hier in Kato aus vielen Häusern und Burgen und Türmen. Sie waren zusammengewürfelt wie ein Haufen Bauklötze, mit dem ein Kind gespielt hatte, gingen ineinander über oder wirkten wie aufeinandergestapelt. Und doch ergaben die einzelnen Teile ein unvergleichliches Ganzes.
 Alles war so ähnlich und fühlte sich dennoch ganz anders an. Dies war keine Heimkehr. In Kato lebten die Toten, die nicht die vollständige Reise zu den Göttern hinter sich gebracht hatten, und Anyana musste nur zur Rechten auf ihre Tante Lugbiya oder zur Linken auf ihren Vetter Maurin blicken, um daran erinnert zu werden. Sowohl Lugbiya als auch Maurin waren in dem Feuer gestorben, das Anyanas ganze Familie ausgelöscht hatte. Sie hier in Kato wiederzutreffen, ihre Tante verjüngt, ihr kleiner Spielkamerad Maurin zu einem hübschen jungen Mann gereift, war zugleich erschreckend und wunderbar.
 Auch der Mann, der vor ihnen ritt, war ihr auf unheimliche Weise vertraut. Fürst Wihaji, einst die rechte Hand des ermorde-

ten Großkönigs Tizarun, hatte ihr schon einmal das Leben gerettet. Nun stand sie erneut in seiner Schuld, da er sie und ihren kleinen Sohn davor bewahrt hatte, von den Soldaten des Flammenden Königs verhaftet zu werden. Sie hatte noch tausend Fragen, doch der stolze dunkelhäutige Fürst ritt ihnen voran und wandte sich nicht zu ihr um.

Durch das Haupttor gelangten Anyana und ihre neuen Reisegefährten in einen Hof, der direkt auf das hohe Portal des Schlossteils zuführte, der dem König zustand. Rechts und links davon befanden sich die Gebäudekomplexe, die die anderen Mitglieder der Königsfamilie beherbergten: das sogenannte altdunkle Schloss – während Anyanas Kindheit das Heim ihrer Familie – und das helle Schloss, in dem die Familie ihres Onkels Nerun gewohnt hatte. Sonnenlicht spiegelte sich in den Pfützen zwischen den Stallungen und dem Wachturm, aber es hatte nicht die richtige Farbe, es war milchig weiß statt golden. Menschen schritten geschäftig hin und her und nahmen sich dennoch die Zeit, den Fürsten, der hier der Aufrechte oder der Freie Mann genannt wurde, ehrfürchtig zu grüßen. Etwas war seltsam an ihnen. Es war, als würden sie sich langsamer bewegen und geschmeidiger, wie Leute, die durch tiefes Wasser wateten.

Das Leben in Kato war wie das Leben in einem Traum. Nur einer schien wirklicher als alles, ein Halt im Wogen des Nebels: Wihaji. Der in diesem gespiegelten Anta'jarim kein verfemter Königsmörder, sondern König war.

Anyana ließ sich beim Absteigen helfen und presste ihr Kind enger an sich, während sie zu dem zuckerwerkartigen Turm hinaufstarrte, der in zahnweißem Marmor aus dem Wirrwarr aus Gebäuden ragte.

»Ja, es ist seltsam, aber man gewöhnt sich daran«, sagte Lugbiya. »Soll ich den Kleinen halten, während du dich umschaust?«

Ihr war nicht wohl dabei, Lijun auch nur für einen Atemzug fortzugeben. Tante Lugbiya war genauso wie das Schloss vertraut und überraschend fremd. Sie war die Frau, die Anyana viele Jahre gekannt hatte, und doch war sie ganz anders: Ihre Augen leuchteten, sie wirkte jung und strahlend und voller Mut. War sie früher tatsächlich so streng und übelgelaunt gewesen, dass sie es jedem schwer gemacht hatte, sie zu mögen?

»Dort war kein solcher Turm«, sagte Anyana. Instinktiv hielt sie Lijun noch fester, und der Kleine begann sich zu regen. »Und es wuchsen keine violetten Blumen um das Hauptportal herum.«

»Dies ist das Anta'jarim der Lichtgeborenen, nicht deins«, gab ihre Tante zurück. »Und außerdem sind das keine gewöhnlichen Blumen, sondern Weinreben. Sie haben hier außergewöhnlich große Blüten und später gelbe Trauben, groß wie Pflaumen. Nur zu, sieh dich um. Das ist dein neues Zuhause.«

Ist es nicht, dachte Anyana, aber wem wollte sie etwas vormachen? Sie war über das Nebelmeer gesegelt, um ihren Verfolgern zu entkommen, und konnte nicht einfach wieder nach Le-Wajun zurückfahren. Den Grauen Kapitän hatte sie sich zum Feind gemacht, weil sie ihm erst ihren Sohn als Reisezoll versprochen und dann mit Lijun geflohen war, und Mago, ihr Weggefährte auf der Flucht, war von den Schergen des Flammenden Königs verschleppt worden. Irgendwie musste sie in dieser fremden Heimat Fuß fassen, also zwang sie sich zu einem Lächeln.

»Danke, dass du dich um ihn kümmern willst.« Sie streichelte über Lijuns Köpfchen, reichte ihn Lugbiya und wandte sich dem Portal zu, in dem Fürst Wihaji gerade mit großen Schritten verschwand. Das Königsschloss, in dem in der wirklichen Welt König Jarunwa gelebt hatte, als Anyana ein Kind gewesen war.

»Onkel Jarunwa ist nicht hier?«, fragte sie.

Maurin, ihr ehemals kleiner Cousin, schüttelte den Kopf. »Nein, ist er nicht. Ich glaube, er ist schon einen Schritt weitergegangen, zu den Göttern. Der Glückliche.«

»Gibt es eine Erklärung dafür, wer nach dem Tod hier landet und wer nicht?« Anyana dachte an ihre Mutter, deren Gesicht sie im Nebelmeer gesehen hatte. Unzählige Seelen füllten das Meer zwischen Kanchar und Kato. Waren sie zu schuldig und daher zu schwer gewesen, um in die Höhe zu steigen? Waren die weniger Schuldigen hier – und die Guten hatten es bis zu den Göttern geschafft?

»Ich stand vor dem Flammentor«, sagte Maurin, »und ich hörte eine Stimme rufen. Jemand streckte mir eine Hand hin, aber ich habe sie nicht ergriffen. Ich wusste nicht, wo ihr wart, du und Dilaya, deshalb habe ich mich umgeschaut. Und dann war ich plötzlich hier. Ich lag im Wald auf weichem Moos. Ein Reh hat mich gefunden und hergeführt. Aus einem der Fenster im Turm lehnte sich meine Mutter, ihre Haare wehten im Wind, und sie lachte, als sie mich sah.«

Vielleicht war das alles ein Traum, überlegte Anyana, während sie sich nach links wandte zum altdunklen Schloss, dem Spiegelbild des Heims ihrer Kindheit. Jeder Schritt war wie ein Schritt in die Vergangenheit. Überwuchert von Weinranken mit dunkelrotem Laub, schimmerten die verwitterten Steine nur hier und da hervor. Es war eins der ältesten Gebäude im Gewirr der Erker und Türme, eine unübersichtliche Burg, in der sie als Kind immer wieder neue Räume entdeckt hatte. Ein Dutzend Stufen führten zu einem gewölbten Mauerbogen hinauf, der das hohe, zweiflügelige Portal beschattete. Anyana stemmte den schweren Türflügel auf.

Die kleine Eingangshalle war so vertraut, dass ihr die Tränen in die Augen stiegen. Die Sprünge in den Bodenfliesen, das gemalte Blumenmuster, das sich über die verputzten Wände zog, rechterhand führte eine immer offen stehende Tür in den kleinen Salon mit dem Sessel und der Standuhr. Ging man daran vorbei, gelangte man in einen mit Steinplatten ausgelegten Saal, den eine Galerie umgab. Unter der Brüstung verbargen sich Türen in den Schatten. Alles war still, viel zu still.

Die vielen Menschen draußen schienen sich um das Königsschloss zu kümmern sowie um Lugbiyas herausgeputztes helles Schloss, denn hier hielt sich niemand auf. Keine Diener eilten geschäftig durch die Flure, keine Wächter standen gelangweilt an den Türen. Ansonsten wirkte auf den ersten Blick alles wie früher: Kein Staub hatte sich auf die Statuen gelegt, und die Porträts der Ahnen hatten so glänzende Rahmen, als hätte man sie gestern erst poliert. Es waren die gleichen Bilder, aber die Details stimmten nicht. Auf einem thronte ein alter König, der nur einen halben

Schnurrbart besaß, auf einem anderen baumelte eine Kirsche vom Ohr einer edlen Dame. Den Hirsch – Wappentier der Königsfamilie von Anta'jarim – auf dem größten Bild betrachtete sie am längsten. In seinem Geweih wuchsen brennende Rosen, und auf seinem Rücken saß ein Kind, ein Junge. Anyana kannte diesen Jungen. Unzählige Male hatte sie von ihm geträumt. Unzählige Nächte hatte sie damit verbracht, mit ihm durch die Berge zu wandern. Er auf einem Pony, sie mit den nackten Füßen im kalten Schnee, während Flocken aus den Tannen rieselten und die Krähen in den Wipfeln schrien.

Ein Zittern durchlief sie. Rasch wandte sie sich ab. Die Geborgenheit, die sie im Traum stets in der Nähe des Jungen empfand, stellte sich nicht ein. Stattdessen fühlte sie sich aufgewühlt, verwirrt, zwischen Traum und Wachen, hilflos und gefangen. Sie rannte durch den Saal auf die hinterste Tür zu. Dahinter lag die Wendeltreppe, die in Le-Wajun zu den oberen Gemächern, darunter auch ihr eigenes Zimmer, führte. Leise keuchend stieg sie hinauf – die lange Schiffsreise nach Kato, auf der sie sich kaum hatte bewegen können, hatte ihr einen großen Teil ihrer Kraft geraubt.

Endlich kam sie oben an. Ihr wilder Herzschlag beruhigte sich wieder. Wie wunderbar vertraut alles hier war! Der lange Flur, die Türen zu den Zimmern. Es sah aus, als hätte das Schloss die ganze Zeit nur auf sie gewartet. Dort lag das Schlafgemach ihrer Eltern. Das Ankleidezimmer. Das Zimmer, in dem ihre Mutter Hetjun immer Briefe geschrieben hatte. Das Arbeitszimmer ihres Vaters. Und dann endlich ihr eigener Raum. Voller freudiger Erwartung öffnete sie die Tür und trat ein.

Das Bett stand an seinem üblichen Platz, die Kissen waren aufgeschüttelt, die Decke zurückgeschlagen. Sie müsste nur hineinkriechen und könnte schlafen, bis auch diese Welt in Flammen aufging. Wie hatte sie glauben können, dass sie sich an ihre schöne, friedliche Kindheit erinnern könnte, ohne zugleich daran zu denken, wie schrecklich alles geendet hatte?

Um sich von den Träumen abzulenken, die auf so fürchterliche Weise in Erfüllung gegangen waren, trat Anyana ans Fenster. Von hier aus hatte sie einen guten Blick über die verwinkelten Dächer der Schlossanlage. Fast erwartete sie, ihren Vater auf dem First sitzen zu sehen, wie er es früher oft getan hatte. Dann erregte ein Turm auf der anderen Seite des Dächermeeres ihre Aufmerksamkeit, den sie früher nicht durch ihr Zimmerfenster hatte sehen können. Eine Galerie mit einer steinernen Brüstung schmiegte sich wie ein Kranz an diesen Turm, und sie konnte die Tür sehen, die hineinführte. Eine unverkennbare blaue Tür.

Sie war auf dem Fenstersims und kletterte hinaus, bevor sie überhaupt darüber nachdenken konnte. Die Müdigkeit, die sie eben noch in jedem Knochen gespürt hatte, fiel schlagartig von ihr ab. Die Menschen im Hof hatten ausgesehen, als würden sie unter Wasser leben; Anyana hingegen hatte das Gefühl, sie wäre gerade aufgetaucht.

Etwas mehr als einen Meter unter ihr befand sich ein schräges Dach. Anyana ließ sich rückwärts vom Sims herab, bis ihre Zehenspitzen die untere Kante ertasteten, dann ließ sie los und stand auf dem Dach. Sie zog die Schuhe aus, um besseren Halt zu haben, und genoss das befreite Gefühl. Die Pfannen waren rau und mit Moos bewachsen, warm von der Sonne, obwohl diese durch die milchige Wolkenschicht nur zu erahnen war. Anyana kletterte vorsichtig zum First hinauf und balancierte über diesen zum nächsten Dach, das einen Meter tiefer lag. Sie sprang hinunter, lief weiter, bewegte sich behände von einem Gebäude zum nächsten. Mit jedem Hindernis, das sie überwand, fühlte sie sich geschickter und sicherer. Deshalb fürchtete sie sich auch nicht vor der nächsten Herausforderung. Sie erkletterte das runde Dach eines kleinen Turms, der aus dem verschachtelten Gebäudewirrwarr ragte, und erreichte von dort aus einen Balkon, der zu einem höheren Gebäude gehörte. Die Galerie mit der blauen Tür war von hier aus nicht zu sehen. Anyana musste noch einige Male Höhen erklimmen oder sich an kupfernen Regenrinnen herunterlassen, bis sie schließlich den Turm erreichte und sich über die steinerne Brüstung schwingen konnte. Sie hatte befürchtet, die blaue Tür könnte verschwunden sein, aber sie war immer noch da.

Beinahe furchtsam legte Anyana das Ohr an das verwitterte Holz und hörte eine Stimme, die ein Lied sang. Das alte, vertraute, wunderbare Kinderlied, das ihre Seele wärmte. Ohne anzuklopfen, riss sie die Tür auf und stürzte in Urgroßmutter Unyas Rosenzimmer. Hier war alles wie früher: das schmiedeeiserne Bett, der Schaukelstuhl, der Tisch, auf dem eine Blumenvase stand. Eine kleine Katze rollte mitsamt einem Wollknäuel über den Fußboden.
»Unya?«, fragte Anyana enttäuscht. Wie konnte ihre Urgroßmutter nicht hier sein, wenn doch die Katzen da waren? Und von wo kam der Gesang, den sie immer noch hörte? Da fiel ihr die Tür auf, die sich in die hintere raue Steinwand fügte. Im echten Anta'jarim hatte es keinen zweiten Ausgang gegeben, da war sie sich sicher. Erwartungsvoll öffnete sie die Tür und trat in strahlenden Sonnenschein hinaus.

Vor ihr lag ein Garten. Weit geöffnete Sonnenblumen hielten ihre runden, mit gelben Blättern umkränzten Gesichter ins Licht. Duftende Kräuter säumten die Kieswege, Rosen rankten an eisernen Bögen darüber. Eine Frau schnitt mit einem kleinen Messer Zweige ab und legte sie in einen Korb. Dabei sang sie vor sich hin. Graues Haar, zu einem Zopf geflochten. Ein geblümter Rock, eine Weste aus festem Stoff, hübsche elegante Lederstiefel. Anyana wollte es kaum glauben, daher kam der Name ihr nur zögerlich über die Lippen.

»Urgroßmutter Unya?«

Die Frau hörte auf zu singen und drehte sich um – kein gebeugtes Mütterchen, wie Anyana sie kannte, sondern eine Dame, die aussah wie eine Königin. Nicht uralt, sondern höchstens sechzig Jahre alt. Ihre Augen waren von einem hellen Grüngold, ihr Lächeln breit und strahlend. »Anyana? Kind, wie herrlich, dich endlich zu sehen!«

»Du … du bist nicht blind«, stammelte Anyana verwirrt.

»Hier nicht. Nein, hier bin ich weder blind noch krank. Immerhin ist dies das Land der Lichtgeborenen. Hier bin ich wirklich zu Hause, und dort, wo man daheim ist, ist man nicht blind.« Unya stellte den Korb zur Seite und schloss Anyana in die Arme. Sie roch gut, nach Tee und Rosen und frischer Bettwäsche, und Anyana konnte nicht anders – sie lachte.

»So ist es recht, meine Liebe. Lach nur. Die Zeit der Tränen ist vorüber.«

»Nein, ist sie nicht«, widersprach Anyana. So sehr sie das Wiedersehen auch genoss, sie durfte sich nicht von den schönen Dingen einlullen lassen. »Ich muss zurück, liebe Unya. Ich bin die rechtmäßige Großkönigin, die Sonne von Wajun, und ich muss zurück. Ich kann Tenira nicht den Thron überlassen. Es war ein Fehler, auf das Graue Schiff zu steigen. Ich bin meiner Pflicht davongelaufen, aber mir ist klar geworden, wie falsch das war. So wie ich mein Kind nicht fortgeben konnte, kann ich auch Le-Wajun nicht im Stich lassen.«

»Dein Kind?«, fragte Unya. »Du hast ein Kind? Wie wundervoll! Ich möchte es wiegen und ihm vorsingen, wenn du erlaubst. Doch was du mir da sagst, über das Zurückgehen ... Hundert Jahre lang hat Wihaji es versucht. Wundere dich nicht, wenn du ihm im Hof oder in einem der Gänge oder auch im Wald begegnest und ihm das Wasser aus den Haaren rinnt. Er ist schon in zu viele Brunnen gesprungen, und keiner war je der Weg nach Hause.«

»Hundert Jahre?«, wiederholte Anyana, benommen von dieser unvorstellbar langen Zeit. Hundert Jahre mochten nichts sein im Lauf der Geschichte, aber für einen Menschen war es mehr als ein Leben. »Wie kann das sein? Er sieht aus wie damals.«

»Die Zeit in Kato ist die Zeit der Götter. Sie verstreicht nicht im regelmäßigen Takt einer Uhr. Vielleicht bist du schon fünfzig Jahre aus Le-Wajun fort, vielleicht erst eine Woche. Tage mögen vergehen oder Jahreszeiten oder zwanzig Lebensspannen, während hier nur Stunden verstreichen. Du hast Zeit oder auch nicht, aber sich zu eilen nützt nichts.«

»Dann werde auch ich nicht älter werden?«

»Manche Dinge verändern sich hier schneller, andere gar nicht, und manches scheint sich rückwärts zu bewegen. So werde ich hier immer jünger. In Kato ist nichts berechenbar. Menschen wie Wihaji kämpfen vergeblich dagegen an. Was wirst du tun?«

»Ich muss meine hundert Jahre demselben Ziel widmen: einen Weg zu finden.«

»Du bist die Sonne«, sagte die alte Frau sanft. »Und wenn die Götter das wissen – und wie könnten sie nicht? –, dann werden sie dafür sorgen, dass du deinen Weg findest. Sieh es so: Drüben herrschen unruhige Zeiten, und hier bist du in Sicherheit.«

»Unruhige Zeiten? Was ist passiert?«

»Tenira ist gegen Kanchar in den Krieg gezogen. Sie kam bis nach Daja und hat die Stadt mit Hilfe der Feuerreiter beinahe eingenommen, doch dann hat sie einen Fehler begangen. Sie hat den Mörder des Großkönigs einem Götterurteil überantwortet.«

Alle Fragen, alle Sorgen, alle Gedanken, die sonst nie Ruhe gaben, hielten inne, versanken im Schweigen. Bis auf eine Frage: »Der Mörder des Großkönigs – doch nicht Karim?«

»Karim von Daja. Karim von Lhe'tah. Karim von Wajun. Er hat so viele Namen wie Gesichter. Tenira ließ ihn in die Skorpiongrube werfen.«

»Er ist tot?« Anyana sank auf die niedrige Mauer aus groben Steinen, die das Kräuterbeet einrahmte, denn ihre Beine wollten sie nicht länger tragen.

Karim. Ein freches Lächeln an einem Sommertag, ein Streit und ein Kuss ...

»Nein, die Götter haben ihn gerettet, und Tenira verlor ihren Sieg in einem Augenblick.«

Atme, befahl Anyana sich. *Atme. Denk nicht an ihn, so wie du an ihn denkst, mit so viel Liebe und Sehnsucht.*

Aber sie konnte nicht anders. Sie dachte an Karim in jenem Stall auf Laimocs Farm, an den Moment, in dem sie ihr Gedächtnis wiedergefunden hatte. Karim, der sich über sie beugte, ihre Wange streichelte, seine Stirn an ihre presste, sie küsste und berührte. Karim, dort, damals – immer noch war sie sich nicht sicher, ob es ein Traum gewesen war. Seinen Namen zu hören war unerträglich, genauso unerträglich, wie ihn zu verschweigen.

»Wie kannst du das wissen, Urgroßmutter Unya? Du bist schließlich hier.«

»Und dort, wie du sehr wohl weißt. Hast du mich nicht selbst in meinem Zimmer besucht?« Sie wies mit der Hand in die Richtung, aus der Anyana gekommen war. »Meine Türen gehen in beide Richtungen.«

Vorsichtig drehte Anyana sich um. Wo waren das Schloss, der Turm, die Dächer? Sie standen hier in einem Garten, ein warmer Wind trug den Duft der Blüten und Sommerkräuter überallhin. Und hinter ihnen schmiegte sich ein kleines Haus unter die ausladenden Äste einer Kastanie. »Es ist alles noch da. Hier in Kato führt nicht jede Tür nur in einen einzigen Raum. Wir sind noch nicht bei den Göttern, doch das eine oder andere Göttliche hat auf Kato abgefärbt. Wege führen überallhin, die Sterne fallen in unseren Tee, und auf jedem Fest wird getanzt. Komm.« Sie nahm Anyana bei der Hand und führte sie ins Haus.

»Und die Tür?« Anyana zeigte auf die blaue Tür, während sie sich bückte, um das Kätzchen zu streicheln. »Führt sie ins echte Anta'jarim? Kann ich auf diese Weise zurück?«

»Dein Anta'jarim, das Anta'jarim in Le-Wajun, ist nicht das echte«, berichtigte Unya sie. »Dieses hier in Kato ist schon ein Stück näher am echten dran. Doch das wahre Anta'jarim wirst du erst finden, wenn du durch das Flammende Tor ins Land der Götter gehst.« Sie waren inzwischen beim Häuschen angekommen, und die alte Frau legte die Hand an den Riegel. »Du findest hier hinter allen Türen nur Kato. Ich kann dir nicht helfen. Ich kann nur auf dein Kind aufpassen, während du auf die Suche gehst – wonach auch immer.«

Ganz bestimmt gab es Menschen, die lächerlich aussahen, wenn ihre Gewänder ihnen nass am Körper klebten, dachte Anyana, doch der Aufrechte, der Gegenkönig, der dunkle Fürst von Lhe'tah, gehörte nicht dazu. Wihaji schüttelte sich wie ein nasser Hund. Ein Schauer aus feinsten Tröpfchen beregnete die Umstehenden, aber niemand wagte es, auch nur mit der Wimper zu zucken. Anyana hob entschlossen das Kinn. Sie wartete, während einer nach dem anderen an den König herantrat und entweder Bericht erstattete oder ein Anliegen vorbrachte. Die Halle hatte sich rasch gefüllt, nachdem Wihaji eingetreten war. Er hatte sich nicht auf den Thron gesetzt, sondern wanderte durch die Menge, hörte dem einen zu, nahm von jemand anderem eine Schriftrolle entgegen, zauste einem Kind im Vorbeigehen das Haar, lächelte mit aufblitzenden Zähnen, drohte mit zornigen Augen.

Nachdem sie eine Stunde oder auch zwei gewartet hatte, drängelte Anyana sich schließlich vor. *Hundert Jahre*, dachte sie.

Sie hatte keine hundert Jahre. Wenn hier so viel Zeit verstrich, was war dann in Le-Wajun? Gingen dort wohl gerade tausend Jahre vorüber oder ein einziges? In wie viele Brunnen musste sie springen, um den Weg zurück zu finden?

Anyana war mit den Geschichten über die Magie der Brunnen aufgewachsen. Abend für Abend hatte ihre Kinderfrau Baihajun ihr davon erzählt, und Anyana hatte immer daran geglaubt, auf dem Grund eines jeden Gewässers ihren tiefsten Wunsch finden zu können. Doch seit Unya sich darüber lustig gemacht hatte, dass Wihaji durch den Sprung in einen Brunnen nach Hause gelangen wollte, ließ sie der Gedanke nicht los, ob das tatsächlich möglich sein könnte. Wenn man sich die Heimkehr sehnlichst wünschte, würde der Brunnen einen an einen anderen Ort bringen? Wihaji hatte in Kato offensichtlich eine Aufgabe gefunden, sodass seine Wünsche miteinander in Konflikt geraten waren. Doch vielleicht könnte es *ihr* gelingen?

»Fürst«, sagte sie laut, »bitte, sprecht mit mir!«

Das Raunen um sie herum wurde lauter.

»Wie redet sie ihn an? Er ist König. König!«, erklang es ringsum.

Doch Wihaji schien weder verärgert noch wies er sie zurecht.

»Prinzessin«, sagte er sanft. »Kommt mit.«

Damit ließ er die Übrigen stehen und führte Anyana aus dem großen Saal. Dorthin, wo das Mosaikbild eines Hirsches an der Wand prangte. *Der Speisesaal*, erinnerte sich Anyana. Ein Blick genügte – auch dieser Hirsch trug brennende Rosen im Geweih. Sterne funkelten im Schnee unter seinen Hufen. Und auf seinem Rücken saß der Junge mit den schwarzen Augen.

»Ein schönes Bild«, sagte Wihaji.

»Nein«, widersprach sie, »denn nun weiß ich nicht mehr, wovon ich geträumt habe. Der Hirsch ist das Symbol meiner Familie, also steht er für mich. Die Rosen gehören zu Unya. Und der Junge hat keinen Namen außer dem, den ich ihm gegeben habe.« Sie hatte ihn »Riad« genannt, aber sie gierte danach, seinen richtigen Namen zu erfahren. »Wer ist er?«

»Ich habe keine Ahnung«, meinte der dunkle Fürst. »Das Mosaik war schon hier im Speisezimmer, als ich herkam.«

»Ich bin die Sonne von Wajun. Ich bin die rechtmäßige Großkönigin, und ich muss zurück.«

Er musterte sie lange und nickte. »Ich weiß. Jarunwa hat seinen Namen unter ein Dokument gesetzt, das dein Schicksal besiegelte. Das Sonnenpaar wollte die Erbmonarchie einführen, mit dir und seinem eigenen Sohn als Stammeltern einer neuen Dynastie. Ist das Kind von Tenira noch am Leben? Dein Bräutigam?«

Es störte sie nicht, dass er sie so vertraut wie eine Freundin anredete oder wie eine Tochter. »Ich denke schon. Es sei denn, in Le-Wajun sind gerade hundert Jahre vergangen, während wir reden.«

»Du und er, ihr gemeinsam seid das Sonnenpaar. Die Götter werden dich zurückschicken. Ich hingegen ...« Er schüttelte den Kopf. »Alle Brunnen sind mir verschlossen. Ich werde das Schiff nehmen müssen.«

Trotz regte sich in ihr. An den Gedanken, die Sonne zu sein, hatte sie sich längst gewöhnt, doch der Bund mit Prinz Sadi, den sie weder kannte noch je kennenlernen wollte, war mehr als ein Schönheitsfehler. Es ließ ihren Entschluss fast ins Wanken geraten. Das Pflichtgefühl, das sie für ihr Land empfand, erstreckte sich nicht auf ihren per Vertrag zugedachten zukünftigen Gemahl.

»Also muss ich den einen Brunnen finden, der sich als Tor erweist?«

»Zuerst musst du deinen Wunsch finden. Den Ort, an dem dein Herz ist. Er ist der Schlüssel, der das Tor öffnet. Und bis dahin kümmere dich um dein Kind. Lebe dein Leben – es könnte dein einziges sein. Und hüte dich vor dem Flammenden König.«

Das erinnerte sie daran, warum sie mit ihm hatte sprechen wollen. »Ich muss meinen Begleiter suchen. Er wurde verschleppt. Könnt Ihr mir helfen, ihn zu befreien?«

»Aus Spiegel-Wabinar, wie ich es gerne nenne? Das wird schwierig.« Keine Ungläubigkeit, kein spöttisches Lächeln, kein herablassendes Kopfschütteln. »Dafür brauchst du in der Tat Hilfe. Der Flammende König lässt jeden, der am Hafen an Land geht, in seine Stadt verschleppen. Sie heißt Wabinar, obwohl sie sich sehr von dem kancharischen Wabinar unterscheidet. Hier in Kato gibt es nur den Palast und keine anderen Häuser, in denen freie Menschen leben. In Spiegel-Wabinar existieren keine freien Menschen. Der Flammende König macht alle zu seinen Sklaven.«

»Wozu?«, fragte Anyana. »Hat er nicht genug Untertanen?«

»Ein König wie er hat nie genug.« In Wihajis Stimme lag eine Düsternis, die sie schaudern ließ. »Seit ich hier bin, kämpfe ich gegen ihn. Und ich werde nie genug davon haben, seine Pläne zu durchkreuzen.«

»Ihr werdet hier gebraucht«, sagte sie, »doch ich muss nur Mago helfen und dann zurück.«

»Gebraucht? Wohl wahr. Ich werde den Flammenden stürzen, erst dann kann ich zurückkehren.«

»Aber ich dachte, Ihr sucht einen Brunnen, weil Ihr Euch so sehr wünscht, jetzt schon den Rückweg anzutreten.«

Wihaji fuhr sich durch die Haare, die bereits wieder getrocknet waren. »Deshalb?« Seine Augen blitzten belustigt. »Ich war im See schwimmen, und hier in Kato legt niemand viel Wert auf Etikette. In vielerlei Hinsicht ist dieses Land erstaunlich frei. Man nennt mich auch deshalb den Freien Mann, weil ich diese Freiheit auskoste. Dennoch warte ich auf den Tag, an dem ich meine Aufgabe erfüllen und Teniras Fluch abschütteln kann. Ich muss unbedingt zurück.« Seine Heiterkeit verflog. »Denn jeder Tag, der drüben vergeht, ist ein böser Tag für *sie*.«

Etwas von seinem Schmerz wehte sie an wie ein bitterer Duft, der Nachhall von zu vielen Schreien, von Weinen und Flehen.

»Sie?«, fragte Anyana, aber Wihaji antwortete nicht.

Stattdessen schenkte er ihr wieder diesen wissenden Blick, der bis auf den Grund ihrer Seele zu gehen schien. »Bist du bereit, jederzeit aufzubrechen, um deinen Freund zu retten? Vielleicht ist er noch nicht in den Tiefen des Kerkers verschwunden.«

»Natürlich bin ich bereit.«

»Und ich bin niemand, der sich versteckt. Ich begleite dich, damit du nicht in die Fänge des Flammenden Königs gerätst. Außerdem muss ich dir etwas zeigen.«

Wihaji gönnte ihr eine Nacht, aber es fühlte sich an, als hätte sie bereits eine Woche auf Schloss Anta'jarim verbracht. Sie tauchte in ihr altes Leben wie in ein warmes Bad. Es war, als wäre sie wieder in ihrer Kindheit gelandet. Sie schlief in ihrem alten Bett in ihrem alten Zimmer und schrak des Nachts aus einem Traum hoch, an den sie sich nicht erinnern konnte. Ahnungen verfolgten sie wie Nebelschwaden, die durch die Fensterritzen krochen. Vielleicht waren es die Erinnerungen an das Graue Schiff und den Kapitän und das Gesicht ihrer Mutter, die sie heimgesucht hatten. Keuchend saß sie da, aufrecht, schwitzend, und sie hätte sich nicht gewundert, wäre Baihajun, ihre alte Kinderfrau, hereingestürzt, um sie zu trösten und ihr ein Glas Wasser zu bringen. In der Wiege schlief ihr kleiner Sohn. Sie holte ihn zu sich ins Bett, stillte ihn und atmete tief den Duft seines flaumigen Haares ein.

Die Vergangenheit verblasste, das Feuer war nichts als ein leises Knistern. Die Nacht des Schreckens in Laimocs Stall wirbelte wie ein böser Traum davon. Nur das Kind war wirklich. Es war, als hätte sie etwas aus den schlimmen Träumen mitgebracht, etwas unendlich Kostbares.

Dankbar schlief sie wieder ein, und am nächsten Morgen, am Frühstückstisch mit Wihaji, Lugbiya und Maurin, war die Welt jung. Es war ein erster Tag, ein Tag, der keine Lasten und dunklen Geschichten mit sich schleppte. Alles begann neu.

Maurin erzählte von der Geburt eines Fohlens. Er sprach mit vollem Mund, gestikulierte wild, und Anyana konnte nicht anders, als ihn dabei anzustarren.

»Was?«, nuschelte er.
»Du bist so groß geworden.«
Er grinste sie an. »Du auch. Sind wir jetzt gleich alt?«
Lugbiya ließ goldgelben Honig von ihrem Löffel auf ein frisches rundes Brötchen tropfen. »Ihr seht aus wie Geschwister. Es ist fast wie früher.«
Zwei Dinge hatte Anyana bereits gemerkt – sie sprachen nicht über die, die fehlten. Und auch an sie zu denken war nicht wie früher, wo der Schmerz den Brustkorb zusammenpresste, sodass man nicht mehr atmen konnte. Das milchige Licht dämpfte die Trauer. Es war möglich, hier glücklich zu sein.
»Wann brechen wir auf?«, fragte Maurin aufgeregt. »Jetzt gleich? Wir haben den Flammenden König viel zu lange in Ruhe gelassen.«
Seine Mutter Lugbiya äußerte keine Besorgnis, sie machte keinerlei Anstalten, ihn zurückzuhalten. Das wunderte Anyana, bis sie sich die Frage stellte: Konnte man in Kato erneut sterben? Die Toten, die hier ihre Ruhe gefunden hatten, waren sie … unsterblich? Und was war mit den Lebenden, die nach Kato gelangten?
Wihaji schien ihre Gedanken zu erraten. »Wir müssen vorsichtig sein«, sagte er. »Wir beide, du und ich.«
»Ich muss meinen Sohn mitnehmen«, sagte Anyana. »Es geht nicht anders, schließlich wird er noch gestillt.«
Mit ernster Miene nickte er. So vieles war in seiner Gegenwart selbstverständlich. Er fragte nicht, wie sie bereit sein konnte, das Leben ihres Kindes für das ihres Reisegefährten zu riskieren. Es war ihnen beiden klar, dass sie einen Rückzieher machen würde, sobald die Gefahr zu groß wurde. Nie zuvor war es so einfach gewesen, in einem Blick alles Wichtige zu lesen.

2. Der Flammende König

Es war ein Tag wie im Sommer vor fünf Jahren, als Anyanas Welt noch vollkommen gewesen war. Das Licht war weißlich und mild, die Wärme vertrieb die klamme Nebelfahrt aus Anyanas Knochen. Drei Pferde standen gesattelt im Hof, ein riesiger schwarzer Hengst für Wihaji, den Aufrechten, eine kleinere braune Stute für Maurin und ein weißer Wallach für Anyana. Alle waren mit großen Satteltaschen bepackt. Für Lijun hatte sie von Lugbiya ein großes Tuch bekommen, mit dem sie sich den Kleinen wahlweise auf den Rücken oder vor den Bauch binden konnte. Sobald sie aufgestiegen war, reichte ihre Tante ihr das Kind.

»Kommt heil zurück.«

»Natürlich«, sagte Anyana und wunderte sich gleichzeitig über ihre Gelassenheit. In Kato fühlte sich alles leichter an. Auch die Gefahr, in die sie reiten würden, schien hier nicht so schwer zu wiegen.

Maurin winkte, bis sie das Schloss hinter sich gelassen hatten.

Der Weg wand sich wie eine braune Schlange durch den grünen Wald. Es duftete nach Mädesüß und Brombeeren, dazwischen reizte der stechende Geruch von Brennnesseln die Nase. Die Pferde griffen freudig aus. Anyana kam das Tempo fast zu schnell vor, sie fürchtete, die Tiere würden bald ermüden. Außerdem war sie keine geübte Reiterin, und dies war kein magisches Eisenpferd, das sie mit Klammern um die Oberschenkel von sich aus festhielt. Fast hätte sie gefragt, wie lange sie brauchen würden, doch die Antwort hatte Wihaji schon auf der Hinreise gegeben: Niemand wusste es.

Der Wald breitete sich um sie herum aus, endlos wie es schien. Es war nur eine Ahnung, denn ihre Sicht war auf den Weg und die umstehenden Bäume begrenzt. Und doch war sie sich ziemlich sicher, dass dieser Wald weitaus größer war als der jarimische Wald, den sie aus Kindertagen kannte. Hin und wieder flog ein Vogel über sie hinweg – manchmal eine Krähe oder ein Specht, hin und wieder jedoch ein fremdartiges Geschöpf in leuchtendem Blau, das Funken sprühte. Sein Gesang am Morgen, das stellte Anyana nach der ersten Nacht, die sie ihr Lager im Wald aufgeschlagen hatten, fest, war süßer und trauriger als alles, was sie je gehört hatte.

Der Kleine schlief die Nächte durch und schlummerte selig an ihrer Brust, wenn sie tagsüber unterwegs waren. Rasteten sie, schaute er sich staunend um. Seine blauen Augen waren wie Saphire, seine Haare schienen von Tag zu Tag goldener zu werden. Er weinte selten, sondern gluckste hin und wieder vor Freude, wenn die Sonne ihn kitzelte. Die Vögel sangen, und Maurin fing ein Eichhörnchen, das fortan auf seiner Schulter saß. Alles war so perfekt, dass es geradezu einlullend auf Anyana wirkte. Ihre Sorgen und Ängste waren weit, weit weg. Auch jeder Gedanke an Mago, obwohl sie doch zu seiner Rettung unterwegs waren. Nur Wihaji blieb unvermindert ernst. Er schien die Last der ganzen Welt auf seinen Schultern zu tragen, und während sie mit ihrem Vetter herumalberte, das Eichhörnchen neckte und die würzige Waldluft in ihre Lungen sog, trug der schwarze Fürst einen Mantel der Düsternis um sich geschlungen.

Anyana hörte auf, die Tage zu zählen. Zum wievielten Male wusch sie jetzt die Windeltücher im eiskalten Wasser eines Baches aus, der von den Bergen herabkam? Sie wusste es nicht. Doch während sie die Stoffstreifen in die Äste eines Strauchs hängte, hörte sie die Schläge einer Axt – und wenig später das dumpfe Krachen eines fallenden Baumes.

Erschrocken hielt sie inne. Die Erschütterung hatte sie bis in die Knochen gespürt.

»Anyana!« Maurin platzte aus einem Gebüsch. »Wir müssen weiter! Schnell!«

»Was ist denn los? Sind Holzfäller in der Nähe?«

»Schlimmer«, sagte er, sein immerwährendes Lächeln war einer besorgten Miene gewichen. Er kam ihr blasser vor als sonst. Rasch pflückte er die nassen Tücher von den Zweigen, knüllte alles zusammen und stopfte es in seine Umhängetasche. »Wir haben keine Zeit zu verlieren, Any.«

Wihaji hatte bereits alle ihre Habseligkeiten zusammengepackt, als sie wieder im Lager eintrafen. Er hatte sich Lijun auf den Rücken gebunden und war bereit zum Aufbruch. Stumm gab er ihr ein Zeichen, ihr Pferd zu führen und möglichst leise zu sein.

Sie folgte ihm, ohne Fragen zu stellen. Die Schläfrigkeit war schlagartig von ihr abgefallen, und in der Fremdheit des Waldes lauerten plötzlich tausend Gefahren. Warum beunruhigte ein Holzfäller ihre Freunde so sehr? Wieder hallten die Schläge durch den Wald. Anyana hörte Stimmen, und nur weil sie wusste, wie weit Geräusche in einem Wald getragen werden konnten, verfiel sie nicht in Panik. Wer auch immer die Axt schwang, befand sich nicht so nah, wie man glauben mochte.

Mit klopfendem Herzen folgte sie den anderen zwischen den hohen Stämmen hindurch, redete beruhigend auf den Schimmel ein, der vor einem flachen Bach scheute, und stand dann plötzlich unter freiem Himmel.

Vor ihnen lag ein Hang mit unzähligen bereits gefällten Baumriesen. Menschen wuselten hierhin und dorthin, verluden Baumstämme auf von Pferden und Menschen gezogene Karren. Auf der breiten Straße, die weiter unten am Hang entlanglief und sich dann in der Ebene verlor, waren bereits unzählige Wagen unterwegs. Am Horizont erhob sich etwas Großes, Dunkles. Rauch waberte von diesem Ungetüm in den Himmel und bildete gigantische schwarze Wolken.

»Das ist Spiegel-Wabinar«, sagte Wihaji leise, »wo der Flammende König wohnt. Hast du dich bereits gefragt, warum er so heißt? Weil die Feuer seiner Schmieden unablässig brennen. Dafür braucht er das Holz.«

»Was schmiedet er denn?«, fragte Anyana, obwohl sie sich nicht sicher war, ob sie die Antwort hören wollte. Sie hatte die eisernen Rüstungen der Soldaten gesehen, die Helme und Schwerter. Was konnte der König dort am Horizont schon fertigen lassen wenn nicht weiteres Kriegsgerät?

»Ein Schiff«, sagte Maurin.

»Ein Schiff aus Eisen? Aber das ergibt doch keinen Sinn. Es würde nicht schwimmen, es wäre zu schwer.«

»Es ist auch nicht dafür gedacht, zu schwimmen«, erklärte Wihaji grimmig. »Der Flammende König will damit durchs Nebelmeer – nicht übers Wasser, sondern unter Wasser. Kein Schiff außer dem Grauen Schiff des Kapitäns fährt nach Kanchar. Der Flammende hat dreißig Jahre lang versucht, eigene Schiffe zu entsenden, doch sie sind alle gesunken – bis auf diejenigen, die ich vorher in Brand gesteckt habe. Hast du von der Geschichte gehört, in der erzählt wird, dass das Nebelmeer früher ein Teil der Wüste war und die Schiffe auf Rädern durch den Sand fuhren? Der Flammende König baut seit sieben Jahrzehnten an einem gigantischen Gebilde, einem Schiff mit Rädern, in das kein Tropfen Wasser eindringen kann.«

Das war ... Wahnsinn. Doch wer hatte je behauptet, die Toten wären vernünftig? Oder gehörte der Flammende König zu den Lebenden in Kato so wie sie selbst? Und so wie Wihaji lebendiger zu sein schien als alle anderen? Sie hatte den Fürsten nicht gefragt, wie er gestorben war. Ob Tenira ihn gefoltert hatte, bevor sie ihn hatte richten lassen? Mit Schaudern erinnerte Anyana sich an das Grabmal, in dem Wihaji zusammen mit Tizarun eingemauert worden war.

Jedenfalls hatte man ihr das erzählt. Niemand in Wajun konnte wissen, ob es stimmte.

»Was will er denn drüben, wenn er es durch das Meer geschafft hat?«, fragte sie. Immerhin schien ihr die Gefahr, dass er Erfolg hatte, nicht allzu groß. Wenn der Flammende siebzig Jahre vergeblich daran gearbeitet hatte, würde es ihm nicht ausgerechnet jetzt gelingen, hoffte sie. Ein toter König, der Kanchar heimsuchte oder, noch schlimmer, Le-Wajun, beunruhigte sie mehr, als sie sich eingestehen wollte.

»Was er will? Zurück. Sie wollen alle zurück ins Land der Leben-

den.« Wihaji strich seinem Rappen beruhigend über die Nüstern.
»Siehst du deinen Freund irgendwo unter den Arbeitern? Viele Sklaven werden als Holzfäller und für den Transport der Stämme eingesetzt. Es ist eine schwere, mühsame Arbeit, die kein Lebender lange übersteht. Die Toten ächzen unter der Last und brechen nie zusammen, aber die Toten arbeiten ihm zu langsam.«

Anyana warf Maurin einen prüfenden Blick zu, doch ihr Vetter schien die Bemerkung nicht persönlich zu nehmen. »Ist er dabei?«, fragte er nur.

»Mago hat auffällig rote Haare, aber von hier kann ich niemanden erkennen, auf den das zutrifft.«

Alles schien so leicht zu sein in Kato, doch nun bahnte sich die Wirklichkeit ihren Weg in die glatte Traumwelt. Es würde schwieriger werden, Mago zu befreien, als sie gehofft hatte. Noch einmal ließ Anyana den Blick über die Arbeiter schweifen. »Der Mann dort – ich glaube, er war mit mir auf dem Schiff. Beron, ja, das ist sein Name! Können wir wenigstens ihm helfen?«

»Gibt es noch mehr Passagiere, die du erkennst?«

Anyana beobachtete die Waldarbeiter eine Weile, konnte jedoch keine weiteren bekannten Gesichter entdecken. Dafür fiel ihr auf, dass die Männer bewacht und sogar angetrieben wurden. Eine Reihe von Soldaten, die allesamt Eisenmasken trugen, schwang Stöcke oder gar Peitschen, um die Holzfäller anzutreiben. Sobald jemand sich auch nur streckte und den Rücken geradebog, schlugen sie zu. Während Anyana zusah, schien das Geschehen immer deutlicher zu werden, das Bild klarer, als hätte sie ein Fernglas, an dem sie die Schärfe einstellte.

»Achtundzwanzig Wächter«, murmelte Wihaji. »Und wie viele Lebende? Schau genau hin, Prinzessin. Was schätzt du, wie viele Arbeiter sind mit dem Schiff gekommen? Wenn nicht mit deinem, dann auf der Reise davor.«

Wieder musste sie genau hinsehen, auf die Bewegungen der Arbeiter achten, und wieder wurde das Bild schärfer, je länger sie die Szenerie auf sich wirken ließ.

»Ich sehe an die hundert Männer«, sagte sie schließlich. »Davon brauchen ein Dutzend länger als die anderen, um aufzustehen, wenn sie geschlagen wurden. Sie arbeiten besser, aber sie sind schneller müde. Und sie haben eine Verzweiflung im Blick, die den anderen fehlt.«

»Die Toten haben sich in ihr Schicksal ergeben«, sagte Maurin, und wieder fragte sich Anyana, ob er mehr mit den Toten litt als mit den Lebenden, ob er sich ihnen verbunden fühlte, oder ob jeder allein vor sich hinlitt.

»Nimm das Kind, Mädchen, und bleib im Hintergrund. Wir greifen an. Maurin, du sammelst die Lebendigen um dich und führst sie hoch in den Wald. Wehrt jeden ab, der sich euch in den Weg stellt, aber sucht keinen Konflikt, wenn es nicht nötig ist. Ich kümmere mich um die Wächter.«

»Ja, Hoheit.« Die Art, wie Maurin, ohne mit der Wimper zu zucken, die Befehle entgegennahm, verriet, wie oft sie dergleichen schon durchgeführt hatten.

Anyana hatte noch nie mit einem Schwert gekämpft. Deshalb war sie froh, dass sie hier warten durfte. Doch keinen Moment konnte sie die Augen abwenden. Die beiden Männer banden ihre Reittiere an und schlichen geduckt von Holzstapel zu Holzstapel. Erst als sie die Arbeiter fast erreicht hatten, richteten sie sich auf und rannten weithin sichtbar weiter. Wihaji rammte den ersten Wächter, bevor dieser begreifen konnte, was geschah. In einer einzigen Bewegung schnitt er ihm die Kehle durch und packte die Peitsche des nächsten. Er riss den Mann zu sich heran.

Zur selben Zeit erklomm Maurin einen bereits beladenen Wagen. »Zu mir!«, schrie er. »Alle, die mit dem Schiff kamen, zu mir! Für den Aufrechten Mann! Für den Gegenkönig! Lasst alle Angst hinter euch und folgt mir!«

Während ihr Cousin die Arbeiter zu sich winkte, die zögernd ihre Äxte fallen ließen, stürmte Wihaji wie ein Wirbelwind herum und fällte die Wächter. Es nützte ihnen nichts, ihn als Gruppe anzugreifen. Er war schnell, effizient und gnadenlos. Die Holzfäller beobachteten das Geschehen offenkundig verwirrt. Einige gesellten sich zu Maurin, der mit den ersten Flüchtlingen bereits auf dem Rückzug war, andere verharrten einfach an Ort und Stelle.

Mit roten Wangen und verschwitzten Haaren rannte Anyanas Vetter den Hang hinauf, dicht gefolgt von den abtrünnigen Arbeitern. Beron war bei ihnen. Erleichtert lächelte sie ihn an, und er ließ sich stöhnend auf den Waldboden fallen.

»Ihr Götter! So habe ich mir das Leben in Kato nicht vorgestellt!«

»Wir müssen weiter«, drängte Maurin. Unruhig blickte er sich nach Wihaji um.

»Aber die Wächter sind tot«, sagte Anyana.

»Ja, das sind sie. Aber in Kürze werden sie unversehrt wieder aufstehen. Sie können nicht ins Jenseits weiterziehen, solange die Götter sie nicht zu sich gerufen haben.«

Sie wollte die Frage nicht stellen, aber er sah sie in ihren Augen. »Ja«, sagte er knapp, sein Lächeln entglitt ihm. »Ich habe das auch schon durchgemacht. Wir kämpfen gegen einen übermächtigen Feind, und wir siegen nicht immer. Der Flammende König herrscht, und der Gegenkönig stiehlt ihm, was immer er kann. Er gibt den Geretteten einen Zufluchtsort in den Wäldern von Anta'jarim. Aber den Flammenden endgültig besiegen können wir nicht. Wihaji hat ihn schon einmal getötet, doch am nächsten Tag war er wieder da.«

»Er hat den Flammenden König getötet?« Entsetzen und Ehrfurcht mischten sich in ihr.

»Ja«, sagte Maurin. »Und es hat nichts genützt.«

Wihaji kam nun ebenfalls den Hang hinauf. Seine Stirn glänzte vor Schweiß, sein Lächeln war grimmig. »Maurin, nimm die Leute mit und bring sie in Sicherheit. Wir ziehen zu zweit weiter. Und an deiner Stelle, Prinzessin, würde ich ihm das Kind mitgeben. Wo wir hingehen, ist es zu gefährlich.«

»Aber Lijun ist noch ein Säugling, und der Weg zurück dauert Wochen!«

Waren denn wirklich Wochen bis hierher vergangen? Immer wenn Anyana in Kato einen Zeitbegriff verwenden wollte, fühlte sie eine merkwürdige Unsicherheit, als würde der Boden unter ihren Füßen nachgeben.

»Maurin bringt ihn ins Schloss«, beharrte Wihaji mit seiner festen und zugleich sanften Stimme, die zwar Dinge anordnete, aber niemals mit Nachdruck befahl. Er sagte etwas, und es wurde getan. Anyana hatte seiner Autorität und seiner Erfahrung nichts entgegenzusetzen.

»Gut«, stimmte sie zu, und doch war es unerträglich, Lijun in Maurins Arme zu legen. »Pass auf ihn auf.«

»Das werde ich.«

Und so trennten sie sich. Die Gruppe um Maurin verschwand im Wald. Vor ihnen im Tal regten sich die Toten.

»Gehen wir«, sagte Wihaji. Er reichte ihr einen Helm und setzte sich selbst ebenfalls einen auf. Wie ein fremder, furchteinflößender Soldat blickte er sie durch die Augenschlitze an.

Zusätzlich zu dem Helm gab er ihr auch noch ein Kettenhemd und half ihr dabei, es anzulegen. *Muss das sein*, hätte Anyana am liebsten gefragt, aber sie kannte die Antwort. Als Soldaten des Flammenden Königs getarnt, stand ihnen der Weg zum Palast offen. Sie holten ihre Pferde und saßen auf.

Bald hatten sie das Tal hinter sich gelassen und stießen auf die Straße nach Spiegel-Wabinar. Sie wand sich durch grasbewachsenes, hügeliges Gelände. Flecken aus weiß blühenden Blumen lockerten die Einöde auf. Die Straße war von Wagenrädern geformt, die seit Jahrhunderten Vertiefungen in die harte Erde gegraben hatten, ein Bett, das so glatt war, als bestünde es aus poliertem Holz.

Der Angriff auf die Holzfäller hatte die Wagenkolonne unterbrochen, doch nach einer Weile holten sie den letzten Wagen ein. Die Sklaven, die ihn zogen, waren so ausgemergelt, dass Anyana vor Mitleid die Tränen in die Augen stiegen. Es war ein Wunder, dass sie die schweren Karren, auf denen mindestens ein Dutzend mächtiger Baumstämme aufgeschichtet waren, überhaupt von der Stelle bewegen konnten.

»Können wir diese Menschen nicht auch in den Wald schicken?«, fragte Anyana leise, während sie an der Kolonne vorbeiritten.

»Nein«, sagte Wihaji. »Sie würden nicht gehen, weil sie hoffen, mit dabei zu sein, wenn das Eiserne Schiff ablegt. Dafür nehmen sie alles auf sich, was der König von ihnen verlangt. Außerdem tun sie Buße, und ihre Qualen empfinden sie als Strafe, die ihnen von den Göttern auferlegt worden ist.«

»Aber es sind nicht die Götter, die ihr Schicksal bestimmen. Es ist der Flammende König! Warum begreifen sie nicht, dass sie genauso gut Eure Untertanen sein könnten?«

Diese Menschen hätten ein wunderbares Leben im Wald führen können. Sie hätten an klaren Seen fischen, im Schloss ein behagliches Zuhause haben, das verträumte Licht genießen können ... und wählten dies hier?

Wihaji zuckte mit den Schultern. Auf seinem edlen Rappen, ganz in Schwarz, wirkte er stark und königlich, ganz und gar nicht wie ein einfacher Soldat. Sie hatte gesehen, wie er kämpfte, und es war kaum zu glauben, dass sich das Volk nicht längst auf seine Seite geschlagen hatte.

»Schuld stellt seltsame Dinge mit den Menschen an«, sagte er. »Die leichten Seelen sind längst bei den Göttern. Wer hier gelandet ist, dessen Gewissen ist selten rein.«

»Und warum ist Maurin dann hier? Er war ein Kind!«

»Ein grausames Kind.«

Anyana wollte ihm widersprechen. Wenn Maurin hier war, warum nicht Onkel Nerun? Warum nicht Onkel Jarunwa? War nicht auch er grausam gewesen, als er sie mit einem Säugling verlobt hatte? Und Dilaya – wie oft hatten sich ihre bösartigen Worte in Anyanas empfindsame Seele gebohrt?

»Und dennoch muss er nicht leiden. Er ist gesund und lacht, und es geht ihm gut. Hat er seine Buße schon abgeleistet? Aber warum ist er dann noch in Kato? Wer nicht mit dem Schiff gekommen ist, musste schon einmal sterben. Ist das nicht genug Buße?«

»Was genug ist entscheiden die Götter. Und der Flammende

König ist auf eine Weise göttlich, an die ich nicht herankomme. Die Toten fliehen nicht zu mir, und nicht jeder will sich von mir retten lassen, wenn er sich stattdessen unter das Joch eines Gottes beugen kann.«

Anyana erinnerte sich daran, was Maurin erzählt hatte – dass Wihaji diesen König getötet hatte. Am liebsten hätte sie gefragt, woher er den Mut genommen hatte, einen Gott zu ermorden. Und wie er sich gefühlt hatte, als dieser nicht tot geblieben war.

Der Palast wuchs vor ihnen in die Höhe. Er war wie ein Berg, eine ganze Stadt, mehr noch, wie tausend Städte in einer. Wabinar war so groß, dass Anyana vom bloßen Hinsehen mulmig wurde. Mit jedem Meter, den sie zurücklegten, verstärkte sich das bedrückende Gefühl. Ein Schatten fiel über die Landschaft, das Schloss verdrängte das blasse Himmelsblau. Die Raben schrien. Aus den unzähligen Fenstern, schwarz wie blicklose Augenhöhlen, wehte Schweigen.

Wie Ameisen strömten die Menschen auf zahlreichen Straßen auf den Palast zu und verschwanden durch eins der großen Portale. Trotz des Gedränges war es nicht so laut, wie es eigentlich hätte sein müssen. Selbst auf Schloss Anta'jarim, das gegen dieses gigantische Bauwerk kaum mehr als wie ein Puppenhaus wirkte, war es nie leise, es sei denn, man suchte einen abgelegenen Winkel auf. Hier hingegen wimmelte es von Menschen, doch keiner lachte, scherzte, keine Rufe ertönten. Nur das Krächzen der Vögel durchbrach die Stille. Mit den anderen Wagen, Soldaten, Bittstellern oder was auch immer die Leute hier wollten, gelangten Wihaji und Anyana ins Innere der Palaststadt.

So stellte sie es sich im Inneren eines Ameisenhügels vor. Im Labyrinth der halbdunklen Tunnel herrschte Chaos, dem eine Ordnung zugrunde liegen mochte, die Anyana jedoch nicht erkannte. Jeder schien ein Ziel, eine Aufgabe zu haben, die einen rannten hierhin, die anderen dorthin, niemand stand still. Von ferne ertönte ein Hämmern und Klopfen. Anyana zuckte zusammen, als ein Beben durch Boden und Mauern ging.

In die äußeren Gewölbe konnten sie ihre Pferde mitnehmen, bis sie zu den Stallungen gelangten und dort absaßen. Wihaji band seinen Rappen und Anyanas Wallach an einen Balken, vor dem schon zahlreiche Rösser auf ihre Besitzer warteten, und führte sie dann weiter.

An einer Treppe, breiter als der jarimische Schlosshof, hielt Wihaji inne. »Dein Freund wird vermutlich da unten zu finden sein«, sagte er. »Willst du es wirklich wagen?«

Zum ersten Mal stellte er ihren Entschluss, Mago zu retten, in Frage. Das Hämmern, das die Luft vibrieren ließ, versetzte ihren Körper in Fluchtbereitschaft. Es wäre so einfach gewesen, jetzt einfach umzudrehen, und ein Teil von ihr wollte genau das tun.

Einen einzelnen Mann in diesem Berg von Palast zu finden war ein Ding der Unmöglichkeit. Das wusste sie jetzt. Wihaji hatte es die ganze Zeit gewusst und ihren Wunsch dennoch respektiert. Sie hatte selbst zu dieser Erkenntnis kommen müssen, sonst hätte sie nie aufhören können, sich schuldig zu fühlen. Doch aus demselben Grund konnte sie auch jetzt nicht umkehren. Noch nicht. Sie musste mit eigenen Augen sehen, was mit den Gefangenen geschah, die nicht als Holzarbeiter in den Wald geschickt wurden und sich dort zu Tode schufteten.

Also stieg sie neben dem dunklen Fürsten, der sich benahm, als gehörte er hierher, die Stufen hinunter.

Es schienen endlos viele. Anyana hatte keine Ahnung, wie sie jemals wieder hinaufsteigen sollte. Die Luft wurde stickiger und heißer. In das ewige Hämmern und Krachen mischte sich das Zischen und Fauchen von entweichendem Dampf und Blasebälgen. Die Treppe endete schließlich auf einer Galerie, die sich in beide Richtungen erstreckte und nicht einmal durch ein Geländer geschützt war. Eine weitere Treppe führte nur ein paar Meter entfernt weiter nach unten – nach sehr weit unten.

Sie befanden sich in einer gewaltigen Höhle unter dem Palast, einem unterirdischen Gewölbe, das größer war als jeder Saal, in dem Anyana je gestanden hatte. Der Anblick verschlug ihr den Atem. Es musste wahrlich ein Gott sein, der dies geschaffen hatte.

In diesem Moment fühlte sie sich so klein und unbedeutend, dass ihr Mut sank. Wie sollte jemand wie sie gegen den Flammenden König bestehen? Wie hatte sie auch nur hoffen können, dass sie ihm entgehen konnte – oder ihm gar einen Gefangenen entreißen? Unten am Boden in der Mitte der großen Kaverne befand sich ein Gerüst, das jedoch nicht verbarg, woran gebaut wurde.

»Das Schiff aus Eisen«, flüsterte Anyana.

Es war deutlich zu erkennen, obwohl es weder Masten noch Segel besaß. Doch der Rumpf, der auf gewaltigen Rädern ruhte, war der eines Schiffes. Die Oberseite, wo das Deck hätte sein sollen, war leicht abgerundet. Insgesamt war der Kasten größer als eine Burg, und vorne am Bug war eine Achse an dem Schiff befestigt, die verriet, dass irgendjemand das Ungetüm würde ziehen müssen.

Tausende Arbeiter waren damit beschäftigt, Nägel in die eisernen Platten zu schlagen, Fugen zu glätten, das noch nicht fertige Heck zu vervollkommnen. Kinder rannten zwischen den Erwachsenen umher, schleppten Nägelkisten und Ölkannen, reichten Werkzeug an oder saßen hustend zwischen den Gerüsten. Anyana hielt nach rotem Haar Ausschau, nach irgendeinem Zeichen von Mago, aber es war sinnlos, sie konnte ihn nirgends entdecken.

Sie wollte Wihaji schon fragen, ob sie nicht umkehren sollten, und drehte sich gerade zu ihm um, da wurde ihr Blick von etwas Rötlichem angezogen. Einige hundert Meter von ihrem Standpunkt entfernt führte eine weitere Treppe nach unten, und mehrere Männer schleppten einen Balken die Stufen hinab. Das Haar eines der Arbeiter leuchtete wie eine Flamme.

Es war Mago. Es musste Mago sein.

Gleich würde er unten ankommen, und dann hatte sie keine Chance, ihn auf der riesigen Baustelle wiederzufinden.

»Da ist er! Ich muss zu ihm.«

»Warte!«, zischte Wihaji.

Doch Anyana eilte schon die Galerie entlang. Sie bemühte sich, nicht zu laufen, um nicht aufzufallen. Es waren zahlreiche Soldaten in der Halle unterwegs, aber niemand rannte, alle bewegten sich in einem ähnlichen gleichmäßigen Tempo. Sie musste ihre

Gefühle bezwingen und im selben Gleichschritt die Galerie entlanggehen, nicht zu nahe am Abgrund, aber auch nicht ängstlich an der Wand entlang, wo das Gedränge am größten war. Um sicherzugehen, dass Wihaji ihr folgte, warf sie einen Blick über die Schulter. Er war stehen geblieben, die Augen hinter dem Sehschlitz weit aufgerissen.

Obwohl sie es eilig hatte, kehrte sie zu ihm zurück. »Was ist?«

»Er ist hier«, rief er ihr ins Ohr. Der Lärm von der Werft war hier so groß, dass sie ihn kaum verstehen konnte. »Geh weiter und bete zu den Göttern, dass er uns nicht bemerkt.«

Anyana wusste nicht recht, was er meinte, doch sie hatte keine Zeit, um nachzufragen. Wenn sie Mago auf den Stufen noch erwischen wollte, durfte sie nicht trödeln. Also marschierte sie weiter. Erst als sie den Treppenabsatz erreichte, wurde ihr klar, von wem Wihaji gesprochen hatte. Eine Gruppe Männer stand dort auf der Galerie. In Rüstungen und edle Gewänder gehüllte Offiziere und Edelleute umringten einen Mann, der ganz nah an der Kante stand, ohne Furcht, er könnte hinabstürzen. Durch die Gestalten der anderen hindurch, die offenbar seine Leibwache waren, erhaschte Anyana nur den Blick auf ein paar Details. Ein flammend roter Mantel, der bis zum Boden reichte. Schwarzes Haar, auf dem ein silberner Reif ruhte, der wie flüssiges Eisen schimmerte. Selbst von hinten strahlte der König eine Präsenz aus, die ihr das Blut in den Adern stocken ließ vor Furcht.

Es fiel ihr schwer, einfach an ihnen vorbeizugehen, so zu tun, als hätte sie einen wichtigen Auftrag, der sie zwang, ausgerechnet jetzt hinunter ins Gewölbe zu steigen.

Die Männer, die den Balken trugen, waren mittlerweile unten angekommen. Hastig stolperte Anyana die Stufen hinunter. Das Wissen, dass der König selbst sie genau im Blick hatte, brannte ihr Löcher in den Nacken. Er kannte sie nicht. Er konnte nicht wissen, wer sie war und dass sie nicht zu seinen Soldaten gehörte – doch würde seine göttliche Natur ihm nicht genau das verraten? Sie musste sich darauf verlassen, dass Wihaji sie aufgehalten hätte, wenn eine Entdeckung unvermeidlich gewesen wäre. Der König konnte nicht allwissend sein, sonst hätte der Fürst sich nicht so viele Jahre erfolgreich gegen ihn auflehnen können.

Hundert Stufen noch, vielleicht zweihundert. Ihre Knie zitterten, als sie endlich den Boden erreichte. Wo war Mago hin? Sie versuchte ihn in dem Gedränge zu erkennen. Da, der Balken. Sie schob sich durch die Menge der Arbeiter, ohne sich nach Wihaji umzudrehen, und stand plötzlich vor dem Mann, den sie suchte.

Sein rotes Haar leuchtete im Schein der unzähligen Lichter. Hätte es nicht bereits einen Flammenden König gegeben, sie hätte Mago diesen Titel verliehen. Er hielt sich aufrecht, trotz der schweißnassen Stirn und der Erschöpfung, die er nicht verbergen konnte. Wilder Grimm stand in seinen Augen. Obwohl sie den Helm nicht abnehmen konnte, schien er sie trotzdem zu erkennen.

»Was tust du hier?«, rief er gegen das Hämmern und Klopfen an.

»Dich hier rausholen«, antwortete sie.

Er lachte laut, und sie fühlte sich beschämt. Überall waren Wachen. Dort oben stand der König persönlich. Wie sollte sie auch nur einen seiner Sklaven retten?

Sein Mund verzog sich zu einem bitteren Lächeln. »Geh«, sagte er. »Verschwinde, bevor sie dich verhaften. Es gibt hier keine Gnade. Es gibt keinen Ausweg. Das ist Kato.«

»Der Aufrechte Mann bietet seinen Leuten eine Zuflucht.«

»Der Gegenkönig? Ich habe von ihm gehört. Aber weiß er, wogegen er kämpft? Weiß er, welche Macht der König besitzt? Er wird den Berg öffnen und das Schiff auf die Reise schicken. Draußen fließt ein breiter Strom vorbei, direkt ins Nebelmeer. Der Flammende wird es überwinden. Er wird Kanchar und Le-Wajun und alles, was wir gekannt haben, knechten und unter seine Herrschaft zwingen. Er wird alle Menschen zu Sklaven machen, so wie ich es jetzt schon bin, und wir können ihn nicht daran hindern. Niemand kann das.«

Anyana wünschte sich, sie hätte einen ausgefeilten Plan gehabt, um Mago zu befreien. Doch natürlich konnte man keine Pläne schmieden, wenn man nicht wusste, wo sich jemand befand. Jetzt wusste sie es. Jetzt konnte sie Wihaji darum bitten, ihr zu beschaffen, was sie zu Magos Rettung benötigte.

»Wir brauchen eine Rüstung für dich. Wenn wir dich als Soldat verkleiden könnten ...«

»He, du! An die Arbeit!« Ein Aufseher marschierte auf sie zu und versetzte Mago einen Stoß. Er warf ihr noch einen Blick zu, nachdenklich, beinahe bittend, und sie verstand.

Sie verstand viel zu viel. Von einer Liebe, die sie nicht erwidern konnte. Und von der Stärke eines Mannes, der über das Meer geflohen war und sich erneut in der Sklaverei wiedergefunden hatte.

Ich komme wieder!, wollte sie ihm nachrufen, doch womöglich hätte der Wächter das gehört, also schluckte sie ihr Versprechen hinunter.

Wihaji wartete am Rand der Treppe, eine finstere Gestalt, der sich niemand auch nur näherte. Stumm stiegen sie wieder hinauf. Anyana schwitzte vor Anstrengung, noch dazu unter der Last des schweren Helms und des Kettenhemds. Sie hielt den Blick auf die ausgetretenen Stufen gerichtet, und die Sorge um Mago schnürte ihr den Magen zusammen. Es schien ihr unmenschlich, ihn einfach hierzulassen, aber noch schlimmer kam ihr vor, was er gesagt hatte. Würde der Flammende König es schaffen, durchs Nebelmeer zu fahren? Um was zu tun? Konnte ihn nicht einmal Wihaji aufhalten? Als sie sich endlich der Galerie näherten, wagte sie es, den Kopf zu heben, um nachzusehen, ob der König immer noch von dort oben den Baufortschritt begutachtete.

Tatsächlich, er stand immer noch da. Zum Glück schaute er nicht in ihre Richtung, sondern sprach gerade mit einem seiner Männer.

Gelähmt vor Schreck, blieb Anyana stehen, doch Wihaji packte ihr Handgelenk und zog sie weiter. Ihre Gedanken rasten, während sie zurück in die Gegenwart fand, während sie das Knie hob, den Fuß aufsetzte, Schritt für Schritt für Schritt.

»Weiter«, zischte er. »Lass dir nichts anmerken.«

Der Flammende König. Das Rot seines Mantels, das herrliche, leuchtende Rot! Das gleiche Rot hatte Wihaji damals getragen, in jenem unvergesslichen Sommer in Anta'jarim. Rot für das Haus Lhe'tah.

Sie war neugierig gewesen und hatte sehen wollen, gegen wen der Gegenkönig antrat, wen er bekämpfte, ärgerte, sabotierte. Sie hatte wissen wollen, wie er aussah, der göttliche Flammende, der mit dem eisernen Schiffsrumpf nach Kanchar fahren wollte, zurück zu allem, was für Anyana immer noch Heimat war: Le-Wajun, Anta'jarim, die Kolonie, die Wüste von Daja, der Hafen.

Nun wusste sie es.

Der König, der über Kato herrschte, war niemand anderes als Tizarun, Sonne von Wajun.

3. Karims Dohle

Die eiserne Dohle verfolgte mit einem glühenden Auge jede seiner Bewegungen. Karim ölte die Scharniere sorgfältig ein, überprüfte die Krallen, wischte mit einem Pinsel jedes Staubkorn aus den fein gearbeiteten, metallenen Federn. Deren Spitzen waren scharf wie Rasierklingen. Und jede Kralle konnte einen Mann töten. Ein Eisenvogel gehorchten seinem Herrn, gehorchte ihm bedingungslos, denn er hatte keinen eigenen Willen. Der Wille des Feuerreiters war alles; dem magischen Geschöpf blieb gar nichts anderes übrig, als dem Weg zu folgen, den der Wille seines Herrn ihm befahl. Und doch gab es manchmal Zeiten, in denen der Gehorsam brüchig wurde und aus dem willigen Reittier eine tödliche Waffe, die sich gegen einen wandte.

»Du solltest das noch mal überdenken«, sagte Selas.

Karim warf einen Blick über die Schulter, ohne seine Arbeit zu unterbrechen. Sein Halbbruder sah gut aus, erholt und selbstbewusst. Das Licht der gunaischen Sonne ließ sein blondes Haar leuchten. Mit dem kurzen, sorgfältig gestutzten Bart wirkte er älter als Ende zwanzig. Selas war angekommen, endlich. Dort, wo er hingehörte – in Guna, dem Land, in dem er aufgewachsen war, bevor der Krieg alles zerstört hatte.

»Lass dir von Lani nicht die Butter vom Brot nehm…« Karim fühlte einen scharfen Schmerz in der Fingerkuppe und sprang zurück. Das Auge der Dohle glühte dunkelrot, fast schwarz. Wieder zuckte ihr Flügel, die Krallen bohrten sich ins Gras, zerfetzten ganze Büschel davon.

»Bei den Göttern, was hat das Ding?«, rief Selas aus.

»Ruhig, Dohle, ruhig.« Karim atmete tief durch, um seinen eigenen Herzschlag zu besänftigen. Selas und die Dohle, das war heikel, und dabei ahnte sein Bruder nicht einmal, wessen Seele in dem eisernen Geschöpft wohnte. »Beruhige dich, gleich fliegen wir.«

»Das kleine Ungeheuer wird dich noch umbringen. Flieg nicht nachts, ich bitte dich.«

»Ich weiß selbst, wie gefährlich das ist, aber was schlägst du vor? Dass ich am helllichten Tag über dicht besiedeltes Land fliege? Das Land der Tausend Städte ist nicht die dajanische Wüste. Und in Anta'jarim muss ich noch vorsichtiger sein.«

Selas musterte die Dohle unbehaglich. Er wahrte Abstand, doch Karim spürte die Unruhe des Vogels unter seinen streichelnden Händen. Unter den warmen Schuppen glühte der Brandstein, dort, wo das Herz eines echten Vogels gewesen wäre. Die Seele, die in dem Kerker aus Eisen festsaß, wölbte sich um den Brandstein, angezogen von seiner feurigen Macht und zugleich ein Schutzmantel vor der zerstörerischen Kraft des Steins. Niemand wusste, wie lange ein Eisentier sein geraubtes Leben leben konnte, ob es mehr als ein paar Jahre sein würden. Zu oft passierten Unfälle, denn gerade Eisenvögel wurden dort eingesetzt, wo es gefährlich war. Irgendwann stürzten sie ab oder wurden so stark beschädigt, dass man sie nicht mehr reparieren konnte. Waren die Toten dann endlich frei, zu den Göttern zu gehen? Karim bezweifelte es, aber er hatte niemanden, den er danach hätte fragen können. Die Eisenmeister von Gojad, aus deren Werkstätten sämtliche Eisenvögel stammten, verrieten einem kleinen Feuerreiter ihre Geheimnisse nicht, selbst dann nicht, wenn dieser Feuerreiter der Pflegesohn von König Laon war.

»Ruhig, Dohle.« Er flüsterte, die Lippen kaum eine Handbreit vom dolchartigen Nackengefieder des Vogels entfernt. »Genieß seine Gegenwart noch ein wenig. Ich werde ihm nichts sagen, versprochen. Es sei denn, du willst es.«

Natürlich konnte der Eisenvogel ihm nicht antworten. Die gefangene Seele mochte kämpfen und flattern wie ein Vogel in seinem Käfig, doch letztendlich war sie ihm ausgeliefert.

»Flieg nicht, Bruder«, versuchte Selas es noch einmal. »Nicht, wenn der Mondgürtel so hoch am Himmel steht. Heute Nacht werden die Monde strahlen.«

»Er wird mir gehorchen«, sagte Karim. »Und ich fliege. Wir brauchen Dilaya.«

Er hatte den Ring des Großkönigs, er war als Tizaruns Bastard der offizielle Erbe, doch das Volk von Le-Wajun würde in ihm stets einen Kancharer sehen. Eine Heirat mit einer wajunischen Prinzessin war die beste Lösung, wie er fand.

Auch darüber hatten sie bereits ausgiebig gestritten, deshalb wunderte Karim sich nicht darüber, dass Selas den Kopf schüttelte. »So funktioniert es nicht mit der Sonne. Du bist der Erbe als Tizaruns ältester Sohn, das hat Tenira dir zugesagt, und das darfst du in Anspruch nehmen. Aber die Sonne muss aus zwei Hälften bestehen, die sich aufrichtig lieben. Du kannst keine Sonne sein, wenn du niemanden liebst. Auch nicht mit Dilaya an deiner Seite. Eine Heirat aus politischen Erwägungen wird dich nur ins Unglück stürzen und ganz Le-Wajun mit dir.«

»Und trotzdem hast du zugelassen, dass Prinz Winya zur Wahl der Sonne nach Wajun gereist ist.« Sobald er es ausgesprochen hatte, hätte Karim sich am liebsten für diesen Satz geohrfeigt.

Die Dohle erstarrte. Sie öffnete den Schnabel, und einen Moment lang glaubte Karim beinahe daran, dass sie sprechen würde. Oder vielmehr schreien. *Selas, verdammt noch mal!* Aber vielleicht auch nicht. Vielleicht würde Winya, der berühmteste Dichter von Le-Wajun, seine Worte sorgfältiger wählen. Wenn er nicht im Eisenleib eines Vogels gefangen wäre.

Selas.
In Liebe verloren.
Denn Liebe herrscht nie.

Aber was wusste er schon? Er war kein Dichter, und er brauchte Dilaya von Anta'jarim, die letzte überlebende Prinzessin, um seinen Anspruch auf den Thron zu untermauern. Er brauchte sie, damit das Volk ihn akzeptierte. Das schien ihm weit wichtiger als die Frage, ob er das Mädchen mit den goldenen Haaren lieben oder auch nur mögen könnte.

»Ich glaube nicht an die Liebe«, sagte er schroff. »Und wenn du denkst, dass jedes Sonnenpaar, das in den vergangenen Jahrhunderten auf dem Thron saß, einander rein und aufrichtig liebte, dann steht es schlimmer um dich, als ich dachte.«

Selas trat einen Schritt zurück, ohne den Vogel aus den Augen zu lassen. Er schwieg, oder jedenfalls hoffte Karim, dass er ihm nicht weiter zusetzen würde, doch ältere Brüder hatten immer das letzte Wort.

»Vielleicht haben die Götter ein Einsehen, und du findest dein Glück mit Dilaya.«

Karim polierte den eisernen Sattel mit einem weichen Tuch, wischte die Reste des Öls fort und prüfte die Beinschienen, die den Feuerreiter auf dem gefährlichen Flug festhielten. »Wohl kaum«, murmelte er leise. Wenn er ehrlich war, rechnete er nicht damit, dass er Dilaya lieben könnte. Sein Herz hing immer noch an einem Mädchen, das er längst verloren hatte. Doch sie hatten bereits genug gestritten. Nun – vor dieser Reise, deren Ausgang niemand vorhersehen konnte – wollte er Abschied nehmen.

»Du wirst sie finden«, sagte Selas und breitete die Arme aus. Karim ließ sich drücken und protestierte nicht, obwohl ihm jeder einzelne Knochen wehtat. Er war dem Tod begegnet. Allein der Gnade der Götter und der Heilkunst einiger Begnadeter verdankte er sein Leben. Dass er es nun leichtfertig aufs Spiel setzte, hatten ihm alle deutlich zu verstehen gegeben – sein Bruder Selas, Lan'hai-yia, die neue Herrin von Königstal, sogar Linua, seine ärgste Konkurrentin unter den Wüstendämonen, die eigentlich seine Feindin hätte sein sollen und ihn aus irgendeinem Grund gerettet hatte.

Um Dilaya zu finden. Und das Zeitalter einer neuen Sonne zu beginnen, einer Sonne, die keine Liebe kannte als die zur Macht und zur Pflicht.

»Leb wohl, Bruder«, sagte Selas. »Versuch, keine Könige zu ermorden, keine Königreiche in den Krieg zu stürzen und nicht hingerichtet zu werden.«

Selas hielt sich für einen Witzbold, aber auch das gehörte dazu, wenn man einen großen Bruder hatte. Ein scharfer Stich des Neids durchzuckte Karim. Selas hatte ein schweres Leben gehabt – als Kind hatte er mitansehen müssen, wie sein Vater und seine Geschwister abgeschlachtet wurden. Er hatte das Leid seiner Mutter mitgetragen und geglaubt, dass der König, der den Rest dieser verwundeten Familie aufnahm, es gut mit ihnen meinte. Doch König Laon hatte aus dem Grafensohn einen Kammerdiener gemacht und ihn als Spion in die Ferne geschickt. Selas hatte seinen Herrn Winya über alles geliebt und seine große Liebe wieder verloren. Er besaß nichts als seinen Mut und seine unerschütterliche Hoffnung. Und hier stand er nun, ungebrochen, gesund, gut aussehend. In seinen Augen stand Sorge, aber es wohnten keine Dunkelheiten darin, die ihn verfolgten. Er war angekommen und würde sich vermutlich zum Herrn von Guna aufschwingen, und er hatte es verdient. Karim konnte sich nicht vorstellen, wie es sein mochte, so fest auf beiden Füßen zu stehen, wie eine biegsame Birke im Sturm, die nicht entwurzelt wurde und nicht zerbrach.

Er hatte ihm immer noch nicht gesagt, dass ihre Mutter ermordet worden war. Es schien einfach keinen guten Zeitpunkt dafür zu geben. So fest hatte er sich vorgenommen, es zu tun, bevor er abreiste, aber nun, da es so weit war, brachte er es wieder nicht über sich. Selas mochte stark sein, aber er war nicht unverwundbar, und er hatte sehr an Enema gehangen.

»Bis bald«, sagte er nur. So oder so hatte er nicht viel Zeit, und eine lange Abwesenheit konnte er sich nicht erlauben. Wenn Tenira und ihr Heer von ihrer Niederlage aus Daja nach Wajun zurückkehrte, musste er bereits auf dem Thron sitzen, ob mit Dilaya oder ohne sie. Er gab sich nicht mehr als drei oder vier Wochen, um sie zu finden.

Die Dohle drehte eine Runde über Königstal. Unter ihnen verschwamm das Graue Haus, in dem seit tausend Jahren der König von Guna residierte, zu einem blassen Fleck. Die Armee aus Eisenvögeln verwandelte die umliegenden Wiesen in ein spiegelndes Meer aus Metall. Karims Herz schlug schneller. Das war seine

Armee, das waren seine Feuerreiter, die bis zum Äußersten gehen würden, um ihn zu schützen. Diese Männer und Frauen waren ihm in die Rebellion gegen Kanchar gefolgt. Sie würden ihn auf den Sonnenthron bringen. Hätte er nur ein Wort gesagt, sie hätten ihn nach Anta'jarim begleitet und die dichten Wälder für ihn durchkämmt. Sie hätten sogar das Schloss für ihn erobert. Doch er wollte ganz Le-Wajun, nicht nur einen Teil. Er wollte die Liebe und Unterstützung des Volks, und aus diesem Grund konnte er in Anta'jarim nicht mit Eisenvögeln einfallen. Nicht in dem kleinen Königreich, in dem die Menschen alles Magische verabscheuten und den alten Wegen der Götter folgten. Aus demselben Grund hatte er auch die gefährliche Nachtzeit für seinen Flug gewählt. Niemand brauchte zu wissen, wie er reiste. Die Dohle war sein Geheimnis, und auch wenn dieses Geheimnis bereits gelüftet war – zu viele hatten gesehen, wie die Dohle ihn aus der Skorpiongrube gerettet hatte –, würden nur Gerüchte den Großen Wald erreichen. So sollte es bleiben.

Über die bewaldeten Hänge von Guna zu fliegen, während die Sonne sich im Westen dem Horizont näherte und das schimmernde Band der Tausend Monde über den dunkelblauen Himmel wanderte, hätte sogar ihn fast zum Dichter gemacht. Doch er durfte seine Gedanken nicht schweifen lassen. Sein Wille musste sich felsenfest aufs Ziel richten, darauf, den Eisenvogel zu lenken. Ließ seine Wachsamkeit auch nur einen Augenblick nach, konnte das fatal enden. Die Seelen vergaßen im Licht der Monde, wem sie zu gehorchen hatten, und strebten nach oben, zu den Göttern. Früher, als die Eisenmeister noch nicht wussten, dass die Seelen ihre Sehnsucht behielten, waren zahlreiche Feuerreiter gestorben. Die Eisenvögel waren immer höher geflogen, bis sie irgendwann an den Rand des Himmels stießen und zerbarsten.

Die Dohle breitete weit die Flügel aus, als wollte sie jeden Strahl Mondlicht aufnehmen. Karim spürte, wie sie erschauerte.

»Anta'jarim«, sagte er leise. Der kalte Wind trug seine Stimme davon, aber es waren die Gedanken, die zählten. Der Wille, der den Vogel weitertrieb. »Anta'jarim. Erinnere dich, Dohle. An das

Schloss und die Seen und die Küste. Dorthin geht es. Lass die Götter warten.«

Es war nie genug des Zuredens, der Beschwichtigung, keinen Augenblick konnte er innehalten und vor sich hinträumen. Wille traf auf ungezügelte Sehnsucht; der Nachthimmel war wie ein Magnet, dem der Eisenvogel aufgrund seiner Natur ausgeliefert war.

Schweiß perlte Karim von der Stirn, während er darum kämpfte, die Oberhand zu behalten. Schon lange war die Sonne vollständig untergegangen, sie flogen im weißen Licht des Mondgürtels, der die Sterne in seinem Umkreis verblassen ließ. Unter ihnen war die nächtliche Welt ein Ort aus silbernen Wiesen und dunklen Schatten. Die Luft, die sie im schnellen Flug durchschnitten, war rein und kalt und voller Träume. Die eiserne Dohle würde sich in diesen Träumen verlieren, wenn er nicht achtgab.

Endlich breitete sich unter ihnen Finsternis aus wie eine schwarze Wüste. Der große Wald schien das Mondlicht zu schlucken, die Wipfel verbargen das Land wie ihr ureigenstes Geheimnis. Hinter ihnen kroch bereits die Morgendämmerung aus den Nebelschwaden.

Karim war mittlerweile so müde, dass ihn nur die Klammern im Sattel hielten. Er konnte keine Lücke im Blätterdach erkennen, die groß genug war, um die Dohle hineinzulenken, doch als sie tiefer sanken, schienen sich die Äste auseinanderzubewegen, und unter ihnen lag die dunkle Fläche eines Sees.

Plötzlich schrak er hoch. Eiskaltes Wasser spritzte ihm ins Gesicht, schlagartig war er hellwach. Er musste kurz eingenickt sein, denn der Eisenvogel war mit einem Mal direkt über dem See. Er konnte nur dankbar sein, dass der Vogel nicht abgestürzt war und er rechtzeitig zu sich gekommen war. Die Dohle streifte mit ihren Krallen die Oberfläche des Wassers und landete dann geschickt auf einem Baumstamm im Schilf. Nur ein paar Schritte fehlten, um an Land zu gelangen. Die Schienen sprangen auf, und Karim watete durch den brackigen Uferschlamm, bis er endlich festen Boden unter den Füßen hatte. In der Kuhle zwischen den Wurzeln eines großen Baumes rollte er sich zusammen und sank sofort in einen tiefen Schlaf.

Er erwachte voller Unbehagen. Der Rücken tat ihm weh, seine Handgelenke schmerzten, sein Kopf dröhnte. Dank seiner Ausbildung zum Wüstendämon brauchte Karim üblicherweise nicht lange, um sich in einem neuen Tag zurechtzufinden. Sobald er wach war, war er ganz da und wusste, wo er sich befand und was ihn beunruhigte. Doch diesmal brauchte er eine Weile, um zu begreifen, was nicht stimmte. Der schmerzende Schädel – das war nach einem derart anstrengenden Nachtflug normal. Dass seine Haut so empfindlich war, dass ihn jedes Steinchen im Boden störte und jede Wurzel drückte, kam ebenfalls nicht überraschend; es waren immer noch die Nachwirkungen seiner schweren Vergiftung durch die Skorpionstiche. Doch dass er sich nicht bewegen konnte war ganz und gar nicht richtig. Er hielt die Augen geschlossen und horchte auf alles, was ihm Aufschluss geben könnte. Seine Handgelenke waren gefesselt, ebenso wie die Fußknöchel. Er schien nicht verletzt zu sein, bis auf die Tatsache, dass die Stricke zu eng um seine Gelenke geschlungen waren und ihm das Blut abschnürten. Sorgsam verschloss er die Schmerzen im hintersten Winkel seines Geistes. Nun konnte er besser erfühlen, wo er war. Raue Holzbretter, die bei jeder Bewegung knarrten – das bedeutete wohl, dass er sich in einer Holzhütte befand. Daraus folgerte er, dass er immer noch im Wald war. Als Nächstes versuchte er zu ergründen, mit wie vielen Gegnern er es zu tun hatte.

Jemand atmete leise – jemand, der ihn bewachte. Und dieser Jemand war kaum einen Meter von ihm entfernt. Leise Schritte, vielleicht im Nebenraum. Rascheln von Kleidung. Drei Personen. Mit seinem Gehör kam er nicht weiter, daher konzentrierte er sich auf seine magische Wahrnehmung, dehnte sie über das Zimmer, in dem er sich befand, hinaus und tastete seine Gegner ab. Keiner von ihnen trug eine Waffe, höchstens ein Messer.

Langsam öffnete er die Augen einen Spalt breit und spähte durch seine Wimpern hindurch.

Er lag auf dem Boden in einem Zimmer, dessen Wände aus rohen Balken bestanden. Vor ihm thronte auf einem Hocker eine alte Frau, die, soviel er von seiner Position aus sehen konnte, mit einer Stickarbeit beschäftigt war. Ihr graues Haar war zu einem Knoten geschlungen, ein paar verirrte Strähnen schmeichelten ihrem schönen Gesicht. Ihre Kleidung war überraschend farbenfroh, das fließende Gewand in Grün und Blau verlieh ihr etwas Königliches.

Er kannte sie. Im Moment wusste er nicht, woher, aber er war ihr schon begegnet, da war er sich sicher.

Ein bärtiger Mann kam herein, eine große Schüssel in den Armen. Hinter ihm tappte etwas Großes, Dunkles. Krallen kratzten über Holz, ein tiefes Knurren vibrierte in der Luft. Bevor Karim wusste, wie ihm geschah, goss der Kerl ihm einen Schwall kalten Wassers ins Gesicht.

Hustend und spuckend versuchte er, dem Wasser zu entkommen. Weiterhin Schlaf vorzutäuschen war nun leider unmöglich.

»Was soll das? Warum bin ich gefesselt?«, rief er laut, während er versuchte, sich an den Namen der alten Frau zu erinnern. Seine Empörung war nicht gespielt. Er hatte die Nase voll davon, gefangen genommen zu werden. Diese Leute hatten ihn überrumpelt – etwas, das einem Wüstendämon eigentlich nicht passieren dürfte und wohl seiner Erschöpfung nach dem gefährlichen Flug geschuldet war. Und statt ihn wie einen Gast zu behandeln, fesselten sie ihn und überschütteten ihn mit kaltem Wasser. Es reichte. Es reichte wirklich. Nur mit Mühe bezwang er seinen Zorn. Während er schimpfte und sich wand, hatte er längst das schmale Messer aus seinem Stiefel gepflückt, mit dem er im Handumdrehen die Fesseln durchschneiden konnte. Nur ein Schnitt, und er wäre frei. Nur ein Schnitt, und sie wären verloren. Diese Menschen wussten nicht, wen sie sich ins Haus geholt hatten. Aber er hatte nicht vor, es ihnen zu zeigen. Jedenfalls noch nicht.

Vor allem der Bär ließ ihn zögern. Er war riesig und schwarz, sein Fell wie Samt, die Schnauze hell, die Augen klein und dunkel. Wieder ging ein Grollen durch die ganze Hütte, Karim spürte das Beben, spürte die Kampflust.

»Wer bist du?«, fragte der Mann. Seine Stimme klang überraschend jung, er konnte höchstens Mitte zwanzig sein. Zu der einfachen, derben Kleidung eines Waldbewohners trug er ein sorgfältig besticktes Halstuch, die Stiefel waren sauber. Karim schloss daraus, dass er hier wohnte.

»Bindet mich los! Dann erzähle ich euch alles.« Er hatte mehrere Akzente zur Auswahl und entschied sich für den Tonfall, der ihn als Einwohner von Lhe'tah auswies. Diesen Leuten wollte er weder mit Guna noch mit Kanchar kommen. Es war ein Risiko, da er sich nicht erinnern konnte, wo er der Frau bereits begegnet war. Sprach er sie falsch an, würde das ihr Misstrauen nur schüren. Am Ende hetzten sie das Tier auf ihn. Doch er befand sich in Anta'jarim, und bei seinem letzten Aufenthalt war er Wihajis Knappe gewesen, also schien es die richtige Wahl zu sein. »Macht mich endlich frei, ihr tut mir weh!«

Der Mann umklammerte die Schüssel mit beiden Händen. Offensichtlich hatte er nicht oft Gefangene in seiner Hütte. »Sag uns, wer du bist und woher du kommst! Schickt Edrahim dich?«

Und schon hellte sich das Bild ein wenig auf. Sie befürchteten, dass er ein Spion des neuen Königs war? Das konnte nur bedeuten, dass er hier auf Rebellen oder etwas Ähnliches gestoßen war. Umso besser – möglicherweise wussten diese Leute, wo er Dilaya finden konnte.

»Du solltest doch nicht ...« Die alte Dame blickte den Bärtigen strafend an. »Nun, jetzt ist es auch gleich. Wir warten immer noch auf deinen Namen, Junge.«

Wenn er sie von jenem Sommer im Schloss her kannte oder von der Reise, blieb ihm nichts anderes übrig, als seinen echten Namen zu benutzen.

»Karim. Und ich habe mit Edrahim nichts zu tun, ich kenne ihn nicht einmal.«

Die Frau zupfte an den Wollfäden auf ihrem Schoß und schwieg dazu.

»Immerhin hast du dich sehr geschickt angeschlichen«, meinte der Mann. »Als wärst du vom Himmel gefallen. Ein gewöhnlicher

Reisender benutzt die Straße. Und sag jetzt nicht, du hättest dich verirrt. Unsere Wachen hätten dich aufgegriffen, wenn du hilflos durch den Wald gestolpert wärst.«

Sie hatten die Dohle nicht gefunden, sonst hätten sie ganz andere Fragen gestellt. Das war gut und erleichterte ihn ungemein.

»Ich habe es darauf angelegt, nicht gesehen zu werden.«

»Also doch ein Spion. Oder ein Dieb. Und auf jeden Fall ein Lügner.« Der Mann hatte sich sein Urteil schon gebildet. »Wir können ihn nicht wieder weglassen, Baihajun. Einem verirrten Wanderer könnten wir die Augen verbinden und ihn zur Straße bringen, aber dieser …«

»Baihajun?«, rief Karim dazwischen. Nun wusste er wieder, woher er das Gesicht der alten Frau kannte. »Du warst Anyanas Kinderfrau!«

Der Bärtige riss die Augen auf und sprang einen Schritt zurück. Der Bär rührte sich nicht von der Stelle. Baihajun hingegen ließ ihre Handarbeit sinken und erforschte sein Gesicht, nachdenklich und mit der Gründlichkeit alter Menschen, die nichts überstürzen.

»Sommer, Gäste, Sonne im Hof«, murmelte sie. »Hetjun war außer sich. Und meine Kleine kletterte über die Dächer. Du bist der Junge aus Wajun, Fürst Wihajis hübscher Knappe.«

»Ja«, sagte Karim. Es zu leugnen wäre zwecklos gewesen, außerdem war er nicht hergekommen, um sich zu verstecken. Er war hier, um sich eine Braut zu suchen.

»Du bist erwachsen geworden«, stellte Baihajun fest. »Wer hätte gedacht, dass du in unserem Wald vom Himmel fällst? Ich habe dich für einen gefährlichen Spion gehalten, sonst hätte ich meine Schlafkräuter nicht bei dir angewandt.«

Das erklärte die ungewöhnliche Tiefe seines Schlafs. »Ihr habt mir etwas eingeflößt?«

»Oh nein, es hat vollauf genügt, dir das glimmende Bündel Kräuter unter die Nase zu halten, bevor wir dich mitgenommen haben. Doch sag, was tust du hier? Versteckst du dich vor Tenira?«

»Wihajis Knappe?«, warf der Mann ein. »Ist das etwa der Bursche, den sie überall gesucht haben?« Er umklammerte die Was-

serschüssel so fest, dass seine Knöchel weiß wurden.« »Er war am Tod des Großkönigs beteiligt! Baihajun, wir können Teniras Feinden keinen Unterschlupf gewähren. Haben wir nicht schon genug Schwierigkeiten?«
»Sei ruhig, Juron. Lass ihn meine Fragen beantworten.« Baihajun legte die Stirn in Falten. »Dieser Junge bedeutet Ärger, wo auch immer er auftaucht.«
»Oh, ich bin ganz gewiss nicht hier, um Ärger zu machen«, beteuerte Karim. Er ließ die Klinge zurück in seinen Stiefel gleiten. Sich diesen Menschen jetzt als Entfesselungskünstler zu präsentieren würde zu viele Fragen aufwerfen. Dennoch hätte er den nächsten Satz lieber in einer etwas würdigeren Position ausgesprochen als durchnässt auf dem Fußboden einer Hütte. »Ich bin hergekommen, um Prinzessin Dilaya zu suchen.«

Die beiden bemühten sich, ihre Gesichtszüge unter Kontrolle zu halten, sich keinen Blick zuzuwerfen, so zu tun, als wüssten sie nichts. Es war mehr als offensichtlich.

»Oh, Dilaya?«, ächzte Juron schließlich. »Ist sie nicht tot?«
»Mach dir keine Mühe.« Baihajun seufzte. Ihr schien längst klar, was Juron nicht wahrhaben wollte – sie hatten sich bereits verraten. »Was willst du von ihr?«
»Nur um ihre Hand anhalten«, sagte Karim und schenkte ihr sein schönstes Lächeln.

4. Auf Brautschau

Baihajun sagte nichts. Sie schwieg eine lange Zeit, dann stieß sie abrupt »Der Junge braucht trockene Kleidung!« hervor. »Mach ihn so weit los, dass er essen kann, und besorg ihm was zum Anziehen und zum Essen.«
Daraufhin verschwand sie aus der Hütte.
Juron verzog mürrisch das Gesicht, während er Karims Handfesseln löste, und murmelte böse Flüche vor sich hin. Seine Fußgelenke an die Holzbeine des Stuhls zu fesseln, auf den er ihn mithilfe eines weiteren Waldbewohners setzte, schien ihn jedoch unverhältnismäßig zu erfreuen. Nachdem er ein Schüsselchen Suppe geholt und vor Karim auf den Tisch gestellt hatte, blieb Juron mit finsterer Miene an der Tür stehen und beobachtete ihn beim Essen. Der Bär breitete seine ganze Körperfülle vor dem Kamin aus und ließ ihn ebenfalls nicht aus den Augen. Etwas war unheimlich an diesem Tier, aber Karim hätte nicht sagen können, was.

»Baihajun ist also aus Wajun entkommen und nach Anta'jarim zurückgekehrt.« Er nahm ein paar Schlucke von der Suppe. Sie schmeckte köstlich. Salzig, nach Kräutern, nach Fleisch und Fett und herben Wurzeln. »Aber nicht ins Schloss, in dem sich der neue König breitgemacht hat. Was diesen nicht stören dürfte, es sei denn, in diesen Wäldern geschehen noch andere Dinge, von denen Edrahim nichts erfahren soll. Was seid ihr, Rebellen? Bereitet ihr seinen Sturz vor mit Hilfe der wahren Erbin?«

Juron schien erst nicht antworten zu wollen, dann brach es doch aus ihm heraus. »Wie könnten wir?«, fragte er heftig. »Tenira würde sofort Truppen schicken, die die von ihr eingesetzte Marionette unterstützen.«

»Tenira ist in Kanchar, mitsamt ihrem Heer. Sie wird nicht so schnell eingreifen können, zumal sie nun der Gnade des Kaisers ausgeliefert ist.«

»Wie hast du das erfahren?«, fragte Juron misstrauisch. »Nur die Wasserleser wissen davon.«

Das wussten sie also schon? Erstaunlich. »Habt ihr Magier hier, die euch die Nachrichten weitergeben?« Das hätte alles geändert, was er über Anta'jarim zu wissen glaubte. »Als Rebellen sind solche Informationen für euch lebenswichtig.«

Sein Bewacher zögerte. »Wir behelfen uns mit anderen Methoden. Aber das ist nichts, was ich mit einem Fremden besprechen werde.«

Also waren Magier in Anta'jarim nach wie vor nicht gern gesehen. Besser, diese Hinterwäldler erfuhren möglichst wenig über seine Fähigkeiten. Doch irgendwann würde Karim damit herausrücken müssen, dass er über magische Gaben verfügte. Er würde ihnen gewiss nicht alles offenbaren, aber dass er der Anführer der Feuerreiter war, bildete mittlerweile den Mittelpunkt seiner eigenen Machtbasis. Das konnte er nicht auf die Dauer verheimlichen.

»Wie kommst du überhaupt auf die Idee, eine Prinzessin würde sich mit dir einlassen?« Um Jurons Mundwinkel zuckte es verächtlich. »Teniras Gegner zu sein macht dich noch lange nicht zu einem passablen Anwärter für eine adlige Dame.«

Karim war Baihajuns Fragen ausgewichen, und auch jetzt begnügte er sich damit, mit den Schultern zu zucken und die Suppe zu genießen. Es war ein Risiko, sich geheimnisvoll zu geben, aber er rechnete damit, dass diese Leute Dilaya darüber informieren würden, dass er nach ihr gefragt hatte. Sie würde zumindest neugierig werden.

Es hätte auch einen anderen Weg gegeben, nach Anta'jarim zu kommen und die Prinzessin aufzustöbern. Einen würdigeren, herrschaftlichen Weg, der Karims künftiges Großkönigtum einleitete. Wo ein Schritt zum anderen passte und jeder ihn eine Stufe höher brachte wie eine Treppe. Hätte er ein Geschwader aus Eisenvögeln mitgebracht, wäre er nicht in dieser Hütte gelandet, wo er gute Miene zum bösen Spiel machen musste. Aber dafür wäre aus der Brautwerbung eher eine gewalttätige Entführung geworden, da ihm niemand vertraut hätte. Baihajun traute ihm auch jetzt nicht, aber immerhin wusste sie etwas, und er hegte die Hoffnung, dass sie ihm bald ihr Geheimnis verraten würde.

Satt und zufrieden lehnte er sich zurück und verschränkte die Arme vor der Brust. Ein Tumult vor der Hütte schreckte ihn auf, zumal er mehrmals hörte, wie jemand »Daja« rief. Also wussten sie Bescheid über die Dinge, die in Daja passiert waren? Über die Schlacht, die Skorpiongrube, seine Flucht? Er verfluchte seine Fesseln. Wenn gleich ein Dutzend Rebellen hereinstürmte, musste er bereit sein, ihnen entgegenzutreten.

Als Juron die Tür einen Spalt breit öffnete, um mitzubekommen, was da vor sich ging, nutzte Karim die Gelegenheit und schnitt rasch die Stricke durch, die ihn an den Stuhl banden. Wer auch immer sich ihm entgegenstellte, er wollte gewappnet sein. Um Juron nicht zu warnen, blieb er jedoch sitzen und fischte mit spitzen Fingern ein Stück Fleisch aus dem Rest der Brühe. Er warf es dem Bären zu, der ihn nur verächtlich musterte, als sei er ein ausgemachter Dummkopf.

Dann marschierte Baihajun in die Hütte. Ihre Augen blitzten ihn wütend an, ihr Mund war ein schmaler Strich. Neben und hinter ihr drängten weitere Menschen herein, doch Karim erhaschte nur einen kurzen Blick auf neugierige Gesichter, bevor die alte Dame alle anderen hinausscheuchte. Nur der Bär ignorierte den Befehl; mit funkelnden Augen blieb er vor dem Kamin hocken.

»Ich weiß von Daja!«, fuhr Baihajun Karim an. »Es hat Krieg gegeben. Ein Vertrag wurde geschlossen. Tenira musste sich ergeben.«

Er nickte nur und wartete ab.

»Und welche Rolle hast du dabei gespielt? Es heißt, Karim, der Prinz von Daja, sei von Tenira zu ihrem Erben gekürt worden?«

»Aufgrund des Gesetzes, das uneheliche Kinder gleichstellt, ja«, sagte Karim.

Baihajun starrte ihn an. »Oh ihr Götter«, murmelte sie, »oh ihr Gnädigen! Oh Bela'jar, Liebster von allen! Deshalb das alles? Fürst Wihaji wollte dich deinem Erbe zuführen? Nein, nicht dich ... Euch, Prinz von Daja!« Sie blinzelte, ihre Augen füllten sich mit Tränen. Karim hatte nicht die geringste Ahnung, warum sie so betroffen war oder was Wihaji damit zu tun hatte, deshalb schwieg er.

»Es heißt weiter, Ihr seid einem Götterurteil entkommen und verschwunden.«

Er wich ihrem tränenfeuchten Blick nicht aus und wartete.

»Wenn ihr das nicht im Wasser lest, woher könnt ihr das wissen?«, fragte er. »Kein Bote ist so schnell.«

»Träume«, flüsterte Baihajun. »Träume sind schneller als Boten. Sie kommen an, bevor die Reisenden überhaupt aufgebrochen sind. Wir träumen in diesen Wäldern von den Dingen, die da draußen geschehen, und im Nebel sehen wir die Wüste. Ich erzählte einem Kind von einem Brunnen, und es sprang, und ein Mädchen schrie jeden Morgen seine Angst vor den Flammen heraus, bevor irgendein Schmerz sie auch nur berührt hatte.«

Sie ragte über ihm auf, rang die Hände, und da war etwas in ihr, das er erkannte, da es ihm selbst so sehr vertraut war: Schuld. Wohnte sie deshalb mitten im Wald, statt es sich im Schloss gutgehen zu lassen? Baihajun hatte Anyana nicht retten können, so wenig wie er, aber dies war seine Last, das Gewicht, das seine Schultern hinunterdrückte und seine Seele in einen schwarzen Teich verwandelt hatte. Seine, nicht ihre.

»Du hast das Gesicht?«, fragte er. Natürlich kannte er das Gerede über die königliche Familie von Anta'jarim, doch ihm war neu, dass diese Gabe – oder dieser Fluch – auch andere Teile der Bevölkerung betraf.

»Ich nicht«, sagte Baihajun. »Ich war blind, eine Frau mit verbundenen Augen. Ich habe an Dinge geglaubt, von denen ich nichts wusste, und Märchen erzählt. Aber hier sind andere, die mehr sehen als ich.« Sie warf einen Blick zurück zur Tür. »Und manch einer warnt uns vor Euch, vor dem Jungen mit den Skorpionen und den eisernen Flügeln. Ich weiß nicht, was diese Bilder bedeuten. Ich weiß nicht, wer Ihr wirklich seid und was Ihr hier wollt. Und ich fürchte, wenn ich diesmal nicht eingreife, dann ...«

»Baihajun, es reicht.«

Die Stimme, die dazwischenfuhr, gehörte einer jungen Frau. Entschlossen stieß sie die Tür weiter auf und trat vor den Tisch, an dem Karim saß. Erschrocken starrte er ihr ins Gesicht.

Das junge Mädchen, an das er sich erinnerte, war hübsch gewesen, mit einer auffälligen goldenen Lockenpracht, die ein liebliches Gesicht umrahmte. Eine verwöhnte Prinzessin, arrogant, zum ersten Mal verliebt und ein bisschen unverschämt. Nie im Leben hätte er sie heute wiedererkannt. Denn nun sah Karim sich einer Frau gegenüber, die schwer vom Schicksal gezeichnet war. Die Haare trug sie bis auf Kinnlänge kurz geschnitten, doch die gewellten Strähnen, die ihr über die Wange fielen, konnten die zahlreichen Narben nicht verbergen. Ihr linkes Auge wurde von einem gefalteten Tuch verborgen, hinter dem verbrannte und gefurchte Haut zu erahnen war. Ein tiefer Schnitt bog einen ihrer Mundwinkel nach oben, was ihr Lächeln seltsam verzerrte. Karim wusste von Laikan, dass Dilaya nicht in der Nähe des Feuers gewesen war, in dem ihre gesamte Familie verbrannt war. Woher also hatte sie diese vielen Narben?

»Nun, Karim«, sagte sie, »so sieht man sich wieder.« Auch ihre Stimme hatte sich verändert, sie war rau und heiser, die Stimme eines Menschen, der zu viel geschrien hatte. »Nicht ganz, was du erwartet hast, was?«

Karim schämte sich für jeden Moment seines Zögerns. Dann raffte er all seinen Mut und seine Entschlossenheit zusammen und stand auf. »Lässt du uns bitte allein, Baihajun?«

Die alte Frau hob eine Augenbraue, doch sie sagte nichts dazu, dass er nicht mehr gefesselt war. Sie seufzte nur leise und zog sich kopfschüttelnd zur Tür zurück. »Mädchen«, murmelte sie, »du weißt, dass daraus nichts Gutes entstehen kann.«

Dilaya schwieg eisig, und Baihajun schloss mit einem weiteren Seufzer die Tür.

»Man sagte mir, Ihr würdet Fesseln tragen«, sagte Dilaya, als Karim um den Tisch herum kam.

»Man sagt vieles über mich, das nicht stimmt.« Es kostete ihn Kraft, sie anzusehen, sich daran zu erinnern, wer sie gewesen war. Die Prinzessin, die zu suchen er ausgezogen war, hatte ein Mittel zum Zweck sein sollen – belanglose Schönheit und ein wichtiger Name. Doch an dieser jungen Frau war nichts belanglos. Sie trug derbe Stiefel und eine Hose aus grobem Stoff. Der Waffenrock reichte ihr über die Hüfte, die viel zu schmal war. Er registrierte ihre Bewaffnung – zwei Dolche, ein Bogen, eine Armbrust. Wie konnte sie mit nur einem Auge schießen?

»Bald fünf Jahre lebe ich schon hier als wildernde Jägerin«, sagte sie. »Und zugleich bin ich das Wild für die königlichen Jäger. Edrahim lässt die Wälder durchkämmen, seit er auf dem Thron sitzt. Er gibt nie auf, er lässt nie nach. Seine Soldaten sind überall, und jeder, den ich treffe, könnte ein Mörder sein. Ihr habt Glück, dass Juron und Lork Euch nicht sofort getötet haben.« Sie warf einen Blick zu dem Bären hinüber, der ihnen zu lauschen schien. »Geh. Du brauchst mich nicht zu beschützen, dieser Mann ist mein Gast.«

Mit einem dumpfen Knurren erhob sich das gewaltige Geschöpf und trottete zur Tür.

»Er folgt aufs Wort?«, fragte Karim beeindruckt. Etwas war magisch an dieser Kreatur, aber er hätte nicht sagen können, was ihn darauf brachte. Es war nur ein Gefühl, doch jetzt war nicht der richtige Zeitpunkt, um weiterzuforschen, inwieweit die Jarimer, die jegliche Magie ablehnten, selbst Magie ausübten.

»Die Hälfte meiner Freunde ist der Meinung, wir sollten Euch die Kehle durchschneiden, bevor Ihr Unheil stiften könnt. Doch ich möchte mir anhören, was Ihr zu sagen habt, Prinz von Daja.« Etwas von dem Mädchen, an das er sich erinnerte, wurde sichtbar, als sie den Kopf leicht schräg legte und ihn erwartungsvoll ansah.

»Ihr werdet seit fast fünf Jahren gejagt?«

»Seid Ihr hergekommen, um mir Fragen zu stellen?«

»Ich bin hier, um eine Prinzessin zu fragen, ob sie mich heiraten will.« Er beugte das Knie und sah zu ihr hoch. »Und das tue ich hiermit.« *Nicht nachdenken*, beschwor er sich. *Nicht fühlen. Nur den Weg gehen, den ich vor langer Zeit beschritten habe, diesen Weg, von dem es kein Zurück mehr gibt.* »Wollt Ihr, Prinzessin Dilaya von Anta'jarim, meine Frau werden?«

Dilayas Schultern bebten. Sie trat einen Schritt zurück und schlug die Hand vor den Mund. Zuerst glaubte er, sie würde vor Rührung schluchzen, dann wurde ihm bewusst, dass sie lachte. Sie lachte ihn schlicht und einfach aus.

Er blieb in seiner knienden Haltung, obwohl der Ärger in seinen Adern kribbelte. Sie war die erste Frau, der er diese Frage stellte. Denn die Verlobung mit Ruma hatte König Laon verfügt, ohne dass er etwas dafür hätte tun müssen. Er hatte ein bisschen mehr Freude erwartet und etwas weniger Gelächter.

»Steht auf«, sagte Dilaya, nachdem sie sich beruhigt hatte. »Das ist doch lächerlich.«

»Ich warte auf eine Antwort«, beharrte er.

»Baihajun hat mir von Euren grandiosen Plänen erzählt. Ihr seid hergekommen, um eine schöne Frau für Euren Thron auszusuchen. Seht mich doch an!« Dilaya riss sich das Tuch vom Gesicht, das ihr linkes Auge verdeckte – oder die Stelle, an der einmal ein Auge gewesen war. Die Hälfte ihrer Stirn war von wulstigen Brandnarben bedeckt, das Lid mit dem restlichen Fleisch verschmolzen. Tiefe Furchen zogen sich die Wangen hinunter.

»Das wollt Ihr heiraten?«, rief sie. »Das? Oh, ich glaube nicht, dass Ihr das wollt. Laikan hat jedenfalls das Weite gesucht, nachdem mir das passiert ist. Danach war nicht mehr die Rede davon, dass er mich nach Nehess mitnimmt oder mit mir um meinen Thron kämpft.«

»Prinz Laikan ... weiß davon?«

Dilaya beugte sich zu ihm hinab, näherte sich mit ihrem zerstörten Gesicht, dessen Anblick er aushalten musste. »Hat er Euch etwa hergeschickt? Das hätte ich mir denken können. Meine Existenz ist ein gut gehütetes Geheimnis. Mein Onkel Edrahim sorgt dafür, dass jeder, der von mir erfährt, mein Feind wird. Das

Kopfgeld, das auf mich ausgesetzt ist, ist so unglaublich hoch, dass ich manchmal selbst versucht bin, es mir zu holen.« Sie streckte die Hände aus und legte sie an seine Wangen. »Was hätte ich früher dafür gegeben, dass ein hübscher Prinz um meine Hand anhält. Oder überhaupt ein Mann. Mittlerweile ist mir wichtiger, ob meine Freunde treu zu mir halten. In den vergangenen Jahren bin ich so oft verraten worden, dass es mir schwerfällt, überhaupt noch jemandem zu glauben. Ich bin mit einem Messer im Rücken erwacht und von einer guten Freundin mit Gift überschüttet worden. Und nun kommt Ihr und wollt mich heiraten, um Eure Macht zu sichern? Ihr wollt eine Frau mit diesem Gesicht auf den Thron der Sonne setzen?«

Sie ließ ihn los und band sich erneut das Tuch um. »Nein, sicher nicht, Karim. Es gibt eine Grenze für das, was ein Mann bereit ist, für eine Krone zu tun.«

»Was ich will, habe ich Euch gesagt. Ich warte immer noch darauf, dass Ihr mir sagt, was Ihr wollt.«

Ihre rechte Augenbraue hob sich in einem Anflug von Überraschung. »Steht auf. Geht. Ich bin nicht interessiert.«

»Ich habe gedacht, es würde schwieriger werden, Euch zu finden. Doch dass Ihr nicht interessiert seid, damit habe ich nicht gerechnet.«

»Warum?«, gab sie zurück. »Weil Ihr nie Schwierigkeiten hattet, Mädchen in Euer Bett zu bekommen? Man muss Euch nur ansehen. Ihr seid es nicht gewöhnt, abgewiesen zu werden. Glaubt Ihr, ich muss dankbar sein, dass jemand wie Ihr mich beachtet? Dass Ihr mich in die Höhen der Macht zurückbringen wollt, in ein Schloss, an einen Hof, wo alle Augen auf mir ruhen werden?«

Vielleicht hätten die Heilmagier etwas für sie tun können, als die Verätzung ganz frisch war, doch jetzt? Karim überschlug die Möglichkeiten, was mit Magie möglich war, und musste sich eingestehen, dass die Chancen schlecht standen, ihr auch nur einen Teil ihrer früheren Schönheit zurückzugeben. Andererseits – was Linua für ihn getan hatte, war nach menschlichem Ermessen ebenfalls unmöglich gewesen. Sie hatte ihn vor dem sicheren Tod gerettet. Die entstellende Narbe, die Linua aus Burg Katall mitgebracht hatte, war ebenfalls spurlos verschwunden. Doch es wäre grausam gewesen, in Dilaya eine Hoffnung zu wecken, die sich höchstwahrscheinlich nicht erfüllen würde.

»Wovor fürchtet Ihr Euch?«, fragte er. Da sein Knie schmerzte und sie immer noch nicht ja gesagt hatte, stand er schließlich doch auf. Nichts hiervon lief so, wie es sollte. Er hatte weder ihre noch seine eigenen Gefühle berücksichtigt. Natürlich wollte er sie nicht heiraten. Die Vorstellung, diese zerschnittenen Lippen zu küssen, erfüllte ihn mit Grauen. Er wünschte sich, er könnte über ihre Entstellungen hinwegsehen, aber es war einfach zu schwer. »Wir könnten eine Ehe führen, die auf Freundschaft und Vertrauen beruht.«

»Ah«, meinte sie. »Also werdet Ihr langsam doch ehrlich. Ihr möchtet das Bett nicht mit mir teilen? Ihr wollt keine kleinen Prinzen mit mir zeugen? Dabei wäre das doch unsere Aufgabe, wenn ich mich recht der Pflichten eines Königs entsinne. Oder schlagt Ihr vor, dass wir das Licht ausmachen könnten?« Sie lehnte sich an den Tisch, die Arme vor der Brust verschränkt. Eine Jägerin, eine Gejagte, eine Erbin, eine Verlorene. Sie war mehr, als er je erwartet hätte.

Was konnte er sagen, ohne sie zu beleidigen? Gab es überhaupt Wörter, die nicht falsch waren oder eine falsche Bedeutung annahmen, sobald sie seinen Mund verließen?

»Ihr braucht einen Sohn«, sagte sie. »Würdet Ihr so lange warten können, bis er auf der Welt ist, bevor Ihr dafür sorgt, dass ich einen tragischen Unfall erleide? Oder nicht einmal das? Vielleicht würde es genügen, mich auf den Thron zu setzen. Ich könnte einen goldenen Schleier tragen, und die Leute würden glauben, dass Ihr meine Schönheit verbergt, weil Ihr eifersüchtig auf jeden Sonnenstrahl seid, der mich berührt. Wir könnten ein Bild von uns malen lassen, das mein Aussehen beschönigt, sodass wir ein prächtiges Paar abgeben, ganz wie einst Tenira und Tizarun. Das Volk wird uns lieben!« Ihre Hände krampften sich um die Tischplatte. Er blickte auf ihre Knöchel, die weiß hervortraten, auf die Narben an ihren Händen, die zu glühen schienen.

»Ich kann Edrahim für Euch töten«, sagte er.
Ihre Fingernägel gruben sich ins Holz. »Was?«
»Mein Verlobungsgeschenk«, sagte Karim. »Werdet ihr mich heiraten, wenn ich ihn für Euch töte?«
»Ihr könnt nicht den Thron der Sonne besteigen, nachdem Ihr einen Mord begangen habt.«
Er schloss die Augen und dachte an Tizarun. Ein Verbrechen, ein falscher Zeuge, ein Sündenbock. Die Geschichte von Trica hatte dem vorigen Großkönig nicht geschadet. Die Familie Lhe'tah hatte schon einmal einen Mörder auf den Thron gebracht.
»Es wäre mein Geschenk an Euch«, sagte er. »Niemand sonst würde es wissen. Ich kann Eure Feinde zum Schweigen bringen, und wen Ihr bestraft wissen wollt, den kann ich für Euch bestrafen. Die Tage der Flucht wären zu Ende, Dilaya. Ihr könntet wieder im Licht leben, dort wo Ihr hingehört.« Linua würde sie heilen, das hoffte er so sehr. Er konnte vielleicht nicht lernen, Dilaya zu lieben, aber es wäre möglich, mit ihr zusammen die Sonne zu sein. Oder vielleicht konnte er es doch irgendwann. Diese Frau vor ihm war so anders als das, was er erwartet hatte, dass auf einmal alles möglich schien. »Ich kann für Euch sein, was Ihr braucht.«
Wenn sie jetzt gelacht hätte … aber Dilaya lachte nicht. Sie betrachtete ihn nachdenklich.
»Ihr seid Tizaruns Sohn.«
»Ja, leider.«
»Ihr ähnelt ihm unglaublich. Seltsam, dass ich das nicht gesehen habe, als Ihr damals im Schloss wart.«
»Man sieht, was man sehen will. Ihr habt nur einen Knappen gesehen und ich ein oberflächliches, unhöfliches Mädchen mit großen Ansprüchen.«
»Ihr würdet also meinen Onkel für mich töten?« Sie zog einen der Dolche aus der Halterung an ihrem Gürtel und fuhr prüfend mit dem Daumen über die Klinge. »Das ist keinem von uns bisher gelungen. Das Schloss ist eine Festung. Wenn ich erst drinnen wäre, würde ich ihm im Schlaf die Kehle durchschneiden, doch er lässt das Tor zu gut bewachen. Jeder Besucher wird durchsucht,

und um zum König vorgelassen zu werden, braucht man einen guten Grund. Keiner meiner Leute ist je zurückgekommen, bis auf einen, der gleich darauf versucht hat, mich zu töten. Wir hätten ihn nie für einen Verräter gehalten. Er ist umgedreht worden.«

»Dann hat Edrahim Magier zur Hand?«

»Vermutlich. Ich glaube, Tenira hat ihm Unterstützung geschickt. Sie hat ein großes Interesse daran, dass er die Stellung hält und ihr keine Schwierigkeiten bereitet.«

Die wajunischen Magier waren Stümper. Karim hatte ihr Werk in der Hauptstadt bewundern können – Lichter und Düfte und schöne Klänge, das konnten sie, doch darüber hinaus schafften sie es nicht einmal, ein Eisenpferd zu beherrschen. Die Geheimnisse hinter dieser Magie hatte Kanchar nie verraten.

»Wir in Anta'jarim wollten nie einen König, der das Gesicht besaß«, meinte sie leiser. »Nun haben wir bekommen, was wir wollten.«

»Das Volk liebt ihn?«

»Das Volk wurde nicht gefragt. Manche arrangieren sich mit ihm, andere trauern den alten Zeiten hinterher. In diesen Zeiten zerfällt alles und ordnet sich neu. Wir wissen nicht, wohin wir gehen und mit wem und wohin das alles führen wird. Wir hören Gerüchte von Krieg und warten auf die Soldaten, die fortgezogen sind und die nie zurückkehren werden. Wir wissen nicht, wem wir zujubeln oder den Sieg wünschen sollen. Tenira etwa? Und nun musste die Großkönigin sich dem Feind aus Kanchar beugen«, fuhr Dilaya fort. »Unsere Träume waren nicht eindeutig, das sind sie nie, aber mir scheint, Ihr könnt diese Bilder bestätigen. Sie ist Regentin von Kanchars Gnaden, nicht wahr? Wenn Ihr Euch in Wajun auf den Thron setzt, was ist dann mit Kanchar? Wird es einen neuen Krieg geben? Oder lasst Ihr die Großkönigin gewähren und zieht mit mir ins Schloss von Anta'jarim, sobald wir Edrahim daraus entfernt haben?«

Sein Herz machte einen Satz, es stolperte, es erschrak. »Heißt das, Ihr sagt ja? Wir sind verlobt?«

»Das heißt, ich denke darüber nach, welches Leben Ihr mir bieten könnt. Ihr kommt her und bietet mir den Tod meines Feindes an, der von einem halben Dutzend Magiern beschützt wird. Ihr stellt mir einen Thron in Aussicht, auf dem die Frau sitzt, die meine Familie auf dem Gewissen hat. Seid Ihr ein Lichtgeborener, der Wünsche erfüllt, oder nur ein Aufschneider? Es fällt mir schwer, Euch und Eure Absichten zu durchschauen.«

Er war kein Lichtgeborener. Seine Herkunft war finster, und die Wünsche der Männer, die ihn großgezogen hatten, waren nicht erfüllt worden. Alles, was er tat, schien die Dinge nur noch schlimmer zu machen, und ihm war bewusst, dass er diesem Mädchen zwar alles Mögliche versprechen konnte, dass er jedoch nicht wusste, ob er es halten würde. Er hatte nur eine Pflicht, und das war Guna, das er schützen musste. Die grünen Berge, über die Daja bald herfallen würde – wenn er es nicht verhinderte. Allein der Versuch wäre sinnlos gewesen, wenn er nicht die Feuerreiter an seiner Seite gehabt hätte.

»Was ich Euch biete? Edrahims Tod und Wajun. Ihr werdet die Sonne sein.«

5. Ein Kind im Palast

»Ich bitte vielmals um Entschuldigung, Herr.« Maira, die Kinderfrau des kleinen Großkönigs, drehte Yando den Rücken zu. Beherzt griff sie hinter die samtbezogene Liege im Salon des Kaisers und zerrte den Jungen aus seinem Versteck hervor. »Aber wem sage ich das? Ihr versteht mich ja doch nicht.«

»Du musst dich nicht entschuldigen«, sagte Yando auf Wajunisch. »Und rede mich nicht mit Herr an, das steht mir nicht zu.«

Maira war eine Wajunerin. Sie hatte Teniras Sohn Sadi, der als Unterpfand des Friedens in Kanchar aufwachsen sollte, nach Wabinar begleitet. Sie war erst fünfzehn oder sechzehn Jahre alt, mit buschigen braunen Haaren und einer zu spitzen Nase, doch nun funkelten ihre Augen. Es machte sie nicht attraktiv, doch es verdeutlichte jedem, dass mit ihr zu rechnen war. In den zwei Wochen, die seit Sadis Ankunft in Wabinar vergangen waren, hatte er noch nicht mit ihr gesprochen. Kein Wunder, dass sie ihn für einen kancharischen Adligen hielt. »Ach, nein? Wer bist du dann, ein Wajuner in Kanchar – ein Verräter? Was soll ich von einem Mann halten, der in den allerschönsten Gewändern hier oben im Palast wohnt?«

»Ich bin ... der Ratgeber des Kaisers.« Yando hatte sagen wollen: sein Sklave, doch manchmal kamen diese Worte nicht über seine Lippen, und heute war ein solcher Tag.

Er war Liros Ratgeber, trotzdem war er kein Verräter, denn Tag und Nacht dachte er über sein Dilemma nach: dass es seine Pflicht war, dieses quirlige Kind zu töten, das Maira am Handgelenk gepackt hielt, damit es nicht weglief.

»So«, sagte sie energisch. »Sehr schön. Dann ziehe ich meine Entschuldigung zurück. Ich muss mich nicht dafür entschuldigen, dass Sadi den Palast erkundet, in dem er gar nicht wohnen müsste, wenn alte Männer mit dem Herzen denken würden statt mit den Augen. Es gibt hier nicht mal Türen, nur verdammte Vorhänge vor den Eingängen!«

Yando starrte sie an; er konnte nicht umhin, verwirrt zu sein.

»Mit den Augen denken?«

»Sie wollen immer mehr! Einen größeren Palast, ein größeres Reich, mehr Soldaten, mehr Waffen, mehr von allem! Und wer muss es ausbaden? Aber mit wem rede ich denn? Komm, Sadi.«

Yando sah den beiden nach, immer noch ein wenig verstört. Maira würde dieses Kind mit Zähnen und Fingernägeln verteidigen. Aber sie wusste nicht, was er wusste – dass die Seele des Erben von Le-Wajun längst zu den Göttern gegangen war. Die Seele, die in diesem Jungen wohnte, hatte einem kancharischen Prinzen gehört, Wenorio, dem drittältesten Sohn von Kaiser Ariv. Ein kancharischer Magier hatte Wenorios Seele in den toten Körper des großköniglichen Prinzen gebannt. Und es durfte nicht passieren, dass der Feind auf diese Weise in den Besitz des Throns der Sonne geriet. Yando kannte seine Pflicht, aber er war sich nicht sicher, ob er sie erfüllen konnte. Denn wer immer Sadi war, zuallererst war er ein Kind, und er erfüllte das stille Stockwerk mit Leben.

Der kleine Junge redete ununterbrochen. Er jagte sein Huhn durch die Gänge. Oder er war unauffindbar.

Yando hätte nie gedacht, dass es so anstrengend sein könnte, ein Kind im Palast zu beherbergen. Den Nachwuchs des alten Kaisers hatte er kaum je zu Gesicht bekommen, da er selten von Liros Seite gewichen war, und nun waren alle jüngeren Halbgeschwister des neuen Kaisers fort. Die Ehefrauen des Altkaisers, die sich auf die beschwerliche Reise durch die Berge nach Gojad gemacht hatten, um bei ihrem Gemahl zu sein, hatten ihre Kinder mitgenommen. Nur Liro, der neue Kaiser von Kanchar, war noch hier – und sein älterer Bruder Matino.

Yandos Gedanken versuchten, einen Bogen um Matino zu schlagen, aber er musste ihn berücksichtigen, wenn es darum ging, Wenorios Seele dorthin zu schicken, wo sie hingehörte – zu den

Göttern. Matino würde seinen Bruder verteidigen und ihn, wenn er darin versagte, rächen. Yando war sich darüber im Klaren, dass er sein eigenes Leben opferte, wenn er Sadi ... nein, Mord war ein zu großes, zu schreckliches Wort für etwas, das längst geschehen war. Der Sohn der Großkönigin war bei der Geburt gestorben, daher konnte man ihn genau genommen nicht noch einmal töten. Yando war kein Mörder und erst recht niemand, der einem Kind etwas zuleide tun konnte.

Unruhig machte er sich auf die Suche nach Liro, der von dem Essen mit mehreren Adligen, die im Palast wohnten, längst zurück sein sollte. Es war jedes Mal seltsam für Yando, wenn sich der Junge ohne ihn bewähren musste – als würde er seinen eigenen Sohn in die Welt hinausgehen sehen.

Liro, der ihn immer noch brauchte.

So wie Le-Wajun. Das Reich der Sonne, dem er als gunaischer Graf verpflichtet war, war seine zweite Aufgabe und nicht weniger wichtig.

Oh ihr Götter, was sollte er nur tun? Warum musste er sein eigener Ratgeber sein?

»Yando!« Der junge Kaiser stürmte ihm entgegen. »Yando, komm schnell!«

»Was ist passiert?« Alarmiert sah Yando zur Tür des Empfangssaals, ob vielleicht ein beleidigter Adliger gerade davoneilte, doch er hörte nur gut gelauntes Geplauder. Die anderen aßen noch. »Ihr geht schon?«

»Komm mit.« Liro zog ihn am Arm mit sich. »Ich habe gerade die Nachricht erhalten, noch weiß es niemand sonst. Jemand hat unseren Eisenvogel gestohlen.«

Seit Karim die Feuerreiter in einen Aufstand geführt hatte, gab es niemanden mehr in Wabinar, der einen Eisenvogel fliegen konnte. Außer Prinz Matino.

»Ist Euer Bruder vielleicht unterwegs?«

»Du meinst, er ist einfach weggeflogen?« Der Gedanke war Liro offenbar noch gar nicht gekommen. »Aber dann hätten die Wachen mich nicht alarmiert, sie kennen ihn doch.«

»Ihr habt recht.« Wo war er nur mit seinen Gedanken? Yando schalt sich selbst für seine Zerstreutheit. Kurz entschlossen winkte er einen Diener herbei. »Sieh nach, ob Prinz Matino sich in seinen Räumlichkeiten aufhält.«

Der Mann wirkte nicht erfreut über den Auftrag, eilte jedoch sofort davon. »Und ich steige nach oben aufs Dach und befrage die Wachen, damit wir keine Zeit verlieren. Schließlich geht es um unseren einzigen Eisenvogel.«

»Ich komme mit.« Liro heftete sich an seine Fersen. »Ich wollte sowieso noch mit dir reden. Die Edelleute haben mich darauf aufmerksam gemacht, dass die Nachfolge in Daja noch nicht geregelt ist. Es gibt einige Neffen des Königs, und dann ist da natürlich noch Prinz Karim.«

»Prinz Karim ist längst tot«, sagte Yando, denn niemand überlebte das Gift der Skorpione. Auch wegen Karim hatte er in den vergangenen Nächten kaum ein Auge zutun können. Karim war freundlich zu ihm gewesen, und er kannte Yandos wahre Herkunft – beides Dinge, die Yando mehr bedeuteten, als gut für ihn war. Karim war Freund und Feind zugleich gewesen und ein unlösbares Rätsel.

»Davon können wir ausgehen«, meinte Liro. Wann hatte sich der Junge diese beinahe schon königliche Haltung angewöhnt? In den wenigen Tagen seit der Abdankung des alten Kaisers schien er an Selbstbewusstsein und innerer Kraft gewonnen zu haben und förmlich über sich hinauszuwachsen. »Und er käme ohnehin nicht in Frage, da er sich als Verräter erwiesen hat. Wer auch immer den Thron bekommt, bedarf meiner Zustimmung. Normalerweise ist das selbstverständlich, aber heutzutage, wo alles drunter und drüber geht, kommt es mir sehr wichtig vor, wem ich meinen Segen gebe. Schon wegen meiner Frau.«

Ruma, Liros Frau, stammte aus Daja und würde, so wie Yando sie kannte, auf jeden Fall mitreden wollen.

»Hat die Kaiserin einen Vorschlag gemacht? Schließlich kennt sie ihre Vettern am besten. Ist der nächste Erbe geeignet?«

»Das ist es ja«, murmelte Liro und legte die Hand an das Treppengeländer, das aufs Dach hinaufführte.»Ich will sie nicht damit behelligen, solange sie noch um ihren Vater trauert. Es kommt mir herzlos vor, jetzt das Thema der Nachfolge anzuschneiden.«

Yando sah sich kurz um, bevor er dem jungen Kaiser die Treppe hinauf aufs Dach folgte, doch in dem überraschend schlichten, mit Webteppichen und Kissen ausgestatteten Raum deutete nichts auf Eindringlinge hin. Die Zugänge zu den Treppen wurden nicht bewacht, da das ganze Stockwerk dem Kaiser und seinem unmittelbaren Gefolge gehörte. Weitere Dächer standen für die Landung von Eisenvögeln zur Verfügung, sodass Feuerreiter oder Gäste die oberste Etage nicht durchqueren mussten.

Dass Matinos Eisenvogel ganz oben ruhte, war ungewöhnlich und verriet möglicherweise mehr über Matinos Selbstverständnis als alles andere. Als ehemaliger Kronprinz hielt er sich immer noch für etwas Besonderes, obwohl er nach dem Verlust seines Beins sein Ansehen und seine Stellung verloren hatte. Yandos Wunsch, durch nichts mehr an Matinos Existenz erinnert zu werden, hatte sich leider nicht erfüllt.

Die Wachen, die auf dem höchsten Dach Dienst taten, hielten nach Eisenvögeln, Stürmen und sonstigen ungewöhnlichen Dingen Ausschau. Sie waren nicht dazu abgestellt, die Metallkreaturen zu bewachen, daher taten ihm die beiden Frauen leid, die mit vor Angst starren Mienen vor den Kaiser traten. Die eine, eine hochgewachsene, dunkelhäutige Soldatin mit Schmucknarben auf den Wangen, senkte schuldbewusst den Kopf. Die andere, eine kleinere blasse Mittvierzigerin, vermutlich aus Gojad oder Talandria, fiel auf die Knie. Keine von ihnen würde sprechen, bevor Liro ihnen die Erlaubnis dazu erteilte.

Yando ließ den Blick über das Dach schweifen. Eine brusthohe Mauer bewahrte Besucher davor, in die Tiefe zu stürzen – oder auf das darunterliegende Dach, da die Stockwerke umso breiter wurden, je tiefer sie lagen. Der Palast hatte die Form eines Berggipfels, an dessen Spitze der Kaiser thronte. In einer Ecke des Dachs war zwischen blühenden Sträuchern und Palmen ein Baldachin aufgebaut, wo Kissen und Hocker für eine Rast bereitstanden. Auf einem niedrigen Tisch war für zwei Personen gedeckt. Eine weitere, kaum hüfthohe Mauer teilte das Dach in zwei Bereiche auf. Der eine war mit Pflanzen und Wasserbecken bestückt und diente der Erholung, obwohl es, wie Yando fand, zu kalt und zu windig war, um daran Freude zu finden. Der andere Teil war großflächig und offen. Hier konnte ein Dutzend Eisenvögel landen, doch im Moment war der Platz leer. Der letzte verbliebene Eisenvogel des Kaiserreichs Kanchar war fort.

Die Angst der beiden Wächterinnen war greifbar.

»Übernimm du das«, sagte Liro. Er verschränkte die Hände hinter dem Rücken, wie es auch Kaiser Ariv häufig getan hatte, wenn er nachdachte, und schlenderte über das Dach.

»Euch wird nichts geschehen, wenn ihr eure Pflicht nicht sträflich vernachlässigt habt«, sagte Yando. »Also, was ist passiert?«

Die Gojaderin erhob sich wieder. »Wir haben den Himmel im Auge behalten, wie es unsere Pflicht ist.«

»Ihr habt nicht etwa Tee getrunken?« Er wies auf die Sitzecke. »Es ist kalt hier oben. Vielleicht wärmt ihr euch hin und wieder mit heißen Getränken auf.«

»Eine von uns ist immer wachsam, solange unsere Schicht dauert.«

»Ich habe Tee getrunken, Herr.« Die Dunkelhäutige starrte auf ihre Schuhe. »Und ich hatte das Dach dabei im Auge, ich schwöre es. Plötzlich erhob sich der Vogel in die Luft, und keine von uns hat gesehen, wer sich ihm genähert hat. Derjenige muss unsichtbar gewesen sein – ein Magier.«

Es gab zahlreiche Sprüche über Missgeschicke und Unfälle, die unsichtbaren Magiern zugeschrieben wurden, doch Yando verkniff sich jede abfällige Bemerkung. »Was ist mit dem Reiter? Konntest du ihn nicht sehen?«

»Nein, denn der Vogel ist mit ausgebreiteten Schwingen in die Luft gestiegen. Ich hatte nur seine Bauchseite im Blick.«

»Er ist senkrecht losgeflogen?« Matino nahm gerade die letzte Stufe und trat hinaus aufs Dach. Yandos Hoffnung, dass der älteste Prinz den Eisenvogel genommen hatte und damit verschwunden war, löste sich in Luft auf. »Oder hat er sich rücklings über die Dachkante geworfen?«

»Kalazar.« Die Soldatinnen sanken erneut in die Knie, eine Ehrerbietung, die sie nicht einmal dem Kaiser erwiesen hatten.

»Redet!«, verlangte Matino. Er beachtete weder Yando noch seinen Bruder, der seinen Rundgang über das Dach fortsetzte. »Wie ist er geflogen? Nur ein sehr guter Feuerreiter wirft sich rückwärts vom Dach.«

»Das ist nicht der Fall gewesen, Kalazar«, beeilte sich die Gojaderin zu versichern. »Er ist steil in die Höhe geschossen, ich befürchtete schon, er würde abstürzen. Das sah nicht nach einem herausragenden Feuerreiter aus.«

Der Prinz runzelte die Stirn. »Und du glaubst, du könntest das beurteilen?«

»Verzeiht, Kalazar.«

Sie duckte sich, als erwartete sie einen Schlag, doch in diesem Moment drehte Liro sich um und erblickte seinen Bruder. »Matino! Was machst du hier?«

»Ich hörte, mein Geier sei verschwunden.«

Yando stöhnte innerlich. Natürlich hatte der Diener all sein Wissen preisgeben müssen, das war zu erwarten gewesen.

»Es ist nicht dein Geier«, sagte Liro steif. »Er gehört der Krone. Also mir.«

»Natürlich, Edler Kaiser.« Das spöttische Lächeln auf Matinos Lippen verriet mehr als genug. »Und wie gedenkst du, deinen Vogel wiederzubekommen?«

»Es muss ein Feuerreiter im Palst gewesen sein, der die erste Gelegenheit ergriffen hat, den Gebirgsgeier zu entführen. Vermutlich ist er längst auf dem Weg über die Ebene, um sich mit seinen Mitverschwörern zu treffen.«

»Oder auch nicht«, sagte die dunkelhäutige Soldatin, die über das Dach hinweg in den Himmel starrte.

Dort näherte sich ein dunkler Fleck, der rasch größer wurde. Von Weitem hätte man ihn für einen gewöhnlichen Vogel halten können, doch bald schon sah man die gewaltigen Schwingen, die das Sonnenlicht nicht spiegelten, sondern zu verschlucken schienen. Den Reiter konnte Yando nicht erkennen, der Eisenvogel schien völlig selbstständig zu fliegen. Ob er zurückkam, um anzugreifen und sie mit Brandsteinen zu bewerfen, wie es in Daja geschehen war? Yando duckte sich unwillkürlich, als der riesige Vogel nicht auf der großen Fläche landete, die dafür vorgesehen war, sondern haarscharf an ihnen vorbeizog, wobei er mit seinen dolchartigen Krallen beinahe ihre Haare rasierte. Yando riss Liro zu Boden, während sich Matino fluchend hinwarf.

Der Eisenvogel flatterte, streifte eine Palme und kam wild mit den Flügeln schlagend und knirschend zwischen einem Wasserbecken und einem Blumenbeet zum Stehen. Auf seinem Rücken saß ein kleiner, schwarzhaariger Junge, der mit einem triumphierenden Schrei die Arme in die Höhe streckte.

Yando glaubte, sein Herz würde stehen bleiben. Dieses Kind – dieses wahnsinnige, viel zu alte, verwegene, verfluchte Kind!

»Oh ihr Götter«, murmelte Matino, als er sich wieder aufrappelte. Er schrie niemanden an, er schien vergessen zu haben, dass zwei Wächterinnen Zeuge seines wenig anmutigen Sturzes geworden waren. Verzückt starrte er auf den Jungen und humpelte auf ihn zu. Liro streckte den Arm aus, um ihn zurückzuhalten, doch Yando berührte den Kaiser sacht an der Schulter.

»Lasst ihn. Er kennt sich mit Eisenvögeln besser aus als wir. Ihr solltet nicht zu nahe herangehen.«

Die tödlichen Schwingen zuckten mehrere Male.

»Ich hole ihn da runter«, fügte er hinzu, obwohl ihm alles andere als wohl dabei war. Doch der kancharische Prinz, dessen Seele in diesem kleinen Körper steckte, durfte auf keinen Fall zurück nach Le-Wajun fliegen. Wenn Yando jemals Zweifel an der Identität des Kindes gehabt hatte, dann waren sie nun verflogen. Sadi, der Sohn von Tenira und Tizarun, kannte keine Eisenvögel. Er hatte erstmals auf dem Flug von Daja nach Wabinar auf einem gesessen, während Wenorio, der Sohn des Kaisers, umgeben von Magie und Eisenwesen aufgewachsen war. Wahrscheinlich hatte er wie sein Bruder Matino einen überaus starken göttlichen Funken, der ihn zu einem geborenen Feuerreiter machte. Anders war die Übertragung der Seele in einen anderen Leib auch nicht zu erklären.

»Du kannst fliegen«, sagte Matino in einem Tonfall aufrichtiger Bewunderung. »Du bist ... wie alt, fünf? Und du kannst fliegen.«

Sadi schien ihn nicht zu verstehen. »Ich will nach Hause«, sagte er auf Wajunisch, in seiner klaren Kinderstimme, die keinerlei Zweifel daran ließ, dass er es gewohnt war, Erwachsene herumzukommandieren. »Ich will nach Hause fliegen.«

Mit einer herrischen Handbewegung schickte Matino die Wächter fort. »Wenorio«, sagte er leise, sobald die kaiserlichen Brüder unter sich waren. »Ich bin es. Dein Bruder. Hörst du mich?«

Yando fühlte sich wie der ungebetene Gast auf einer privaten Familienfeier. Er hatte hier nichts zu suchen bei den Kaisersöhnen, die sich liebten – auch wenn Sadi sich im Moment nicht daran zu erinnern schien. Mit gerunzelter Stirn musterte er den Prinzen, dann wanderte sein Blick zu Yando, und er lächelte. »Ich werde jetzt nach Hause fliegen«, verkündete er. »Ich kann das.«

»Gewiss könnt Ihr das, Kalazar«, sagte Yando mit so viel Freundlichkeit, wie er nur aufbrachte. »Das habt Ihr bewiesen. Doch jetzt steigt von dem Vogel herunter, Euer Bruder macht sich Sorgen um Euch.«

»Er ist nicht mein Bruder«, meinte der Kleine verächtlich. »Ich kann ihn nicht leiden, und der Vogel kann ihn auch nicht leiden. Er ist wütend auf mich, aber ihn hasst er noch viel mehr.«

»Was sagt er?«, verlangte Matino zu wissen.

Yando hatte nicht vor, seinem Feind auch nur ein einziges Wort davon zu übersetzen. »Dass er nach Hause wollte, Kalazar.«

»Natürlich«, sagte der Prinz leise.

»Ich bin zurückgeflogen, weil ich etwas vergessen habe«, erklärte Sadi. »Maira soll mitkommen.«

»Und vielleicht auch Euer Huhn?«, schlug Yando vor, der gegen seinen Willen lächeln musste. Dieses Kind war bezaubernd. Nicht nur, weil es hübsch war mit den dunklen Augen und dem schwarzen Haar, an dem der Wind zauste, sondern weil es mutig wie ein Krieger auf der gefährlichen Kreatur saß, weil es sagte, was es dachte, und weil es Matino mit der unbekümmerten Arroganz eines wahren Prinzen ignorierte.

»Wie wäre es, wenn Ihr jetzt von Eurem Reittier heruntersteigt und wir dann Maira suchen gehen? Ist das ein guter Vorschlag, Kalazar?«

»Ja«, sagte der Junge, nachdem er eine Weile darüber nachgedacht hatte. »Mir ist kalt. Man braucht einen Helm und einen Mantel.«

»Gewiss braucht man das. Vor Eurem nächsten Flug werde ich mich darum kümmern.«

Sadi klopfte dem Vogel auf den gebogenen Hals, und die Beinschienen lösten sich. Er kletterte auf den Flügel und rutschte die letzten beiden Meter nach unten, wo ihn Yando auffing. Er fühlte sich wie ein Verräter, als die eiskalten Händchen sich um seinen Hals legten und eine nicht minder kalte Nasenspitze seine Wange berührte.

»Bring ihn rein«, befahl Matino heiser. Seine Augen leuchteten vor Freude und Schmerz, er zitterte vor Aufregung. Ruckartig drehte er sich um und fixierte Liro, der in sicherer Entfernung wartete.

»Ich will dieses Kind erziehen«, sagte er. »Ich werde ihn zu dem besten Feuerreiter machen, den Kanchar je hatte.«

»Ich denke nicht, dass Großkönigin Tenira damit einverstanden wäre«, meinte Liro zögernd. »Es ist sehr gefährlich, und Prinz Sadi ist eine wertvolle Geisel.«

»Wir werden Tenira nicht fragen. Hast du das nicht gesehen? Ein Kind, das erst ein Mal auf einem Eisenvogel gesessen hat und sofort begriffen hat, wie man ihn beherrschen kann? Noch dazu einen Gebirgsgeier! Wenn es nur ein Wüstenfalke gewesen wäre, hätte ich schon gestaunt, aber ein Geier ist viel schwieriger zu handhaben. Sadi ist der geborene Feuerreiter, und wir haben nicht mehr viele von ihnen, lieber Bruder.«

Yando hörte ihrem Streit nicht weiter zu. Er trug Sadi, der sich erschöpft an ihn schmiegte, zur Treppe und brachte ihn in seine eigenen weiträumigen Gemächer. Maira schlief.

Yando dachte darüber nach, dass es keine Türen gab. Dass er vielleicht doch mit dem Leben davonkommen konnte, wenn dem Kleinen etwas zustieß. Und zugleich schämte er sich für diese Gedanken. Er brachte Sadi ins Bett, deckte ihn zu und wünschte sich, jemand anders würde vor dieser Entscheidung stehen und nicht ausgerechnet er.

Beim Abendessen goss Yando kalten Limonentee auf Liros Finger, während er einschenkte. Ein anderer Herr hätte ihn dafür auspeitschen lassen, doch Liro lachte nur. »Du bist ja heute genauso ungeschickt wie ich sonst!«

»Verzeiht, Herr«, murmelte Yando. Er vermied Rumas Blick, denn Ruma, so schien es ihm, hätte in seinen Augen erkannt, was in ihm vorging. Die zärtliche Verbindung zwischen ihm und der jungen Kaiserin, der Gemahlin seines Herrn, hatte Schaden genommen, seit Ruma sich schuldig am Tod ihres Bruders Karim fühlte. Sie schenkte ihm kein heimliches Lächeln mehr, und häufig blickte sie gedankenverloren in die Ferne. Und dennoch war es manchmal, als würden sie dieselben Gefühle fühlen und dieselben Gedanken denken. Doch das konnte natürlich nicht sein, sonst hätte sie ihn längst zur Rede gestellt, denn sie hätte gewusst, wie er bei jedem Atemzug über das Kind nachdachte, wie es jeden Herzschlag erfüllte. Die Last der Aufgabe machte ihn blind für seine Umgebung, blind und taub für alles. Was ihn dabei vor allem beherrschte war dieser neue Gedanke: Es war möglich zu überleben. Doch wollte er das überhaupt? Könnte er es ertragen weiterzuleben, nachdem er ein Kind getötet hatte?

Flüchtig streifte sein Blick Rumas Hände, die sich klein und schlank um einen Becher wölbten. Sie hatte so schöne, zarte Hände, und er sehnte sich danach, dass sie ihn damit berührte, dass sie über seine Stirn strich und die bösen Gedanken einfach fortwischte. Nein, er durfte nicht träumen. Er musste endlich handeln, denn heute hatte sich gezeigt, wer Sadi wirklich war. Wenn Matino ihn zu einem Feuerreiter ausbildete, ihn zu seinem Schüler machte – was für ein Mensch würde der kleine Prinz werden?

»Wir müssen über Daja sprechen«, sagte Liro zu Ruma. »Könnt Ihr schon darüber sprechen, oder ist es zu früh? Hätte Daja noch Feuerreiter, würde ich Euren ältesten Vetter nach Wabinar bitten, doch so wie die Lage zurzeit ist, könnte ich höchstens Matino dazu auffordern, ihn herzubringen. Der König von Daja ist wichtig. Wenn wir Kinder hätten … zwei, ich meine zwei Söhne«, er wurde glühend rot und stockte, »dann könnte der jüngere Prinz Dajas Krone erben. Doch jemand muss jetzt schon auf dem Thron sitzen.«

»Ja«, sagte Ruma leise. »Das verstehe ich. Könnte ich nicht … Ich könnte Daja regieren.«

Liro stieß ein angestrengtes Lachen aus. »Ihr wollt Wabinar verlassen? Aber wie … dann wird es schwierig …«

»… mit einem Erben«, ergänzte sie. »Ja, auch das ist mir bewusst. Und Ihr habt recht. Aber es müsste ja nicht für lange sein, nur so lange, bis Ihr jemanden ernannt habt. Damit die Stadt in der Zwischenzeit nicht verlassen ist und niemand die Macht an sich reißt, den Ihr nicht billigt.«

Nun hätte Yando etwas Weises sagen müssen, um Ruma zu unterstützen, doch ihm fiel absolut nichts ein.

Er konnte immer noch spüren, wie Sadis Arme sich um seinen Hals geschlungen hatten, als er ihn vom Eisenvogel heruntergehoben hatte, wie das kleine Herz an seiner Brust hämmerte. Er hatte das Vertrauen fühlen können, das ihm der kleine Junge ohne jeden Anlass geschenkt hatte. Vertrauen und Zuneigung. Unverdient. Eine Gabe. So wertvoll, als käme sie von den Göttern selbst. Hießen sie gut, was er vorhatte? Konnten sie ihm nicht ein Zeichen senden? Andererseits: Was war dieser erste eigenständige, eigentlich völlig unmögliche Flug des Jungen auf dem Eisenvogel sonst gewesen? Nun wusste Yando gewiss, dass der Kleine die Seele eines Kancharers in sich trug. Wie viele Beweise brauchte er denn noch, bis er sich durchringen konnte zu handeln?

Das Gespräch des Kaiserpaares stockte. Sie waren nicht darin geübt, sich miteinander zu unterhalten, und es wäre an Yando gewesen, Vorschläge für die Regentschaft der Stadt Daja zu unterbreiten. Er war es so leid, für alles verantwortlich zu sein. Als Liro ihn endlich entließ, eilte er erleichtert davon.

Als kaiserlicher Ratgeber hatte er einen eigenen Raum, auch wenn es keine Türen gab, nur einen Vorhang. Einen Raum, in dem er seine Zweifel und seine Angst laut verkünden wollte, doch niemand war da, der ihn gehört hätte. Nie war Yando so einsam gewesen. So ratlos. Seine verzweifelte Liebe zu Ruma machte ihn noch einsamer; keinen seiner Gedanken über Sadi und Wenorio würde er je mit ihr teilen können. Sie hatte Position bezogen, als es um die Schlacht von Daja ging, Position gegen ihn. Statt auf Yandos Rat zu hören und ihrem Bruder Karim freie Hand zu lassen, hatte sie seiner Verurteilung zugestimmt. Und nun war Karim tot, und nichts war mehr wie zuvor.

Später in dieser Nacht, als die Stunden sich grau färbten, als Kälte vom Himmel herabfiel und die Mauern tränkte, hob er den Vorhang an und horchte in die Stille. Kein Laut aus Liros Schlafzimmer. Ob Ruma noch dort war oder in ihre eigenen Gemächer zurückgekehrt war, wusste er nicht.

Kurz befürchtete er, ihr zu begegnen, als er in den kaiserlichen Salon hinaustrat, von dem sein Zimmer abging. Und gleichzeitig hoffte er es, denn es würde die schreckliche Entscheidung noch für eine Nacht aufschieben. Ruma konnte ihn retten. Sie würde ihn umarmen und ihm erlauben, sich in ihren Küssen zu verlieren, und für einen Moment würde alles andere aufhören zu existieren – seine Pflicht und seine Angst und die Schuld und Le-Wajuns Thron.

Vom Salon aus gelangte er in den langen Korridor, an dem die Zimmer der Dienstboten und der wichtigsten kaiserlichen Amtsinhaber lagen. Nicht alle schliefen. Hinter manchen Vorhängen hörte er Wispern und leises Lachen. Magier und Diener, Sklaven und Schneider und Protokollanten und Köche und Schreiber – sie alle wohnten hier und füllten das Stockwerk mit Leben. Der Kaiser war niemals allein, und doch lag eine feierliche Stille über den Zimmerfluchten, die dem höchsten Paar des Reiches gehörten.

Daneben befanden sich die Räume der Geisel, des jungen Großkönigs, der verfluchten Seele. Sadi schlief in einem Bett, das so groß war, dass er noch winziger darin wirkte. Eine blass schimmernde Kugel beleuchtete den Raum.

Yando musste nur das Fenster öffnen. Das Scharnier knarrte leise, als er die beiden Flügel weit aufriss. Jetzt musste er nur noch das Kind holen. Jeder würde annehmen, dass der Kleine hinausgefallen sei. Wie schnell konnte das passieren bei einem so wilden, furchtlosen Jungen.

»Was willst du hier?«

Yando fuhr herum, und da stand sie, Maira, in seidener Schlafhose und einer gewickelten Tunika, die Haare zu dicken Zöpfen geflochten. Sie hatte geflüstert, um den Kleinen nicht zu wecken, doch ihre Augen blitzten bedrohlich, und das magische Licht flackerte unter der Kraft ihres Willens.

Yando fühlte sich ertappt, er wollte sich verteidigen und alles abstreiten. Seltsamerweise war er zugleich erleichtert und verärgert. »Nichts«, sagte er knapp. »Ich wollte nur nach dem Rechten sehen.«

Sie kam näher, vorsichtig, als könnte er jederzeit angreifen und sie niederschlagen. »Warum steht das Fenster offen?«

»Ich weiß nicht.« Gerade noch rechtzeitig fiel ihm ein guter Grund ein: »Es war so stickig hier drinnen.«

Maira starrte ihn an. Er konnte diesem Blick nicht ausweichen, ihren anklagenden, herausfordernden, forschenden Augen. »Du bist hier, um Sadi zu töten. Im Auftrag des Kaisers?«

Er schwieg. Das Beste wäre es, wenn er einfach ginge, doch Maira stellte sich ihm in den Weg, sie ließ ihn nicht vorbei. »Was ist? Willst du mich nicht auch umbringen? Beseitige uns beide, dann gibt es keine Zeugen.«

Vielleicht hätte er es wirklich tun können – heimlich im Dunkeln. Doch gewiss nicht vor ihren Augen. »Lass mich gehen«, presste er heraus und versuchte, sie beiseitezuschieben, doch Maira wehrte sich, hielt ihn fest. Sie rangelten, eine Karaffe fiel von einem Tischchen, der Lärm zerbrach ohrenbetäubend die Stille.

Gleichzeitig hielten sie beide inne, horchten. Sadi murmelte etwas im Schlaf und drehte sich auf die andere Seite.

»Jetzt lass doch einfach!«, zischte Yando.

»Damit du morgen wiederkommst? Oder übermorgen? Oder irgendwann, wenn ich nicht mehr damit rechne? Oh nein, Freundchen. Wenn du Sadi töten willst, dann musst du auch mich beseitigen. Tu es jetzt.«

»Ich will dir nichts tun!«

»Ach nein? Weil ich nichts bin? Weil ich keine Bedeutung habe? Wie recht du hast. Ich bin nur eine Kinderfrau. Sadi hingegen ist alles, und, bei den Göttern, er bedeutet mir auch alles! Ich lasse dich nicht gehen, bevor du mir nicht sagst, warum er sterben soll und wer hinter dem Auftrag steckt.«

Ihre Entschlossenheit rührte ihn. Sie war nur ein junges Mädchen, nicht mal eine Frau, aber sie war klug. Sie hätte den ganzen Palast zusammenschreien können, aber das tat sie nicht, denn sie wusste, dass es nichts nützen würde. Wären die Wachen herbeigerannt, hätte Yando abgestritten, dass er vorhatte, der Geisel zu schaden, und nichts wäre passiert. Er hätte sich damit herausreden können, dass er dem Kindermädchen nachstellte. Auch wenn er nur ein Sklave war und sie frei, war er doch der Ratgeber des Kaisers und sie bloß eine Ausländerin, die niemanden zu ihrer Verteidigung hatte. Für jeden Mann auf diesem Stockwerk war sie Freiwild, und kein Kancharer würde ihr helfen. Er war der einzige Wajuner hier, der einzige Mensch weit und breit, von dem sie Unterstützung erhoffen konnte.

»Du missverstehst meine Absicht. Lass mich durch.«

»Nein. Du bleibst.« Mit verschränkten Armen stellte sie sich vor den Vorhang. »Rede.«

Sein Verrat musste sie endlos enttäuschen. Sadi war in diesem Palast nicht sicher, unzählige Dinge konnten ihm hier passieren. Dass Matino sich zu seinem Lehrer aufschwang, war nur eines davon. Man würde ihn zu einem Kancharer erziehen, und wenn er nach Le-Wajun zurückkehrte, würde er das Reich der Sonne als Fremder, ja, als Feind betreten. Maira konnte ihn nicht beschützen, niemand konnte das. Denn der wahre Sadi war längst tot.

Sie war Yando körperlich nicht gewachsen, konnte ihn nicht zwingen zu bleiben. Er hätte sie fortstoßen können, selbst wenn er ihr dabei vielleicht wehtäte, aber er stand da wie angewurzelt, und die ganze Last seiner Einsamkeit drückte ihn nieder. Hatte er nicht vor Kurzem noch gehofft, Ruma würde ihn vor sich selbst retten? Nun war es Maira, die sich ihm in den Weg stellte. Und vielleicht war auch das ein Zeichen.

»Na gut«, sagte er leise. »Reden wir. Aber nicht hier, wo der Kleine uns hört.«

»Dann komm mit.« Sie ging voraus, auf leisen Sohlen, ihre Bewegungen so unhörbar wie die eines Assassinen. Kindermädchen, vor allem übermüdete Kindermädchen, waren stets darauf bedacht, ihre Schützlinge nicht zu wecken. So war es ihm häufig genug mit Liro gegangen, als dieser noch jünger gewesen war.

Ergeben folgte Yando ihr in den Nebenraum. Eine Leuchtkugel flammte auf und beschien ein kleines, kaum handtellergroßes Porträt. Tenira und Tizarun lächelten darauf.

»Das kannst du nicht hier hinstellen.« Er nahm das Bild von der Kommode und reichte es ihr. »Leg es weg. Versteck es. Oder vernichte es lieber. Du weißt, wie abergläubisch die Kancharer sind. Sie denken, es bringt Unglück.«

Maira seufzte. »Es ist das einzige Bild von seinen Eltern.«

Yando blickte sich in dem Zimmer um und setzte sich schließlich aufs Bett, da es keine Sitzkissen gab. Wajuner schätzten es nicht, auf dem Teppich zu hocken. »Nein, das sind sie nicht. Seine Eltern, meine ich.«

»Was soll das jetzt wieder bedeuten?«

Das Geheimnis war entsetzlich und gefährlich, nichts davon hätte je ausgesprochen werden sollen. Dennoch hörte er sich sagen: »Die Kancharer haben Sadi getötet, oder vielleicht kam er auch tot zur Welt. Dann haben sie einen anderen Jungen, einen kancharischen Jungen, ermordet und seine Seele in Teniras totes Kind gepflanzt.«

Mairas Augen weiteten sich. »Du bist ja wahnsinnig.«

»Ich wünschte, es wäre so.«

»Ich habe ja mit allem gerechnet, aber nicht mit einer dermaßen absurden Erklärung! Kannst du nicht einfach zugeben, dass du ein gekaufter Verräter bist, der die Hoffnung seines Volks ermorden will?«

»Was weißt du über kancharische Magie?«, fragte er zurück.

»Nichts. Nur dass sie dunkel und böse und falsch ist.«

Er wartete ab, doch sie tat das Gleiche, sie wartete.

»Ist dir je etwas an Sadi aufgefallen? Etwas Ungewöhnliches?«

»Nein«, sagte sie sofort. »Was du da behauptest ist absurd.«

»Er konnte den Eisenvogel fliegen. Gestern. Alleine.«

»Das hat er mir erzählt«, sagte sie leise.

»Er kann Kancharisch. Ich weiß nicht, wie weit diese Fähigkeit geht, und ich würde nicht behaupten, dass er die Sprache beherrscht. Gestern schien er Prinz Matino nicht zu verstehen. Aber ich habe erlebt, wie er kancharische Wörter benutzt hat und dabei einen dajanischen Akzent hatte.«

Dajanisch, dachte er plötzlich. *Das ist falsch. Wenorio war nie in Daja.*

»Nun ja«, sagte Maira zögerlich, »es gibt da ein paar Dinge … Ich habe mir nie etwas dabei gedacht.«

»Was für Dinge?«

»Die Tiere. Manchmal ist es, als könnte er wirklich mit ihnen sprechen, als könnte er sie verstehen. Und er weiß immer, ob jemand schläft oder tot ist. Einmal ist einer der Wächter im Schlaf gestorben, und Sadi wusste es, während ich und die anderen noch dachten, dass der Mann ohnmächtig sei. Ich dachte, dass die Götter ihn besonders gesegnet hätten, mit seltsamen Gaben, da er die Sonne von Wajun ist.«

Yando ließ sie eine Weile darüber nachdenken. Dann sagte er: »Nun weißt du, warum es geschehen muss. Nicht der Kaiser steht dahinter, nur ich. Der Kaiser will gerade dieses Kind auf dem Thron sehen.«

Auch darüber dachte sie nach. »Ich kann dennoch nicht zulassen, dass du Sadi etwas antust«, sagte sie schließlich, »und ich kann es sogar verhindern. Würde ich zum Kaiser gehen und ihn vor dir warnen, würde er mich als Erstes hinrichten lassen, weil ich die Wahrheit kenne. Er würde jeden hinrichten lassen, der das Geheimnis kennt, auch dich. Also würde ich mit diesem Opfer Sadis Leben retten.«

Es sei denn, er verhinderte, dass sie dieses Zimmer jemals lebend verließ.

»Oder du tust, als wärst du auf meiner Seite, damit ich dich gehen lasse, und läufst bei nächster Gelegenheit zum Kaiser. Oder du lässt ihm eine anonyme Nachricht zukommen.« Yando vergrub die Hände in seinen Haaren. Worüber sie hier redeten, über nicht weniger als Hochverrat! Und über den Tod, als wäre er ein alter Bekannter, der mit ihm hier auf der Bettkante saß, während Maira an der Kommode lehnte, immer noch das Bild in den Händen. Zu dritt, während hinter der Wand das Kind schlief. Dieses Kind, das den Tod ebenfalls kannte.

Maira drehte das kleine Porträt zwischen ihren Fingern wie ein Rad. Tenira und Tizarun. Er erwartete, dass sie weinte, dass eine dramatische Träne über ihre Wange rollte, doch ihre Augen blieben trocken. Ein harter Zug zeigte sich um ihren Mund, als sie die Lippen zusammenpresste.

»Wie heißt du noch mal?«, fragte sie.

»Yando«, sagte er, denn Kir'yan-doh von Guna hätte nie ein solches Verbrechen begangen oder auch nur in Erwägung gezogen.

»Also, Yando, erzähl mir etwas über die fremde Seele. Wer ist er, dieser Kancharer?«

»Ein Prinz«, sagte er. »Wenorio, ein Sohn des Kaisers.«

»Ein Kind? Er war auch ein Kind?«

»Ja, das war er. Älter als Sadi, aber ein Kind.«

Sie überlegte. »Nun, Yando, ich sage dir jetzt etwas, das ich keinem anderen Menschen in diesem verfluchten Palast in dieser gottlosen Stadt sagen würde: Es ist mir egal, ob er ein Kancharer ist oder ein Wajuner. Sadi ist ein gutes Kind, aufgeweckt und mutig und freundlich, aber auch sehr verzogen, weil seine Mutter ihm jeden noch so kleinen Wunsch erfüllt hat. Er braucht eine gute Erziehung, dann wird er die beste Sonne sein, die Le-Wajun je gehabt hat. Ich kenne ihn. Wenn das Wenorio ist, wäre ein guter Prinz aus ihm geworden, und er verdient es, dass er ein neues Leben geschenkt bekommen hat. Sorge dafür, dass der Kaiser ihm einen guten Lehrer gibt – oder übernimm die Erziehung selbst. Bring ihm bei, wofür Kanchar steht und was es bedeutet, die Sonne von Le-Wajun zu sein und wie die Wege der Götter sind. Lehre ihn, sein Temperament zu beherrschen und wenigstens ab und zu, wenn es notwendig ist, zu gehorchen. Wir, du und ich, haben es in der Hand, was für ein Mensch aus ihm wird.«

Hatten sie das? Konnte aus einem kancharischen Prinzen ein wajunischer Großkönig werden, den die Götter segneten? Yando bezweifelte es, aber dann dachte er an Liro. Liro, der zu ihm aufschaute, der auf ihn hörte, aus dem langsam, aber sicher ein Mann wurde. Liro, der ein guter Kaiser sein würde.

Doch was, wenn Sadi einem anderen Vorbild nacheiferte – seinem Bruder Matino? Wenn es dem ältesten Prinzen gelang, die Erziehung der Geisel an sich zu reißen, und er den Jungen quälte, bis dessen Seele zerbrach? Doch nein, Matino liebte Wenorio. Er würde ihm nichts zuleide tun, er würde ihn verwöhnen, bis Sadi zu ihm aufschaute und werden wollte wie er.

Eine schreckliche Vorstellung.

»Es ist riskant«, sagte er. »Wir können nicht wissen, was aus ihm wird.«

»Ja, ganz recht«, sagte Maira und sah ihn an, sie schien bis auf den Grund seiner Seele zu blicken. »Wir können es nicht wissen.«

»Und wenn ...«

»Dann können wir immer noch handeln.«

»Dazu wärst du bereit? Es fällt mir schwer, das zu glauben.«

»Die Sonne muss strahlen«, sagte sie. »Jeder weiß das, jeder Mann und jede Frau in ganz Le-Wajun.«

Es war kein Versprechen, aber beinahe. Und es später, in zehn oder fünfzehn Jahren zu tun, wäre leicht – leicht in dem Sinne, dass die Vertrauten eines Herrschers leicht an ihn herankämen.

Doch schwer, was sein Herz betraf. So schwer. Aber wenigstens wäre Sadi dann kein Kind mehr.

»Also ... aufgeschoben?«, fragte er.

»Eine Chance«, sagte sie. »Wir geben ihm die Gelegenheit, eine wahre Sonne zu werden. Wir helfen ihm dabei, wir unterstützen ihn, wir werden alles dafür tun, dass er zu Tizaruns würdigem Sohn heranwächst. Du kannst das, Yando, dessen bin ich gewiss.«

Sie kannte ihn nicht, und sie hatte keine Erkundigungen über ihn einziehen können, da sie kein Kancharisch sprach. Und dennoch setzte sie ihr Vertrauen in ihn, sie machte ihn zu ihrem Vertrauten. Und sich selbst damit zu seiner Vertrauten, etwas, das er so dringend brauchte wie nie zuvor.

Maira war so schlau, dass er nichts als Bewunderung und Staunen empfand.

6. Sehnsucht nach Daja

Als Ruma den Vorhang beiseiteschob, beugte sich der Magier gerade über seine Wasserschale. Vermutlich empfing er gerade eine wichtige Botschaft von einem befreundeten Magier irgendwo am anderen Ende des Kaiserreichs. Von ihrem Platz an der Tür konnte Ruma wenig erkennen. Schatten schienen über die Wasseroberfläche zu huschen, dunkle Schlieren waberten in der Tiefe.

»Meister Ronik?«, fragte sie vorsichtig. Zuhause in Daja hatte sie gelernt, Magiern mit Vorsicht zu begegnen. Arat, der Leibmagier ihres Vaters, war oft schlechter Laune gewesen und hatte sie stets von oben herab behandelt.

Der Magier schob die Kapuze zurück. Er war ein kleiner, dünner Mann mit schütterem Haar und wirkte völlig harmlos, aber sie hatte gehört, dass er als der beste Heilmagier in Wabinar und sogar von ganz Kanchar galt. Matino hatte seinen Tod verlangt, nachdem er sein Bein verloren hatte, doch sogar Kaiser Ariv, obwohl rasend vor Wut und Trauer, hatte nur die Hinrichtung der niederen Magier befohlen, die bei der Behandlung versagt hatten, und den Meister verschont. Immerhin war es ihm gelungen, Matinos Leben zu retten.

»Edle Kaiserin«, sagte Ronik und lächelte. »Wie kann ich Euch helfen? Ich gehöre nicht zu den Magiern, die mit Daja in Kontakt stehen.«

Seine Freundlichkeit verwirrte sie. Von Tag zu Tag fühlte sie sich fremder in diesem Palast und in diesem Leben. Das falsche Lächeln ihrer Hofdamen verstärkte die Einsamkeit eher noch. Roniks Augen hingegen wirkten gütig und ehrlich.

»Es geht nicht um Daja.«

Er schien zu merken, dass sie Zeit brauchte. Höflich bat er sie herein, bot ihr einen Platz auf den Sitzkissen an und begann, mit einer Kanne und diversen Töpfen zu hantieren, denen er Blätter und ein feines Pulver entnahm. Ruma beobachtete, wie er Tee zubereitete, Honig sowie Gewürze hineingab und mit einem Glasstäbchen umrührte, jede seiner Bewegungen anmutig und präzise. Ihn zu beobachten erfüllte sie unerwartet mit Frieden.

»Bitte sehr, Edle Kaiserin.« Er reichte ihr einen der Becher.

Sie nippte daran. Der Tee war vollkommen. Er war süß und herb zugleich, heiß und dennoch mit der Kühle von Minze auf der Zunge, würzig und schlicht.

»Ihr seid ein Meister.«

Ronik nahm das Kompliment mit einem Nicken entgegen. »Führt Euch eine Krankheit zu mir? Eine Unpässlichkeit? Oder seid Ihr schwanger?«

Ruma nahm all ihren Mut zusammen. »Gibt es ein Mittel, das eine Schwangerschaft verhindert?«

Er antwortete nicht sofort, sondern trank seinen Tee. Er schien ihre Worte sorgfältig abzuwägen, und plötzlich packte sie die Angst, er könnte zu Liro gehen und ihm verraten, dass sie gefragt hatte.

»Natürlich gibt es solche Mittel«, sagte er schließlich. »Keines davon ist ganz ungefährlich. Nimmt man sie zu lange, besteht die Gefahr, dass eine Frau unfruchtbar wird.«

»Natürlich will ich dem Kaiser einen Erben schenken. Aber ich möchte den Zeitpunkt selbst bestimmen. Gibt es ein Mittel, das ich nicht dauerhaft einnehmen muss, sondern nur jeweils ... kurz davor? Um eine Empfängnis in einer bestimmten Nacht zu verhindern?« Sie war ihm keine Erklärung schuldig, dennoch drängte es sie, ihm zu versichern, dass sie keine Liebschaft hatte. Dass sie ihrem Gemahl, dem Kaiser, treu war und nicht etwa sichergehen wollte, dass sie nicht von einem anderen Mann schwanger wurde. Doch genau das war der Fall. Sie musste unbedingt verhindern, dass sie von Matino ein Kind bekam. Der ehemalige Kronprinz erwartete von ihr, dass sie ihn regelmäßig aufsuchte; das war seine Bedingung dafür, dass er Yando verschonte. Seit er sie beide zusammen ertappt hatte, hatte er sie in der Hand – und nutzte das schamlos aus.

»Es hört sich seltsam an, das ist mir bewusst, doch ich würde gerne … ich dachte … Und vielleicht gehe ich nach Daja, um mich dort um alles zu kümmern, und ich möchte mein Kind, wenn ich denn eines bekäme, nicht in Gefahr bringen. Ich möchte jeden Tag neu entscheiden können, was ich tun will oder auch nicht.«

Er hörte ihr geduldig zu. Nichts deutete darauf hin, dass er ihr Verhalten befremdlich fand. Am Schluss nickte er. »Sehr wohl, Edle Kaiserin. Ich werde Euch das Gewünschte anrühren und bringen lassen – natürlich unter absoluter Diskretion.«

Ruma war schon immer viel allein gewesen. Sie hatte gelernt, sich ihre eigenen Gedanken zu machen, auch wenn sie nie ihre eigenen Entscheidungen hatte treffen dürfen. Da das Zwitschern ihrer Hofdamen sie dabei störte, diesen Gedanken nachzuhängen und endlich zu entscheiden, was sie tun sollte, um Matino zu entkommen, ohne Yando zu gefährden, hatte sie wieder einmal Müdigkeit vorgeschützt und alle ihre vermeintlichen Freundinnen weggeschickt. Man tuschelte bereits darüber, ob sie schwanger war.

Sollten sie, es war ihr gleich. Wichtig war etwas ganz anderes: Daja gehörte ihr. Ihr allein. Wäre sie ein Mann gewesen, hätte sie längst die Krone getragen. Die Ungerechtigkeit ihres Daseins nagte an ihr. Wie konnte sie Liro dazu überreden, sie in ihre Heimatstadt gehen zu lassen, wo sie gleichzeitig fern von Matino wäre? Der Kaiser wollte einen Erben; wenn sie schwanger wäre, würde er ihrer Bitte hoffentlich nachgeben. Sie könnte bis zur Geburt in Daja bleiben, die Wüstensonne genießen und unter ihren Verwandten sein. Wenn es nötig war, dafür sofort mit Liro ein Kind zu zeugen, würde sie das tun. Doch gab sie Yando damit nicht einem ungewissen Schicksal preis? Zuerst musste sie sich um seine Sicherheit kümmern, und dann würde sie sofort aufbrechen.

Die Götter würden ihr doch gewiss ein Kind schenken, wenn sie darum bat. Es durfte nur nicht von Matino sein. Ein kalter Schauer erfasste sie, sobald sie an ihren Schwager dachte.

»Ruma«, flüsterte eine Stimme.

Yando! Er war das Licht ihrer Augen, die Sonne ihrer dunklen Stunden. Er war das einzig Warme in einer Welt, in der alles so eisig war, dass sie befürchtete, bald zu erfrieren. Während er näher kam, schien das Licht heller und wärmer zu leuchten, und sie wusste wieder, warum sie noch hier war, warum sie Liro nicht längst angefleht hatte, sie nach Daja zu schicken.

»Hier«, sagte er. »Meister Ronik bat mich, dir das zu geben.«

Das Fläschchen bestand aus dunkel getöntem Glas, man konnte seinen Inhalt nicht erkennen.

»Hat er irgendetwas dazu gesagt?«

»Zwei Tropfen auf die Zunge, eine Stunde vorher. Weißt du, was er damit meint?«

Sie ließ die Flasche in eine ihrer Rocktaschen gleiten. »Danke. Ja, ich weiß Bescheid. Nur etwas gegen ... weibliche Unpässlichkeit.«

»Ah«, murmelte er verlegen. Kein Mann sprach gerne über diese Dinge.

Nun hätte er gehen können, doch er blieb, und sie war dankbar für jeden Augenblick, den Yando in ihrer Nähe verbrachte. Ein wenig blass kam er ihr vor, fahrig, zerstreut, doch letztendlich kannte sie ihn zu wenig, um das mit Sicherheit sagen zu können. Sie spürte nur, dass ihn etwas bedrückte.

Zu gerne hätte sie ihn in den Arm genommen. Doch sie hatten schon einmal erlebt, wie gefährlich das war. Wie schnell jemand hereinkommen konnte, mit dem sie nicht gerechnet hatten. Also blieben sie zwei Schritte voneinander entfernt stehen, zwischen ihnen die vielen ungesagten Worte, die Küsse, die sie nicht tauschen durften, die Zärtlichkeiten, die Wünsche bleiben mussten. Sobald sie auch nur daran dachte, die Hand nach ihm auszustrecken, schob sich Matinos Bild dazwischen. Sie fühlte sich seltsam leer.

»Ruma.« Ihr Name aus seinem Mund war eine Liebkosung. »Ich habe mit Liro über Sadi gesprochen. Ich möchte einen Teil meiner Zeit dafür aufwenden, sein Lehrer zu sein, damit er seine Pflichten erfüllen kann, wenn er herangewachsen ist. Das heißt, dass ich weniger Zeit in Liros Nähe verbringen werde.«

»Und damit ist er einverstanden?«

»Er hat sich noch nicht entschieden. Vielleicht wird er dich nach deiner Meinung fragen.«

So hoch ragte er über ihr auf, dieser große, blonde Mann, und bat sie um die schrecklichsten Dinge und die schönsten, und sicherlich war ihm beides bewusst. Wenn er der Lehrer des Jungen würde und sie ihn dadurch weniger häufig sah, würde das schlimm sein, aber vielleicht auch gut – so als könnte man sich von der Luft entwöhnen, die man zum Atmen brauchte. Gleichzeitig bewies er ihr, dass er ihr vertraute. Immer noch. Obwohl sie Karim zum Tode verurteilt hatte. Obwohl sie eine furchtbare Entscheidung getroffen hatte, konnte er sich vorstellen, dass sie eine größere Rolle in Liros Leben spielte, während Yando sich ein wenig daraus zurückzog. Es war ein Angebot, das sie erschreckte, weil es so schlicht und liebevoll daherkam. Weil es sie als Person ernstnahm, ihr Verantwortung übertrug. Und weil Yando ihr damit mehr Liebe bewies, als ihm wahrscheinlich bewusst war.

Also nickte sie, während sich weitere Fragen zu ihren Sorgen und den unlösbaren Rätseln ihres Daseins gesellten.

Er sah sie an, und einen Moment lang war er ihr wieder so nah wie bei ihrer ersten Begegnung in Daja, als sie sich des Abgrunds zwischen ihnen noch nicht bewusst gewesen waren. Yando wirkte verletzlich, beinahe scheu, und sie war sein Mädchen, auf das er sich verließ. Dann war der Augenblick vorüber, er verneigte sich vor ihr und ging.

Wenig später schlenderte eine ihrer Dienerinnen ins Zimmer, rückte hier etwas zurecht, stellte dort frisches Obst hin, und in ihrem Schlepptau kehrte das Gefolge an Hofdamen zurück.

»Geht es Euch wieder besser? Wie schön. Trinkt ein wenig Wein, das wird Euch guttun.«

»War das gerade nicht Yando? Ein schöner Mann, des Kaisers Diener«, sagte eine andere. »Wir haben uns schon gefragt, ob er Frauen nicht zugeneigt ist.«

Ihr Herz machte einen Satz. »Warum?«

»Nun, er hat unsere Winke nie begriffen. Ein Zwinkern, ein Tätscheln – nichts hat je gewirkt. Als wäre er aus Stein!«

Vor Erleichterung hätte Ruma am liebsten laut geseufzt. Natürlich war Yando diesen flatterhaften Geschöpfen nicht auf den Leim gegangen. Hatten sie nie auch nur darüber nachgedacht, es könnte auch an ihnen liegen? Dass er sie einfach nicht begehrte?

»Bis jetzt, natürlich«, ergänzte eine weitere Dame. Sie lachten und scherzten und jede schien eingeweiht, und es war, als würde der ganze Palast etwas wissen, von dem sie keine Ahnung hatte. Ihr wurde heiß und kalt, und fiebrige Angst erfasste sie. Hatte Matino doch geredet?

»Schaut nicht so erschrocken, meine Liebe.« Jemand fasste sie am Arm, streichelte beruhigend ihren Rücken. »Es war keine von uns. – Leider«, flüsterte ihr die Stimme ins Ohr.

»Wer?«, ächzte sie.

»Heute Nacht wurde er gesehen, wie er aus dem Schlafgemach der ausländischen Kinderfrau geschlichen ist. Nun ist endlich klar, warum er nichts mit uns anfangen wollte – Wajuner treiben es nur mit Wajunerinnen. Ist Euch nicht gut, Hoheit?«

Wenn man so blind war, wie konnte man dann noch gehen oder sprechen oder zuhören und scherzen? Wie konnte man an den richtigen Stellen schmunzeln oder sogar lachen, auch wenn es falsch klang, zu schrill und beinahe schmerzhaft?

Irgendwie schaffte sie es. Irgendwie gelang es ihr, vernünftige Gedanken in ihre tränenlose Wut und Enttäuschung zu flechten. *Wenn er dich nicht haben kann*, sagte sie sich, *warum darf er dann keine andere Frau haben? Es hat nichts zu bedeuten, es heißt nicht, dass er sie liebt. Nur dass er ein Mann ist, verzweifelt und allein.*

Sie hatte Sadis Kindermädchen gesehen, ein junges, reizloses Geschöpf. Wenigstens war sie nicht hübsch. *Aber vielleicht ist das noch schlimmer*, flüsterte ihre Einsamkeit. *Er geht lieber zu ihr, zu einem Mädchen, das hässlich ist, als zu dir. Denn du bist beschmutzt. Du liegst da und lässt dich benutzen, von Liro, von Matino. Wie könnte Yando nicht gehen?*

Wie passend, dass Matino sie ausgerechnet heute wieder erwartete. Angeblich, um mit ihr über Daja zu sprechen und ihr die letzten Worte ihres Vaters zu überbringen.

Es gab nichts zu betrauern. Es gab nur die vage Hoffnung darauf, dass sie bald zurück in ihre Heimat durfte. Anders wäre das alles auch nicht zu ertragen gewesen.

Matino lächelte, kein spöttisches, wildes Lächeln, sondern ein freundliches. »Komm«, sagte er, »Ruma.«

Da wusste sie, dass er sich wünschte, einen guten Eindruck auf sie zu machen. Er wollte, dass es ihr gefiel.

Wie kann er auch nur daran denken, es könnte mir gefallen, überlegte sie, während seine Hände ihre und seine Kleider abstreiften und Haut auf Haut traf und Lippen einander begegneten. Ihr Blick fiel auf sein künstliches Bein, und sie erstarrte. Beim letzten Mal hatte sie die Augen geschlossen, weil sie Matino gar nicht hatte ansehen wollen, und irgendwie war es ihr gelungen, nichts zu fühlen, rein gar nichts. Sie hatte nicht einmal mehr daran gedacht, dass er verletzt worden war, obwohl er und sein Bruder aus diesem Grund in Daja gewesen waren. Deshalb traf der Anblick sie unerwartet.

Sie konnte nicht verhindern, dass sie zusammenzuckte. Das Bein war nicht aus Holz; sollte sie jemals überhaupt darüber nachgedacht haben, wie er wieder laufen konnte, hätte sie ein Holzbein erwartet. Doch dieses Ding, das etwa an der Hälfte seines Oberschenkels begann, war aus unzähligen kleinen Plättchen zusammengesetzt, die sich wie die Schuppen eines Fischs aneinanderfügten. Matino kniete auf dem Bett, das Knie bog sich wie ein echtes Gelenk, und als er wieder aufstand, streckte es sich. Es war, als besäße er ein echtes Bein, nur dass es nicht wie ein echtes Bein aussah. Sein Fuß endete nicht in perfekt modellierten Zehen, sondern in langen Krallen. Es war der Fuß eines Vogels. Sie kannte Vogelfüße; oft genug hatte ihr Papagei auf ihrem Arm Platz genommen oder war vor ihr auf dem Tisch umhergetrippelt. Sie kannte die Eisenvögel, die auf den Dächern des Palasts von Daja landeten und dort ruhten, bis sie wieder geweckt wurden. So wenig sie von der Welt gesehen hatte, mit magischen Kreaturen aus Eisen war sie vertraut.

Matino knirschte mit den Zähnen. »Hast du genug gesehen? Ich mag beschädigt sein, aber es fehlt nichts, was wichtig wäre. Daran solltest du dich eigentlich erinnern.«

Sein Zorn vibrierte in der Luft, der ohnmächtige Zorn über sein Schicksal, das ihn den Thron von Kanchar gekostet hatte. Da sie mit einem Trinker als Vater aufgewachsen war, erwartete Ruma, dass er diese Wut an ihr auslassen würde, doch der Prinz musterte sie nur mit verengten Augen. Er schien auf ihr Urteil zu warten.

So abstoßend der ganze Mann auf sie wirkte, sein Metallbein weckte eine merkwürdige Faszination in ihr. »Es ist schön«, sagte sie.

»Du musst mir nicht schmeicheln, ich hasse das. Du bist nur hier, weil ich dich zwinge, und glaub nicht, dass ich dich gehen lasse, nur weil du mir mit lieblichen Worten kommst.«

»Ja, Kalazar«, sagte sie, und um ihn nicht noch wütender zu machen, versuchte sie, das Eisenbein nicht zu berühren. Wenn es ihr Bein streifte, fühlte es sich warm an, nahezu heiß, als würde etwas darin brennen. Ein Feuer oder etwas Lebendiges.

Sie fragte nicht nach.

Sie überließ sich seinen Händen und seinem Körper, seinen Bemühungen, in der Frau, die in sein Schlafzimmer gekommen war, Leidenschaft zu wecken. Leidenschaft für sich und seinen beschädigten Körper. Es war ein wenig leichter, wenn sie sich vorstellte, dass er kein richtiger Mensch war, sondern ein Eisenvogel – oder ein Eisenmensch. Nicht dass es weniger wehgetan hätte, aber es war beinahe erträglich. Es fühlte sich nicht an, als würde ihr Vater sie schlagen oder als würde Liro sich nehmen, was ihm zustand, sondern als würde man sich an einem scharfen Messer schneiden. Das endlose Küssen und das Streicheln und Berühren, als wollte Matino jemanden zum Leben erwecken, der schon längst tot war, war auf dieselbe Weise richtig, wie Eiswürfel kalt waren oder Feuer so heiß, dass man Brandblasen davontrug. Es entsprach dem Lauf der Dinge. Leben bedeutete nun mal Schmerz.

Danach blickte er sie an, triumphierend, als sei es ihm tatsächlich gelungen, sie glücklich zu machen. Als könnte es gar nicht anders sein, als dass sie zufrieden war und dankbar und sich wohlig in seinen Armen entspannte.

»Nun?«, fragte er, »das war etwas anderes als mit meinem kleinen Bruder, liebe Ruma, nicht wahr?«

Sie nickte, damit er zufrieden war, und zog sich an, um in ihr leeres, kaltes, einsames Leben zurückzukehren.

Matino sah ihr dabei zu. »Dann bis morgen, Edle Kaiserin.«

Beim Frühstück wollte sie mit Liro nochmals über Daja sprechen. Sie saßen an ihrer niedrigen Tafel, durch die Fenster quoll Sonnenlicht in den Raum, alles funkelte und glänzte und blendete sie so, dass ihre Augen tränten. Sie aß, obwohl sie keinen Appetit hatte, doch es machte ihr nichts aus. Sie lächelte ihren Gemahl an, und erfreut lächelte er zurück. Ruma plante ihre Flucht, so wie andere Menschen zu den Göttern beteten – als ihren letzten Ausweg. Würde ihre Hoffnung darauf sich zerschlagen, wartete nur noch das Nichts auf sie.

Wenn ich bereits schwanger wäre, dürfte ich dann gehen?, wollte sie fragen. *Ich werde mich um alles kümmern. Ich werde mein Kind in Daja zur Welt bringen, in dem Haus, in dem ich selbst geboren wurde.*

»Bitte schön«, flüsterte Yando und schenkte ihr den süßen Tee ein, den sie bevorzugte, und seine Augen waren blau wie der Himmel. Da erinnerte sie sich an ihr Versprechen.

»Ich habe gehört, die Geisel macht ein wenig Ärger«, sagte sie in lockerem Plauderton zu Liro. Sie war stolz auf sich – wie sie ihm etwas vormachen konnte, wie sie allen etwas vormachen konnte! Sie spielte Freude oder Lust oder Anteilnahme oder die kluge Zuhörerin. Was immer von ihr erwartet wurde, sie war es.

»Das kann man wohl sagen«, meinte Liro. Er kämpfte mit seinen Essstäbchen, denen eine panierte Fruchtkugel hartnäckig auswich. »Nicht auszudenken, was alles hätte passieren können.«

»Ich habe mir überlegt, dass der Junge einen Lehrer braucht, einen erfahrenen Erzieher. Was haltet Ihr davon, wenn wir Yando diese Aufgabe übertragen?«

»Was?«, meinte Liro überrascht. »Aber Yando hat doch schon eine Aufgabe. Er ist mein Ratgeber.«

»Der junge Prinz ist Wajuner, und Yando ist der Einzige, der ihn in seiner Muttersprache unterrichten kann. Wir können Le-Wajun nicht in ein paar Jahren einen Großkönig vor die Nase setzen, der seine eigene Sprache nicht länger beherrscht. Sie würden ihn für einen Kancharer halten und ablehnen.«

Yando nickte ihr kaum merklich dazu, während Liro blinzelte. »Aber ich brauche Yando ebenfalls!«

»Zu den Empfängen und Sitzungen kann ich Euch begleiten«, schlug sie vor. »Wir könnten gemeinsam über unser weiteres Vorgehen beraten. Natürlich«, setzte sie hastig nach, »müsste Yando sich nicht den ganzen Tag um das Kind kümmern. Ein paar Stunden täglich reichen sicherlich. Alle schwierigeren Sachverhalte könnt Ihr immer noch mit ihm durchgehen. Was meint Ihr dazu?«

Erst in diesem Moment begriff sie, was sie getan hatte. Ihre Verwunderung über sich selbst war nahezu grenzenlos – wie hatte sie nicht merken können, in welche Falle sie gerade getappt war? Wenn sie Liro beraten und ihn überallhin begleiten sollte, wie konnte sie dann nach Daja zurückkehren? Und wenn sie hierblieb, wie sollte sie dann Matino entkommen? Doch noch war die Falle nicht ganz zugeschnappt.

»Vielleicht«, meinte sie rasch, »könnte man jemanden aus Le-Wajun kommen lassen, einen Adligen, der sich um die Erziehung des Prinzen kümmern kann. Bis dahin wird Yando sicherlich gute Arbeit leisten.«

Liro nickte zustimmend. »Das ist ein guter Gedanke. Ich will, dass der Junge eine kancharische und eine wajunische Erziehung erhält.«

Yando schwieg. Dieser Vorschlag gefiel ihm offenbar nicht. Aber sie musste auch um ihr Leben kämpfen, das derzeit kein Leben mehr war. Früher hatte sie davon geträumt, Daja zu verlassen. Jetzt wollte sie nichts lieber, als Wabinar den Rücken zu kehren.

»Matino wollte Sadi unterrichten«, sagte Liro.

»Aus diesem Grund bin ich hier.« Der eben Genannte hinkte herein, wünschte ihnen strahlend einen guten Morgen und setzte sich an den Tisch, ohne um Erlaubnis zu bitten. Umständlich ließ er sich auf einem der Kissen nieder. »Ich habe einen Plan erstellt, was ich dem Kleinen beibringen will.«

Yando erstarrte. Ruma spürte, wie er versuchte, mit dem Hintergrund zu verschmelzen. Trotzdem sagte sie: »Wir haben uns dafür entschieden, Yando mit der Erziehung zu beauftragen, bis wir einen wajunischen Adligen gefunden haben, der das übernimmt.«

Matino hob die Brauen. Er schenkte Yando einen anzüglichen Blick und wandte sich dann an Liro. »Eine fabelhafte Idee!«

»Du findest das gut? Und ich hatte schon Angst, du wärst gekränkt.«

»Lass mich nach einem Wajuner suchen. Ich bin der einzige Feuerreiter weit und breit, und damit bin ich auch der Einzige, der an die Grenze reisen kann. Ich kann mein Quartier in Daja beziehen und von dort aus mit einem Gefolge nach Le-Wajun reisen und einen geeigneten Lehrer unter den Adligen auswählen.«

Er würde gehen, Wabinar verlassen! Das war Rumas erster Gedanke. Mit dem zweiten kam die Ernüchterung.

Liro sprach es zuerst aus. »Du willst Daja für dich?«

»Gib mir die Wüstenstadt. Dajastadt ist nur ein Haufen Steine, eingebettet in einen Haufen Sand. Es hatte nie eine militärische oder kulturelle Bedeutung. Du brauchst jemanden, der die Krone mit Würde trägt und die Stadt verantwortungsvoll regiert – keinen unwichtigen Neffen des Königs, der kaum je von seinem Spieltisch aufgestanden ist. Gib sie mir.«

Hilfe suchend wandte Liro sich an Yando. Nicht an sie, die aus Daja stammte, die die Erbin hätte sein sollen, die darum gebettelt hatte, nach Hause gehen zu dürfen. Sondern an Yando.

Yando, der keinen Moment zögerte und nicht einmal zu zweifeln schien, sondern sofort nickte. *Natürlich*, dachte sie matt. Natürlich musste er diese Gelegenheit nutzen, er konnte gar nicht anders.

»Also gut«, sagte Liro. »Wenn es dir nichts ausmacht, besprechen wir die Einzelheiten später, wir sind gerade beim Frühstück.« Matino lächelte, verbeugte sich leicht und ging. Später, damit rechnete Ruma ganz fest, würde er ihr sagen, wie leid es ihm tat, sie verlassen zu müssen. Er würde ihr einen unvergesslichen Abschied bereiten. Und er würde ihr hundertmal ins Ohr flüstern, dass Daja jetzt ihm gehörte.

7. Auf der Jagd

Lan'hai-yia, Gräfin von Guna, hatte nie die Freuden der Jagd begriffen. Sie hatte gelernt, wie man mit Waffen umging, und sie hatte in vielen Schlachten gekämpft, aber es war ihr dabei immer darum gegangen, ein Ziel zu erreichen. Sie hatte immer für etwas gekämpft. Doch ein Tier zu töten, nachdem man es stundenlang durch den Wald gehetzt hatte, bereitete ihr keine Freude. Deshalb hatte sie Selas und ein paar der Feuerreiter, die sich ihm angeschlossen hatten, allein in den Wäldern rund um Königstal auf die Jagd gehen lassen.

Sie verzog sich in den Garten.

An diesem Tag war der Himmel bedeckt. Unter den Apfelbäumen lagen ein paar halbreife Äpfel, die ersten gelben Blätter fielen ins nasse Gras. Feuchtigkeit kroch durch ihre Schuhe. Sie hatte sich so an die Wüste von Daja gewöhnt, dass ihr das kühle, nasse Klima von Guna fremd vorkam.

»Es wird Zeit, dass Karim zurückkommt.« Mernat, der Sprecher der Feuerreiter, duckte sich unter die Äste.

Lani hatte bereits festgestellt, dass es völlig unmöglich war, im Tal der Könige einen Platz zu finden, an dem nicht früher oder später einer der gelangweilten Feuerreiter auftauchte. »Meine Leute werden ungeduldig. Die Vögel rosten bei diesem Wetter, und wir brauchen etwas zu tun.«

Lani bückte sich nach einem Apfel. Er war noch grün und dennoch verfault. Ein schlechter Sommer für Äpfel lag hinter ihnen, aber sie hatte nichts davon mitbekommen. Sie hatte ja nicht einmal gemerkt, dass der Herbst herangeschlichen war und der Winter nahte und mit ihm die zahlreichen Sorgen, die man nie loswurde. Während des Bürgerkriegs – der vier langen Jahre, in denen sie versucht hatten, Teniras unrechtmäßige Regentschaft zu beenden – hatte sie sich ständig um die Versorgung der Rebellen, um Nahrung, Wasser und Brennholz gesorgt, um Waffen und Lagerplätze, doch in Guna zu sein hieß nicht, dass alles geregelt war. Die Menschen von Königstal wussten ihr Auskommen zu bestreiten, aber für die Feuerreiter war hier kein Platz. Und Lani wusste nicht, was die Eisenvögel brauchten.

»Karim wird zurückkommen. Er ist erst seit drei Wochen fort.«

»Und wenn nicht?«, fragte Mernat. »Manche Krieger überleben eine Schlacht nach der anderen, kehren nach Hause zurück und sterben an einem Bienenstich.«

Doch Karim trug den Ring des Großkönigs an der Hand. Er würde nicht einfach sterben, das konnten die Götter nicht zulassen. Dennoch machte auch Lan'hai-yia sich Sorgen. Von Mernat wusste sie, dass Gräfin Enema, die Mutter von Karim und Selas, kurz nach ihrem Fluchtversuch aus König Laons Palast ermordet worden war. Davon hatte Karim weder ihr noch Selas etwas erzählt. Ob er sich schuldig fühlte und deshalb beschlossen hatte, nicht wiederzukommen?

»Tenira kehrt nach ihrer Niederlage nach Wajun zurück«, sagte der Sprecher der Feuerreiter nachdenklich. »Sie wird wieder auf dem Thron sitzen. In Kanchar sind die Leute unruhig. Der Kaiser hat abgedankt und der Junge, der die Krone geerbt hat, muss sich das Vertrauen des Volks erst verdienen. Wo ist unser Platz in diesem Chaos?«

»In Guna«, antwortete sie, denn Guna war immer ihre Antwort gewesen. »Ihr habt hier eine wichtige Aufgabe. Solange ihr hier seid, sind wir sicher vor Kanchar und vor Tenira. Das Gleichgewicht bleibt gewahrt.«

Sein dunkles Gesicht verriet wenig. »Vielleicht«, sagte er leise.

Laute Rufe schreckten sie beide auf. Mernat duckte sich unter den Ästen hindurch und rannte los, Lani folgte ihm. Sie hätte nicht sagen könne, womit sie rechnete – mit den Jägern um Selas, die reiche Beute heimbrachten und die Kancharer mit der Aussicht auf köstlichen Braten erfreuten? Mit einem Angriff? Das gewiss nicht, denn niemand hätte gewagt, eine Armee aus Feuerreitern anzugreifen oder auch nur zu bedrohen.

Über ihnen senkte sich ein gewaltiger eiserner Vogel aus den Wolken. Während manche Eisenvögel, insbesondere die Wüstenfalken, Lanis ästhetischen Empfinden nach schön waren – funkelnde Geschöpfe, deren Grazie und Kraft das Auge erfreuten –, war diese Kreatur monströs und abstoßend. Sie war zu groß, um elegant zu sein, und zu unförmig. Ihr Hals streckte sich lang und schlangenartig, der Kopf ruckte vor, der scharfe Schnabel war beängstigend groß. Die Schwingen des Vogels endeten, wie bei allen Eisenvögeln üblich, in geschliffenen Federn, die als Schwerter dienen konnten, doch bei näherem Hinsehen erkannte Lani, dass dies nicht alles war. Haken und gewundene Metallstäbe ragten aus den Schwungfedern, Spieße und etwas, das wie Pfeilspitzen aussah.

»Kann er die Dinger abschießen?«, fragte sie ungläubig durch den Lärm.

Die Feuerreiter ringsum suchten das Weite oder duckten sich unter die Flügel ihrer eigenen Vögel, während sich der riesige Neuankömmling fauchend und klirrend tiefer hinabsenkte.

»Das ist anzunehmen.« Mernat klang merkwürdig gepresst.

»Was ist?«, fragte sie ihn. »Mit diesem Ungetüm können wir jeden fernhalten, der auch nur den Fuß unseres Gebirges betritt. Und falls Karim Schwierigkeiten bekommt, könnt ihr Wajun für ihn einnehmen.«

»Das ist ein Gebirgsgeier aus Gojad«, sagte Mernat. »Davon wurden nur drei Exemplare gebaut. Sie wurden nie an die Königreiche oder gar nach Wabinar verkauft, weil sie zu schwierig zu fliegen sind. Geier sind unberechenbar und können sich sogar gegen ihren eigenen Reiter wenden. Dieser Feuerreiter gehört nicht zu uns, Gräfin. Er wurde vor Kurzem in Daja gesichtet, daher weiß ich, wer ihn fliegt. Wir alle wissen es.«

Seine angespannte Miene machte ihr klar, dass durchaus Grund zur Besorgnis bestand. Wer auch immer zu Besuch kam war kein Freund. Das erklärte auch, warum die Feuerreiter sich in Stellung brachten. Die meisten Eisenvögel, die an den Hängen geruht hatten, stiegen bereits auf, um den Neuankömmling einzukreisen. Lani war so auf den großen Vogel konzentriert gewesen, dass sie gar nicht mitbekommen hatte, dass die Feuerreiter aufsaßen und sich zum Angriff formierten.

Plötzlich wurde ihr bewusst, in welcher Gefahr das Tal schwebte. Eine Schlacht über den Dächern – das bedeutete abstürzende Eisenvögel, Metallfedern, die wie Dolche durch die Luft fliegen würden, um alles aufzuspießen, was ihnen in den Weg kam. Brandsteine, die gewaltige Explosionen hervorrufen würden – und am Ende sogar die geheimen Brandsteine erschüttern und zur Explosion bringen mochten, die die Talwächter verborgen hatten. Halb Guna würde in Flammen aufgehen.

»Nicht hier!«, rief sie und packte Mernat am Arm. »Bei allen guten Göttern, tragt es nicht hier aus!«

»Wir tun, was wir tun müssen.« Er schüttelte ihre Hand ab.

Sie hörte, wie er etwas rief, wie der Ruf sich fortpflanzte. Weitere Eisenvögel stiegen in die Luft, aber sie griffen nicht an. Das eiserne Ungetüm senkte sich weiter zu Boden, offenbar wollte es landen. Hastig flogen die letzten fünf Feuerreiter ihre kleineren Vögel aus der Gefahrenzone. Nun konnte Lani das Abzeichen auf dem Ledermantel des Reiters sehen – die Wüstenblume, das Zeichen der Kaiserfamilie.

Das eiserne Ungetüm setzte auf dem Boden auf, und der Reiter nahm den Helm ab. Schwarzes Haar flatterte im Sturm, den die vielen Eisenvögel erzeugten. Lässig kletterte er herunter; der Geier war so groß, dass der Reiter Trittstufen benötigte, die sich aus dem geschuppten Leib schoben. Dann war der Mann, wer auch immer er war, am Boden angelangt. Das hohe, vom Regen durchnässte Gras schmiegte sich an seine Stiefel. Der Ledermantel schleifte durch die Halme, als der Reiter sich ein paar Meter auf das graue Haus zubewegte.

Lani entging nicht, dass er in Reichweite seines Vogels blieb, unter den tödlichen Schwingen, die sich wie ein schützendes Dach über ihm wölbten. Ihr entging ebenfalls nicht, dass er einer der schönsten Männer war, die sie je gesehen hatte. Sein ebenmäßiges Gesicht, die braune Haut, die schwarzen Augen, das Lächeln selbstbewusst und völlig furchtlos, obwohl ihn mehrere hundert wütende Feuerreiter wachsam beobachteten – das ließ beinahe nur einen Schluss zu.

»Ist das der neue Kaiser?«, fragte sie und konnte nicht verhindern, dass Ehrfurcht sie überkam. Sie war noch nie einem Mitglied der kaiserlichen Familie begegnet, sie hatte auch nie damit gerechnet, dass es jemals dazu kommen könnte.

»Nein«, sagte Mernat mit einem trockenen Lachen. »Das ist Prinz Matino, der Bruder des Kaisers. Er war der Erbe, bis er hier in Guna mit seinem Eisenvogel abgestürzt ist und sich verletzt hat. Und er ist der Grund dafür, warum sich die Feuerreiter von Kanchar losgesagt haben. Bleibt zurück, Gräfin, ich spreche mit ihm.«

Er musste sich sichtlich zusammenreißen, während er auf den Prinzen zumarschierte, dessen Lächeln noch eine Spur breiter wurde.

»Welch warmherziger Empfang wird mir hier zuteil. Hätte ich das gewusst, wäre ich eher gekommen.«

»Ihr seid hier nicht erwünscht, Kalazar«, sagte Mernat laut. »Ich bin Mernat, der Sprecher der Feuerreiter, und ich fordere Euch auf, wieder zu gehen.«

»Ich weiß, wer Ihr seid.« Prinz Matinos Lächeln gefror. »Aber Ihr scheint nicht zu wissen, wer ich bin.«

»Glaubt mir, Kalazar, das könnte ich nie vergessen. Ihr seid der Mann, der einen unserer Brüder ermordet hat.«

»Vielleicht sollte ich diese Unterhaltung lieber mit Prinz Karim führen«, sagte Matino.

Mernat ließ sich seine Überraschung nicht anmerken, doch Lani entfuhr ein kleiner Laut. Woher wusste der Prinz, dass Karim überlebt hatte? Sie waren übereingekommen, niemandem davon zu erzählen, bevor er nicht von seiner geheimen Mission in Anta'jarim zurückgekommen war.

»Denn Prinz Karim, so wurde mir berichtet, ist sich nicht zu schade, jederzeit die Seiten zu wechseln«, fuhr Matino fort. »Je nachdem, wie es ihm am besten passt. Er hält nicht an kleinlichen

Rachegelüsten fest, sondern verfolgt stets ein größeres Ziel. Er wäre der ideale Verhandlungspartner, um über die Rückkehr der Eisenvögel nach Kanchar zu sprechen. Prinz Karim ist ein weitaus größerer Mann als Ihr. Er wäre bereit, sich anzuhören, was ich zu sagen habe.«

»Prinz Karim ist zurzeit nicht hier«, gab Mernat unwillig zu.

»Ach nein?« Etwas an Matinos Art, sein Erstaunen kundzutun, verriet Lani, dass er nicht im Mindesten überrascht war. Im Gegenteil, er schien zu wissen, wo Karim sich aufhielt. Ein unruhiges Gefühl breitete sich in ihrem Magen aus. Was wusste dieser Mann?

»Dann werde ich wohl Euch sagen müssen, was ich zu sagen habe. Ich bin der neue Herr von Daja. Das versetzt mich in die Lage, den Feuerreitern Daja anzubieten. Ihr dürft zurückkommen und Euch unter mein Kommando stellen. Niemand wird für Euren Verrat bestraft. Ich biete Euch eine Heimat an unter der Sonne Kanchars ebenso wie Straffreiheit und eine Zukunft. Gemeinsam können wir Daja zu neuer Größe aufbauen.«

»Unter Eurem Kommando?«, fragte Mernat ungläubig. »Ihr denkt wirklich, wir würden uns unter Euer Kommando stellen?«

»Die Vögel brauchen das Licht und die Wüste. Das wisst Ihr so gut wie ich. In Guna habt Ihr nichts verloren.«

»Was wisst Ihr denn davon, was unsere Vögel brauchen?« Mernats Stimme war heiser vor Wut. »Ihr seid nicht einmal ein richtiger Feuerreiter. Ihr habt nie einen eigenen Vogel besessen. Ihr habt nie zu uns gehört. Ihr habt nicht einmal begriffen, was es bedeutet, zu uns zu gehören. Wir haben unsere Wahl längst getroffen.«

»Mein Angebot ist äußerst großzügig«, sagte Matino. Aus seinen schwarzen Augen blitzte die Wut. »Denkt darüber nach. Ihr habt keinen Platz, wo ihr hinkönnt, und hier könnt ihr nicht bleiben. Karim wird nicht zurückkommen, diese Entscheidung müsst ihr ganz alleine treffen.«

»Dafür brauche ich keinerlei Bedenkzeit. Die Antwort lautet nein.«

Der Prinz seufzte leise. Er blickte zu Lani herüber, und sein Lächeln vertiefte sich wieder. »Feuerreiter sind ein wenig anstrengend, nicht wahr, Gräfin? Man mag sie gar nicht gerne in der Nachbarschaft haben. Wenn Ihr es mit Euren Freunden gut meint, versucht, ihr hitziges Temperament mit kühlem Verstand auszugleichen. Ich empfehle mich.« Er schlug den Kragen seines Mantels hoch und kehrte zu seinem Vogel zurück. Ihr fiel auf, dass er leicht hinkte. Die Trittstufen schoben sich erneut knirschend aus dem gewaltigen Leib des Geiers.

»Wir sollten ihn einfach töten«, knurrte ein Feuerreiter irgendwo hinter Lani.

»Ein Mitglied der Kaiserfamilie? Das können wir nicht tun, und das weiß er natürlich.« Mernat drehte sich ruckartig um. Er zitterte vor Wut und Aufregung.

»Spielt es noch eine Rolle?«, fragte jemand. »Wir haben Kanchar bereits den Krieg erklärt, als wir Karim unterstützt haben.«

»Ja«, sagte Mernat, »aber Matino hat leider recht. Wir können hier nicht bleiben. Es ist zu feucht. Und was, wenn es erst schneit? Früher oder später müssen wir ins Kaiserreich zurück.«

Lan'hai-yia beobachtete, wie der Prinz in den Sattel kletterte. Als er sich den Lederhelm überstreifte, machte der Geier einen Satz nach vorn. Sie wusste gar nicht, wie ihr geschah. Jemand riss sie zu Boden, etwas fauchte über sie hinweg, ein heißer Regen traf ihr Gesicht, Metall kreischte, Erde spritzte, kleine Steine prasselten auf Eisen. Dann schraubte sich der riesige Vogel in die Luft. Zwei, drei kleinere Eisenvögel zerfetzte es mitten im Flug. Irgendetwas krachte, und an einer Stelle war ein Feuer entbrannt, aber das bekam sie nur am Rande mit, denn eine Weile drehte sich alles um sie.

»Weg hier! Rasch!«

Ein Arm fasste um ihre Taille, zog sie weg. Ein halber Flügel krachte seitlich von ihnen in ein Dach. Jemand schrie. Schwarzer Rauch stieg auf.

Und dann Stille. Ihre Ohren rauschten. Verwundert blickte sie auf die Blutspritzer auf ihren Händen.

»Seid Ihr verletzt? Gräfin?«

»Was ist passiert?«, fragte sie. Das Blut. So viel Blut. Jemand kniete vor ihr, tastete über ihr Gesicht, drehte ihre Arme hin und her. Mernat. Ja, sie erinnerte sich an den Namen. An Mernat. Und an Matinos Besuch. »Was hat er getan?«

»Uns einen kleinen Abschiedsgruß hinterlassen. Wir konnten gar nichts tun.«

Sie blinzelte. Jemand reichte ihr ein Glas Wasser. Der Dorfheiler stürzte durch die Tür, fragte, wie es ihr ginge, fragte nach Selas. Aber Selas war auf der Jagd. Und Karim war fort. Hatte Matino gelogen, als er behauptete, Karim würde nie wiederkommen? Wenn es stimmte, war Guna verloren, dann war alles verloren. Bitterkeit erfüllte sie. Wie konnte es sein, dass sie immer noch hilflos war inmitten von so vielen Feuerreitern, die auf ihrer Seite standen? Doch das taten sie gar nicht. Sie warteten lediglich auf ihren Anführer.

»Ihr habt keine Wahl. Früher oder später müsst Ihr nach Daja gehen. Hätte ich die Macht, ich würde Euch einen Ort im Süden geben, irgendwo in Lhe'tah. Dort ist es sonnig und warm, trocken, und es gibt keinen Sand. Es wäre ideal. Lebte Fürst Wihaji noch, er könnte Euch Land überschreiben und alles, was Ihr Euch wünscht. Doch ich kann Euch nur bitten, auf Karim zu warten.«

Sie redete zu viel, da war zu viel Verzweiflung in ihren Worten. Selas fehlte ihr; er hätte mit mehr Gelassenheit reagiert.

»Wir werden auf ihn warten«, sagte Mernat. »Aber nicht endlos lange. Ich gebe ihm noch einen Monat. Kommt er dann nicht zurück, werde ich die Feuerreiter versammeln und ihnen meinen eigenen Vorschlag unterbreiten.«

»Daja«, sagte sie müde.

»Ganz recht.« Er rieb sich das Blut von der Wange. »Daja. Wir erteilen Prinz Matino eine Lektion, die er nicht so schnell wieder vergisst. Er mag der Bruder des Kaisers sein, aber wir sind die Herren der Luft und des Feuers. Wir werden auf unseren Eisenvögeln in den Krieg ziehen.«

Matino ließ seiner Wut freien Lauf. Er hatte mehr erhofft, viel mehr. Sahen sie nicht, wie großzügig er sich gab, wie gnädig es war von ihm, den Verrätern die Rückkehr ins Kaiserreich anzubieten? Wie konnten sie einfach ablehnen? Die Feuerreiter hätten Daja zur mächtigsten Stadt von ganz Kanchar gemacht.

Sein Zorn war während des Fluges von Königstal nach Daja nicht erloschen, sondern immer weiter angewachsen, und als er den Eisenvogel auf dem höchsten Gebäude der Stadt landete, brodelte es in ihm.

Mit einem zornigen Funkeln winkte er die Wächter, die ihm auf dem Palastdach entgegeneilten, zur Seite. Sie fielen zu Boden, drückten ihre Stirn in den Staub. Genauso sollte es sein. Denn Kanchar gehörte ihm. Er war Kaiser Arivs ältester Sohn, er hätte der Erbe des Throns sein müssen. Er war dazu bestimmt, zu herrschen und die Geschicke der Völker zu lenken, und niemand, nicht einmal die Götter, würde ihn daran hindern.

Sein Eisenbein trug ihn schwungvoll vorwärts, zu schwungvoll. Er kam aus dem Tritt, beinahe wäre er gestolpert. Hatte irgendjemand das bemerkt? Nein, sie knieten, sie lagen, niemand wagte, ihn anzuschauen. So war es richtig.

Seine Wut schwelte weiter, während er in den Palast marschierte. Wächter griffen nach ihren Waffen, erkannten ihn, erbleichten, warfen sich zu Boden. Er schritt über sie hinweg, riss die Tür zum großen Saal auf. Türen! Wie er sie hasste. Jedermann konnte sich dahinter verbergen, konnte versuchen, ihn auszuschließen, sich zu verstecken. Auch das würde er nicht dulden, sämtliche Türen würde er herausreißen lassen.

Die Feuerreiter wollten ihm nicht dienen? Sie würden angekrochen kommen, sobald ihnen bewusst wurde, dass Karim nie wieder zu ihnen zurückkehren würde. Matino hatte seine eigenen Spione, er wusste Bescheid. Die Falle war längst vorbereitet. Karim, der Gesegnete der Götter! Oh, wie dumm die Wajuner waren! Ihren Thronerben dem Urteil der Götter zu überlassen? Der Erbe musste immer behütet werden, ganz gleich, ob man ihm zugetan war oder nicht. Natürlich kümmerten sich gute Könige zuerst um die unliebsame Verwandtschaft, so wie Tenira es getan hatte und wie es im Kaiserreich seit Jahrhunderten üblich war. Verwandte, die sich als Rivalen herausstellen könnten, musste man rechtzeitig aus dem Spiel nehmen.

Die Neffen des verstorbenen Königs von Daja sprangen auf, als er in den Saal platzte. Einer von ihnen hatte es sich auf dem Thron gemütlich gemacht, einem mit üppigen Polstern bezogenen Stuhl, die anderen standen über einen Tisch gebeugt, auf dem Stammbäume und Karten ausgebreitet lagen.

Wie eifrig – und wie vergeblich.

»Sucht Ihr nach einem Fall, in dem ein König ohne direkten männlichen Erben gestorben ist? Einen Fall, in dem entfernte Verwandte auf den Thron gelangt sind? Einen solchen Fall werdet Ihr in keinem einzigen Königreich von ganz Kanchar finden. Gibt es keinen geeigneten Sohn, übernimmt es der Kaiser, für einen Regenten zu sorgen, bis ein legitimer Enkel dem Leib der Tochter entsprossen ist.«

Die jungen Männer starrten ihn an. Matino erkannte genau den Moment, in dem der Jüngling auf dem Thron seinen bevorstehenden Tod erahnte. Seine Augen ruhten auf der Wüstenblume auf seinem Mantel und weiteten sich.

»Der Edle Kaiser schickt Euch? Keiner unserer Magier hat Euren Besuch angekündigt.«

Matino verfluchte sein Bein, als er näher trat. Er hasste es, dass jeder auf den Beweis für seine Unvollkommenheit starrte. Dass jeder ihn daran erkannte. Dieses winzige Lächeln, das sich in den Schrecken der Männer mischte, als sie sich daran erinnerten, dass er versehrt war. Als ob sie deswegen eine Chance gegen ihn gehabt hätten.

»Der Edle Kaiser Liro schickt mich, in der Tat«, sagte Matino.

»Auf dass Ihr einen Regenten ernennt, Kalazar?« Hände wanderten verstohlen zu den Dolchen an ihren Gürteln.

»Auf dass ich Daja regiere. Dachtet Ihr im Ernst, der Kaiser würde unerprobten Knaben die Krone eines seiner wichtigsten Königreiche anvertrauen?«

Sie waren zu viert. Klingen blitzten auf. Einer erdreistete sich, nach den Wachen zu rufen, aber die Wachen würden nicht kommen. Matino drehte sich um und griff nach einem mannshohen Leuchter, der neben der Tür stand. Er schloss sie sorgfältig, dann klemmte er das Ding unter den kunstvoll verschnörkelten Knauf, damit sie sich nicht von außen öffnen ließ. Vielleicht waren Türen doch nicht so verkehrt.

»Was wird das?«, rief der Jüngste, er war fast noch ein Knabe.

Matino bückte sich und streifte den Stiefel von seinem linken Bein, damit er nicht beschädigt wurde. Sein Lächeln war voller Vorfreude. »Dies«, sagte er, »wird die Eroberung von Daja.«

Mit einer Stadt unter sich, die sich furchtsam duckte, und einem Eisenvogel, der seinen Wünschen Flügel verlieh, war das Leben beinahe wieder annehmbar. Doch Matino hatte weitaus größere Pläne. Seine Träume hießen »Kanchar«, sie hießen »Wabinar« und »Gojad« und »Ruma«. Daja hatte nie dazugehört. Daja war nichts als Staub.

Mit seiner persönlichen Leibwache schritt er die Mauern ab. Auf den Zinnen hingen die blutigen Leichname der Prinzen, und er achtete genau darauf, dass die Wächter hinsahen und den Anblick nicht mieden. Dies waren jetzt seine Leute, und sie mussten wissen, was sie erwartete, wenn sie ihm nicht vollkommen dienten. Die Menschen, die unten durch das Haupttor gingen, sahen ebenfalls hin. Jeden, der es nicht tat, erwartete ein Stockschlag auf den Rücken. Die Wachen achteten genau darauf, dass jeder sich an die Befehle des neuen Regenten hielt.

Eine Weile beobachtete Matino, wie die Händler und Fischer, die Hirten und Reisenden nach draußen strebten, wie sie innehielten, wenn sie die Aufforderung der Soldaten hörten, nach oben zu schauen, und ängstlich gehorchten. Von dieser Warte aus konnte Matino den einen oder anderen Gesichtsausdruck erkennen, die Abscheu, das Entsetzen, hin und wieder auch stumpfe Gleichgültigkeit. In der Schlacht von Daja waren viele Menschen gestorben, und so manch einer hatte sich an den Anblick übel zugerichteter Leichen gewöhnt. Zumal dann, wenn es sich nicht um die eigenen Freunde oder Angehörigen handelte.

»War König Laon beliebt?«, fragte Matino.
Eine Welle des Unbehagens lief durch die Männer. Sie kannten ihn noch zu wenig, um zu wissen, welche Antwort er sich wünschte.

»Die Wahrheit«, forderte er. »Immer die Wahrheit.« Denn auch wenn diese im nicht gefiel, wollte er sie doch kennen. Man konnte nicht regieren, ohne zu wissen, was die Untertanen dachten, was sie liebten und was sie fürchteten. Die Menschen zu durchschauen war das Wichtigste für einen Herrscher, daher waren verlogene Diener das Lästigste überhaupt. »Wer mich belügt, stirbt.«

Er wandte ihnen weiterhin den Rücken zu, überließ es ihnen, sich zu verständigen, wer die unliebsame Rolle des Sprechers übernahm. Er brauchte mutige Leute an seiner Seite.

»Kalazar.« Der junge Wächter, der sich als der tapferste erwies, hatte dennoch Angst. Seine Stimme zitterte. Gut, das war gut. Dennoch klang er nicht übertrieben schmeichlerisch, eine Eigenschaft, die Matino verabscheute. »König Laon war bei großen Teilen der Bevölkerung sehr beliebt, da seine Familie seit vielen Jahrhunderten …«

»Die Geschichte seiner Familie ist mir bekannt«, unterbrach Matino ihn brüsk.

»Verzeiht, Kalazar, natürlich. Laon hatte großen Rückhalt in der Bevölkerung. Doch es gab es auch viele Menschen, die sich über seine Unberechenbarkeit beklagt haben. Die Dajaner sehen dem Beginn Eurer Regentschaft mit großer Hoffnung entgegen.«

Matino drehte sich um. Der Wächter war noch ein halbes Kind, keine zwanzig Jahre alt, schmal, dunkelhäutig, mit einem rundlichen Gesicht. »Gut«, sagte er sanft. »Eine ausgewogene Antwort, voller Achtung sowohl vor dem verstorbenen König als auch vor mir. Wie ist dein Name?«

»Mirr, Kalazar.«

»Ich ernenne dich zum Hauptmann meiner Leibwache. Und nun gehen wir zurück. In einer Stunde will ich die besten dajanischen Magier im Palast sehen.«

Matinos Triumphgefühle lösten sich schlagartig in nichts auf, als er sein neues privates Ruhezimmer betrat, denn auf den edlen, mit seltenem Leopardenfell bezogenen Sitzkissen saß ein Fremder. Er hatte eine Flasche vor sich auf dem niedrigen runden Tisch mit der Mosaikplatte stehen sowie zwei Becher. Der Mann mochte um die fünfzig sein, vielleicht auch älter. Er war hager, das Gesicht faltig von der unbarmherzigen Wüstensonne. Daraus schloss Matino, dass er es nicht mit einem Adligen zu tun hatte, der im Palast lebte, sondern mit einem der rauen Gesellen, die draußen in der Wüste lebten. Er war einfach gekleidet und trug offene Sandalen.

»Wein?«, fragte der Mann und schob den zweiten Becher über den Tisch. »Weißer Garnt aus Kato. Er stammt aus dem königlichen Weinkeller, doch Ihr habt ihn nie gekostet. König Laon besaß nur diese eine Flasche. In ganz Kanchar gibt es keinen kostbareren Tropfen.«

Matino blieb mitten im Raum stehen. Er war kurz davor, die Wachen zu rufen oder sich selbst um den Eindringling zu kümmern, doch das lässige Selbstbewusstsein des Mannes warnte ihn. Das war weder ein Bittsteller noch ein Dieb.

»Wer hat Euch geschickt?«, fragte er. »Verwandtschaft von König Laon?«

»In gewisser Weise, ja«, antwortete der Fremde. »Ich war ein … Freund des Königs.«

»Wie schade für Euch.« Gegen seinen Willen fühlte Matino sich verunsichert. Etwas war an diesem Mann, der so harmlos wirkte, das alle seine Instinkte in Alarmbereitschaft versetzte. Ob er ein Mörder war? Denn wer sonst würde in seinem privaten Salon auf ihn warten, wer sonst würde hier eindringen und den Bruder des Kaisers bedrohen?

»In der Tat, wie schade. Laon war durchaus ein angenehmer Trinkgenosse. Einen Schluck Wein, Kalazar?«

Mit einem gedungenen Mörder Wein zu trinken war ein tödliches Unterfangen, dennoch trat Matino vorsichtig ein paar Schritte näher. Ob der Mann ihn vergiften wollte? Er hatte immer noch ein As im Ärmel, von dem niemand etwas wusste. So schnell ließ er sich nicht umbringen.

»Ihr bietet mir meinen eigenen Wein an?«

Der Fremde lächelte. »Wäre es Euch lieber, ich würde Euch einen Schluck von Eurem eigenen Blut anbieten? Ihr habt gewiss bereits eine Vermutung, wer ich bin, Kalazar.«

Behutsam ließ Matino sich auf das dicke Sitzkissen sinken, das auf der anderen Seite des Tisches für ihn bereitlag. Unauffällig schätzte er die Entfernung zwischen sich und dem Assassinen ein. Wenn er von hier aus sprang, musste er nur knapp einen Meter überwinden. Er würde schneller sein müssen als je zuvor, aber was hatte er für eine Wahl? Es hieß Töten oder Sterben.

»Ich schätze, Ihr seid gekommen, um eine … Entschädigung zu fordern?«

»So könnte man es auch sagen.«

Diesmal nahm Matino keine Rücksicht auf seinen Stiefel. Er stützte sich mit seinen Händen am Sitzkissen ab, sammelte seine Kraft und sprang los, mit den Füßen voran. Die Krallen glitten durch das Leder wie durch Butter. Ein Augenblick lang strömte Freude durch sein Herz, der köstliche Triumph eines Mannes, der es gewöhnt war zu siegen. Im nächsten Moment ging ein Ruck durch seinen ganzen Körper, der Raum drehte sich, und dann lag er auf dem Boden. Sein Rücken schmerzte, als hätte er ein Messer darin stecken, und er konnte sich nicht bewegen.

Der Fremde beugte sich über ihn, ein kleines, böses Lächeln auf den schmalen Lippen. Eine Klinge funkelte im Licht der magischen Lampen, der Duft des goldenen Weines lag in der Luft, bitter und salzig, und Matino erblickte den Tod. Es waren die Augen des Todes über ihm, mitleidslos und kalt. Er selbst hatte immer Vergnügen dabei empfunden, anderen mitzuteilen, dass ihr Ende gekommen war. Dieser Mann nicht. Für ihn schien es nichts als eine Handlung, so wie Brotschneiden eine Handlung war oder das Satteln eines Pferdes oder einen Schritt aus der Tür heraus zu tun, um zu sehen, ob Wolken aufzogen. Matino hatte seinen Gegner nie zuvor getroffen, und doch war es in diesem Moment, als könnte er bis auf den Grund seiner Seele schauen, einer Seele, die tief und leer war wie ein trockener Brunnen.

Das Entsetzen ließ ihn winseln; er konnte nichts dagegen tun. Nichts gegen den Drang, um sein Leben zu flehen.

Er öffnete den Mund. Ein heiseres Krächzen kam aus seiner Kehle. »Bitte«, keuchte er, obwohl er nie irgendjemanden um irgendetwas gebeten hatte und obwohl er wusste, dass der Tod keine Gnade kannte.

»Ich bin in der Tat hier, um eine Bezahlung einzutreiben«, sagte der Mann. »Laon war ein launischer Trunkenbold, aber er war Bestandteil meiner Pläne, und seine Entfernung daraus hat mir missfallen. Du hast mich nicht um Erlaubnis gefragt, Junge.« Das Gesicht kam Matinos noch näher, die Augen waren kalt, so schrecklich kalt. Er wollte instinktiv zurückweichen, über den Boden wegkriechen, aber er konnte nicht. Er war immer noch nicht in der Lage, sich zu bewegen, nicht einmal zu zucken.

»Bitte«, flüsterte er.

»Niemand greift ungestraft in meine Pläne ein. Ich habe mich über dich geärgert, und das nicht zum ersten Mal. Es ist nie klug, mich zu verärgern. Hat dir dein werter Vater je meinen Namen verraten? Nein? Sobald ihm klarwurde, dass du niemals Kaiser werden kannst, hatte er das gewiss auch nicht mehr vor. Dennoch lasse ich dich an meinem Geheimnis teilhaben. Ich bin Meister Joaku, der Herr von Jerichar.«

Niemand schickte den Tod hierhin oder dorthin. Er war kein Werkzeug, er war niemandes Diener. Er kam zu denen, die verloren waren. Matino hätte am liebsten die Götter angerufen, doch ihm fehlte die Kraft, an irgendetwas anderes zu glauben als an den Schmerz, der gleich über ihn hereinbrechen würde.

»Von nun an wirst du zu meinen engsten Vertrauten gehören, zu meinen Dienern. Ich werde dich am Leben lassen, mein Junge, doch es wird dich etwas kosten. Niemand bekommt etwas von mir geschenkt. Hast du verstanden?«

Wenn man dabei war zu fallen, fragte man nicht, wem die Hand gehörte, die einen festhielt. Man fragte nicht, wer einem

Brot gab, wenn man kurz vor dem Verhungern war. Matino fühlte eine Woge aus Hass durch seine Adern fluten, aber er spie seinem Feind keine Verwünschungen entgegen. Er fragte nicht, welchen Preis der Wüstendämon forderte. Weil es offenbar erwartet wurde, flüsterte er ein tonloses »Ja«.

»Gut«, sagte Joaku. »Sehr schön. Ich werde dich wissen lassen, wann ich meine Bezahlung erwarte. Du darfst jetzt aufstehen.«

Die Lähmung fiel von Matino ab. Es kribbelte in seinem ganzen Körper, nur das Eisenbein hing an ihm wie ein totes Gewicht. Mühsam kämpfte er sich hoch. Die Weinflasche war umgekippt und einer der Becher auf den Boden gerollt. Eine helle Lache glänzte auf den Fliesen. Er ertappte sich dabei, dass er den Wert des vergossenen Weines überschlug. Ein hysterisches Lachen kämpfte sich seine Kehle hinauf. Und vielleicht hatte er auch die Kontrolle über seine Blase verloren, denn es roch ein wenig streng.

»Nun, Kalazar.« Joaku deutete eine Verbeugung an, ein spöttisches Lächeln zuckte in seinen Mundwinkeln. »Ich denke, unsere Unterredung ist hiermit beendet. Habt Ihr noch Fragen?«

Matino hatte nie vorgehabt, sich mit dem Meister der Wüstendämonen anzulegen. Natürlich hatte er davon gehört, dass Laon einflussreiche Freunde besessen hatte. Dass Ruma Kaiserin geworden war, hatte Matino in der Annahme bestätigt, dass Laon jemanden geschickt hatte, um ihn zu verstümmeln oder gar zu töten. Denn er erinnerte sich zu gut an die Gerüchte, dass ein Fremder damals im Palast in Wabinar gesichtet worden war,. Doch er hatte nicht erwartet, dass Laon mit Jerichar paktiert haben könnte. Bis zu diesem Moment war ihm nicht klar gewesen, dass sogar ein Sohn des Kaisers die Taten der Wüstendämonen hinnehmen musste. Gegen die Assassinen konnte man keinen Krieg führen, man konnte nur hoffen, dass sie einen nicht bemerkten. Oder dass man sie auf seiner Seite wusste. Irrigerweise war er davon ausgegangen, dass er sich an Laon rächen konnte, ohne dass es Konsequenzen mit sich brachte. Er hatte, als er den König von Daja getötet hatte, nicht damit gerechnet, dass irgendjemand die Geschichte, die er sich zurechtgelegt hatte, in Zweifel ziehen würde.

Dabei hätte er es wissen müssen. Wer sonst als die Wüstendämonen hätte ihn vergiften können, als er noch Kronprinz gewesen war? Wie war er überhaupt auf die Idee gekommen, dass sein Rang ihn schützen konnte, dass der Edle Kaiser von Kanchar irgendeine Autorität über diesen unheimlichsten aller Magier und seine Schergen hatte – Magier, die zum Töten ausgebildet waren und deren Meisterschaft darin die Todesgöttinnen erfreute? Es gab keinerlei Schutz vor ihnen. Keine hunderttausend Soldaten konnten ihm helfen. Und dieser Mann hatte für sie beide Gläser bereitgestellt, damit sie miteinander plaudern konnten? Oh, natürlich. Er konnte sich wahrlich nichts Schöneres vorstellen, als Wein zu trinken mit diesem älteren Herrn, dem er offenbar alles verdankte, was ihm je an Bösem widerfahren war – den Verlust seines Beines und des Throns und seiner ganzen, herrlichen Zukunft. Vor Wut und Scham über die Demütigung konnte er kaum sprechen. Doch er würde die Chance, noch etwas zu sagen, nicht ungenutzt verstreichen lassen.

»Wie soll ich Euch anreden, Meister?«, fragte er.

Joaku musterte ihn. Keinen Augenblick schien er an Matinos Ergebenheit zu glauben. »Meister ist gar nicht verkehrt. Und mach dir keine Gedanken darüber, wie du mich erreichst, wenn du einen Wunsch hast oder dich von Feinden bedroht siehst. Ich werde dir ein paar Magier schicken. Mir kam zu Ohren, du benötigst neue Magier, nachdem du Meister Arat gemeuchelt hast.«

Matino schluckte schwer. »Ich wusste nicht, dass er zu Euch gehört, Meister.«

Joaku legte den Kopf in den Nacken und lachte. »Oh, gewiss nicht. Meine Schüler lassen sich nicht von einem Stümper wie dir überrumpeln. Doch mir scheint, du hast noch eine andere Frage.«

Er musste mitspielen. Er musste hier stehen, stinkend, beschämt, und so tun, als wäre nichts geschehen. Er musste den schwarzen, bitteren Hass in seinem Herzen verbergen.

»Der Preis«, sagte er, da Joaku offenbar darüber reden wollte, um ihn noch mehr zu quälen. »Was ist es, das ihr verlangt?«

Er erwartete keine Antwort. Da der Wüstendämon ihn demütigen wollte, war es nur folgerichtig, dass Joaku ihn mit der Qual leben lassen würde, immerzu mit dem Schlimmsten zu rechnen.

»Da du so gerne tötest, mein Junge, werde ich dir einen Auftrag geben, sobald die Zeit gekommen ist. Ich werde dir befehlen, eine bestimmte Person zu töten, und du wirst es ohne zu zögern tun. Andernfalls werde ich dir Qualen zufügen, wie du sie dir nicht ausmalen kannst – dir und deinem Opfer.«

»Und wen«, nervös befeuchtete er seine trockenen Lippen, »soll ich töten?«

»Welcher Preis wäre denn angemessen für dein Leben?«, fragte Joaku zurück. »Welches Leben – wenn nicht das des Menschen, den du am meisten liebst?«

»Ich ... ich weiß nicht, wen ich am meisten liebe.«

»Oh, ich schon, Kalazar. Ich schon.«

Joaku bückte sich nach seinem Becher, trank ihn aus und marschierte aus dem Salon.

Matino starrte ihm nach. Zitternd. Fröstelnd. Dann sank er auf die Knie und übergab sich auf den Boden.

8. Hinter hohen Mauern

Edrahim, König von Anta'jarim, lag träumend in seinem Bett. Bilder zuckten wie Blitze durch seinen Geist. Er sah Wolken und das aufgepeitschte Meer und Reiter, die schreiend durch hohes Gras jagten. Sie hoben Speere in die Luft, und ihre Schreie klangen wie der hohe Ruf eines Raubvogels. Die Pferde galoppierten gerade auf ihn zu, und er konnte ihnen nicht ausweichen. Gebannt stand er da, auf Beinen, die er nicht fühlen konnte, unfähig, sich zu rühren. Er wollte die Luft mit seinen eigenen Schreien füllen, doch er konnte nicht einmal den Mund öffnen.

Nach Luft ringend, kam Edrahim zu sich. Neben ihm lag leise schnarchend seine Frau. Er fiel halb aus dem Bett, taumelte durch das Schlafzimmer und streckte die Hand nach der Wand aus. Aber sobald er die Mauern berührte, kamen neue Bilder zu ihm. Die Reiter waren fort, und stattdessen sah er unzählige Vögel fliegen. Es war ein Schwarm, wie er noch keinen gesehen hatte. Der ganze Himmel war schwarz von Krähen. Wie Heuschrecken schwebten sie herab, dicht an dicht, flügelschlagend, krächzend, und ihre Krallen zerfurchten die Erde. Was vorher ein Garten gewesen war, blieb kahl und zerfetzt zurück. Die Bäume hatten keine Blätter mehr, die Rinde hing in Fetzen am Stamm, die kleineren Zweige lagen abgebrochen am Boden. Von den Blumen war nichts mehr zu sehen. Die Erde sah aus, als hätten Wildschweine darin gewühlt.

Dann – er wusste nicht, ob es immer noch der Vogelschwarm war oder nicht – fegte ein Sturm über das Land, der Wind knickte Bäume um, entwurzelte gewaltige Eichen und trug Dächer ab. Edrahim hörte das Rauschen und Pfeifen der Vögel. Oder war es nur der Wind, der alles hinwegriss? Wie betäubt starrte er auf das Werk der Zerstörung, und voller Furcht blickte er an den Schlossmauern hinauf, um zu sehen, was davon übriggeblieben war. Aber die Türme von Anta'jarim ragten unverändert in den wolkengrauen Himmel, unverwüstlich wie Felsen in der Brandung. Die Fahnen waren heruntergerissen; der Reiter, das Wappen seiner eigenen Familie, verschwunden. Aus den Fenstern wehten rote Vorhänge, aber ihm kam es vor wie Blut, das über die Brüstungen floss. Er streckte die Hand aus und berührte die harten, kalten Mauern. Daraus wisperten ihm unzählige Stimmen entgegen, lachend und weinend und klagend und drohend. Jede erzählte ihre eigene Geschichte, jede sang ihr eigenes Lied, jede warf einen Traum nach ihm aus wie ein Netz.

Er wich zurück, stolperte rückwärts und geriet mitten hinein in den Vogelschwarm. Vor Schreck schrie er auf, dann durchfuhr ihn ein glühender Schmerz, und sein Schrei verwandelte sich in Gebrüll und Stöhnen. Die Vögel streiften ihn mit ihren Flügeln, und was sanft begann, zärtlich wie das Streicheln einer Feder, wurde schlimmer und schlimmer und hörte nicht auf. Sie gruben Kerben in seine Haut mit ihren scharfen Federn, immer tiefer bis ins Fleisch und noch tiefer. Sie legten seine Knochen bloß und hackten ihm mit ihren Schnäbeln bis ins Mark, um dann flatternd durch ihn hindurchzufliegen.

Ihre Krallen und Schnäbel setzten ihm zu, doch vor allem waren es die Federn, die ihn zerschnitten und seine Haut und sein Fleisch abschälten wie die Schalen einer Zwiebel, eine Schicht nach der anderen, bis nichts übrigblieb. Er hatte seine Augen längst verloren, und dennoch konnte er sie sehen. Schöne weiße Tauben. Eulen, groß und doch federleicht schwebend. Krähen, wild und wissbegierig. Adler mit forschendem Blick. Habichte und Falken. Spatzen und Finken. Sie flogen und flogen, um ihn herum und durch ihn hindurch, als wäre er nicht da.

Sie hörten seine Schmerzensschreie nicht. Sie flogen und flogen und rissen ihn auseinander. Und er, zerfetzt in unzählige Stücke, flog mit ihnen, raste durch die Blätter der Bäume und das Gras und spürte den Flügelschlag der anderen, ihn sanft streifend. Einen Moment war das Geschrei noch ohrenbetäubend, im nächsten hörte er plötzlich nichts mehr. Es herrschte vollkommene Stille. Er flog zwischen den Sternen, in einem Himmel, in dem nicht die Sterne tanzten, sondern weiche, weiße Flaumfedern. Die Nacht war von ihnen erfüllt, und er dachte verwirrt: *Wer hat mein Kissen zerrissen?*

»Edrahim!«

»Was? Was ist passiert?« Mit einem Aufheulen kam er wieder zu sich. Seine Frau hatte sich im Bett aufgerichtet und starrte ihn an.

»Was tust du da? Komm wieder ins Bett!«

Edrahim blickte die Mauer an und löste seine Hand und seine Stirn von den kühlen Steinen. »Was ist passiert?«, fragte er. »Habe ich geschrien?«

»Geschrien? Du stöhnst und ächzt, dass einem schlecht davon wird. Hattest du einen Albtraum?«

Sein Kissen war noch warm. »Es war das Haus. Ich möchte in einem anderen Haus wohnen«, flüsterte er, benommen von dem Schmerz und der Angst.

»Was redest du denn da? Du bist der König. Natürlich wohnen wir hier im Schloss.« Sie schüttelte den Kopf. »Edrahim, es war nur ein Albtraum. Er ist vorbei. Jeder hat mal Albträume.«

»Solche nicht.« *Es kann nicht sein, dass ich das Gesicht habe*, dachte er. *Ich bin mit diesem verrückten Dichter nicht einmal verwandt. Ich hatte nie Träume, an die ich mich auch nur erinnert habe. Es muss an diesen uralten Steinen liegen.* »Es ist das Schloss«, flüsterte er. »Es bringt mich ganz durcheinander.«

»Schlaf jetzt«, befahl sie ihm.

»Ja«, sagte er, doch dann lag er wach da bis zum Morgen und versuchte, die Vögel aus seinen Gedanken zu vertreiben.

Die Blockhütten am Ufer des Sees boten vierzig oder gar fünfzig Menschen ein Zuhause. Karim war sich darüber im Klaren, dass sich die meisten absichtlich von ihm fernhielten. Er könnte ein Verräter sein oder Schlimmeres, für die meisten gab es keinen Grund, ihm zu vertrauen. Sie machten sich Sorgen, was seine Anwesenheit ändern könnte – etwas Gutes erwartete hier niemand.

Baihajun war dagegen gewesen, ihn aus der Hütte herauszulassen, und Juron übernahm es zusammen mit seinem Bären, den ungebetenen Gast zu überwachen. Wenn Karim über die Schulter blickte, sah er den bärtigen Kerl an einen Baumstamm gelehnt dastehen. Sein Tier hockte auf den Hinterbeinen und reichte dem Mann dennoch bis zur Schulter. Die Blicke der beiden waren sengend vor kaltem Zorn.

»Er ist eifersüchtig«, sagte Karim.

Dilaya, die neben ihm am Ufer saß und mit einem Stock die Umrisse des Schlosses in den Sand ritzte, zuckte mit den Schultern. »Wer, Juron?«

»Wer sonst?«

»Lork liebt mich und würde für mich töten, aber Juron? Menschen sind wählerischer als Bären. Sie sehen mit den Augen, nicht mit dem Herzen.«

»Jedenfalls passt es ihm nicht, dass ich hier bin und Zeit mit Euch verbringe. Wann werdet Ihr ihm sagen, dass wir verlobt sind?«

»Wir sind nicht verlobt«, stellte Dilaya richtig. Sie strich sich eine goldene Locke hinters Ohr. Ihre Haare waren immer noch schön, und jetzt, da sie vor ihm kniete und er ihr Profil vor sich sah, konnte er für einen Moment ihre Entstellung vergessen und das Mädchen sehen, das sie hätte sein können. Doch hätte es die Frau, zu der sie durch die Narben und die Flucht und die tausend Enttäuschungen geworden war, auch ohne diese Wunden gegeben?

»Edrahim wohnt im Hauptschloss, hier.« Sie tippte mit dem Zeigefinger auf eine Linie im Sand. »Und wir müssen ins Altdunkle, das ist dieses Gebäude. Von dort führt ein Gang in den Thronsaal. Wenn wir erst drinnen sind, ist es recht einfach.«

Sie sah ihn mit ihrem einen Auge an, und schon war der Hauch von Schönheit wieder fort. Ihr schiefes Lächeln erzählte von unzähligen Stunden der Qual, in denen ihr Leben an einem seidenen Faden gehangen hatte.

»Wie wollt Ihr die Mauer überwinden?«, fuhr Dilaya fort. »Wir haben versucht, von außen daran hochzuklettern, mit einem Seil, aber die Patrouille ist wachsam, und die Wachposten stehen zu dicht beieinander. Wir müssten eine dunkle Wolkennacht erwischen und so leise sein, dass es niemandem auffällt. Traut Ihr Euch das zu?«

»Und wie leise bin ich in euren Wald geschlichen?«, gab er zurück.

»Wir haben Euch erwischt.«

»Nur weil Baihajun ihre Kräuter benutzt hat.« Er war halb bewusstlos gewesen nach dem gewagten Nachtflug, sonst wäre die alte Amme gar nicht so nah an ihn herangekommen, aber das erzählte er ihr nicht. Auch von der Dohle hatte er ihr noch nichts verraten. Er würde es demnächst tun müssen, denn sein kleiner Eisenvogel war die Geheimwaffe, die ihm Zutritt zum Schloss verschaffen würde. Doch er war so daran gewöhnt, mit seinen Geheimnissen zu leben, dass es ihm fast unmöglich schien, auch nur eins davon zu lüften. Allerdings würde Dilaya in naher Zukunft seine Frau sein. Er musste den Mut finden, ihr seine Pläne zu offenbaren.

»Wie gut könnt Ihr klettern?«, fragte die Prinzessin.

Ihre Hände zitterten. Narben an ihren Handgelenken erzählten grausame Geschichten von Gefangenschaft, von zu engen Fesseln, an denen sie gezerrt hatte. Es war nicht nur das Gift gewesen. Wie oft hatte man sie gefangen genommen, wie oft war sie entkommen? Er traute sich nicht, sie zu fragen. Nicht jetzt, da die Sonne auf den Wellen des Sees funkelte und das Licht wie mit einem Pinsel goldene Tupfer in Dilayas blondes Haar setzte.

»Könnt Ihr zuerst hochklettern und mich dann hochziehen? Ich schaffe ein paar Meter, aber manchmal bekomme ich Krämpfe.«

»Wir müssen nicht klettern«, sagte er.

»Wollt Ihr das Tor sprengen?«

»Woher kennt Ihr denn *die* Geschichte?«, fragte er überrascht.

»Haben Eure Träumer denn von allem geträumt, auch von Burg Katall?«

Dilaya lachte, ihr heiseres Krächzen klang wie der Ruf eines Vogels im Schilf. »Wir mögen am Ende der Welt leben, aber die wichtigsten Nachrichten vom Krieg erreichen auch uns. Ich habe Freunde da draußen, Karim von Daja, auch wenn nicht jeder weiß, wer ich bin. Manche wissen nur, dass wir gegen Edrahim kämpfen und gegen Tenira und gegen die Schatten, die über unser Land gefallen sind, seit die Flammen in den Himmel schlugen.«

»Wir werden fliegen«, sagte er.

»Und wer ist hier der Träumer, Ihr oder ich?«

Er lächelte. Dieses Lächeln hatte, wie er sehr wohl wusste, eine Wirkung auf Frauen, und auch Dilayas Blick blieb an seinen Lippen hängen. Er war so gewöhnt, es einzusetzen, dass er darüber erschrak. Darüber, was für Wünsche er in ihr wecken könnte, welche Sehnsüchte, welche Hoffnungen. Das Lächeln zerfiel. Trauer wehte ihn an – über dieses Mädchen und jenes andere, das er nicht vergessen konnte. Und die Schuld, untrennbar mit der Sehnsucht verwoben.

»Mit einem Eisenvogel«, sagte er.

»Hier in Anta'jarim?«, fragte sie skeptisch.

»Wie sonst sollen wir Edrahims magiebegabte Leibwächter besiegen, wenn nicht mit Magie?«

Dilaya musterte ihn skeptisch. »Also das ist es, was Ihr seid – ein Magier?«

Ich bin mehr, dachte er, *und ich bin weniger. So viel weniger. Nur ein Junge mit zu vielen Geheimnissen.*

Baihajun pustete auf die Tinte und betrachtete zufrieden den Vertrag. Karim las die Zeilen zweimal, bevor er seine Unterschrift daruntersetzte. Da sowohl er als auch Dilaya keine Eltern mehr hatten, sprach jeder von ihnen für sich selbst. Sie versprachen sich einander, Prinzessin Dilaya von Anta'jarim, Thronerbin von Anta'jarim, Tochter von Prinz Nerun und Lugbiya von Rack-am-Meer, und Prinz Karim von Lhe'tah, Sohn von Großkönig Tizarun von Wajun, der zugleich ein Prinz von Lhe'tah gewesen war, und von Enema, Gräfin von Guna. Erbe des Sonnenthrons von Wajun.

Karim las die Namen wieder und wieder, um sich ihrer Wahrheit zu vergewissern. Das Pergament war alt und hatte bereits als

Träger für andere Nachrichten gedient, deshalb stand ihnen nur ein schmaler, unbeschriebener Streifen zur Verfügung, der keinen Platz für ellenlange Titel bot. Sich auf einen Namen zu beschränken, den Namen seines verfluchten Erzeugers, fiel ihm schwer. Er war Karim von Lhe'tah dem Blute nach, als Tizaruns Bastard, doch ebenso Karim von Trica, nach dem Stammsitz seiner Familie mütterlicherseits, oder Karim von Daja, Ziehsohn des verstorbenen Königs von Daja. Seine Namen bildeten seine Geschichte ab, seine Herkunft – je mehr es waren, umso heimatloser fühlte er sich.

Der Vertrag enthielt eine Klausel, auf der Dilaya bestanden hatte. Er konnte ihr nicht einmal ihr Misstrauen verübeln. »Die Verlobung erlangt ihre Gültigkeit erst nach Übergabe des vereinbarten Verlobungsgeschenks«, murmelte er. »Euch ist schon klar, dass ich Euch damit einen gewaltigen Vorteil überlasse? Ihr könntet erklären, dass wir etwas ganz anderes vereinbart haben, auch wenn ich meinen Part erfüllt habe.«

»Ihr selbst wart dagegen, dass wir das Geschenk näher erläutern.« Dilaya lächelte schief, ihr Auge funkelte. Wenn er sie ansah, erblickte er immer noch das aufgeweckte blonde Mädchen von früher – und wurde schmerzhaft daran erinnert, dass Anyana nicht überlebt hatte. Aber es war nicht recht, Dilaya vorzuwerfen, dass sie die Falsche war.

Er würde ihren Mut und ihre Persönlichkeit zu schätzen lernen, wenn sie zusammen lebten und einander erst besser kannten.

»Ich bleibe dabei, dass es ein Fehler ist«, sagte Juron, der sich über den Tisch beugte und das Dokument sorgsam in Augenschein nahm. »Das reicht nicht, Dilaya. Du solltest einen Absatz einfügen, was mit ihm geschieht, wenn er dich betrügt oder ignoriert oder seinen ehelichen Pflichten nicht nachkommt.«

»Damit werde ich schon allein fertig, auch ohne Vertrag«, zischte Dilaya und rollte ihr Exemplar zusammen. »Achte darauf, bis wir zurück sind.«

Baihajun nahm die Rolle entgegen und nickte ernst. »Das tue ich. Pass auf dich auf, Mädchen. Und auf ihn. Ich traue ihm nicht, Kind. Und falls euch beiden doch das Unmögliche gelingt, ist das nur ein umso deutlicheres Zeichen dafür, wohin du gehörst – hierher nach Anta'jarim, nicht nach Wajun. Du bist eine Tochter der Wälder, eine von uns. Wer soll auf dem verwaisten Thron sitzen, wenn nicht du?«

Dieser Streit war nicht für seine Ohren bestimmt. Karim nahm sein eigenes Exemplar des Vertrags an sich und trat aus der Hütte. Draußen spielte das Herbstlicht in den immer noch grünen Blättern. Spinnweben hingen wie glühende Seidenfäden von den Ästen und schaukelten in einem Wind, den er auf seiner Haut nicht spüren konnte. Zwischen den Baumstämmen, die den Blick auf den See verstellten, richtete sich der Bär auf. Sein Pelz glänzte in tiefstem Schwarz, schwärzer, als Fell überhaupt sein konnte, wie ein Stück Nacht ohne Sterne. Karim hatte das Gefühl, in zwei Brunnen zu blicken, als ihn die kalten Augen fixierten.

Hinter ihm in der Hütte stritt Dilaya mit ihren Freunden darüber, ob die Aussicht, endlich zu heiraten, ihr nicht den Verstand vernebelt hatte.

»Er ist nicht unwiderstehlich!«, rief Dilaya. »Es ist rein politisch. Er ist derjenige, der mir zu meinem Erbe verhelfen kann, das ist alles. Das ist mehr, als ich je erwarten konnte!«

»Verkauf dich nicht unter Wert«, meinte Baihajun. »Du brauchst ihn nicht. Und wenn er schon ein solcher Held ist, dann lass ihn seine Heldentat allein verrichten. Begib dich nicht schon wieder in Gefahr!«

Der Bär ließ sich auf alle viere nieder und bewegte sich geschmeidig vorwärts. Wenn er lief, hatte er mehr mit einer Katze gemeinsam als mit dem schwerfälligen Geschöpf, das er zu sein schien, wenn er ruhte. Unwillkürlich machte Karim einen Schritt rückwärts. All seine Kampfkünste waren auf menschliche Gegner zugeschnitten, nicht auf Tiere.

Er dachte an seine Wüstenschwester Linua, Joakus begabteste Schülerin, die es irgendwie geschafft hatte, eine Schlange zu lenken, und tastete mit seinem Willen nach der Seele des Bären. Gleich darauf zuckte er zurück. Er vergaß, wo er sich befand, und taumelte rückwärts gegen die Bretterwand der Hütte. Etwas berührte seine Seele – Tentakel aus bitterem Hass, ätzend wie Gift. Schon richtete sich das Raubtier über ihm auf. Zähne schimmerten weiß. Gelähmt vor Entsetzen wusste Karim einen schrecklichen Moment lang nicht, was er tun sollte, dann übernahmen seine Instinkte die Kontrolle, und er rollte sich aus der Reichweite der krallenbewehrten Pranken.

»Was ist hier los?« Juron stand auf der Schwelle, überschaute die Situation mit einem Blick und sprang vor. »Zurück! Lork, geh! Geh!« Er schlug dem Bären mit aller Kraft auf die Schnauze, bis dieser den Kopf schüttelte und sich schließlich trollte. Dann reichte er Karim die Hand, um ihm aufzuhelfen. »Habt Ihr ihn geärgert? Das solltet Ihr tunlichst lassen.«

»Offenbar kann er mich nicht leiden.« Karim blickte dem schwarzen Pelz nach. »Ist es deine Magie?« Man konnte einen Magier nicht als solchen erkennen, nur anhand seiner Taten auf seine Kraft schließen. Irgendetwas stimmte hier nicht, denn gerade Baihajun sprach sich vehement gegen Magie aus. Aus diesem Grund hatte er ihr gar nicht erst von seinem Eisenvogel erzählt und auch Dilaya gebeten, sein Geheimnis für sich zu behalten.

»Magie? Was meint Ihr?« Juron runzelte die Stirn.

»Der Bär, Lork.« Karim strich seine Kleidung glatt und zwang sich dazu, wieder ruhig zu atmen. Er war es gewöhnt, in Lebensgefahr zu schweben, und doch wurde es nie einfacher. »Zähmt ihr ihn mit Hilfe von Magie? Er ist wild. Ich habe die Mordlust in seinen Augen gesehen.«

»Mordlust? Das ist nicht Euer Ernst, Prinz. Er ist ein Bär, ganz zahm wird er nie, und doch ist er mir in den letzten Jahren ein treuer Gefährte gewesen. Mehr als einmal hat er Edrahims Pläne vereitelt.«

Nun traten auch Baihajun und Dilaya aus der Hütte, Letztere mit einem Rucksack und einem Seil ausgerüstet. Die ehemalige Kinderfrau machte eine säuerliche Miene. »Wenigstens hat sie sich bereiterklärt, euch nur bis zum Schloss zu begleiten und dort auf eure Rückkehr zu warten. Sie ganz von ihrer Torheit abzubringen ist unmöglich!«

Es war der falsche Zeitpunkt, um weiter über den Bären zu reden und mehr über die Magie, die hier im Gange war, zu erfahren. Karim beschloss, Dilaya zu befragen, wenn sie allein waren. Zu Fuß bis zum Schloss würden sie etwa drei Tage benötigen, Zeit genug, um einander ein wenig näherzukommen. Dass Juron und sein Bär sie begleiteten, hatte er leider nicht abwenden können.
Zahlreiche Blicke folgten ihnen, als sie aufbrachen. Gemurmelte Glückwünsche, an Dilaya gerichtet, verrieten viel von der Zuneigung, die diese Leute für sie hegten. Es bestärkte ihn darin, dass er die richtige Braut gewählt hatte. Es war viel leichter, daran zu glauben, wenn er Anyana aus seinen Gedanken verbannte.

Schloss Anta'jarim war mehr als ein Schloss, in dem ein König wohnte. Es war eine Stadt im Wald, ein Mosaik aus uralten Gebäuden, Türmen, Gauben und Dächern, umgeben von einem Graben, über den die Mauern längst hinweggewachsen waren. Schloss Anta'jarim war ein Labyrinth, in dem selbst ein Wüstendämon verloren war. Während er sich überall, wo er hinkam, rasch einen Überblick verschaffte und einer Karte folgte, die er sich selbst einprägte, war Karim dies hier nicht gelungen.
Nur aus diesem Grund brauchte er Dilaya. Vielleicht hätte sie ihm den Weg erklären können, doch sie beharrte darauf, es sei zu kompliziert.
»Ich komme mit. Versucht nicht, mich davon abzuhalten.«
Sie hatten ihr Lager in Sichtweite des Schlosses aufgeschlagen und warteten auf die Dämmerung. In der Zwischenzeit packte Dilaya ein, was sie für den Überfall benötigten: Waffen, das Seil, eine Trillerpfeife, die Juron, der vor der Mauer warten sollte, im Notfall davon unterrichten würde, welcher Art ihre Schwierigkeiten waren. Der Bär würde das Lager während ihrer Abwesenheit bewachen. Unermüdlich versuchte Juron Dilaya dazu zu überreden, bei Lork zu bleiben.
»Dilaya, bitte. Du hast es Baihajun versprochen! Wenn Edrahim dich in die Hände bekommt ...«
»Sei still. Ich lasse Karim nicht alleine gehen.«

Juron warf Karim einen bösen Blick zu. »Seid Ihr nun ihr Held oder nicht? Ihr solltet das für sie erledigen, wie es vereinbart war, statt sie in Gefahr zu bringen!«

Der Mann hatte recht. Karim brauchte keine Gesellschaft, wenn er auszog, jemanden umzubringen, und es wäre ihm lieber gewesen, Dilaya weit weg und in Sicherheit zu wissen. Sie sollte nicht mitansehen, wozu er in der Lage war, nicht wissen, *wer* er war. Vor ihren Augen einen Mord zu begehen war auf eine Weise entblößend, dass ihm jetzt schon ganz anders wurde. Sobald sie es wusste, würde sie vor ihm zurückschrecken.

Er hatte nie geglaubt, dass es so etwas geben könnte: Liebe, die nicht die Augen vor der Dunkelheit und den Schatten verschloss. Und er glaubte auch jetzt nicht daran. Was immer sie im Moment für ihn empfand, würde er damit ein für alle Mal zerstören. Deshalb hätte er sie lieber in Jurons Obhut gelassen, bewacht von einem übellaunigen Bären, doch sie bestand darauf, ihn ins Schloss, in dem ihr Todfeind wohnte, zu begleiten. Sie war keine Prinzessin, die sich Heldentaten wie Geschenke zu Füßen legen ließ. Dies war ihre Rache, und sie ließ sich nicht abschütteln. Wieder glomm ein Funke von Zuneigung in ihm auf, etwas, das mehr war als bloß Respekt. Es fühlte sich schon beinahe wie Freundschaft an. Von Vertrauen war es jedoch noch sehr weit entfernt – was das betraf, hatten sie gerade erst gesät, und eine Ernte lag noch in weiter Ferne.

»Legt Ihr Euch einen Plan zurecht?«, fragte Juron bissig, und Karim wurde bewusst, dass er ein wenig zu lange auf die dunklen Umrisse der Türme und Dächer gestarrt hatte. Der Mondgürtel wanderte bereits über die Baumwipfel, und einzelne Sterne glühten auf wie Diamanten, mit denen die Götter spielten.

Karim zog die Rolle mit dem Verlobungsvertrag aus seinem Hemd, dazu ein Stück Holzkohle von ihrem letzten Lager. Er hatte es so fein angespitzt, dass er die Linien von Winyas Gesicht akkurat zeichnen konnte. Er entfernte sich einige Schritte von den anderen und hockte sich auf den Boden. Im Unterholz raschelten die Mäuse, ein Marder huschte über die Lichtung. Sie hatten kein

Feuer angezündet, daher schuf er ein winziges magisches Licht, indem er einen Zapfen aufleuchten ließ.

Die Augen des Dichters waren am schwierigsten zu zeichnen – diesen rätselhaften, leicht spöttischen Ausdruck hinzubekommen war Glückssache. Die Nase war charakteristisch genug, um immer gut erkennbar zu sein, doch das Lächeln war wiederum einzigartig. Geriet es falsch, sah das Gesicht König Jarunwa ähnlicher als seinem jüngeren Bruder.

»Was tut Ihr da?«, fragte Dilaya.

»Lasst mich kurz allein.« Vielleicht klang es zu schroff, zerstörte erneut jeden Funken Vertrauen, der am Wachsen war, doch dies hier war mehr als bloß sein Geheimnis. Es war Magie, es war ein Stück von Kanchar, es war Macht.

»Ihr zeichnet ein Gesicht.« Sie ließ sich nicht wegschicken, sondern blicke ihm über die Schulter. »Das ist ... mein Vater? Nein, mein Onkel.«

»Er zeichnet Edrahim?«, fragte Juron, der den Bären in einiger Entfernung im Zaum hielt.

»Nicht diesen Onkel. Einen anderen.« Ihre Stimme wurde leiser, zerbrechlicher.

Er wollte ihr keine Schmerzen bereiten. War sie ihm schon so wichtig, dass ihr heiseres Flüstern den Wunsch in ihm weckte, sie zu trösten?

»Um mich zu erinnern«, sagte er. »An das Schloss. An die Menschen.« Er lauschte auf das Rauschen der eisernen Flügel, auf das Fallen von Blättern, die von messerscharfen Federn zerschnitten wurden. Als die Dohle landete, stieß der Bär einen erschrockenen Laut aus, und Juron fluchte laut.

»Wo kommt das Ding denn her?«

Schwirrend senkte sich der Vogel auf die Lichtung hinunter. Karim ließ Dilaya nicht aus den Augen, ihr halbes Gesicht, das sich dem Wunder zuwandte, das breite Lächeln. Sie schrie nicht und wich nicht zurück, und wider Erwarten war er stolz auf sie.

»Dohle kann nur eine Person tragen. Ich lasse mich von ihr in den Innenhof tragen, dann wird sie Euch holen.«

»Ich weiß nicht, wie man einen Eisenvogel lenkt.«
»Das müsst Ihr auch nicht. Haltet Euch nur gut fest.«
Gesegnet seien die Unwissenden, dachte er. Jeder Feuerreiter hätte ihn für diesen Plan ausgelacht, doch Dilaya ahnte nicht, wie ungewöhnlich es war, einen Vogel ohne ausgebildeten Reiter fliegen zu lassen, nur von seinem Willen gelenkt wie an einer Schnur. Aufgeregt nickte sie. »Ich bin bereit.«

Auf Wolken zu warten hätte bedeutet, weitere Tage und Nächte in der Nähe des Schlosses zu verbringen. So gerne er es noch finsterer gehabt hätte, so eilig war es ihm auch, die Sache hinter sich zu bringen.

Als er auf den Rücken der Dohle kletterte, kam die Ruhe über ihn, die er bei jedem seiner Aufträge empfand. Sein Herz schlug langsam und gleichmäßig, seine Hände zitterten nicht, er schwitzte nicht einmal. In diesem Moment war er der Wüstendämon, den Joaku ausgebildet hatte. Sein Wille drang in die Seele des Vogels, hob ihn in die Luft. Er lenkte die Dohle dicht über den Baumkronen bis zum Waldrand. Ein einziger Mondstrahl, der sich in dem Metall spiegelte, konnte die Wachen alarmieren und das still ruhende Schloss in Aufruhr versetzen, daher ließ er die Dohle steil in die Höhe fliegen. Sie musste von oben kommen. Kein Wächter blickte jemals hinauf, und falls doch, würde er glauben, eine Sternschnuppe zu sehen.

Unter ihm breitete sich das Schloss mit seinen zahlreichen Gebäuden aus, den dunklen Schluchten dazwischen, ein Spiel aus schimmernden Dächern und schwarzen Kanten. Er ließ die Dohle tiefergehen. Auf dem Wehrgang schritten die Nachtwächter, Kettenhemden klirrten leise, Stiefelsohlen schabten über glatte Steine.

Karim schwang sich vom Rücken der Dohle, bevor ihre spitzen Krallen den Boden berührten. Ihre Flügel fauchten nahezu lautlos durch die herbstfeuchte Nacht, und er spürte die Gier der Seele, die zum Mond schweben wollte. Der Faden seines Willens, der die Kreatur band, war zum Zerreißen gespannt, als er sie wieder fliegen ließ. Er hatte keine Zeit, sich ein Versteck zu suchen. Auf den Knien, den Kopf zwischen den Händen, verfolgte er den Weg der Dohle über die Mauer und zurück zum Wald. In diesem Augenblick mussten ihre Seelen zu einer Seele werden, zu einem einzigen Willen. Der Vogel besaß kein Herz, nur einen Brandstein, doch hätte er eins besessen, hätten sie beide, der Dichter und der Mörder, nur dieses eine gefühlt: Wie der Mond lockte und wie der dunkle Wald sich zu einer Umarmung öffnete, dort, wo das Mädchen wartete.

In ihrer beider Herz war Dilaya immer noch schön, eine goldene Prinzessin mit einem Kranz aus Tränen im Haar. Und da war die Sehnsucht nach der Stadt der Sonne, nach der leuchtenden Kuppel im Zentrum von Wajun, nach der Musik und den Festen, auf denen jeder von ihnen doch nur verloren wäre.

Karims und Winyas Ängste und ihre Weisheit wurden eins, und der Vogel blinzelte mit seinem glühenden Auge und spürte dem brennenden Stein nach, der seinen ganzen Leib mit vibrierendem Leben füllte. Der Mond rief. Dort oben warteten die Götter, dort oben stand das Tor weit offen, dort. Der Ruf war so laut! So dringend!

Das Mädchen streckte die Arme aus, das goldene Mädchen mit dem Tränenauge, und er landete.

Ihre kleinen Hände legten sich auf die Schuppen, ihre Füße streiften die Federn an seinen Schwingen.

Karim presste die Hände an seine Schläfen und verflocht seinen Willen noch enger mit der Dohle, so eng, dass er selbst ins Mondlicht fiel und ins Taumeln geriet. So eng, dass ihn die Strömung des Lichts packte und nach oben zog, und er breitete die Flügel aus ... und für einen einzigen, entsetzlichen Moment nahm er den Willen des Mädchens wahr, das auf dem Rücken der Dohle saß. Ihr Wille war brüchig wie ein zerschlagener Teller, die Stücke grob aneinandergefügt, ohne dass sie richtig passten. Ihr Wille setzte dem Licht nichts entgegen, nur ein grenzenloses Meer aus Dunkelheit breitete sich unter ihnen aus. Er erschrak und zuckte zurück, und dann fühlte er nur noch die Dohle, getrennt von sich selbst, und zwang ihr seinen Willen auf. Der Vogel tauchte hinab bis auf den Grund.

Das Klirren, mit dem er in dem abgelegenen Hof aufsetzte, war leise wie ein Ring, der über den Fußboden rollt und unter einem Tisch liegen bleibt.

Dilaya atmete abgehackt. Beinahe konnte er ihr Herz hämmern hören. Beinahe konnte er sich vorstellen, wie es wäre, sie zu lieben, mit ihrer Weichheit zu verschmelzen, sich an ihren spröden Kanten zu schneiden.

»Oh ihr Götter«, flüsterte sie, als er sie herunterhob. Seine Hände auf ihrer Hüfte, auf ihren Armen. Sie war leicht, viel zu leicht, und sie duftete nach den Blättern am Ufer des Sees.

Der Vogel machte einen Satz, tiefer hinein in den Schatten, und schloss das glühende Auge.

9. Das Geschenk

Dilayas Hand krallte sich in seine. Sie konnte nicht im Dunkeln sehen so wie er und hielt sich an ihm fest. Es behinderte ihn in seiner Beweglichkeit, und gleichzeitig bedeutete es ... etwas. Ihre kleine Hand war kalt. Sie war aufgeregt, ihr Puls raste. Auch ohne sie hätte er einen Weg zu Edrahim gefunden. Lautlos wäre er durch die Gänge geschlichen, die Schatten um sich herum magisch verdichtet. Dass Dilaya ihren Onkel selbst töten wollte war Karim längst klar.

»Wohin?«, flüsterte er.

»Hier müsste irgendwo eine Tür sein«, wisperte sie zurück. »Da in der Wand.«

Karim drückte gegen die Bretterwand. Knarrend gab ein ganzes Stück davon nach und öffnete den Zugang zu einem kühlen Raum, in dem es nach Äpfeln roch. Er holte einen Zapfen aus seiner Westentasche und ließ ihn aufleuchten.

Dilaya sah sich rasch um und wies dann auf eine steinerne Treppe, die steil nach unten führte.

»In den Keller?«

»Von dort führt ein Gang ins Altdunkle. Um diese Zeit sollte niemand hier sein.«

»Dennoch müssen wir vorsichtig sein.« Er löschte den glimmenden Zapfen wieder. »Man könnte uns sehen, und wenn es nur der Lichtschein durch ein Fenster ist, und dann sind wir geblendet und ein leichtes Ziel.«

»Der Gang ist schwierig zu passieren«, flüsterte sie. »Da sind Pfützen, wenn es ein regenreicher Sommer war, und an einigen Stellen hängt die Decke so tief, dass man sich den Kopf stoßen kann.«

»Dann solltet Ihr dicht hinter mir bleiben.«

Vielleicht war seine Vorsicht übertrieben, doch er hatte nicht vergessen, dass König Edrahim Magier in seinem Gefolge hatte, und Magier neigten dazu, sich an den unmöglichsten Orten herumzutreiben.

Sich mit Dilaya durchs Dunkle zu schleichen schuf eine unerwartete Nähe zwischen ihnen. Immer wieder hielt er an, um sie vorsichtig über eine unebene Stelle zu führen, oder er berührte ihre Schulter, um ihr zu signalisieren, dass sie den Kopf einziehen sollte. Bei diesen Gelegenheiten streifte ihr Atem seine Hand. Im Dunkeln war sie schön, war sie nur ein Mädchen. Ihre Locken raschelten, wenn sie dicht an der rauen Wand vorüberstrich, und er stellte sich vor, es wäre seine Haut.

»Sie war in Euch verliebt«, sagte Dilaya leise, während sie sich beide an die Mauer pressten. Er spähte um die Ecke. Ein schwacher Lichtschein erhellte einen Treppenaufgang. Dort oben mussten sich bereits die Räumlichkeiten des Altdunklen befinden.

»Wer?«, fragte er, obwohl er genau wusste, wen sie meinte.

»Anyana. Meine Cousine. Ihr erinnert Euch wahrscheinlich nicht mehr an sie, das ist schon so lange her.«

»Nein, ich erinnere mich nicht«, sagte er, denn wie hätte er mit der Frau, die er heiraten würde, über Anyana sprechen können? Über einen Kuss, der alles verändert hatte – und den Segen ihrer Mutter, den er sich mit einem Mord erkauft hatte, den Segen für eine Nacht, die nie stattfinden würde? Manchmal träumte er von rotbraunen Strähnen auf einem Kissen, von Augen, die ihn fesselten, von kindlichem Zorn und von jener Stunde, als sie gemeinsam auf seinem Bett gesessen und sich gestritten hatten. Wie Anyana wohl jetzt ausgesehen hätte, wenn sie den Mordanschlag Teniras, der die gesamte Familie Anta'jarim ausgelöscht hatte – alle bis auf Dilaya –, überlebt hätte?

»Lasst uns weitergehen«, flüsterte Dilaya, und diesmal zog sie ihn die Stufen hinauf, während er ihr wie betäubt folgte. Manchmal fürchtete er den Tod nicht, jenen Schritt durchs Flammende Tor, und manchmal wurde ihm bewusst, wer er war und welchen

Göttern er huldigte. Dies war so ein Moment. Alle Wüstendämonen beteten zu Kelta und Kalini, den Göttinnen des Todes, und ihren vielen Schwestern, die die Toten riefen und die Seelen begleiteten und das Flammentor öffneten. Wenn er starb, würde er nicht dorthin gehen, wo ein Mädchen mit rotem Haar durch grüne Wälder tanzte, im Anta'jarim der Götter. Nein, er würde einen ganz anderen Weg nehmen.

Für Menschen wie ihn gab es nur den Abgrund, in dem die Verlorenen auf ewig die Nacht feierten.

In solchen Augenblicken wollte er nicht sterben.

Also musste er sich sammeln, seine Sinne auf das Ziel ausrichten und der Frau an seiner Seite verzeihen, dass sie nicht diejenige war, die er im Herzen trug.

Die Treppe endete zwischen zwei Säulen, die zu einer großen Eingangshalle gehörten. Die Fliesen waren glattgeschliffen von jahrhundertelangem Gebrauch, selbst die Sprünge und abgeschlagenen Ecken hatten sich wieder geglättet. Von einer magischen Kugel auf einem steinernen Podest ging das Leuchten aus, das ihnen gefährlich werden konnte. Allerdings waren keine Wachen oder Bediensteten zu sehen. Vermutlich brannte das Licht die ganze Nacht. Ob Edrahim sein Schloss in einen Abglanz von Wajun verwandeln wollte?

Dilaya ließ seine Hand los und winkte ihm, ihr zu folgen. Auf leisen Sohlen schlichen sie durch die Halle, verharrten hinter einer Säule, dann zeigte sie auf eine Tür, die mit einer verblichenen Malerei geschmückt war. Ein bunter Vogel, vielleicht ein Fasan, hackte mit dem Schnabel nach dem eisernen Ring, an dem man nur ziehen musste, um in den dahinterliegenden Raum zu gelangen.

Dort hatte schon lange niemand mehr für Ordnung gesorgt. Ein verstaubter Sessel mit gedrechselten Füßen war zum Fenster hingedreht. Ein umgeworfenes Tischchen schmiegte sich in die vergilbten Vorhänge. Und die große Standuhr in der Ecke zeigte schon lange niemandem mehr die Zeit an. Zielsicher hielt Dilaya darauf zu und öffnete die gesprungene Glastür.

»Hier hinein. Der direkte Weg zum Thronsaal.«

»*Ich trat durch die Uhr, ging durch die Zeit*«, zitierte er. »Im Ernst?«

»Ihr kennt das Gedicht?«

Er kannte alle von Winyas Gedichten, sowohl auf Wajunisch als auch auf Kancharisch. Vielleicht war die Beschäftigung mit dem Werk des toten Dichters eine Art Buße gewesen, der Versuch, sich für den Diebstahl einer Seele zu quälen.

»Gehen wir.« Mit jedem Schritt schien das Gewicht des zukünftigen Mordes schwerer zu werden. Ein dunkler Gang, Tasten, vor sich das leise Rascheln ihrer Kleidung, ihrer Haare, der Schweißgeruch ihrer Entschlossenheit und ihrer Angst. Würde auch das eine Buße sein – Dilaya zu ihrem Recht zu verhelfen? Doch dafür würde er sie hierlassen müssen, als neue Königin. Das war die einzige Möglichkeit, irgendetwas von dem zu bewahren, was einst gewesen war.

Aber was war dann mit dem Sonnenthron, für den er eine Gemahlin brauchte? Und mit Guna, für das er all das hier tat? Damit Guna endlich sicher war und seine Unabhängigkeit zurückerlangte, musste er den Sonnenthron besteigen. Doch immerhin hatte Bela'jar, der Hirschgott, ihn aus der Skorpiongrube gerettet, und er war Anta'jarim etwas schuldig. Was planten die Götter? Wen wollten sie zur Sonne krönen? Wie sah das Muster aus, das sie in den Teppich des Schicksals woben? Sie schwiegen, und er fühlte sich blind.

Dilaya blieb unvermittelt stehen. Sie befanden sich in einer stickigen Kammer. Schwerer Stoff verbreitete einen leicht muffigen Geruch. Sie streckte die Hand aus und tastete nach dem Spalt zwischen Wand und Vorhang.

Der König würde nicht jetzt, mitten in der Nacht, auf seinem Thron sitzen. Der Mann, der die Gunst der Stunde genutzt und ohne Scheu nach der Macht gegriffen hatte, schlief vermutlich den Schlaf des Gerechten. Erst bei Tage würde er herkommen, dann mussten sie handeln. Wäre Karim allein gewesen, hätte er Edrahim gleich jetzt aufgesucht, doch mit Dilaya zusammen würde er nicht ungesehen an den Wachen vorbeikommen, und es widerstrebte ihm, unschuldige Jarimer zu töten, die nur ihre Pflicht taten. Damit Dilaya sich eigenhändig rächen konnte, war es sicherer, hier zu warten, bis der König herkam. Die Wächter würden vor den Türen zum Thronsaal Position beziehen; mit einem Angriff aus dem Hinterhalt würde niemand rechnen. Doch es galt noch zu entscheiden, ob sie besser abwarteten, bis Edrahim auf dem Thron saß, und dann zuschlugen, oder ob sie ihn sofort angreifen sollten, sobald er den Saal betrat.

Oder vielleicht konnte man das Podest, auf dem der Thron stand, von der Seite her erklimmen, sodass einer von ihnen den König ablenkte und der andere ihm in den Rücken fallen konnte.

Alle Überlegungen waren aus seinem Geist gewischt, sobald sie aus der Nische hinaustraten. Eben noch war es stockfinster gewesen, doch plötzlich blendeten ihn zahlreiche Lichter. Vor ihm, in einem Halbkreis aufgestellt, standen sechs Magier in schwarzen Mänteln.

Nur dass es keine gewöhnlichen Magier waren. Er kannte jedes dieser Gesichter. Die vier Männer und zwei Frauen waren mit ihm in Jerichar gewesen, an Joakus Schule. Es waren Wüstendämonen.

Etwas weiter hinten, flankiert von schwerbewaffneten Wachen, erhob sich ein Mann, der mit einem hellen Umhang sowie in eine dunkelgrüne Hose und ein helles Hemd gekleidet war. Es stand ihm nicht. Er wirkte darin farblos und müde. Sein blondes Haar hing leblos an seinem Kopf, ein grauer, gestutzter Bart umrahmte ein graues, erschöpft wirkendes Gesicht. Seine Haut war von Falten zerfurcht, die Ringe unter seinen Augen wiesen darauf hin, dass er lange nicht mehr richtig geschlafen hatte. Edrahim, König von Anta'jarim, sah nicht aus wie ein starker, glücklicher König, der seine Untertanen stark und glücklich machen konnte.

»Willkommen in meinem bescheidenen Heim, Prinz Karim«, sagte er. »Nehmt ihn fest und tötet das Mädchen.«

Die Wüstendämonen griffen sofort an. Karim hatte keine Chance – nicht gegen sechs auf einmal. Und nicht, während er Dilaya beschützen musste. »Lauft!«, schrie er und zog seine Messer.

»Wohin denn?« Sie pflückte ihren Langdolch vom Gürtel. »Und wenn sie an der Uhr warten?«

Was sie natürlich tun würden, schließlich hatte man sie erwartet. Wer auch immer Dilaya und ihn verraten hatte, hatte dem Feind mit sehr genauen Informationen gedient. Darüber grübeln musste er später. Jetzt galt es, seine Gegner abzuwehren. Da sie ihn nicht sofort umbringen wollten, blieb ihm ein wenig Zeit. Sie wichen seinen Klingen aus, einer drehte eine Schnur zwischen den Händen, die sich wohl in Kürze um seinen Hals legen sollte, ein anderer setzte ein Blasrohr an den Mund.

Karim schirmte Dilaya mit seinem Körper ab und sprang vor, bevor der Wüstendämon den Pfeil abschießen konnte. »Zum Fenster!«, rief er dem Mädchen zu, schleuderte sie durch die entstandene Lücke und brachte den nächsten Wüstendämon zu Fall. Eine Schlinge legte sich um sein Handgelenk, ein Ruck, und er verlor eins der Messer. Karim schnitt die Schnur mit dem zweiten Messer durch und gab in diesem Moment seine Deckung auf. Ein harter Schlag traf ihn in die Seite. Er geriet aus dem Gleichgewicht und warf sich einer Wüstendämonin in die Arme, die sich von der anderen Seite her anpirschte. Noch im Sturz wirbelte er herum, duckte sich unter dem Tritt eines anderen hinweg und fühlte gleich darauf den harten Boden und seinen Hinterkopf zusammentreffen.

Sechs Gegner. Und der schlimmste Gegner von allen: das Mondlicht, das die Dohle in den Himmel locken wollte, sobald sie die Augen öffnete.

Während er auf die Steine gepresst wurde und schon den Stich des Betäubungspfeils fühlte, hielt er die Verbindung zu dem Eisenvogel aufrecht und zwang ihn, zu ihm zu kommen. Die Lähmung wollte sich wie ein dunkler Schleier über Karim senken, aber er kämpfte mit aller Kraft dagegen an. Dann hörte er die Fensterscheibe bersten, jemand schrie, eine andere Stimme schrie noch lauter.

Die Wüstendämonen sprangen auf, als die Dohle wie ein Sturm in den Raum fuhr. Ihre Schwingen zerschnitten Haut, Waffen, Rüstungen. Ein Kopf rollte über die Fliesen, ein Körper klatschte zu Boden. Karim konnte sich nicht bewegen, aber er bekam Dilayas Flucht in allen Einzelheiten mit. Sie sprang auf den Rücken des Vogels, zugleich warf ein Wüstendämon ein Messer, das zwischen den wirbelnden Eisenfedern in Stücke geschlagen wurde. Karims Wille zwang die Dohle zurück durchs Fenster, nach draußen in die Nacht, über die Dächer, über die Mauer, zum Wald. Weiter, noch ein Stück weiter. Er kämpfte gegen die Schwere, die von ihm Besitz ergriff, und verlor.

Dilaya klammerte sich so fest an den Vogel, dass sie nicht loslassen konnte. Ihre blutenden Hände hatten in irgendwelche Kanten gegriffen, dennoch gelang es ihr nicht, sie vom Hals des eisernen Geschöpfes zu lösen.

»Tu mir nichts«, sagte eine Stimme, »ich will ihr nur helfen.«

»Juron?«, fragte sie mühsam.

»Ich bin hier. Das verfluchte Ding zerschneidet mich in Stücke, wenn ich näherkomme.«

Dagegen konnte sie nichts machen. Sie wusste nicht, wie man einen Eisenvogel flog, spürte nur die rastlose Energie unter ihrer Haut. Und dann Jurons Hände an ihrer Hüfte. Er hob sie an. »Lass los. Du musst loslassen, jetzt.«

Es war so schwer, so verdammt schwer, aber irgendwie gelang es ihr, ihre Finger aufzubiegen. Dann fiel sie ins Moos, halb auf Juron, der rückwärts stolperte, fort von den tödlichen Flügeln.

»Oh ihr Götter!« Sie sprang auf, drehte sich im Kreis. Wald, nur Wald. Die Lichtung. Irgendwo vor ihnen im Dunkeln der Nacht war das Schloss, in dem Karim zurückgeblieben war. Mit Edrahim. Sie hatte Edrahim gesehen. Hass und Zorn und Schrecken jagten durch ihre Adern. »Er ist dort, er ist noch dort!«

»Was ist passiert?«, fragte Juron. »Nun sag schon, was ist los? Habt ihr den König getötet?«

Sie bekam keine Luft. Nur mühsam gelang es ihr, sich zur Ruhe zu zwingen. »Wir wurden verraten, sie haben bereits auf uns gewartet.«

»Unmöglich«, meinte Juron. »Wer soll das getan haben? Niemand ist vor uns aufgebrochen.«

»Und doch wussten sie Bescheid. Wie konnten Edrahims Magier das voraussehen? Wir waren so vorsichtig!« Sie wischte sich die blutigen Hände an ihrer Hose ab und stolperte zu der Dohle zurück. »Flieg, du verdammtes Ding. Hol ihn! Du musst ihn holen, er ist dein Herr, nun mach schon! Flieg, rette ihn!«

Die Magier. Sie hatte Blut spritzen sehen, eine abgetrennte Hand, Klingen, die in Stücke sprangen, Karim auf dem Boden, Edrahim mit einem seltsamen Lächeln auf den Lippen, das ihm beim Anblick der Dohle verging. Scherben regneten auf den Boden. Was sollte sie tun?

Die Dohle zuckte mit den Flügeln und rührte sich nicht. Das rote Auge flackerte einmal auf und erlosch.

»Oh, verdammt!«, schrie sie.

»Ganz ruhig«, befahl Juron. »Erzähl mir alles. Sind sie hinter dir her? Dann müssen wir sofort von hier verschwinden. Wir sind zu nah am Schloss. Komm, machen wir, dass wir hier fortkommen.«

»Nein. Nein, wir lassen ihn nicht im Stich!«

»Er ist nicht wichtig!«, rief Juron. »Du kennst ihn überhaupt nicht, er muss uns nicht interessieren. Komm!«

Aber das stimmte nicht. Karim war wichtig, und außerdem war es ihre Schuld. Hätte sie ihn allein gehen lassen, hätte er mit seinem Eisenvogel entkommen können. Und warum hatte sie sich überhaupt auf dieses wahnwitzige Unternehmen eingelassen? Sie hätte Edrahim den verfluchten Thron überlassen und fortgehen sollen.

»Er hat sich für mich geopfert, und du willst, dass ich ihn einfach so aufgebe? Er ist mein Verlobter!«

»Das ist er nicht«, sagte Juron. »Kein Geschenk, keine Verlobung.« Er packte sie am Handgelenk, und er war so viel stärker als sie. Mit ihrem Messer hätte sie ihn verletzen können, aber wie hätte sie die Waffe gegen ihren besten Freund erheben können? Vor Wut und Hilflosigkeit kamen ihr die Tränen, als er sie packte und über die Schulter warf. In diesem Moment glühten die Augen des Eisenvogels auf.

»Warte!«, rief sie. »Er wird fliegen, gleich fliegt er los. Er wird Karim holen, wir müssen auf ihn warten!«

Die Dohle ruckte mit dem Kopf. Ihre Federn badeten im Mondlicht, verwandelten den Vogel in ein Geschöpf aus Silber und Geheimnissen, das Auge ein flammender Rubin. Da, plötzlich, stürzte sich der Bär auf den Vogel. Vor Überraschung stieß Dilaya einen Schrei aus. Die Klingen schnitten durch Fell und Fleisch, Blut spritzte. Mit einem ohrenbetäubenden Brüllen, einem Laut, wie Dilaya ihn noch nie gehört hatte, packte der Bär einen Flügel und riss ihn aus dem Gelenk. Dann warf er den Vogel auf den Rücken und grub die Pranken zwischen die Ritzen der fein gearbeiteten Schuppen am Brustkorb der Dohle.

Erschrocken war Juron stehen geblieben, Dilaya glitt an ihm herunter, blieb dicht an ihn gepresst stehen und sah, was sie nicht glauben konnte. Lork, der gutmütige, stets wachsame und zuverlässige Bär, öffnete mit seinen langen Krallen eine verborgene Klappe, riss sie aus dem Scharnier, und darunter lag etwas, das wie ein Stern funkelte. Der Vogel schrie, als Lork danach griff, und dann ging die Welt in Flammen auf.

Karim wurde in grelles Licht geschleudert. Brennende Kälte grub sich durch seine Adern, prickelte in seinen Muskeln und kitzelte seine Nervenenden. Er schlug die Augen auf und blickte in das freundliche Gesicht eines seiner Wüstenbrüder. Amanu steckte gerade die Phiole, mit deren Inhalt er ihn geweckt hatte, wieder in seinen Mantel.

»Da bist du ja. War nicht einer deiner besten Einfälle, hier aufzukreuzen«, sagte er auf Kancharisch.

Amanu war überraschend hellhäutig für einen Kancharer. Er stammte aus Talandria im Norden des Kaiserreichs und war so blond, dass man ihn auch für einen Gunaer hätte halten können.

Vermutlich wusste der König nicht einmal, was für Magier da in seinem Dienst standen.

»Ihr könnt jetzt mit ihm reden, Hoheit.«

Karim warf rasch einen Blick durch den Raum. Ein einzelner Stuhl, auf dem er saß, eine schmale Pritsche – eine Kerkerzelle? Nein, ringsum waren hohe, schmale Fenster, durch die der erste Anflug der Morgendämmerung kroch. Ein Turm also, weit über den Dächern. Und es konnte noch nicht viel Zeit vergangen sein, nicht mehr, als sie benötigt hatten, um ihn hier hinaufzuschleppen. Bis auf Edrahim, der hoch aufgerichtet vor ihm stand, war kein anderer Jarimer anwesend, kein einziger Wachmann. Vermutlich verließ der König sich auf die Magier und wollte, dass diese Unterredung geheim blieb. Die anderen Wüstendämonen waren nicht zu sehen, aber Karim zweifelte nicht daran, dass sie sich hinter ihm aufgebaut hatten, außerhalb seines Blickfelds. Jedenfalls diejenigen, die noch übrig waren. Die Dohle hatte mindestens zwei von ihnen getötet und einige verletzt, also musste er mit drei oder vier geschulten Kämpfern rechnen, die ihn bewachten.

Er war nicht gefesselt, aber sein Körper befand sich nach wie vor in einem Zustand der Lähmung, der es ihm nicht erlaubte, auch nur aufzustehen. Joaku liebte dieses Gift, das sich großartig für die Befragung gefährlicher Personen eignete.

»Prinz Karim von … jetzt wird es schwierig. Von Daja? Von Wajun?« Edrahims leise Stimme wirkte sicher und gelassen. Er hatte es nicht nötig, laut zu werden.

Karim schickte seinen Willen aus. Wenn die Dohle in der Nähe war, konnte er sie erreichen, ohne Winya zu zeichnen. Wenn der Vogel nur Dilaya in Sicherheit gebracht hatte! Und nicht mit seiner kostbaren Last in die Höhe aufgestiegen war, um irgendwann abzustürzen und zu zerschellen. Mit dem Mädchen. Oh ihr Götter, bitte nicht mit dem Mädchen!

Da – ein Funke, wie ein fernes Knistern in seinem Geist. Ein Wille, schlafend, wartend, ein Traum, der sich um ein Tor rankte. Eine Seele, die vor den Flammen erschrak – noch nicht bereit, zu den Göttern zu gehen.

»Ich rede mit Euch«, sagte Edrahim mit einer Spur Ungeduld. »Hört Ihr mir überhaupt zu?« Er wandte sich an Amanu. »Versteht er mich denn? Ist er bei klarem Verstand?«

»Das ist er, Hoheit.«

»Nun, dann solltet Ihr Euch dazu bequemen, mir zu antworten, Prinz. Darf ich Euch daran erinnern, dass Euer Leben in meinen Händen liegt und einiges von Eurer Antwort abhängt? Ihr seid in mein Schloss eingedrungen, zusammen mit jener verwirrten Frau, die behauptet, meine Nichte zu sein. Ich werfe Euch nicht vor, dass Ihr diesem Weibsbild aufgesessen seid, doch natürlich gibt es keinen lebenden Erben aus der alten Königsfamilie. Ich bin daher bereit, Euch diesen ... Irrtum zu verzeihen.«

Der Vogel erwachte. Das vertraute Antworten des fremden Willens. Fäden, die sich mit Karims Willen verflochten. Die Welt draußen weitete sich, während er seine Sinne ausschickte, und in der Mitte der Wahrnehmungen, die er mitempfand, brannte die Seele.

Komm her!, rief er sie.

Seine Dohle konnte jeden der hier Anwesenden töten. Und zur Not, da er sich immer noch nicht bewegen konnte, würde sie ihn mit den Krallen ergreifen und tragen, wie unlängst bei seiner Rettung aus der Skorpiongrube.

»Ich rede mit Euch, Prinz!«

Karim hob den Kopf und erwiderte Edrahims Blick. Er musste ihn hinhalten, bis der Vogel ihn retten kam. »Ich habe Informationen, die Ihr dringend benötigt. Wisst Ihr von der Rolle, die Prinz Laikan in Daja gespielt hat? Von den Vereinbarungen, die der Prinz getroffen hat, dem Pakt zwischen Daja und Nehess? Das Sultanat wird Anta'jarim angreifen«, sagte er ohne Umschweife. »Ihr müsst die Küste sichern.«

»Mit wem? Den Männern, die Tenira nach Kanchar gefolgt sind?« Edrahim lachte höhnisch. »Ein wohldurchdachter Ratschlag von einem, der mit den Rebellen im Wald paktiert. Meint Ihr, sie würden das Schloss stürmen können, sobald die letzten meiner Soldaten das Meer bewachen? Ich gebe zu, meine Bereitschaft, Euch am Leben zu lassen, schwindet mit jedem Eurer Worte.«

»Karim von Lhe'tah.«

»Wie bitte?«

»Das ist die Antwort auf Eure Frage, wie Ihr mich anzureden habt. Prinz Karim von Lhe'tah, Graf von Trica, Prinz von Daja, designierter Großkönig von Le-Wajun.« Er verschwendete keine Kraft darauf, gegen die Lähmung anzukämpfen, sondern hielt seinen Willen ausschließlich auf die Dohle ausgerichtet. »Tenira hat mir den Ring ihres verstorbenen Gemahls überreicht. So viel wisst Ihr vermutlich bereits.« Er wäre längst tot, wenn Edrahim sich nicht einen Vorteil davon verspräche.

Der blasse König lehnte sich vor und musterte ihn unverhohlen. »Und das ...«

Ein ohrenbetäubendes Krachen erschütterte den Turm. Ihm folgte ein rotes Flackern, das den morgengrauen Himmel erhellte, ein dumpfes Knirschen ging durch die Steine. Dann folgte ein Rauschen, der Wind frischte auf und wirbelte Blätter und Ascheflocken an den Fenstern vorbei. Ein Schwarm kleiner Vögel flog durch das Turmzimmer hindurch, zu einem Fenster hinein und zum anderen hinaus. Der Wille, den Karim festhielt, zerbarst.

Es war, als hätte er eine Fackel in der Hand getragen, die nun lichterloh brannte und deren Flammen in seinen Arm gesogen wurden. Vor Panik und Entsetzen keuchte er auf, doch da er sich nicht bewegen konnte, fiel er nicht vom Stuhl. Die Fesseln hielten ihn an Ort und Stelle, während der Brand sich in seine Seele fraß, das Verderben seinem Überlebenswillen begegnete. Er duckte sich innerlich, seine Seele schrie der Bedrohung entgegen, der Sturm warf ihn um, warf sich über ihn, drohte ihn zu zerreißen. Während sein Verstand noch nicht begreifen wollte, was geschehen war, wusste sein Herz es doch schon.

Die Dohle war tot. Und Karim war zu eng mit Winyas Seele verbunden gewesen in diesem Moment, in dem der Eisenvogel zerstört worden war, und nun würde er mit ihm sterben. In diesen flüchtigen Augenblick der Erkenntnis sprach eine Stimme hi-

nein, die er staunend erkannte, die spöttische, immer zu bitteren Sprüchen und schneidenden Bemerkungen aufgelegte Stimme des Dichters.
Gehen wir, Feuerreiter.
Nein!, schrie er in Gedanken. *Noch nicht!*
Aber was scherte es den Tod, was Karim wollte? Die dunklen Schwestern streckten die Arme nach ihm aus, er sah ihre Augen glänzen. Beugten sich die namenlosen Göttinnen über ihn und flüsterten seinen Namen? Ein Gesicht hob sich von den anderen ab, schöner als der Sternenhimmel. War es Kelta, die sanfte, unnachgiebige Führerin? War es Kalini, die ihn lockte?
Der Dichter lächelte. *Die Flammen schlagen himmelwärts, mein Haus im Sturm.*
Nein, es ist zu früh, zu früh!
Die liebliche Göttin lächelte wie die Nacht. *Du? Sieh in den Spiegel, Prinz Vogel.*
»Tenira regiert von Kanchars Gnaden«, hörte er Edrahim aus weiter Ferne sagen. »Was bedeutet das für mich? Ich hatte gehofft, ihr mit diesem Gefangenen einen Dienst zu erweisen.«
»Mittlerweile geht es eher um die Dienste, die Ihr Kanchar erweisen könnt«, sagte Amanu, er machte sich nicht einmal mehr die Mühe einer höflichen Anrede. »Ein sehr wichtiger Mann hat einen Wunsch, den Ihr ihm erfüllen könnt, auch wenn es schwierig ist. Tötet Karim nicht, sondern haltet ihn gefangen, bis über sein Schicksal entschieden worden ist.«
»Inwiefern schwierig?«, fragte Edrahim. »Was kann daran schwierig sein?«
Amanus Lächeln drang durch die anderen Bilder, die vor Karims Augen tanzten. Das innere Feuer hatte ihn geblendet, doch langsam kehrte er in die Wirklichkeit zurück. Gerade rechtzeitig, um mitzuerleben, wie über sein Schicksal entschieden wurde. Zu seiner eigenen Überraschung lebte er noch. Doch die Dohle war tot und konnte ihn nicht mehr retten.
Die Dohle – verloren. Sein Geheimnis, seine Waffe, sein Freund. Sie war immer viel mehr für ihn gewesen als ein versklav-

tes Geschöpf, das an einen anderen Ort gehörte. Mit ihr zusammen war die Seele des Dichters geflogen, und sie hatte ihn nicht dafür gehasst, dass er sie so lange hier gehalten hatte. Das glaubte er fest, daran hatte er immer geglaubt, auch wenn er sich vielleicht etwas vorgemacht hatte. Verloren. In seine Verzweiflung darüber, dass sein Eisenvogel ihn nun nicht retten konnte, mischte sich abgrundtiefe Trauer.

»Das Problem liegt darin, dass der Prinz ein Magier ist«, sagte Amanu. »Ein Tropfen Wasser genügt, und er ruft Hilfe herbei. Eine ganze Flotte aus Eisenvögeln wäre in Kürze hier. Ihr habt einen einzigen Vogel gesehen, einen kleinen, harmlosen – was wäre, wenn Hunderte kämen?«

Edrahim wich zurück. »Das kann er? Dann sollten wir ihn lieber töten.«

»Ich sagte Euch, die Aufgabe ist schwer.«

»Es wird regnen«, sagte der König. »Vermutlich heute noch. Spielt das keine Rolle? Was ist mit dem Wasser, das er zum Trinken benötigt? Oder mit dem Wasser, das er abschlägt?«

»Es geht darum, was er im Wasser sehen kann. Was er seinen Freunden mitteilen könnte.«

»Und dann gebt Ihr mir den Rat, ihn im Turm einzusperren? Im Verlies ist es wenigstens dunkel!«

»Ein Magier wie er kann im Dunkeln sehen. Ich riet Euch, ihn nach hier oben zu bringen, weil ich die Gerüchte kenne.«

Nun blinzelte Edrahim verwirrt. »Gerüchte über meinen Keller?«

»Wie viele Brunnen habt ihr da unten? Und wo sind sie genau?«

»Ich ... weiß es nicht.«

»Eben.« Amanu lächelte wissend. »Wollt Ihr riskieren, dass er durch einen Brunnen entkommt?«

»Ich könnte ihn anketten. Dann können da unten ein Dutzend Brunnen sein, er könnte sie nie erreichen.«

»Er wird die Ketten lösen, auch wenn es lange dauert. Er ist ein Magier, wie oft soll ich das noch betonen?«

»Und wenn wir ihm die Augen verbinden? Oder nein, es wäre noch einfacher, ihm die Augen auszustechen.«

»Solange nicht über sein Schicksal entschieden ist, dürft Ihr ihn nicht antasten.«

»Dann sagt mir, was ich tun soll!«, rief Edrahim. »Sagt es mir einfach!«

»Gut«, sagte Amanu, jetzt endlich klang er zufrieden. »Ich werde Euch sagen, was Ihr tun müsst.«

Zwei Wüstendämonen blieben an der Tür stehen, während Edrahim und Amanu den Raum verließen. Ihr Gemurmel entfernte sich, es war unmöglich, auch nur Fragmente zu verstehen. In Karims Ohren dröhnte immer noch alles. Keiner der anderen hatte danach gefragt, was die Explosion verursacht hatte – es war, als hätten sie mit ihr gerechnet. Während er sich noch mit den Auswirkungen herumschlug, gingen sie schon zum nächsten Schritt über.

Oh, ihr Götter! Gnädiger Bela'jar! Er brauchte Zeit. Zeit, um das lähmende Gift in seinen Adern zu bekämpfen. Er musste fliehen, bevor sie ihn festsetzten. Er brauchte Zeit, um genau das zu tun, was Amanu vorausgesagt hatte: seine Freunde zu rufen. Gegen eine ganze Armee aus Eisenvögeln hatten auch die Wüstendämonen keine Chance.

Mit allem, was er noch an Kraft übrighatte, ging Karim das Gift in seinen Händen an und trieb es durch die Haut hinaus. Es war eine Frage des Willens, eine Frage des Fühlens. Seine Finger kribbelten, es war kaum zu ertragen. Seinen Daumen konnte er bereits bewegen. Die beiden Wächter an der Tür behielten ihn im Auge, doch sie merkten nichts. Ein kaum sichtbares Zucken des Zeigefingers. Dann kehrte das Gefühl endlich in seine Handgelenke zurück.

Sich einmal in die Hand zu spucken, würde nicht reichen, er brauchte eine spiegelnde Oberfläche. Während Karim an seiner Beweglichkeit arbeitete, ließ er den Blick noch einmal durch den Raum schweifen. Das Turmzimmer war klein und kalt und kahl.

Es gab hier nichts, nicht einmal Stroh, nur den Stuhl und die Matte und die rauen Steinblöcke, aus denen das Gebäude errichtet war.

Draußen begann es zu regnen, ganz wie Edrahim vorausgesagt hatte. Wenn es ihm gelang, durch das Fenster zu entkommen … Von hier aus müsste er auf die Dächer klettern können, und im Labyrinth der Schlösser, die zu einem einzigen Schloss zusammengewachsen waren, hatte er eine Chance. Selbst wenn er es nicht über die Mauer schaffte, eine Pfütze würde genügen. Notfalls nur eine kleine Vertiefung auf einem der Dächer, die der Regen füllte.

Sein rechter Arm … gut. Den linken würde er ebenfalls benutzen können. Nun der Rumpf.

In diesem Moment kamen Edrahim und Amanu zurück. Sein Wüstenbruder trug einen Helm in den ausgestreckten Händen, der von einer der vielen Rüstungen stammen mochte, die in den weitläufigen Hallen vor sich hin rosteten. In Panik schreckte Karim zurück, als er begriff, was Amanu vorhatte.

»Das kannst du nicht tun!«

»Ich kann, und ich werde. Und wenn du glaubst, dass es nichts Persönliches ist, Bruder, täuschst du dich. Zwei von uns sind deinem heimtückischen Vögelchen zum Opfer gefallen. Ich tue das gerne.« Und damit setzte er Karim den Helm auf.

Der Ritterhelm war groß und klobig, das Visier heruntergeklappt. Unter Amanus Händen verformte er sich, wurde auf magische Weise enger, bis er Karims Schädel wie eine zweite Haut umgab. Der Versuch, mit seinem eigenen Willen dagegenzuhalten, misslang. Er hatte nichts mehr an Stärke übrig.

Von dumpfen Entsetzen erfüllt, spürte er, wie sich das Metall um seinen Kopf legte, wie sich das Visier vor seinen Augen verengte und sich glatt an seine Wangen schmiegte. Es fehlte nicht mehr viel, und das Eisen würde mit seiner Haut verschmelzen.

»Und das hält?«, hörte er Edrahim fragen, während er nach Luft schnappte. Seine Nase blieb teilweise frei, auch Mund und Kinn wurde nicht vom Metall umschlossen, dennoch war Karim, als müsste er unter dem schweren Helm ersticken. »Er kann ihn nicht abnehmen?«

»Es wird ihn lange beschäftigen, es zu versuchen. Meine Freunde und ich werden täglich nach ihm sehen und den Sitz des Helms überprüfen. Damit er uns nicht gefährlich werden kann, sollten wir ihn zusätzlich an die Wand ketten.«

Der König seufzte vernehmlich. »Das alles scheint mir ein wenig übertrieben.«

»Das ist es nicht, glaubt mir. Der Meister wird persönlich kommen und sich seiner annehmen, bis dahin müssen wir einfach nur dafür sorgen, dass er bleibt, wo er ist.«

Karims Gedanken stießen gegen die Eisenschale des Helms und prallten ab. Er musste hier raus, sofort, und wenn er sich aus dem Fenster warf. Vielleicht hatte er Glück und das nächste Dach war nicht so weit entfernt, doch sogar sich das Genick zu brechen war immer noch besser, als auf Joaku zu warten. Sobald er angekettet war, war er verloren.

Starke Hände rissen ihn in die Höhe. Seine verborgenen Messer hatten die Wüstendämonen ihm abgenommen, das wusste er, ohne es überprüfen zu müssen. Also verließ er sich auf seine Instinkte, als er nach dem Gürtel seines Wärters tastete, nach einem Messergriff, und tatsächlich fündig wurde. Dann blindes Zustechen. Karim rollte sich ab, unter einem Angriff hindurch, den er nicht sehen konnte, hechtete zum Fenster – und wurde grob zurückgerissen. Wütende Tritte in den Magen, in den Rücken, überallhin. Er wehrte den Schmerz nicht ab, hieß ihn willkommen.

Ihm blieb nichts, als auf Joaku zu warten.

Nein, dachte er, *nein, nein!* Dann hörte er auf zu denken und versank in einer gnädigen Ohnmacht.

10. Blind

Dilaya wälzte das schwere Gewicht von sich herunter. Ihre Hände tauchten in Nässe.

»Juron, nein!« Sie beugte sich über ihn, wollte seinen Puls prüfen, doch weder am Hals noch am Handgelenk war genug unversehrte Haut übrig, die sie hätte berühren können. Die Morgendämmerung zeigte ihr sein blasses, blutbesprenkeltes Gesicht. Von vorne sah er noch aus wie Juron, ein wie immer unzufriedener, mürrischer Juron, doch sein Rücken und sein Hinterkopf waren in Stücke gerissen. Er hatte sich über sie geworfen, als der Vogel zerborsten war, und alles abbekommen. Ein Schauer aus Metallsplittern war in der Umgebung niedergegangen, hatte die umliegenden Bäume zerfetzt, das Erdreich aufgerissen, die Vögel aus den Zweigen gepflückt. Ihr liebster Freund hatte sich für sie geopfert, und nun stand sie hier, benommen und verwirrt, und wünschte sich, er hätte es nicht getan. Die Luft roch nach Asche, nach verkohlten Bäumen, nach Blut.

Einen Moment lang wusste sie nicht, wo sie war, es zählte nichts als der Tote in ihren Armen. Dann wurde ihr die Gefahr bewusst, in der sie schwebte. Dort hinten, höchstens dreihundert Meter entfernt, lag das Schloss, ihr Schloss, ihr Erbe, und von dort kamen Stimmen. Sie hörte das Quietschen des Tores und fernes Gelächter. Sie musste sofort von hier weg, oder alles war umsonst.

Bevor sie aufbrach, sah sie sich um und konnte nicht begreifen, was sie sah. Eisenstücke, Äste und Knochen in einem wirren Durcheinander, Blut und Fetzen von Fell und Fleisch, auf dem sich Schwärme von Fliegen versammelten. In einem Umkreis von zwanzig Metern stand kein Baum mehr aufrecht. Es war ein Wunder, dass sie noch lebte.

Mühsam setzte Dilaya einen Schritt vor den anderen. Sie dachte nicht an Karim, dem sie nicht helfen konnte, nicht an Juron, der tot war, auch nicht an Lork, der ihr das angetan hatte, nur an Baihajun, in deren Arme sie fallen wollte wie in die Arme einer Mutter.

Da war ein Gewicht auf seinem Schädel, auf seiner Stirn, seinen Augen. Karim blinzelte, doch alles blieb schwarz. Zitternd fühlten seine geschundenen Hände nach seinem Gesicht, ertasteten glattes Metall.

Der Helm verhinderte, dass er ins Wasser blicken konnte. Vor Wut hätte er heulen können. Er war blind, ein Gefangener dieses idiotischen Königs, der längst hätte tot sein sollen. Und das Schlimmste stand ihm erst noch bevor. Joaku hatte sich angekündigt. Allzu lange konnte sein Eintreffen nicht dauern – für den Herrn der Assassinen würden die Eisenmeister aus Gojad sicher schnell einen neuen Eisenvogel bauen.

Eine Weile horchte Karim, ob jemand im Raum war. Der Helm lag nicht so dicht an seinen Ohren an, dass er gar nichts gehört hätte. Er schien allein zu sein. Schmerz wallte in ihm auf, als er sich mit wackeligen Beinen erhob. Eine Kette klirrte, dann spürte er auch schon das ungewohnte Gewicht schwerer Eisenmanschetten an seinen Gelenken. Sie hatten ihn an Armen und Beinen angekettet, fürwahr, sie hatten wirklich nichts ausgelassen. Er tastete die Ketten ab und stellte fest, dass sie durch eine weitere, noch dickere Kette verbunden waren, die an einem Ring im Mauerwerk befestigt war. Wie lange würde es dauern, sich mithilfe seines Willens davon zu befreien? Am einfachsten würde es sein, die Kettenglieder, die direkt an die Handschellen geschmiedet waren, so zu weiten, dass er sich losreißen konnte. Doch Eisen auf magische Weise aufzubiegen war schwer und äußerst mühsam. Er würde immer wieder Pausen einlegen müssen, um sich zu erholen. Auf jeden Fall würde er mehr als einen Tag brauchen. Wenn die Wüstendämonen regelmäßig jedes Kettenglied kontrollierten und seine Fortschritte rückgängig machten, sah es schlecht für ihn aus.

Um sicherzugehen, dass sie nichts Hilfreiches übersehen hatten, tastete Karim seine Kleidung ab. Die größeren Messer hatten sie ihm natürlich abgenommen, die Stiefel ausgezogen, doch eine winzige Klinge, kaum mehr als ein Zahnstocher, war ihnen entgangen. Sein Herz machte einen Satz, als er das Metall in der verdickten Naht seiner Hose ertastete. Damit konnte er die Verschlüsse der Schellen womöglich knacken.

Er stieß ein trockenes Lachen aus, das ihm in der Kehle kratzte. Der Durst, der sich die ganze Zeit über schon bemerkbar gemacht hatte, trat nun in den Vordergrund und übertraf alle anderen Schmerzen. Ob sie ihm einen Becher hingestellt hatten, vielleicht sogar etwas zu essen? Vorsichtig tastete er über den Boden, er reckte sich so weit, wie es seine Ketten zuließen. Doch seine Finger schlossen sich nur um die Kante der dünnen Matratze. Enttäuscht stieß er einen langen Seufzer aus und lehnte sich wieder gegen die Wand. »Verdammt!«

»Eine Tasse Tee?«

Sein Kinn fuhr hoch, sein Kopf schlug gegen die Steine. »Wer ist da?«

»Ein Tässchen Tee? Pass mit den Katzen auf, sie wollen immer spielen, aber zwischen den Ketten könnten sie sich einklemmen.«

Er hielt den Atem an und horchte. Dieser verfluchte Helm! Wer war noch hier? Verdammt, er konnte nicht hören, wer atmete, wessen Kleider raschelten! Er konnte nichts hören, absolut gar nichts! Und was für Katzen, bitte schön?

»Wer ist hier? Wer spricht da?«

»Ich bin Unya«, sagte die Stimme. »Beruhige dich, mein lieber Junge. Ich wollte dir nur einen Tee anbieten.«

Wäre Dilaya den Jägern nicht in die Arme gelaufen, sie hätte es nie geschafft. Doch das Netz, das die Rebellen über den Wald gelegt hatten, fing auch sie ein. Vielleicht hatten die Träume ihre Ankunft verkündet und ihre Freunde an die richtige Stelle gelenkt.

Zwei Tage lang hatte Dilaya nichts gegessen außer einer Handvoll vertrockneter Beeren und ein paar sauren Äpfeln. Sie hatte ohne ein Feuer geschlafen, zwischen die Wurzeln eines Baumes gekauert, während die Eulen in den Wipfeln schrien. Dilaya kannte den Wald, sie hatte lange genug darin gelebt, doch nie war er ihr so fremd und feindselig erschienen wie dieses Mal. Sonst hatte sie sich im Herbst als ein Teil der goldenen Pracht gefühlt, ein Teil der Träume, die über dem Moos hingen wie Spinnwebfäden, ein Teil des Musters, das die Götter webten. Jetzt war sie nichts, ein Fremdkörper, ein Eindringling, der weder in die Welt der Lebenden gehörte noch in das Mosaik, das die Träume bildeten.

Manchmal weinte sie, während sie lief. Ihr Kopf schmerzte so, dass sie nichts mehr sehen und nichts mehr hören konnte. Sie zupfte sich kleine Splitter aus dem Bein, die sie zuvor nicht bemerkt hatte und die sich nun entzündeten und zu brennen begannen.

Dann endlich erreichte sie die Rebellen, die sie wie ein verlorenes Jungtier auflasen und zu Baihajun brachten. Zu Baihajun, die sie in der Mitte des kleinen Dorfs erwartete, erst lächelnd und dann nicht mehr, die ihre Arme ausstreckte und wieder sinken ließ, bevor Dilaya darin Trost finden konnte.

»Wo ist Juron? Verflucht, Mädchen, wo ist mein Enkelsohn?«

»Er ist tot«, stieß Dilaya hervor. »Auch sein Bär ist tot, sein Bär hat ihn umgebracht. Und Karim ist nicht mehr zurückgekommen, ich konnte nichts tun, was hätte ich tun können? Ich habe meinen Verlobten im Stich gelassen, und wir sind keinen Schritt weiter, und Juron ist tot.«

Sie wollte nicht weinen, aber sie konnte nicht anders, die Tränen liefen ihr über die Wange, und Baihajun starrte sie nur an, starrte und starrte.

»Das kann nicht sein.«

»Und doch ist es so.« Baihajun war keine Frau, der man gerne widersprach, aber diesmal hatte sie wirklich unrecht.

»Das hat niemand geträumt, es kann nicht sein!« Die alte Amme machte immer noch keinerlei Anstalten, Dilaya zu umarmen, ihr die Tränen von den Wangen zu wischen, sie ins Haus zu führen. »Wir wären gewarnt worden. Karims Wege enden hier. Für Karim *musste* es übel ausgehen, aber du und Juron, ihr hättet doch in Sicherheit sein sollen!«

»Du wusstest das?«, rief Dilaya aus. »Du hast ihn absichtlich ins Verderben rennen lassen? Wie konntest du nur!« Am liebsten hätte sie laut geschrien. »Deshalb also wolltest du, dass ich mich von ihm fernhalte – damit er ohne mich in die Falle geht. Das hat er nicht verdient! Sein Eisenvogel hat mich gerettet, er hat mich aus dem Schloss gebracht, aber Karim ... Sag nicht, dass seine Wege hier enden, sag das nicht!«

»Die Träume sind dunkel«, sagte Baihajun. »Die dunklen Schwestern laden ihn zum Tanz. Aber Juron doch nicht! Und was hattest du im Schloss zu suchen? Karim sollte den König töten, du wolltest mit Juron draußen warten!«

Die Alte verbarg ihre Trauer, da waren nur Zorn und Ärger und vielleicht auch Hilflosigkeit. »Geh mir aus den Augen«, befahl sie mit heiserer Stimme. »Geh einfach.«

Dilaya sah Juron vor sich in seinem Blut. Sie dachte an Lork, der, wäre alles richtig verlaufen, jetzt hinter den Hütten umhertollen würde. An Karim, den die Magier zu Boden rangen, und an das Dokument, durch das sie miteinander verlobt waren. Er hatte König Edrahim nicht getötet, aber er hatte ihr ein Geschenk gemacht, das sie vorher gar nicht als solches erkannt hatte – er hatte sie mitgenommen. Er hatte sie respektiert und nicht an ihren Fähigkeiten gezweifelt. Und ihretwegen war er geblieben und gefasst worden.

Es war ihre Schuld.

Ob sie ihn schon hingerichtet hatten? Aber Edrahim hatte ja befohlen, den Prinzen lebend gefangen zu nehmen, also gab es vielleicht doch noch eine Möglichkeit, etwas für Karim zu tun.

Sie stapfte zwischen den Blockhütten hindurch, ohne nach rechts oder links zu blicken, schob die Tür zu ihrem eigenen Haus auf und stutzte. Jemand hatte ein Pergament an das grobe Holz genagelt. Den Vertrag? Nein, stellte sie ungläubig fest, das war er nicht. Ihre Unterschrift prangte unter dem Text, doch das war nicht das, was sie unterzeichnet hatte!

Prinzessin Dilaya von Anta'jarim, Tochter von Prinz Nerun und Lugbiya von Rack-am-Meer, gibt hiermit bekannt, dass sie sich mit dem Mann vermählen wird, der ihr den Kopf des Thronräubers Edrahim von Rack-am-Meer überreicht.

»Was soll das?« Sie streckte die Hand aus und riss das Schreiben von der Tür. »Ich bin mit Karim verlobt! Und solange er lebt, ist er mein zukünftiger Ehemann, er und niemand sonst!«

»Das war für Juron, für ihn habe ich das geschrieben.« Baihajuns Stimme klang, als sei sie am Ersticken. »Weil das offenbar die einzige Möglichkeit ist, dich zu einer Ehe zu überreden. Doch nun ist er tot. Er war sich so sicher, dass er Edrahim für dich töten könnte!«

»Wie«, sagte Dilaya. Sie war nicht einmal fähig, dem Wort den Tonfall einer Frage zu verleihen.

»Wie er ihn töten wollte? Wir dachten, dass Edrahim den Gefangenen persönlich nach Wajun bringen würde, um ihn Tenira zu übergeben. Auf der langen Reise hätte es viele Gelegenheiten gegeben, an ihn heranzukommen. Juron ist ... war ein guter Schütze.«

Was?, dachte Dilaya. Sie verstand nicht, was hier vorging. Was hatte Baihajun da gesagt? Dann überfiel sie plötzlich die Erkenntnis. »Du hast Karim verraten. Du hast ihn nicht einfach bloß in die Falle gehen lassen – du hast diese Falle für ihn aufgestellt!«

Sie hatte geglaubt, sie könnte dieser Frau vertrauen. Sie hatte geglaubt, die anderen würden ihren Anweisungen Folge leisten, weil sie die Prinzessin war. Doch nun wurde ihr klar, wie sehr sie sich geirrt hatte. Baihajun war die Anführerin der Rebellen, sie traf die Entscheidungen, man fragte sie um Rat. Baihajun hielt die Verstreuten in den Wäldern zusammen, sie ließ sich die Träume erzählen und fügte die Bruchstücke zusammen, um sie zu deuten. »Du warst es. Du hast meinen Verlobten in den Tod geschickt und mich mit ihm!«

»Wir hatten besprochen, dass er allein ins Schloss geht. Dir wäre nichts passiert. Und Juron auch nicht. Das ist nicht richtig gelaufen! Jemand sah das Ende, jemand sah Karim aus der Uhr fallen. Und jemand sah dich auf dem Thron. Es kann alles nicht sein!«

Dilaya krampfte ihre Finger um das Pergament. »Deswegen habt ihr Karim geopfert – wegen ein paar wirrer Träume?«

»Mit ihm kam schon einmal das Verderben nach Anta'jarim.«

»Das hattest du nicht zu entscheiden!«, keuchte sie. Oh, wenn sie ihre richtige Stimme noch gehabt hätte! Sie wollte schreien. Sie wollte ihre Hände auf Baihajuns Schultern legen und sie schütteln.

»Oh doch, denn du bist ja nicht fähig dazu. Karim heiraten, was für ein Unsinn! Du gehörst nicht nach Wajun, in die Stadt der Gottlosen. Du bist alles, was uns von Anta'jarim geblieben ist. Du wirst dein Schloss wieder in Besitz nehmen, Mädchen, und du wirst uns auf die alten Wege zurückführen, die Edrahim verlassen hat.«

»Karim wollte mich«, flüsterte sie. »Und er war der Erste, den ich auch wollte.«

»Dich? Glaubst du wirklich, er wollte dich? Er ist nicht blind. Er wollte nicht dein hässliches Gesicht und das, was von dir übrig ist. Er wollte nur deinen Namen und deinen Titel. Juron hingegen kannte dich, er hat dich aufrichtig geliebt.« Sie nahm Dilaya das Pergament aus den zitternden Fingern. »Dass du ihm nicht dieselben Gefühle entgegengebracht hast, was zählt das? Du bist eine Prinzessin, du musst für dein Land heiraten, nicht für dein Herz. Und erst recht nicht einen Mann, der ganz andere Pläne hat.«

»Das war meine Entscheidung, Baihajun, meine!«

Die alte Frau drückte das Blatt wieder auf die Nägel, um es zu befestigen. »Nun, jetzt ist sie es nicht mehr. Du wirst den Helden nehmen, der um dich wirbt, ganz gleich, wer es ist. Wer uns von Edrahim befreit, hat den Thron verdient.«

»Dem werde ich nicht zustimmen.«

»Das hast du bereits. Hier ist deine Unterschrift, eigenhändig.«

»Eine Fälschung!«

»Nein, ist es nicht. Sieh her, dein Name, in deiner eigenen Schrift. Es gibt Zeugen dafür. Das ist das Pergament, das dir vorlag. Was kann ich dafür, dass du den Vertrag nicht richtig gelesen hast?«

»Das ist Magie!«

»Nein, das ist Wissen. Die Tinte, die du benutzt hast, um den Vertrag aufzusetzen, ist verflogen, ohne Spuren zu hinterlassen. Während dieser neue Text vor den Menschen und allen Göttern gültig ist.«

»Karim hat noch ein Dokument.«

Baihajun lächelte schlau. »Er hat nichts als ein leeres Blatt. Die Buchstaben sind längst verschwunden. Schließlich musste ich sichergehen, falls ihm doch die Flucht gelungen wäre. Er hätte mit irgendeinem Geschenk ankommen können.«

Dilaya hatte geglaubt, es sei besser, den Mord nicht in einem Vertrag zu erwähnen. Sie hatte geglaubt, dies wären ihre Leute, ihre Freunde. Nun erkannte sie, dass sie auch für ihre angeblichen Freunde nichts als ein Name war. Dass ihr Blut mehr zählte als ihr Herz und die Krone mehr als der Wunsch, in irgendjemandes Leben etwas zu zählen.

»Karim gehört mir«, wisperte sie.

»Nein«, widersprach Baihajun. »Er gehört weder dir noch irgendeinem anderen Mädchen. Karims Weg führt in die Dunkelheit.«

Blind zu sein machte ihn irre. Blind zu sein war schlimmer als die Ketten. Blind zu sein war, als säße er auf einem Eisenvogel, der sich nicht lenken ließ, der sich dem Mondlicht ergab.

Karim hasste es, sich hilflos zu fühlen, und dass seine Feinde ihm die Augen gelassen hatten, ohne dass er sie benutzen konnte, war wie ein schlechter Scherz. Er wollte sich den Helm vom Kopf reißen, doch das war unmöglich. Es war unmöglich festzustellen, ob die Stimme, die er zu hören glaubte, real war oder ob seine Wüstengeschwister ihm ein Rauschgift verabreicht hatten. Das Verrückte war, dass er sogar meinte, Blumen und Minze riechen zu können.

»Trinkst du deinen Tee mit Honig?«

»Ich trinke gar keinen Tee«, erwiderte er, obwohl der Durst in seiner Kehle brannte. »Es gibt keine Annehmlichkeiten für Gefangene wie mich. Meine Freunde wissen, wie man Schmerzen zufügt und wie man dafür sorgt, dass sich jede Hoffnung in Nebel auflöst. Sie würden mir keine Dienerin schicken, die mich umsorgt. Höchstens eine böse Fee, deren Tränke mir die Zähne ausfallen lassen.«

Seine Besucherin schwieg eine Weile. Immer noch konnte er ihr Atmen nicht hören. Entweder war sie nur ein Traum oder eine Magierin, die man geschickt hatte, um ihn zu quälen.

»Ein Gefangener«, murmelte sie schließlich. »Das erklärt das Klirren. Es erklärt auch, warum du auf dem Boden sitzt. Du musst verstehen, dass ich blind bin. Ich kann dich nicht sehen. Ich weiß nur, dass du ein Fremder sein musst. Jarunwa klopft immer höflich an, bevor er eintritt, und die Jungen sind unverkennbar, wenn sie hereintrampeln und nach den Kätzchen haschen. Oder bin ich noch zu Hause und meine Augenkrankheit ist wider Erwarten schlimmer geworden? Doch nein, du riechst nicht nach Blumen und Heu wie Lugbiya und nicht nach der finsteren Schwermut des Freien Mannes. Auf Anyanas Haut ist noch ein Hauch Salzwasser und bitterer Nebel, auch das kann ich hier nicht riechen. Nein, ich muss in Anta'jarim sein, aber ich weiß nicht, welches Jahr wir haben. Also trink deinen Tee, und dann sag mir, wer du bist.«

Anyana. Der Name traf ihn, wie es keine Folter vermocht hätte. Er schnappte nach Luft. Er wollte fragen, wer diese Frau, die zu ihm sprach, war. Wer sie zu sein glaubte, dass sie es wagte, so über die Toten zu reden. Da berührte etwas seine Hand, etwas Weiches, Pelziges. Winzige Krallen kratzten über seine Beine und verfingen sich im Stoff seiner Hose, kletterte an seinem Hemd hinauf. Eine Katze, nein, mehrere. Nun hörte er auch ihr Maunzen, es schien aus weiter Ferne zu kommen. Er pflückte ein Kätzchen von seiner Brust und richtete sich auf die Knie auf. Seine tastenden Hände berührten eine gebogene Metallstange, fühlten höher – ein Tisch. Und auf diesem Tisch ertastete er eine heiße Kanne, an der er sich beinah die Finger verbrannte, eine Tasse aus hauchdünnem Porzellan und einen verschnörkelten Löffel. In der Mitte des Tischchens stand eine Vase mit leise raschelnden Blumen. Auch das Töpfchen

Honig fand er, gerade noch in Reichweite, während die Ketten ihn unerbittlich an der Wand festhielten.

Der Tee duftete verlockend.

»Tote kommen nicht zu Besuch«, sagte er. »Weder König Jarunwa noch seine Söhne. Auch nicht seine Nichte.«

»Dilaya ist nie hergekommen«, sagte die Stimme.

»Natürlich nicht. Sie lebt im Wald.«

Und wie konnte es sein, dass eine von Edrahims Untergebenen das nicht wusste? Dilaya war vor Kurzem erst die Flucht geglückt, und es gab kaum etwas, das Karim mehr freute als diese Tatsache.

»Sie lebt also? In Anta'jarim? Oh, wie sehr wird sich ihre Mutter über diese Nachricht freuen.«

»Ist Dilayas Mutter auch eine der Toten, die mit dir Tee trinken? Wer immer du auch bist?« Seine Hände zitterten, während er sich vorsichtig einschenkte, blind die Tasse unter die Kanne hielt und auf das leise Plätschern lauschte.

»Ich bin Unya von Wajun. Dies ist mein Zimmer, in dem ich liebend gerne Gäste empfange. Kommst du aus Kato oder aus Anta'jarim?«

Auch diese Frage ergab keinen Sinn. Er wünschte sich, er könnte den Tee trinken und würde dann wundersamerweise aus diesem Albtraum erwachen. Er würde die Augen öffnen, das Gewicht des Helms wäre verschwunden, und er könnte Dilaya hinterherfliegen, auf der Dohle, die nicht zerstört war.

Es war eine Wunde in seiner eigenen Seele, die er nicht berühren wollte.

»Ich verstehe nicht, wovon du sprichst«, sagte er. Unya von Wajun? Die Großkönigin dieses Namens war seit vielen Jahren tot. Also war er im Totenreich? »Ist dies Kato? Bin ich gestorben?«

»Schau aus dem Fenster und sag mir, wo wir sind.«

»Ich kann nicht«, sagte Karim. Er nippte an dem Tee; mittlerweile war es ihm gleich, welches Gift er enthalten mochte. »Sie haben mich angekettet und mir einen Helm aufgesetzt, der es mir unmöglich macht, etwas zu sehen.«

»Warum sollte jemand so etwas tun?«

»Um mich daran zu hindern, ins Wasser zu blicken.«

»Ein Magier?«, flüsterte sie. »Ein Magier in meinem Rosenzimmer hinter der blauen Tür. Und dennoch habe ich dir meinen Tee kredenzt. Wie ist dein Name?«

Er war Edrahims Gefangener. Es gab keinen Grund, seine Identität geheim zu halten. Vielleicht war diese Frau seine Mitgefangene. Falls dem so war, litt sie womöglich schon lange in dieser Zelle und war verwirrt.

»Karim«, antwortete er. »Karim von Lhe'tah, Karim von Wajun, Karim von Guna. Sucht Euch einen Namen aus, Unya von Wajun.«

Sie lachte, schwieg dann für einen Moment und sagte schließlich: »Oh ihr Götter. Er! Natürlich. Ihr Schicksal ist miteinander verbunden, er musste irgendwann herkommen. Beha'jar, der Gott des Waldes, trat auf eine Lichtung, und da waren sie: ein Mädchen mit Haaren rot wie Herbstlaub und ein Junge, der aus dem Krieg kam. Ein einziger Kuss bewirkte so viel. Die Uhr hörte auf zu schlagen, und im Brunnen tobte ein Sturm. Fäden rissen. Und ich konnte hören, wie alle Lieder im Schweigen endeten.«

Die Frau musste verrückt sein oder eine Todesgöttin oder beides – konnten die Götter den Verstand verlieren?

Nun endlich hörte er sie atmen. Er hörte das Knarzen eines Schaukelstuhls und ferne Stimmen. Vögel sangen, und ein Hahn krähte wie aus einem Garten hinter dem Haus, was natürlich nicht sein konnte, hier oben im Turm.

Vorsichtig stellte er die Tasse zurück. Eins der Kätzchen kroch seinen Rücken hoch. Ihm war danach zu weinen. Ein Mädchen mit rotem Haar? Wenn sie hier war, wollte er nirgendwo anders sein.

»Sprichst du von Anyana?«, fragte er heiser. »Ist sie hier? Kann ich zu ihr?«

»Du bist ein Gefangener«, sagte Unya. »In Ketten. Das klingt nicht danach, als hätten sie dich umgebracht.«

»Nein, wohl nicht.« Er fragte nicht noch einmal nach dem Mädchen, das er nicht vergessen konnte.

»Was hörst du?«, fragte sie.

Er lauschte. Das Blut pochte in seinen Adern, sein Puls hämmerte, ihm schmerzte der Schädel von der Last des Helms. Er war erschöpft, aber er wusste nicht, wie er jemals wieder schlafen sollte. Der Wind spielte über den Dächern, die Krähen krächzten und zankten sich. Das energische Keckern einer Elster drang an seine Ohren. Der Wald war nah. Das Schloss mit seinen vielen Bewohnern lebte sein Leben weit unten weiter. Ferne Stimmen, Stiefeltritte, Geräusche, die der Wind herauftrug und wieder fortwehte.

»Die Krähen«, antwortete er, »einen ganzen Schwarm, irgendwo oben über den Dächern.«

Der Schaukelstuhl knarrte. Die kleine Katze, die seinen Rücken eroberte, hatte seine Schultern erreicht und machte es sich dort bequem. Ihre Krallen bohrten sich in seinen Hals, er spürte ihren Atem. Sie war wirklich hier. Dies konnte kein Traum sein, aber was war es dann? Trank er mit einer Frau Tee, die längst zu den Göttern gegangen war?

»Du bist immer noch in Anta'jarim, mein Junge. Deine Verbindung zu Anyana ist stark, deshalb bist du in meinem Zimmer gelandet. Dieses Schloss ist auf einem Fundament gebaut, dessen Grundstein aus dem Land der Götter stammt. Jarim, meine Ahnfrau, nahm einen Stein von dort mit, so wie das Kind, das sie in ihrem Leib trug, Bela'jars Sohn. Traue diesen Mauern nicht.«

Er wollte nicht über das Schloss reden, er wollte endlich erfahren, was hier gespielt wurde. »Woher weißt du von dem Kuss?«

Die Katze schnurrte. Der Tee wärmte seinen Magen, von bitterem Gift war nichts zu spüren. Mittlerweile fühlte er sich kräftig genug, um seinen Willen dazu einzusetzen, seine Fesseln zu lockern. Es mochte zwecklos sein, doch vielleicht gelang es ihm, eins der Kettenglieder so zu bearbeiten, dass die Bruchstelle den Wüstendämonen nicht auffiel.

»Anyana hat ein Kind«, sagte Unya leise. »Ist es deins?«

»Sie ist tot, wie kann sie ein Kind haben?«

»Wer hat behauptet, sie sei tot?«

Er hielt den Atem an. »Was?«

»Sie ist in Kato und du nicht. Du musst lernen, Junge.«

»Was muss ich lernen?«, fragte er. »Was denn? Ich bin ein Gefangener. Ich brauche meine ganze Kraft, um diese Ketten und den Helm loszuwerden, bevor mein Meister kommt, um mich zu töten. Er wird mich leiden lassen, wie nie irgendjemand gelitten hat. Also bin ich, wie du hoffentlich verstehst, in Eile.«

»Vergiss die Ketten«, sagte sie schroff, »dazu hast du keine Zeit! Du musst lernen zu sehen, auch wenn du blind bist. Du musst lernen zu gehen, weiter als du jemals gegangen bist. Du musst den Brunnen finden, den Grundstein des Schlosses. Finde den Brunnen!«

11. Goldener Himmel

Der Schwarm stieg in die Luft, und der Himmel wurde schwarz. Lan'hai-yia sah ihnen mit einem geteilten Herzen nach. Zum einen war sie erleichtert, die Feuerreiter ziehen zu sehen, zum anderen fühlte sie sich ausgeliefert und schutzlos.

Mernat deutete eine Verbeugung an. »Gräfin. Graf. Auf gute Nachbarschaft.«

Selas neigte den Kopf. »Auf gute Nachbarschaft. Und Euch ein gutes Gelingen.«

Die Tinte auf dem Vertrag war noch ganz frisch. Die Feuerreiter hatten sich verpflichtet, Guna jetzt und in Zukunft nicht anzugreifen, ganz gleich, was der Kaiser dazu sagen mochte. Im Gegenzug hatten sie bekommen, was sie benötigten, um Daja für sich zu erobern: Brandsteine.

Der Sprecher der Feuerreiter stieg als Letztes auf seinen Eisenvogel. Man konnte sich an den Anblick der gewaltigen Schwingen gewöhnen, an das Knarren und Rasseln der Federn, an die rotglühenden Augen, und vor allem an den Schutz, den die Vögel bedeuteten.

»Nun sind wir auf uns gestellt«, sagte Selas.

»Karim wird zurückkommen.« Das war Lanis Antwort auf die Zweifel und die Sorgen. Doch die Tage waren vergangen, die Wochen gingen ins Land, und von dem Mann, der versprochen hatte, Guna von jedweder Fremdherrschaft zu befreien, war nichts zu sehen. Am liebsten hätte sie sich auf die Suche nach ihm gemacht, doch sie konnte Königstal nicht verlassen, sie wurde hier gebraucht. So wie auch Selas, der ihr immer unentbehrlicher geworden war. »Du darfst ihm nicht folgen. Wo würdest du ihn auch suchen? Anta'jarim ist groß. Und du sagst selbst, dass die Magie der Feuerreiter nichts nützt; keiner von Mernats Leuten hat ihn im Wasser gesehen.«

»Er ist mein Bruder«, sagte Selas leise. »Ich werde die Hoffnung nicht aufgeben. Und dennoch müssen wir so handeln, als gäbe es keine Hoffnung mehr. Wir müssen uns um die Sicherung der Grenzen kümmern und um die Minen.«

Die Grenzen zu sichern war unmöglich. Niemals konnten sie genug Soldaten aufstellen, um sicherzustellen, dass Tenira nicht herkam. Sie mussten sich darauf verlassen, dass die Großkönigin genug damit zu tun hatte, sich um ihr gebeuteltes Reich zu kümmern. Und dass sie nicht in Guna nach ihren Feinden suchte.

»Vater?«

Selas drehte sich um, sein Stirnrunzeln erheiterte Lani sehr. Es fiel ihm immer noch schwer, sich an die hiesigen Sitten anzupassen und diese Anrede zu akzeptieren. »Ja, was ist?«, fragte er dennoch mit der ihm eigenen Liebenswürdigkeit.

Auch Lani drehte sich um. Hinter ihnen hatten die Talbewohner den Abflug der Feuerreiter mit angesehen. Nun zerstreuten sie sich wieder und gingen in ihre Häuser. Nur ein paar Männer und Frauen waren geblieben, darunter Yarn, der Heiler. Es war in der Tat seltsam, dass ein älterer Mann einen weitaus jüngeren »Vater« nannte.

»Ihr beiden solltet auf die Jagd gehen – oder Pilze sammeln. Lasst euch Zeit. Wir brauchen eine Weile, um alles vorzubereiten, und ihr wärt nur im Weg.«

»Vorzubereiten?«, fragte Selas. »Was?«

»Nun, deine Krönung selbstverständlich.«

Das riss auch Lani aus ihren Träumereien. »Ihr wollt was? Ihn krönen?«

»Es ist an der Zeit«, sagte der Gunaer schlicht. Er warf Lan'haiyia einen herausfordernden Blick zu. »Stimmst du mir da nicht zu?«

Selas stand mit offenem Mund da. Bevor er protestieren konnte, hatte Lani ihn am Ärmel gezogen und zerrte ihn fort. »Gehen wir in den Wald. Pilze. Komm, sammeln wir Pilze.«

Der Wald hatte sich in ein Farbenmeer verwandelt. Über ihnen glühten goldgelbe Blätter, dazwischen flammten tiefrote Buchen, und in den sommerlich grünen Sträuchern, durch die sie sich durchkämpfen mussten, waren schwarze und rote Beeren versteckt. Nachdem Lani Selas mehrere Male unterbrochen hatte, schwieg er nun verdrossen. Statt Pilze zu suchen, las er Bucheckern auf. Sie beobachtete ihn dabei, wie er in der raschelnden Laubschicht wühlte – das blonde Haar ein leuchtender Fleck zwischen den bunten Blättern. Selas hatte kein auffälliges Gesicht, niemand drehte sich je nach ihm um. Ihr schien sogar, als hätte er seine Gabe, zwischen anderen zu verschwinden, so vervollkommnet, dass er beinahe wie ein Wüstendämon unsichtbar zu werden vermochte.

»Können wir jetzt endlich darüber reden?«, fragte er.

Lani hob ein rotes Blatt vom Boden auf und fuhr die Adern nach. »Stammbäume sind unwichtig«, sagte sie. »In einem Wald wie diesem, was zählt es, welcher Baum der älteste ist? Wir müssen Guna schützen.«

Sie dachte an Kirian, der eigentlich der Erbe von Guna hätte sein sollen. Linua hatte ihr erzählt, dass ihr Bruder noch lebte, aber Kirian würde nie König von Guna werden. Er lebte in Wabinar, am Hof des Kaisers. Sie durften nicht länger warten. Auf den richtigen König zu warten konnte so tödlich sein, als würde man einen Kranken stets damit vertrösten, dass der beste Arzt unterwegs sei, und alle anderen Heiler von ihm fernhalten. Sie mussten Guna jetzt Hoffnung geben. Nie wieder würden sie eine Chance haben wie diese: Tenira geschwächt, Kanchars Feuerreiter neutral. Wenn sie sich nicht jetzt von Le-Wajun lossagten, würde es nie geschehen.

»Du bist ein Graf von Guna. Deine Familie hat gelitten, das adelt dich mehr als alles andere. Du bist der Bruder von Karim, den die Götter eigenhändig aus der Skorpiongrube holten. Du bist der Richtige, um die Krone zu tragen, Selas, und sie werden jubeln und dich lieben.«

Er hob eine Handvoll Bucheckern auf und ließ sie in den Korb prasseln. »Du bist diejenige mit der königlichen Herkunft. Warum nehmen sie nicht dich? Weil du eine Frau bist? Das ist lächerlich.«

»Es war immer der Sohn der Schwester, der geerbt hat, nicht die Schwester selbst.«

»Das ist antiquiert.«

Sie schätzte ihn für Sätze wie diesen. Für seine ruhige und dennoch stets tatkräftige Art. Wenn man Selas vor die Wahl stellte, würde er immer den Platz im Hintergrund wählen, doch er war derjenige, der das Zeug dazu hatte, eine Legende zu werden. Er war das Kind, das zurückgekehrt war. Er stand für ein Guna, das über seine Feinde triumphierte, das im Verborgenen weiterlebte und irgendwann zurück ins Licht trat.

»Ich bin damals weggegangen«, sagte sie. »Freiwillig. Doch du musstest fliehen. Deshalb wird deine Geschichte immer mehr wert sein als meine. Nimm die Ehre an, die sie dir zuteilwerden lassen.«

»Und wenn dein Bruder zurückkommt? Dann wäre ich der unrechtmäßige Thronräuber.«

»Du kannst nicht rauben, was man dir freiwillig gibt. Guna bietet dir die Krone an. Dir, nicht mir oder ihm. Du bist das Gesicht der Hoffnung. Du kannst Trica eine neue Bedeutung verleihen. Von nun an wird es heißen: Aus Trica kommt der König.«

Sie sprach gegen ihr eigenes wundes Herz an, gegen ihre eigenen Sehnsüchte und Hoffnungen. Denn es ging hier nicht um sie oder ihren Bruder, es ging um Guna.

»Erwarten sie, dass wir heiraten?« Er stand auf, und erschrocken machte sie einen Schritt zurück.

»Wie kommst du darauf?«

»Ist das nicht offensichtlich? Das königliche Blut und Trica. Du wärst meine Legitimation, weil ich nicht aus der richtigen Familie stamme, und ich wäre die deine, da sie keine Königin wählen können. Haben sie dich gefragt?«

Seine Wangen röteten sich. Aus irgendeinem Grund war er wütend, weil sie ihm das vorenthalten hatte. Aber wie konnte er das wissen? Sie hatte den Königstalern das Versprechen abgenommen, ihn nie dazu aufzufordern, sie zu heiraten.

»Spielt das eine Rolle?«

Selas schnaubte und versetzte dem Korb einen zornigen Tritt.

»Warum hast du mir nichts davon gesagt?«

»Weil sie sich entschieden haben – für dich. Eine Hochzeit ist keine Bedingung dafür.«

Sie war nicht erfreut gewesen. Dass Selas – einst König Laons Spion, Prinz Winyas ehemaliger Kammerdiener, Verräter und dann Rebell – tauglicher sein sollte als sie, hatte sie schwer getroffen. Dennoch würde sie nichts dagegen sagen. Guna musste zusammenstehen und konnte sich keine Fehde um die Krone leisten.

»Ich verstehe nicht, warum du dich nicht freust«, fügte sie hinzu.

»Das ist in der Tat eine beispiellose Karriere«, knurrte er. »Sie wissen, dass ich nicht anders kann. Dass ich mir meiner Verantwortung bewusst bin als Sohn des Grafen von Trica.« Lani japste erschrocken auf, als er den Korb zur Seite schleuderte. »Heiraten wir.«

»Was?«

Er lachte rau. »Hätte ich nicht eingegriffen, wärst du längst Prinz Laikans Frau. Das entbehrt nicht einer gewissen Ironie. Ich kann dir nichts von dem bieten, was er dir hätte geben können. Dein Bett werde ich nicht teilen. Kinder kann ich dir keine schenken. Ich kann dir nur anbieten, dich mit mir auf den Thron zu setzen.«

Lani blinzelte. Seit die Königstaler mit diesem Vorschlag zu ihr gekommen waren, hatte sie darüber nachgedacht, aber sie hatte es nie ernsthaft in Erwägung gezogen. Sie schätzte Selas, aber sie liebte ihn nicht, so wenig wie er in sie verliebt war. Doch politische Hochzeiten beruhten auf der Vereinigung von Macht. Die Dummheit menschlicher Herzen blieb davon gänzlich unberührt.

»Warum solltest du das tun?«, fragte sie. »Du könntest irgendwann eine andere Frau finden, eine jüngere. Eine, die zu dir passt.«

»Es gibt keine Frau, die zu mir passt«, antwortete er schlicht. »Du bist diejenige, die auf zukünftiges Glück verzichten müsste.«

Sie hatte die vierzig überschritten und glaubte längst nicht mehr an das Glück. Die Nächte mit Laikan waren in ihrer Erinnerung noch sehr frisch, es schmerzte immer noch ein wenig. Aber sie hatte nie vorgehabt, Guna an Nehess zu vergeben. Ihr Glück war Guna.

»Wir können ihnen geben, was sie wollen – Hoffnung.«

Er nickte. Er war ernst, jetzt lachte er nicht mehr. »Willst du?«, fragte er. »Dann lass es uns tun, lass uns die Worte sagen.«

Deshalb hatten die Königstaler sie in den Wald geschickt. Hier, in einem Saal aus Gold und Rot und Grün, darüber das wolkenschwere Grau des Himmels, war der richtige Ort für die Zeremonie. Unter dem Auge der Götter schlossen sie einen Pakt. Lani zweifelte nicht daran, dass im grauen Haus alles bereitstand, wenn sie zurückkehrten – für den König und seine Königin.

Es gab keine Worte, die vorgegeben waren. Jedes Paar musste seine eigenen finden.

»Hier vor dem Antlitz der Götter traue ich mich dir an«, sagte Selas. »Ich werde dich achten und ehren und versuchen, dir keinen Kummer zu bereiten.«

Sie hatte keine Worte, obwohl sie immer kunstvoll mit Sprache umgegangen war. Es hätte Winya sein sollen, aber er war es nicht. Sie hatte gehofft, die Lust, die sie von Laikan empfing, wäre genug. Stattdessen würde sie nun gezwungen sein, mit Selas auszukommen. Es war … weitaus mehr, als sie noch für ihr Leben erhofft hatte, nachdem alle ihre Träume zersplittert waren. Eine Allianz mit einem Mann, auf den Verlass war.

»Hier vor dem Antlitz der Götter lege ich meinen Schwur ab«, sagte sie, »dass ich dir zur Seite stehen werde mein Leben lang, um mit dir zusammen Guna zu dienen.«

»Der Kaiser fragt, ob Ihr bereits auf die Suche nach einem Lehrer für den jungen Prinzen gegangen seid.«

Matino hob träge die Augen. Er war bis zum Kinn im warmen Wasser versunken. Duftende Badezusätze schäumten auf der Oberfläche. Das Becken war im Palastgarten zwischen Palmen und blühenden Sträuchern eingelassen. Hübsche Sklavinnen hatten ihn den ganzen Tag über bedient, und er fühlte sich angenehm entspannt. An seine Pflichten erinnert zu werden behagte ihm keineswegs. Doch da er nicht wusste, ob dieser alte, fette Kerl, der ihn gerade störte, zu Joakus Wüstendämonen gehörte, versagte er es sich, etwas nach ihm zu werfen. Die Ungewissheit zwang Matino dazu, alle Magier im Palast mit ausgesuchter Höflichkeit zu behandeln. Er hasste sich selbst dafür, dass die Angst ihn zur Unterwürfigkeit zwang. Das musste enden, er hatte bloß noch nicht entschieden, wie. Gegen den Herrn der Wüstendämonen und ganz Jerichar kam er nicht an. Nicht allein.

»Danke, Meister Ulin. Richtet dem Edlen Kaiser aus, dass ich bereits Reisevorkehrungen treffe.«

In diesem Moment sah er die schwarze Wolkenfront. Er verengte die Augen, denn die Wolken kamen aus dem Westen, mit der untergehenden Sonne. Keinen Augenblick lang dachte er an Vögel oder Heuschrecken.

»Verflucht.«

Der Magier starrte nach oben. »Was ist das?«

All seine Kunst hatte ihn nicht darauf vorbereitet, hatte ihn nicht gewarnt. Matino hätte den Mann am liebsten erwürgt, denn ein rechtzeitiger Alarm hätte ihn dazu befähigt, seinen Gebirgsgeier zu besteigen und den Feinden entgegenzufliegen. Die Feuerreiter kamen nicht, um sich zu ergeben. Er wusste es einfach, denn nicht Freude erfüllte sein Herz, sondern bittere Furcht.

Sein Eisenvogel ruhte auf dem Dach, doch er hätte genauso gut jenseits des Meeres stehen können. Matino würde ihn nie rechtzeitig erreichen. Er überlegte, ob er aus dem Becken klettern und fliehen sollte, doch auch dafür fehlte die Zeit. Sie waren bereits da, über dem Palast.

Geschrei brandete auf. Er hörte es wie aus weiter Ferne, denn er tauchte instinktiv unter. Erschütterungen gingen durch das Wasser. Steine sanken um ihn herum auf den Grund, sammelten sich auf den blauen und grünen Fliesen. Vor ihm glühte sein Bein in Rot auf, als würde es anfangen zu brennen. Die Eisenmeister hatten ihm geraten, mit Wasser vorsichtig zu sein, aber er hatte nicht vorgehabt, in tiefen Seen damit zu schwimmen. Genauso wenig hatte er vorgehabt, auf den Genuss eines angenehmen Bades zu verzichten.

Nach Luft schnappend, durchbrach sein Kopf die Oberfläche. Er hustete und würgte. Die Luft schmeckte nach Rauch. Vom Palast her stiegen schwarze Rauchsäulen in die Höhe, und überall wimmelte es von Eisenvögeln. Der Magier, der eben noch mit ihm geredet hatte, lag bäuchlings auf den Gehwegplatten, das Gesicht in einem Blumenbeet, in seinem Rücken ein armlanger Metallsplitter.

Matino hatte keine Zeit, sich darüber zu freuen. Er duckte sich. Der Rauch verdunkelte alles. Die Flammen, die aus den Fenstern schlugen, warfen flackernde Lichter über den Garten.

Eisenvögel duldeten keine Schwäche. Es war Nacht, und sobald die Sterne herauskamen und der Mondgürtel sich über den Horizont wölbte, kämpfte Matino gegen den gestohlenen Wüstenfalken, der in die Höhe strebte. Er war müde und sein Geist kraftlos. Doch wenn er jetzt aufgab, war er tot.

Der Hass rettete ihn. Der verzweifelte Wunsch, sich zu rächen, war alles, was ihm geblieben war. Der Hass nährte seinen Willen. Matino zwang den Vogel hinunter, bis die Steppe im Licht der Monde zu einer fahlen, unwirklichen Landschaft wurde, einer Welt wie aus leeren Träumen. Gerade noch schaffte er es, die Füße aus den Klammern zu lösen, da stieg die eiserne Kreatur schon wieder in die Luft.

Es war kalt. In der Ferne erklangen Geräusche, die ihn beunruhigten, Gebrüll wie von großen Tieren. Dann wieder war ihm, als wäre es nur der Wind, der fauchend durch die Dornensträucher strich. Matino trug nichts als den Ledermantel, den er in den Satteltaschen des Falken gefunden hatte. Aus seinem Eisenbein tropfte duftendes Öl. Es war so schwer, dass er es nicht bewegen konnte. Auch dafür benötigte er einen starken Willen. Es war nichts mehr übrig.

Zitternd, zusammengekrümmt, elend wartete er auf den Morgen.

Den Meister zu rufen war einfach für einen halbwegs magisch ausgebildeten Mann. Matino hatte kein Wasser, und sein Mund war so ausgedörrt, dass er nicht einmal in die Schale seiner gewölbten Hände spucken konnte. Die Sonne war kaum aufgegangen und schien bereits das trockene Gras in Brand zu setzen. Der Himmel flammte in tausend Farben, in Gold und Rosa und einem tiefen Orange. Daja war nicht mehr zu sehen, obwohl er nur ein kurzes Stück geflogen war. Wüstenfalken waren schnell. Matino konnte es immer noch kaum fassen, dass es ihm gelungen war, sicher zu landen. Er schloss die brennenden Augen und wappnete sich gegen den Schmerz, als er die Krallen ausfuhr und sich damit einen tiefen Kratzer an seinem gesunden Bein zufügte. Er hatte schon einmal Blut benutzt, um eine Nachricht zu übermitteln, er konnte es wieder tun.

»Joaku«, murmelte er vor sich hin. »Meister Joaku, hört mich an.«

Die dunklen Umrisse des Magiers erschienen in der spiegelnden Fläche. »Was belästigst du mich? Ich habe dir nicht gestattet, dich bei mir zu melden.«

»Die Feuerreiter haben Daja eingenommen.«

»Und wieder hast du meine Pläne durchkreuzt, Krüppel. Du warst der Regent, du hättest deine Stadt beschützen müssen. Geh mir aus den Augen, ich habe nichts mit dir zu schaffen.«

Das Bild verschwamm. Matinos Hände waren voller Blut, und sein verletztes Bein blutete immer noch. Die Sonne brannte. Er hatte kein Wasser, keinen Eisenvogel, er hatte gar nichts.

Nur den Zorn über diese Ungerechtigkeit, die ihn nicht aufgeben ließ. Das Blut sickerte zwischen seinen Fingern hindurch. Kurz entschlossen wagte er einen letzten Ruf. Er wandte sich an den einzigen Mann, der ihm noch helfen konnte, den einzigen, der ihn zu retten vermochte.

Dann hieß es nur noch warten.

»Ihr müsst mit dem Kaiser sprechen, Meister«, sagte eine Männerstimme.

»Noch nicht«, entgegnete ein anderer.

Matino lächelte matt. Die kühlen Laken, die seinen geschundenen Körper bedeckten, streichelten sanft seine von der Sonne verbrannte Haut. Er kannte diese Stimme. »Eisenmeister«, flüsterte er mit rauer Kehle. Irgendwie gelang es ihm, die Augen zu öffnen.

»Ihr habt großes Glück gehabt«, sagte Meister Spiro. »Wir haben einen Wüstenfalken, der noch nicht ganz fertig war, belebt und den einzigen Feuerreiter beauftragt, dessen wir habhaft werden konnten.«

»Nicht die Prinzessin Jechna«, ächzte Matino.

»Oh doch, die Prinzessin. Ihr habt Glück, dass die Königstochter eine solch hervorragende Feuerreiterin ist. Sie hat Euch gefunden, halb tot, wie Ihr Euch denken könnt. Sie hat ihre bescheidenen Heilkünste an Euch angewandt und Euch in einer Trage nach Gojad gebracht. Heute ist der fünfte Tag.«

Matino versuchte zu begreifen, was das bedeutete. Wie viele Tage hatte er in einem todesähnlichen Schlaf zugebracht? »Daja?«, fragte er.

»Ist fest in der Hand der Feuerreiter. Kaiser Liro hat ihnen offiziell die Stadt zugesprochen. Nicht einmal er will sich mit ihnen anlegen, zumal er froh ist, dass sie heim nach Kanchar gekommen sind. Es heißt, die Kaiserin sei wenig erfreut, doch in diesem Fall musste die Vernunft siegen. Alle anderen Könige halten sich bedeckt. Angeblich haben die Feuerreiter zahlreiche Zeugen, die bestätigen können, dass Ihr ihnen Daja angeboten habt.«

Matino dachte eine Weile darüber nach. Über seine Feinde. Über die Rache, die er ihnen geschworen hatte. Über Meister Joaku, der ihm jede Hilfe verweigert hatte und dennoch sein Leben in der Hand hielt. Und über den Preis, den er ihm immer noch schuldete.

»Wir haben vom Kaiser den Auftrag, neue Eisenvögel zu bauen, und natürlich arbeiten wir an nichts anderem.« Ein kleines Lächeln huschte über das sonst so strenge Gesicht des Meisters.

»Hat mein Vater den Drachen gesehen?«, fragte er.

»Natürlich nicht. Niemand hat ihn gesehen.«

»Auch die Prinzessin nicht?«

»Niemand«, wiederholte Spiro.

Matino dachte darüber nach. Das war gut. »Ich brauche mehr Sklaven. Ich brauche Arbeiter.«

»Die bekommt Ihr. Doch wäre es nicht sinnvoller, einen Schwarm Geier zu bauen, wenn Ihr Daja zurückholen wollt?«

Natürlich ging es um Daja, um die Feuerreiter, um seine Rache. Aber er hatte keinen Krieg zweier Schwärme im Sinn. »Der Drache«, wiederholte er.

»Die Seelen von Sklaven werden nicht genügen«, gab der Meister zu bedenken.

»Ich weiß«, sagte Matino. »Ich werde andere Seelen sammeln. Zornige Seelen. Sie werden sich verraten fühlen und vor Hass und Wut nicht aus noch ein wissen.«

Der Eisenmeister wiegte den Kopf. »Woher wollt Ihr sie nehmen?«

»Ich habe einen Auftrag vom Kaiser«, sagte er. »Einen Auftrag, der mich nach Le-Wajun führt. Dort werde ich die Seelen finden, die ich benötige. Wajuner sind so dumm – es wird nicht schwer sein, sie dazu zu bringen, sich malen zu lassen.«

12. Krähenträume

Karim schrak aus dem Schlaf hoch, als ihn ein Tritt in die Seite traf.

»Ich habe eigentlich mehr erwartet«, sagte Amanu. »Warst du nicht angeblich der Beste von uns? Und nun schau her, kein Fortschritt. Der Helm sitzt wie angegossen, die Ketten sind in tadellosem Zustand. Was hast du die ganze Nacht über getan?«

Karim erinnerte sich lebhaft an den Traum von der alten Frau und ihren Katzen. Erstaunlicherweise fühlte er sich gestärkt und voller Hoffnung, und deshalb fiel es ihm leicht, ein spöttisches Lächeln auf seine Lippen zu zaubern. »Ich habe deinen Tod vorbereitet, Bruder. Weil ich nicht mehr lange hierbleiben werde.«

»Wie wahr«, meinte Amanu ungerührt. »Denn der Meister ist bereits unterwegs. Und damit du bis dahin bei Kräften bleibst, habe ich dir ein schönes Frühstück mitgebracht. Ein wenig Wasser zum Trinken und Wasser. Damit solltest du sparsam umgehen. Und einen Eimer mit einem Deckel. Benimm dich manierlich, werter Prinz.«

Amanu war nicht allein gekommen. Die anderen waren an der Schwelle stehen geblieben; er hörte das unbehagliche Scharren ihrer Schuhe, das leise Rascheln ihrer Kleidung. Sie fürchteten ihn, obwohl er blind war und angekettet. Und darin taten sie recht. Es erfüllte ihn mit Genugtuung.

Während Amanu sprach, erforschte Karim mit seinem Willen den Raum nach einer möglichen Waffe. Da, der Krug mit dem Wasser, er spürte ihn ganz deutlich. Einen Stein nur durch die Kraft des Willens zu schleudern war eine einfache Übung für einen Magier. Mit einem Aufbäumen seines Geistes bekam er den Krug zu fassen und schleuderte ihn in Richtung Tür. Noch während der

Krug flog, zerbrach Karim die Glasur und zerteilte den harten Ton, und dann blieben von dem Krug nur noch Splitter.

Jemand schrie. Zwei Stimmen, die in hohen Tönen kreischten, während die messerscharfen Stücke sich in ihre Gesichter bohrten.

»Verdammt! Mein Auge!«

Er vernahm ein dumpfes Geräusch; ein Körper war zu Boden gefallen.

Karim hatte ein ziemlich genaues Bild davon, was geschehen war. Offenbar hatte er den ungeschützten Hals eines seiner Wüstenbrüder getroffen. Die Schwester hingegen hatte eine mit glänzender Glasur überzogene Scherbe ins Auge bekommen, die wie eine Pfeilspitze geformt war.

Amanu schrie vor Wut. »Raus hier, sofort! Alle raus!«

Karim konnte spüren, wie der andere vor ihm zurückwich. Er griff mit seinem Willen nach den Scherben, die auf dem Boden lagen, doch da schlug schon die Tür zu, und die Splitter, die er losschickte, prasselten wie Hagelkörner gegen das verwitterte Holz.

»Willst du, dass wir dich betäuben?«, schrie Amanu durch die Tür.

»Versucht es!«, rief Karim und lachte. Dieses Lachen hatte er sich verdient. Ein toter Assassine und eine Schwerverletzte – keine schlechte Bilanz noch vor dem Frühstück. Kurz packte ihn das schlechte Gewissen. Unya, die alte Großkönigin, hatte ihm gesagt, dass er Zeit brauchte, damit sie ihn unterrichten konnte, und gerade eben hatte er seine Zeit drastisch verkürzt. Kein Wüstendämon ließ über sich lachen. Falls sein Traum doch kein Traum gewesen war, hatte er unklug gehandelt, denn nun würden seine Wärter ihn mit größtmöglicher Vorsicht behandeln, ihn betäuben oder Schlimmeres.

Aber er hatte einen Ruf zu wahren.

Mit klopfendem Herzen wartete Karim, bis er sicher sein konnte, dass sich seine Wüstengeschwister zurückgezogen hatten. Dann tastete er nach den Dingen, die Amanu ihm gebracht hatte. Da, der Eimer. Keine unliebsamen Überraschungen was das betraf. Kein Wasser, um sich zu waschen, aber das war zu erwarten gewesen. Mit dem Krug, den er zerschmettert hatte, hatte er sein einziges Wasser geopfert, doch das war es wert gewesen. Und er hätte ohnehin nicht aus dem Krug getrunken. Denn er hatte den leicht fauligen Geruch sofort wahrgenommen: nur ein paar Tropfen Faulbeerensaft genügten, um einem Menschen heftige Bauchkrämpfe zu bescheren. Die Wüstendämonen pflegten ihre Gefangenen nicht zu verwöhnen. Und was gab es zu essen? Auch das würde ihm nicht gefallen, er ahnte es jetzt schon.

Die Ketten spannten, als er sich vorbeugte, um den Gegenstand, den er vor sich erahnte, zu berühren. Erschrocken zuckte er zurück, als er in etwas Weiches fasste. Oh ihr Götter, das musste ein schlechter Scherz sein! Federn, ein langer Schnabel, kleine Füße mit spitzen Krallen. Ein Rabe, eine Krähe, eine Elster? Der Vogel war noch warm, in der Brust steckte ein abgebrochener Pfeil.

»Amanu, du verfluchter Hund«, flüsterte Karim. »Das soll ich essen?«

Er war der bessere Magier gewesen, doch Amanu hatte Joakus Grausamkeit in sich aufgesogen wie ein Schwamm. Zudem diente diese Art, ihm seine Mahlzeit in rohem Zustand zu servieren, der Beschäftigung. Solange er sich damit befassen musste, das Vieh zu rupfen und auszunehmen und es mit Hilfe des göttlichen Funkens zu garen, konnte er sich weder seinen Ketten noch dem Helm widmen.

Schlaff hing der tote Vogel in Karims Händen. Die Vorstellung, auch nur einen Bissen davon zu nehmen, widerte ihn an. Er sollte also selbst dafür sorgen, dass er bei Kräften blieb? Das konnten sie vergessen.

Karim legte den Vogel zurück auf den Boden und lenkte seine Aufmerksamkeit auf den Helm. Die Ketten mochten wichtiger sein, doch das Gewicht an seiner Stirn bereitete ihm ständiges Unbehagen. Er konnte die Dinge in seiner Umgebung beherrschen, auch ohne sie zu sehen, aber er ertrug es einfach nicht, blind zu sein.

Das Eisen widerstand dem ersten Versuch, es aufzubiegen. Das würde noch schwieriger werden als der Kampf gegen die Ketten.

Der Angriff mit dem Krug hatte Karim bereits zu sehr ausgelaugt – ihn mitten im Flug zu zerbrechen hatte ihn viel Kraft gekostet. Aber wenigstens hatte er seine Feinde damit überraschen können. *Jetzt konzentrier dich auf den Helm!* Schweiß bildete sich auf seiner Stirn, während er versuchte, das Metall zu verändern, eine Nahtstelle zu finden, an der er ansetzen konnte.

»Dafür ist keine Zeit«, sagte Unya.

Karim stieß einen erschrockenen Schrei aus. Niemand sollte sich so an einen Wüstendämon heranschleichen können. »Du bist also wieder da? Träume ich schon wieder?«

»Dies ist kein Traum.«

»Natürlich nicht.« Das hätte jede Traumfigur von sich behauptet.

»Sag mir, was du draußen siehst.«

»Ich kann nichts sehen, verdammt!«

»Du bist ein Magier. Sag mir, was du siehst.«

Heiße Wut mischte sich in seine Verzweiflung. »Was wisst Ihr denn über Magier, Großkönigin! Ihr seid eine Lichtgeborene, ein Kind der Götter – Euresgleichen verachtet alles Magische!«

Sie lachte leise. »Mein dummer Junge! Was ist der göttliche Funken in dir anderes als das Erbe der Götter? Was ist dein Wille anderes als die Macht der Götter, die Welt nach ihren Wünschen zu formen? Lichtgeboren zu sein oder ein Magier – das ist dasselbe.«

»Nein«, protestierte er, »nein, das ist nicht wahr!«

»Glaub einer alten Frau, die schon viel länger lebt als du. Ich sollte längst tot sein – ist es nicht das, was du über mich zu wissen glaubst? Dass ich ein Traum sei oder eine Ausgeburt deiner Fantasie? Denk über mich, was du willst, doch du bist hier, in meinem Rosenzimmer hinter der blauen Tür, und ich habe eine neue Kanne Tee auf meinem Tisch stehen. Meine liebe Schwiegerenkeltochter Lugbiya hat mir diesen Tee gekocht aus den Kräutern aus meinem Garten.«

»Lugbiya war die Gemahlin von Prinz Nerun. Sie ist tot.«

»Das ist sie, doch es spielt keine Rolle. Nicht in Kato. Hier geben sich Lebende und Tote die Hand. Mach die Augen auf, sieh, worauf es ankommt!«

»Ich kann nicht!«, rief er.

»Natürlich kannst du. Ich bin blind und sehe mehr als du. Wenn du es nicht versuchst, hast du schon verloren.«

Sie hatte ihn bei seiner Ehre gepackt. Also versuchte er es, obwohl nichts von dem, was sie sagte, für ihn einen Sinn ergab. Er öffnete sich, so gut er es vermochte. Zunächst nahm er die Welt mit seinen eingeschränkten Sinnen wahr – nicht das Tischchen und die Porzellantasse, doch er konnte den Duft der süßen, minzigen Kräuter riechen. Und er hörte die Katzen toben. Mit leisem Fauchen jagten sie einander durchs Zimmer.

Hören, riechen, fühlen, das waren seine natürlichen Sinne. Nun griff er nach der Magie und ließ sich auf das Gefühl ein, das seine Augen ersetzte, das ihn die Gegenstände ringsum erkennen ließ.

Er sah die Krähe tot zu seinen Füßen liegen. Schwarz, das Auge gebrochen, die Brust getränkt von Blut.

Der magische Sinn weitete sich, mit ihm erspürte Karim, dass es noch mehr gab. Und ihm wurde bewusst, dass er sich nicht in einem Traum befand, dass er keineswegs zugleich wachte und träumte, dazu war das, was er wahrnahm, viel zu wirklich.

Es waren zwei Räume, die sich an ein und demselben Ort befanden. In dem einen stand ein Bett aus geschmiedetem Eisen, ein Schaukelstuhl knarrte, von dem Blumenstrauß in der Vase fielen die Blütenblätter. Die Katzen konnte er nur hören, ebenso das leise Summen der alten Königin. Sie sang ein Lied, das er nicht kannte und das ihm doch seltsam vertraut war. Als hätte er geahnt, dass er es einmal hören würde.

In dem anderen Zimmer gab es nichts außer ihm selbst, seinen Ketten, einem Eimer, in Blut getauchte Tonscherben und einer toten Krähe. Der Wind pfiff durch die Fensteröffnungen. Mit wackeligen Knien stand er auf und trat an das Fenster, das ihm am nächsten war.

Er schloss die Augen, streckte seine Sinne aus und sah. Vom Turm aus blickte er auf die Wipfel der Bäume, die wie ein grünes

Meer vor ihm wogten, und dahinter lag das Meer. Er wusste nicht, wie das sein konnte, aber er konnte das Meer sehen, die Wellen, die sich am Ufer brachen, die gerade Linie des Horizonts unter einem blaugrauen Himmel. Er sah, wie Nadeln aus dem Wasser ragten und den Horizont zerstachen, Nadeln, die sich entfalteten und sich beim Größerwerden in weiße Segel verwandelten. Es sah aus, als wären unzählige weiße Schmetterlinge auf dem Wasser gelandet. Es wurden mehr und immer mehr. Sie tauchten am Horizont auf, als würden sie langsam über eine Kante kriechen, und dann ergossen sie sich auf das Meer, eine endlose weiße Flut. Er sah zu und fühlte, wie ihm kalt wurde und ein Schauder seinen Rücken hinunterlief. Seine Hände krallten sich um die Brüstung. Der Wind, der die Schiffe auf ihn zutrieb, stach ihm wie spitze Nadeln ins Gesicht und ließ seine Augen tränen. Er riss sich von dem Anblick los und kehrte zu seiner Matte zurück.

»Was war das? Was sind das für Schiffe?«

Er erwartete nicht, dass Unya ihm antwortete. Eine Flotte aus dem Westen konnte nur eins bedeuten: Nehess sandte seine Soldaten in den Krieg gegen Le-Wajun.

»Oh ihr Götter!«, murmelte er. Er musste die Feuerreiter ausschicken, um die drohende Invasion aufzuhalten, doch wie sollte er sie erreichen?

Wie ein wildes Tier zerrte er an seinen Ketten, an seinem Helm. Dann hob er den Kopf – und vor ihm stand eine Frau. Er nahm sie so deutlich wahr, als könnte er sie tatsächlich sehen.

Sie schaute ihm direkt ins Gesicht. Er konnte das dunkle Blau ihrer Augen erkennen, ihr feines Lächeln. Ihr Haar war weiß, und sie schien ihm uralt, so alt wie die Erde selbst und wie der blaue Himmel und wie das Meer, dessen Wellen sich am Ufer brachen.

»Unya?«, fragte er verwirrt.

Nun war er ganz verrückt geworden. Dass er das Meer und die Schiffe sehen konnte war völlig unmöglich – selbst ohne Helm hätte der Blick von diesem Turm aus nie so weit gereicht. Doch dass er die ehemalige Großkönigin leibhaftig vor sich sah erschien ihm noch viel unmöglicher.

»Ich sehe dich«, sagte sie ehrfürchtig. »Ich sehe dich, mein Junge. Der erste Schritt ist getan.«

»Der erste Schritt?«

»Sagte ich dir nicht, dass du herkommen musst, hierher nach Kato? Du musst deine Ketten abwerfen und den Brunnen suchen, mein Junge. Denn das ist es, was du dir wirklich wünschst.«

»Ihr kennt mich nicht«, flüsterte er. »Wie könnt Ihr wissen, was ich mir wünsche?«

»Ich weiß alles über dich.«

Furcht keimte in seinem Herzen auf. Wenn sie ihn kannte, dann wusste sie auch, wer er war und was er getan hatte. Wenn das stimmte, dann schaute sie ihn an und sah die Metflasche in seinen Händen, den schönen, goldenen Met, in dem das tödliche Gift für den Großkönig lauerte. Sie sah Ruma in seinem Herzen und seine Mutter und Selas. Anyana. Sie sah seinen Hass und seine Verzweiflung und seine Liebe und die Schuld, die er auf sich geladen hatte. Worauf hoffte er? Dass sie ihn freisprach? Dass sie zu ihm, dem Gefangenen, sagte: ›Geh?‹ Aber sie lächelte nur, ganz leicht und vielleicht ein kleines bisschen spöttisch, und er dachte: *Worüber beschwere ich mich? Dies ist der Turm, in den ich gehöre als Strafe für meine Verbrechen.*

Aber dann dachte er an die Schiffe, die über das Meer kamen, um Anta'jarim zu erobern, und er rief: »Nicht jetzt! Lass mich später büßen, aber nicht jetzt! Ich kann nicht hierbleiben!«

Sie trat einen Schritt zurück, und dann war wieder alles dunkel, der Eisenhelm machte ihn blind. Seine dunklen Gefühle verdrängten die magische Sicht, und es war viel zu schwer, sich erneut darauf zu konzentrieren. Alles war schwärzeste Finsternis, in seinem Herzen dunkelste Verzweiflung, und er war verloren, denn Joaku war unterwegs.

Seine Fingernägel bohrten sich in den rauen Steinboden, eine Feder streichelte seine wunde Haut, und ein Gedanke traf ihn, dunkler als alles.

Die Krähe war noch nicht lange tot. Und er besaß immer noch das Bild. Er konnte es fühlen, die Rolle knisterte in seinem Wams.

Man hatte ihn auf Waffen durchsucht, aber die Wüstendämonen hatten ihm die Urkunde seiner Verlobung mit Dilaya gelassen, hatten dem Dokument keinerlei Bedeutung beigemessen. Denn natürlich würde es nie zu dieser Hochzeit kommen. Gleichzeitig war es das Schriftstück, auf dessen Rückseite er Winyas Gesicht gezeichnet hatte.

»Tu das nicht«, sagte Unya, oder vielleicht waren es nur seine eigenen Gedanken, die Stimme seines Gewissens. Er konnte nicht mehr sehen, ob sie noch vor ihm stand oder längst gegangen war. »Das solltest du nicht tun, Karim. Du bist nicht wie sie. Du bist nicht wie Laon und wie Joaku und wie die Eisenmeister. Du bist mehr als die dunkle Magie Kanchars.«

Aber das stimmte nicht. Er war wie Joaku. Karim hatte die Hälfte seiner Kindheit in Jerichar verbracht, und die Wüste wohnte in ihm. Er war auf Eisenvögeln geflogen und auf Eisenpferden geritten, und er hatte mit Brandsteinen gespielt, ohne sich daran zu verbrennen. Er hatte die Sonne auf ihrem Thron ermordet. Was konnte es da noch ausmachen, eine tote Krähe zu nehmen und den Pfeil aus ihrer Brust zu reißen und sie wie ein Geschenk in den Händen zu halten? Wie konnte das noch schlimmer sein?

»Nein«, flehte Unya, »nicht. Das ist ein Fehler.«

»Ich habe keine Zeit«, sagte er. »Wenn Joaku kommt, wird er mir die Seele aus dem Leib schneiden und sie in eine eiserne Kammer sperren. Er wird mich in einen Eisenvogel pflanzen und mich weggeben, damit ich Kanchar diene.«

Die Katzen zerrten an seinen Schnürbändern. Der tote Vogel war warm. Wie lange kniete er schon hier auf dem Boden? Amanu hatte gerade erst den Raum verlassen, nichts war geschehen, er hatte mit niemandem geredet, und dass er die Schiffe aus Nehess gesehen hatte musste ein böser Traum gewesen sein.

»Ich helfe dir. Hab noch ein wenig Geduld. Du kannst sehen ...«

»Ich bin blind!«, schrie er. »Ich sehe gar nichts!«

Vorsichtig legte er den toten Vogel auf den Boden und holte die knisternde Rolle hervor. Die Zeichnung war klein, sie bedeckte nicht das ganze Blatt. Er musste sie erfühlen, die winzigen Vertiefungen und Kratzer in dem Pergament, und die entsprechende Ecke abreißen und in die offene Brust der Krähe betten.

»Lass ihn frei«, bat Unya. »Lass ihn gehen, er war lange genug dein Gefangener.«

»Ich habe ihm Flügel gegeben«, murmelte Karim. Er sprach gegen die Stimmen der Dunkelheit an, gegen das warnende Wispern der Götter. Niemand war jemals dankbar. »Ich! Er wollte fliegen, und ich gab ihm Flügel!«

Ihm fehlten Nadel und Faden, um die klaffende Wunde zu schließen. »Seid still, Königin! Ich muss nachdenken.«

Eine Nadel. Er hatte keine Nadel, und hätte er eine gehabt, hätte er sie blind benutzen müssen. Fäden konnte er aus seiner Kleidung ziehen, doch was konnte er als Nadel zweckentfremden?

Unya seufzte leise. »Du törichter Junge.«

»Ihr kennt ihn nicht. Er will fliegen. Er muss fliegen.« Und da begriff er es: Er brauchte keine Nadel. War er nicht ein Magier? Er konnte mit seinem Willen einen Eisenvogel fliegen. Er war auch dazu fähig, den blutigen Leib eines echten Vogels zu beherrschen, die Wunde zu schließen, Fleisch und Muskeln zusammenzufügen. Er mochte blind sein, aber während er arbeitete, konnte er die magische Sicht wieder entfachen und sehen, was er tat, klarer als je zuvor. Es war nur ein kleines Loch in ihrer Brust, dennoch dauerte es lange, bis es geflickt war. Die Krähe zuckte mit den Füßen, mit den Flügeln, mühte sich, auf die Beine zu kommen. Dann schüttelte sie ihre Schwingen aus und begann sich zu putzen.

»Haltet Eure Katzen fern«, sagte er zu Unya.

Die Krähe flatterte hoch, taumelte gegen die Wand, gewann an Höhe, erreichte das Sims und flog davon, ohne sich umzusehen.

Den ganzen Tag lang bekam Karim weder zu essen noch eine Decke, um sich hinzulegen, und niemand erschien, um den Eimer zu leeren. Am Abend trieb ihn die Müdigkeit dazu, sich auf die kalten Steine zu legen, aber er konnte nicht schlafen. Die Kälte fraß sich durch seine Haut bis in die Knochen. Er stand wieder auf und beschloss, seine Zeit sinnvoll zu nutzen. Es musste ihm noch schneller und zuverlässiger gelingen, auf die Weise zu sehen, wie Unya es ihm gesagt hatte – mit der Kraft seines Willens nicht nur Gegenstände zu ertasten oder zu bewegen, sondern sie zu erkennen. Nach einer Weile weitete sich das Dunkel vor seinen Augen. Er stand im Turmzimmer. Kalter Wind wehte herein. Der Himmel war bewölkt, kein Mondgürtel und keine Sterne durchdrangen die dichten Regenwolken.

»Kannst du nicht schlafen?«, fragte Unya. Ihr weißes Haar fiel ihr lang über die Schultern. Sie war barfuß, trug ein helles Nachthemd und darüber einen Mantel. In beiden Händen hielt sie ein Tablett.

»Nein«, sagte er. »Die Krähe ist nicht zurückgekehrt. Was habe ich mir erhofft? Dass sie mir den Schlüssel für die Ketten bringt? Es gibt keinen. Es gibt kein Entkommen aus diesem Turm.«

»Hier«, sagte sie zu ihm. »Ich habe dir ein Kissen und eine Decke bereitgelegt. Und Tee. Es ist kalt hier.« Sie stellte das Tablett ab und reichte ihm eine geblümte Porzellantasse, in der eine aromatische heiße Flüssigkeit dampfte. »Leider kann ich dir nichts zu essen bringen. Du bist nah, aber nicht nah genug. Wasser ist stets die Brücke, doch Brot wurzelt in seiner eigenen Welt.«

Während Bettzeug vermutlich mit Träumen verwandt war.

Das ist doch völlig absurd, dachte Karim und nahm das weiße, mit Rosenblüten bestickte Kissen entgegen. Er konnte es sehen: ein Kissen mit einer zarten Borte aus Spitze, das Kissen einer Königin. Es duftete nach Lavendel. Die Decke war so groß und dick gefüttert, dass sie die Kälte des Fußbodens von ihm fernhielt und er sich gleichzeitig würde hineinwickeln können. Auch sie war weiß und mit großen Blüten bestickt. Auf dem Tablett stand zudem eine Kerze, die ihnen beiden Licht schenkte.

Sie tranken gemeinsam den Tee. Es fühlte sich alles so wirklich an, dennoch war Karim davon überzeugt, dass es ein Traum war. Nur in einem Traum brachte eine uralte Großmutter einem Gefangenen Tee und bestickte Kissen. In der Wirklichkeit hätte ein Helfer ihm eine Strickleiter gebracht und echte Nahrung wie

Brot oder Fleisch und Wasser zum Trinken. Aber wenn er schon träumte, warum dann nicht von einem Schlüssel?

Wo war der Dichter, wenn man ihn brauchte?

»Wie lange bin ich schon hier?«, fragte er. »Einen Tag, zwei? Es fühlt sich so an, aber es muss länger sein. Ich fühle die Schwäche in meinem Körper. Sie hungern mich aus. Sie wollen mich am Boden wissen, bevor sie erneut einen Schritt in dieses Zimmer tun.«

»Vier Tage«, sagte Unya. »Es wird Zeit, aufzubrechen. Du musst den Brunnen finden oder du wirst verhungern.«

Sie bemerkte sein kurzes Zögern, bevor er den ersten Schluck nahm. »Keine Sorge«, meinte sie, »ich bin keine Giftmischerin.« Aber ihr Lächeln war leicht spöttisch, als wäre sie es doch. Trotzdem trank er. Denn wenn dies ein Traum war, was konnte es ihm schaden? Und wenn es keiner war, was vermochte er gegen eine Zauberin auszurichten, die in seinem Gefängnis erscheinen konnte?

»Ich schon, ich bin ein Giftmischer«, sagte er in seinem Traum, aber sie lächelte bloß. Er hatte das Bedürfnis, sich zu rechtfertigen. Schließlich hatte er es sich nicht zur Gewohnheit gemacht, Leute zu vergiften. Doch das eine Mal lastete schwer auf seiner Seele. Es nützte nichts, sich einzureden, dass er kein gedungener Meuchelmörder war, weil er selbst kein Geld für seine Taten erhalten hatte. Joaku bezahlte keinen seiner Schüler. »Außerdem«, sagte er zu ihr, »hatte ich gute Gründe dafür.«

»Tatsächlich?«

Bei jedem anderen hätte ihn dieses Lächeln bis zur Weißglut gereizt, aber bei ihr hatte er das dringende Bedürfnis, gut dazustehen.

»Ja«, sagte er, »wisst Ihr das nicht? Wenn Ihr sonst alles zu wissen scheint?«

Etwas kratzte am Fenstersims, Federn streiften Stein. Die Krähe landete vor ihm auf dem Boden, in ihrem Schnabel ein Stück Brot. Es war ein herrlicher Anblick, doch er traute seiner magischen Sicht immer noch nicht ganz. Daher lachte er laut, als er seine Mahlzeit in den Händen spürte. Er lachte noch mehr, als er sie zwischen den Zähnen spürte, echtes, leicht angetrocknetes Brot. Nein, das war bestimmt kein Traum. Sein Magen schrie nach mehr, und die Krähe legte den Kopf schief und beäugte ihn.

»Sieh an«, meinte Unya.

»Er hasst mich nicht«, sagte Karim. Ihm war schwindlig vor Hunger und Schwäche und Erleichterung.

»Anscheinend lieben dich alle.« Die alte Großkönigin nippte an ihrer Tasse. »Sogar ich kümmere mich um dich, und die Götter haben einen Narren an dir gefressen. Wen wundert es, dass mein lieber Enkel dir treu ist, obwohl du ihn aus den Händen der Götter gerissen hast?«

»Ich brauchte einen Vogel, und er benötigte Flügel.«

Die Krähe flatterte hoch, zurück zum Fenster. Sie krächzte einmal, und Karim wünschte sich, er hätte seiner Dankbarkeit irgendwie Ausdruck verleihen können. Er hatte nichts zu geben. Hier als Gefangener konnte er nicht einmal versuchen, Anta'jarim zu retten, wenn das Meer die nehessische Streitmacht ans Ufer spülte. Nun, da das Brot sich als echt erwiesen hatte, war er sich sicher, dass auch die Schiffe, die er gesehen hatte, echt waren.

»Ich kann deine Taten sehen«, sagte Unya und nippte von ihrem Tee. »Aber in dein Herz können nur die Götter blicken.«

»Gehörst du nicht zu ihnen?«

Sie lachte. »Die Götter werden nicht alt und faltig. Ich bin durch die Türen gegangen, nach Kato und wieder zurück, deshalb weiß ich mehr als die meisten Menschen. Dennoch bin ich nichts als eine alte Frau.«

»Es fällt mir schwer, das zu glauben«, meinte er. »Warum nehmt Ihr mich nicht mit in Euer Rosenzimmer, dorthin, wo die Kräuter in Eurem Garten wachsen?«

»Durch die Tür kann ich nur mitnehmen, wen ich im Herzen trage.«

»Ach?« Sie erwartete offensichtlich nicht, dass er das begriff. Leider machte sie nicht einmal den Ansatz eines Versuchs, es ihm zu erklären.

»Die Magier, die noch übrig sind, schleichen um den Turm

herum, als würde eine tödliche Krankheit von ihm ausgehen. Sie warten auf dein Ende.«

»Ich weiß. Was schlagt Ihr vor?«

»Du musst aus eigener Kraft durch die Tür gehen, sobald du so weit bist.« Er sah an ihrem ernsten Gesicht, dass sie keine Scherze machte. Das Lächeln war verschwunden. »Es kommt auf deine Stärke an, nicht auf meine. Vielleicht schließe ich dich ja so sehr ins Herz, dass ich dich von hier mitnehmen kann, aber ich bezweifle es, in Anbetracht der Dinge, die du getan hast. Also geh selbst.«

Dazu konnte Karim nichts sagen. »Ihr wollt mich also mit Tee am Leben halten?«, fragte er schließlich. »Nicht dass er nicht schmecken würde. Es ist ein sehr guter Tee, den ich durchaus zu schätzen weiß. Wann werdet Ihr mir sagen, wer Ihr wirklich seid? Unya von Wajun war Großkönigin vor – zweihundert Jahren etwa?«

»Du kennst die Jahreszahlen auswendig? Die Galerie der Großkönige, in die du so gerne eintreten möchtest! Wenn das wirklich der Wunsch ist, der dich umtreibt, und nicht ein anderer, den du dir nicht eingestehen kannst.«

»Ihr könnt nicht *die* Unya sein«, sagte er. »Sie beendete ihre Herrschaft als Sonne von Wajun vor einhundertsechsundneunzig Jahren, als ihr Mann starb. Erwartet nicht, dass ich *das* glaube.«

»Ich würde nie behaupten, dass ich über zweihundert Jahre alt bin.« Sie lächelte wieder. »Nun, Karim, ich werde dich jetzt allein lassen. Schlaf gut.« Sie nahm ihm die leere Tasse ab und stellte sie auf ihr Tablett. Dann stand sie auf.

»Warte!«, rief er noch einmal. »Was ist mit den Schiffen?«

»Welchen Schiffen?«

»Die Angreifer. Die Schiffe aus Nehess. Ich muss Edrahim warnen! Er muss endlich begreifen, wie dringend es ist.«

Sie blickte ihn beinahe verwundert an. »Es ehrt dich, mein Junge, dass du das nicht vergessen hast. Vielleicht werde ich dich mit der Zeit doch noch mögen.«

Ihre Güte erschütterte ihn, seine Konzentration ließ nach, und nun starrte er wieder in die Dunkelheit unter dem Helm. Vielleicht hatte sie ja auch die Kerze ausgeblasen und war im Schutz der Finsternis durch die Tür verschwunden, lautlos durch jahrelange Übung? Unya. Er schüttelte den Kopf. Entweder sie log, oder ihn hatte ein Gespenst besucht. Aber welches Gespenst verlieh blütenweiße Kissen und Decken, die ganz offensichtlich auf das Bett einer lebendigen Frau gehörten? Bevor er einschlief, fragte er sich noch, womit sie sich jetzt wohl zudeckte, und ob sie sich nicht erkälten würde, so alt und gebrechlich wie sie war.

Gegen Morgen, als die Dämmerung schon feucht und kalt durch die Turmfenster kroch, weckte ihn die Krähe. Diesmal hatte sie ihm ein Stück Schinken gebracht.

»Edrahim warnen«, murmelte Karim verschlafen. »Wir müssen ihn warnen, du und ich.«

Edrahim fuhr hoch und wusste im ersten Moment nicht, wo er war. Dann blickte er in das Gesicht seiner Frau Sira, die ihn an der Schulter gefasst hatte.

»Ich halte das nicht mehr aus«, sagte sie.

»Was ist passiert?« Er befühlte sein Gesicht, das, was die Vögel davon übrig gelassen hatten. Zu seiner Erleichterung war alles noch da. Die Augen. Die Nase. Die Wangen. Der Bart kräuselte sich um sein Kinn. Sein Gesicht war wie ein alter Freund, den er nach langer Zeit wiedergefunden hatte. Er strich sich zärtlich über die Haut, die heil war und nicht blutete.

»Du weckst das ganze Schloss mit deinen Schreien!«, rief Sira. »Unternimm doch endlich mal was dagegen! Frag deine Ärzte. Nimm einen Schlaftrunk. Fahr zur Erholung ans Meer. Aber hör endlich damit auf!«

»Du bist es, die hier schreit«, murmelte er. Der Albtraum steckte ihm noch in den Knochen.

»Sie reden schon über dich«, sagte sie und bemühte sich sichtlich um Fassung. »Sie stellen sich die Frage, ob du das Gesicht hast. Und ich stelle mir diese Frage langsam auch.«

Er und das Gesicht? Das war lächerlich. »Das ist doch Unsinn. Ich träume schlecht. Jeder hat ab und zu dunkle Träume.«

»Aber nicht jede Nacht. Und nicht jeder schreit dabei so laut, dass niemand mehr schlafen kann. Bei den Göttern, Edrahim, das muss ein Ende haben!«

Etwas war am Fenster, klopfte von außen gegen die Scheibe. Er blickte auf, und auf dem Sims hockte das Grauen: ein Vogel, die Flügel weit ausgebreitet, das Auge, oh ihr Götter, ein böses, wildes Auge schaute ihn an! Edrahim schrie, er schrie sich die Seele aus dem Leib.

»Es ist nur eine Krähe. Ich verscheuche sie, wenn sie dir solche Angst einjagt.« Sira stieg aus dem Bett und tappte zum Fenster.

Er wollte sie zurückhalten, er musste eingreifen, bevor etwas Schreckliches passierte, doch da stand Sira schon vor der Scheibe und öffnete das Fenster. Die Krähe blieb auf dem Sims sitzen. Sie stieß ein raues Krächzen aus, legte etwas in Siras Hand und warf sich dann in die Luft.

»Was?«, schrie Edrahim. »Was hat sie dir gegeben?«

»Einen Brief, wie es scheint.«

»Bei den dunklen Schwestern«, wisperte er.

»Beruhige dich, mein Lieber, jemand wird den Vogel gezähmt und abgerichtet haben.« Sie entrollte das Schreiben, ein zerrissenes Stück Pergament. Selbst vom Bett aus ließ ihn die dunkelrote Schrift schaudern.

»Mit Blut? Wer schreibt mir mit Blut?«

Sira ließ das Schreiben sinken. Sie war blass geworden, die aufgesetzte Fröhlichkeit war aus ihrem Gesicht verschwunden. »Hier. Lies selbst.«

Mit zitternden Händen fasste er nach dem Blatt. Er konnte das Blut riechen, mit dem die Buchstaben geschrieben worden waren, aber er konnte die Botschaft nicht glauben.

»Nehess ist unterwegs – mit einer gewaltigen Flotte? Wer behauptet das?«

Der unbekannte Schreiber hatte nicht mit seinem Namen unterzeichnet, doch mit untrüglicher Gewissheit wurde Edrahim klar, wer dahintersteckte. Als hätte er etwas Giftiges berührt, ließ er das Pergament fallen.

»Kammerdiener!«, bellte er. »Meine Kleider!«

Es war noch früh, die Sonne hatte sich gerade erst auf ihren Weg über den Horizont gemacht, und sein Diener brauchte eine Weile, um ins Zimmer zu stolpern. Seine wirren grauen Haare waren ungekämmt, das Hemd nicht ordentlich in der Hose. An jedem anderen Morgen hätte Edrahim ihm dafür eine Ohrfeige verpasst, doch heute hatte er keine Zeit, sich mit seinem Untergebenen zu befassen. Sein Atem ging immer schneller, während er sich ankleiden ließ, dann stürzte er, die Schnürbänder seiner Tunika noch offen, in den Flur hinaus.

»Magier!«, schrie er. »Magier, zu mir!«

Amanu, der Sprecher der wajunischen Magier, die Tenira ihm zur Verfügung gestellt hatte, musste wohl hinter seiner Zimmertür gewartet haben, denn sofort öffnete sich eine der Türen auf dem Gang, und der Mann in dem dunklen Mantel trat heraus. Die Kapuze verbarg sein Gesicht. Edrahim konnte den Kerl nicht ausstehen, weder seinen schleichenden Gang noch seine heisere Stimme.

»Der Gefangene!«, blaffte er ihn an. »Er schreibt Briefe, erklärt mir das! Was sagt Ihr dazu?«

»Ein Brief, Hoheit, an Euch?«, fragte der Magier.

Sie schlichen um ihn herum, diese verfluchten Zauberer, und flüsterten in den Nischen. Edrahim traute ihnen nicht, und doch verdankte er ihnen, dass er immer noch auf dem Thron saß. Die Rebellen attackierten ihn mit ärgerlicher Hartnäckigkeit, und die Magier hatten ihm mehr als einmal das Leben gerettet.

»Ja, verdammt!«, schrie er. »Ist er nicht blind? Ist er nicht gefesselt? Geht und seht nach, was er da oben im Turm treibt!«

Amanu stieß ein Zischen aus. Es war eine Erleichterung zu erfahren, dass er solche menschlichen Empfindungen wie Ärger kannte.

»Nun geht, geht endlich! Und sagt mir, wann der Meister, auf den wir warten, hier eintrifft. Wann ich diesen Kerl endlich loswerde! Sonst werfe ich ihn eigenhändig aus dem Turmfenster!«

»Was hat er geschrieben?«, wollte der Magier wissen, statt sofort die Beine in die Hand zu nehmen und zum Turm zu eilen.

»Dass Nehess an unserer Küste anlandet, um unser Land einzunehmen. Was für ein Unsinn!«

»In der Tat«, sagte der Mann leise, »nichts als eine Lüge, der Ihr hoffentlich keinen Glauben schenken werdet.«

»Natürlich nicht«, sagte Edrahim, obwohl die Sorge, Prinz Karim könnte recht haben, an ihm nagte. Immerhin war sein Gefangener nicht irgendwer. Vor Kurzem erst war er in Daja gewesen, im Zentrum der Kämpfe. Wenn jemand wie dieser Prinz ihn vor Nehess warnte, musste er das nicht ernstnehmen?

»Er will Euch nur dazu verleiten, dass Ihr mit ihm reden wollt. Löst seine Fesseln und lasst ihn herbringen, und er wird Euch ins Gesicht lachen und entkommen, ganz gleich, mit wie vielen Soldaten Ihr Euch umgebt. Und falls Ihr daran denkt, zu ihm nach oben in den Turm zu steigen, muss ich Euch warnen, Hoheit. Ihm reicht ein Strohhalm aus seiner Matratze, um Euch ein Auge auszustechen, ein Feder, die der Wind hereingeweht hat, um Euch ersticken zu lassen.«

Ein Frösteln lief Edrahim über den Rücken. »Und wie haltet Ihr ihn am Leben?«

»Gar nicht«, sagte Amanu. »Nun kommt es darauf an, wie schnell der Meister reist. Ich habe sämtliche Zugänge zum Turm sperren lassen, um jede Hilfe von außen zu unterbinden. Prinz Karim ist zäh, es ist nicht gesagt, dass er stirbt.«

»Kann es ihm gelingen«, Edrahims Stimme bebte, »sich seiner Ketten zu entledigen?«

»Natürlich. Er ist ein Magier.«

»Und wenn … und wenn er herauskommt? Hierher, in mein Schloss? Werdet Ihr mich dann beschützen?«

Der Mann stieß ein Schnauben aus, dass Belustigung bedeuten mochte. »Dann kann Euch niemand beschützen, Hoheit.«

Wie sehr Edrahim seinen Fehler bereute! Er hätte nie auf das Ansinnen der Magier, den Gefangenen am Leben zu lassen, eingehen dürfen. In jener Nacht, als er und diese verdammte Dilaya hier eingedrungen waren, war der Prinz von Daja in ihrer Gewalt gewesen. Edrahim hätte dafür sorgen müssen, dass dieser verfluchte Rebellenfreund sofort starb. Dann hätte er einen Grund zur Sorge weniger. Stattdessen wurden die fürchterlichen Albträume immer schlimmer. Sira war endgültig in ein anderes Schlafzimmer umgezogen. Und alle seine Diener und Wächter und Edelleute schienen ihn mit merkwürdigen Blicken zu verfolgen.

»Dieses Haus verlangt ein Opfer«, murmelte er, während er auf dem Thron saß und zwei Männern zuhörte, die es nach königlicher Gerechtigkeit verlangte. Worum es ging, hatte er bereits vergessen. Seine Gedanken waren woanders, sie wirbelten wie schwarze Federn durch die Luft.

»Bitte, Hoheit?«, fragte einer der Bittsteller.

Er lächelte versonnen. »Das würdest du doch nicht verstehen.«

Wenn diese Mauern so auf Blut und Schmerz aus sind, sollen sie es haben. Nehmt ihn. Bitte, nehmt ihn euch endlich. Edrahim dachte an den Gefangenen. Er stellte sich vor, wie er auf dem kahlen, kalten Boden lag und der Wind durch die Turmfenster fuhr, eine Armee aus Schnäbeln und Krallen. *Holt ihn euch.* Er erfreute sich an der Vorstellung, wie der geschwächte, verletzte, dahinsiechende Prinz hoffnungsvoll wartete, dass jemand kam und ihn rettete.

13. Wege durch Mauern

Karim stand am Fenster und fühlte den Wind im Gesicht. Dort draußen glitten die Schiffe über das Wasser und schmückten das Meer mit ihren Fahnen. Wind blähte die Segel, doch sie schienen sich kaum von der Stelle zu bewegen.

Lehnte Karim sich weiter vor, soweit die Ketten es zuließen, bis er aus einem der anderen Fenster blicken konnte, sah er jemanden auf einem der Dächer sitzen. Goldene Locken blitzten unter einem übergroßen Hut hervor. Der Anblick ließ ihn erschauern.

»Guten Morgen, Karim.«

Er drehte sich zu Unya um und lächelte. »Ihr seid früh wach.«

»In meinem Alter braucht man nicht mehr viel Schlaf.«

Sie hatte wieder ein Tablett dabei, welches sie nun auf den Boden stellte, neben das halbe Brot, das die Krähe ihm an diesem Morgen gebracht hatte. Unya reichte ihm eine Teetasse. Er fühlte ihren Blick auf sich, während er das Brot aß.

»Wie sehe ich aus?«, fragte er. »Wild, hungrig und verzweifelt?«

»Du bist jung und stark. Verzweifelt siehst du nicht aus, aber wild – ja, wild könnte passen.«

Er berührte sein stoppeliges Kinn. »Entschuldigt, dass ich keinen angenehmeren Anblick biete.«

»Heute wirst du dieses Zimmer verlassen«, sagte sie in einem Befehlston, der keinen Widerspruch erlaubte.

»Wenn Ihr meint, Königin.«

»Erzähl mir von deiner Mutter«, sagte Unya.

»Nein, das werde ich nicht.«

»Erzähl mir von ihr, Karim. Ich möchte verstehen, warum du die Dinge getan hast, die dich bis hierher gebracht haben. Hat Laon dich dazu angestiftet? Oder war es der dunkle Meister, der sich sogar aus meinen Träumen stiehlt und immerzu unsichtbar bleibt?«

Er wollte nicht antworten. Mit einer Traumgestalt hätte er reden können, doch er glaubte schon lange nicht mehr, dass er sich seine ungewöhnliche Besucherin ausgedacht hatte. »Zeig mir, wie ich hier fortkomme. Die Zeit drängt!« Die Feuerreiter in Guna. Der Thron in Wajun. Tenira auf dem Rückweg. Joaku, der seine Seele vernichten wollte.

»Tut sie das?«, fragte Unya sanft.

Die Schiffe. Laikan. Dinge verschoben sich. Er dachte an Winya, an die Krähe, an die Schlacht von Daja.

»Wie kann Nehess so schnell hier sein? Ich bin mit einem Eisenvogel geflogen, aber Laikan hat nur ein Pferd. Und selbst wenn er ein Eisenpferd gehabt hätte, könnte er es niemals in nur ein paar Tagen geschafft haben, nach Hause ins Sultanat zurückzukehren und mit einer Flotte aufzubrechen. Ist das, was ich sehe, nur ein Traum, obwohl es mir so wirklich vorkommt? Wird es in der Zukunft passieren? Oder passiert es jetzt?«

Mitleid lag in ihrem Blick. Zu viel Mitleid. Warum konnte sie ihn überhaupt sehen? Hatte sie ihm nicht erzählt, sie sei blind? Was hatte er noch vergessen? Seine Hand fuhr an sein Kinn, an den Bart, der viel zu lang war.

»Wie lange bin ich schon hier? Ich muss gehen, sofort!«

»Du kannst sehen trotz des Helms, und du blickst aus dem Fenster trotz deiner Ketten. Aber um durch die Mauern zu gehen, musst deine Seele leicht sein. Erzähl mir von deinen Eltern.«

Aber er konnte nicht. Der Name seines Vaters wollte ihm nicht über die Lippen kommen, und der Gedanke an seine Mutter, die vor seinen Augen ermordet wurde, war eine einzige Qual.

Unya drängte ihn nicht. Ruhig sammelte sie das Geschirr wieder ein. Bevor sie verschwand – er konnte nie sehen, wie oder wohin –, warf er ihr noch eine Frage nach: »Warum sehe ich Prinz Winya auf dem Dach?«

»Prinz Winya ist tot«, sagte Unya. »Das weißt du von allen am besten, Hüter seiner Seele.«

»Warum sehe ich ihn dann?«

»Du siehst ihn nicht«, verriet sie ihm. »Du blickst nicht auf das Dach, wie es jetzt ist, sondern wie es einmal war. Du schaust durch dieses Fenster in eine Zeit, die vergangen ist.«

»Und die Schiffe, was ist das? Die Zukunft? Oder die Gegenwart? Bitte, sagt mir, kommen sie nun oder nicht?«

In ihren Augen stand Mitleid. »Sie sind schon da.«

Fast den ganzen Tag verbrachte Karim am Fenster und sah hinaus. Er beobachtete, wie die Schiffe in die Bucht einliefen, wie die Nehesser die Beiboote zu Wasser ließen, wie sie an Land ruderten, Ladungen voller breitschultriger Männer mit wettergegerbter Haut. Er hörte, wie sie miteinander redeten in einer Sprache, die er nicht verstand. Sie lachten einander zu. Einer stand groß und ernst am Ufer, während ein Boot nach dem anderen anlegte. Er lächelte nicht. Seine Augen waren groß und dunkel, und sein Gesicht hob sich gegen den grauen Himmel ab wie aus Stein gemeißelt. Prinz Laikan überwachte, wie seine Armee das Ufer betrat, wie sie sich ausbreitete, eine endlose Schar von Feinden mit grimmigen Gesichtern.

Karim blickte über den Strand hinweg, aber nach Edrahim suchte er vergebens. Kein einziger Soldat des Königs stellten sich den Nehessern in den Weg.

»Was siehst du?«, fragte Unya.

Er warf ihr einen raschen Blick zu. »Seht Ihr es nicht? Den Strand? Die Armee aus Nehess? Da, es nähern sich Reiter vom Landesinneren her! Ihr wisst doch sonst immer alles.«

»Es kommen niemals die gleichen Träume zu den Menschen. Das solltest du wissen, Karim. Wir sehen niemals dieselben Dinge.«

»Das ist kein Traum«, widersprach er hitzig. »Ich sehe, wie Prinz Laikan, der einmal mein Freund war, seine Leute befehligt. Wie sie sich formieren gegen die Reiter, die gerade über die Dünen kommen. Es sind keine Soldaten, sie tragen keine Uniformen. Nein, das sind nur einfache Bürger aus Rack-am-Meer, bewaffnet mit Lanzen und Heugabeln, mit Armbrüsten und Harpunen. Da, die

Nehesser treten ihnen entgegen, ein Reiter fällt, reißt einen anderen mit sich! Die Pferde sind verletzt, doch es sind die Menschen, die schreien. Hört Ihr das nicht? Warum muss ich das alles sehen? Ich müsste dort sein. Das ist eine Schlacht, in der ich kämpfen sollte, Unya! Das ist auch mein Krieg. Ich kann nicht hier stehen und Tee trinken und zusehen, wie sie alle sterben!«

»Anta'jarim ist nicht dein Land«, sagte Unya. »Gönnst du deinem Freund nicht eine kleine Eroberung?«

»Verdammt, nein!«, rief Karim. »Das *ist* mein Land!«

»Ach ja?« Sie sah ihn von der Seite her an, mit diesem wissenden Blick, den er nicht ertrug. »Du bist ein Kancharer. Du hast hier nichts verloren.«

»Laon ist nicht mein Vater!«, rief er. »Wie Ihr sehr wohl wisst.«

»Kannst du den Namen nicht aussprechen, Karim?«

Er öffnete den Mund, schloss ihn wieder. Schließlich sagte er es doch, leise, wie man ein Geheimnis preisgibt: »Tizarun.«

»Du musst schon lauter sprechen. Ich bin eine alte Frau, ich höre nicht mehr so gut.«

»Tizarun!«, rief er. »Tizarun war mein Vater, und ich bin sein Erbe!«

Unya schwieg dazu. Sie schaute an seiner Seite aus dem Fenster auf den Wald, der sich hinter der Wiese erstreckte, grün bis zum Horizont.

Seine Stimme war unfähig, das Unaussprechliche in Worte zu fassen.

»Und wenn er es bereut hat?«, fragte sie leise.

»Das könnt Ihr nicht ernst meinen. Seine Seele war schwarz wie Pech.«

»Was man nicht heilen kann, ist oft das, was man am meisten bereut«, sagte Unya. »Hast du jemals darüber nachgedacht, dass es ein Fehler war, was du getan hast?«

»Es war kein Fehler«, meinte Karim trotzig. »Es musste sein. Er musste dafür bezahlen.«

Unya seufzte. »Ohne zu wissen, wofür er starb?« Sie trat vom Fenster zurück. »Ich habe dir deinen Tee gebracht. Geredet haben wir für heute wohl genug. Ich hatte gehofft, du wärst endlich so weit, diesen Turm hinter dir zu lassen. Offenbar habe ich mich getäuscht.«

Sie verschwand, und er starrte weiter aus dem Fenster. Prinz Laikan war dabei, ein Lager am Strand zu errichten. Die Verteidiger hatten sich in den Wald zurückgezogen und schickten Boten zum Schloss.

Untätig musste Karim dabei zusehen, wie die Feinde immer näher heranrückten. Wie sie durch den Wald zogen, eine Armee ohne Gnade. Sie brannten die Dörfer nieder, durch die sie kamen. Sie metzelten nieder, wer sich ihnen in den Weg stellte. Die Verteidiger griffen immer wieder an, aber es gelang ihnen nicht, den Marsch für länger als einen Tag aufzuhalten. Der König sammelte in Panik seine Soldaten um sich, aber er war noch zu weit entfernt, um eingreifen zu können.

Karim sah den Hirsch, noch bevor Prinz Laikan ihn bemerkte. Ein großes, stattliches Tier mit einem mächtigen Geweih stand mitten auf dem Weg und blickte den Männern ruhig entgegen. Seine schwarzen Augen zeigten keine Angst. Er sprang nicht fort. Er stand da, ein Hindernis auf einem Weg, der direkt ins Herz von Anta'jarim führte. Karim sah ihn dort stehen, und Liebe zu diesem wundervollen Geschöpf erfüllte ihn. Das samtbraune Fell wurde vom Sonnenlicht gesprenkelt, das durch das Blätterdach fiel. Auf seinem Rücken tanzte ein Geflecht aus Licht und Schatten.

Prinz Laikan hob die Armbrust. *Daraus werden Albträume wachsen*, dachte Karim. *Er wird ihn töten, und im Wald werden die Schrecken umgehen, und Träume werden die Nacht bevölkern, dunkel und entsetzlich. Der rote Hirsch wird von den Fahnen verschwinden, und die Menschen werden durch die Wälder irren, ohne Ziel, hilflos wie mutterlose Rehkitze.*

Laikan legte an. Doch im letzten Moment, als der Bolzen schon flog, sprang der Hirsch vom Weg. Leichtfüßig machte er einen Satz ins Dickicht und verschwand im Dunkel unter den hohen Baumkronen.

»Verdammt«, sagte der Prinz.

Und Karim, der atemlos zugesehen hatte, fühlte, wie Erleichterung und Hoffnung ihn durchfluteten.

Er wandte sich wieder seinem Gefängnis zu und blickte sich um, als könnte er darin etwas Neues entdecken. Schließlich bückte er sich nach dem Bettzeug und begann daran zu zerren in der Hoffnung, einen langen Streifen abreißen zu können. *Ich hätte Unya um eine Stoffschere bitten sollen – oder um ein Seil*, dachte er. Doch dann hörte er, wie das dünne Tuch unter seinen Händen riss, er sah, wie die Fäden auseinandergingen, wie ein Loch nach dem anderen sich auftat. Die gestickten Rosen zerfielen, als welkten sie zu Staub. Die Federn darunter stiegen auf wie kleine, verwirrte Vögel. Sie verteilten sich über den Boden und ließen sich dann vom Wind hochtragen zu ihren ersten freudigen Flugversuchen.

Wie gelähmt saß Karim auf dem kalten Steinboden, und um ihn herum wirbelte alles wie in einem Schneesturm. Ihm war kalt wie nie zuvor. Er dachte an einen Hirsch, der angeschossen ins Dickicht getaumelt war, und an einen anderen Hirsch, der kraftvoll zurück in den Wald sprang, siegessicher. Und er fragte sich, was er eigentlich hier in Anta'jarim tat.

»Aber Karim.« Unya schüttelte den Kopf, ihre Stimme klang enttäuscht.

Gereizt sagte er: »Dachtet Ihr wirklich, ich würde es nicht zumindest versuchen?«

»Ich habe gehofft, du würdest mir vertrauen.«

»Das war nur eine Decke«, verteidigte er sich trotzig.

»Ja, aber deine einzige.« Sie seufzte, als sie sich zu ihm setzte. Eine Weile saßen sie schweigend nebeneinander, dann streckte sie die Hand aus und fing eine der Federn, die durch die Luft schaukelten. »Du hast keine Geduld. Warum nicht? Mit etwas mehr Geduld wärst du schon längst am Ziel. Hat der Meister des Todes euch nicht Geduld gelehrt?«

»Laikan kommt immer näher«, sagte Karim. »Er wird dieses Schloss einnehmen. Edrahim ist völlig unfähig.«

»Ja, vermutlich.«

»Wie, Ihr wisst es nicht?«

Sie schaute ihn an, traurig. »Wenn ich alles wüsste, was geschieht, dann, glaub mir, wären viele Dinge nicht geschehen. Glaubst du nicht, ich wäre da gewesen an jenem Tag des Feuers, um sie zu retten, wenn ich es vorher gewusst hätte?«

Er schwieg. Über die Königsfamilie von Anta'jarim sprach er nicht freiwillig, von jener Nacht der Schrecken und von dem Entsetzen, das damals in seinem eigenen Herzen geboren wurde.

»Du siehst gar nicht mehr aus den anderen Fenstern«, stellte Unya fest. »Immer nur aus dem einen.«

Karim war froh, über etwas anderes reden zu können. »Ja«, sagte er heftig, »ich sehe lieber zu, wie die Gefahr näher und näher kommt, wie Laikans Armee durch die Wälder pflügt, wie sie uns überrennt – und ich will bei denen sein, die sich ihr entgegenstellen. Könnt Ihr das nicht verstehen?«

»Dass du den Heldentaten nachtrauerst, die dir entgehen?«

Diese Unterstellung erschreckte ihn zutiefst. »Hasst Ihr mich?«, fragte er betroffen.

Unya schüttelte wieder den Kopf. »Wäre ich sonst hier?«

Er zögerte. »Ihr sagtet einmal, Ihr könntet mich aus meinem Gefängnis nach Kato bringen, wenn ich in Eurem Herzen wäre. Aber das ist offensichtlich nicht der Fall, oder Ihr hättet es zumindest versucht. Wie also seht Ihr mich?« Er fürchtete sich vor ihrer Antwort. Sie kannten sich jetzt schon so lange – nichts war ihm jemals länger vorgekommen als die vergangenen Wochen –, und Unya hatte ihn nicht wenigstens ein bisschen in ihr Herz geschlossen? Nur ein klein wenig?

»Das willst du wirklich wissen?«

»Doch, das will ich.« Bewusst überhörte er den warnenden Unterton in ihrer Stimme. Dann musste er es aushalten, dass sie ihn lange betrachtete.

»Du bist ein hübscher Junge«, sagte Unya schließlich. »Und dazu einer, dem das bewusst ist. Ich bin mir sicher, dass du mit einem einzigen Blick deiner schwarzen Augen die Mädchenherzen zum Schmelzen bringen kannst. Du hast eine angenehme Stimme und ein höfliches Auftreten. Ja, du bist sehr charmant, Karim. Charmant und klug und sicherlich auch mutig auf deine Art. Ehrgeizig. Hartnäckig. Du verfolgst dein Ziel, auch wenn es Jahre dauert, es zu erreichen, und dabei verlierst du niemals dein freundliches Lächeln.«

»Ist das alles?«

»Leider ist das für dich schon alles.« Sie blickte ihn sehr ernst an. »Denn das ist, wie *du* dich siehst, Karim.«

Er schluckte. Das Bild, das sie von ihm zeichnete, war beschämend falsch. Er war kein charmanter, freundlicher Junge.

»Aber ich«, sie beugte sich vor, »ich sehe einen anderen Karim. Ich sehe einen Mann, der so von Hass zerfressen war, dass er seinen eigenen Vater hinterrücks ermordete. Einen Mann, der es in Kauf nahm, dass ein Unschuldiger, sein Herr, dem zu dienen er geschworen hatte, für dieses Verbrechen büßen musste. Einen, dessen Intrigen zum Krieg zwischen Königreichen und Kaiserreichen geführt haben und der die Flammen entzündet hat, in denen meine Kinder und Kindeskinder umgekommen sind. Ich glaube, dass du deshalb nicht mehr durch dieses andere Fenster hier blickst, weil ich dir gesagt habe, dass es wirklich Winya ist, den du hier sehen kannst, und du willst ihn nicht sehen. Du willst nicht sehen, was du zerstört hast, denn du kannst dem, was du getan hast, nicht ins Auge blicken.

Ich sehe einen Mann, dem weder Treue noch Ehre etwas bedeuten, der nichts verfolgt außer seinen eigenen Zielen, der so zerfressen ist von Gier, dass ihn nur noch seine Verkettung in eine unglaubliche Verschwörung am Leben hält. Es ist der Hass, Karim, der dich leben lässt. Und immer noch ist es Tizarun, den du hasst. Es ist dir nicht gelungen, ihn auch in dir zu töten. Ich sehe einen Mann, der längst ein Mann sein sollte, der aber wie ein Kind Lust am Krieg verspürt und der sich am Untergang anderer befriedigt. Einen, der hin- und hergerissen ist zwischen seinen eigenen dunklen Wünschen und zwischen den Plänen des ruhmsüchtigen Herrschers, dem er hörig ist wie ein Hund. Ich sehe ein Kind, das die

Hände nach einer Krone ausstreckt, nur weil sie so schön glänzt. Ich sehe einen gewissenlosen Mörder und Verräter, der nichts liebt außer sich selbst.«

»Nein, das ist nicht wahr!«

Ausgerechnet jetzt musste er an Ruma denken. Er hatte seine Schwester an Liro verkauft, obwohl er gewusst hatte, wen sie liebte. Das brachte ihn zum Schweigen.

»Deshalb bist du nicht in meinem Herzen«, fuhr Unya unerbittlich fort. »Ich sehe dich an und denke daran, wie diese Welt aussehen könnte, wenn es dich nie gegeben hätte.«

Fragt Tizarun, warum es mich gibt. Aber er sagte es nicht, er biss die Zähne zusammen und schwieg. In seinem Kopf wirbelten die Gedanken. Er wollte sich verteidigen, gegen jeden einzelnen ihrer Vorwürfe, aber er konnte nicht, denn sie hatte recht.

»Wäre es Euch lieb, wenn ich jetzt aus dem Turm springe?«, fragte er bissig.

Da spürte er ihre Hand auf seiner Schulter.

»Es wird bald wieder besser.« Wie viel Wärme sie in ihre Stimme zu legen vermochte, obwohl sie ihn doch so sehr verachtete.

Ein Schauder lief über seinen Rücken. »Warum tut Ihr dann all das für mich?«

»So lange mein Leben auch schon währt, und so viel ich auch erlebt und gelernt habe, es hat mir nicht dabei geholfen, die zu retten, an denen mir etwas lag. Aber ich kann wenigstens dich retten.«

Wenigstens dich. Jedes ihrer Worte fühlte sich an wie ein glühendes Messer. »Vielleicht bereut Ihr das noch«, warf er ihr hin. »Was wisst Ihr, was ich noch alles anstellen werde. Wenn Ihr mir schon vorwerft, dass ich die ganze Welt zerstört habe! Oder«, er hob den Kopf, »oder wisst Ihr, was ich noch tun werde?«

Er konnte nichts aus ihrem alten, faltigen Gesicht herauslesen. Sie ließ ihn im Unklaren darüber, was sie wusste und ob sie sein Schicksal kannte.

»Trink deinen Tee«, befahl sie, »ich will die Tasse wieder mitnehmen.«

Er wollte sagen: *Ich hab keinen Durst, nimm deine Almosen wieder mit!*, aber das wäre gelogen gewesen, und deshalb trank er gehorsam und sah Unya dabei nicht an.

Sobald sie fort war, trat er an das mittlere Fenster. Er erwartete, Winya draußen zu sehen auf seinem Platz auf dem Dach, schreibend, nachdenkend, die Beine über dem Abgrund baumelnd. Stattdessen sah er ein Mädchen. Sie spazierte über den First, konzentriert nach vorne blickend wie eine Seiltänzerin, ihr Lächeln voller Anspannung. Ihre Arme waren zu beiden Seiten ausgestreckt. Vorsichtig das Gleichgewicht haltend, balancierte sie über das Dach, hoch über den Dächern des Schlosses, weit über der Erde, die sich tief unter ihr im Ungewissen verlor. Ihre Haut war hell, fast weiß, und ihr Haar flammte rot über ihren Rücken, eine Flut von Haar wie ein Brand. Es spielte über ihre Arme wie Feuerzungen und leckte an ihren Wangen, und Karim wollte rufen: *Pass auf, es brennt wirklich, pass doch auf!* Aber er rief nicht. Vielleicht war sie eine Schlafwandlerin, die träumend, ohne zu wissen, wo sie war, über die Dächer kletterte. Doch als sie sich umdrehte, war ihr Blick klar und das Lächeln auf ihren Lippen triumphierend. Sie wusste genau, welches schwierige Kunststück sie dort bewältigte.

Er musste sich daran erinnern zu atmen. Anyana war so jung wie damals, wie das Mädchen, an das er sich erinnerte. Und so lebendig wie in jenem Sommer. Wenn dies ein Traum war, wollte er niemals aufhören, ihn zu träumen. Er wollte applaudieren, ihr zurufen, wie geschickt und tapfer sie war, und sie dann dazu überreden, wieder herunterzukommen und ihr Talent an etwas anderem, weniger Gefährlichem zu versuchen. Er würde mit ihr reden, als sei sie nie gestorben.

Doch dann wurde er wieder von ihrem Haar abgelenkt, von dem Feuer, das sie mit sich trug, ohne es zu merken. Ihr ganzer Leib brannte. Die Flammen hüllten sie ein, und sie schritt darin einher wie in einem Kleid, tänzelnd, lächelnd. Prinzessin Anyana, Tochter des Dichters Winya. Das Mädchen, das sich nicht zu fein gewesen war, mit Knappen zu reden und Brot zu backen. Einen kurzen Moment lang hatte er davon geträumt, sie zu heiraten, dieses wundervolle Mädchen mit dem roten Haar, die Prinzessin aus der Küche. Und nun tanzte sie hier über das Dach, brennend, ohne zu verbrennen. Er sah ihre weiße Haut, unversehrt, die hellen bloßen Arme, die aus ihrem Feuerkleid herausragten, und die Füße, die über die Ziegel hüpften. Sie war nicht mehr vorsichtig, sie sprang über die Dächer. Sie sprang und tanzte und tanzte und sprang.

Ganz langsam, um nicht durch eine schnelle Bewegung ihre Aufmerksamkeit auf sich und den Turm zu lenken, ließ Karim sich hinter dem Fenster auf die Knie fallen, ohne die Augen von ihr zu lassen. Dann warf er sich auf den Boden, mitten hinein in die unzähligen Vogelfedern, die sich dort häuften wie ein Hügel aus Schnee, und begann zu schluchzen. Erst leise und erschrocken, dann lauter, als wäre sein Körper nun mit dieser ungewohnten Tätigkeit vertraut. Es schüttelte ihn und warf ihn in den Federn hin und her, und schließlich begann er zu schreien, kurze, laute, abgehackte Schreie, die aus seinem Inneren kamen, als würde dort drinnen jemand unter unvorstellbaren Qualen gefangen gehalten.

Er hielt den Schmerz nicht länger hinter der Tür seiner Seele gefangen. Er öffnete die Tür zu dem Ort, an dem er alle Pein, die er durchlitt, aufbewahrte, und ließ ihn heraus.

Anyana war im Feuer gestorben. Für seine Rache. Sie war der Preis gewesen. Dies war seine Schuld, die er nicht wiedergutmachen konnte.

Tizarun. Das war die Frage, das war die Antwort.

Ich bin der Mann, der die Sonne ausgelöscht hat. Er starb, ohne zu wissen, wofür er starb.

Darüber dachte er lange nach.

Deshalb, sagte er zu seiner Mutter, *deshalb habe ich es getan. Du wolltest es doch.*

Enema, Gräfin von Trica, hatte nie von Rache gesprochen. Sie hatte auf dem Bett gesessen, die Hände auf den Knien, und geträumt.

Wer bist du?, fragte er seinen toten Vater. *Wer bist du, den alle lieben, du mit deiner finsteren Tat? Der strahlende Großkönig, Sonne von Wajun, Gesegneter der Götter. Wie kannst du beides sein? Hast du manchmal an sie gedacht, an die Frau, die du vernichtet hast? An den Mann, den du erschlagen hast, weil er dir in den Weg trat – den Mann, der mein Vater hätte sein sollen? Wer bist du, Vater?*

Nie zuvor hatte er mit Tizarun gesprochen. Nie hatte er ihm die Frage gestellt, die ihn sein Leben lang verfolgt hatte. *Bereust du es?*

Er sah das Gesicht des Mannes vor sich, den er umgebracht hatte. Und mit diesem Gesicht, das dem seinen so sehr glich, tauchte eine andere, nicht minder wichtige Frage auf: *Bereue ich es?*

Er wollte nicht darüber nachdenken. Hatte er nicht schon genug eiserne Ketten zu tragen? Außerdem, selbst wenn er es bereute, es war nicht seine Schuld. Laon hatte ihn dafür vorgesehen, von Anfang an. Und Joaku hätte kein Nein akzeptiert.

Aber es war seine Schuld, und er hatte es getan, und die Antwort war ja. Ja, er bereute es.

Ich wünschte, ich hätte Tizarun mit seinen eigenen Fragen allein gelassen. Ich wünschte, ich hätte ihn ein Mal, ein einziges Mal, als Vater erlebt. Ich wünschte, ich hätte ihn sagen hören: Es tut mir so leid, mein Sohn.

Die Sonne von Wajun, dunkel und hell zugleich, so bitter und so traurig, und Karim hatte ihm nie die Gelegenheit dazu gegeben, diese Worte zu sagen.

»Ich wollte, ich könnte die Uhr zurückdrehen«, flüsterte er. »Ich wollte, ich könnte wieder hier im Schloss sein, in jenem Sommer, als das rothaarige Mädchen in die Backstube schlich. Ich wollte … ich wünschte …«

Die Krähe wetzte ihren Schnabel an seinen Ketten. Er streckte die Hand aus und strich über die zerzausten Federn. Auch als Vogel war Winya nicht das, was man von ihm erwartete. Er krächzte, und Karims Herz zog sich vor Scham zusammen. Flügel? Er hatte dem Dichter die Worte genommen. Er hatte sich einen Diener geschaffen, der ihm zu essen brachte und vom endlosen Himmel träumte.

Magie war Wünschen, Magie war Wollen. Doch Unya hatte es nie eilig. Sie brachte ihm duftenden Tee und plauderte mit ihm und ging wieder. So, als würde sie nichts wollen, nichts begehren, nichts vermissen.

Seine Ungeduld verlor sich, während die Tage dahinflossen. Er sah immer mehr, immer weiter. Er spielte mit den Katzen, streichelte eine Krähe, kratzte sich den Bart.

Er hörte auf, etwas zu wollen. Er war hier. Er atmete. Die Götter hatten ihn nicht zerschmettert, obwohl sie seine Seele kannten, und die dunklen Schwestern tanzten mit ihm, ohne ihn mitzunehmen.

Es war gut.

Sein Herz war leicht.

Die Katzen kletterten über seine Beine, stritten miteinander, beäugten vorsichtig die Krähe, die auf seiner Schulter hockte. Eines Tages griff Karim nach seinem Helm und nahm ihn ab.

Als er es getan hatte, wunderte er sich darüber, dass er so lange dafür gebraucht hatte. Er konnte sich kaum vorstellen, dass einst schwierig gewesen war, was ihm nun so leicht schien. Er streifte die Ketten von seinen Hand- und Fußgelenken und stand auf. Die Schmerzen waren unbeschreiblich, doch er schluckte sie nicht hinunter, sondern kostete sie voll aus. Blutige Ringe zierten seine Haut, und als er seine Haare und seine Stirn befühlte, fasste er in offene Wunden.

Wie ein Kleinkind, das laufen lernte, tat er die ersten Schritte in den Raum. Wackelig, die verkrampften Muskeln schienen bei jeder Bewegung zu zerreißen.

Oh ihr Götter! Und dennoch wollte er laut lachen. *Frei, endlich frei!*

Die Tür war verschlossen – oder schien es nur so? Karim öffnete sie mühelos und stieg die Wendeltreppe hinunter. Sein Körper hatte die Strapazen der Gefangenschaft überraschend gut verkraftet. Jetzt, wo er den ersten Schmerz überwunden hatte, fühlte er sich stark und gesund. Vorsichtig nahm er eine Stufe nach der anderen, horchte auf Stimmen, doch alles war ruhig. Die Tür am Fuß der Treppe leistete ihm zunächst Widerstand, doch als er die Hand dagegendrückte, schwang sie auf.

Er trat hinaus in einen düsteren Gang. Die Fenster waren unverglast, kalter Wind wehte herein. Frostüberzogene Blätter lagen auf dem Sims und auf dem Boden. Sie ließen seine Schritte knirschen. War etwa schon Winter? Dann hatte er längere Zeit in Gefangenschaft verbracht, als ihm bewusst gewesen war.

Unten im Hof eilten Menschen hin und her, die Köpfe gesenkt. Er war überrascht; einen Moment lang hatte er sich wie der einzige Mensch auf der Welt gefühlt. Gefangen in einem Traum. Nun holte die Realität ihn ein, und die Kälte ließ ihn frösteln. Ein schöner warmer Mantel wäre jetzt hilfreich.

Irgendwo schrie eine Krähe.

Karim wandte sich ab und durchquerte einen Säulengang, von dem aus eine weitere Treppe hinunterführte. Er gelangte in einen großen Saal, der zum Königsschloss gehören mochte, denn er war prächtig geschmückt. Was an Gold und wertvollen Stickereien in diesen zahlreichen Gebäuden zu finden war, schien hier einen Platz gefunden zu haben. Bild an Bild prangte an den Wänden; seinem kancharischen Ich gefiel das gar nicht. Auf Podesten und in Vitrinen stapelten sich Diademe und anderes Geschmeide, und inmitten all dieser Pracht stand ein Tisch. Einer der hohen Stühle an dieser Tafel war mit der kunstvollen Schnitzerei eines Hirsches verziert, auf der Lehne des nächsten prangte ein Turm, der Karim unschön an seine Gefangenschaft erinnerte.

Der Turm ... woran erinnerte er ihn noch?

In diesem Moment öffnete sich eine der gegenüberliegenden Türen, und eine Frau trat ein. Sie war in ein üppiges, golddurchwirktes Gewand gehüllt, doch was seinen Blick auf sich zog, war ihr Gesicht – ihr zerstörtes Gesicht. Die eine Hälfte war das Antlitz einer schönen jungen Frau, von einigen schmalen Narben durchzogen, die andere Hälfte wurde von einer Maske verdeckt. Einer Maske aus Eisen, die ihre Züge nachbildete.

»Dilaya?«, fragte er erschrocken.

Sie blickte auf und schrie los, dann wirbelte sie herum und rannte zur Tür, die sich bereits öffnete – mehrere Soldaten stürmten herein.

»Ein Attentäter!«, schrie Dilaya.

Karim wich zurück und sammelte mit seiner Magie die Schatten um sich, die ihn verbargen. Vorsichtshalber duckte er sich in eine Nische, während die Soldaten vorbeistürmten. Sie durchschauten den magischen Schleier nicht. Zugleich verfluchte er seine Dummheit. Mit dem Bart und in den zerschlissenen Kleidern sah er nicht aus wie er selbst. Kein Wunder, dass Dilaya ihn nicht erkannt hatte.

Was machte sie hier im Schloss? Hatte Edrahim sie verschont, ihr gar die Rückkehr ermöglicht? Karim dachte an das Wappen des Turms neben dem geschnitzten Hirsch. Der Turm, das war das Zeichen von Prinz Neruns Familie gewesen. Also hatte Dilaya nun sogar eine angesehene Stellung bei Hofe? Wie verwirrend. Bevor er sich auf die Suche nach seinem Todfeind Edrahim und nach seinen Wüstenbrüdern machte, musste er herausfinden, was Dilaya dazu bewegt hatte, zurückzukehren.

14. Die Eisenstadt

Der Flug nach Gojad dauerte über zwei Stunden. Yando saß da, in den Sattel gekauert, und zitterte trotz des ledernen Mantels. Der Wüstenfalke jagte über die schneebedeckten Gipfel der talandrischen Berge, die hin und wieder durch die Wolken stachen. Am Horizont drohte etwas Dunkles, durch das Blitze zuckten. Auf den ersten Blick hielt man es für sich auftürmende Gewitterwolken, doch dafür waren sie zu niedrig am Horizont. Die Reiterin, die den Wüstenfalken lenkte, wandte den Kopf zu ihm um und schrie: »Das Nebelmeer!«

Er schaffte es nicht einmal zu nicken, gebannt vor Kälte und Ehrfurcht. Der Wind war so scharf wie tausend Messer. Yando flog zum ersten Mal mit einer Frau. Frauen galten in Kanchar gemeinhin als zu launisch und willensschwach, um Magie ausüben zu können, doch es gab einige wenige, die sich dennoch einen Platz zwischen den Magiern erkämpften. Weibliche Feuerreiter waren noch seltener.

Was Jechnas Flugkünste betraf, konnte er jedenfalls keinen Unterschied feststellen.

Liro hatte ihn nach Gojad geschickt, nachdem er die Nachricht erhalten hatte, dass sein Bruder den Angriff auf Daja überlebt hatte und von dort aus irgendwie in die Eisenstadt gelangt war. Die Feuerreiterin, Prinzessin Jechna von Gojad, war eine zierliche, energische Person. Liros Befehl, seinen Ratgeber auf dem neuen, gerade eben fertiggestellten Wüstenfalken abzuholen, war sie jedoch ohne Widerrede gefolgt.

»Er fliegt«, hatte der junge Kaiser gesagt, obwohl die Fürsten, die ihn umschwirrten, der Meinung waren, ein Gespräch durchs Wasser sei völlig ausreichend. »Ich will einen Bericht aus erster

Hand, und da Matino noch nicht genesen ist, muss jemand zu ihm fliegen. Ich muss wissen, was wirklich in Daja passiert ist und ob wir den Feuerreitern trauen können.«

Natürlich steckte noch ein wenig mehr dahinter. Die Mission, die Yando erfüllen sollte, war streng geheim. Nur vier Menschen im Palast von Wabinar wussten davon – Liro, Ruma, er selbst und Graf Ricto, der ihnen den entscheidenden Hinweis gegeben hatte. Irgendetwas ging in Gojad vor sich, und er würde sein Bestes geben, um herauszufinden, ob es dem Kaiser schaden könnte.

Yando zog sich den Helm tiefer über die Augen. Der gojadische Kopfschutz war anders geformt als die Helme der Feuerreiter in den südlichen Ländern des Kaiserreichs und bedeckte den größten Teil des Gesichts. Ein durchlässiges Gewebe lag über Mund und Nase, und die Augen wurden von runden Gläsern geschützt. Wären sie nicht ausgerechnet zu Matino unterwegs gewesen, hätte er diesen Flug sogar genießen können.

Der Falke tauchte in die Wolkendecke ein, Nässe klatschte gegen die Augengläser, und eine Weile konnte er nichts sehen. Dann wischte der Wind die Tropfen fort, und unter ihnen lag die Stadt.

Gojad schmiegte sich an die Hänge eines Talkessels, nur durch einen zackigen Berggrat vom Nebelmeer getrennt. Graue und schwarze Türme ragten in den Himmel, aus zahlreichen Schloten waberte nachtschwarzer Rauch. Man hätte meinen können, hier würden hundert neue Eisenvögel gebaut, um den abtrünnigen Schwarm zu ersetzen, doch Yando hatte die geheimen Berichte aus Gojad gelesen. Es gab nicht genügend Brandsteine. Die kancharischen Minen waren so gut wie ausgeplündert. Gojad war am Ende, wenn das Kaiserreich den Sieg über Großkönigin Tenira nicht nutzte, um sich die wajunische Provinz Guna unter den Nagel zu reißen.

Daran dachte Yando nun, als Prinzessin Jechna den Wüstenfalken gekonnt auf einem großen, gepflasterten Hof zwischen mehreren Gebäuden landen ließ. Hier lebten die Leute, die daran arbeiteten, Guna für alle Zeiten an Kanchar zu binden, selbst wenn es ein niedergebranntes, zerstörtes Guna sein würde. Er würde

Liro nicht mehr lange davon abhalten können, dem Drängen der Eisenmeister nachzugeben. Die Rebellion der Feuerreiter hatte Gunas Untergang eingeläutet.

Prinzessin Jechna nahm den Helm ab und schüttelte ihr Haar, das in alle Richtungen abstand. »Es war mir ein Vergnügen, Ratgeber«, sagte sie. »Ich habe schon ganz andere Reisende erlebt. Starke Männer, die sich ängstlich an mich geklammert und vor Furcht gewinselt haben. Doch Ihr scheint den Flug sogar genossen zu haben. Das ist ungewöhnlich, zumal Ihr bereits einen Absturz überlebt habt.«

Seine Beine waren ein wenig wackelig, aber sie hatte recht – er fürchtete die Eisenvögel nicht. Er wollte nur einfach nicht an diesem Ort sein.

Ein großer Mann mit Schnauzbart trat aus einem Portal, das zu einer gewaltigen Halle gehörte. Yando kannte ihn von einer Versammlung in Wabinar her, die er aus dem Hintergrund heraus beobachtet hatte. General Burhan hatte es Liro damals nicht leichtgemacht. Hinter ihm erschien ein schmales, dunkelhäutiges Männchen mit flinken Augen und lebhaft gestikulierenden Händen.

»Der General und der Oberste Eisenmeister«, raunte die Prinzessin. »Ich wünsche Euch viel Vergnügen, Ratgeber.«

Er drehte sich zu ihr um. So klein und zierlich sie auch war, ihr Wille war beeindruckend.

»Ich danke Euch«, sagte er höflich und verneigte sich.

Sie nickte ihm zu und entfernte sich mit raschen Schritten, und er fragte sich, ob sie am Aufstand der Feuerreiter teilgenommen hätte, wenn sie nicht die Tochter des Königs von Gojad gewesen wäre. Ob sie sich nach Daja wünschte zu den anderen, um mit ihnen ihr Schicksal zu teilen, ganz gleich, wie es aussehen mochte.

»Der Ratgeber.« General Burhan ließ sich zu keiner höflichen Begrüßung herab. Er musterte Yando kühl. »Kaiser Liros Sprachrohr. Nun denn. Zeigt ihm, was immer nötig ist. Wir treffen uns zur Abendzeit, Meister Spiro.«

Spiro schenkte dem General ein knappes Nicken. Seine Aufmerksamkeit gehörte bereits Yando, der das Gefühl hatte, von einem wilden Vogel beäugt zu werden. Die kleinen dunklen Augen des Magiers glitten über seine Gestalt.

»Das ist er also«, sagte er leise, »der Mann aus Guna, die Stimme des Kaisers von Kanchar.«

Yandos Herzschlag geriet ins Stocken.

»Euch wundert, woher ich das weiß?«

Seit Yando an Liros Seite stand – nicht mehr als Sklave, sondern als Berater –, redeten ihn fast alle mit Respekt an, doch manche ließen ihn insgeheim ihre Verachtung spüren. Was dieser Mann über ihn dachte, konnte er jedoch nicht erraten.

»Ich sehe die Wahrheit auf vielen Oberflächen. Wenn sich das Bild oft genug bricht, erlaubt es den Blick in die Tiefe. Kommt mit. Ich werde Euch so einiges zeigen, was Ihr dem Kaiser erzählen könnt.«

Ahnte er etwa, dass Yando zum Spionieren hergekommen war? Der Mann war ihm unheimlich.

Der Boden vibrierte unter ihren Füßen. Aus einem Schornstein entwich zischend eine schwarze Rauchwolke.

»Gehen wir in die Schmiede. Ich nehme an, dergleichen habt Ihr noch nicht gesehen.«

Meister Spiro führte Yando durch das Portal in eine Halle, die einer Stadt im Krieg glich. Der Lärm war ohrenbetäubend, das Hämmern und Kreischen von bezwungenem Metall war kaum zu ertragen, und ihnen wallte eine Hitze entgegen, die der Wüste in nichts nachstand. Yando dachte, dass es nicht viel anders sein konnte, das brennende Tor zu den Göttern zu durchschreiten, nach dem Tod oder in den Tod hinein.

Erneut musterte der Eisenmeister ihn, und Yandos Nackenhaare sträubten sich. Auf einmal fragte er sich, ob sie so weit gehen würden, ihn zu ermorden, falls er Liro davon überzeugen konnte, Guna nicht anzutasten.

Möglichst unauffällig blickte er sich um, ließ seine Augen über die hohen Gerüste wandern, ohne allzu lange an einer Stelle haften zu bleiben. Der Ort roch scharf nach Metall und Öl und menschlichem Schweiß, und Yando konnte regelrecht fühlen, wie Gefahr von ihm ausging, als würde hier etwas Tödliches, Bedrohliches lauern.

Hinter den Gerüsten wuchs ein glänzender Koloss in die Höhe. Er war hinter den Stangen und Brettern kaum zu erahnen. Yandos Neugier war geweckt, doch Spiro führte ihn daran vorbei. Flüssiges Metall rann durch schmale Kanäle überall in der Halle. Aus runden Becken stieg Rauch auf. Es ging an Bergen von kunstvoll gearbeiteten Federn vorbei, an großen Behältern, in denen Schuppen glänzten oder Schnäbel, Krallen und Haken. Ein Eisenvogel, noch ohne Flügel, stand auf einem Podest, ein Dutzend Arbeiter schwirrte um ihn herum.

Yando hielt Ausschau nach Brandsteinen, doch natürlich wäre es Wahnsinn gewesen, sie in dieser Halle aufzubewahren.

Er fühlte sich halb durchgebraten, als sie endlich auf der gegenüberliegenden Seite ins Freie traten. Spiro klopfte sich schwarzen Staub von seinem schwarzen Magiergewand. »Ihr könnt dem Kaiser berichten, dass noch keine weiteren Vögel fertig sind. Wir warten auf eine Lieferung Eisenerz aus den Bergwerken. Dass Brandsteine rar sind ist Euch vermutlich bekannt?«

»Das ist es«, sagte Yando zögernd. Die kühle Luft, die ihm entgegenwehte, war überaus wohltuend auf seiner erhitzten Haut.

»Es gäbe natürlich eine Möglichkeit, wie man unsere Eisenvögel zurückbekommt«, meinte der Magier. »Man könnte Assassinen schicken und jeden einzelnen Feuerreiter ermorden lassen. Eine kleine Gruppe Wüstendämonen würde ausreichen, um sie samt und sonders auszumerzen. Hat der Kaiser bereits über diese Möglichkeit nachgedacht?«

»Letztendlich sind die Feuerreiter ins Kaiserreich zurückgekehrt«, antwortete Yando unverbindlich, während sich ihm vor Entsetzen über diesen Vorschlag der Magen umdrehte. »Das hat dem Kaiser gefallen. Prinz Matino hat ihnen die Stadt angeboten, wie es heißt, deshalb muss ich mit ihm über Daja reden.«

»Das müsst Ihr wohl«, stimmte Spiro zu. »Doch ich erinnere Euch daran, dass die Möglichkeit existiert, das Problem auf eine andere Weise zu lösen. Meister Joaku wäre sicher zu diesem Gefallen bereit, wenn der Kaiser ihn darum bittet. Über einen angemessenen Preis zu verhandeln würde der Edle Kaiser sicherlich Euch überlassen.«

Meister Joaku. Yando hatte den Namen schon das eine oder andere Mal im Palast gehört, hinter vorgehaltener Hand geflüstert. Der Meister der Wüstendämonen, der Herr von Jerichar. Welches Abkommen zwischen ihm und Altkaiser Ariv bestanden hatte entzog sich seiner Kenntnis. Liro war nicht eingeweiht gewesen. Yando bezweifelte jedenfalls, dass Liros Vater dem Jungen solch gefährliche Geheimnisse anvertraut hatte, bevor er nach Matinos schwerer Verletzung, bei dem dieser ein Bein verloren hatte, nach Gojad gereist war. Damals war noch nicht absehbar gewesen, dass er so schnell abdanken würde.

Meister Spiro führte Yando über einen mit Ruß bedeckten Platz, an den ein weiteres Gebäude angrenzte. Dieses war kleiner und voller Fenster. Innen erwartete sie ein Saal, in dem Tische und Bänke aufgereiht waren. Das leise Kratzen von Federkielen und Kohlestiften auf Pergament oder Papier füllte die Stille. Überall wurde gezeichnet. Männer und Frauen saßen auf Hockern oder standen an Stehpulten, alle in die Arbeit vertieft, bewegten Zirkel, zogen Linien, maßen ab und vollführten Berechnungen. Über ihnen hing das Skelett eines echten Vogels, eines Geiers vermutlich, denn es war erschreckend groß. Weitere Modelle verschiedener Vögel waren auf Säulen mitten im Gang platziert. An einer Wand lehnte ein täuschend echt aussehend und vermutlich ausgestopftes Pferd.

»Ihr macht Euch keine Vorstellungen davon, was dazugehört, die Gelenke auf die richtige Art und Weise zu bauen«, sagte Meister Spiro in gedämpftem Ton. »Verschätzt man sich nur um eine Handbreit, wird die Kreatur nie geradeaus laufen können. Manche halten die Belebung für das Schwierigste, doch man sollte die Herausforderungen des Bewegungsapparates nicht unterschätzen. Die Gelenke. Die Proportionen. Es hat Jahre der Forschung gebraucht, ein Eisenpferd so zu bauen, dass es tatsächlich rennen und springen kann. Und Vögel sind weitaus schwieriger.«

Yando hatte sich tatsächlich nie Gedanken darüber gemacht, welche Mühe die Herstellung der Eisenwesen bedeutete. Eine einzige entwendete Zeichnung konnte Le-Wajun Jahre der mühsamen Versuche ersparen und Tenira die Möglichkeit verschaffen, eigene Kreaturen zu bauen.

»Schlagt es Euch aus dem Kopf.« Spiro lächelte vergnügt. »Ihr seid kein Spion. Und wärt Ihr es, müsste ich nicht einmal den Meister von Jerichar bemühen, um das Problem zu erledigen. Hier entlang, junger Mann.«

Meister Spiros freundliche Stimme passte nicht zu der offenen Drohung. Konnte er etwa Gedanken lesen? Yando bemühte sich, eine gelassene Miene zur Schau zu stellen, während sich in ihm alles verkrampfte. Die Gefahr, die von diesem Mann ausging, jagte ihm einen Schauer über den Rücken. Dennoch musste er tun, als wäre nichts. Seine Hände zitterten leicht, als Spiro eine weitere Tür öffnete. Der Raum dahinter war klein, die Fenster mit Stoffbahnen abgehängt. Magische Leuchten ersetzten das natürliche Tageslicht. Eine ältere Frau mit kunstvollem Haarknoten sortierte Pergamente verschiedener Größe.

»Seht genau hin«, flüsterte der Eisenmeister.

»Das sind ... Porträts?«, fragte Yando erschrocken, bevor er sich zurückhalten konnte. Die Gepflogenheit der Kancharer, niemals Gesichter zu zeichnen, war ihm mittlerweile in Fleisch und Blut übergegangen. Gesichter, in Linien und Schraffierungen gebannt, hatten etwas erschreckend Verbotenes an sich. Hatte Kaiser Ariv hiervon gewusst? Sollte er Liro davon erzählen, dass in Gojad gegen heiliges Gesetz verstoßen wurde?

Dann erinnerte er sich daran, wo er sich befand. In Gojad wurden Eisentiere gebaut, und er hatte seit Längerem einen Verdacht, wie sie belebt wurden. Allerdings hatte er diese Ahnung wieder von sich gewiesen, weil sie ihm gar zu schrecklich vorkam. Manche Kinder lebten mit Seelen, die nicht ihre eigenen waren. Seelen wurden an Bilder gebunden. Es lag nahe, dass sie auf diese Weise auch in Metallleiber gesperrt werden konnten, um diese in dienstbare Eisenwesen zu verwandeln. Aber konnte es wirklich sein? Stimmte sein Verdacht, musste es hier natürlich Bilder geben. Doch wie konnten diese Menschen damit umgehen? Erfüllte nur ihn diese dunkle Magie mit Grauen?

Die Frau schichtete die Bilder auf mehrere Stapel; nach welchem System sie vorging, vermochte Yando nicht zu erkennen. Schließlich räusperte Spiro sich. Sofort sprang die Frau auf und grüßte ehrerbietig. »Soll ich Euch allein lassen, Meister?«

»Keineswegs. Dies ist der Mann, den ich angekündigt habe.«

Die Frau musterte Yando, sie schien irritiert. »Sollte er keine Fesseln tragen?«

»Nein, er ist keiner der Üblichen. Ratgeber Yando wird stillhalten und tun, was von ihm erwartet wird.«

Yando fühlte eine unbestimmte Furcht in sich wachsen. »Was erwartet Ihr denn von mir, Meister?«

»Setzt Euch hierhin. Salira ist eine der Besten ihres Fachs, ihre Porträts versagen nie.«

Unruhig ließ Yando sich auf den Hocker sinken, der mitten im Raum stand. Er hatte nur drei Beine und keine Lehne. Nervös krallte er seine Hände in den Saum des Reisemantels, den er immer noch trug. Ihm schwante, was sie vorhatten – doch Gegenwehr hätte nicht viel gebracht. Ein guter Künstler konnte auch Menschen zeichnen, die er nur flüchtig gesehen hatte.

Salira schob die Pergamentblätter zur Seite und kramte in einem Fach. Sorgfältig legte sie alles bereit – ein neues Blatt, Zeichenkohle in verschiedenen Stärken, kleine Schwämme und Pinsel.

»Wozu braucht Ihr ein Bild von mir?«, wagte er zu fragen.

»Er muss stillsitzen und den Kopf leicht zur Seite neigen«, forderte die Frau. »So. Ja, so muss er bleiben.«

Obwohl er direkt vor ihr saß, sprach sie ihn nicht direkt an, und das ängstigte ihn noch mehr.

Er mochte Liros Ratgeber sein, die Stimme und das Ohr des Kaisers, aber er hatte keinerlei Rechte. Er stand zwar unter Liros Schutz, aber Liro war weit weg. Also gehorchte Yando und saß reglos auf dem Hocker, während Salira zeichnete. Währenddessen schlenderte der Meister durch den Raum, zog hier einen Packen

Bilder aus einem Fach, blätterte sich durch andere, die aufgereiht auf einem Brett standen, und gab zwischendurch leise glucksende Geräusche von sich, als würde er lachen.

Es schien Stunden zu dauern. Hier und dort begann es Yando unter dem Mantel zu jucken, in seiner Kehle saß ein Hustenreiz, er spürte seine Blase und wünschte sich, man würde ihm etwas zu essen anbieten. Heute Morgen noch hatte er den Kaiser und seine Frau beim Frühstück bedient, doch das schien nun Tage oder noch länger her. In Gojad verging die Zeit unendlich langsam. Unter seinen Füßen vibrierte und dröhnte die Erde. Gedämpft hörte er den Lärm aus der Schmiedehalle, das Krachen der großen Hämmer, das Brüllen des Feuers, das Fauchen der Blasebalge.

»Es ist gut gelungen«, sagte Spiro, über den Tisch gebeugt, auf dem nun Yandos Porträt lag. Der Mann, dessen Abbild in schwarzen und grauen Linien und Schatten verewigt war, wirkte wie ein Fremder. Er schien den Betrachter anzustarren, hochmütig wie ein Prinz und zugleich heiter wie ein Weiser. So wirkte er auf andere – wie jemand, der weit über den Dingen stand? Seit wann mochte das so sein? Yando konnte sich in diesem Gesicht nicht wiederfinden, weder in dem harten Zug um seinen Mund noch in den Schatten um seine Augen.

»Sehr schön.« Spiro wiederholte sich, er wirkte vergnügt. »Nun kommt, Ratgeber, gleich beginnt die wichtige Sitzung, für die der Edle Kaiser Euch geschickt hat. Prinz Matino wird Euch Bericht erstatten.«

Yando riss den Blick von seinem Porträt los und folgte dem Eisenmeister nach draußen. Wieder überquerten sie eine offene Fläche. Diesmal ging es über eine schmale Brücke, unter der ein Fluss schäumend dahinströmte, zu einem Haus, das entfernt an eine Burg erinnerte. Die Türme waren mit spitzen Hüten gekrönt, deren untere Ränder zu gebogenen Krallen aus schwarzem Eisen geformt waren. Die eisernen Spitzen auf den Mauern drohten jedem Angreifer ein grausames Schicksal an.

»Wohnt hier der König?«, fragte Yando, doch Spiro lachte nur.

»Der König von Gojad ist nichts als ein Schatten; die Eisenmeister sind es, die den Schatten werfen. Dies ist unser Haus, und Ihr habt das seltene Privileg, unser Gast zu sein.«

Die Unterredung, an der außer Prinz Matino und Yando der Eisenmeister und General Burhan teilnahmen, fand in einem aufwendig ausgestatteten Salon statt. Ein funkelnder Kronleuchter, mit magischen Lampen bestückt, warf sein Licht über einen Tisch, auf dem sich ein üppiges Mahl türmte. Fleischpasteten, in Teig gebacken und mit kandierten Früchten verziert, wurden von Gebäck eingekreist wie Wild von der Meute des Jägers. Wein funkelte in Kristallkelchen. Schüsseln voller Beeren, die sommerlich frisch aussahen und nun mit Honig und Eis angerichtet waren, verlockten zum Naschen.

»Sie bringen den Schnee von den Bergen auf der anderen Talseite herunter«, erklärte der General, der sich rote und schwarze Beeren auf die Fleischstücke häufte. »Unser Schnee ist schwarz, den würde niemand essen wollen.«

Spiros Löffel, ein filigranes Stück aus feinstem Gold, schlug klirrend gegen das Glas. Nur Matino aß völlig lautlos. Er fläzte sich in einem mit weißem Pelz bezogenen Sessel, gekleidet wie ein Prinz, und ließ ein Stück Eis auf seinem Teller schmelzen. Seine Augen waren so dunkel wie nie, und der Blick, mit dem er Yando bedachte, war so kalt wie der Himmel über Talandria.

»Der Kaiser hat den Feuerreitern die Hand gereicht, sinnbildlich gesprochen«, sagte der General. »Vorschnell, allzu vorschnell.«

»Es hieß, Ihr habt ihnen die Stadt Daja geschenkt, Kalazar«, sagte Yando. Er hätte ein Jahr seines Lebens dafür gegeben, nicht mit Matino sprechen zu müssen, doch Liro hatte ihn hergeschickt. Er durfte nicht ohne Antworten zurückkehren.

»Das habe ich«, sagte der Prinz. »Mag der Kaiser mich auf den Thron der Wahrheit setzen, wenn er mir nicht glaubt.«

»Das wird gewiss nicht nötig sein.« Der Thron der Wahrheit wäre das Ende von jeglichem Geheimnis, jeglicher Lüge. Auf ihm würde Matino Ruma mit in den Untergang zerren. Seit der Prinz sie beide zusammen ertappt hatte, musste Yando doppelt so vorsichtig sein. »Doch erlaubt mir die Frage: Wenn Ihr Daja den Feuerreitern zur Verfügung gestellt habt, warum haben sie die Stadt dann mit Brandsteinen beworfen?«

»Nicht die Stadt«, entgegnete Matino mit einem feinen Lächeln, »nur den Palast. Genauer gesagt, sie haben meinen Gebirgsgeier zerstört und einen Teil der Palastwache getötet, bis sich die übrigen ergeben haben. Sie haben voller Freude genommen, was ich ihnen angeboten habe, und waren dabei sehr auf ihre Sicherheit bedacht. Man könnte fast meinen, sie hätten mir nicht vollkommen vertraut. Aber nun ist ja alles gut. Sie sind wieder in Kanchar, und ich nehme an, sie haben sich dem Kaiser unterstellt?« Er wandte sich an Yando, als würde er ihn tatsächlich für einen gleichberechtigten Gesprächspartner halten.

»Über Einzelheiten wurde noch nicht verhandelt«, erwiderte Yando. Liro würde ihn als Nächstes nach Daja schicken. Das war der Preis dafür, dass der Kaiser ihm vertraute – alle diese Entscheidungen, die er im Sinne Kanchars fällen musste.

»Richtet dem Kaiser aus, wir unterstützen ihn in dieser Hinsicht.« Der Eisenmeister drehte eine Beere mit den Essstäbchen. »Er hat keine Wahl, wenn er Kanchar nicht seiner wichtigsten Kraft berauben will. Es braucht Zeit, um so viele neue Feuerreiter auszubilden, und diese Zeit hat er nicht, denn Tenira wird unsere Schwäche sofort ausnutzen. Und ihr winkt unerwartete Unterstützung, denn aus zuverlässiger Quelle wissen wir, dass Nehess eine Flotte übers Meer schickt.«

Das war Yando neu. »Warum glaubt Ihr, dass die Nehesser der Großkönigin zu Hilfe kommen? Könnte es nicht genauso gut sein, dass sie die Gelegenheit nutzen wollen, um das geschwächte Sonnenreich zu erobern?«

»Wir haben zuverlässige Spione«, warf der General mit einem abfälligen Lächeln ein. »In Wajun gibt man sich sehr gelassen.«

Das bedeutete, dass der Kaiser nicht über die besten Informanten verfügte. Hatte Matino das Netz aus Magiern übernommen, das Kaiser Ariv gedient hatte? Noch eine schlechte Nachricht, die er Liro überbringen musste.

»Um Tenira an ihre Unterwerfung zu erinnern«, fuhr Spiro fort, »müssten wir das Kind töten, aber wir können Sadi nicht antasten. Jede Geisel kann man nur einmal töten, und wir brauchen ihn noch. Ihr habt gesehen, dass wir an neuen Eisenvögeln bauen, werter Ratgeber, aber es wird Jahre dauern, bis wir einen ebenso großen Schwarm Eisenvögel aufgebaut haben wie zuvor. Und um das zu bewerkstelligen, brauchen wir Nachschub an Brandsteinen und gewissen anderen Zutaten. Da der Kaiser sich weigert, Brandsteine aus Guna zu fordern …«

Der Vorwurf hing unausgesprochen im Raum. Yando machte sich nicht die Mühe, darauf zu antworten. Der Eisenmeister wusste selbst am besten, dass instabile Brandsteine verheerendere Auswirkungen haben konnten als jede kriegerische Handlung. Guna zu einem schnelleren Abbau der Steine zu zwingen und sich der Rachsucht der widerspenstigen Gunaer auszuliefern war ein Wagnis, das weder Kanchar noch Le-Wajun jemals eingehen würden.

»Dies ist nicht der richtige Zeitpunkt, um die Feuerreiter für ihren Verrat zur Rechenschaft zu ziehen«, schloss Spiro.

Yando nickte. »Eure Meinung werde ich dem Edlen Kaiser ausrichten.«

Der General schlürfte geräuschvoll eine Pastete aus. »Tenira ist geschwächt, der Bürgerkrieg steckt Le-Wajun noch in den Knochen. Jetzt ist der richtige Zeitpunkt, um unseren unberechenbaren Nachbar ein für alle Mal zu unterwerfen.«

Und uns Guna zu holen, ergänzte Yando in Gedanken. Ihm wurde übel bei der Vorstellung, dass die nächste Schlacht schon bald bevorstehen könnte.

»Selbst wenn Le-Wajun einen neuen Verbündeten hat? Ich fürchte, wir müssen abwarten, wie sich diese Geschichte entwickelt.« Wenn sie jetzt eingriffen, ob es nun war, um Le-Wajun zu schützen oder um zu verhindern, dass Tenira sich mit dem Sultanat zusammentat, standen sie einem neuen Feind gegenüber, über den sie so gut wie gar nichts wussten. »Kaiser Liro plant keinen Krieg gegen Nehess«, sagte er daher. »Wenn Eure Informationen denn überhaupt zutreffen. Mir ist neu, dass eine Flotte unterwegs ist.«

»Dann schauen unsere Magier weiter als die Magier des Kaisers.« Der General schien sich nicht darüber zu wundern, als sei es selbstverständlich, dass man in Gojad weiter sah als überall sonst. »König Laon hatte eine Abmachung mit Prinz Laikan, die er jedoch nicht erfüllen konnte. Er wollte Nehess am Abbau der Brandsteine beteiligen und dafür die Streitmacht des Sultanats nach Belieben einsetzen dürfen. Auch Nehess holt sich nur, was ihm versprochen worden ist.«

Yando hatte es satt, dass ihm seine Unwissenheit fortwährend unter die Nase gerieben wurde, daher nickte er nur knapp, als wäre ihm das alles bereits bekannt.

Das Mahl zog sich in die Länge. Er zwang sich dazu, weiterhin aufmerksam zu bleiben und nicht abzuschweifen, denn er würde Liro jedes Wort, das hier gesprochen wurde, berichten müssen. Wichtiger jedoch waren die Dinge, die nicht erwähnt wurden, und deshalb spitzte er die Ohren und versuchte den Lücken zwischen den Sätzen zu entnehmen, was dieser seltsame Bund zwischen Matino, dem General und dem Eisenmeister wirklich zu bedeuten hatte, was die drei planten und wie sie an die Brandsteine von Guna zu gelangen gedachten.

Während des Gesprächs wurde ihm klar, dass der General es ebenfalls nicht wusste; er baute auf die Armee des Kaisers, deshalb reihte er einen Appell an den nächsten, den bestmöglichen Zeitpunkt für einen Angriff nicht zu verpassen. Der Eisenmeister hingegen wirkte freundlich und bedächtig. Yando traute ihm nicht über den Weg. Was ihn jedoch vor allem davon überzeugte, dass etwas nicht stimmte, war Matinos Geduld.

Er sprach nicht über Rache.

Die Feuerreiter hatten ihm Daja genommen. Sie hassten ihn, und Yando wusste auch, warum. Er war dabei gewesen, als Matino den Feuerreiter, der sie an die Grenze zu dem Treffen mit Tenira gebracht hatte, zu Tode geprügelt hatte. Es war für Yando unvorstellbar, dass der ehemalige Kronprinz nicht mit einem erneuten Ausbruch von Gewalt darauf antworten würde.

Deshalb war er froh, als der Abend endlich endete. Der Eisenmeister beauftragte einen Diener, Yando in sein Quartier zu bringen. »Wenn Euch die Prinzessin morgen zurück nach Wabinar bringt, was werdet Ihr dem Edlen Kaiser sagen?«, fragte Spiro, nachdem sich die anderen empfohlen hatten.

»Alles, Herr«, antwortete Yando.

»Alles?«, hakte der Meister nach, die Augenbrauen krochen über seine Stirn.

»Alles, was mir klug dünkt.« Von dem Porträt würde er Liro nichts erzählen. Und auch nicht von den vielen Bildern. Darüber würde er keine einzige Silbe verlauten lassen. Solange er nicht wusste, was das alles zu bedeuten hatte, konnte er dem jungen Kaiser damit nicht helfen. Dass es nun auch von ihm ein Bild gab, rief das Gefühl in ihm hervor, verwundbar zu sein. Auch das sollte Liro besser nicht erfahren.

Spiro nickte. »Ihr seid ein sehr kluger Mann«, sagte er, »sonst wärt Ihr nicht so weit gekommen. Aber Ihr solltet versuchen, nicht zu klug zu sein.«

»Natürlich«, sagte er demütig.

»Ist Euch bekannt, dass Guna einen neuen König hat?«, fragte Spiro, in seinen Blick trat etwas Lauerndes. »Nein? Nun, dann wisst Ihr es jetzt.«

Die Frage traf Yando wie ein Fausthieb. Er schnappte nach Luft. »Wer ist es?«

»Das findet Ihr schon noch heraus.« Der Mann schien es zu genießen, ihn zu quälen. »Auch darüber werdet Ihr mit Liro sprechen müssen. Versucht nie, jemand zu sein, der Ihr nicht mehr seid.«

Damit hatte Yando etwas zum Nachdenken, während er dem Diener durch den nur spärlich beleuchteten Flur folgte.

Oh ihr Götter! Ein neuer König? Wer? Und warum erzählte ihm der Magier so etwas? Das konnte nur eins bedeuten: Der Mann wusste, wer Yando wirklich war. Es gab noch andere, die davon wussten. Und sie würden sehr genau darauf achten, wie gewissenhaft er den Kaiser beriet.

»Hier ist es, Herr«, sagte der Diener.

Wie im Palast von Wabinar gab es auch hier keine Türen. Schwere Felle verbargen die Eingänge zu den Räumen. Hinter einem weißen Fell – nur mit der Hand darüber zu streichen, verriet ihm, von welch auserlesener Qualität es war – befand sich das ihm zugewiesene Schlafzimmer. Es war zugleich schlicht und üppig mit dem breiten Bett aus armdicken Bohlen, auf dem sich Decken und Kissen türmten. Ein Waschtisch stand bereit sowie auf einem niedrigen Tisch die obligatorische Ausstattung für Räume, in denen Magier sich aufhielten: eine Wasserkaraffe und eine flache Schale. Ansonsten war der Raum leer. Die glattpolierten Dielenbretter schimmerten im Licht des leise züngelnden Kaminfeuers.

Der Diener verneigte sich und ging.

Yando betrachtete das prächtige Bett mit Wehmut. Er war erschöpft und durcheinander, aber er hatte nur diese eine Nacht, bevor er nach Wabinar zurückkehren musste. Nur wenige Stunden, um herauszufinden, was Matino hier in Gojad verbarg. Außerdem gingen ihm zu viele Gedanken durch den Kopf. *Wer ist König von Guna? Wie konnten sie einen anderen Mann zum König krönen? Wen?* Durch alle wirbelnden Schichten seiner inneren Qualen hindurch regte sich die Neugier, gekoppelt an das seltsame, nicht totzukriegende Wesen, das ihn aufrecht hielt und ihn zugleich in den bitteren Staub der Demütigung hinunterstieß, dieses edle Ungeheuer Pflicht. *Tu deine Pflicht. Finde heraus, was hier vor sich geht!*

Er zog den Ledermantel aus, der bei jeder Bewegung Geräusche verursachte, die in der Stille der Nacht weit zu hören sein würden, setzte sich auf das Bett und wartete. Das Hämmern und Dröhnen aus den Werkstätten wurde nicht leiser. Offenbar wurden die Öfen die ganze Nacht befeuert, und die Arbeiter waren in Schichten eingeteilt, damit es unablässig weiterging. Yando trat ans Fenster und öffnete es. Sofort wurde es noch lauter. Ein rotes Glühen erhellte den Himmel, und dann fiel schwarzer Schnee.

Die Gefahr, entdeckt zu werden, war groß, doch vielleicht konnte ihn die Menge an Arbeitern auch schützen. Yando kletterte aus dem Fenster und ließ sich an der Regenrinne hinunter. Sein

Zimmer war im zweiten Stock; wieder hinaufzukommen würde wesentlich schwieriger werden, doch darüber musste er sich später Gedanken machen. Um in den Hof mit den Werkstätten zu gelangen, musste er zunächst unbemerkt über die Brücke schleichen. Wächter waren keine zu sehen, aber Yando zweifelte nicht daran, dass die wertvollen Eisenvögel bewacht wurden. Dass er selbst beobachtet wurde, erschien ihm ebenfalls sehr wahrscheinlich. Es kam nur darauf an, so weit wie möglich zu kommen, bevor sie ihn aufhielten und zurück in sein Quartier begleiteten. Dass man ihn einen Unfall erleiden lassen würde, wenn er zu viel entdeckte, stand ebenfalls im Bereich des Möglichen. Er musste auf alles gefasst sein.

Eine Feuersäule stieg in den Himmel. Er huschte über die Brücke und erreichte das Gebäude, in dem die Zeichnungen angefertigt wurden. Immer wieder sah er sich nach allen Seiten um, während er es umrundete und endlich die Schmiedehalle erreichte. Niemand achtete auf ihn, als er die Halle betrat. In dem Lärm, dem Qualm, der Hitze hätte er genauso gut unsichtbar sein können.

Yando unterdrückte den Drang, sich hinter den Stapeln und Fässern zu verstecken, und schritt forsch voran, als hätte er jedes Recht der Welt, hier zu sein. Und hatte er das nicht? Er war der Gesandte des Kaisers, und Liro erwartete mehr als den Bericht über einen nichtssagenden Rundgang.

Hinter den Gerüsten und Sichtschutzzäunen ging die Halle weiter, dieser Bereich war ebenso groß wie der vordere. Der Lärm von drüben war auch hier zu hören, doch hier waren weit weniger Arbeiter beschäftigt. Zehn, vielleicht zwanzig Männer umringten das, was niemand sonst sehen durfte. Sie kletterten darauf herum, glätteten mit ihren Werkzeugen Schuppen und Federn, befestigten Krallen und Haken, polierten Klingen und Zähne.

Yando hielt den Atem an, während er das Ding betrachtete. Matinos Geheimnis.

Er wusste nicht, was es war. Auf den ersten Blick wirkte es wie ein Berg voller Krater oder wie ein unförmiges Tier mit tausend

Augen. Es sah aus wie etwas, das missglückt war, nicht wie etwas, das gerade im Entstehen war und am Ende vollkommen sein könnte.

Es war ein riesiges Ding, mehr als zwanzig Meter hoch, und es besaß zu viele Beine und zu viele Köpfe. Es hatte von allem zu viel. Das Metallungetüm war sogar mit Flügeln ausgestattet, obwohl es viel zu schwer aussah, um sich je in die Luft zu erheben.

Ein Wort formte sich in Yandos Geist, ein Wort aus uralten Geschichten, aus den Märchen, die man in Guna den Kindern erzählte. Ein Ungeheuer mit vielen Köpfen, das Feuer speien konnte. Ein Ungeheuer mit Flügeln. Ein Ungeheuer, das die ganze Welt verschlang.

Ein Drache.

Was die Eisenmeister hier bauten, war ein Eisendrache, und sie mussten schon vor vielen Jahren damit begonnen haben. Yando dachte daran, wie Spiro über die Gelenke der Eisenvögel und Eisenpferde gesprochen hatte, wie schwierig es war, die Geschöpfe so zu bauen, dass sie sich bewegen konnten, ohne sich im Kreis zu drehen oder zu stolpern. Der Drache besaß ungleich mehr Gelenke. Er hatte zwei Paar Flügel und allein auf dieser Seite sechs Beine, die in grotesken Winkeln aus dem Leib herausstachen. Damit erinnerte er mehr an eine Assel als an eine Echse.

»Er ist so hässlich, dass es in den Augen schmerzt, nicht wahr?«

Yando zuckte zusammen, so versunken war er in den Anblick gewesen. Dass ausgerechnet Matino ihn ertappt hatte, erschreckte ihn nicht einmal. Sein Entsetzen über dieses Ungeheuer war zu groß, als dass weitere Ängste daneben Platz finden konnten.

»Was habt Ihr damit vor, Kalazar?«

»Wer weiß?«, fragte Matino mit einem Lächeln. »Ihn gegen meine Feinde einsetzen?« Er hielt etwas in der Hand, eine Rolle, die Yando vage bekannt vorkam.

»Das ist …«

»Ja«, sagte Matino leise, »das ist dein Bild. Ist dir die Ehre bewusst, die ich dir damit erweise? Kein Sklave wird je für die Eisenvögel verwendet. Für Eisenpferde sind sie ausreichend, aber nicht, wenn man fliegen will. Nur die besten Seelen fliegen. Doch Spiro war sich sicher, dass deine Seele gut genug ist.« Er löste sich von dem Gerüst, an dem sie beide lehnten, und hinkte auf das Ungeheuer zu. Ungläubig sah Yando zu, wie der Prinz unter die langen Hälse des Drachen trat und eine Leiter erklomm, die an der Brust der Kreatur lehnte.

Was sollte das? Was hatte der Prinz vor? Schließlich lebte Yando noch; sein Porträt würde den Eisenmeistern gar nichts nützen. Es sei denn, er würde Gojad nicht lebend verlassen. Ihm wurde noch kälter als ohnehin.

»Halt sie fest«, befahl Matino, und Yando gehorchte, obwohl ihm am ganzen Körper der Schweiß ausbrach. Er hielt die Leiter mit beiden Händen, während der Prinz in die Höhe stieg. Mehr als zehn Meter über ihm öffnete er etwas, ein verborgenes Fach. Es knirschte leise. Dann schnappte etwas zu. Matino kehrte ohne die Rolle zurück, auf dem Gesicht ein zufriedenes Lächeln.

Seine Freude war dazu geeignet, Yando in Todesangst zu versetzen. Bei den gütigen Göttern, die über Guna wachten, sein Porträt in dem Eisendrachen – das konnte nichts Gutes bedeuten.

»Wenn du stirbst, Sklave«, sagte Matino, »wird deine Seele in meinem Drachen wohnen. Also pass ein bisschen auf dich auf, ja?«

»Herr?«, keuchte Yando. Er sah seine dunklen Ahnungen bestätigt. Die Magie, die die Eisentiere belebte, beruhte auf den Bildern. Das war beinahe zu finster, um es sich überhaupt vorzustellen.

Matino legte den Kopf in den Nacken und starrte an dem Drachen empor. »Er wird leben«, sagte er. »Noch ist es nicht so weit, aber wir werden ihn dazu bringen. Sein Herz wird brennen. Die Seelen werden in ihm tanzen. Jeden meiner Feinde, jeden, der sich mir je widersetzt hat, wird er verschlingen. Komm hierher, nach vorne.«

Mit klopfendem Herzen folgte Yando dem Prinzen zu den Köpfen des Scheusals, die mit weit geöffneten Mäulern auf gemauerten Podesten ruhten. Die Augen, bei magisch belebten Eisenvögeln rot, waren schwarz und matt. Yando betete, dass sie nie aufleuchten würden.

»Schau dir diese Zähne an! Steck ruhig den Kopf in den Rachen, sie können nicht beißen.«

Yando tat, wie ihm geheißen. Jedes Maul war groß genug, um ein kleines Haus zu verschlingen. Die Zähne konnten Eisenpferde aufspießen, als wären es Süßigkeiten. Feuer schien auf der stacheligen Zunge zu spielen, tausend Lichter glühten in dem Rachen, und er schrie erschrocken auf, als ihm sein eigenes Gesicht entgegensah, die Augen aufgerissen, blaue Teiche mit dunkler Mitte.

»Spiegel«, flüsterte Matino, seine Stimme rau vor Ehrfurcht. »Es sind Spiegel. Hättest du das gedacht? Mein Drache ist einzigartig. Jedes Leben, das er verschlingt, sieht sich im Spiegel, jede Seele, die er hinunterschluckt, erkennt sich selbst in ihm. Das ist ein Seelenfresser. Jeder, den er tötet, wird in ihm wohnen und ihn stärker machen. Damit werde ich die Feuerreiter heimsuchen. Ich werde Le-Wajun vernichten. Ich werde jeden zu meinem Werkzeug machen, der sich mir in den Weg stellt.«

»Ihr seid wahnsinnig!«

Matino lächelte nicht mehr, er war vollkommen ernst. »Das hier ist das Größte, was die Eisenmeister jemals geschaffen haben. Es verdient ein wenig Respekt. Wirst du Liro davon erzählen?«

Der Prinz hatte schon an diesem Ungeheuer mitgebaut, bevor er seinen Erbanspruch verloren hatte. Ob er geplant hatte, gegen seinen eigenen Vater zu Felde zu ziehen und die Macht vor dem Ableben des Kaisers an sich zu reißen? Hatte er vorgehabt, ganz Kanchar unter die eisernen Krallen des Drachen zu zwingen? Würde Liro sterben müssen, wenn er es wagte, auch nur ein falsches Wort gegen seinen Bruder zu sagen?

»Nein«, antwortete er. »Das werde ich nicht.« Er durfte jetzt nichts sagen, das Matino gegen ihn aufbrachte. Was er letztendlich tun würde, wusste er noch nicht. Erst musste er die schrecklichen neuen Erkenntnisse verarbeiten.

»Ich hätte auch nichts anderes erwartet. Denn wenn du stirbst – und wie leicht kann das passieren –, wartet das hier auf dich. Du weißt nun, wie wichtig es ist, einen frühzeitigen Tod zu vermeiden.« Matino reckte sich leicht, obwohl ihn das nicht auf Yandos

Augenhöhe brachte. »Ich verlasse mich darauf, dass du mir aufrichtig dienst, Sklave.«

»Ja, Kalazar«, ächzte Yando, kaum noch seiner Stimme mächtig. Oh ihr Götter! Was sollte er tun? Wie konnte er dieses Grauen aufhalten? Matino hier und jetzt umzubringen würde schwerlich helfen, denn dann kam er nicht mehr lebend nach Wabinar zurück. Gegen die Eisenmeister kam er nicht an.

»Sieh dir ruhig alles an. Geh herum, befriedige deine Neugier. Male dir aus, wie deine Zukunft aussieht. Denn irgendwann wirst du sterben – jeder stirbt irgendwann. Doch nicht jeder darf seine Grabstätte schon im Voraus … kennenlernen. Begrüße den Drachen, denn du wirst ein Teil von ihm sein.«

Matino wandte sich zum Gehen und blieb dann noch einmal stehen. »Und, Sklave – wenn du in dein herrliches Schlafgemach zurückkehrst, dass für hochgeborene Gäste bereitsteht, nimm nicht das Bett. Vergiss nie, wer du bist.«

Yando ballte unwillkürlich die Fäuste, atmete, atmete tief durch, zwang sich, die Hände wieder zu öffnen. Selbst einem verkrüppelten Matino war er nicht gewachsen, einem Mann, der zum Kämpfen ausgebildet war. Einem Mann, der etwas baute, das schrecklicher war als der Tod selbst. Er versuchte dankbar dafür zu sein, dass der Prinz ihn diesmal weder geschlagen noch berührt hatte, doch es war unmöglich. Allein die Gegenwart dieses Mannes löste in ihm andauernde Übelkeit aus. Dazu kam nun noch das Entsetzen über das, was er erfahren hatte. Hätte er nicht von der Seele des Prinzen Wenorio gewusst, die im Körper von Sadi wohnte, er hätte nicht geglaubt, dass so etwas überhaupt möglich war. Die Eisenmeister banden tatsächlich Seelen an Eisentiere! Und als wäre das noch nicht schlimm genug, war dieser Drache dazu fähig, Seelen zu verschlingen.

»Ihr Götter«, flüsterte er, »seid uns allen gnädig.«

Es kam keine Antwort. Nachdem Matino gegangen war, legten die Arbeiter die Werkzeuge zur Seite. Sie kletterten von den Leitern, einer nach dem anderen verließ die Halle. Offenbar hatten sie nur seinetwegen noch weitergearbeitet und die Nachtruhe begann; vielleicht kamen aber auch gleich die Männer, die die nächste Schicht antraten. Denn die Arbeit ruhte nie ganz. Aus dem anderen Teil der Schmiede erklang unaufhörlich das Fauchen und Zischen und Hämmern und Dröhnen, das zu einem einzigen Geräusch verschmolz – zu einem Gebrüll, das aus den Mäulern des Drachen zu stammen schien.

Spiegel! Oh ihr Götter!

In welchem wahnsinnigen Geist war dieses Geschöpf geboren worden? Wer hatte es gezeichnet, wer hatte den Entschluss gefasst, es zu bauen? Sicherlich nicht Matino. Yando blieb stehen, er zwang sich, hinzuschauen, zu denken. Der harte Fußboden in seinem Gemach konnte warten; allein das Bett hätte ihn verlocken können, dorthin zurückzukehren. Der Drache. Die Eisenmeister. Matino. Wozu brauchten die mächtigen Eisenmagier den Prinzen? Warum hatten sie ihn überhaupt in dieses Vorhaben eingeweiht, es zu seinem eigenen gemacht? Gojad konnte ganz Kanchar erobern. Mit diesem Drachen konnten sie Wabinar stürzen und sich selbst auf den Thron setzen. Warum sollte irgendjemand Matino eine solche Macht geben?

Langsam schritt er um das Ungeheuer herum, das zur Hälfte von einem Gerüst umgeben war. Leitern lehnten an den Hälsen, an den Flügeln. Ob oben auf dem Rücken ein Sattel befestigt war, konnte er nicht sehen, dafür entdeckte er eine Luke im Bauch des Drachen. Ob sich der Sitz des Feuerreiters im Inneren der Kreatur befand? Auf diese Weise konnte er von keinem Pfeil getroffen werden und war auf unvergleichliche Weise geschützt.

Das war es! Die Eisenmeister brauchten einen Feuerreiter. Die Prinzessin von Gojad wäre naheliegend gewesen, warum also hatten sie nicht Jechna gewählt? War sie zu freundlich, zu vernünftig, zu reizend für ein Monster wie dieses? Um einen Eisenvogel zu bezwingen, brauchte es mehr als einen göttlichen Funken und einen starken Willen, man brauchte eine lange Ausbildung und großen Mut. Was also war wohl nötig, um ein Geschöpf wie dieses zu reiten? Die Antwort lag auf der Hand: jemand wie Matino in seiner ganzen Widerwärtigkeit.

Yando sah zu der Luke hoch. Im Kampf konnte man keine Leitern aufstellen, daher musste es eine andere Möglichkeit geben, hineinzugelangen. Ja, da waren sie, die Trittstufen, die in eins der Beine eingefügt waren. Daran konnte Yando nach oben klettern. Er unterdrückte den Ekel, den er vor der Kreatur empfand, und stieg das Bein hoch, bis er die Hand nach dem Riegel ausstrecken konnte. Zusammen mit der Tür, die sich nach unten öffnete, klappten Stufen aus, die durch Metallstreben miteinander verbunden waren. Es war ein Leichtes, hinüberzusteigen und hinaufzuklettern.

Dann stand er im Bauch des Drachen. Um ihn wölbte sich ein Raum, der überraschend wohnlich war. Die magischen Lampen, die in die Wände eingelassen waren, glommen auf und warfen ihren goldenen Schein über einen mit Leder ausgekleideten, gepolsterten Sitz, ein schmales Bett, mit Kissen und Decke bestückt, und eine im Boden verankerte Truhe, die sich nicht sofort öffnen ließ. Erst als Yando sich gegen den Deckel stemmte, bekam er sie auf. Bis auf Kleidungsstücke und Decken schien sie leer, doch darunter verbargen sich fein gezeichnete Karten der Königreiche von Kanchar. Yando betrachtete die Karte, die Wabinar zeigte und die besten Stellen, um in den Palast einzudringen, und ein wundes Gefühl in seinem Herzen machte ihm klar, dass er Wabinar längst als seine zweite Heimat betrachtete. Eine weitere Karte zeigte die Pässe, die nach Talandria führten, und dann hielt Yando den Atem an, denn die nächste Zeichnung offenbarte ihm ein Geheimnis. Niemand kannte es – hatte er gedacht. Während er auf die markierte Stelle starrte, auf einen winzigen Punkt in der Steppe von Daja, wusste er, dass er allein dafür des Todes war, dass er das hier gesehen hatte.

In der Karte war Jerichar verzeichnet.

Oh ihr Götter.

Ihn packte die nackte Angst. Dass Matino wahnsinnig war, war für Yando nichts Neues, aber dieses Ausmaß an Wahnsinn ließ ihn nach Luft schnappen. Der verrückte Prinz hatte doch wohl nicht vor, die Stadt der Wüstendämonen anzugreifen, die Brutstätte der Assassinen?

Oh ihr gnädigen Götter.

Yando ließ sich in den Lederstuhl sinken. Und sprang erneut erschrocken auf, denn für einen kurzen Augenblick hatte er nicht die eisernen Wände des Innenraums gesehen, sondern die Halle draußen mit den Gerüsten. Als könnte er durch die toten Augen des Drachen blicken!

Verwundert ließ er sich erneut nieder. Da war das Bild wieder. Er blickte in einen Spalt. Auf einen Spiegel? Es mussten zahlreiche Spiegel sein, die ihn hier drinnen sehen ließen, was draußen vor sich ging. Natürlich, wie sollte ein Feuerreiter sonst das Eisentier lenken und dafür sorgen, dass es nicht die eigenen Leute verschlang? Yando beugte sich vor, drehte sich hin und her, aber es war ihm nicht möglich, sich selbst in den Spiegeln zu sehen. Sie zeigten ihm nur, was draußen lag. Alles war ruhig, niemand kam, um ihn wieder hier herauszuzerren. Diesen Menschen war gleichgültig, was er wusste, da er niemandem davon erzählen konnte. Wenn er Liro warnte, war auch sein Schützling des Todes; entweder Liro erklärte Gojad den Krieg, oder er tat gar nichts und wartete darauf, dass der Drache kam.

Vielleicht eine Stunde saß Yando auf dem Platz des Feuerreiters. Er horchte. Der Drache schwieg. Noch lebte er nicht, war er nichts als ein Haufen kunstvoll zusammengeschmiedeten Eisens. Ein Grab. Sein Grab.

Yando wusste, dass der Versuch, die Leiter zur Brust des Untiers hochzusteigen und sein eigenes Porträt wieder aus der Herzkammer herauszufischen, zwecklos war. Dafür kannte er Matino zu gut; der Prinz hätte ihm nicht gezeigt, wo er das Bild aufbewahrte, wenn es so leicht wäre, es wieder zu entfernen. Der Verschluss würde nur durch einen Magier zu öffnen sein oder durch einen Eingeweihten, der genau wusste, welche Schuppe er auf welche Weise berühren musste. Sich damit zu befassen wäre nur Zeitverschwendung. Doch während Yando dasaß und die Stille des Drachen auf sich wirken ließ, die fürchterliche Stille, die diesen Ort noch viel mehr zu einem echten Grab machte, kam ihm ein Gedanke.

Er stand auf und öffnete die Truhe erneut. Dann sah er die

Karten durch auf der Suche nach einer Stelle, an der es möglich war, einen schmalen Streifen abzureißen, ohne dass es auffiel. Die Karten waren ausführlich beschriftet und aufwendig gestaltet, die Berge, die Flüsse, Städte und Wälder eingezeichnet. Wer mit diesen kostbaren Karten Krieg führen wollte, der würde merken, ob ein Teil fehlte.

Auf der Suche nach einer anderen Möglichkeit ließ Yando den Blick durch den Raum wandern. Er musste weiterdenken, Dinge in Betracht ziehen, die weniger offensichtlich waren. Wer sagte, dass Porträts nur auf Papier oder Pergament oder Leinwand möglich waren? Außerdem hatte er keine Tinte und keine Zeichenkohle, aber er hatte sich eine der Nachtischgabeln in den Stiefel geschoben, um sich gegen einen etwaigen Meuchelmörder wehren zu können.

Yando legte sich flach auf den Rücken und schob sich unter den Ledersessel. Er war vollständig bezogen, die Nähte unter der Sitzfläche geschickt verarbeitet.

Die Beleuchtung war schlecht. Mit der Gabel ein Muster ins Leder zu ritzen erforderte nicht nur Geduld und Kraft, sondern auch das Auge eines Künstlers für Proportionen und Details. Er durfte sich keinen Fehler erlauben, und dabei war es Jahre her, dass er gezeichnet hatte. Aber er konnte es noch. Das Gesicht des Mannes, den er mehr als alles hasste, war ihm so vertraut, dass er jede kleine Falte, jeden Schatten, jedes einzelne Haar aus dem Gedächtnis ins Leder kratzen konnte. Er sah es in jedem seiner Albträume vor sich, es verfolgte ihn in jeder wachen Stunde.

»Mein Grab?«, flüsterte er. »Mein Grab, Kalazar? Nun ist es auch deins.«

Dann erst kletterte er aus dem Bauch des Drachen, stieg die Trittstufen hinunter und kehrte in die Burg des Eisenmeisters zurück. Niemand hielt ihn auf, als er durch die Vordertür eintrat und durch den Gang in sein Zimmer marschierte. Dort legte er sich auf die Dielen vor dem Kamin, er, Matinos Sklave, Rumas Geliebter, Liros Ratgeber, wahrer König von Guna.

15. In den Spiegeln

Linua war kurz nach Karims Abreise auf ihren Eisenvogel gestiegen und hatte Guna den Rücken gekehrt. Dass sie Karim das Leben gerettet hatte, nachdem die Götter ihm die Flucht aus der Skorpiongrube ermöglicht hatten, musste genügen. Sie war eine ausgebildete Feuerreiterin, wie beinahe jeder Wüstendämon, dennoch wollte sie sich nicht mit den Belangen der Feuerreiter auseinandersetzen. Dabei hing alles zusammen: Karim, die Feuerreiter, die Eisenvögel und die Mine, in der die gefährlichen Brandsteine schlummerten. Es war, als hätte das grüne Land der Berge eine eiternde Wunde, die irgendwann zu Gunas Tod führen würde. Aber sie war nicht die Heilerin des Landes. Sie hatte getan, was sie konnte, um alles Weitere mussten ihre Freunde sich kümmern.

Versonnen betrachtete sie ihr Gesicht im Wasser, das sie aus dem Bach schöpfte. Es war ein Wunder, das ihre Narben verschwunden waren, ein Wunder, das sie hinter der jahrelang fest verschlossenen Tür ihrer Seele einen ganzen Himmel voller Sterne gefunden hatte. Ihre Kräfte waren nicht mit menschlichen Maßstäben zu messen. Eine Weile hatte sie geglaubt, sie könnte eine Lichtgeborene sein, die Tochter einer menschlichen Frau und eines Gottes, doch es musste noch mehr dahinterstecken.

Dass sie dennoch wie ein ganz gewöhnlicher Mensch Hunger und Durst verspürte, war ein wenig lästig, denn sie verbrachte ihre Zeit lieber damit, den Flugwind zu genießen, als auf die Jagd zu gehen oder Beeren zu sammeln. Auch an diesem Morgen fiel das Frühstück karg aus. Sie bereitete sich einen Brei aus den Körnern des wilden Hafers zu, der hier im Norden des Kaiserreichs an vielen Stellen wuchs, und wünschte sich, sie hätte Honig dazu gehabt oder noch besser Salz. Seit sie Guna vor einigen Wochen verlassen hatte, machte sie einen Bogen um alle Orte, an denen Menschen lebten, um ihre Märkte, ihre Höfe und Gärten. Aber dass sie sich an die karge Kost, die die Wildnis bot, gewöhnt hätte, würde sie dennoch nicht behaupten.

Der Eisenvogel schlug freudig mit den Flügeln, als sie auf seinem Rücken Platz nahm. Auf dem Flug über die Weiten des Landes wuchs eine seltsame Freude in ihrem Herzen – und eine nicht weniger seltsame, aber dennoch verständliche Angst. Sie war auf der Suche nach ihrer Herkunft, nach dem großen Rätsel hinter dem Namen »Linua«, und es fühlte sich richtig an, nach Osten zu fliegen. Die Antwort war ganz nah. Sie hoffte so sehr, die fehlenden Teile des Geheimnisses in Gojad zu finden.

Der Anblick des Nebelmeeres, das irgendwann zu ihrer Linken sichtbar wurde, berührte sie seltsam.

Irgendwann vor vielen Jahren hatte sie es schon einmal gesehen, in frühester Kindheit. Auch die Berge, die ihre weißen Gipfel durch die Wolken stachen, kamen ihr vertraut vor. Die Nacht brach herein, während sie über das Gebirge flog, doch sie hatte den Eisenvogel fest im Griff und fürchtete weder den Mond noch die Sterne.

Unbemerkt in Gojad einzufliegen war nicht schwer, da die dicken Rauchwolken, die über der Stadt hingen, ihren kleinen Eisenvogel zuverlässig verbargen. Das Schloss des Königs war in den Berghang hineingebaut und erhob sich aus dem Qualm, doch die Schmieden darunter waren wie gesunkene Schiffe, die auf dem Meeresgrund ruhten. Linua tauchte hinab.

Unter der Decke aus Qualm war es heller als erwartet. Rote Flammen, die aus den offenen Türen der Schmieden zuckten, spiegelten sich in zahlreichen Fenstern und verglasten Türen. Die Häuser duckten sich, breit verteilt zwischen den Hallen, die halb in den Berg hineingebaut waren. Es war überraschend warm, obwohl der Winter hier oben schon hereingebrochen war. Eine Schneeflocke segelte an ihr vorbei.

Sie lenkte den Vogel tiefer hinunter und landete in einem finsteren Hinterhof. Die roten Augen verloschen, als sie auf die rutschige, von Asche und Schnee bedeckte Erde sprang. Nun musste sie sich von ihrer Erinnerung leiten lassen.

Joaku hatte ihr viel zu wenig gesagt, er hatte nur angedeutet, dass hier ihr Weg begonnen hatte, also grub sie in ihrem Geist nach Bildern aus ihrer vergessenen Kindheit. Sie fand nichts. Da war nur der Anblick des Nachthimmels, Sterne, die aufstrahlten, der Mondgürtel, der wie ein Perlenhalsband den Himmel schmückte. Sie erinnerte sich an dunkles Wasser und an dunkle Augen und eine dunkle Stimme, aber je angestrengter sie in sich hineinhorchte, umso verschwommener wurde alles.

Zögernd schritt sie voran. Vor ihr lag eine Brücke, jemand huschte an ihrem Versteck vorüber. Linua blinzelte, sie war kurz davor, einen Namen zu rufen. Kirian von Guna – was machte er hier? War ihr Schicksal so eng miteinander verwoben, dass sie sich an den unmöglichsten Orten trafen? Entschlossen wandte sie sich der entgegengesetzten Richtung zu. Was Kirian anging, hatte sie ihre Entscheidung getroffen. Er war zu wichtig als Kaiser Liros Berater, um ihn aus seinem Leben in Wabinar herauszureißen und nach Guna zu bringen. Mochte er der wahre Erbe sein oder nicht, das zählte nicht. So leid es ihr auch tat, ihre Freundin Lan'hai-yia zu enttäuschen – Kir'yan-doh musste seinen eigenen Weg gehen. Doch sie wusste, dass er mit seinem Schicksal haderte, und sie hätte es nicht ertragen, wenn er sie erneut darum gebeten hätte, ihm zur Flucht zu verhelfen.

Auf der anderen Seite des Flusses erhob sich eine Burg aus dem Gestein. Die Mauern waren so grauschwarz wie alles in diesem Tal. Eine Ahnung – oder war es eine Erinnerung? – sagte ihr, dass sie hier richtig war. Während sie sich dem Tor näherte, das in das trutzige Gebäude hineinführte, wurde Linua zu einem Schatten, unhörbar, unsichtbar. Sie löste sich nicht auf, sondern verbarg sich nur magisch vor den Blicken anderer, und dennoch fühlte es sich so an, als hätte sie keine Substanz mehr.

Doch der Mann, der plötzlich die große Tür aufriss und mit ihr zusammenprallte, war genauso lebendig und wirklich wie sie. Und er hatte keine Schwierigkeiten, sie zu sehen.

»Ah!«, rief er überrascht. »Du! Zu dumm, dass ich gerade in Eile bin. Warte hier, ich werde mich gleich mit dir befassen.«

Falls er gerade Kirian hinterherlaufen wollte, hatte ihr Besuch hier zumindest einen Sinn erhalten, indem sie dem kleinen, schmächtigen Mann den Weg versperrte. Er war offensichtlich ein Magier; der typische Umhang hüllte ihn ein, und er war immun gegen den Schleier, den sie um sich gelegt hatte.

»Ihr kennt mich?«, fragte sie. Der Magier schlug die Kapuze zurück. Er hatte braune Haut, ein spitzes Kinn, seine Augen waren dunkel – und vertraut. »Und woher kenne ich Euch?«, fügte sie hinzu.

Er seufzte. Sein Blick schweifte an ihr vorbei über die Brücke. Kirian war längst verschwunden.

»Nun denn«, meinte er. »Das musste ja irgendwann geschehen. Ich bin Eisenmeister Spiro. Komm.« Er hielt ihr die Tür auf, und Linua betrat die dunkle Burg.

Im Inneren war es so hell, dass das Licht in ihren Augen schmerzte. Sie folgte Spiro durch einen langen, geraden Flur, dessen Wände verspiegelt waren. Nur wenige Leuchtkugeln erhellten den Gang, tausendfach vervielfältigt. Ihr eigenes Bild, teilweise von der dunklen Gestalt des Magiers verdeckt, umgab sie. Zehntausend andere Linuas gingen neben ihr her, kamen ihr entgegen und verfolgten sie. Sie fragte sich, wie man in so einer Burg leben konnte. Wäre sie hier auch nur ein paar Tage zu Gast, sie würde wahnsinnig werden.

Vielleicht, kam ihr der Gedanke, sollte sie etwas mit ihren Haaren machen. Von hinten wirkten sie nicht so vorteilhaft wie erhofft. Jeder Grasfleck in ihrer Kleidung, jeder Riss in ihrem Flugmantel wurde ihr unbarmherzig vor Augen geführt.

»Stört Euch das nicht?«, fragte sie.

»Oh, aber nein. Man gewöhnt sich daran. Bitte, mein liebes Kind, hier entlang.« Er holte ein Schlüsselbund hervor und öffnete eine schmale Tür, die Linua gar nicht als Tür identifiziert hätte, so unauffällig fügte sie sich in die Spiegelwand ein. Sie fühlte das merkwürdige Brennen gespannter Erwartung, als sie hindurchtrat.

»Was ...?«

Noch mehr Spiegel. Das konnte sie noch sehen, bevor Spiro die Tür hinter ihnen schloss. Gleich darauf herrschte völlige Dunkelheit. Kälte wehte sie an und ein Flüstern, das hallte wie in einem riesigen Gewölbe. Hier und dort ging ein Raunen und Knistern durch die Luft, als stünde sie allein in einem nächtlichen Wald, durch den Eulen und Mäuse huschten.

»Ich mache gleich Licht.« Spiros Stimme, so dicht an ihrem Ohr, ließ sie zusammenzucken. Für einen Moment hatte sie das Gefühl gehabt, als sei diese Dunkelheit für niemand anderen bestimmt als für sie allein.

Dann erhellte Licht den Raum, und Abertausende von Lichtern blendeten sie, von allen Seiten, sogar von der Decke und dem Boden, Abbilder der einen Lampe, die über der Tür erstrahlte.

»Komm, liebes Kind.« Spiro fasste sie am Ellbogen und zog sie weiter. Sie gingen über den Spiegelboden wie über einen Abgrund, der in unfassbare Tiefen hinabragte. Wieder hört Linua ein Rauschen und ein Wispern. Sie starrte hinunter, starrte an ihren Beinen entlang, die sich jenseits des Fußbodens fortsetzten, bis sie sich selbst in die Augen blickte, die einer Fremden zu gehören schienen, fern und schwarz wie Brunnen unter einem verhangenen Winterhimmel.

»Was siehst du?«, fragte Spiro.

»Mich«, flüsterte Linua leise, denn auf einmal fürchtete sie, ihre Stimme könnte sich genauso vervielfältigen wie ihr Abbild, ein tausendfaches Echo, und fremd zu ihr zurückkehren, »und doch nicht mich.«

Spiro kicherte. »Ja, das ist schon ein seltsamer Raum, hier in diesem Schloss der seltsamen Räume. Vergiss nicht, wir sind in Gojad. Hier zerstören wir das Bild der Dinge und errichten die Welt neu. Hier bauen wir Spielzeug, das fliegen kann, Steckenpferde, die rennen und kämpfen. Hier bauen wir die Kerker für die Seelen, die sich nach den Göttern sehnen.«

»Wer seid Ihr?«, fragte sie. Ihre Kehle war plötzlich zu trocken zum Schlucken. »Woher kennt Ihr mich? Ihr seid nicht aus Gojad,

Ihr seid nicht einmal ein Kancharer. Euer Akzent verrät Euch – ich bin weit herumgekommen, aber Ihr klingt anders als jeder Mensch, den ich zuvor getroffen habe.« Ihre eigentliche Frage verebbte zu einem Flüstern. »Und wer bin ich?«

»Wer ich bin und wer du bist … eine gute Frage.« Hunderttausend Spiros nickten. Linua blinzelte; in manchen Spiegeln sah es aus, als würde er gleich anfangen zu lachen, und in manchen so, als würde er den Kopf schütteln. Jedes der Bilder, das sie ins Auge fasste, wenn auch nur flüchtig angesichts der Menge, schien einen anderen Eisenmeister zu zeigen.

»Das Le-Wajun der Bilder«, sagte Spiro, »der Gemälde und der Wandteppiche und der Mosaike und der Bücher – ist es nicht so? Das Le-Wajun der Träume, der unzähligen Gesichte und ihrer Deutungen? Hast du dich je gefragt, warum die Kancharer sich vor Bildern scheuen, als könnten sie ihre Augen daran verbrennen?«

»Nein«, antwortete Linua. »Bilder fangen verirrte Seelen, das ist Grund genug.«

»So wie Spiegel?«, fragte er. »So wie Teiche? So wie Wasser in einer Schale, über die sich ein Magier beugt oder irgendein dummer Ahnungsloser?«

Ihr Herzschlag stockte. Die Lieder hinter den Türen ihrer Seele brannten wie ein Feuersturm. »Wer seid Ihr?«, wiederholte sie. »Seid Ihr überhaupt ein Mensch? Woher kommt Ihr?«

Spiro zeigte mit dem Arm auf die unzähligen Spiegelbilder, und in einigen streckte er ihnen den rechten Arm entgegen, und in anderen, doppelt gespiegelten, den linken. Belustigt lächelte er sie an. »Ich bin über das Nebelmeer hergekommen.«

»Ihr seid aus Kato?« Linua trat einen Schritt zurück. »Niemand kommt je aus Kato zurück.«

In ihr flammte das Entsetzen auf, das man ihr von Kindheit an eingetrichtert hatte und das alle Menschen befiel, wenn sie an das Meer dachten und an das Graue Schiff, an die Leere und die Dunkelheit und das Wispern, die Stimme der Albträume.

»Ich habe nicht gesagt, dass ich *zurückgekommen* bin.«

Linua trat einen weiteren Schritt zurück. »Warum seid Ihr dann hier?«

»Ich wurde verbannt«, antwortete er schlicht. »Doch ich habe mein Exil zu schätzen gelernt.«

Sie wich immer weiter vor ihm zurück, doch er folgte ihr. Was war er? Ein Gott? Ein Lichtgeborener? Die Götter hatten Kato für ihre Kinder geschaffen.

Seine Augen schienen immer dunkler zu werden. »Die Bilder«, raunte seine Stimme, »man muss sie fürchten, wir alle sollten sie fürchten. Weil sie euch zeigen, was da ist und was nicht da ist und sogar was sein könnte. Und irgendwann weiß niemand mehr, was Wirklichkeit ist und was Trugbild, was Wunsch und Traum. Wo die Gegenwart liegt und was in den Sternen steht und welche Zukunft sich abbildet in all den Spiegeln. – Sieh her.« Er wies in einem großen Bogen auf die Spiegel. »Weißt du nicht, wer du bist? Du kamst aus einem Brunnen, Linua, Kind der Sterne. Ein Stern fiel herab, und das Wasser kräuselte sich. Ich war schnell genug, denn darauf hatte ich gewartet. Es war eine Falle, meine Liebe. Ein neuer Gott wurde geboren, und ich war zur Stelle. Ich barg die namenlose Göttin aus dem Wasser und verwirrte ihren Geist mit Lügen. Ich schickte sie nach Jerichar, wo der Schlimmste von allen, der Meister des Todes, sie lehrte, mit dem Tod zu tanzen. Es fiel ihr leicht, so leicht! Es war geradezu ein Fest, ihr dabei zuzusehen.«

»Was?«, krächzte Linua.

Sie war keine Göttin. Nie hatte sie sich so menschlich gefühlt – verwirrt, geblendet von den Spiegeln, dem Licht, den unzähligen Gesichtern. Schweiß bildete sich an ihren Schläfen. Sie spürte ihre Füße in den Stiefeln, den harten Boden unter sich, das Gewicht des Ledermantels auf ihren Schultern, ihre Locken an ihrer Wange. Sie spürte sich selbst, ihren warmen, erschrockenen Leib.

»Niemand wird je deinen Namen träumen. Du hast keinen Namen, und du wirst niemals einen besitzen.«

Linua starrte ihn an.

»Es tut mir leid, liebes Kind«, sagte er, »so leid, dass du hergekommen bist. Das hättest du nicht tun sollen. Denn wie soll man eine Göttin bändigen, die erkennt, dass sie eine Göttin ist? Hier endet deine Reise nun. Du bist mir gefolgt wie ein Kind, das seinem Vater vertraut, der es in den Keller sperren wird.«

Sie hatte gedacht, dass er vor ihr stand, vier, fünf Schritte entfernt, aber plötzlich spürte sie einen Luftzug hinter sich. Und etwas ragte aus ihrem Bauch. Ungläubig starrte sie auf die rotglänzende Spitze, die aus ihrem Mantel wuchs. Sie war schmal zulaufend und lang wie eine Hand.

Ihre Gedanken arbeiteten ohne ihr Zutun, sie dachte: *ein Splitter. Glas vermutlich oder eine Spiegelscherbe.* Dicke Tropfen rannen daran herunter. Dann erst kam der Schmerz.

»Wir Namenlosen«, wisperte er an ihrem Nacken, »wir irren durch die Welt. Niemand kennt uns. Niemand betet uns an. Niemand feiert unser Fest. Unsere Macht rinnt uns durch die Finger wie Wasser.«

Sie hörte ihm zu, gelähmt, das Blut lief. Es lief und lief, es tropfte, es regnete, es strömte. Doch gleichzeitig übernahm ihre langjährige Ausbildung die Kontrolle. Sie musste ihren Feind am Reden halten, um ihn abzulenken, während sie ihre Kräfte sammelte. Es würde eine Weile dauern, den Schmerz zurück hinter die Tür in ihrem Geist zu drängen, bis sie ihn nicht mehr spürte und wieder klar denken konnte. Sie verblutete, aber sie konnte nicht sterben.

»Ich werde nicht sterben«, sagte sie laut. »Nicht einmal Joaku konnte mich töten.«

Spiro stieß ein heiseres Lachen aus. »Dein Körper, meine Liebe, ist verletzlich. Götter, die auf der Erde wandeln, sind auch hier gewissen Bedingungen unterworfen. Anders wäre es gar nicht möglich für sie gewesen, Kinder mit Menschen zu zeugen.«

»Joaku hat mich vergiftet, und ich habe überlebt. Ich habe überlebt!« Linua verdrängte den Schmerz. Sie fühlte nach der Wunde, horchte auf ihren Körper, der tödlich verletzt war. Aber das konnte sie nicht glauben. Sie hatte ihn zuvor geheilt, sie hatte sogar Karim geheilt, obwohl er an der Schwelle des Todes gewesen war. Gewiss war sie keine namenlose Göttin, aber das Licht und das Lied in ihrer Seele waren zu stark, um einfach aufzugeben und sich dem Tod zu ergeben.

»Du verblutest«, sagte Spiro. »In der Tat kannst du dich von vielem heilen, wenn du Zeit hast. Aber diese Zeit hast du nicht. Ich muss nicht einmal bis hundert zählen, und du bist tot. Und ich sage dir noch etwas: Wenn ein Gott auf dieser Erde weilt, ist seine Seele in Sicherheit, selbst wenn der Körper stirbt. Sie hört den Ruf ihrer Brüder und Schwestern und wird zu ihnen aufsteigen ins Land hinter dem Flammenden Tor, wo Gestalten so unzerstörbar wie Träume sind. Doch nicht deine Seele, meine Liebe. Du hast keinen Namen, niemand wird dich rufen. Deine Seele wird aus deinem Körper austreten, sobald dein Herz aufhört zu schlagen. Gäbe es ein Bild von dir in der Nähe, würde sie dorthin eilen, um sich darin zu spiegeln. Doch es gibt hier kein Bild von dir. Ich habe dich nie zeichnen lassen. Könntest du in einen Spiegel blicken, würdest du dich daran festhalten und wärest ebenfalls sicher. Doch warum, was glaubst du, habe ich dich in diesen Raum geführt? Die unzähligen Spiegel hier werden deine Seele in Stücke reißen, sobald sie frei ist. Sie wird in so viele Facetten zersplittern, wie Sterne am Himmel stehen.«

Er lächelte selbstzufrieden, und hätte Linua die Kraft besessen, sie hätte zurückgelächelt, denn er hatte ihr alles gesagt, was sie wissen musste. Doch sie brauchte ihre Stärke für eine letzte Tat. Sollte er ruhig weiterreden, denn seine Stimme verriet ihr, wo er sich befand. Die unzähligen Spiegelungen verwirrten nur, daher schloss sie die Augen und konzentrierte sich allein auf seine Stimme. Ihre Hände schnellten vor, die Finger um den Griff ihres Dolchs geschlungen, den sie stets bei sich trug. Die Klinge durchtrennte Meister Spiros Kehle. Sie sah wieder hin – röchelnd stolperte er auf sie zu, erschrocken riss er die Augen auf.

»Das habt Ihr nicht kommen sehen, was, Meister der Spiegel?«, wisperte sie. Ihre Zunge schmeckte Eisen und Kupfer.

Abertausend Spiegel riefen seine Seele. Sie konnte es sehen. Ihre Augen sahen mehr als seinen Körper, der erschlaffte. Sahen mehr als die Abgründe eines namenlosen Gottes, den Neid und Eifersucht zerfressen hatten. Die Spiegel riefen seine Seele, die zögerte, flatterte. Dann zerbarst sie in abertausend Stücke.

Ihre eigene Seele löste sich von ihrem Körper, langsam, aber unaufhaltsam. Es fühlte sich an, als würde sie auseinandergerissen. Sie fiel auf die Knie, sackte gegen die kalte, harte Wand. Wie seltsam tröstend war es, an ihrer Wange das Glas zu spüren. Sie wollte atmen und vermochte es nicht. Mit bebenden, klammen Fingern, die sich nicht biegen lassen wollten, tastete sie nach der Scherbe, die in ihrem Bauch steckte.

Verjage den Schmerz. Vergrabe den Schmerz. Sing den Schmerz in der letzten Nacht.

Ihre Finger rutschten an den nassen, klebrigen Kanten ab. Sie richtete ihren Blick auf den Leichnam des Eisenmeisters, versuchte die flirrenden Bilder der Spiegel auszublenden, die bei der kleinsten Bewegung mit einem Tanz von Millionen sterbender Linuas reagierten. Die Scherbe zerschnitt ihre Fingerkuppen, bohrte sich in ihre Hand, steckte fest in ihrem Fleisch. Aber sie war der einzige Weg, der letzte Halt, der ihr blieb.

Dieser Körper, das geliebte dunkelhäutige Mädchen, war nur noch eine zerstörte Hülle. Sie öffnete ihn kraft ihres Willens, riss die Scherbe aus dem widerstrebenden Fleisch. Nun lag die Wunde offen, noch mehr Blut strömte aus ihr heraus. Die letzte Luft entwich ihren Lungen. Ihr Herz schlug einmal, zweimal, stolperte …

Sie wandte den Blick von der Leiche des Eisenmeisters ab und richtete ihn auf die Scherbe. Wäre sie aus durchsichtigem Glas, wäre sie verloren gewesen. Doch es war eine Spiegelscherbe, und so war das letzte, was ihre Augen sahen, ihr eigenes Bild. Keine abertausend Bilder, nur ihr Gesicht: ein schmaler Ausschnitt ihres blutigen Lächelns, ihrer fahlen Haut, die in diesem grausamen Licht nicht schwarz war, sondern dunkelgrau wie das Nebelmeer.

Und sie ließ los.

Da war ihr Name – jemand rief sie.

Ihr Name. Sie hatte ihn vergessen, und er ging durch sie hindurch wie eine Frage. Mit plötzlich aufzuckender Freude erkannte sie ihn. Sie war nicht namenlos, wie Meister Spiro sie hatte glauben machen wollen. Wie er vielleicht selbst geglaubt hatte. Sie war nicht jung, sondern uralt. Und sie hatte einen Grund gehabt, hierherzukommen.

Ihr Name war so wunderschön, und doch segelte er durch sie hindurch wie ein Vogel durch die Wolken und blieb nicht bei ihr. Er flog, und sie streckte sich nach ihm aus, und einen Moment lang war ihre Seele überall und umfasste die ganze Welt.

Jemand rief und weinte und rief. Ein graues Schiff glitt durch den Nebel, durch die schäumenden Wogen. Graue Augen versuchten, die Dunkelheit zu durchdringen. Die Galionsfigur hielt eine Laterne in den Händen, die durch die Finsternis leuchtete, die lockte, die warnte, die einlud.

Komm nach Hause, meine Schwester. Ich warte auf dich. Es gibt keine Welt ohne dich.

In einem Haus in einem weit entfernten Land stand ein König am Fenster und lehnte die Stirn an die Scheibe. Sein schönes, dunkles Gesicht spiegelte sich im Glas, während draußen die Nacht vorüberwanderte.

Und da waren die Wünsche. Die Bedürftigen. Die Seelen, die den Weg nicht fanden. So viele riefen und schrien nach ihr, und sie wollte antworten, aber sie hatte keinen Mund und keine Stimme. Sie lehnte sich ihnen entgegen – und fiel in den Spiegel wie in einen Brunnen, der die Nacht und die ganze Welt verschluckte.

II. THRONE UND KRONEN

16. Herbstzeit

In diesem Jahr konnte Dilaya den Herbst nicht ertragen. Schon immer war sie eher ein Sommermädchen gewesen. Sie hatte die Sonne genossen, die die Luft zum Flimmern brachte, die Düfte und Blumen und den Überfluss an Früchten und Beeren. Im Sommer hatte sie von Liebe geträumt, und im Winter hatte sie alles verloren: ihre Kindheit, ihre Familie, ihre Zukunft. Der Herbst erinnerte sie an die Reise der königlichen Gesellschaft nach Wajun, als sie fünfzehn Jahre alt gewesen war. Mit den fallenden Blättern hatte ihr Glück geendet, und mit den Schneeflocken war der Tod über ihre Familie hereingebrochen. Sobald sich die Blätter verfärbten, der Wald zu glänzen begann und seine Farben wandelte, die Luft satt nach Erde und Pilzen roch und die Lichtungen sich mit Nebel füllten, fühlte sie sich matt und traurig.

Seit Karim sie vor ein paar Wochen gerettet hatte, schlimmer noch, seit er sich geopfert hatte, damit sie fliehen konnte, war die Welt dunkler geworden. Sie hatte gesehen, wie ihr bester Freund gestorben war, wie der Bär, der seit Jahren zu ihrem Leben gehört hatte, ein blutiges Ende gefunden hatte, und es war zu viel für ihre Seele, um Widerstand gegen die Schwermütigkeit zu leisten, die in ihr wohnte.

Zu viel, um es zu vergessen, und zu viel, um darüber zu reden. Außerdem gab es niemanden, mit dem sie hätte sprechen können. Baihajun trauerte immer noch um ihren Enkel, die Rebellen sandten Spione aus und beobachteten das Schloss, und die Blätter fielen braun von den Zweigen.

So oft wie möglich nahm Dilaya ihren Bogen, schnallte sich den Köcher um und wanderte durch den Wald. Sie war keine sehr gute Schützin wegen ihrer eingeschränkten Sicht, dennoch erfolgreich genug, um das eine oder andere Kaninchen zu erbeuten. Doch die Laubschicht, die sich über Wurzeln und abgebrochene Äste breitete, verhinderte jedes lautlose Schleichen. Nach einer Weile gab sie es auf, sich nach möglicher Beute umzuschauen, und beschloss, die Fallen abzuschreiten. Dilaya hasste Fallen, so effektiv sie auch waren. Zu oft war das Tier, das sich darin verfing, nicht sofort tot, sondern quälte sich noch stundenlang. Manche rissen mit den Zähnen an ihrem eigenen Fleisch, um sich zu befreien.

Die ersten beiden Fallen waren leer, in der dritten befand sich ein totes Kaninchen. In die vierte Falle, eine abgedeckte Senkgrube, war ein junger Bär getappt. Er war nicht verletzt, sondern strich unruhig an den rutschigen Wänden der Grube entlang, die ihm keine Möglichkeit boten, wieder hinaufzuklettern.

Wie angewurzelt starrte Dilaya ihn an. Ihre Narben juckten wie so häufig, aber sie wagte es nicht einmal, die Hand zu bewegen und sich unter dem Tuch zu kratzen, um das Raubtier nicht noch weiter zu beunruhigen. Ein Bär! Ihre Trauer um Lork stieg erneut in ihr hoch, eine Träne rollte über ihre unversehrte Wange. Mit ihrem blinden Auge konnte sie nicht weinen.

Das Tier gab jammernde Laute von sich. Normalerweise kümmerte sich die Bärin noch um ein Junges dieser Größe, und Dilaya blickte sich vorsichtig um, denn einer wütenden Bärenmutter wollte sie lieber nicht gegenüberstehen. Etwas raschelte zwischen den Bäumen. Angespannt blinzelnd versuchte sie, das Spiel aus Licht und Schatten unter den Wipfeln zu durchschauen. Etwas Dunkles regte sich dort, kam näher, schien größer zu werden. Schon griff sie nach ihrem Bogen und umrundete die Grube, um Abstand zwischen sich und das Untier zu bringen, da trat ein Mann aus dem Unterholz hervor.

»Ah, was haben wir denn da?« Qumen war einer der Jäger aus ihrem Dorf, ein ehemaliger Wilderer, der sich schon den Zorn des Königs zugezogen hatte, als Jarunwa noch über Anta'jarim regiert hatte. Nicht jeder besaß edle Gründe für die Rebellion gegen Edrahim.

»Ein Bär«, antwortete Dilaya. »Wir können ihn mitnehmen

und zähmen so wie Lork.« Allein schon den Namen des geliebten Tieres auszusprechen fiel ihr schwer. Es konnte keinen Ersatz geben, und dennoch keimte die Hoffnung in ihr auf, dass der junge Bär ein ebenso treuer und loyaler Freund werden könnte – einer, der diesmal ihr folgte, nicht jemand anders.

Qumen zog sein Messer und sprang in die Grube, und während sie noch schrie, packte er das verwirrte Jungtier und schnitt ihm die Kehle durch.

»Nicht, tu das nicht!«, keuchte Dilaya.

»Wir haben keine Zeit für so etwas«, sagte er ungerührt. »Gerade du solltest das wissen. Schieb mir die Leiter herunter.«

Eine aus dicken Ästen zusammengebundene Leiter, die mit Laub verdeckt war, wartete in der Nähe. Dilaya fand sie nach kurzer Suche und schob sie über den Rand des Erdlochs. Sie wartete nicht, bis Qumen wieder hinausgestiegen war, sondern stapfte, blind vor Wut und Tränen, zurück zum See.

»Er hat ihn getötet! Einfach so!« Wütend stieß Dilaya mit dem Fuß gegen den Tisch. Tassen und Teller klirrten; ein Becher fiel herab und zerschellte auf dem Boden.

Baihajun lachte nur ungläubig. »Ein junger Bär? Du wolltest tatsächlich einen Bären zähmen? Nach allem, was passiert ist? Wie wolltest du das anstellen?«

»Du hättest es mir beibringen können. Du hast es doch schon einmal geschafft. Du warst zumindest dabei, als Juron Lork aufgezogen hat.«

Die alte Frau legte ihre Stickerei beiseite. »Wir haben Lork weder gezähmt noch aufgezogen. Lork war kein Bär. Hast du ihn wirklich die ganze Zeit für einen Bären gehalten? Ich hätte gedacht, dass du ihn längst durchschaut hast, Kind. Du bist doch sonst nicht auf den Kopf gefallen.«

»Er war kein Bär?«, wiederholte Dilaya und mühte sich um ein aufmunterndes Lächeln. Hatte die alte Amme jetzt völlig den Verstand verloren?

Diese nahm ihre Handarbeit wieder auf. Sie beachtete weder die

Tasse, die auf den Holzdielen zerschellt war, noch schien sie sich für Dilayas Ärger und Verwirrung zu interessieren.

Lork. Kein Bär.

Eine Erinnerung kehrte zurück, die Dilaya bis jetzt ihrer Trauer zugeschrieben hatte. In jener Nacht vor fünf Wochen, als alles schiefgelaufen war, hatte der Eisenvogel zurück ins Schloss fliegen wollen, und der Bär hatte ihn daran gehindert. Der Bär hatte das Metalltier in Stücke gerissen, und dann war die Welt in Flammen aufgegangen. Juron war gestorben. Lork, dieser verdammte Bär, hatte verhindert, dass die Dohle Karim retten konnte, und dafür sich selbst geopfert. Was aus Juron und ihr wurde, hatte Lork nicht gekümmert. Was hatte den Bären dazu getrieben, den Eisenvogel anzugreifen? Dilaya hatte bisher angenommen, dass es aus einem Instinkt heraus passiert war. Doch nun schien es ihr, als wäre die Tat kühl geplant gewesen.

Dilaya dachte an die offenkundige Abneigung, die der Bär von Anfang an gegenüber Karim gezeigt hatte. Weitere Bilder sprangen in ihren Geist: Lork, der mit Juron durch die Wälder streifte, Soldaten in Stücke riss, das Rebellenlager besser beschützte als jeder menschliche Wächter. Der jedes Wort, jeden Befehl zu verstehen schien.

»Lork«, murmelte sie. Der Name kam ihr so bekannt vor, war ihr so vertraut. Sie hatte nie über das Offensichtliche hinausgeblickt.

»Lorlin kam aus meinem Dorf«, sagte Baihajun leise. »Ich habe ihm die Stelle verschafft, als euer vorheriger Lehrer ging. Dann kam die Sache mit den Liebesbriefen. Er verehrte deine Tante Hetjun. Nur weil ihr Kinder so grausam wart, sein Geheimnis ans Licht zu bringen, verlor er alles.«

Ihr Lehrer. Sein Gesicht war verblasst nach all den Jahren, doch sie hatte noch seine leicht näselnde Stimme im Ohr. Sie sah sich in seine Kammer schleichen, perlendes Gelächter in ihrem Bauch. Maurin kicherte, Anyana drängte zur Eile, alles roch nach Aufregung und Gefahr und Abenteuer.

»Lorlin war kein Bär! Wie kann er ein Bär gewesen sein?«

»Ich wollte ihm etwas zu essen bringen, in jenem Sommer, als er aus dem Schloss geworfen wurde«, erzählte Baihajun. »Er trieb sich im Wald herum und wusste nicht wohin. Ich half ihm, wo ich konnte. Doch er ist nicht an unserem vereinbarten Treffpunkt am Waldrand erschienen. Juron war bei mir, damals war er einer der Wachsoldaten des Schlosses und begleitete mich überallhin, wo es gefährlich werden könnte. Wäre er nicht bei mir gewesen, hätte ich den Angriff des Bären nicht überlebt.«

»Sie sind nie so nah ans Schloss herangekommen.«

»Dieser schon. Lorlins Leiche lag zu seinen Füßen, als wir auf den Bären stießen. Sie war über und über mit Erde verschmiert. Vielleicht haben die Füchse ihn ausgegraben, denn ein Fuchs huschte davon. Wir haben die Tiere gestört, wie sie sich um den Toten gestritten haben. Der Bär sah uns, meinen Enkel und mich, und richtete sich auf die Hinterbeine auf. Juron trug eine Hellebarde bei sich und rammte die Spitze dem Tier in die Brust. Er war jung und stark und tötete es rasch. Nun lagen sie beide da, der Bär und der Mann aus meinem Heimatdorf, beide tot, und ich traf eine Entscheidung.«

Jener Sommer des Glücks bekam mit einem Mal dunkle Flecken. In Dilayas Erinnerung waren die Tage und Nächte vollkommen. Die langen Nachmittage mit Anyana am Bach, die Streifzüge durchs Schloss, wo sie geheime Gänge und Türen entdeckten, und dann der Besuch der Gesandtschaft aus Wajun, unter ihnen Prinz Laikan, der so schön und zärtlich war und ihr herrliche Dinge ins Ohr flüsterte. Dilaya hatte nichts von der Finsternis gewusst, die im Hintergrund gelauert hatte.

»Die Lichtgeborenen träumen«, sagte Baihajun, »und die Menschen fürchten sich davor. Es ist nicht nur die Königsfamilie, die von den Göttern abstammt. Das Blut des Hirschkönigs ist in ganz Anta'jarim verbreitet. Einfache Menschen sehen Dinge in weiter Ferne, in den Spiegeln lächeln Göttinnen, und am Grund eines jeden Brunnens ist ein Tor verborgen. Ich wusste, dass dort, wo das Herz eines Menschen ist, auch seine Seele wohnt. Also nahm ich den Liebesbrief an Hetjun, der in Lorlins Wams steckte, faltete ihn so klein wie möglich zusammen und tauchte ihn in die Wunde in der Brust des toten Bären.«

»Das ist dunkle Magie«, flüsterte Dilaya. Ihr war schwindlig vor Entsetzen. Diese freundliche alte Frau, nein, diese engstirnige, rechthaberische alte Frau – war eine Magierin? So wie der süße, vollkommene Sommer sich in der Rückschau in etwas Düsteres verwandelte, in eine Zeit, in der ein Mann im Wald gestorben war, so verwandelte sich nun auch Baihajun vor Dilayas Augen in eine gefährliche Fremde mit finsteren Geheimnissen.

»Magie?«, wiederholte Baihajun. »Weißt du nicht, was Magie ist? Sie ist der Funken, den die Götter uns vererbt haben. Sie ist überall, im Wasser und im Licht und in der Luft. Wir träumen, und wir wünschen, und Dinge geschehen. Ich habe Anyana so oft davon erzählt, wie die Welt wirklich aussieht, aber sie hat alles für ein Märchen gehalten.«

»Sie ist ins Wasser gesprungen«, wisperte Dilaya. Auch das war eine der Erinnerungen, die sie aus ihrem Herzen verbannt hatte. Die Angst um ihre Cousine, die fast gestorben wäre, zusammen mit dem schrecklichen Gefühl, schuld daran zu sein. Dieses nagende Schuldgefühl hatte sie sich nie recht erklären können, denn sie hatte Anyana weder gestoßen noch dazu gedrängt.

»Irgendwann müssen wir alle springen«, sagte Baihajun. »Und tun wir es nicht, werden die Götter, die mit ausgebreiteten Armen auf uns warten, sich abwenden und ihrer eigenen Wege gehen.«

»Das verstehe ich nicht.« Sie wollte nach Herrn Lorlin fragen, danach, wie er als Bär hatte weiterleben können, und wagte es doch nicht. Es war unvorstellbar. Und es widersprach allem, wofür Baihajun und die Rebellen standen. »Du wolltest nicht die gottlosen Wege gehen. Wie Edrahim sie geht und Tenira. So wie in Kanchar. Und dann ... tust du *das*? Etwas, das hundertmal schlimmer ist?«

»Ich schickte Juron mit der Leiche in unser Dorf«, sagte sie. »Leider hat er sie unterwegs verloren. Es war dunkel, die Wölfe heulten, und er hat nicht gemerkt, dass ihm der Tote vom Karren fiel. Ich wollte Lorlins Familie etwas Gutes tun, doch wie es so ist mit unseren guten Taten – sie werden selten belohnt. Der Bär war nicht so dankbar, wie ich gehofft hatte. Er war wütend, gebärdete sich wild und verschwand im Wald. Zwei Jahre später begegneten wir ihm wieder. Ausgehungert nach menschlicher Gesellschaft, nach einem Sinn in seinem Dasein. Er war der beste Wächter, den man sich nur vorstellen kann.«

»Wie grausam du bist«, flüsterte Dilaya. »Was kann schlimmer sein, als zu sterben und im Leib eines Tieres zu erwachen?« Ohne ihr Zutun wanderten ihre Finger zu ihrem vernarbten Gesicht. Sie wusste zu gut, wie es war, in der Nacht zu verschwinden, in Schmerz und Krankheit und Bedauern, und sich so wiederzufinden – entstellt, anderen ein Graus, jemand, der immer nur Abscheu oder Mitleid zu spüren bekam, aber niemals Liebe.

»Grausam?«, fragte Baihajun zurück. »Ich habe einem Freund das Leben gerettet. Lorlin war ein Bär und hat unserer Sache als solcher gedient, bis zum Schluss.«

»Er hat deinen Enkel umgebracht«, sagte Dilaya. »Er hat Karim zum Tode verurteilt und damit jede Hoffnung zunichte gemacht, dass wir Edrahim besiegen und ich Königin werden kann. Dein Eingreifen war am Ende fatal. Du glaubst, du tust die Dinge, die getan werden müssen? Du rufst den Zorn der Götter auf uns herab! Und meinen Zorn! Geh mir aus den Augen, altes Weib!«

Die Amme musterte sie aus verengten Augen. »Du gibst mir Befehle? Was glaubst du, wer du bist? Ich leite dieses Lager. Ich habe uns so weit gebracht.«

»So weit?«, keuchte Dilaya. »Wir haben nichts erreicht, gar nichts, außer im Dreck zu leben und zuzusehen, wie einer nach dem anderen stirbt!« Sie fasste nach ihrem Dolch. In diesem Moment hätte sie die Alte am liebsten umgebracht.

Laute Rufe von draußen lenkten sie ab. Durchs Fenster sah sie, wie die Kundschafter, die regelmäßig durch den Wald streiften, ins Lager zurückrannten und dabei mit den Armen fuchtelten.

»Alarm! Angriff! Wir werden angegriffen!«

Dilaya war schon an der Tür. Der Bogen schmiegte sich in ihre Hände, sie legte den ersten Pfeil an die Sehne, während sie auf die Lichtung hinaustrat, um zu sehen, was los war. Sie würde ihr Leben teuer verkaufen.

»Wenn du mich willst, Edrahim, dann hol mich doch!«, rief sie.

»Edrahim will nur noch eins: am Leben bleiben«, sagte eine Stimme, die ihr unwirklich vertraut war. Jahrelang hatte sie sie nicht mehr gehört, diese Stimme, die ihr Worte ins Ohr geflüstert hatte, bis sie dahingeschmolzen war.

Prinz Laikan war älter geworden, erwachsen sah er nun aus, grimmiger und ein wenig erschöpft. Seine Augen hatten den jungenhaften Schalk verloren. Einen Moment lang glaubte sie, er sei allein gekommen, dann traten immer mehr Gestalten zwischen den Hütten hervor. Sein Gefolge bestand aus mehreren hundert bis an die Zähne bewaffneten Soldaten in fremdländischen Uniformen. Widerstand war zwecklos, und dennoch spannte Dilaya den Bogen fester, bis die Sehne beinahe ihre Wange streifte.

»Hier ist Euer Hochzeitsgeschenk«, sagte Prinz Laikan, und zwei seiner Soldaten traten vor. Sie stießen einen gefesselten Mann zu Boden, in dem Dilaya erst nach genauerem Hinsehen den verräterischen König erkannte, dem sie ihr zerstörtes Gesicht verdankte. Jemand hatte ihn grün und blau geschlagen, eins seiner Augen war zugeschwollen, die Lippe aufgeplatzt, und ein tiefer Schnitt zog sich über seine Stirn.

»Wie gefällt er Euch, verehrte Prinzessin?«, fragte Laikan. »Er ist nicht in tadellosem Zustand, doch jedes Quäntchen Schmerz, das er erleidet, ist für Euch.«

Dilaya wusste nicht, wie sie atmen sollte. Ihre Brust krampfte sich zusammen, dennoch hielt sie den Pfeil, ohne zu zittern, auf Laikan gerichtet. Lässig stand er auf dem Dorfplatz, ohne die Bedrohung zu beachten. Auf die wenigen Meter, die sie voneinander trennten, konnte sie nicht fehlschießen, und das musste ihm klar sein. Seine Soldaten, die nervös zu den Waffen griffen, beschwichtigte er mit einer knappen Handbewegung.

»Was habt Ihr hier zu suchen?«, rief sie schroff.

»Mir kam zu Ohren, dass Ihr Eure Hand demjenigen versprochen habt, der Euch Euren Feind zu Füßen legt«, sagte der Prinz geschmeidig. »Was ich hiermit tue.« Er lächelte, doch die Zeit, da dieses Lächeln sie mit Glück erfüllt hatte, war lange vorbei. Dieser Mann hatte ihr die Krone von Anta'jarim, sein Herz und den Rückhalt seiner mächtigen Familie versprochen und nichts davon gehalten. Bei den ersten Anzeichen von Schwierigkeiten – und beim ersten Anschlag, der sie gezeichnet hatte – hatte er sich aus dem Staub gemacht. Sie glaubte ihm kein einziges Wort mehr.

»Das sollte die Rebellen ermutigen«, sagte sie, »und ganz gewiss nicht Euch.«

»Oh, aber ich bin ein Rebell. Nur für Euch, edle Dilaya. Möchtet Ihr es selbst tun oder bevorzugt Ihr, wenn jemand anders für Euch die Drecksarbeit erledigt?«

Sie musste nur die Sehne loslassen, und der Pfeil würde fliegen. Ihre eingeschränkte Sicht spielte keine Rolle, er war nah genug. Ein Ziel, das nicht zu verfehlen war. Eine Bewegung, und Prinz Laikan wäre Geschichte. Doch dann würden seine Soldaten über das Lager herfallen und die Rebellen niedermetzeln. Das konnte sie nicht zulassen. Baihajun mochte die Befehle geben, aber es waren dennoch Dilayas Leute. Sie fühlte sich verantwortlich für sie. Karim war für sie gestorben, Juron war gestorben, weil er sie beschützt hatte, und es sollte nicht noch mehr Tote geben.

»Euer Zögern nehme ich als ein Ja.« Prinz Laikan bückte sich und packte König Edrahim an den Haaren. »Möchtet Ihr noch etwas sagen, Hoheit?«

Undeutlich murmelte Edrahim etwas. »Schwärme von Raben ... Krallen ...«

Laikan lachte laut. »Ein schöner König seid Ihr mir. Aber man kann sich nicht immer aussuchen, wer den Thron besteigt. Nicht immer, aber manchmal. Nachdem man den Thron vorher freigeräumt hat.«

Er zerrte Edrahim in die Höhe, und Dilaya ließ den Pfeil fliegen.

Unzählige Male hatte sie sich ausgemalt, wie sie ihren Feind töten würde. Sie hatte ihm die Haut in Streifen abgezogen, ihn mit Messern durchbohrt, ihn geblendet und sein Gesicht verbrannt, bis er aussah wie sie. Doch in diesem Moment, da sie den verletzten König in Laikans Hand sah, verflog ihr Hass. Sie wollte nur, dass es endlich vorbei war.

Laikan stieß einen Schreckenslaut aus, dann ließ er den Körper fallen. Erst als er begriff, dass sie nicht auf ihn gezielt hatte, lachte er. »Sieh an.« Er schüttelte bewundernd den Kopf. »Ihr seid wundervoll, Prinzessin Dilaya. Wir werden einander hervorragend ergänzen.«

»Ich werde Euch nicht heiraten. Ich habe ihn selbst getötet.«

»Das sind Spitzfindigkeiten, nachdem ich den Thronräuber zu Euch gebracht habe.« Er wandte sich um, als Baihajun aus der Blockhütte trat. »Eure Urgroßmutter? Ich hörte, sie sei erstaunlicherweise noch am Leben.«

»Nein!«, rief Dilaya, doch da schritt er schon über Edrahims Leichnam hinweg und auf Baihajun zu, die mit jedem Schritt kleiner und älter und schwächer zu werden schien, auch wenn sie trotzig das ergraute Haupt hob.

»Ihr bekommt sie nicht, Prinz«, sagte sie. »Eine Prinzessin von Anta'jarim ist nicht für den Abschaum aus Nehess bestimmt.«

»Nun, das entscheidet wohl nicht Ihr, werte Frau«, meinte Laikan.

»Ich habe schon einmal entschieden, welchen Weg dieses Königreich nimmt. Ich habe schon einmal die Pläne der Mächtigen durchkreuzt. König Jarunwa wollte uns an Wajun verkaufen, und ich habe es verhindert! So wie ich verhindern werde, dass Ihr Euch …« Noch während sie sprach, zückte sie ein Messer.

Dilaya stand zu weit entfernt, um eingreifen zu können. Es ging zu schnell – wie die alte Amme zustechen wollte, wie Laikan ihr Handgelenk umklammerte und es mit einem süffisanten Lächeln umdrehte. Vielleicht hätte der Bär es abwenden können oder Juron – Dilaya konnte es jedenfalls nicht. Laikan faselte erneut etwas von der Ahnfrau des Königshauses, die viel zu lange gelebt hätte und vor der ihn alle gewarnt hatten. Seine Klinge glitt durch das Kleid, stockte, Baihajun riss die Augen auf, dann legte Laikan all seine Kraft in den Stoß.

Erst als die alte Frau fiel, erwachte Dilaya aus ihrer Erstarrung. In diesem Moment war all das, was zuvor geschehen war, Baihajuns Verrat an Karim, ihr Vergehen an Lorlins Seele, vergessen. Sie kam nicht mehr rechtzeitig, um die Anführerin der Rebellen, die für sie eine Ersatzmutter, Lehrerin und Zuchtmeisterin zugleich gewesen war, aufzufangen. Doch immerhin war sie schnell genug zur Stelle, um Baihajun beim Sterben zuzusehen.

Laikan marschierte davon, bellte Befehle, wies seine Soldaten an, die Rebellen zusammenzutreiben. Dilaya hörte seine Stimme wie aus weiter Ferne. Sie hielt die Hand ihrer mütterlichen Freundin. Aller Zorn war fortgeweht, zurück blieb nur Bedauern.

»Es tut mir so leid. So leid, Baihajun.«

»Gib ihm nicht Anta'jarim«, wisperte die Alte mit blutigen Lippen. Die Klinge hatte ihr Herz verfehlt, doch nur knapp, und sie spuckte Blut, während sie um Luft rang.

»Das werde ich nicht«, versprach Dilaya und verbarg ihre Mutlosigkeit. Wenn Laikan bereits das Schloss erobert hatte, was konnten die Rebellen da noch ausrichten? Sie würde mit ihm gehen und seine Königin sein müssen, so wie er es von Anfang an geplant hatte. Auch wenn sie ihn längst aus ihrem Herzen verbannt hatte, hatte sie keine Wahl.

»So viel geopfert. So viel. Ganz Le-Wajun geopfert. Tu es nicht.«

Dilaya verstand nicht ganz, was Baihajun solchen Kummer bereitete. Edrahim tot und dafür ein Prinz von Nehess auf dem Thron – so traurig das auch war, das Land würde auch diese Zeit überleben. Königin Rebea, Laikans Schwester, war ebenfalls aus dem Sultanat jenseits der Meerenge gekommen und hatte eine gute Königin abgegeben.

Die eiskalte, zitternde Hand der Sterbenden umklammerte ihre Finger. »Jarunwa wollte alles aufgeben, nur für Anyana. Das Gesetz. Die Dynastie von Wajun, das war falsch, so falsch ...«

»Ja«, sagte Dilaya, obwohl sie nicht wusste, worum es ging. »Aber jetzt wird alles gut, vertrau mir.« Natürlich würde es das nicht; Baihajun starb, und sie konnte nichts für sie tun. Ihre Trostworte waren ohne Kraft.

»Durch die Uhr ... durch den Gang ... hinter dem Thron.«

»Ja, den Weg kenne ich nur zu gut.«

»Jarunwa und der dunkle Fürst ... Ich stahl mich in sein Gemach. Tauschte die Rolle aus. Für Anta'jarim. Es war«, sie bäumte sich auf, »es war für Anta'jarim! Sie sind alle tot. So oft hat sie von Feuer geträumt und geschrien, und ich habe es nicht verstanden. Ich habe Anyanas Träume nicht verstanden. Erst später. Nach der Nacht von Wajun, nach dem Feuer, da wusste ich, was ich getan habe. Jarunwas Unterschrift war fort, und Tenira hat ihn bestraft. Sie hat uns alle bestraft.« Ihre Stimme wurde immer leiser, Dilaya beugte sich tief zu ihr hinunter, hielt ihr Ohr an die bebenden Lippen. »Verzeih mir, Kind.«

Die Worte formten sich zu einem Bild, ergaben einen schrecklichen Sinn.

»Du hast eine Gesetzesrolle gestohlen, die Onkel Jarunwa unterzeichnet hat und die für das Großkönigspaar bestimmt war? Und deshalb ... oh ihr Götter, deshalb hat Tenira sich gerächt?«

»Verzeih mir«, wisperte Baihajun, doch Dilaya schwieg, erschlagen von der entsetzlichen Erkenntnis. Das Flehen in den Augen der alten Amme erfüllte sie nur umso mehr mit Schrecken. Sie konnte nichts sagen, konnte die Absolution nicht erteilen, und mit einem Blick voller Qual und unendlicher Schuld löste sich die Seele von dem verletzten Körper.

Es gab keine Spiegel und keine Liebesbriefe, nichts, was sie halten konnte. Dilaya wusste viel zu wenig über die Fähigkeiten der Lichtgeborenen, und hätte sie einen Weg gesehen, Baihajuns Seele aufzuhalten, wäre sie ihn doch nicht gegangen.

Sie sagte nichts. Sie spendete keinen Trost. Stumm und wie gelähmt saß sie da, dann schüttelte sie plötzlich heftig die Hand der Toten ab, als könnte sie sich an ihr vergiften.

Laikan wusste es zu schätzen, dass die dajanischen Magier im Schloss auf ihn gewartet hatten. Das Abkommen mit König Laon hatte ihm sogar nach dem Tod des Dajaners viele unerwartete Freuden beschert. Guna war zwar immer noch nicht in seiner Hand, doch auf die zugesagte Unterstützung durch die Magier konnte er sich bereits jetzt verlassen. Ein wenig unheimlich waren ihm die schwarzgewandeten Gestalten schon, doch ohne sie hätte er Tenira niemals so schnell eine Botschaft schicken können. Er selbst beherrschte die komische Sache mit den Wasserschüsseln nicht, fand sie aber äußerst praktisch. Außerdem bewahrten sie einen kostbaren Gefangenen im Turm auf.

Als er Edrahim überwältigt und mit in die Wälder geschleppt hatte, um seine Braut abzuholen, hatte Laikan sich nicht die Zeit genommen, seinem Feind einen Besuch abzustatten. Das wollte er jetzt nachholen. Er schickte Dilaya auf ihr Zimmer, damit sie sich auf die Hochzeitsfeier vorbereiten konnte, und ließ Amanu, den Anführer der Magier, zu sich rufen.

Der Mann besaß tausend Eigenheiten, die Laikan missfielen. Wie er herumschlich. Wie er sich die Kapuze in die Stirn zog. Wie er mit jeder lautlosen Bewegung daran erinnerte, wie gefährlich er war, ein ungezähmtes Raubtier, das jederzeit angreifen konnte.

»Wie geht es Prinz Karim?« Laikan lachte süffisant. »Ist er zu sprechen?«

»Gewiss, Kalazar. Wenn Ihr mir folgen wollt.«

Laikan war nicht wohl dabei, der dunklen Gestalt durch einsame Gänge hinterherzutrotten, wo keine Zeugen ihm wenigstens das Gefühl von Sicherheit vermittelten. Aber er durfte dem Magier gegenüber keine Schwäche zeigen. Es ging eine steile Wendeltreppe nach oben, dann öffnete Amanu eine Tür und trat beiseite.

»Ist das ein Scherz, Meister?«

Laikan hatte sich alles bis ins Detail ausgemalt: Wie er Karim von seinen Plänen erzählen würde, von der bevorstehenden Hochzeit mit Dilaya, von der Eisenarmee, von Guna und sogar davon, was am Ende passieren würde, wenn er alles erreicht hatte und Tenira nicht mehr brauchte. Dann würde er eins seiner eigenen Kinder, die er bis dahin hoffentlich gezeugt hatte, auf den Thron von Wajun setzen.

Doch die Zelle war leer. Die Eisenketten, die in der Wand verankert waren, baumelten herab. Eine verdreckte Matratze hätte einem Gefangenen süße Träume beschert, eine Schale, die sehr wenig Essen fasste, einen ewig hungrigen Magen. Es roch nicht einmal so, wie es in einer Zelle zu riechen hatte, nach Fäkalien, Blut, Schweiß und Angst. Stattdessen wehte der herbe Duft von Blättern und Walderde durchs Fenster herein, die alten Steine verströmten einen eigenen Geruch, der ein seltsames Kribbeln in seinen Kniekehlen verursachte.

»Ich verstehe nicht, Meister. Wo ist er?«

Amanu zeigte zum ersten Mal so etwas wie eine menschliche Regung. »Er kann unmöglich entflohen sein!«, stieß er hervor, schon beinahe panisch.

»Nun, mich dünkt, die besten Magier des Kaiserreichs sind nicht, wofür ich sie gehalten habe.« Diesen Seitenhieb konnte Laikan sich nicht verkneifen. Er war mehr als wütend, wagte es jedoch nicht, den Mann anzuschreien oder ihm zu drohen. Selbst ein enttäuschend schlechter Magier war immer noch ein Magier.

»Er muss hier sein! Er konnte nicht entkommen!«

Ein Flattern am Fenster lenkte Laikan ab. Eine zerzauste Krähe landete auf dem Sims, stieß ein Krächzen aus, das wie hämisches Gelächter klang, wetzte den Schnabel einige Mal am Gestein und hob wieder ab.

»Ist er etwa davongeflogen, so wie diese Krähe?«, fragte Laikan, halb belustigt und halb verärgert. »Wollt Ihr mir das damit sagen?«

Ein toter Karim konnte aus allen Berechnungen gestrichen werden, ein lebendiger Karim würde vielleicht alles zunichtemachen.

»Bestimmt nicht, Kalazar«, murmelte der Magier gepresst. »Jemand muss ihm geholfen haben.«

»Dann lasst Eure Leute die Konsequenzen spüren.«

»Ich habe keine Leute«, entgegnete Amanu dumpf.

Das verwunderte Laikan. Waren ihm nicht mehrere Helfer versprochen worden? »Wo sind sie denn?«

»Tot.«

Seine düstere Miene ermunterte Laikan nicht dazu weiterzufragen. »Dann sucht Karim«, befahl er. »Sucht ihn im ganzen Land und darüber hinaus. Dreht jeden Stein nach ihm um, schaut in jeden Winkel, in jeden Keller. Gebt mir wenigstens den Ring des Großkönigs.«

»Es bringt Unglück, diesen Ring auch nur anzufassen.«

»Bin ich denn von abergläubischen Trotteln umgeben? Das heißt, er hat ihn noch? Wunderbar, einfach wunderbar! Sobald er ins Licht tritt, wird er seinen Anspruch erheben. Ich muss Euch nicht erklären, dass niemand das will.«

Amanu nickte zum Zeichen, dass er verstanden hatte.

»Na schön.« Laikan atmete tief durch. »Gehen wir hinunter in mein neues königliches Gemach. Ich wünsche, jetzt gleich mit Tenira zu sprechen.«

»Jetzt, Kalazar. Wir haben eine magische Verbindung nach Wajun.«

Laikan beugte sich über die Wasserschale und sah zunächst ein seltsames, glitzerndes Gebilde.

»Die Sonnenkuppel. Wir blicken in das Becken im Schlafgemach der Großkönigin.«

»Es ist gut, Ihr könnt gehen«, sagte Laikan bemüht freundlich, obwohl der Magier ihn zunehmend irritierte.

»Ich denke, ich bleibe noch ein wenig.« Ein seltsames Lächeln, das eher einem Zähnefletschen glich, verzerrte das Gesicht des Mannes.

Laikan wagte es nicht, ihn erneut zum Gehen aufzufordern. »Wo ist sie? Ich dachte, das Sprechen im Wasser kann nur stattfinden, wenn jemand auf der anderen Seite hineinblickt?«

»Tenira ist da. Eben hat sie sich über das Becken gebeugt und die Fische gefüttert.« Amanu hielt sich ein wenig abseits, aber Laikan zweifelte nicht daran, dass der Magier jedes Wort und jede Regung im Wasser aufmerksam verfolgte.

»Wer spricht da?« Nun schob sich das Gesicht einer Frau ins Bild. Schwarze Locken schienen in die Höhe zu wachsen. Laikan brauchte einen Moment, um sich an die seltsame Perspektive zu gewöhnen.

»Ihr kennt mich, Großkönigin«, sagte er. »Hier spricht König Laikan von Anta'jarim, ehemals Prinz von Nehess.«

Sie atmete so heftig aus, dass sich die Wasseroberfläche kräuselte. Er glaubte das Bild schon verloren, doch der Magier umfasste rasch den Rand der Schale, und die Wellen glätteten sich wieder.

»König von Anta'jarim? Das ist Edrahim. Wie könnt Ihr es wagen!«

Sie spielte ihre Überraschung nur, denn er war sich sicher, dass ihre Spione ihr längst von seinem Einfall in Anta'jarim berichtet hatten. Dennoch hatte sie nichts unternommen. Eigene Truppen zu schicken hätte zu lange gedauert, doch sie hätte wenigstens ein Hilfegesuch an Kanchar richten können. Auch das hatte sie unterlassen.

»In der Tat hatten wir in Daja einige Meinungsverschiedenheiten. Doch das können wir alles zu unser beider Zufriedenheit klären.«

»Was wisst Ihr über meine Zufriedenheit?«, schnappte sie.

»Ich gehe davon aus, dass Ihr den derzeitigen Stand der Dinge alles andere als erfreulich findet. Euer Sohn ist als Geisel nach Wabinar gebracht worden, Eure Armee wurde vernichtend geschlagen und hat sich gerade erst mühsam nach Hause geschleppt. Die Männer sind in ihre Dörfer und Städte zurückgekehrt, doch die Felder wurden lange vernachlässigt, und in manchen Gegenden leiden die Menschen Hunger. Ihr seid es leid, auf die Gnade Kanchars angewiesen zu sein. Um das zu erraten, muss man kein großer Menschenkenner sein.«

»Was wollt Ihr?«, fragte sie.

Diese Frage hatte er erhofft. Tenira war nicht in Ohnmacht gefallen. Sie hätte schreien, wütend aufs Wasser schlagen und jedes Gespräch verweigern können, und auch das hatte sie nicht getan. Die Frau, die ihm aus der Schale entgegenblickte, war eine Königin von Kopf bis Fuß. Sie würde sich auf den Bund einlassen, den er anstrebte.

»Was ich mir wünsche, von der Tochter einer Lichtgeborenen? Für meine Anerkennung als König brauche ich Euch nicht. Mein

Heimatland ist nur durch einen Streifen Meer von der Küste meines neuen Reichs getrennt, und mein Vater wird mir so viele Soldaten schicken, wie ich benötige. Zudem ist meine Frau keine Unbekannte hier. Prinzessin Dilaya von Anta'jarim, nun Königin, verschafft mir die nötige Legitimation.«

»Dilaya von Anta'jarim?«

Er konnte sehen, wie es hinter ihrer Stirn arbeitete, wie sie versuchte, den Fehler zu erkennen, der ihr vor Jahren unterlaufen war.

»Ich will die Brandsteinminen von Guna. Guna ist ein Teil von Le-Wajun, und da ich mit möglichst wenig Aufwand darauf zugreifen will, wäre es von Vorteil, wenn Ihr mich offiziell dort hinschickt, um die Grenzen zu sichern.«

»Ich stehe unter kancharischer Aufsicht«, sagte Tenira, ohne auch nur mit der Wimper zu zucken, wobei sie, wie ihnen beiden bewusst war, Kanchars Macht über sie mit königlicher Grazie herunterspielte. »Denkt Ihr nicht, es macht die Kancharer misstrauisch, wenn Truppen, ob nun meine oder Eure, in Guna einmarschieren?«

»Gewiss«, sagte er, »doch was kümmert es Euch? Sind wir erst im Besitz der Brandsteine, können wir uns gegen jede Übermacht wehren. Gemeinsam. Ihr begreift doch, was ich Euch damit anbiete? Als König von Anta'jarim stehe ich Euch uneingeschränkt zur Seite.«

»Was nützen Brandsteine gegen die gesamte kancharische Armee, gegen ihre Eisenpferde und Eisenvögel und ihre Magier?«

»Und das«, Laikan konnte sich ein Grinsen nicht verkneifen, »von der Frau, die sogar ohne Brandsteine gegen Kanchar in den Krieg zog?«

Teniras Gelassenheit war bewundernswert, doch sie konnte ihre Irritation nicht ganz verbergen. »Zwei Dinge, Prinz Laikan.« Ihm entging nicht, dass sie ihn nicht so ansprach, wie es ihm mittlerweile zustand. »Zunächst einmal wundert es mich, dass Ihr, ein Verbündeter von Daja, nun auf einmal für mich kämpfen wollt. Was versprecht Ihr Euch davon? Wer unterstützt Euch und warum? Ihr seid kein Magier. Erzählt mir nicht, dass Ihr keine dajanische

Unterstützung habt – andernfalls könnten wir dieses Gespräch nicht führen. Warum sollte Daja sich gegen Kanchar wenden?«

»Ich hatte ein Abkommen mit König Laon, das nach wie vor gilt und mir die Unterstützung sehr einflussreicher Kräfte garantiert. Doch das ist interne kancharische Politik. Nicht jedes Königreich, das unter der Fuchtel des Kaisers steht, ist darüber im gleichen Maße glücklich.«

»Und das Zweite«, fuhr Tenira fort, »ist Eure … sagen wir: Eitelkeit. Kanchar wird sich den Sieg über Le-Wajun nicht so schnell nehmen lassen. Sie haben meinen Sohn als Geisel. Was kann Guna daran ändern? Und hätten wir Wagenladungen voller Brandsteine, wir haben keine Magier, die das zu tun vermögen, was die Kancharer vollbringen. Wir haben keine Eisentiere.«

Nun war der Zeitpunkt gekommen, seinen Trumpf auszuspielen. Laikan fühlte den Triumph, einen herrlichen Funken Freude.

»Eisentiere?«, fragte er zurück. »Wir haben etwas viel Besseres. Eine ganze Eisenarmee.«

Zum ersten Mal wirkte Tenira ernsthaft interessiert. »Was meint Ihr damit?«

»Während der letzten Jahre war mein Vater nicht untätig. Obwohl wir die Feinheiten der kancharischen Magie noch nicht völlig durchschauen, haben wir uns bemüht, es ihnen gleichzutun. Pferde? Vögel? Das ist die Schwachstelle der Kancharer. Ihre magischen Kreaturen benötigen Reiter, die sie lenken und die selbst schwer zu beherrschen sind, wie der Aufstand der Feuerreiter bewiesen hat. Wir hingegen haben Soldaten gebaut.«

Sie ließ seine Worte eine Weile auf sich wirken. Dann fragte sie nach: »Soldaten aus Eisen?«

Er nickte.

»Sie leben? Sie kämpfen?«

»Noch nicht«, musste er zugeben. »Aus diesem Grund benötigen wir die Brandsteine. Mit den Schiffen aus Nehess habe ich zweitausend eiserne Soldaten mitgebracht. Noch sind sie nichts als Puppen aus Metall. Doch sobald wir sie mit der nötigen Magie versorgt haben, werden sie für uns kämpfen.«

»Ihr wisst, wie man sie belebt?« Diesmal klang ihre Überraschung echt. »Die Kancharer hüten dieses Geheimnis wie ihren Augapfel!«

»Ich habe Magier an meiner Seite, die alles dafür Notwendige tun werden.« Er unterdrückte seinen Groll darüber, dass dieses Wissen niemals Teil seines Paktes mit Laon gewesen war, obwohl er inständig darauf gedrängt hatte. »Keine menschlichen Soldaten müssen in diesem Krieg sterben. Wir sichern die Grenzen. Wir befreien Euch von jeder Fremdherrschaft, die auf Euch lastet. Wir lassen das Reich der Sonne wieder in seinem Glanz erstrahlen. Ein Bündnis mit Nehess wird alle Eure Träume erfüllen.«

Er wartete darauf, dass sie Bedenken anmeldete, dass sie sich zumindest um ihren kleinen Sohn besorgt zeigte. Doch ihr Blick war verhangen, als träumte sie bereits von dem glorreichen Sieg.

»Ich will Wabinar«, flüsterte sie.

»Dann bekommt Ihr es«, sagte er. »Doch zuerst gebt mir Guna.«

17. Fallen

Karim fühlte sich nach der kurzen Begegnung mit Dilaya immer noch verwirrt. Warum hatte sie sich im Schloss bewegt, als wohnte sie hier? Seit wann besaß sie eine Maske, die ihre vernarbte Gesichtshälfte bedeckte? Er war wochenlang eingesperrt gewesen, doch allein diese kunstvolle Maske herzustellen musste sehr lange gedauert haben. Irgendetwas stimmte hier nicht.

Er musste sie noch einmal aufsuchen und in Ruhe mit ihr reden. Doch dazu durfte er sie nicht wieder mit seinem zerlumpten Aussehen erschrecken. Er brauchte neue Kleidung, ein Bad und ein Rasiermesser, und das alles würde er nicht hier im Schloss finden. Das Klügste wäre es, zunächst zu fliehen und später wiederzukommen. Außerdem musste er sich dringend bei Selas melden, der bestimmt schon vor Sorge um ihn verging. Es fühlte sich wie Aufgeben an – die Entscheidung zu treffen, nicht erst alles auszukundschaften, Edrahim zu töten und sich Amanu zu stellen, sondern zu gehen.

Jetzt.

Allerdings war es gar nicht so einfach, aus dem undurchschaubaren Gewirr der Zimmer und Säle zu entkommen. Schloss Anta'jarim war Karim nicht so vertraut wie der Palast in Daja oder der Sonnenpalast von Wajun. Er kannte das labyrinthartige Geflecht der Gänge und Räume, der Häuser, Türme und Höfe vor allem durch die Zeichnungen seines Bruders Selas, der hier als Kammerdiener lange Jahre gedient hatte. Zumal es nun zu lange her war, dass er selbst durch die drei miteinander verwachsenen Schlösser gestreift war.

Trotzdem kannte er diesen Ort gut genug, um sich nicht zu verlaufen. Kein Wüstendämon, der etwas auf sich hielt, verlief sich jemals. Warum führte dieser Gang dann nicht ins Freie, wie er eigentlich sollte, sondern machte einen Bogen und endete vor Stufen, die hinab in den Keller führten? Zur letzten Abzweigung zurückzugehen war eine schlechte Idee, denn die Stimmen einiger Mägde und die Geräusche ihrer Schritte näherten sich von hinten. In verwinkelten Zimmern voller Nischen konnte er sich so tief in den Schatten drücken, dass niemand ihn bemerkte, doch das war hier unmöglich. Der Gang war hell ausgeleuchtet. Nur die türlose Öffnung zur Wendeltreppe vor ihm versprach Schutz.

Lautlos machte er sich auf den Weg nach unten. In den unterirdischen Gewölben gab es bestimmt weitere Treppenaufgänge; vielleicht sogar Schächte, die außerhalb des Schlossgeländes hinaufführten. Während er die Stufen hinunterschritt, machte er sich über das Rätsel Gedanken, das ihn einfach nicht losließ. Was hätte Dilaya ihm erzählen können? Wie viel Zeit war überhaupt vergangen? Es hätte noch gar nicht Winter sein dürfen, denn seinem Gefühl nach war er höchstens ein paar Wochen eingesperrt gewesen. Er hatte das Vergilben der Blätter durch das Turmfenster beobachtet, und wenn es geschneit hätte, wäre ihm das nicht entgangen. Dazu kam Dilayas seltsame Wandlung. Das Familienwappen auf den Flaggen konnte nur bedeuten, dass sie ihr Erbe angetreten hatte, und in ihrem prächtigen Kleid, das sie wie eine zweite Haut getragen hatte, hatte sie wie eine Frau gewirkt, die sich daran gewöhnt hatte, Königin zu sein. Das halbe Gesicht eine Maske – für einen derart sorgfältig gearbeiteten Gegenstand brauchte man Zeit. Zudem war sie merklich älter geworden.

Verwirrt stieg er in den tiefschwarzen Keller hinab. Karim konnte fühlen, dass um ihn herum viel Raum war. Irgendwo tropfte Wasser. Er zog eine Feder aus seiner Tasche und entfachte ein winziges magisches Licht. Die Decke hing so tief, dass er sich ducken musste. Verwitterte, aus uraltem Stein gehauene Wände schufen eine düstere unterirdische Welt. Der Boden war feucht, hin und wieder schimmerte eine Pfütze im Licht.

Die Kälte fraß sich durch seine durchlöcherten Schuhe. Ein seltsames Gefühl ergriff Besitz von ihm. Es war, als würde jemand seinen Namen flüstern. Vor ihm glänzte etwas – eine zweite, stärkere Leuchtkugel. Dort vorne erwartete ihn eine dunkle Gestalt. Das Licht blendete zu sehr, um mehr als ihre Umrisse zu erkennen.

»Ah, Karim. Da bist du ja. Um ein paar Jahre verspätet.«

»Meister ... Joaku«, stammelte Karim. *Jahre?*, dachte er.

»Du klingst überrascht. Hat Amanu dir nicht erzählt, dass ich unterwegs bin? Leider wurde ich aufgehalten, und dann hieß es, du seist spurlos verschwunden. Es hat mich all mein Können und sehr viel Geduld gekostet, dich aufzuspüren. Den richtigen Ort und den richtigen Zeitpunkt zu treffen.«

Neben Joaku trat eine zweite Gestalt. Amanu, Joakus Schüler, strebsam bis zum Schluss.

Ein Zittern erfasste Karims ganzen Körper. Unya war nicht hier – und selbst wenn, wie hätte sie ihm schon helfen können? Der Herr von Jerichar war stärker als jeder seiner Assassinen, er war mächtiger, als man sich überhaupt vorstellen konnte.

»Fürchtest du dich?«, fragte Joaku. »Ich habe dich gewarnt, was ich mit dir tun werde, wenn du dich mir widersetzt. Deine Seele wird Wachs in meinen Händen sein, und der Käfig, den ich für sie vorbereitet habe, besitzt keine Türen und kein Schloss. Du wolltest mir entkommen, doch stattdessen wirst du für immer mir gehören.«

Karim trat einen Schritt zurück. Er spürte bereits, wie die magische Lähmung ihn ergriff, mit der Joaku seine Opfer außer Gefecht setzte. Das durfte er nicht zulassen. »Unya«, flüsterte er verzweifelt, in der Hoffnung, sie könnte von irgendwoher auftauchen und ihn retten. Konnte sie nicht durch Wände gehen? Hatte sie nicht versprochen, ihn all das zu lehren, was sie als eine Lichtgeborene so spielerisch vermochte?

Amanu näherte sich ihm. »Darauf habe ich so lange gewartet. Fünf Jahre, um genau zu sein. Als König Laikan mir vorhin sagte, du seist gesehen worden, wusste ich, dass es endlich so weit ist. Wir haben es gerade rechtzeitig geschafft, vor dir hier anzukommen.«

»König Laikan?« Noch ein Schritt zurück. Sollten sie nur denken, dass er ihnen zuhörte, dass er irgendetwas auf ihr Gerede gab.

Fünf Jahre? Sie waren ja verrückt. Ganz bestimmt war er nicht fünf Jahre im Turm eingesperrt gewesen! Wollten sie ihn mit diesem Unsinn ablenken, damit er nicht gegen die Lähmung ankämpfte? Noch konnte er sich bewegen, auch wenn jeder Schritt so mühsam war, als würde er in zähem Morast feststecken. »Er ist König? Das hat Tenira zugelassen?«

»Wo bist du die ganze Zeit über gewesen? Hast du Winterschlaf gehalten wie ein Bär? Laikan wird unsere Interessen in Le-Wajun vertreten. Am Ende sitzt er auf dem Thron der Sonne. Am Ende«, Amanu grinste triumphierend, »werden wir herrschen.«

Karim nahm all seine Kraft zusammen und sprengte die lähmenden geistigen Fesseln. So wie er die echten Ketten gesprengt hatte, in einem einzigen Augenblick. Damit überraschte er seine Gegner. Er verzichtete darauf, sich an ihrer Verblüffung zu weiden, wirbelte herum und rannte los.

Sie waren dicht hinter ihm. Amanu kam von links. Es würde knapp werden, die Treppe zu erreichen. Karim wandte sich nach rechts, wo zwischen den Mauern ein weiterer Durchbruch zu erahnen war, dahinter ein Stück undurchdringliche Finsternis. Die Feder, die er immer noch in der Hand hielt, leuchtete seine Schritte aus und verriet ihn gleichzeitig. Er löschte das Licht kraft seines Willens. Nun war es völlig finster.

Sich in der Dunkelheit wohlzufühlen war etwas, das jeder Wüstendämon früh lernte. Karim konnte mehr sehen als jeder gewöhnliche Mensch, doch sobald auch die magischen Kugeln der anderen erloschen, war die Schwärze so dicht, dass selbst er kaum etwas erkennen konnte. Mit ausgestreckten Händen tastete er nach der nächsten Wand. Er war sich sicher, dass Joaku besser sah als er. Er würde nichts nützen, stillzuhalten und auf die üblichen Tricks zurückzugreifen.

Also floh er weiter blindlings. Und stolperte über eine Kante.

»Da bist du ja. Wohin so eilig? Möchtest du deine kostbare kleine Seele in Sicherheit bringen?«

Karims Knie machten schmerzhafte Bekanntschaft mit dem Boden. Seine rechte Hand berührte nasse Steine, die linke lag auf

Holz. Das musste der Grund sein, warum er gestürzt war. Er tastete weiter – eine Tür war in den Boden eingefügt. Eine Luke? Vielleicht lag darunter eine weitere Treppe, die noch tiefer hinabführte. Vielleicht gab es einen Geheimgang nach draußen. Das Schloss steckte voller verborgener Tunnel, Spalten in Mauern, geheimer Durchgänge und Türen.

»Hier geht es nicht weiter. Du kannst nirgendwohin fliehen.« Magisches Licht strahlte erneut auf, zeigte ihm Joakus kalte Augen, Amanus Grinsen und die tropfnassen Wände. Der Raum war klein, nicht mehr als eine Kammer, in deren Mitte sich die Falltür befand. Vor der einzigen Wandöffnung standen der Meister und sein Schüler.

Karim griff nach dem Riegel der Luke, riss sie auf.

Rief das magische Licht.

Unter ihm lagen keine Stufen, kein geheimer Tunnel, in den er heruntersteigen konnte. Stattdessen gähnte ein senkrechter Schacht vor ihm. Das Ende konnte er nicht sehen, es verschwand in der Dunkelheit. Höchstwahrscheinlich war dies ein Brunnen, aber ob er noch Wasser enthielt oder nicht, konnte Karim nicht sehen. Vielleicht war es längst versickert, und dort unten nur befand sich nur Gestein, auf dem alles zerschellte, was herunterfallen mochte.

»Sieh an«, sagte Amanu höhnisch. »Hast du einen Fluchtweg entdeckt?«

Seine Feinde machten keinerlei Anstalten, ihn anzugreifen. Sie beobachteten ihn mit unverhohlener Freude und weideten sich daran, dass er in der Falle saß. Doch Karim weigerte sich aufzugeben. Er ließ die glimmende Feder fallen, ließ sie heller glühen und verfolgte, wie sie die Wände des Schachtes mit ihrem Licht streifte.

Ging es endlos tief hinab?

»Zu spät«, sagte Joaku sanft.

Karim fühlte, wie ihn erneut die Lähmung ergriff, diesmal so stark, dass es ihm nicht gelang, sie abzuschütteln. Er hockte immer noch am Rand des Brunnens, der Wasser führen mochte oder auch nicht. Die Feder streichelte sacht die Steinwände des Schachtes. Sie schwebte immer noch hinunter – zwanzig Meter, dreißig, vierzig.

Unya hatte ihm gesagt, er würde einen Brunnen finden. Doch wenn er aus dieser Höhe auf einer Wasseroberfläche landete, würde er zerschmettert werden. Und falls nicht, würde er ertrinken. Und selbst wenn es ihm irgendwie gelang, den Sturz zu überleben und den Kopf über Wasser zu halten, wie sollte er jemals wieder nach oben gelangen? Es gab keine Seilwinde mit einem Eimer. Dieser Brunnen war schon seit Jahrzehnten, wenn nicht gar seit Jahrhunderten, nicht mehr in Betrieb. Möglicherweise stammte er aus der Anfangszeit des Schlosses, als Jarim selbst hier gewohnt und das Kind des Hirschgotts zur Welt gebracht hatte.

Karim konnte nicht kämpfen, konnte sich nicht rühren. Er wusste nicht, was ihn am Boden des Brunnens erwartete, aber jeder Tod war besser als der durch Meister Joakus Hände. Er würde seinem Feind nicht seine Seele überlassen. Selbst wenn er starb, wenn er sterben musste, selbst wenn es lange und qualvoll werden sollte – er würde seine Seele mitnehmen. In einem letzten Akt der Rebellion verlagerte Karim sein Gleichgewicht, lehnte sich nach vorne und ließ sich fallen. Seinem Licht hinterher in die Tiefe, die keinen Ausweg bot.

»Du dummer Junge!«, rief der Meister. »Ich habe ein Bild von dir. Du kannst mir nicht entkommen!«

Doch da fiel er schon. Die Stimme des Herrn von Jerichar hallte in dem Schacht wider. Während Karim schmerzhaft gegen die Wände prallte, fuhr ihm sein schrecklicher Irrtum wie ein Blitz durch den Kopf. Ein Bild! Dann nützte es nichts zu sterben. Natürlich besaß der Meister ein Bild von ihm. Seine Seele würde aus dem Brunnen emporsteigen und zu seinem Abbild gezogen werden. Es sei denn, der Schacht war so unendlich tief, dass seine Seele nicht hochsteigen musste, dass der Ruf des Porträts sie nicht band.

Schmerz und Dunkelheit. Es war ein Sturz, bei dem ihm Hören und Sehen und Denken verging. Nur die Angst blieb übrig, ein Schrei, den sein gelähmter Leib nicht schreien konnte. Ein Herzschlag, das Ticken einer Uhr, das Tropfen von Wasser.

Dann der Aufprall. Finsternis, die in unzählige Lichtsplitter zersprang. Ein berstender Spiegel. Nacht, die zerriss. Sterne. Die Monde bildeten eine Kette am Himmel wie Perlen am Hals der Geliebten.

Eine Stimme flüsterte.

Seinen Namen. Immer wieder seinen Namen.

Nein, sie schimpfte mit ihm, ungehalten und zu laut.

»Was?«, ächzte er.

»Muss bei dir immer alles so dramatisch sein?«, rief Unya. »Kannst du nicht wie ein normaler Mensch eine Tür öffnen und hindurchgehen?«

Er öffnete die Augen.

Sein Körper, der sich zerschlagen und malträtiert anfühlte, lag weit ausgestreckt auf glatt poliertem Holz. Stöhnend rappelte er sich auf, stieß gegen etwas. Eine Vase rollte von einem Tisch, zerbrach auf dem Boden. Eine Katze jagte davon. Durch eine offene Tür drang Licht herein, und dahinter war das Grün eines Gartens zu erkennen. Mildes warmes Licht drang ins Zimmer. Er konnte die Umrisse gelber Blumen erkennen, und es duftete nach Rosen und Kräutern und süßem Tee.

Unya stand auf der Schwelle, die Arme vor der Brust verschränkt. »Da bist du ja endlich. Sieh nur, was du angerichtet hast!« Und dann lachte sie und eilte auf ihn zu und ergriff seinen Arm, bevor seine Knie unter ihm nachgaben.

Er war so wackelig auf den Beinen, dass er nicht protestierte, als sie ihn zum Bett führte. Widerstandslos ließ er sich in die weichen Kissen sinken.

»Du kannst dir nicht vorstellen, wie sie sich freuen wird.«

»Wer?«, fragte er benommen. Noch so benommen, dass er weder denken noch fühlen konnte. »Bin ich tot?« Der Schrecken übermannte ihn so heftig, dass ihm übel wurde. »Joaku wird meine Seele rufen und einkerkern!«

Unya setzte sich zu ihm aufs Bett. Von irgendwoher zauberte sie eine Schüssel herbei, gerade rechtzeitig. Sein Magen krampfte sich zusammen, er würgte, keuchte, zitterte. Seine Seele. Oh ihr Götter, seine Seele! Unyas Hand strich ihm übers Haar, über die Stirn, tätschelte beruhigend seine Schulter, streichelte seinen Rücken, bis die Krämpfe nachließen und er zitternd dalag, stumm vor Pein und Entsetzen.

»Ich werde dir einen Tee aufsetzen. Tee hilft immer.«
»Diesmal nicht«, murmelte er düster.
»Dir ist doch klar, dass du es nach Kato geschafft hast?«
»Ja, wo die Toten hinkommen, die auf halbem Weg von den Göttern fallen gelassen werden.«

Unya lachte leise. »Mein lieber Junge! Erst den Tee. Dann solltest du ein wenig schlafen. Und danach zeige ich dir meinen Garten. Sie ist nicht hier, aber wenn sie kommt, wird sie Augen machen!«

Er fragte nicht, von wem sie sprach. Das Bett war weich. Die Scherben der zerbrochenen Vase lagen im Wasser, das in die Fugen sickerte, und die dunklen Rosen waren zerbrochen. Hinter der offenen Tür, die in den Garten führte, sangen die Vögel. Er hörte ein Pferd schnauben.

Karim verbarg das Gesicht in den Händen und wartete darauf, dass etwas Fürchterliches geschah.

Anyana rieb das Pferd trocken. Sie dachte an Mago, während sie den warmen Geruch des Tieres einatmete, dachte an den ehemaligen Stallburschen, der erneut zu einem Leben als Sklave verdammt war. An Tizarun zu denken war ihr kaum möglich. Die Gedanken taten weh, als würde sie sich an Messerklingen schneiden.

Er, der Strahlende, der Wunderbare. Der König von Le-Wajun. Er, mit dem alles begonnen hatte.

»Seid ihr deswegen beide hier?«, fragte sie leise. »Weil ihr zusammen begraben seid? Der König und sein Mörder. Und deshalb seid ihr auch hier Todfeinde.«

Fürst Wihaji, der gerade die Hufe seines Rappen überprüfte, hob den Kopf. »Zusammen begraben?«

»Das Grabmal im Palastgarten. Es ähnelt einer Kuppel, umringt von Blütenblättern. Dort drinnen ruht ihr beide.«

»Ich bin nicht tot«, sagte Wihaji. »Der Mörder, der dort begraben wurde, das bin ich nicht. Es war ein Assassine, den man kurze Zeit nach dem Mord am Großkönig ertappt hat.«

Das Pferd stupste sie an. Es war tröstlich, das warme Fell zu berühren. Die Rückreise aus Spiegel-Wabinar war kurz gewesen, sie hatten kaum zwei Tage benötigt, und es drängte Anyana, nach ihrem Sohn zu schauen. Ihre Brüste waren schwer von Milch, und sie konnte nur hoffen, dass Lugbiya und Unya, die sich um den Kleinen gekümmert hatten, ihn satt bekommen hatten. Kuhmilch war nun einmal nicht dasselbe.

»Geh und schau nach Lijun.«

Sie musterte Wihaji nachdenklich. Vielleicht sah er etwas in ihrem Blick, das er nicht ertrug – Mitleid oder Zweifel oder zu viel Schmerz, denn er wiederholte seine Aufforderung ein wenig schroffer: »Jetzt geh ruhig. Ich kümmere mich um die Pferde.«

Also ließ Anyana den Wallach stehen und betrat das altdunkle Schloss unter dem grünen Banner des Baums.

Lijun lag in seiner Wiege. Er war wach und schaute sich aufmerksam um. Lugbiya hatte es sich in einem Sessel bequem gemacht und schaukelte ihn mit einer Hand, während sie mit der anderen ein Buch hielt. »Du bist wieder da!«

Anyana beugte sich über das leise glucksende Kind. Wie schön der Kleine war! Es kam ihr vor, als hätte sie ihn wochenlang nicht gesehen, dabei waren es nur einige Tage gewesen. Jetzt erst konnte sie sich eingestehen, was für Sorgen sie sich gemacht hatte. Darüber, ob Maurin ihn gesund zum Schloss zurückbringen würde, ob ihm auch nichts passierte. Ob er trinken würde, schlafen, sie vermissen.

»Alles in Ordnung«, sagte ihre Tante, bevor Anyana fragen konnte. »Es geht ihm gut. Wir hatten nicht allzu viele schlaflose Nächte, und wir haben es überstanden, danke der Nachfrage. Das heißt, ich war für ihn da, Unya hat ja jetzt einen neuen Zögling.«

»Es gibt noch ein Kind hier?«

»Ein Kind? Nicht direkt. Nur einen Jungen, um den sie sich kümmert.« Lugbiya lächelte verschmitzt. »Nun nimm ihn schon aus der Wiege und küss ihn ab. Still ihn und leg ihn schlafen. Ich bleibe hier, damit du gleich danach zu Unya gehen kannst.«

Warum sollte sie? Auch wenn sie ihre Urgroßmutter gerne wiedersehen wollte, mochte sie Lijun nicht schon wieder allein lassen. Doch darüber konnte sie gleich noch diskutieren. Es war ein herrliches Gefühl, ihr Kind im Arm zu halten, es eng an sich zu drücken, ihm die Brust zu geben. Die dunkelblauen Augen, die aufmerksam ihr Gesicht betrachteten. Die winzigen Händchen, die hübschen Finger. Endlos lange hätte sie so dasitzen können. Lijun schlief schon längst.

»Du hast den Flammenden König gesehen«, sagte Lugbiya.

»Tizarun«, flüstere Anyana.

»Ich habe ihn verehrt – früher. Jetzt nicht mehr. Jetzt haben wir nur noch ein Ziel, und zwar, ihn an der Rückkehr zu hindern. Es ist gut, dass du jetzt die Wahrheit kennst. Mit jedem Jahr wird es schwieriger, gegen ihn vorzugehen. Er wird stärker, er hat mehr Leute, mehr Sklaven, mehr Soldaten, mehr von allem. Sein Schiff ist bald fertig, und das macht uns allen Angst.« Ein Schatten schien durch das sonnenhelle Zimmer zu wandern. »Aber über unsere Angriffspläne reden wir ein anderes Mal. Geh jetzt zu Unya. Du hast ein wenig Aufmunterung nötig. Lass dir einen Tee kochen und ... Na, du wirst schon sehen.«

Anyana hätte sich lieber ins Bett gelegt, aber wenn Unya sie unbedingt sehen wollte, nun, dann würde sie diesen Besuch vorher erledigen. Sie legte Lijun zurück in seine Wiege und trat zum Fenster. Sie hatte schon das Bein übers Sims gehoben, um aufs Dach zu klettern, als Lugbiya sie lachend zurückhielt. »Du kannst auch durch den Garten gehen. Einfach aus dem Altdunklen heraus und einmal um die Ecke.«

Der Garten summte vor Leben. Schmetterlinge umschwärmten die lilafarbenen kleinen Blüten von Lavendel und Oregano, die blauen Kerzen des Salbeis ragten dazwischen auf. Hummeln und Bienen landeten abwechselnd auf den Blumen. Der verwitterte Gartenzaun bot Bohnen und großblütigen Geißblattranken Halt.

Das kleine Haus ihrer Urgroßmutter verschwand fast in der bunten Pracht. Unya war draußen, den unvermeidlichen Korb im Arm, und schnitt Pfefferminze.

»Da bist du ja, Kind!«

Anyana ergab sich der herzlichen Umarmung. »Wir sind gerade erst zurück, Fürst Wihaji und ich.«

»Und doch kommst du gleich zu mir, um einen Tee zu trinken? Das ehrt mich.« Die alte Frau zwinkerte ihr zu. »Oder bist du etwa hier, um meinen Gast zu sehen?«

»Lugbiya hat da etwas angedeutet. Du hast ein Kind unter deine Fittiche genommen?«

»Dieser Junge durfte nie ein Kind sein«, entgegnete Unya rätselhaft. »Ich muss zugeben, ich hätte mich nie freiwillig mit ihm abgegeben. Es war deinetwegen. Ich habe ihm anfangs nur wenig zugetraut, doch er ist mir mit der Zeit tatsächlich ans Herz gewachsen. Nun geh schon, Mädchen. Geh und begrüße ihn. Wahrscheinlich schläft er. Er schläft viel, denn er hat ziemlich viel durchgemacht, aber es wird ihn nicht stören, wenn du ihn weckst.«

Ihre Rede berührte Anyana auf seltsame Weise – um wen ging es hier?

»Na schön«, murmelte sie. »Kommst du mit?«

Unya lachte laut. »Oh nein, bestimmt nicht. Das ist deine Sache.«

Das Ganze wurde immer merkwürdiger. Alle taten so geheimnisvoll. Nun denn. Sie fasste sich ein Herz, schritt zwischen den Beeten hindurch aufs Haus zu und trat in Unyas Rosenzimmer.

Die Vase, sie sonst immer auf dem Tisch gestanden hatte, fehlte. An ihrer Stelle schmückte ein Krug, in dem Sommerblumen verblühten, den Raum. Im Schaukelstuhl schnarchte eine Katze. Und im Bett lag jemand. Anyana sah schwarzes Haar auf dem bestickten Kissen, eine nackte Schulter. Ein Gesicht, schön wie die Nacht. Haut wie helles Karamell.

Sie musste schlucken. Der Raum schien sich um sie zu drehen.

»Karim?«

Es war ein Traum, es musste ein Traum sein. War Kato nicht

das Land der Lichtgeborenen, der Träume und Albträume, in dem Wünsche wahr wurden und wo die Toten und die Lebenden zusammen durchs Licht wanderten?

Vorsichtig trat sie näher, streckte die Hand aus und berührte zaghaft seine Schulter. Sie war warm. Er war lebendig, sehr lebendig, und als er sich regte und die Augen aufschlug, konnte sie sich nicht rühren.

Er blinzelte. Starrte sie an. »Das ist ein Traum«, sagte er dann.

»Ja, das kommt mir auch so vor«, sagte sie. »Du kannst nicht wirklich hier sein. Es sei denn, du bist gestorben.«

»Bin ich nicht«, sagte er, »auch wenn es sich ganz danach angefühlt hat.«

Sie stand vor dem Bett und blickte ihn an. Kaum ein Schritt trennte sie von einander, aber die Entfernung schien ihr trotzdem viel zu groß. Sie wusste nicht, wie sie sie überbrücken sollte. Sie hatte von ihm geträumt. Hatte ihn herbeigesehnt. Sie hatte ihn verflucht und ihn betrauert, an ihn geglaubt und ihn aufgegeben, aber sie hatte ihn nie vergessen. Niemals.

Er setzte sich auf und griff nach ihrer Hand. Sein Oberkörper war entblößt, was nicht schicklich war. Es war ihr völlig gleich. Sie hatte ihn schon einmal berührt. Sie hatte ihn geküsst und mit ihm geschlafen, dort im Stall auf dem Heuboden, im Stroh, bevor alles Schreckliche geschehen war. Sie wusste, wie sein Körper sich anfühlte, wie seine Küsse schmeckten. Es war kein Traum gewesen. Jetzt, da sie ihn leibhaftig vor sich sah, wusste sie das.

Seine Finger verflochten sich mit ihren.

Tausend Fragen gab es zu fragen, tausend Geschichten zu erzählen, doch keiner von ihnen sprach.

Ihre Hände fanden sich, sie sagten genug. *Du bist da*, sagten sie. *Ich bin hier. Es ist kein Traum.*

Karim stand auf und umfasste ihr Gesicht, grub die Finger in ihr Haar. Wischte ihr die Tränen von den Wangen. Anyana seufzte leise, während er sie hielt, während Mund zu Mund fand. Er schmeckte genau so, wie sie ihn in Erinnerung hatte. Nach Honig und bitteren Kräutern und Pfefferminze und einer langen Reise.

»Du warst es«, flüsterte sie schließlich, während das Licht hinter den Fenstern sich wandelte und die Sonne der Dämmerung Platz machte. »Ich wusste es. Du bist zu mir gekommen.«

»Jetzt bin ich da«, sagte er. »Ich dachte, du wärst tot. All die Jahre habe ich das geglaubt.«

»Aber im Stall ...«

Kato hatte den Schrecken geheilt. Sie konnte an jene wundersame Stunde denken, ohne sich daran zu erinnern, wie die Nacht geendet hatte. Sie konnte Türen schließen, die offen gestanden hatten, hinter denen Dunkelheit lauerte.

»Im Stall?«, fragte er verwirrt.

Ihre Hände erkannten seine Haut. Berührten seine muskulöse Brust, tasteten über Narben und kleine Härchen. Wie konnte er es nicht wissen? Er tat, als hätten sie sich Jahre nicht gesehen, und dabei waren es höchstens anderthalb. Oder nicht? Sie hatte keine Ahnung, wie alt Lijun war, wie viel Zeit sie auf dem Grauen Schiff verbracht hatten und wie lange sie jetzt schon in Kato waren.

»Du warst es«, sagte sie, und er murmelte »Was auch immer du willst« in ihr Haar und verschloss ihren Mund mit seinem Kuss.

Jemand klopfte vehement. Beschämt wichen sie auseinander.

»Ich vermute, ihr wollt keinen Tee«, sagte Unya und pflückte die Katze vom Schaukelstuhl. »Aber es ist Zeit für euch, das Feld zu räumen. Nimm deinen Freund mit, Anyana, und überlasst einer alten Frau ihr Haus. Und du zieh dir etwas über, junger Mann. Man möchte befürchten, dass du dich verkühlst.«

Karim wurde rot und griff nach seinem Hemd. Er streifte es sich über und zögerte. Doch Anyana hatte keinerlei Zweifel. Sie fasste nach seiner Hand und zog ihn mit sich.

Überall waren Menschen, und manch einer machte ein neugieriges Gesicht. Karim fühlte sich zugleich wie betrunken vor Glück und unsicher bis ins Mark. Anyana hielt ihn fest, als könnte er gleich wieder verschwinden, und ihm war auch sehr danach.

»Du bist die Prinzessin«, flüsterte er. »Alle werden es wissen, wenn du jemanden mit auf dein Zimmer nimmst.«

»Sollen sie doch.«

Er sah sie von der Seite her an, betrachtete ihr dunkelrotes Haar, das Profil mit der kleinen Nase, dem entschlossenen Mund. *Kein Traum*, dachte er. *Es ist kein Traum.*

Und gerade weil es kein Traum war, rechnete er damit, dass jemand ihnen in den Weg treten würde. Ihre Mutter oder ein Verwandter, vielleicht König Jarunwa selbst. Hier, wo die Toten herrschten, war alles möglich. Die Grenzen verschwammen, und es war, als hätten die Götter selbst ihn hergeschickt, um ihn vor Joaku zu retten. An seiner Hand prangte der Ring des Großkönigs. Er hatte sich den Thron von Wajun mit List und unter zahlreichen Entbehrungen erschlichen, und doch fühlte er sich nicht würdig. Er war nur ein Junge aus der Wüste, ein Bastard, ein Wüstendämon.

Gemeinsam gingen sie durch die Halle. Säulen ragten aus den Schatten, Bilder hingen an den Wänden, verwirrende Bilder. Diener huschten vorbei, wieder hagelte es Blicke, das eine oder andere Lächeln. Er kannte die Treppe, den Flur, die zahlreichen Türen. Es schien erst gestern gewesen zu sein, dass er sich in das Zimmer eines Mädchens geschlichen hatte, das beinahe ertrunken war. Nun war sie älter. Alt genug.

Er hatte den Segen ihrer Mutter.

Die Tür öffnete sich, und eine Frau kam heraus, die ihm vage vertraut vorkam. »Das ist er also«, sagte sie und musterte ihn.

»Ja, das ist er«, antwortete Anyana.

Die Frau nickte. Prinzessin Lugbiya – das war ihr Name. Sie war älter gewesen, als Karim ihr zuletzt begegnet war. Damals hatte sie ihn nicht beachtet, da er nur der Knappe des dunklen Fürsten gewesen war.

Lugbiya schenkte ihm ein Lächeln. »Weckt den Kleinen nicht.«

Der Weg ins Zimmer war frei. Es war wie ein Traum, das alles. »Wieso jagen sie mich nicht fort? Du bist die Prinzessin von Anta'jarim. Du bist die wahre Erbin des Sonnenthrons.« Und alles, was er wollte, was er jemals gewollt hatte.

»Wir sind in Kato«, sagte Anyana nur. »Hier ist alles anders. Leichter. Die Toten sind milde, sie urteilen nicht.«

Sie trat an die Wiege, die ein wenig abseits vom Bett stand. Karim erinnerte sich daran, was Unya gesagt hatte; er musste es verdrängt haben, denn er hatte gar nicht mehr daran gedacht. »Du hast ein Kind?«

Der Säugling schlief, das flaumige blonde Haar weich wie die Federn eines Kükens.

Unwillkürlich verkrampfte Karim sich, vergrub die Fäuste in den Taschen. Die Eifersucht erwischte ihn eiskalt. Eben noch hatte er gedacht, Anyana wäre sein. »Und einen Mann hast du auch? Wo ist der Vater?«

Ihr Blick war klar und offen. »Ich bin mir nicht sicher.«

»Wo er ist oder wer er ist oder ob er dein Mann ist?« Schmerz ballte sich in ihm zusammen. »Dass du verlobt bist, hast du gewiss nicht vergessen? Mit Prinz Sadi von Wajun.«

»Das weißt du?«

Oh, er wusste so vieles. Von Jarunwas Unterschriften. Von den Gesetzen, die die Welt hatten verändern sollen und es auf eine Weise getan hatten, die keiner von ihnen erwartet hatte. Davon, dass Träume nicht wahr wurden, dass alles, was man sich wünschte, einem wieder entrissen wurde.

»Es spielt keine Rolle«, sagte sie. »Sadi ist nicht wichtig. Wenn ich nach Le-Wajun zurückkehre, dann mit dir.«

»Wer ist der Vater?«, fragte er, obwohl er sich selbst dafür ohrfeigen wollte. Er konnte es einfach nicht auf sich beruhen lassen. Während er geglaubt hatte, dass sie tot war, im Feuer verbrannt in jener unseligen Nacht, hatte sie sich vergnügt. Während er getrauert hatte und die Schuld ihn innerlich zerriss, hatte sie einen anderen Mann gefunden.

»Das werde ich dir sagen, aber nicht jetzt.« Sie zog ihn zum Bett, und er konnte sich nicht wehren. Er konnte ihr nicht sagen, was er alles getan hatte und dass ein Fluch auf ihm lag. Er wollte sie einfach zu sehr. Deshalb ließ er zu, dass sie ihm das Hemd wieder auszog. Dass sie ihn auf die Matratze schubste. Sie lachte, und dann wurde sie ernst, und als sie einander küssten war es, wie in einen Brunnen zu fallen und seinen größten Wunsch zu finden.

18. Am Grund des Brunnens

Anyana schlief in seinen Armen. Karim protestierte leise, als sie mitten in der Nacht aufstand und das Kind zu sich ins Bett holte, um es zu stillen.

»Es ist dein Sohn«, sagte sie. »Jetzt bin ich mir sicher.«

Er musste sich verhört haben, halb im Schlaf noch, und widersprach ihr nicht. Erst am Morgen fiel es ihm wieder ein. Anyana schlummerte friedlich, den Arm um ihren Sohn geschlungen. Sie hatte es wohl nicht mehr geschafft, erneut aufzustehen und ihn zurück in die Wiege zu legen.

Eine Weile betrachtete Karim die Frau, die er liebte, und das fremde Kind, das zu ihr gehörte. Wenn sie sich wünschte, dass er ihren Sohn akzeptierte, würde er das tun. Die Jahre waren an ihnen beiden nicht spurlos vorübergegangen, und er konnte Anyana nicht vorwerfen, dass sie in den Armen eines anderen Mannes gelegen hatte. Er war nicht da gewesen, sie hatten einander aus den Augen verloren. Und er war derjenige, der sie und ihre Familie in den Abgrund gerissen und ein ganzes Königreich zerstört hatte.

Ein Königreich, in das er irgendwie zurückkehren musste, um die verrückte Tenira vom Thron zu stoßen. Tenira, die ihn in die Skorpiongrube geworfen hatte.

Er kämpfte gegen die Bitterkeit, die ihn erneut überrollen wollte. Es ging nicht um sein eigenes Schicksal, aber er traute der Großkönigin zu, das Land erneut in einen sinnlosen Krieg zu stürzen. Und Guna, oh ihr Götter, er musste sein Versprechen wahrmachen und Guna in die Unabhängigkeit führen. Es gab so viel zu tun, und er hatte keine Zeit, in Kato seine Wunden zu lecken und über sein Schicksal zu lamentieren.

Ihm war nicht danach, erneut in einen derart tiefen Brunnen zu springen wie auf seiner Flucht vor Joaku und Amanu. Unya musste ihm beibringen, die Türen zu den Wünschen auf eine leichtere Art zu durchschreiten. Und sie musste ihn lehren, wie er gegen Joaku ankam, denn solange der Meister hinter ihm her war, konnte er nicht heimkehren.

Während er sich anzog, betrachtete er seine schlafende Geliebte, und eine tiefe Zärtlichkeit erfasste ihn. Zu ihr. Und auch zu dem winzigen Kind, das ihn, während er es im Morgenlicht anschaute, seltsamerweise an seinen Bruder erinnerte. Sein Haar hatte denselben Blondton wie Selas' Haar. Der kleine Junge regte sich und öffnete die Augen, und sie waren von demselben kräftigen Blau wie Selas' Augen. Nicht so hell wie Herzog Sidons Augen, auch nicht von dem verwaschenen Blaugrau wie Winyas oder König Jarunwas Augen. Dieses Kind passte in seine eigene Familie.

Natürlich konnte sein Bruder nicht der Vater sein. Und warum machte er sich eigentlich etwas vor? Alle Säuglinge hatten blaue Augen, und sein Wunsch, etwas Vertrautes in dem Kleinen zu entdecken, rührte nur daher, dass er sich irgendwie an den Gedanken gewöhnen musste, ein Kind zu haben.

Ein Kind. Eine Familie.

Doch was ihnen im Weg stand war noch etwas ganz anderes: Anyana war verlobt durch die Autorität zweier Könige. Und war nicht auch er verlobt – mit Dilaya? Nein, er hatte Edrahim nicht getötet, also war der Vertrag nichtig. Die Gedanken schwirrten in seinem Kopf herum, brachten ihn ganz durcheinander. Es gab so viel zu bereden, zu beichten, zu erzählen, doch zunächst einmal würde er die Küche aufsuchen und etwas zu essen holen. Sie würde hungrig sein, wenn sie erwachte.

Karim zog sich die Weste über das Hemd, kämmte sich mit den Fingern durchs Haar. Er wollte nicht wie ein armer Schlucker aussehen, über den man lachte. Wenn man ihn fragte, was er im Schloss tat, würde er sich etwas ausdenken müssen, was Anyana nicht in Verlegenheit brachte – es sei denn, alle wussten es ohnehin schon. Er öffnete die Tür, trat in den Gang hinaus und prallte gegen eine eisenharte Brust.

Erschrocken taumelte er ein paar Schritte zurück. Er hob den Kopf und blickte in ein Gesicht, das er kannte. Nachtschwarze Haut, ernste Augen, ein Lächeln, das sich verändert hatte. Es war nicht mehr das fröhliche Grinsen seines Herrn, der sich auf seine Hochzeit freute, sondern das wissende Lächeln eines Mannes, der hundert Mal verraten worden war. Hundert Jahre lagen darin und ein Tag.

»Wihaji, Herr«, stammelte er. »Ihr ... Ihr seid hier?«

Er blickte auf die Hand, die sich hob, um ihn zu schlagen. Oder um ihn zu töten. Und als stünde Joaku persönlich vor ihm und hätte ihn verhext, konnte er sich nicht von der Stelle rühren.

Wihajis Hand sank herab, legte sich auf seine Schulter. Karims Herz hämmerte wie wild, schlug schmerzhaft gegen seinen Brustkorb. »Es tut mir leid, Herr. Es tut mir unendlich leid, ich wollte nicht, dass Euch etwas passiert. Ich hätte nie gedacht, dass Tizarun Euch anklagen würde, Ihr wart sein bester Freund. Ich dachte nie, dass Tenira ...«

Der dunkle Fürst unterbrach ihn. »Du lebst. Du bist durch den Brunnen gekommen – so wie ich.«

»Ja, Herr.« Er schlug die Augen nieder.

»Weißt du etwas von ... Linua?«, fragte Wihaji leise.

Die Hand lag schwer auf seiner Schulter, schien ihn in den Staub zu drücken.

»Sie hat mich geheilt, vor einigen Wochen erst.« Vielleicht waren auch Jahre seitdem vergangen.

»Sie lebt? Sie ist frei?« Wihaji musterte ihn, als würde er seine Worte anzweifeln, dann packte er plötzlich Karims Hand. »Der Ring! Du trägst Tizaruns Ring!«

An seinem eigenen Ringfinger steckte der gleiche Ring, als hätten sie sich auf magische Weise verdoppelt. Wihaji lachte ungläubig und schlang dann die Arme um ihn. Das alles musste ein Missverständnis sein. Wusste er denn gar nicht, was wirklich passiert war?

»Ich habe Tizarun getötet«, sagte Karim.

»Ich weiß«, sagte Wihaji in sein Haar. Er drückte ihn so fest, dass es fast wehtat. »Ich weiß, mein Sohn. Und ich auch. Aber der verdammte Hurensohn ist hier in Kato quasi unbesiegbar.«

Karim ächzte erstickt. »Er ist hier?«

Natürlich war Tizarun hier. Weil Träume tückisch waren. Weil Wünsche sich nicht kontrollieren ließen. Und weil die Sehnsucht immer blieb, egal in welchen Brunnen man sprang.

Nach hundert Jahren war kein Groll mehr übrig. Kein Hass konnte solange andauern, aber die Liebe schon. Seinen Ziehsohn so plötzlich vor sich zu sehen warf Wihaji kopfüber in die Vergangenheit.

Zurück in die Zelle, in der er geweint und geschrien und den Verstand verloren hatte. Wo er in den Bildern, die er mit Kreide an die Wände gemalt hatte, die Wahrheit erkennen musste – wer Karim war und was Tizarun getan hatte. Und später, im verschneiten Garten, in dem Asche und Schnee sich zu einer widerlichen grauen Masse vermengten, war nur das Entsetzen übrig geblieben. Und der Sturz ins Nichts. In den Tod, wie er damals gedacht hatte, ertränkt in einer Pfütze, deren eisiges Wasser ihm die Haut zu verbrennen schien und das seine Lungen in Kristall verwandelte.

Damals, vor hundert Jahren, war er in der Wüste erwacht. Unter ihm nichts als goldener Sand, so hauchfein, dass er in alle Kleider kroch, sich in den Haaren niederließ und die Augen zum Tränen brachte. Das Licht war mild, so warm es auch war. Ein hauchfeiner Schleier verbarg die brennende Sonne, und die Schatten waren verwischt, hellgrau statt schwarz und scharf umrissen.

Wihaji war aufgestanden und hatte sich verwirrt umgeblickt. Vor ihm lagen endlose Hügel aus Gold. Und noch weiter entfernt waberte ein dunkler Fleck am Horizont.

War dies das Land der Götter? War er, ohne es zu merken, durchs Flammende Tor gestolpert? Es war beileibe nicht das, was er sich vorgestellt hatte. Einige Male drehte er sich um sich selbst, blickte sich vergeblich nach einem Rückweg um. Er durfte nicht tot sein! Er musste zurück, aus Wajun fliehen und Linua aus dem Gefängnis retten! Doch die fremdartige Landschaft bot keinen Ausweg. Da sank er auf die Knie und ließ den Sand durch seine Finger rieseln. Ein heißer Wind wehte ihm Staub ins Gesicht, trocknete seine nassen Lumpen.

Wo waren die Götter? Nahmen sie ihn nicht in Empfang? Wo waren denn alle?

Er drehte dem Wind den Rücken zu. Sandkörner stachen ihm in die Haut, trieben ihn vorwärts. War dies die Ewigkeit, die seine Seele sich verdient hatte – ein endloses Herumstolpern in der Einsamkeit einer Wüste, den Elementen ausgeliefert, ohne Ziel? Wihaji konnte sich nichts Schlimmeres vorstellen. Er verfluchte Tenira für ihre Grausamkeit und wusste doch, dass er sich dieses Schicksal selbst zuzuschreiben hatte. Die Götter waren denen gnädig, die gut und demütig waren, und er war nichts davon gewesen.

Verstört, zornig und voller wilder Auflehnung gegen sein Schicksal wankte er über die Dünen. Und blieb überrascht stehen, als er in einiger Entfernung eine Gruppe Menschen sah. Sie ritten auf Pferden, ihre Gesichter waren mit Tüchern umhüllt. An langen Stricken, die an die Sättel gebunden waren, zerrten sie Gefangene mit.

Wihaji konnte nicht fassen, was er da sah – einige der geschundenen Gestalten, die mühsam hinter den Reitern herstolperten, waren bloß Kinder!

In diesem Moment vergaß er sein eigenes Schicksal und all seine Fragen. Er fühlte nur die brennende Ungerechtigkeit, stürmte los und trat den verhüllten Männern entgegen. Dass er keine Waffe bei sich trug störte ihn nicht, denn er war im Nahkampf so gut wie unschlagbar. Wenn es sich nicht gerade um ausgebildete Assassinen handelte, wäre er den Fremden überlegen. Jedenfalls ging er davon aus.

Er hatte nicht damit gerechnet, dass ihn die Schwäche ausgerechnet in dem Moment übermannte, als er dem Ersten den Dolch aus dem Gürtel ziehen wollte. Denn wie konnte es im Land der Götter Schwäche geben? Steckte seine Seele nicht in einer unsterblichen Hülle? Die Faust, die ihn ins Gesicht traf, belehrte ihn eines Besseren. Seine Kraft und Gewandtheit waren nach der langen Kerkerhaft geschwunden und nicht wundersamerweise zu ihm zurückgekehrt. Mühelos überwältigten ihn die Reiter, und kurz darauf stolperte er selbst hinter den Pferden her, genauso gefangen wie die Kinder, Frauen und Männer, die ihn mit einem Kopfschütteln bedachten.

Wihaji begriff nicht, wie das hatte passieren können. War das seine Strafe, die er ewig abbüßen musste – immer schwach sein, immer verletzt, immer gefangen?

Sein Mut sank, während er mit den anderen über die Dünen taumelte. Wenn er nicht aufpasste, fiel er und wurde ein paar Meter durch den Sand geschleift, bis er es schaffte, wieder auf die Füße zu kommen. Vor ihnen zeichnete sich das dunkle Gebilde, das er schon zu Beginn bemerkt hatte, immer deutlicher am Horizont ab. Es war ein Berg, schwarz und bedrohlich. Beim Näherkommen entfaltete sich das gigantische Gebilde, und Einzelheiten wurden sichtbar. Es war kein Berg, es war eine Gebäude, das sich dort erhob! Fenster, hinter denen Dunkelheit lauerte. Vögel, die den Gipfel umschwärmten und ihre heiseren Schreie ausstießen. Finsternis, die wie glänzende Seide über die Mauern floss.

»Wer wohnt dort?«, rief er. »Die Todesgötter?«

Einer der Wärter lachte ungläubig. »Du hast auch von nichts eine Ahnung, wie? Dort wohnt euer Herr, dessen Sklaven ihr seid.«

Wihaji wollte noch mehr Fragen stellen, doch ein Schlag ins Gesicht brachte ihn zum Schweigen. Also ließ er sich weiterzerren, in den grauen Schatten des unheimlichen Palastes. Durch ein Portal gelangten sie in eine kalte Halle, in der es überraschend still war, wenn man bedachte, wie viele Menschen hier versammelt waren.

Die Gefangenen wurden brutal gestoßen, sodass sie auf die Knie fielen. Lange Zeit mussten sie so ausharren. Es fühlte sich an, als wären es Stunden. Endlich kam Bewegung in die Wächter, sie murmelten Befehle, und gleich darauf klapperten Hufe auf dem glatten Stein. Der Herrscher dieser Welt ritt in den Saal ein. Rot schmiegte sich der Umhang um seine Schultern, bedeckte das Pferd, berührte sogar den Boden, eine Flutwelle wie aus Blut. Wihaji hätte wie die anderen den Kopf senken müssen, jemand schlug ihn hart in den Rücken, doch er konnte nicht anders, als den Reiter anzustarren.

»Tizarun?«, rief er ungläubig. Wieder wurde er geschlagen, er spürte es kaum. Von allen Dingen, die ihm passiert waren, seit er in den Springbrunnen gefallen war, war dies das Seltsamste und Schrecklichste. Noch konnte er nicht glauben, dass es auch das Schönste sein könnte.

Der König auf dem rotbraunen Hengst sah ihn und erkannte ihn. Ein breites Lächeln verwandelte Tizaruns schönes Gesicht. Er sah so vollkommen aus wie eh und je – attraktiv, sonnengebräunt, freundlich.

»Wihaji! Du hier!«

Tizarun sprang vom Pferd und eilte auf ihn zu. Er riss ihn in die Höhe, umarmte ihn, lachte laut, er hörte gar nicht auf zu lachen. »Du bist der Letzte, den ich ausgerechnet im Land der bösen Träume erwartet hätte! Mein lieber, untadeliger Wihaji!« Er klopfte ihm kameradschaftlich auf den Rücken, nahm sein Gesicht in beide Hände, küsste ihn auf die Wangen. Dann erst schien er Wihajis Zustand zu bemerken. »Du bist in Fesseln, wie ist das möglich? Und wie siehst du überhaupt aus? Hat man dich misshandelt? Was ist aus meinem Vetter geworden, der immer untadelig gekleidet ist und sogar mich in den Schatten gestellt hat?« Er winkte einem der Wächter. »Macht ihn los und bringt ihn in meine Gemächer. Gebt ihm alles, was er braucht.«

Tizaruns Stimme veränderte sich, wenn er Befehle gab. Er klang hart und arrogant. Doch sobald er sich wieder an Wihaji wandte, war er der Alte – der Freund, der Vetter, der Kampfgefährte. »Wir reden gleich. Ich muss hier noch eine Weile nach dem Rechten sehen.«

Wie im Traum ging Wihaji mit den Wachen mit. Tizarun! Was hatte er damit gemeint, dass dies das Land der bösen Träume war? Im Gegenteil, hier wurden Wünsche wahr. Endlich war er wieder mit seinem Freund vereint. Die unzähligen Tränen, die er seinetwegen vergossen hatte, die Schreie im Dunkeln, das atemlose Schluchzen, der Schmerz, der ihn aushöhlte – all das war bedeutungslos. Tizarun war tot, daran bestand kein Zweifel, doch hier schien das keine Rolle zu spielen. Hier war er lebendig, war er stark, voller Autorität. Ein wahrer Großkönig, selbst in diesem seltsamen Land, wo immer sie sich befanden. Ihm dämmerte, dass er möglicherweise gerade dort hingelangt war, wo Tenira ihn hingeschickt hatte. Nach Kato. Doch konnte das wirklich möglich sein? Er hatte sich das Land der Lichtgeborenen wie einen Ort endlosen Entsetzens vorgestellt, als das Ende aller Hoffnung. Stattdessen empfand er Freude und Dankbarkeit.

Eine benommene Glückseligkeit ergriff von Wihaji Besitz. Er ließ sich in ein Badezimmer führen. Dienerinnen eilten herbei, füllten eine Wanne mit schaumigem heißem Wasser. Er ließ sich waschen, genoss den Schwamm, mit dem sie seinen geschundenen Leib abrieben, den Duft, die Fürsorge. Danach trockneten sie ihn ab. Kühlende Salbe linderte seine Blessuren, die Zeichen der langen Gefangenschaft und des Marsches durch die Wüste. Die Mädchen sprachen nicht, während sie ihn versorgten und dann in edle Gewänder kleideten. Die Tunika war prächtiger als alles, was er jemals in Wajun getragen hatte, die Hose aus so feinem Stoff, dass er sie kaum spürte, die Stiefel aus butterweichem Leder.

Danach führten sie ihn in einen Raum, in dem auf einer langen Tafel ganze Berge von Speisen bereitstanden, dass es für eine Hochzeitsgesellschaft gereicht hätte. Allein die gebratenen Wildschweine, Kaninchen und Rehe hätten eine Kompanie Soldaten gesättigt, doch dazu gab es noch gefüllte Pasteten, knusprig gebackene Brote, Früchte und warme Puddingspeisen. Wihaji war zu hungrig, um auf Tizarun zu warten. Seine Selbstbeherrschung reichte kaum aus, um langsam zu essen und zu kauen, statt sich wie ein wildes Tier auf das Essen zu stürzen.

»Wie ich sehe, schmeckt es dir.« Tizarun kam herein, geschmeidig, nahezu lautlos. Früher hatte man ihm das verweichlichte Leben im Palast angesehen, doch jetzt war er wieder schlanker, sein Körper gestählt. Selbst die kleinen Falten, die sich im Laufe der Zeit in seine Stirn und um seine Augenwinkel gegraben hatten, waren verschwunden.

»Ich bin so froh, dich zu sehen.« Wihaji griff nach einem der Becher, den ein Diener rasch auffüllte, und spülte Fleisch und Brot hinunter. »Du kannst dir nicht vorstellen, wie es war. Für uns alle. Für mich. Für Tenira. Was sie getan hat.«

Vielleicht konnte der Kummer nun heilen. Vielleicht konnte alles wieder gut werden.

»Vermutlich nicht«, sagte Tizarun leise. »Doch wenn ihre Sehnsucht so groß ist wie meine, ja, dann glaube ich, dass es ungemütlich für euch geworden ist. Vor allem für dich.«

Da war sie, die Anklage, der er nicht entkommen konnte. »Ich bin nicht dein Mörder, Tizarun. Es war unerträglich für mich zu wissen, dass du mich verfluchst. Dass du mich für fähig hältst, so etwas zu tun. Umso glücklicher bin ich, dich hier zu treffen – als meinen Freund, der mich mit offenen Armen empfängt.«

Sein Herz schlug wieder schneller. Womöglich war dies alles eine Falle, um ihn umso härter und gnadenloser zu treffen. Doch das wäre nicht Tizaruns Art. Tizarun war ein liebevoller, freundlicher Mensch, zuweilen etwas aufbrausend, zuweilen zu ungeduldig und schnell mit einem Urteil zur Hand, aber nichtsdestotrotz war er ein guter Mensch und ein guter Großkönig.

»In der Tat habe ich einen gewissen … Groll gehegt«, sagte Tizarun. Er setzte sich neben ihn auf die gepolsterte Bank und griff nach einem Kaninchenschlegel. »Aber ich hatte Zeit, um über die Geschehnisse nachzudenken, und ich glaube, ich kenne dich gut genug, um dich freizusprechen. Wenn du mich hättest ermorden wollen, hättest du es anders getan. Nicht während du mit mir an einem Tisch sitzt und trinkst. Du hättest einen Unfall arrangiert, der mich getroffen hätte, wenn du nicht dabei gewesen wärst, denn du hättest es nicht mitansehen wollen. Ich weiß, dass du mich liebst.«

Wihaji dachte an die Erkenntnis, die er in der Zelle gewonnen hatte. Über das, was wirklich in Trica geschehen war. Er dachte an Karim und dessen Familie und die Tatsache, dass Laimoc verbannt worden war und niemand einen Finger gerührt hatte, um ihm zu helfen. Er dachte daran, dass er für Tizarun die Hand ins Feuer gelegt hätte, und wie sehr er sich getäuscht hatte. Man konnte niemanden wirklich kennen, und vielleicht kannte Tizarun auch ihn nicht halb so gut, wie er dachte.

»Ja«, sagte er, »ich habe dich immer als meinen besten Freund geliebt. Du bist mein Vetter, aber es hat sich immer so angefühlt, als wärst du mein Bruder.«

»Dann habe ich darüber nachgedacht, ob König Jarunwa dir vergifteten Honigwein mitgegeben haben könnte, und auch das schien mir unwahrscheinlich. Er hatte nichts zu gewinnen. Seine Brüder hingegen schon. Habt ihr herausgefunden, welcher von beiden es war? War es Prinz Nerun, den der Ehrgeiz übermannt hat? Oder der Dichter?«

»Tenira hat niemanden befragt«, sagte Wihaji. Die Worte wollten ihm kaum über die Lippen. »Sie hat sie alle umgebracht.«

Tizarun zeigte keinerlei Anzeichen von Entsetzen. Er nickte nachdenklich. »Ich weiß. Ich bin bereits dem einen oder anderen aus der Familie Anta'jarim begegnet. Jarunwa war nicht dabei, er hat es zu den Göttern geschafft, nehme ich an. Weder Nerun noch Winya sind hier, aber ich bezweifle ehrlich gesagt, dass sie durchs Flammentor gegangen sind. Schon als Großkönig in Wajun wusste ich, dass keiner der beiden mit dem zufrieden war, was er hatte. Deshalb habe ich meine Antwort immer noch nicht. Die Familie von Anta'jarim hat ihr Schicksal verdient. Doch auch dein Herz ist nicht rein, sonst wärst du nicht hier.« Er musterte Wihaji nachdenklich. »Denn wie man es auch dreht und wendet – du bist nicht durchs Flammende Tor zu den Göttern gegangen.«

»Wo sind wir?« Wihaji fürchtete sich vor der Antwort und musste es trotzdem wissen. »Ist dies der Ort, an den die Schuldigen kommen?«

»Kato«, murmelte Tizarun. »Kato hinter dem Nebelmeer. Einst schufen die Götter dieses Land für die Lichtgeborenen, für ihre Kinder, die in keiner Welt zu Hause sein konnten, weder bei den Menschen noch bei den Göttern. Nun ist es der Ort für diejenigen, die fallen. Ich konnte das Flammende Tor nicht sehen. Ich konnte den Ruf nicht hören. Es heißt, Kelta und Kalini irren unerkannt durch die Lande, und die Toten finden den Weg nicht mehr.«

»Kato«, wiederholte Wihaji.

»Ja, Kato. Nur das Nebelmeer trennt uns von unseren Lieben. Es ist nicht weit. Manchmal sind es nur Tage, die das Schiff unterwegs ist. Es fliegt durch den Nebel wie durch einen Traum. Und manchmal dauert die Reise Monate oder gar ein Jahr. Wie dem auch sei: Ich werde zu meiner Frau zurückkehren.«

War er genauso wahnsinnig wie Tenira? Die Toten kehrten nicht zurück, niemals. Wihaji war hergeschickt worden, um Tizaruns Seele zu finden, und hier war sie. Hier war der ermordete Großkönig, mehr als bereit, ihn wieder nach Wajun zu begleiten. Doch wie sollte das gehen? Sollten sie gemeinsam in einen Brunnen springen, um zurückzukehren?

»Ich habe den Grauen Kapitän bereits angefleht, mich aufs Schiff zu lassen«, fuhr Tizarun fort, als könnte er Wihajis Gedanken lesen, »aber er hat abgelehnt. Ich muss zurück, mein Freund. Ich werde eine ganze Flotte bauen, wenn nötig, doch irgendwann kehre ich zurück. Tenira wartet auf mich.«

Ein leiser Schauder kräuselte Wihajis Nackenhärchen. »Du kannst nicht zurück. Wenn irgend möglich, musst du den Weg zu den Göttern finden, doch zurück nach Le-Wajun? Das ist völlig unmöglich.«

»Ich werde gehen.« Tizarun legte den abgenagten Knochen beiseite und leerte seinen Wein auf einen Zug. »Zu ihr. Und zu meinem Mörder. Wer auch immer es ist, ich werde ihn finden.«

Wihaji dachte an seinen Auftrag. Er sollte Tizaruns Seele nach Hause bringen, zu Tenira. Aber wie sollte das möglich sein? Die Toten konnten nicht mit den Lebenden zusammen sein. Tizaruns Seele war an diesem Ort gefangen, auf halbem Weg zu den Göttern. Was war zu tun, wenn die Todesgöttinnen versagten? Doch die Dinge waren bereits in Unordnung geraten. Vielleicht war es wirklich möglich, dass ein ermordeter Großkönig zurückkehrte und sich wieder auf seinen Thron in Wajun setzte, dass Tenira wieder glücklich war, dass alles dort weiterging, wo es aufgehört hatte.

»Ich muss ebenfalls zurück«, sagte er leise. »Zu Linua.« Sobald er ihren Namen ausgesprochen hatte, durchfuhr es ihn wie ein Blitzschlag. Jede Stunde, die er hier verbrachte, die er es sich schmecken ließ und die Annehmlichkeiten genoss, musste sie leiden. Tenira hatte versprochen, sie zu quälen, bis sie zerbrach, bis sie ihren Geliebten nur noch hassen konnte.

»Gibt es hier … einen Brunnen?«

»Nein«, antwortete Tizarun. Er schien sich über die Frage nicht einmal zu wundern. »In Kato gibt es nur flache Seen. Flüsse, die von den Bergen ins Meer fließen. In dieses Meer, das kein richtiges Meer ist. Es gibt Zisternen, die das Regenwasser auffangen, doch kein Grundwasser.«

Er erinnerte sich an die Wünsche. An Anyana, die ins Wasser gesprungen war. An das Gefühl, im Eiswasser zu ertrinken.

Kein Brunnen. Wie bei allen Göttern sollte er dann Tizarun nach Hause bringen? Es sei denn, sein Freund belog ihn, auch wenn er sich nicht vorstellen konnte, warum. Vielleicht konnten die Toten sich nichts mehr von den Göttern wünschen, und Tizarun wollte verhindern, dass Wihaji ohne ihn heimkehrte? Er nahm sich vor, wachsam zu bleiben und weiterhin an alle Möglichkeiten zu glauben.

»Da haben wir ja ein gemeinsames Ziel«, meinte Tizarun fröhlich. In seinen Augen brannte die Entschlossenheit. »Du solltest auf einem Thron neben mir sitzen. Als mein Mitregent, mein Ratgeber, mein Wächter. Nicht dass ich noch einen Leibwächter nötig hätte.«

Etwas an Tizarun war Wihaji überaus fremd. So fremd, dass es ihn dazu bringen wollte, die Tür aufzureißen und zu laufen, so schnell ihn seine Beine nur trugen. Aber er blieb sitzen. Es stimmte, sie hatten ein gemeinsames Ziel. Sie wollten beide zurück, und nur wenn er Tizarun mitbrachte, würde Tenira seine geliebte Linua frei lassen.

»Ja«, sagte er. »Ich werde dir helfen, zurückzukehren. Ich werde alles tun, was in meiner Macht steht.«

Er dachte an die Sklaven, die durch den Sand geschleift worden waren, an die verängstigten Kinder, an die geschundenen Gesichter der Frauen. Bestimmt wusste Tizarun nichts davon, wie seine Leute mit den Menschen umgingen – wenn es denn überhaupt seine Leute waren und nicht Sklavenhändler, die nur ihre Beute verkauften. Als König musste er davon erfahren, und als seine rechte Hand musste Wihaji eingreifen und die Dinge ändern. Doch noch war es zu früh, um Kritik an Tizarun zu üben, den er gerade erst wiedergefunden hatte. Er musste sich einleben, musste sehen, wie weit das Nebelmeer entfernt war. Ob der Kapitän sich nicht bestechen ließ. Ob es nicht möglich wäre, das Schiff zu kapern. Wenn es einen Weg gab, würden sie ihn finden.

Und dabei allen Göttern trotzen.

19. Die Scherbe eines Spiegels

Matino schloss für einen Moment die Augen und hielt sich am Türrahmen fest, um nicht das Gleichgewicht zu verlieren. Dann öffnete er sie wieder und versuchte, trotz der unzähligen Bilder, die in den Spiegelwänden flimmerten, das zu sehen, was wirklich da war. Sein Magen rebellierte, ein saurer Geschmack stieg seine Speiseröhre hinauf. So viel Blut. Ein riesiger Saal voller Leichen, noch mehr Blut.

Es brauchte eine Weile, bis er die Täuschung der Spiegel, die seine Sinne narrten, durchschaut hatte. Es waren nur zwei Leichen, ein Mann und eine Frau, deren Bilder sich tausendfach wiederholten. Zögernd tat er einen Schritt in den Raum hinein. Es fühlte sich an, als balancierte er über einen Abgrund. Als würden die Spiegel seine Seele in unzählige Stücke zersplittern. Schließlich musste er, um nicht völlig den Verstand zu verlieren, erneut die Augen schließen. Er tastete sich voran, setzte einen Fuß vor den anderen, bis er auf den ersten Körper stieß. Er griff danach, bekam einen Arm zu fassen, einen zweiten. Langsam bewegte er sich rückwärts, rutschte im Blut aus, konnte sich aber gerade noch fangen. Weiter. Die Wand. Er tastete sich daran entlang, fand die Öffnung. Erst draußen wagte er es, wieder hinzusehen.

Es war nicht Spiro. Er war sich so sicher gewesen, dass er den Meister gefunden hatte, doch der noch warme Leib, mit dem er sich abgemüht hatte, gehörte einer fremden Frau. Sie war verblutet, ihr zerfetztes Gewand nass und dunkel, der lange Ledermantel – der Mantel eines Feuerreiters – am Rücken zerschnitten. Die blicklosen Augen schienen an die Decke zu starren, ihr Mund war vor Anstrengung verzerrt. Dieses Mädchen war nicht friedlich gestorben, sondern im Kampf.

»Oh ihr Götter«, murmelte er, »hast du den Eisenmeister getötet?« Das war unmöglich, es hätte unmöglich sein müssen. Spiro war mehr als bloß ein Magier, er war ein Gott, der Matino zu seinem Schüler erkoren hatte. Die Belebung des Eisentieres in der großen Halle war ihr gemeinsames großes Ziel.

Er hätte schreien können vor Enttäuschung und Wut und Schrecken. Doch etwas war an dem Mädchen, das ihn nachdenklich stimmte. Sie war hübsch. Er war sich sicher, dass sie ihm gefallen hätte, als sie noch lebendig gewesen war. Und eine Kämpferin, wie man unschwer erkennen konnte. Wenn sie und Spiro sich gegenseitig umgebracht hatten, wovon er ausging, war sie mehr als eine einfache Feuerreiterin. Er vermutete, dass Daja ihm eine Mörderin hinterhergeschickt hatte – oder Joaku. Nur ein Wüstendämon würde es mit einem Magiermeister aufnehmen. Oder jemand, der nicht zurechnungsfähig war und einfach Glück gehabt hatte. Doch so wie Matino den Meister gekannt hatte, hatte mehr als Glück dazugehört, ihn umzubringen.

Wer war dieses unglaubliche Mädchen? Ihre Hand krallte sich immer noch um eine blutbefleckte Spiegelscherbe. Nur mit Mühe ließ sie sich aus ihrer verkrampften Faust lösen.

Matino wischte das schmale Dreieck an seiner Hose sauber, sie war ohnehin nicht mehr zu retten. Es handelte sich um ein Spiegelbruchstück, fast so lang wie ein Arm, scharf wie eine Klinge. Ob die ungewöhnliche junge Frau es geschafft hatte, ihre Seele vor den vielen Spiegeln zu retten – in den einen hinein? Ein unzähmbarer Jubel stieg in seinem Herzen auf. Die Mörderin eines Gottes – eine solch starke Seele würde seinen Drachen zum Fliegen bringen! Mit ihr würde er in die größten Höhen aufsteigen können. Er würde den Krieg, den er zu führen gedachte, gewinnen! Im Grunde brauchte er Spiro nicht für den Abschluss ihres Unterfangens. Alles, was der Meister an Wissen aus Kato mitgebracht hatte, war bereits in den Bau des Eisendrachen geflossen.

Matino kniete sich neben das Mädchen und prägte sich ihre ebenmäßigen Züge ein. So viel Schönheit und Kraft und mörderisches Geschick! Er wünschte sich wirklich, er hätte sie gekannt.

Selbst wenn sie ausgesandt worden war, auch ihn zu töten, hätte er gerne gewusst, wie gut sie wirklich gewesen war. Höchstwahrscheinlich wäre es ihr sogar gelungen.

»Wer warst du?«, flüsterte er zärtlich.

Ein junger Magier, der helleren Farbe seines Mantels nach zu urteilen noch in der Ausbildung, erschien am Ende des Ganges und erstarrte. »Kalazar? Was ist passiert?«

»Es hat einen Kampf gegeben«, sagte Matino. »Meister Spiro ist tot, er liegt da drin. Dies ist eine Assassine, wie ich vermute. Hol dir Hilfe, um den Leichnam dort rauszuschaffen.«

Er machte sich nicht die Mühe, den Jungen vor dem Anblick der zehntausend Toten zu warnen. Spiro war unwichtig, es sei denn, er hatte es irgendwie geschafft, seine Seele zu retten. Nicht einmal ein Porträt, das man irgendwo aufbewahrte, konnte einen vor der tückischen Macht der Spiegel bewahren.

»Warte! Wenn es getan ist, kommst du zu mir und berichtest mir, in welcher Haltung er dort gelegen hat und worauf seine Augen geblickt haben.«

Der Lehrling antwortete nicht, stattdessen stolperte er würgend davon. Sobald Matino allein war, wandte er sich wieder dem toten Mädchen zu. Er hatte sie noch nie zuvor gesehen. Ob sie wirklich eine Wüstendämonin war? Als vormals zukünftiger Kaiser hatte er Einblicke in viele Dinge gehabt, die gewöhnlichen Menschen verborgen blieben. Sein Vater hatte ihn in das Abkommen mit dem Herrn von Jerichar eingeweiht, doch er hatte niemals die Assassinen kennenlernen dürfen, die für ihn arbeiteten. Nicht einmal der Kaiser selbst kannte Joakus Tod bringende Kinder mit Namen.

Matino schloss die Lider der Namenlosen, beugte sich vor und küsste sie auf die Wange.

Lebendig wäre dieses Mädchen eine Kriegserklärung gewesen, doch tot war sie unvergleichlich wertvoll.

Er rappelte sich auf. Die Scherbe sorgsam in seinem Mantel verborgen, hinkte er zurück in sein Zimmer. Bevor er die Seele in den Drachen fügte, musste er nachdenken.

Außerdem legte er keinen Wert darauf, dem verfluchten blonden Sklaven seines Bruders zu begegnen, der ihn stets auf Äußerste reizte.

In dieser Nacht, die schon weit fortgeschritten war und in einen trüben Morgen mündete, hatte Matino einen Traum. Er träumte von dem schönen dunkelhäutigen Mädchen, von ihren schwarzen Locken, die sich an ihr Kinn schmiegten, und ihren Augen, funkelnd wie Spiegel.

Sie flüsterte seinen Namen. Ihr Wispern war in dem Wind, der durchs Fenster fuhr, es war in den Schwingen der Krähen, die um den Turm strichen. Sein Name war die Asche, die den Schnee färbte, und die Schlote stießen ihn aus und jagten ihn in die Luft. Eiskalte Angst erfasste ihn. Das Flüstern rieselte seinen Rücken hinunter, es spielte wie ein tänzelnder Falter über seinem Metallbein. Die Krallen an seinem Fuß schnappten vergebens nach dem geflügelten Flüstern.

»Matino«, raunte die Stimme. »Matino.« Sie kicherte, und das Grauen wuchs zu einem Drachen heran, der ihn verschlingen würde.

Matino keuchte. Er wandte sich um und rannte, aber es war einer dieser Träume, in denen man nicht von der Stelle kommt. Je mehr er kämpfte, umso langsamer kam er vorwärts. Die Erde wurde zu Morast, seine Beine waren schwer wie Eisen, er konnte sie kaum heben. Keine fremden Seelen verliehen ihm Kraft, sondern er war allein.

»Bist du hier, um mich zu holen?«, rief er. »Hat Joaku dich geschickt?« Er hielt inne und lauschte, aber das Flüstern wogte weiter um ihn herum wie die Wellen des Nebelmeeres. Sie würde ihn umbringen, es gab kein Entkommen. Niemand entkam den Wüstendämonen. »Verschone mich!«, schrie er dennoch, aber es antwortete ihm nur endlose Stille. Nun hörte er nicht einmal mehr seinen Namen. Niemand war da.

Schweißgebadet erwachte Matino. Das Blut der Toten, das er sich von den Händen geschrubbt hatte, schien immer noch an seiner Haut zu kleben. In der Luft lag der Geruch nach Blumen, nach dem süßen Duft von Jasmin und Rosen und Sternen.

»Oh ihr Götter«, murmelte er. Schlaftrunken tastete er nach der Scherbe, die auf dem Hocker neben seinem Bett lag. Er hatte sie gereinigt und poliert, dennoch erfasste ihn nun das Grauen. Was hatte er sich dabei gedacht, die Seele einer Wüstendämonin mitzunehmen, um sie für sein Eisenungeheuer zu benutzen? Wie sollte er den Drachen reiten, wenn die Seele einer Mörderin ihn verfolgte? Jeder wusste, dass die Brut aus Jerichar noch im Tod ihren Auftrag erfüllte. Unzählige Geschichten gab es über die Wüstendämonen, die wie Schatten durch Schlösser und Burgen schlichen, verriegelte Türen überwanden und ihr Opfer überraschten. Es hieß, wenn es plötzlich hell vor den Augen wurde, mochte es das Flammentor zu den Göttern sein, vor dem man auf einmal stand.

Seine Finger schlossen sich um die Scherbe. Darauf bedacht, sich nicht daran zu schneiden, stieg er aus dem Bett. Er öffnete das Fenster, um den Spiegel nach draußen zu werfen, wo er auf dem Pflaster des Hofs zerschellen würde. Sobald er in tausend Stücke zersprungen war, würde es ein Ende haben mit diesem Mädchen, das nach Blumen duftete und Götter tötete.

Sein künstliches Bein machte unerwartet einen Satz, als er zurücktrat und ausholte. Matino verfing sich in den Vorhängen, die der Wind bauschte, und stolperte. In Panik griff er nach dem Sims, um nicht zu stürzen. Der Splitter bohrte sich in seine Leiste, ein stechender Schmerz durchfuhr ihn. Er ächzte, schluckte den Schrei hinunter, unwillkürlich krümmte er sich vor Schmerz und trieb die Scherbe dadurch noch tiefer hinein. Tränen schossen ihm in die Augen. Mit zitternden Fingern fasste er nach dem Stück und riss es mit einem Ruck heraus. Er schleuderte die Scherbe nach draußen, wo sie klirrend auf dem Pflaster des Hofes auseinandersprang. Die Luft war von Blumenduft erfüllt, der so stark war, dass er Matino beinahe betäubte. In diesem Moment hatte er das Bedürfnis, sein Leben zu ändern. Er wollte auf die Knie fallen und die Götter anflehen, ihm seine Sünden zu vergeben. Er wollte weinen, und er wollte die schmale Hand eines dunkelhäutigen Mädchens ergreifen und ihr folgen, wohin auch immer.

Matino atmete tief durch. Unsichtbare Flügel streiften sein Gesicht. In den Splittern auf dem Hof spiegelte sich das Sternenlicht. Erst als er auf dem Fußboden zusammenbrach, fiel ihm ein, dass die Rauchschwaden über Gojad kein Sternenlicht durchließen. Selten einmal schimmerte der Mondgürtel durch die Lücken, wenn der Wind die Wolken aufriss und durcheinanderwirbelte. Er dachte darüber nach, während er die Hand auf die blutende Wunde presste. Im Hof sangen die Sterne und dufteten, und er sah ein Schiff in den Wolken, und jemand rief einen Namen, und während er dalag und nicht wusste, ob er sterben würde, tränkte das Lied der Sterne die Stille.

Irgendwann hörte er nur noch seinen eigenen keuchenden Atem, und wenig später stolperte ein Magier ins Zimmer.

»Kalazar? Verzeiht, aber es ist dringend. Der Eisenmeister ist tot. Kalazar!«

Matino brauchte ein wenig, um zu sich zu kommen. Eine Weile lauschte er verwundert der andauernden Stille, in sich eine ungeahnte Sehnsucht nach Musik und Sternen und einem Duft, den er nie wieder vergessen würde. Dann wandte er sich dem Tölpel zu, der ihn gestört hatte.

»Das weiß ich bereits. Sorg dafür, dass niemand durchs Wasser davon spricht. Und vor allem, dass dieser nichtsnutzige Ratgeber nichts davon mitbekommt, bevor die Prinzessin ihn heute Vormittag zurückbringt. Ich will es dem Kaiser persönlich mitteilen.«

Ruma stieg die gewundene Treppe hoch auf die Dachterrasse. Sobald sie draußen war, fiel der Himmel über sie her. Die Weite war unglaublich, und dennoch fühlte sie sich davon bedrückt. Das helle, verwaschene Blau des Abends lastete wie eine Decke auf der Stadt Wabinar und dem Palast. Um diese Tageszeit war es immer noch warm, doch nicht mehr heiß, dennoch empfand sie die Luft als unerträglich drückend, und der Wind wehte ihr spöttisch ins Gesicht, ohne sie zu erfrischen.

Sie blickte sich um. Yando, der vor wenigen Tagen aus Gojad zurückgekehrt war, und der kleine Junge saßen auf der Mauer, die den Ruheplatz für die Eisenvögel vom Dachgarten abgrenzte. Da die Wächter sich auf die andere Seite des Dachs zurückgezogen hatten und die Stadt im Auge behielten, erlaubte sie es sich, ihren Blick eine Weile auf dem blonden Mann ruhen zu lassen, der so viel Raum in ihrem Leben einnahm. Yando hatte nach dem Besuch in der Eisenstadt sehr unglücklich gewirkt, auch wenn er es verstanden hatte, seine Gefühle vor Liro und allen anderen zu verbergen. Bei ihr gelang ihm das nicht, doch er hatte sich geweigert, ihr zu erzählen, was vorgefallen war. Es war schön zu sehen, dass es ihm wieder besser ging. An diesem Abend war er in seinem Element. Er hielt ein großes Buch auf dem Schoß, mit dessen Seiten der Wind spielen wollte. Unablässig zerrte er daran und versuchte umzublättern. Prinz Sadi lachte und legte seine Hände auf das Buch, um den Wind daran zu hindern, und Yando sagte etwas. Von hier aus konnte sie nicht verstehen, was er dem Kind beibrachte. Lernte Sadi lesen? Oder erzählte Yando ihm etwas über Kanchar? Die beiden waren völlig versunken, helles Kinderlachen hallte zu ihr herüber. Wenn es Wünsche gab, die stärker waren als böse Träume, dann war dies einer davon: Ruma wünschte sich mehr als alles, diese beiden Menschen wären ihre Familie. Wenn Yando ihr Ehemann gewesen wäre und dieses hübsche Kind ihr Sohn oder einfach nur eine verlassene Waise, um die sie sich gemeinsam kümmerten, dann hätte ihr Leben einen Sinn gehabt. Doch dieser Wunsch konnte nicht in Erfüllung gehen, es war völlig unmöglich. Wie dumm war es, von Dingen zu träumen, die nicht in Erfüllung gehen konnten. Seit Matino sie ertappt hatte, hielt sie sich von Yando fern. Obwohl der ältere Prinz derzeit nicht im Palast weilte, war seine Gegenwart stets präsent, schien er immer da zu sein. Sie wurde das dumpfe Gefühl der Angst einfach nicht los. Selbst wenn er nicht in der Nähe war, konnte sie seine Hände auf ihrer Haut fühlen, seinen Kuss auf ihren Lippen, sein Metallbein, dessen Krallen das Laken zerfetzten.

Und dann Yando zu sehen, sein Lächeln, seine schönen Hände,

die blauen Augen, die hin und wieder verloren in den Himmel blickten.

Sie konnte ihm nicht helfen, ihm weder die Freiheit schenken noch konnte sie ihn nach Hause schicken. Was nützte es, die Kaiserin von Kanchar zu sein, die Gemahlin des mächtigsten Mannes der Welt, wenn sie überhaupt gar nichts tun konnte?

Ein Kribbeln lief über ihren Nacken. Sie wandte den Kopf, und da saß die junge Ausländerin. Maira. Ertappt senkte die Kinderfrau den Blick, doch Ruma fühlte erneut den heißen Stich der Angst. Was hatte das Mädchen gesehen? Was würde sie weitererzählen? Auch wenn sie die kancharische Sprache nicht beherrschte, konnte sie sich verständigen, konnte lachen. Dienstboten lachten stets über ihre Herren. Es war töricht gewesen, herzukommen und so zu tun, als würde sie sich für die Erziehung der großköniglichen Geisel interessieren. Auch nur in Yandos Nähe zu sein brachte sie beide in Gefahr.

Gerade wollte Ruma sich zurückziehen, als der Kleine von der Bank rutschte und auf sie zurannte. Er breitete die Arme aus und warf sich ihr entgegen. Seine Augen glänzten, sein Körper war so warm. Er lachte, und in diesem Moment wünschte sie sich so sehr ein eigenes Kind, dass es wehtat. Jemanden, den sie lieben konnte, lieben durfte, jemanden, der sie nicht verriet.

Der Junge rief etwas auf Wajunisch, das Ruma nicht verstand, und schon war Yando da, respektvoll in einigen Metern Entfernung, und übersetzte. »Er wünscht sich, dass Ihr singt und tanzt, Edle Kaiserin.«

Der Kleine nickte aufgeregt, er griff nach ihren Händen.

»Eisenvogel!«, rief einer der Wächter. »Eisenvogel im Anflug!«

Und die Freude, die Ruma eben noch empfunden hatte, wehte davon. Matino war wieder zurück.

Yando stand wie immer im Hintergrund und unterdrückte seinen Fluchtinstinkt. Er beobachtete die Brüder, die sich in der Sitzecke, in der der junge Kaiser nur seine vertrautesten Gäste empfing, unterhielten. Da niemand ihre Unterredung belauschen sollte, war er dafür eingeteilt, sie zu bedienen. Doch keiner der beiden rührte seinen Becher Kefa an, und wenn das so blieb, musste er Matino nicht erneut nahekommen.

»Das sind schlimme Neuigkeiten.« Liro zupfte unruhig an seiner Schärpe herum. »Was erwartest du nun von mir?«

Prinz Matino lehnte sich zurück und verschränkte die Arme. Dann blickte er zu Yando herüber. »Soll ich das wirklich vor deinem Sklaven erörtern?«

»Yando ist mein Ratgeber«, sagte Liro entschieden. Er überspielte seine Unsicherheit immer besser; Yando nahm sich vor, ihn später dafür zu loben. »Ich werde mich ohnehin später mit ihm über deine Wünsche beraten.«

»Meine Wünsche?« Matinos schwarze Augen richteten sich auf Yando, ein feines, wissendes Lächeln spielte um seine Lippen. »Ich bin mir sicher, dein Sklave geht gerne auf meine Wünsche ein.«

Yando fühlte Übelkeit in sich aufsteigen.

»Also, warum bist du hier?«, fragte Liro. »Der Tod des Eisenmeisters ist sehr bedauerlich, doch darüber hätten mich auch die Magier des Königs von Gojad übers Wasser aufklären können.«

»Ich bin überzeugt, der Anschlag galt eigentlich mir«, sagte Matino nach kurzem Zögern, »und ich glaube, dass die Wüstendämonen dahinterstecken.«

Liro sog scharf die Luft ein. »Was?«

»Ein Wüstendämon«, sagte Yando leise, »würde gewiss nicht sein Ziel verfehlen.« Er hätte den Mund halten sollen, schalt er sich gleich. Matino zu widersprechen war keine gute Idee.

»Vielleicht war es auch nur eine Warnung.« Matinos Stimme nahm eine raue Färbung an, heiser vor Ärger und Ungeduld. »Um mir zu beweisen, dass ich nicht sicher bin. Du bist Kaiser, mein Bruder, und als Kaiser solltest du für die Sicherheit deiner Familie sorgen.«

»Aber ich kann doch nicht … ich meine, was kann ich denn gegen die Wüstendämonen ausrichten?«

»Unser Vater hatte einen Vertrag mit ihrem Meister. Du musst ihn nach den Einzelheiten dieses Vertrags fragen.«

Altkaiser Ariv lebte mit seinen Gemahlinnen in Gojad. Matino hätte ihn leicht selbst fragen können, doch er war nicht mehr der Erbe, und Ariv würde ihm nichts erzählen. Es musste den einstigen Kronprinzen mehr als schwer ankommen, seinen jüngeren Bruder um Unterstützung zu bitten. Doch niemand legte sich mit Jerichar an. Nicht einmal der Kaiser von ganz Kanchar wollte sich die Wüstendämonen zu Feinden machen. Andererseits konnte Liro nicht dulden, dass sein eigener Bruder bedroht wurde. Ganz gleich, wie sehr er ihn hasste.

»In der Tat«, sagte Yando deshalb. »Er hat recht, Herr. Ihr solltet mit Eurem Vater darüber sprechen, wie die Vereinbarung zwischen Wabinar und dem Meister der Assassinen aussieht. Wenn Letzterer vertragsbrüchig geworden ist, könnt Ihr das nicht hinnehmen.«

»Oh ihr Götter«, murmelte Liro. Er war blass und zitterte am ganzen Körper. »Ich kann doch den Wüstendämonen nicht den Krieg erklären!«

»Ihr könnt jedoch auf die Einhaltung von Verträgen pochen, und falls Euer Bruder den Zorn des Meisters auf sich gezogen hat, könnt Ihr versuchen, die Sache aus der Welt zu schaffen und zu vermitteln.«

Matino erstarrte.

Vielleicht hatte er tatsächlich etwas getan, das die Wüstendämonen verärgert hatte, und es konnte nicht in seinem Sinne sein, wenn Liro davon erfuhr. Und am Ende sogar einwilligte, seinen Bruder zu opfern, um das Einvernehmen mit den Assassinen nicht zu gefährden. Erstmals schien ihm aufzugehen, dass er sich mit seiner Bitte erst recht in Gefahr gebracht hatte.

»Wenn ich untergehe«, sagte Matino kaum hörbar, »gehe ich nicht alleine.«

Yando spürte den dunklen Blick des Prinzen auf sich. Was sollte diese Drohung besagen? Dass Matino ihn umbringen würde, wenn er um sein Leben fürchten musste? Dass er einen Mörder auf ihn ansetzen würde, einen seiner treuen Magier? So sehr Yando Matino auch den Tod wünschte, solange er sich in seiner Reichweite befand, musste er auf alles gefasst sein.

Was bedeutete, dass er seinem Feind das Leben retten musste. Welchen Weg konnte es noch geben, aus dieser Sache herauszukommen? Eine Friedensgabe an den Meister von Jerichar? Das Angebot, eine Entschädigung zu bezahlen, was auch immer Matino angerichtet hatte? Doch was könnte den gefährlichsten Magier von Kanchar zufriedenstellen?

Es war besser, nicht zu viel Schlamm aufzuwirbeln. »Redet mit Eurem Vater«, sagte er zu Liro. »Doch bleibt allgemein. Fragt ihn nach allem, was Ihr als Kaiser wissen müsst, nach allen Geheimnissen, die bisher vor Euch verborgen waren. Findet heraus, worin der Vertrag besteht, aber macht keine Andeutungen. Auch nur der kleinste Hinweis darauf, dass etwas nicht stimmen könnte, ist zu gefährlich.«

Liro nickte. »Ich könnte über das Wasser mithilfe eines Magiers mit ihm reden.«

»Nein, das muss persönlich geschehen, und zwar so schnell wie möglich. Ihr solltet nach Gojad reisen. Der Wunsch, Euren Vater zu besuchen, ist Grund genug. Prinzessin Jechna kann Euch abholen.«

Der junge Kaiser dachte eine Weile darüber nach, das Kinn in die Hände gestützt. »Nein«, sagte er schließlich. »Mein Vater kann genauso gut herkommen. Ich bin der Kaiser, ich muss mich nicht auf einen Eisenvogel setzen, wenn ich nicht will.«

Liro ließ sich nicht mehr dazu zwingen, Strapazen auf sich zu nehmen, die ihm nicht behagten. Diese Zeit war endgültig vorbei. Etwas Gutes hatte es jedenfalls, wenn der Altkaiser nach Wabinar reiste, um über die Wüstendämonen zu sprechen – vielleicht konnte Yando das eine oder andere Geheimnis erfahren, das er für sich nutzen konnte.

20. König und Königin

Der Himmel wölbte sich über Königstal. Dunkel. Sternenübersät. Fern. Es war, als hätte er sich über sie alle gelegt wie eine Hand, die sich um etwas Kleines, Zartes schließt. Nun wartete Lani auf das, was er mit ihr tun würde. Sie hielt ihre Stirn dem Wind entgegen und wartete.

»Sternhagelvoll.« Das Gras raschelte. Selas trat neben sie. Er beugte sich nach vorne und zuerst dachte sie, ihm wäre übel, dann merkte sie, dass er lachte. Er krümmte sich, vom eigenen Gelächter geschüttelt.

Lan'hai-yia schüttelte den Kopf. »Du bist ja schlimmer betrunken, als ich dachte.«

»Ja.« Er konnte kaum sprechen vor Lachen. »Stern... sternhagel...«

»Wir kennen uns schon so lange, aber bevor diese Feier begonnen hat, wusste ich nicht, dass du trinkst.«

Er richtete sich wieder auf und legte ihr vertraulich einen Arm um die Schulter. »Ich trinke nur, wenn ich heirate und gekrönt werde.«

Sie war kurz davor, seinen Arm von ihrer Schulter zu entfernen, doch dann entschied sie sich anders und legte ihrerseits einen Arm um seine Hüfte. Er war ihr Ehemann, und sie wusste, dass sie beobachtet wurden. In Königstal war man nie allein, und wer konnte sagen, wie viele Pärchen sich noch zwischen den Apfelbäumen verkrochen hatten. Sie mussten einig scheinen, ganz gleich, ob sie es waren oder nicht.

»Ich bringe dich ins Bett.«

»Du bist so edel, Lani.« Er kicherte vor sich hin. »Viel, viel zu edel.«

Ein Zweig schlug ihnen ins Gesicht. Selas taumelte und fiel rückwärts ins Gras, bevor sie ihn festhalten konnte. Er lachte weiter, oder vielleicht weinte er auch. Durch den Garten wehte der Duft der verfaulten Äpfel, die im Gras liegen geblieben waren. Es roch nach Laub und Regen und dem starken Gebräu aus den dunkelroten Beeren, die oben in den Bergen wuchsen, ein Trank, mit dem man Tote wecken und Lebende einschläfern konnte.

Die Fenster sämtlicher Häuser im Tal waren hell erleuchtet. Musik erfüllte die Nacht. Seit wie vielen Tagen feierten sie nun schon? Nach und nach kamen immer mehr Menschen aus ganz Guna, um ihren König und ihre Königin zu begrüßen, ihnen Geschenke zu bringen, ihren Segen zu erbitten und wieder von dannen zu ziehen. Kein Wunder, dass Selas mittlerweile zu betrunken war, um sich auf den Beinen zu halten.

Lan'hai-yia selbst trank nicht. Sie hörte sich an, was die Gunaer zu sagen hatten, sie nahm die Beileidsbekundungen zum Verlust ihres Vetters und ihres Bruders entgegen – »Und du bist sicher, er kommt nie mehr zurück?« – und nickte und lächelte und versprach Dinge, die kein Mensch je halten konnte. Frieden. Ein freies Guna. Als hätte sie die Macht, irgendetwas davon herbeizuführen! Sie hatten einen Vertrag mit den Feuerreitern, mehr nicht. Dennoch benötigten die Menschen Hoffnung, und wenn es das Einzige war, was sie ihnen geben konnte, dann würde sie ihnen dieses Geschenk machen.

Lani vermisste Sidon immer noch, und auch Laikan, der nicht mehr als eine Liebelei gewesen war, ging ihr nicht aus dem Kopf. Sie erinnerte sich an alles, was sie miteinander getan hatten, und jede noch so kleine Berührung lag weiterhin auf ihrer Haut, warme Stellen des Glücks. Aber nun hatte sie einen Mann geheiratet, der nie mehr als ihr Freund sein würde. Das war mehr, als sie mit einem verlogenen Liebhaber je gehabt hätte, sagte sie sich, fest entschlossen, nie dem Selbstmitleid nachzugeben.

»Vater?«, fragte eine weibliche Stimme. »Bist du da?«

»Du bist gemeint.« Lani zerrte an Selas' Hand, aber er blieb einfach liegen und murmelte etwas. »Steh auf!«

»Ich bin es nur. Ilit. Es ist wichtig, sonst würde ich euch nicht stören.«

Zwischen den Bäumen waren die Umrisse der jungen Frau zu erkennen. Die wehrhafte Gunaerin war Lani inzwischen unentbehrlich geworden. Sie vertraute ihr, und bestimmt suchte sie nicht grundlos nach dem neuen König.

»Du kannst es mir sagen, wenn es dringend ist. Ich hoffe, du hilfst mir, ihn anschließend ins Haus zu schleppen.«

»Ist er betrunken? Dann sollten wir ihn erst versorgen und anschließend reden.«

Nirgendwo sonst würden die Untertanen so mit ihrem Königspaar sprechen. Wärme durchflutete Lani. Sie war so gerne hier, und obwohl sie sich anfangs gesträubt hatte, fühlte es sich absolut richtig an, Königin zu sein. Gemeinsam hievten sie Selas in die Höhe, jede legte sich einen seiner Arme um die Schulter, dann stolperten sie zum Hintereingang des grauen Hauses. Drinnen war das Fest noch in vollem Gange. Man machte ihnen Platz, sodass sie den betrunkenen König in sein Schlafzimmer schaffen konnten. Während Lan'hai-yia ihm die Stiefel und die Hose auszog und ihn zudeckte, scheuchte Ilit die Gäste hinaus. Lani war die eintretende Stille sehr recht, sie fürchtete nur, irgendjemanden zu beleidigen.

Als Lani wieder in die Halle trat, saß Ilit am Kamin, ein Wasserglas in der Hand, das sie nachdenklich schwenkte. Sie schwieg, auch als Lani sich in einen der anderen Sessel sinken ließ. Die Uhr auf dem Kaminsims tickte und zerteilte die Stunde.

»Schlechte Nachrichten?«, fragte Lani schließlich.

»Sehr schlechte.«

Sie wartete, und eine böse Vorahnung ließ ihre Kehle trocken werden. »Tenira oder Kanchar?«

Ilit lachte rau. »Nehess.«

»Nehess soll ein Problem sein? Nicht für uns. Wir wissen, dass sie Anta'jarim angegriffen haben, doch mittlerweile müssten Teniras Truppen auf dem Weg sein.«

»Die Soldaten aus Nehess kommen hierher.«

»Wo hast du das denn gehört? Tenira würde sie nie im Leben durchs Land marschieren lassen. Zudem hätten sie keine Chance, Guna zu halten, umgeben von so vielen Feinden.« Lani rieb sich die Schläfen.

»Das trifft leider nicht zu. Laikan und Tenira haben ein Bündnis geschlossen.«

»Woher weißt du das alles?«, fragte Lani. Es konnte einfach nicht stimmen, sie wollte es nicht glauben.

Ihre Freundin starrte in ihr Glas und zuckte mit den Achseln.

»Du hast es im Wasser gesehen?«

»Nein«, widersprach Ilit sofort, »nein, das nicht. Wir haben hier keine Magier, und ich würde es nie versuchen, auch wenn ich zugeben muss, dass ich darüber nachgedacht habe. Doch man weiß nie, wen oder was man zu Gesicht bekommen würde, wenn man sich nicht damit auskennt.«

»Wie dann?«

»Eine Krähe hat mir einen Brief gebracht.«

Das war mehr als seltsam. Krähen ließen sich nicht wie Tauben für Botendienste abrichten. Früher, bevor der Einsatz von Wassersprechern sich immer weiter verbreitet hatte, waren Brieftauben auch in Guna üblich gewesen, doch das war lange her. »Tauben fliegen nach Hause, aber woher sollte eine Krähe wissen, wohin sie fliegen soll?«

Ilit fischte eine kleine Papierrolle aus ihrer Gürteltasche. »Lies selbst.«

Die Nachricht war nur kurz, sie enthielt nicht mehr Informationen als das, was Ilit ihr bereits mitgeteilt hatte. Nehess hatte ein Bündnis mit Tenira geschlossen, was akute Gefahr für Guna bedeutete. Doch was Lani weitaus mehr zu denken gab war der Abdruck eines Siegels unter den beiden Zeilen. Es bestand nur aus verwischter dunkler Farbe, nicht, wie es angemessen gewesen wäre, aus Siegelwachs, in dem sich das Zeichen klarer abgebildet hätte. Offensichtlich hatte der Schreiber kein Wachs zur Verfügung gehabt.

»Die Sonne«, sagte Ilit unbehaglich. »Das Siegel der Großkönigin. Aber warum sollte Tenira uns vor ihren eigenen Plänen warnen? Das ergibt keinen Sinn.«

»Nicht Tenira, sondern der Großkönig.« Lani hatte keine Zweifel mehr daran, ob sie die Warnung ernstnehmen musste. »Karim ist im Besitz des Rings.«

»Prinz Karim?«, fragte Ilit. »Dann ist er doch noch am Leben?«

Karim war ein Magier. Er war ein Feuerreiter. Und ein Lügner. Was wusste Lani darüber, wie mächtig seine Magie ihn machte? Eine Krähe zu seinen Freunden zu schicken mochte für ihn die einfachste Sache der Welt sein, auch wenn sie noch nie von etwas Ähnlichem gehört hatte. Sie wendete den dünnen Streifen hin und her. Karim hatte keine Erklärung hinzugefügt, wo er sich befand und warum er nicht zurückkehrte.

»Wo ist die Krähe? Ist sie wieder weggeflogen?«

»Nein, sie ist in der Bibliothek.«

Lani blinzelte verwirrt. »Warum denn das? Hast du keinen Hühnerkäfig nehmen können?«

»Sie ist viel zu klug, um sich in einen Käfig sperren zu lassen. Als ich versucht habe, sie zu fangen, ist sie in die Bibliothek geflogen und hat sich in den Regalen versteckt. Ich schätze, sie ist noch da. Warum? Willst du ihr eine Antwort mitgeben?«

»Wenn ich nur Antworten hätte«, murmelte Lani.

Ilit öffnete vorsichtig die Tür, und gemeinsam betraten sie das Zimmer, das den Königen und später den Herzögen von Guna stets als Arbeitszimmer gedient hatte. Bücher und Karten füllten Schränke, Regale und Vitrinen. Der Schreibtisch vor dem Fenster war leergeräumt. Noch hatte Selas nicht mit der Arbeit begonnen.

Die Krähe hockte auf dem obersten Bord und schlief, den Kopf unter den Flügel gesteckt.

Lani betrachtete sie eine Weile. Der Vogel war zerzaust und schmutzig, das Gefieder staubig und glanzlos.

»Hast du ihr Wasser gegeben? Etwas zu fressen?«

»Sie ist erst vor Kurzem eingetroffen. Glaubst du, ich hätte euch diese Warnung tagelang vorenthalten? Ich war nie glücklicher als in diesem Moment, da ich die Nachricht las, dass wir wieder einen König haben.«

Die Krähe schlief tief und fest und rührte sich nicht, während sie sich gedämpft unterhielten. Wie lange war sie unterwegs gewesen? Wie schnell war sie geflogen, um die Botschaft zu überbringen? Eile war geboten. Lani wusste nicht, wie weit Laikans Truppen bereits ins Landesinnere vorgedrungen waren, doch sie hatte keine Zeit zu verlieren. Trotzdem seufzte sie. »Lassen wir den Vogel schlafen. Und Selas auch. Doch wenn er morgens erwacht, sollten wir einige Vorschläge erarbeitet haben, was wir tun können.«

Wie sie ihren Bruder vermisste! Kirian hätte gewiss Rat gewusst, ihm war früher immer eine Lösung eingefallen. Auch wenn er nicht König sein konnte, weil es, wie Linua gesagt hatte, sein Schicksal war, sein Leben als Sklave in Kanchar zu verbringen, hätte sie ihn und seinen Rat jetzt dringend gebraucht. Was hätte er dazu gesagt, dass der einzige Ausweg, den sie sah, ein Abkommen mit dem Kaiser beinhaltete?

Es war verrückt, auch nur daran zu denken. Außerdem, wie sollte sie mit Kaiser Liro sprechen? Dergleichen beredete man nicht durchs Wasser. Sie würde hinfliegen müssen. Denn so weit Wabinar auch entfernt war, man konnte es in kurzer Zeit erreichen, wenn man einen Eisenvogel besaß – oder gute Beziehungen zu den Feuerreitern hatte.

Am Morgen jagte Lani ihren Ehemann unbarmherzig aus dem Bett. Wenig später hing Selas stöhnend in dem großen Ledersessel in der Bibliothek und rieb sich die Schläfen. »Das Abkommen besagt, dass sie uns nicht helfen.«

»Ich spreche nicht von den Feuerreitern«, sagte Lani. »Sondern von dir. Du bist in Daja aufgewachsen, bevor Laon dich nach Le-Wajun geschickt hat. Du kennst die Feuerreiter, und wenn uns einer helfen würde, dann aus Freundschaft und nicht aufgrund eines Abkommens. Du hast doch Freunde dort, oder nicht?«

Er brummte etwas Unverständliches.

»Das nehme ich als Zustimmung. Du kannst durchs Wasser

sprechen, also tu es. Ruf einen Feuerreiter her, der sich nicht um den Vertrag schert.«

Ilit stieß die Tür mit dem Fuß auf und balancierte ein reich beladenes Tablett herein, das sie auf dem Schreibtisch abstellte. Es duftete nach frischem Brot, gebratenen Pilzen und Zwiebeln. Selas seufzte laut, und oben im Regal wurde die Krähe munter und reckte den Hals.

»Eine Schale, bitte«, orderte Lani.

Die junge Gunaerin blickte von einem zum anderen. »Ihr wollt Karim befragen? Tut, was ihr wollt, aber er ist nicht der König von Guna. Das bist du, Selas.«

»Falsch«, knurrte Selas, »das sind wir beide, meine Königin und ich.«

Ilit zuckte mit den Achseln. »Ihr werdet das Richtige tun – hoffe ich jedenfalls. Das Wasser kommt sofort.« Sie verbeugte sich übertrieben und verschwand.

Lustlos stocherte Selas in den Pilzen. »Du kannst deine Untertanen nicht so herumkommandieren, Lan'hai-yia. Das schätzen sie überhaupt nicht.«

Lani staunte jedes Mal, wie schnell er sich an die Gepflogenheiten angepasst hatte, obwohl er viel länger fortgewesen war als sie. »Das war nicht mein Königinnen-Tonfall«, erklärte sie. »Nur meine Feldherrenstimme.«

Trotzdem hatte sie das Bedürfnis, sich zu entschuldigen, als Ilit wiederkam und die Wasserkanne sowie eine hölzerne Schale unsanft auf den Tisch setzte. »Soll ich auch eingießen oder können die Herrschaften das selbst?«

»Es tut mir leid«, sagte Lani. »Der König hat einen Kater, und ich entwickele die üblen Launen einer Ehefrau.«

»Entschuldigung angenommen.« Ilit lächelte wieder. »Möchtet ihr, dass ich euch berate? Ich habe vermutlich einen besseren Überblick darüber, wie es um unsere Bewaffnung steht und über wie viele Kämpfer wir verfügen, wenn es hart auf hart kommt.«

Lani wollte schon zusagen, doch Selas schüttelte den Kopf. »Lass uns bitte allein«, bat er sanft. »Und nimm die Krähe mit.«

Verwundert hob Ilit die Brauen, doch dann lockte sie die Krähe mit einem Stück Brot auf ihren Arm und ging mit ihr hinaus.

Stille kehrte ein und lastete schwer zwischen ihnen. *König und Königin von Guna beim Frühstück*, dachte Lani. Den Weg, gemeinsam zu regieren, mussten sie noch finden.

»Ilit weiß mehr über Guna als wir«, sagte sie. »Wir sollten sie anhören. Ich habe heute Nacht einige mögliche Szenarien mit ihr durchgespielt. Unsere Verteidigungsstrategie könnte auf unseren Vorräten an Brandsteinen beruhen. Wir lassen nie wieder zu, dass Eroberer diese Berge betreten.«

»Warum willst du nach Wabinar?«, fragte er leise.

Kurz entschlossen stürzte sie sich in die Wahrheit. »Karim ist höchstwahrscheinlich in Gefangenschaft geraten. Nun kann nur noch der Kaiser uns helfen.«

»Dann ist es nicht, weil Kirian dort lebt?«

»Nein«, sagte sie leise.

Selas rieb sich die Augen. »Wundert es dich, dass ich das mitbekommen habe? Ich bin der König. Yarn hat mir vor der Krönung erzählt, dass der wahre Erbe noch lebt. Also sag mir nicht, dass diese Reise nichts mit deinem Bruder zu tun hat.«

Sie schwieg. Sein Messer kratzte über den Teller. Von draußen kamen die Rufe und das Lachen neuer Gäste, denen sie gleich lächelnd gegenübertreten mussten. »Ich wüsste gar nicht, wie ich ihn dort finden sollte. Er ist ein Sklave, er kann uns gar nicht helfen.«

»Willst du ihn fragen, was wir tun sollen, wenn die Soldaten aufmarschieren? Ist er für dich der wahre König?« Selas wirkte nicht überzeugt.

»Nein, nicht deshalb will ich nach Wabinar«, sagte sie rasch, vielleicht zu rasch. War es so? Hoffte sie, Kirian gegen alle Wahrscheinlichkeit zu treffen? Zählte sie auf seine Meinung, weil er für sie derjenige war, der die Krone tragen sollte?

Er musterte sie zweifelnd. Nach den durchzechten Nächten war er blass und hatte dunkle Ringe unter den Augen. Seine Haare waren ungekämmt, und er hatte sich nicht rasiert. Es war schwer, wirklich daran zu glauben, dass dieser Mann ein König war.

»Du wolltest, dass ich dir helfe, Guna zu regieren«, fügte sie hinzu. »Du hast mir angeboten, Königin zu sein.«

Er schob sein Essen beiseite. Sein Lachen klang hilflos. »Es war eine Illusion zu glauben, ich könnte dieses Land regieren. Oder wir könnten es zusammen tun. Ich war nur dafür da, dir den Weg zu diesem Thron zu ebnen, den du allein nicht besteigen konntest, weil du eine Frau bist.«

»Nein, so ist es nicht!«

»Dann sag mir, was ich entscheiden kann. Wenn dieser Brief nicht lügt – und das tut er nicht, denn ich kenne die Schrift meines Bruders –, dann kommt Prinz Laikan, um sich zu nehmen, was du ihm nicht freiwillig gegeben hast. Guna gehört offiziell zu Le-Wajun, also haben wir keinerlei Handhabe dagegen, wenn Tenira ihn herschickt. Er wird die Rebellen verhaften lassen, also uns, und die Brandsteinminen plündern, um Tenira die Möglichkeit zu geben, sich von Kanchar zu befreien. Sie wird mit einem neuem Krieg drohen, wenn man ihr ihren Sohn nicht zurückgibt. Oder sie begnügt sich damit, die Grenzen zu sichern und sich jede kancharische Einmischung zu verbitten. Laikan und Tenira werden sich Gunas Brandsteine nehmen, und wenn wir uns dagegen wehren, und sei es nur, um unser Leben zu retten, gelten wir als Abtrünnige und erlauben es Laikan, mit aller Härte gegen uns vorzugehen. Oder wir fliehen und überlassen Guna der Großkönigin und ihrem neuen Handlanger.«

»Wir können nicht fliehen, nicht mehr.«

Selas goss Wasser in die Schale. Seine Hand zitterte nicht. Sie spürte seine unbändige Wut, mehr Wut, als sie ihm je zugetraut hätte. Er war hier gefangen, weil er der Krönung zugestimmt hatte. Weil sie ihn dazu gebracht hatte. Sie hatte ihn um sein Leben betrogen, und er wusste es.

»Die Feuerreiter können uns nicht helfen«, sagte er, während das Wasser in die Schale plätscherte. »Sie sind nach Kanchar zurückgekehrt. Jede Einmischung, jeder Freundschaftsdienst verletzt ihre Neutralität. Sie unterstehen wieder dem Kaiser. Er muss zustimmen.«

»Daja ist eins der Königreiche. Wenn es nun den Feuerreitern gehört, sind sie frei in ihren Entscheidungen. Der Kaiser schreibt den Königen nicht vor, wie sie ihr Land zu regieren haben. Ich habe viele Jahre in der Kolonie gelebt, ich bin nicht völlig ahnungslos.«

»Das gilt nur für innere Angelegenheiten, nicht wenn es um Le-Wajun geht, und wir sind ein Teil von Le-Wajun. Ich habe Freunde in Daja, aber ich werde sie nicht zum Verrat auffordern. Nach der Rebellion wird der Kaiser auf jedes kleinste Anzeichen von neuerlichem Verrat reagieren. Sie können es sich nicht leisten, uns zu helfen.«

Lani hatte das Gefühl, dass sich die ganze Welt gegen sie verschworen hatte.

»Dein Bruder hat mit alldem nichts zu tun. Die Königin von Guna und ein kaiserlicher Sklave können keine privaten Familientreffen abhalten, das klingt zu sehr nach Verschwörung. Du darfst ihn auch nicht heimlich übers Wasser kontaktieren oder ihm Briefe schreiben. Damit würdest du sein Leben gefährden. Von Sklaven wird absolute Loyalität gefordert.«

»Das weiß ich doch!«

»Also wirst du um eine Unterredung mit dem Kaiser bitten?«

»Soll ich das wirklich tun?« Ein Gespräch mit dem Edlen Kaiser von Kanchar! Der Gedanke erschreckte sie. Lani hatte bis jetzt nie so weit gedacht, sich nie eine Begegnung in solchen Höhen der Macht auch nur vorgestellt. Die Krone von Guna war nicht mehr als das Wohnrecht in diesem grauen Haus. Und die Gunaer waren Menschen, die freundlich waren, aber sich nicht herumkommandieren ließen, die viel erwarteten und viel gaben, aber ihren König nicht mehr verehrten als Kinder ihre Eltern. Macht bedeutete hier etwas anderes als anderswo.

Da Selas dazu schwieg, redete sie hastig weiter. »Ich ziehe es in Erwägung, ja. Aber warum sollte der Kaiser mir Zeit gewähren? Wir dürfen Kanchar nicht in diese Angelegenheit hineinziehen, sonst …«

Das Misstrauen gegenüber Kanchar hatte Lani mit der Muttermilch aufgesogen. An der Seite der Edlen Acht hatte sie gegen

Kanchar gekämpft. Und obwohl sie perfekt Kancharisch sprach und Jahre in der Kolonie verbracht hatte, war sie im Herzen immer eine Wajunerin geblieben. Es widerstrebte ihr zutiefst, sich gegen Tenira kancharischer Hilfe zu versichern.

»Sonst was? Wir haben die Wahl zwischen Laikan, der uns durch die Wälder jagen wird, oder der Bitte um Hilfe, die es nicht kostenlos gibt. Le-Wajun oder Kanchar. Es ist immer derselbe Krieg, in den wir geraten.«

»Was kann ich ihm denn bieten für die Unterstützung der Feuerreiter?«

»Brandsteine, was sonst?«

Kanchar freiwillig zu geben, was Laikan sich holen wollte, worauf Tenira als Großkönigin ein Recht hatte? Das eine war so falsch und schrecklich wie das andere. Entweder sie ließen Laikan ins Land. Oder sie kämpften selbst, benutzten die Brandsteine, um sich zu verteidigen, und verursachten ein blutiges Gemetzel. Die dritte Möglichkeit war, die Feuerreiter zu Hilfe zu rufen, was Laikan und Tenira zur Umkehr bewegen musste – und den Preis für die Hilfe zu bezahlen.

Keiner dieser drei Wege gefiel ihr.

Selas beugte sich über die Wasserschale.

»Wen rufst du?«, fragte sie. »Wir sollten die Dorfältesten einberufen und mit ihnen darüber beraten.«

»Nein«, sagte er. »Sei still, ich werde versuchen, direkt mit Wabinar Kontakt aufzunehmen. Es ist nicht ganz einfach.«

»Oh ihr Götter, warte! Noch nicht!«

»Wie lange willst du denn warten?«, fragte Selas. »Wenn Karim uns eine solche Warnung schickt, ist es ernst. Willst du unsere Leute wirklich Laikan entgegenschicken? Mit Brandsteinen? Hast du je mit Brandsteinen gekämpft?«

Natürlich hatte sie das. Sie hatten Brandsteine benutzt, um Burg Katall zu stürmen. Er war dabei gewesen, also warum fragte er?

»Du kannst niemandem einen solchen Stein in die Hand drücken, der sich nicht damit auskennt. Das ist Wahnsinn. Die Minenarbeiter sind keine Kämpfer, und die Gunaer, die kämpfen können, sind an andere Waffen gewöhnt. Ich werde nicht zulassen, dass unsere Leute sich umbringen, während sie dieses Land verteidigen.« So müde und zerzaust und übernächtigt er aussah, er war König von Guna. Sie blickte ihn an und begriff, dass er nichts anderes tat, als seine Verantwortung wahrzunehmen. Er füllte sein Amt aus. Sie hatte ihn in dieses Amt gedrängt, und nun konnte sie die schwierigen Entscheidungen nicht auf irgendjemand anders abwälzen. Oder an sich reißen. Sie beide mussten gemeinsam entscheiden, und zwar jetzt.

Das Einzige, was sie tun konnten, um eine blutige Schlacht zu vermeiden, war, sich zu ergeben. Teniras Ansprüche anzuerkennen. Den Thron wieder zu räumen, denn die Großkönigin hätte nur einen Herzog geduldet, nicht jedoch einen König.

Oder Kanchar Brandsteine anzubieten.

Linua war nicht da, um Wunder zu wirken.

Lan'hai-yia schwieg, und Selas beugte sich über das Wasser.

Seinen eigenen Vater in den Palast zu zitieren war Liro schwergefallen. Ariv war kein träger alter Mann, der zu allem nickte. Zornschnaubend war er davongerauscht, sobald der Wüstenfalke gelandet war, und niemand schien zu wissen, wohin er verschwunden war. Liro, der sich in einem seiner achtundzwanzig Salons mit der Prinzessin von Gojad unterhielt, war zu nervös, um auch nur einen ganzen Satz auszusprechen, doch dabei konnte Yando ihm nicht helfen. Leise zog er sich zurück, um auf die Suche nach dem Altkaiser zu gehen. Das bevorstehende Gespräch würde Liro noch mehr Kraft kosten, und Yando hoffte, den früheren Kaiser wenigstens ein bisschen besänftigen zu können. Alles, was mit den Wüstendämonen zu tun hatte, war äußerst heikel, und erhitzte Gemüter würden es nur noch schlimmer machen. Nachdem er vergeblich in die meisten Räume gespäht und einige andere Diener auf die Suche geschickt hatte, stieg Yando hoch aufs Dach.

Die große Terrasse war das Beste daran, im obersten Stockwerk des Palastes zu wohnen. Der Ausblick war auch aus tieferen Etagen bemerkenswert, doch hier oben hatte man das Gefühl, dem Himmel nahe zu sein, frei wie ein Vogel.

Der Eisenvogel der gojadischen Prinzessin ruhte mit weit ausgebreiteten Flügeln auf der großen Dachfläche. Und davor, direkt vor dem messerscharfen Schnabel, stand Sadi, die Hände auf dem Kopf des Wüstenfalken, und streichelte die eisernen Schuppen.

Yando sog die Luft scharf ein. Der alte Kaiser war vergessen. Dieser Junge unterlag seiner Verantwortung. »Du darfst nicht hier oben sein.«

Sadi wandte den Kopf. Seine dunklen Augen wirkten manchmal älter, als er war, das Lächeln nicht länger kindlich, die Stimme rauer. »Ich muss«, sagte er. »Sie rufen mich.«

Ein kalter Schauer rann über Yandos Nacken. »Wer ruft dich? Die Eisenvögel?« Langsam und überaus vorsichtig näherte er sich Sadi und dem Vogel. *Die Seelen*, dachte er. *Gesichter auf Papierfetzen. Seelen, die im Eisen gefangen sind, und Brandsteine, die ein Zeitalter lang glühen.*

»Er ist anders als der vorige«, sagte Sadi. »Sein Auge ist klar, und er will fliegen. Er streitet nicht mit sich selbst wie der andere. Er will nur fliegen. Darf ich?«

Da war wieder der Kinderblick, der kleine Schmollmund, das begeisterte Leuchten in den Augen. Und die völlige Furchtlosigkeit, die Yando jedes Mal daran erinnerte, dass dieses Kind den Tod längst kannte.

»Ich kann Euch das nicht erlauben, Kalazar. Es ist zu gefährlich. Ihr braucht einen Lehrer, der Euch anleitet. Ich bin kein Feuerreiter.«

Der einzige Feuerreiter weit und breit war Matino, und der war nicht einmal ein richtiger Feuerreiter. Er konnte fliegen, aber nicht gut, wie der Absturz in Guna bewiesen hatte. Und sämtliche Feuerreiter hassten ihn. Für dieses Kind, das möglichst wenig Zeit mit Matino verbringen sollte, der denkbar ungeeignetste Lehrer.

»Wir finden jemanden, der Euch dabei hilft«, versprach Yando. »Kommt jetzt mit mir.«

Der eiserne Falke erwachte. Seine Flügel zuckten. Yando rettete sich mit einem Sprung zur Seite. Er griff nach dem Jungen, um ihn wegzuziehen, doch Sadi tätschelte den Hals des Vogels und redete auf ihn ein.

»Er will fliegen. Die Sonne geht bald unter, und er will fliegen.«

Yando kannte seine Pflicht. Er durfte dieses Kind nicht gefährden, und er hatte Maira geschworen, es leben zu lassen. Und trotzdem stach ihn die Versuchung wie mit spitzen Nadeln.

Er wollte mit ihm fliegen.

Es ging nicht darum, den Jungen in Gefahr zu bringen – oder sich selbst. Yando konnte nicht verdrängen, was mit ihm passieren würde, wenn er selbst zu Schaden kam. Der Eisendrache wartete auf ihn wie eine Grube, in die er jederzeit hineinfallen konnte. Und trotzdem stachelte ihn die Dunkelheit an, die um ihn herum lauerte. Er konnte sich nicht vor dem Schicksal verstecken, und es gab so viel, was ihn lockte. Die Gefahr. Die Freiheit. Der Abendhimmel, der sich im Westen rötlich verfärbte, dort, wo Guna wartete.

»Ihr würdet ihn nach Hause lenken, Kalazar«, sagte er. »Nach Wajun, wo Eure Mutter ist, und dorthin dürft Ihr nicht.«

»Nur eine Runde«, versprach der Kleine. »Nur einmal über den Palast.«

»Man wird Euch sehen, und wir bekommen beide Ärger.«

»Und wenn es dunkel ist?«

Yando wusste, dass die Eisenvögel so gut wie nie nachts flogen, aber niemand hatte ihm je erklärt, aus welchem Grund. Vermutlich war es gefährlich, weil der Reiter nicht sehen konnte, wohin er flog. Aber ein kurzer Flug über Wabinar und wieder zurück? Mit einem Jungen, der das Wissen eines anderen Kindes in sich trug, das sich in der Ausbildung zum Feuerreiter befunden hatte? Mit einem Jungen, der ihm mehr über die Eisentiere und die Seelen verraten konnte, der vielleicht sogar über Geheimnisse Bescheid wusste, die nur die eingeweihten Magier kannten.

Er konnte nicht widerstehen, und er hatte es so satt, gehorsam zu sein.

»Na schön, wenn es dunkel ist«, stimmte er zu. »Ihr müsst aus

Eurem Bett schleichen, ohne dass Maira es merkt, denn wenn ich Euch abhole, bringt sie mich um. Wir treffen uns hier oben. Aber wenn Ihr einschlaft, wird es zu spät sein, denn wir haben nur diese Nacht. Morgen früh fliegt die Prinzessin nach Hause.«

»Ja«, flüsterte der Junge. Sein ganzes Gesicht schien zu leuchten. Dann lehnte er die Stirn an die bebende Brust des Falken, an die rasiermesserscharfen Kanten der Federn, und der Vogel beruhigte sich und fiel erneut in einen tiefen Schlaf.

21. Des Kaisers Schwur

»Wer seid Ihr? Was tut Ihr hier?«

Der Mann, der mit dem Rücken zu ihr stand, drehte sich um. Ruma hatte ihren Schwiegervater nur ein- oder zweimal gesehen, und beinahe hätte sie ihn nicht erkannt. Ohne die prunkvolle Kleidung, die Schärpe und das Zepter war er ein unscheinbarer alter Mann. Ihn so plötzlich in ihrem Gemach anzutreffen, wo er eine mit Mosaiksteinen besetzte Vase betrachtete, erschreckte sie.

»Verzeiht mir, Edler Kaiser.«

Er lachte heiser. »Das bin ich nicht mehr, Ruma. Wenn doch sogar mein Sohn mir Befehle erteilen kann.«

Zögernd trat sie über die Schwelle und ließ den Vorhang hinter sich zufallen. »Ihr besucht mich?«

»Ich habe mich nur erinnert. Das hier war das Gemach meiner Lieblingsfrau. Sie war die Mutter von Matino und Wenorio. Und nun ist Matino alles, was mir von ihr geblieben ist.«

»Das tut mir sehr leid.«

Der alte Mann nickte. »Mir auch. Wie es scheint, bringt er sich noch dazu ohne Unterlass in Schwierigkeiten. Was wisst Ihr über den Grund meines Besuchs?«

Er lächelte herablassend, als er merkte, dass sie nach Worten suchte.

»Der Kaiser weiht Euch nicht in alle seine Belange ein? Dann müsst Ihr noch viel lernen. Eine gute Ehefrau ist mehr wert als ein Dutzend Ratgeber.«

»Ich bemühe mich, ihm eine gute Frau zu sein.«

Ariv musterte sie mit einem Blick, den Ruma nicht deuten konnte. Hatte er Mitleid mit ihr oder war er verärgert? Hatte er sich mehr erhofft?

»Es tut mir leid, dass ich Euch nichts sagen kann.« Dass Ariv nach Wabinar geflogen worden war, musste etwas mit Matino zu tun haben; seit sein Bruder wieder da war, wirkte Liro ungewöhnlich angespannt. In welche Schwierigkeiten hatte der Prinz sich gebracht? Innerlich frohlockte sie, aber sie brachte es nicht über sich, den Namen ihres Peinigers auch nur auszusprechen.

»Ihr werdet eine hervorragende Kaiserin sein.« Es klang wie ein Versprechen, doch ihr entging nicht, dass er von der Zukunft sprach und nicht von der Gegenwart. Sie war nicht das, was er erhofft hatte.

»Ja«, sagte sie leise.

Er schenkte ihr ein freundliches Lächeln und ging, und Ruma fühlte sich so ungenügend und klein und schwach, dass ihre Knie beinahe nachgaben. Warum wusste sie nicht, was im Palast vor sich ging? Warum Matino mit diesem seltsamen, verzerrten Lächeln aus Gojad wiedergekommen war? Weder Liro noch Yando hatten ihr irgendetwas erzählt. Nicht dass sie häufig Gelegenheit hatte, mit Yando zu sprechen. Er ging ihr aus dem Weg, was sie ihm nicht übelnehmen konnte, denn wenn es ihm dadurch leichterfiel, in ihrer Nähe zu leben, wie konnte sie ihm da verraten, dass sie von jedem Blick auf ihn lebte? Von jedem seiner Schritte, von seiner Stimme, von dem Licht, das in seinen blonden Haaren wohnte, von dem Himmel in seinen Augen. Sie musste schweigen, um es nicht noch schwerer für ihn zu machen.

»Du darfst nicht dabei sein«, sagte Liro. »Mein Vater wird nichts erzählen, wenn jemand zuhört. Das Ganze ist zu gefährlich.«

Der junge Kaiser hatte einen seiner größten Säle für die heikle Unterredung ausgewählt. Der Raum war so gut wie leer, bis auf ein paar Sitzkissen und einen flachen Tisch, auf dem Tee und Wein bereitstanden. Es gab keine Verstecke. In dem kleineren Salon hätte Yando sich hinter einem Vorhang oder zwischen den Säulen verbergen können, doch hier würde jeder Lauscher bemerkt werden.

»Ich vertraue dir, aber das, was wir zu bereden haben, gehört zu den Dingen, die nur den Kaiser selbst etwas angehen.«

»Das verstehe ich, Herr«, sagte Yando. »Auch wenn es dadurch schwierig wird, Euch zu beraten.«

»In dieser Hinsicht muss ich selbst entscheiden. Und jetzt lass meinen Vater ein.«

Er musste gehen, obwohl er sich am liebsten geweigert hätte. Es war ungeheuer wichtig, was die Wüstendämonen mit Matino und Gojad zu tun hatten, wichtig für Kanchar und für ihn selbst. Denn was auch immer Matino in den Abgrund reißen würde, er selbst war ebenfalls davon betroffen. Irgendwie musste er den Prinzen dazu bringen, sein Porträt wieder aus dem Ungeheuer herauszuholen. So unwahrscheinlich es auch war, dass er das jemals tun würde. Matino durfte keinesfalls vorher sterben.

Der Gedanke an den Eisendrachen lastete wie ein schwerer Stein auf seiner Seele.

Altkaiser Ariv schenkte Yando nicht einmal einen Blick, während er sich den Vorhang aufhalten ließ und mit leise knarrenden Schuhen über den glänzenden Marmorboden schritt. Ein wenig ratlos blieb Yando zurück, überwältigt von seinem Wunsch, zu lauschen.

»Ist schon Nacht?«, flüsterte ein leises Stimmchen.

Sadi duckte sich hinter den Vorhang. Rasch ergriff Yando das Kind, bevor es in den Saal laufen konnte, und trug den Jungen durch die angrenzenden Räume.

»Es ist noch zu früh«, sagte er Sadi ins Ohr. »Maira schläft bestimmt noch nicht.«

»Doch«, behauptete der Kleine. »Sie schläft, und ich habe mich rausgeschlichen. Der Vogel wartet auf mich.«

»Willst du etwas trinken?« Yando zog einen weiteren Vorhang auf. Er griff nach der Wasserkanne und füllte einen Krug.

Sadi hielt das Gefäß in beiden Händen und schaute hinein. »Da sind sie«, flüsterte er.

Yando beugte sich mit ihm über das Wasser und erschrak. Tatsächlich, da waren sie – Liro und sein Vater. Er konnte sie nicht richtig sehen, nur dort einen Ellbogen, da einen weiten Ärmel mit goldenen Fäden. Doch die Stimmen waren deutlich zu hören.

»Das Abkommen mit Jerichar wurde nie schriftlich festgehalten«, sagte Ariv gerade. »Und doch ist es so unabänderlich, als wäre es mit Blut besiegelt. Schon mein Vater hat sich daran gehalten und sein Vater vor ihm.«

»Worin besteht es?«, fragte Liro.

»Jerichar wird den Kaiser nicht antasten und auch nicht seine Familie oder seine Freunde, es sei denn, der Kaiser persönlich erteilt einen Auftrag. Der Kaiser ist für die Wüstendämonen heilig. Jerichar dient dem Kaiserreich, wann immer es notwendig ist. Und im Gegenzug wird der Kaiser Jerichar nicht antasten. Er wird nie einen Wüstendämon verfolgen, befragen oder gar hinrichten lassen, und er wird sich nicht in die Belange der Wüstendämonen einmischen. Dieses Abkommen hat bisher immer dafür gesorgt, dass wir alle unseren Geschäften nachgehen konnten, ohne uns in die Quere zu geraten. Ich habe es versäumt, dir vor meiner Abreise davon zu erzählen, doch ich habe auch nicht damit gerechnet, dass du dir so rasch Schwierigkeiten einhandelst. Was hast du getan, Liro, dass du mich hergerufen hast, um danach zu fragen?«

»Die Frage ist, was Matino getan hat. Er behauptet, der Mörder, der Eisenmeister Spiro umgebracht hat, wollte ihm ans Leder.«

»Nein«, murmelte Ariv. »Das ist unmöglich! Ich habe von Spiros Tod gehört, doch er war der größte Magier von ganz Kanchar. Selbst ein Wüstendämon hätte sich nicht an ihn herangetraut. Völlig undenkbar, dass Meister Joaku sich gegen ihn gewandt hat!«

»Das verstehe ich nicht, Vater. Wurde nicht auch ein fremder Magier im Palast gesehen, bevor Matino sein Bein verlor? Das könnte ebenfalls ein Wüstendämon gewesen sein. Und das würde bedeuten, dass Jerichar das Abkommen längst gebrochen hat!«

»Wäre es einer von Joakus Assassinen gewesen, wäre er längst dafür getötet worden. Jeder Bruch des Vertrags verlangt nach Blut.« Arivs Stimme war heiser vor Sorge. »Kein Wüstendämon würde es wagen, die kaiserliche Familie anzutasten.«

»Es sei denn, er hätte Joakus Erlaubnis?«

Das Bild geriet in Bewegung. Arivs Gesicht erschien, doch er blickte nicht Yando an, der wie gebannt lauschte, er starrte über den Rand des Glases hinweg.

»Joaku würde dir nie grundlos den Krieg erklären. Kein Kaiser kann ohne seine Billigung regieren, niemand wäre jemals sicher, wenn sich der Herr von Jerichar gegen ihn erhebt. Wenn Matino schon zum zweiten Mal seinen Ärger erregt hat, muss das einen Grund haben.«

»Dann muss ich diesen Grund herausfinden. Mein Bruder ist mir gegenüber sehr verschlossen, doch wenn Ihr ihm diese Fragen stellen würdet …«

Ariv stellte das Glas zurück auf den Tisch. Er schwieg.

»Was muss ich tun?«, fragte Liro. »Dem Meister einen Boten schicken? Ihn darum bitten, es zu erklären? Ihm eine Entschädigung anbieten? Von ihm eine Entschädigung fordern? Wie schaffen wir diese Sache aus der Welt?«

»Blut«, sagte Ariv, und in diesem Moment schüttete Sadi den Krug aus.

Yando wusste wieder, wo er war. Er stand neben der Anrichte, doch in seinen Ohren rauschte es, und vor seinen Augen flackerten Bilder und Gesichter.

Der Junge schlug mit der Hand in die Wasserlache, dass die Tropfen in alle Richtungen flogen. »Jetzt fliegen wir.«

»Ja«, sagte Yando, denn was sonst hätte er zu diesem Kind sagen können? Sadi war zweifellos ein Magier. Der göttliche Funken in ihm war so stark, dass im Wasser Stimmen ertönten und Gesichter und Geheimnisse erschienen. Yando hatte geglaubt, dass die Seele Prinz Wenorios eine Gefahr für Le-Wajun darstellte, eine Beleidigung der Götter, doch was er jetzt in diesem Kind sah war mehr. Es waren unzählige Möglichkeiten. Es war Macht. Es war Vertrauen. Und mehr noch, da war ein unerwartetes Band zwischen ihm und diesem Jungen. Aus irgendeinem Grund betrachtete Sadi ihn als seinen Freund.

»Fliegen wir«, sagte er. »Über Wabinar, bei Nacht.«

Seit Matino aus Gojad zurück war, hatte er Ruma in Ruhe gelassen, doch heute, während ihr Ehemann, der Kaiser, und sein Vater ihre geheime Besprechung abhielten, schlenderte er in ihr Gemach. Er hinkte stärker als gewöhnlich, und das Grauen, das sie stets bei seinem Anblick überkam, verwandelte sich in Leere. Es war ihr beinahe gleich, was geschah. Sie konnte beides sein – die Ruma, die so gerne aufs Dach stieg, um in die Ferne zu blicken, und die Ruma, die ihren Körper gierigen Händen überließ. Es tat nicht einmal mehr weh, da sie die Schmerzen nicht als ihre Schmerzen empfand.

Er war gröber als sonst, ungeduldiger. Die Krallen seines künstlichen Beins rissen ihre Wade auf; er schien es nicht einmal zu merken. Ruma dachte über Arivs Worte nach, darüber, was Liro ihr alles vorenthielt, darüber, dass sie eine bessere Kaiserin sein sollte. Zögernd streichelte sie Matinos Schultern. »Wovor habt Ihr solche Angst, Kalazar?«

Es war die falsche Frage. Er erstarrte, und einen Moment lang glaubte sie, er würde sie schlagen. Dann seufzte er leise, und im fahlen Licht der magischen Lampen ähnelte sein Lächeln dem grimmigen Zähnefletschen eines Löwen.

»Ich habe deinen Vater getötet.«

Das hatte er schon einmal behauptet. Damals hatte sie ihm geglaubt, doch inzwischen hatte sie mehr über den Tod ihres Vaters erfahren. »Nein, habt Ihr nicht. Er ist gestorben. Sein Herz hat versagt.«

»Natürlich, da ich es ihm aus der Brust gerissen habe.« Er schien auf einen Schreckenslaut zu warten. »Und, was sagst du nun?«

Mosaikteile fügten sich aneinander, ergaben ein Bild. Ihr Vater. Matino. Daja. Und das Flüstern, das durch die Räume wehte. Der alte Kaiser, der gedämpft von den Schwierigkeiten sprach, in denen sein Sohn steckte. Die Wüstendämonen. Laon und Joaku waren Freunde gewesen in der Art, wie Männer ohne Herz eben Freunde sein konnten, und das hatte Matino nicht gewusst. Oder nicht berücksichtigt, so wie er nie Rücksicht auf die Gefühle und Verpflichtungen anderer nahm.

Eine wilde, bösartige Freude stieg in ihr auf. Sie lachte, und er wich zurück.

»Wieso lachst du?«

»Sie sind hinter dir her«, flüsterte sie. Niemand sonst konnte sie von diesem Mann befreien, der sie quälte, nur die Wüstendämonen. Matino war selbst in die Falle getreten, aus der er sich nicht mehr befreien konnte. »Und du wirst ihnen nie entkommen können, so weit du auch rennst.«

Wieder dachte sie, er würde sie schlagen. Mit verzerrter Miene starrte er sie an, dann wandte er sich ab und griff nach seinen Kleidern. Die Krallen schlitzten sein Hosenbein auf, so ungeduldig zerrte er an dem Stoff. Ruma lachte leise in sich hinein, als er aus dem Zimmer stürzte. Wenn er sich beruhigt hatte, würde er es ihr heimzahlen, daran zweifelte sie nicht. Doch das würde sie nicht daran hindern, diesen Sieg zu feiern.

Sie fühlte sich frei und stark. Draußen herrschte die Nacht, der Mondgürtel brannte eine Schneise in den Himmel. Etwas Dunkles glitt vorüber. Sie öffnete das Fenster und sah einen Eisenvogel, der um den Palast kreiste. Ein Wunderwesen, magisch, leuchtend wie ein Falke aus Silber. Helles Haar schimmerte im Mondlicht. Ihr war, als würde sie Yando durch die Nacht fliegen sehen, doch das war natürlich unmöglich. Es gab keine Entschuldigung für ihre Träume und dass sie Yando überall sah. Sie war die Kaiserin, sie musste an ihrem Verstand festhalten, und doch war ihr, als würde er ebenso zerbrechen wie ihr Herz und ihre Seele. Ihr war, als hörte sie ein hohes Lachen und als würden die glühenden Augen des Vogels rote Muster in die Nacht malen. Die Luft war kühl und erfrischend, und Ruma schickte ihr eigenes Gelächter in diese verrückte Nacht.

»Ich gehe nach draußen«, sagte Ariv. »Möchtet Ihr vielleicht mitkommen?«

Überrascht hob Ruma den Kopf. Ihr Schwiegervater stand am Vorhang, den Sklavinnen für ihn offen hielten. Heute sah er noch älter aus als gestern. Um seine Mundwinkel herum bildeten die Falten tiefe Gräben.

»Nach draußen?«, fragte sie. »Ihr meint, hoch zum Dachgarten?« Wo man sie nicht belauschen konnte. Ihr war klar, was er von ihr wollte, und diesmal hatte sie die Antwort, die er brauchte.

»Nein, ich meine raus aus dem Palast. In die Stadt.«

Ungläubig starrte sie ihn an. »Das meint Ihr ernst?« Seit sie in Wabinar lebte, hatte sie den Palast nicht verlassen. Auch in Daja war es ihr nie gestattet gewesen, sich frei in den Straßen der Stadt zu bewegen. Es war nicht erlaubt für die Kaiserin, einfach … wegzugehen. Oder?

Der alte Mann schien die Zweifel und die Hoffnung in ihren Augen zu sehen. »Ich war der Kaiser, niemand wird mir in den Weg treten. Kommt, meine Liebe, gehen wir.«

Aber es waren so viele Stockwerke. Und so viele Stufen. Das ganze Leben spielte sich hier oben ab, wie sollte sie überhaupt nach unten gelangen – und später wieder hinauf?

»Es gibt Flaschenaufzüge«, sagte er. »Für die Güter, die ganz nach oben geschickt werden. Zahlreiche Schächte gehen durch sämtliche Stockwerke. Wusstet Ihr das nicht? Aber natürlich, niemand erklärt hier irgendetwas denjenigen, die nicht fragen.« Er bot ihr den Arm.

Das alles war so seltsam, dass sie sich ohne Widerstand fügte. Sie legte ihre Hand auf seinen Arm und ließ sich durch die Gänge führen. Sklaven verschwanden lautlos in den Schatten, um sie vorbeizulassen. Ruma fühlte sich aufregend rebellisch.

»Wie ist es draußen?«, fragte sie. »Werden wir nicht auffallen?«

»Niemand kennt unsere Gesichter«, antwortete er. »Daher kann ich Euch versichern, nein, werden wir nicht. Ich bin immer wieder durch die Straßen meiner Stadt gewandert, während ich Kaiser war, und nie hat mich einer meiner Untertanen erkannt. Es gibt kaum jemals Begegnungen zwischen den Menschen, die in den oberen Stockwerken des Palastes leben, und den Stadtbewohnern. Nur die Dienerschaft kennt beide Welten.«

Ihre Aufregung wuchs, als sie in den Lastenaufzug stiegen, eine geräumige Kiste, an deren Seiten zahlreiche Seile und Gewichte befestigt waren. Ein Diener stieg mit ihnen hinein und bewegte ein Rad, das sich knarrend drehte. Gleich darauf sackte der Kasten ab. In ihrem Magen wurde es warm, und sie lachte vor Schreck. Ruma war mit Eisenvögeln geflogen, ohne Angst zu empfinden, doch diese Art, sich durch die Luft zu bewegen, war neu und herrlich und entsetzlich zugleich.

Ariv grinste wie ein kleiner Junge.

Viel zu schnell waren sie unten angelangt. Ein halbes Dutzend Wächter schloss sich ihnen an, sobald sie in eine Halle hinaustraten. Mit stampfenden Schritten marschierten sie hinter ihnen her.

»Sie kennen das von früher«, flüsterte der Altkaiser verschwörerisch. »Und natürlich ist es ihre Pflicht, die Kaiserin und auch mich zu beschützen. Es ist allerdings ein wenig lästig. Wenn wir geschickt sind, wird es uns in den Straßen gelingen, sie abzuhängen.«

»Wird Liro nicht wütend sein?«

»Er wird Euch beneiden.«

Das stimmte wohl, daher erwähnte sie ihren Gemahl nicht wieder. Stattdessen erlaubte sie es sich, die Eindrücke in sich aufzunehmen. Die Halle – schmutzig, mit unzähligen Türen – schien überhaupt nicht zum Palast zu gehören. Überall standen Kisten und Säcke herum, Diener verbeugten sich, doch sie waren völlig anders gekleidet als oben. Sie trugen einfache, grobe Kleidung, und es roch nach Schweiß und Erde und Getreide. Ariv führte sie auf eine der Türen zu. Einer der Wächter überholte sie und öffnete das Portal vor ihnen, und dann traten sie in den strahlenden Sonnenschein hinaus.

Um den Palast vollständig zu sehen, waren sie zu nah, aber Ruma meinte, sein Gewicht spüren zu können. Er war wie ein Berg – gewaltig, glänzend, etwas so Großes, dass es nur die Götter selbst geschaffen haben konnten. Schon rempelte jemand sie an, aber Ruma hatte gar keine Gelegenheit, empört zu sein. Alles war voller Menschen, und niemand achtete auf sie. Die Straßen, von oben dunkle Schluchten im Häusermeer, wirkten hier unten wie Adern, durch die das Blut floss. Doch dieses Blut waren Menschen und Karren, Eisenpferde und echte Maultiere, offene und geschlossene Wagen und Kutschen, Soldaten und Händler, Bettler und Untertanen, die ohne jegliches Ziel hierhin und dorthin zu eilen schienen. Zahlreiche Wagen hatten den Palast zum Ziel, sie transportierten Fässer und Kisten, Sklaven und Tiere.

Sie umklammerte Arivs Arm, um nicht von ihm fortgetrieben zu werden. Der Lärm war unglaublich. Das, was sie oben in der Höhe für Meeresrauschen gehalten hatte, war hier unten wie das Gebrüll unzähliger Löwen.

Die kaiserlichen Wächter kämpften sich durch den Strom der Wabinarer. Es würde nicht schwer sein, sie zurückzulassen, aber Ruma wusste nicht, ob es klug wäre.

»Ist es hier gefährlich?«, rief sie dem alten Mann ins Ohr.

»Es sind nur Menschen.« Er lächelte sie an, und sie kam sich sehr töricht vor.

Überwältigt von der Menge, dem Lärm, den unterschiedlichsten Gerüchen, war sie froh, dass Ariv genau zu wissen schien, wohin er wollte. Er führte sie in eine stillere Seitengasse und schob sie durch eine offen stehende Tür in ein kühles Gebäude. Drehfächer wirbelten träge die Luft auf. An kleinen runden Tischen saßen vornehmlich ältere Menschen und tranken aus hohen, beschlagenen Gläsern. Man konnte sich wahlweise auf Sitzkissen, fellbezogenen Hockern oder filigranen Eisenstühlen niederlassen. Ariv steuerte eine kleine Sitzgruppe im hinteren Teil des Raums an. Die Wachen blieben am Eingang zurück.

»Möchtet Ihr kalten Tee?«

Ruma nickte, zu aufgeregt zum Sprechen. Er hob die Hand, woraufhin ein Diener erschien. Wahrscheinlich war es gar kein Diener, denn er benahm sich alles andere als ehrerbietig.

»Nun, meine Liebe«, sagte Ariv, sobald die kalten Becher vor ihnen auf dem Tisch standen. »Wie geht es Euch mit meinem Sohn?«

Er weiß es, dachte sie erschrocken, dann wurde ihr klar, dass er Liro meinte und nicht Matino.

»Er ist ein guter Mann.«

»Ein Mann? Wohl kaum.« Ariv schüttelte den Kopf. »So jung. Viel zu jung für den Thron, aber er schlägt sich hervorragend, wie man mir berichtet. Ihr tut ihm gut. Es war die richtige Entscheidung, Euch für ihn auszuwählen.«

Sie bedankte sich für das Lob und hoffte, dass er nicht merkte, was sie wirklich für Liro empfand. Ariv war zu klug, er sah zu viel. Hier mit ihm Zeit zu verbringen war gefährlich, aber auf eine andere Art, als sie dachte. Auf keinen Fall durfte er hinter ihre Geheimnisse kommen.

»Ich denke oft über die Liebe nach, Ruma«, sagte er. »Vor allem über die Liebe. Zwischen Mann und Frau. Zwischen Vater und Kind. Es gibt so viele Arten von Liebe. Nehmt die zwischen einem Kaiser und seinem Kaiserreich. Diese Liebe war stark genug in mir, um mein Zepter abzugeben, aber in meiner eigenen Familie habe ich versagt. Hätte ich meine Söhne besser erziehen sollen? Was habe ich falsch gemacht?«

Sie antwortete nicht, denn er sinnierte über die Vergangenheit. Sie wäre nie auf den Gedanken gekommen, ihm vorzuwerfen, was aus Matino geworden war.

»Mein Sohn hat sich in große Schwierigkeiten gebracht, und niemand will mir sagen, was passiert ist. Habt Ihr Euch umgehört?«

Deshalb waren sie also hier. Damit niemand mitbekam, welche Antwort sie mitgebracht hatte. Kein Mensch im Palast, nicht einmal ein Sklave, durfte wissen, worin die Fehde zwischen Matino und den Wüstendämonen bestand.

»Er hat meinen Vater getötet.«

Die faltige Hand krampfte sich um das Glas. »König Laon.«

»Ja«, bestätigte sie. »König Laon, der ein Freund von Meister Joaku war.«

Das Funkeln in Arivs Augen erlosch, sein Lächeln fiel ihm von den Lippen. »Seid Ihr sicher?«

»Ja«, sagte sie. »Er hat es mir schon früher gestanden, doch ich habe ihm nicht geglaubt. Nun jedoch glaube ich ihm.«

Ariv schwieg lange. Ruma trank ihren kalten, gesüßten Tee, der dennoch so bitter war, dass sie einen Hustenanfall unterdrücken musste. Der Altkaiser nippte nicht einmal.

»Junge Frauen träumen von Liebe«, sagte er leise. »Alte Männer von ihren Söhnen und Enkelsöhnen. Wir alle haben unsere Träume, liebe Ruma. Von Dingen, die nie enden. Von der Gnade der Götter. Und manchmal müssen Dinge getan werden, manchmal gibt es keinen anderen Weg.«

»Ich verstehe nicht ganz.«

Er neigte das Glas. »Könnt Ihr durchs Wasser sprechen? Habt Ihr es je versucht?«

»Jeder versucht es irgendwann«, antwortete sie unbehaglich. »Aber es ist mir nicht gelungen. Ich bin nicht begabt dafür.«

»Ich habe es ein paarmal erfolgreich durchgeführt.« Er schwenkte den Tee hin und her. »Nun, so erfolgreich, wie man als Nichtmagier sein kann. Ich habe mit Menschen gesprochen, mit denen ich gar nicht sprechen wollte. Ich sah einen Fluss, über den sich Rinder zum Trinken beugten, oder wem auch immer diese Schnauzen gehörten.« Er lachte leise in der Erinnerung daran. »Ich war Kaiser und hatte meine Magier dafür. Als Kaiser durfte ich keine Fehler machen, also habe ich es gelassen. Doch nun wünsche ich mir, ich hätte es weiter versucht, ich hätte geübt und mir Lehrer geholt, die mich darin unterwiesen hätten. Denn dann könnte ich mit einem alten Feind sprechen, ohne dass jemand mithört. Was ich ihm zu sagen habe, darf niemand hören.«

Sie nickte. Was sollte sie auch dazu sagen zu den Geheimnissen, die er mit sich herumtrug?

»Liro braucht Unterstützung, meine Liebe. Ich mache mir Sorgen um ihn. Sein Ratgeber …«

Ihr Herz setzte einen Schlag aus. »Was ist mit seinem Ratgeber?«

»Ich lebe nun seit einer Weile in Gojad. Wir benötigen Brandsteine, viel mehr Brandsteine. In der nächsten Zeit wird es um die Zukunft von Guna gehen. Es wäre schön, wenn Ihr in der Nähe des Kaisers wärt, wenn Entscheidungen getroffen werden.«

»Warum?«, fragte sie.

»Wusstet Ihr nicht, dass sein ausländischer Ratgeber aus Guna stammt?«

Nein, das hatte sie nicht gewusst. Yando war ein Wajuner, das war ihr klar, aber aus Guna? Damit war er fast ein Kancharer.

»Schlimmer noch, wie ich unlängst von dem verstorbenen Eisenmeister Spiro erfahren habe, ist der Ratgeber ein Mitglied des gunaischen Königshauses. Ein Prinz, wenn man so will, auch wenn Le-Wajun schon vor Jahrzehnten alle königlichen Titel verboten hat. Sie nennen sich seitdem Herzöge und Grafen.«

»Ich bin mir sicher, dass Yando den Kaiser stets im Sinne Kanchars berät«, sagte Ruma. Denn sie kannte Yando. Er war kein Verräter. Er war treu und Liro ergeben – so sehr, dass es manchmal fast zum aus der Haut fahren war.

Ariv musterte sie nachdenklich. »Und da seid Ihr Euch sicher? Das nimmt mir eine Last von der Seele. Ich habe es Liro noch nicht erzählt.« Er stürzte den Tee hinunter und wischte sich über den Bart. »Möchtet Ihr tanzen, meine Liebe?«

»Tanzen? Ich?« Der Altkaiser stellte Fragen, die keinerlei Sinn ergaben. Tanzen, das gehörte für sie nach Daja. Für Karim hatte sie getanzt, doch an Karim zu denken war unmöglich. An seinen Verrat und ihre Rache. Es gab kein Verzeihen zwischen ihnen, keine Möglichkeit, je wieder zueinanderzufinden. Karim war tot, und sie würde tanzen. »Ja«, stimmte sie zu. »Sehr gerne.« Das Lächeln begann in ihren Mundwinkeln und strömte in ihre Augen. Aber es war kein glückliches Lächeln, sondern ein zorniges, grimmiges, ein verzweifeltes Lächeln ohne Freude.

Sie standen beide auf. In jedem von Rumas Schritten lag Ausgelassenheit und Beschwingtheit, doch in ihren Augen funkelte eine Wut, die tödlich war. In ihrem Mund zitterte ein Schluchzen wie ein eingesperrtes Tier, das sich gegen die Stäbe seines Käfigs wirft. Aber ihr Lachen klang laut und fröhlich, und der alte Kaiser blickte sie an, völlig bezaubert, und bot ihr seinen Arm, als sie das Teehaus wieder verließen und sich unter die Menschen auf der Straße mischten.

Stumm reihten sich die Wächter hinter ihnen ein.

Sie hatte nicht gewusst, dass es so etwas gab. Der Raum musste ein Gasthaus sein oder etwas Ähnliches. Nichts war umsonst, für Essen und Trinken musste man bezahlen, und Musikanten saßen auf einem Podest und zupften an ihren Instrumenten. Magische Lichter flimmerten, dass es in den Augen schmerzte. Hier gab es Frauen, die wie Prinzessinnen aussahen und sich gemeinsam in einem Reigen bewegten. Ariv nickte ihr auffordernd zu, und Ruma trat zu den Tänzerinnen, die sie wie selbstverständlich in ihre Mitte nahmen. Sie tanzte, losgelöst von allen Schmerzen, schon fast fern der Sorgen und der bösen Erinnerungen. Sie warf ihre Arme empor und wiegte sich. Wenn sie zwischendurch zu Ariv hinüberblickte, lächelte dieser ihr zu. Von allen Männern, die es in ihrem Leben gab, war er der Einzige, dessen Blick und dessen Lächeln frei waren von Begehren. Er wollte nichts von ihr. Wenn er sich mit ihr freute, lag nichts in seinen Augen von heimlichen Gelüsten. Selbst König Laon, ihr Vater, hatte sie nie so angesehen, ohne irgendwelche Zwecke zu verfolgen. Er hatte sich stets ausgemalt, in welche Höhen ihn seine hübsche Tochter noch bringen konnte, wofür sie nützlich war.

Vielleicht zum ersten Mal in ihrem Leben war sie sie selbst, einfach nur Ruma. Niemand kannte sie hier und erwartete von ihr, sich wie eine Kaiserin zu benehmen. Im Rhythmus des Liedes drehte sie sich, fand erneut die Hände der anderen Mädchen, wackelte mit den Hüften, ging auf die Mitte zu und wieder zurück. Einen kostbaren Moment lang vergaß sie sich selbst.

Dann plötzlich verstummte die Musik. Die Tänzerinnen wichen ängstlich auseinander, nur Ruma blieb stehen. Ihr war klar, dass die Wächter, die in den Saal strömten, ihretwegen kamen. Dafür musste sie nicht erst sehen, dass sie das Wappen des Kaisers trugen.

Einer von ihnen verbeugte sich vor ihr. Er stellte keine Fragen, gab keine Anweisungen. Doch Ruma wusste, was er wollte, und sie folgte ihm, während alle anderen im Raum verwirrt zusahen. Zu ihrer eigenen Überraschung schämte sie sich nicht. Erhitzt und mit roten Wangen, war sie glücklich. Am Eingang stand eine geschlossene Kutsche, die von zwei Eisenpferden gezogen wurde. Bevor sie einstieg, blickte sie sich nach Ariv um, aber von dem Altkaiser war nichts zu sehen.

Liro wartete in seinem kalten Salon. Er hatte unzählige Zimmer, jedes unterschiedlich eingerichtet, manche warm und gemütlich mit vielen Kissen und Sesseln, mit weichen Teppichen und schönen Bildern von Schiffen an den Wänden. In diesem hier war es immer kühl. Der Boden war mit geflochtenen Matten bedeckt. Hier gab es keine Bilder, keine Statuen, keine Truhen oder Sitzkissen. Nahe am Fenster stand ein Tisch, auf dem Karten und Dokumente ausgebreitet lagen. Mehrere kleine Fässer mit Tinte, verschiedene Federn und Papiere vervollständigten das Bild.

Hier konnte der Kaiser seine Gedanken zähmen, sie ordnen. Hier konnte er nachdenken. Normalerweise nutzte Liro diesen Raum jedoch nicht, während sie schon öfter Yando hatte hineingehen sehen.

»Werdet Ihr mir jetzt verbieten, den Palast zu verlassen?«, fragte sie trotzig, bevor er ein Wort sagen konnte.

Er hatte sich hinter dem Tisch verschanzt, mit dem Rücken zum Fenster, und das blendende Licht ließ seine hellen Haare leuchten, während sein Gesicht im Schatten lag.

»Bin ich denn ein Vogel wie der Papagei, den ich in Daja besessen habe?«

»Es ist gefährlich unten in der Stadt«, sagte Liro. »In der Tat wäre es mir lieb, wenn Ihr hier oben im Palast bleibt.«

»Ist das ein Befehl?«

Er zögerte, doch dann nickte er. »Ja, das ist es.«

»In mancherlei Hinsicht kommt mir Euer Vater jünger vor als Ihr«, platzte sie heraus. Der Tanz steckte ihr noch in den Knochen.

»Mein Vater. Wo ist er?«

»Er war bei mir«, sagte sie. »Er kennt sich gut in der Stadt aus, die Euch gehört.« In diesem Moment hasste sie alles an Liro. Seine Jugend, seine Unsicherheit, seine Furcht, seinen Körper, einfach alles. Auch Ariv hatte etwas von ihr gewollt, das war ihr klar, aber er hätte ihr dieses Geschenk nicht machen müssen. Ihr die Stadt zu zeigen, die Freiheit, die Musik. Sie daran zu erinnern, was Leben bedeutete.

»Mit meinem Vater spreche ich noch, wenn er zurück ist. Ihr könnt jetzt gehen.«

Er entließ sie wie einen seiner Untertanen.

Aber sie wollte sich das nicht nehmen lassen, was sie erlebt hatte. Sie wollte weitertanzen, wollte die Musik in ihren Ohren, die Lichter, die Träume. Und hätte in ihrem Gemach nicht schon eine Horde von Hofdamen gesessen, hätte sie einfach getanzt und sich gedreht und vielleicht sogar gesungen.

»Man hört Gerüchte«, wurde sie empfangen.

»Wart ihr jemals unten in Wabinar?« Sie hätte schweigen sollen, es wenigstens abstreiten, doch stattdessen erzählte sie ihren entsetzten Zuhörerinnen von den überfüllten Straßen, von eiskaltem, bitterem Tee und von den Mädchen, die Reigen tanzten, Hand in Hand. Unzählige Wunder gab es dort unten. Sie konnte wenigstens davon träumen, sie nach und nach zu entdecken. Sich zum Lastenaufzug zu schleichen und hinunterzufahren, gegen den Willen des Kaisers. Davon zu träumen, daran konnte sie niemand hindern.

Mitten in die Fragen und das Gekicher und die getuschelten Geständnisse – wer nicht selbst unten gewesen war, kannte den einen oder anderen Grafen, der es gewagt hatte –, platzte eine Dienerin. »Hoheit, Kaiserin Ruma. Bitte.«

Zum ersten Mal überhaupt hatte Ruma sich nicht gelangweilt, waren ihr die Hofdamen nicht unerträglich eitel und oberflächlich erschienen. Hinter den herausgeputzten Gesichtern wohnte keineswegs Leere, sondern da verbargen sich Neugier und gewagte Träume und eigene Sehnsüchte. Vielleicht konnte sie doch eine Freundin hier finden, ein paar Menschen, die ihr sogar helfen würden, wieder nach unten in die Stadt zu gelangen.

Widerwillig erhob sie sich. »Was ist denn?«

»Der Kaiser«, sagte die Frau nur.

War sie nicht vorhin noch bei Liro gewesen? Was konnte er jetzt schon wieder wollen? War ihm eingefallen, wie er sie noch bestrafen könnte?

Unwillig folgte sie dem Befehl. Ihr Ärger wuchs mit jedem Schritt. Sie war bereit, Liro anzuschreien, doch dann trat Yando ihr vor dem Wohngemach des Kaisers entgegen. »Was will er?« Sie klang schroffer als beabsichtigt.

»Altkaiser Ariv wurde gefunden«, sagte er. So sanft. Seine Stimme war eine Umarmung, in die sie sich nicht flüchten durfte.

»Was hat das zu bedeuten?«

»Er ist tot, Hoheit.«

»Was?«

»Er lag in einer Gasse, die als äußerst gefährlich gilt. Man hat ihn überfallen und ausgeraubt und ermordet.« Er streckte die Hand aus und zog sie wieder zurück. Natürlich konnte er sie nicht trösten. »Geht zu Eurem Gemahl, Hoheit. Steht ihm bei in seinem Kummer.«

Es konnte nicht sein. Er war doch eben noch lebendig gewesen. Ariv konnte nicht tot sein. Er wäre niemals irgendwo hingegangen, wo es lebensgefährlich war, denn er kannte die Stadt zu Füßen des Palastes.

Wie eine Schlafwandlerin tappte sie auf Liro zu, der mit grauem Gesicht und geröteten Augen auf dem Boden hockte. Sie fürchtete sich vor dem Moment, in dem er sie anklagen würde. Nicht weil sie den Altkaiser begleitet hatte, dorthin, wo er den Tod gefunden hatte. Sondern weil sie ihm den Grund geliefert hatte, den Tod zu suchen. Die Stücke des Mosaiks rückten zusammen, jedes an seinen Platz, ergaben ein Bild.

Was Matino getan hatte. Meister Joakus Zorn. Arivs Frage danach, was passiert war. Sein Entschluss zu sterben, den er dort am Tisch getroffen hatte, das Glas mit dem kalten Tee in den Händen. Weil Blut immer mit Blut bezahlt werden musste.

Sie hatte Ariv in den Tod getrieben. Sie hatte Matino gerettet, indem sie sein Geheimnis weitergegeben hatte. Und damit musste sie nun leben.

22. Durch Türen gehen

»Nein, nein. So geht es nicht. Versuch es noch einmal.« Unya lehnte sich in ihren Schaukelstuhl zurück, der sich mit einem entnervenden Knarren hin und her bewegte.

Karim seufzte. Der Unterricht bei der alten Dame verlangte ihm alles ab, dabei war er an schwierige Lehrer gewöhnt. Im Vergleich zu Joaku fasste Unya ihn mit Samthandschuhen an. Es gab keine Schläge, keine tagelangen Fastenzeiten, keine Einzelhaft, wenn er die Aufgabe nicht richtig ausführte. Doch in Jerichar hatte er gar nicht lernen wollen. Hier hingegen hätte er alles dafür gegeben, besser zu sein.

»Hinter der Tür ist bloß der Flur.«

»Noch einmal.«

Er riss die Tür auf. Dahinter erwartete ihn immer derselbe Anblick: die Galerie, die Dächer und dahinter die Mauern des altdunklen Schlosses. Er schaffte es einfach nicht, in jenes andere Anta'jarim zurückzukehren, in dem Laikan den Thron besetzt hatte. Hundert Jahre konnten in Kato vergehen, während drüben in Anta'jarim oder Kanchar nur ein einziges verstrich. Er redete sich ein, dass er genug Zeit hatte, dass er der Ungeduld nicht die Macht geben durfte, seine Konzentration zu stören. Doch ihm war klar, dass die Uhren hier nicht verlässlich waren. Genauso wie hundert Jahre hier auf der anderen Seite fünf Jahre sein konnten, war es auch umgekehrt möglich. Wenn ein Tag in Kato verging, konnten im irdischen Anta'jarim tausend Tage ins Land ziehen. Jede Stunde, die er verschwendete, konnte Laikans Sieg bedeuten und Gunas Untergang.

»Dein göttlicher Funken ist stark«, sagte Unya. »Stärker als bei jedem anderen, den ich kenne. Du kannst das.«

»Warum sollte ich etwas Besonderes sein?«, fragte er. »Ich bin kein Lichtgeborener. Und mein Erzeuger ebenfalls nicht. Und meine Mutter war eine einfache Frau.«

»Oh, im Gegenteil«, widersprach Unya. »Sie war eine Gräfin von Guna. Und in Guna ist das Erbe der Götter noch sehr lebendig. Guna hat nur deshalb keine Magier hervorgebracht, weil ihr euch mit anderen Dingen beschäftigt. Da ihr ihn nicht auslebt, wohnt der Funken stattdessen in den Steinen des Landes.«

Karim blinzelte. »Die Brandsteine?«

»Sie öffnen Türen, oder nicht? Und du bist stärker als einer von ihnen. Das hast du bereits bewiesen.«

Seine Hand lag auf dem Riegel. Das verwitterte Holz war wie eine Wand zwischen ihm und seinem Ziel, eine Wand, die er in Stücke sprengen konnte.

»Und wenn Joaku auf der anderen Seite wartet?«

Der Stuhl knarrte. Auf und ab. Auf und ab.

»Du hast Angst.«

»Die begründet ist.« Er schämte sich nicht einmal dafür. Ein Teil von ihm sah die Notwendigkeit ein, nach Le-Wajun zurückzukehren. Zu Laikan und Tenira und dem ganzen Chaos, das er hinterlassen hatte. Die Feuerreiter und Daja und Guna. Oh ihr Götter, Guna. Aber wenn der Meister ihn in die Finger bekam, war er verloren.

»Merkst du nicht, was hier passiert? Du kannst nicht gehen, weil du dich fürchtest. In Kato ist alles, was du willst: dein Mädchen, Wihaji, ein Schloss im Sonnenschein, umgeben von Wald und Seen. Sogar dein Vater ist hier, und du hoffst, ihm gegenüberzutreten und sein Wohlwollen zu erringen. Du willst gar nicht durch diese Tür gehen.« Unya hörte auf zu schaukeln. »Karim«, sagte sie, »du gehörst nicht hierher. Und Anyana auch nicht. Sie hat eine Bestimmung. Sie ist mit der Sonne von Wajun verlobt.«

Er starrte auf seinen Ring, auf die fein gearbeitete Sonne. »Ich kann nicht zulassen, dass diese Ehe geschlossen wird.«

»Und doch wirst du es müssen.«

Unya hatte recht. Er wollte nicht zurück. Er wollte nicht, dass sich die Türen leicht öffneten. Und am allerwenigsten wollte er Anyana Tizaruns anderem Sohn überlassen. Sie gehörte zu ihm. Jede Nacht verbrachte er in ihrem Bett, und auch tagsüber wich er kaum von ihrer Seite. Er wiegte das Kind in seinen Armen, damit sie Ruhe hatte, und begleitete sie in den Wald oder in Unyas Garten. Insgeheim fürchtete er, ihr lästig zu sein, weil er die Augen nicht von ihr abwenden konnte. Weil er seine Hände nicht bei sich behalten konnte.

»Karim«, sagte Unya eindringlich. »Sie ist mit Sadi verlobt.«

»Das ist nicht gültig. Niemand hat sie gefragt.«

»Prinzessinnen werden nicht gefragt. Es ist so gültig wie jede andere Verlobung. Ihr Vater wollte das Beste für Le-Wajun, und das weiß sie. Als eine wahre Königin wird sie den vorgeschriebenen Weg gehen. Und als ein Mann, der zu Recht diesen Ring trägt, wirst du sie nicht daran hindern.«

»Die Gesetze machen mich zum Großkönig. Tenira hat mir den Ring übergeben. *Ich* bin die Sonne von Wajun.«

Ihr Lächeln war viel zu mitleidig. »Du wirst tun, was nötig ist. Weil du würdig bist, auch wenn du es noch nicht weißt. Weil du der Einzige bist, der Joaku besiegen kann.«

»Kann ich nicht«, murrte er. Am liebsten hätte er die Stirn gegen die Tür geschlagen. Niemand besiegte den Meister von Jerichar. Karim war vor ihm geflohen, nur das hatte ihm das Leben gerettet. Doch was hatte Joaku überhaupt in Anta'jarim zu suchen gehabt? Was verband ihn und Amanu mit Laikan? Joaku half niemandem aus purer Freundlichkeit. Wenn er Nehess zu mehr Macht verhalf, dann nur, um seine eigene Macht zu mehren. Was strebte er an? Den Sonnenthron? Das Volk von Le-Wajun würde ihn niemals dulden. *Und dich?*, fragte eine innere Stimme. *Dich würden sie akzeptieren? Du magst Tizaruns Sohn sein, aber für die Wajuner wirst du immer ein Fremder bleiben. Ein Kancharer. Ein Feuerreiter. Ein Magier.*

Selbst wenn er Dilaya geheiratet hätte, wäre er nicht willkommen gewesen. Das gestand er sich jetzt ein. Und wenn er an Anyanas Seite zurückkehrte? Würden die Menschen ihm nicht eher verzeihen, wer er war? Unwahrscheinlich.

Prinz Sadi war der Erbe. Wie Karim es auch drehte und wendete, sie würden Sadi wollen.

Karim schloss die Augen und fühlte das raue Holz an seiner Wange. Sein Atem strich darüber. Er konnte die Farbe riechen, mit der die Tür gestrichen war, die vielen Jahre, die ihren Duft hinterlassen hatten. Rosen. Hände, die sich auf das Holz legten. Unzählige Besucher waren in diesem Zimmer ein und aus gegangen. König Jarunwa. Prinz Winya. Anyana. Und noch mehr Menschen, Menschen aus anderen Jahren oder gar Zeitaltern.

Joaku würde das Großkönigreich zerschlagen, um es Kanchar zu überreichen. Ein Kaiser über allem. Und Joaku hinter ihm, ein Schattenherrscher, der alles lenkte. Er würde Sadi zu einem willigen Sklaven des Kaiserreichs machen. Sadi, hinter dem in Wirklichkeit ein ganz anderer Mensch steckte. Karim hatte bisher niemandem davon erzählt, nicht einmal Anyana. Es hätte zu sehr danach geklungen, dass er ihr ihren kindlichen Verlobten missgönnte. Würde Yando es schaffen, das Kind zu einem aufrechten Mann zu erziehen, trotz seiner Herkunft?

Es gab so viele Wenns, so viele Unwägbarkeiten.

Oh ihr Götter, er musste wirklich zurück.

»Wie kann ich Joaku besiegen?«, fragte er. »Er wird mich lähmen, sodass ich nicht gegen ihn kämpfen kann.«

»Würde ein Brandstein sich lähmen lassen?«

Er würde Joaku in Stücke reißen, wenn der Meister unvorsichtig mit ihm umginge. Aber Karim war kein Brandstein. Er war nur ein junger Mann, der nicht wusste, was er tun sollte. Und der das Mädchen, das er liebte, nicht einem ungewissen Schicksal opfern wollte.

»Was kann ich tun?«, flüsterte er.

Durch die Türen gehen.

Durch alle Türen, wohin sie auch führen mochten. In welche Gefahr auch immer. Er musste nur die Angst besiegen.

»Anyanas Kind, der kleine Lijun – wessen Sohn ist er?«, fragte er.

»Woher soll ich das wissen?«, fragte Unya.

»Ist dieser Mago der Vater? Der Mann, den sie aus dem Palast in Spiegel-Wabinar retten möchte. Ihr scheint viel an ihm zu liegen. Und sagt nicht, dass Ihr keine Ahnung habt. Habt Ihr es nicht gesehen? Ihr seht so viel, manchmal scheint mir, Ihr seht alles.«

Sie musterte ihn nur und hob eine Augenbraue. »Bist du nicht der Magier?«

Natürlich, er konnte es überprüfen. Wasser in einer Schale, dazu ein wenig Blut. Man brauchte nur zwei Tropfen, einen von dem Kind und einen von dem Vater. Doch Mago war ein Sklave des Flammenden Königs, wie er von Wihaji erfahren hatte. Um an sein Blut zu gelangen, musste er ihn befreien.

»Ich muss mit Wihaji reden.« Karim riss die Tür auf und stolperte in die Finsternis. Es war Nacht. Durch die Mauerdurchbrüche hoch oben auf dem Turm schimmerte der Mondgürtel, und über dem Wald von Anta'jarim hingen Nebelschwaden.

Wenn man die Angst vergaß, öffneten sich einem Türen. Karim zögerte kurz und überlegte, ob er einfach wieder zurück zu Unya gehen sollte, dann entschloss er sich jedoch dazu, die Gunst der Stunde zu nutzen. Der Ring an seiner Hand wog schwer. Er war viel mehr als das Symbol einer Herrschaft, die er nicht antreten konnte. Ungekrönt und ohne Thron, war er doch in der Pflicht, die Geschicke von Le-Wajun zum Guten zu wenden.

Lautlos schlich Karim durch das schlafende Schloss. Ohne zu stolpern glitt er durch die Dunkelheit. Es war finsterer hier, als er es je erlebt hatte, und es kam ihm vor, als wäre Schloss Anta'jarim völlig verlassen. Doch während er lauschend an den Türen vorbeistrich, hörte er den unruhigen Schlaf der Bewohner, wie sie sich in den Betten wälzten und die Dunkelheit einatmeten. Die Tür zum königlichen Schlafzimmer war zu, der Riegel jedoch nicht vorgelegt. Leise schob er sie auf. Dilaya lag in ihrem Bett, das helle Haar auf dem Kissen, die eiserne Maske neben ihr auf einer Kommode. Ihr vernarbtes Gesicht wirkte schutzlos und wund. In diesem Gemach schlief sonst niemand, wie Karim erkannte. Nur

Dilayas Kleider lagen verstreut auf dem Boden. Ihr Waschtisch, ein Spiegel, eine Truhe, ein Schrank. Laikan hielt sich von ihr fern.

»Dilaya«, flüsterte Karim. Diesmal dachte er daran, einen Bann über sie zu legen, damit sie nicht plötzlich aus dem Schlaf hochfuhr und erschrak. Behutsam verwob er seine Magie mit ihren Träumen, um sie in einem angenehmen Dämmerzustand zu halten, in dem sie keine Angst verspürte.

»Du bist ein Traum«, murmelte sie. »Der schönste Traum, den ich je geträumt habe. Ein hübscher Prinz kam und hielt um meine Hand an. Er sah über meine Narben hinweg. Er rettete mich unter Einsatz seines Lebens, und ein anderer Prinz kam und stahl meine Freiheit.«

»Wie viel Zeit ist vergangen?«, fragte Karim, denn er sah die Falten um ihre Mundwinkel, die Bitterkeit, die sich über sie gelegt hatte. »Wie lange, seit wir im Thronsaal getrennt wurden?«

»Acht Jahre«, flüsterte sie. »Es ist acht Jahre her. Du bist im Turm gestorben. Krähen flogen um die Fenster und schrien. Laikan setzte sich auf den Thron. Und seitdem hat er an seinen Soldaten gebaut. Er ist in die Schlacht gegen Kanchar gezogen. Wir befinden uns im Krieg.«

Acht Jahre? Entsetzen ergriff ihn. »So lange herrscht Tenira schon über Le-Wajun und Laikan über Anta'jarim? Und Guna?« Um genauere Informationen zu bekommen, musste er den Bann lösen. Laikan war nicht im Schloss. Das zumindest war beruhigend.

Sofort richtete Dilaya sich im Bett auf. »Wer ist da?«, fragte sie.

»Hab keine Angst. Ich bin es, Karim. Mach kein Licht. Und nicht schreien, bitte. Wo ist Laikan?«

»Karim«, wiederholte sie misstrauisch. »Aber du bist tot. Ich träume. Ich rede mit mir selbst.«

Er setzte sich auf die Bettkante und griff nach ihrer Hand. »Fühle, wie wirklich ich bin. Es tut mir so leid, Dilaya. Alles. Ich war gefangen und konnte nicht zurück zu den Rebellen, und als ich aus meiner Zelle entkam, hast du mich nicht erkannt und geschrien.«

Dilaya atmete scharf ein. »Ich weiß nicht, wovon du sprichst. Warte, der zerlumpte Mann vor drei Jahren? Das kannst nicht du gewesen sein.« Sie weinte lautlos.

»Sag mir, was in den vergangenen acht Jahren passiert ist. Bitte, erzähl es mir. Ich war weit fort, und ich konnte nicht zurückkehren.«

»Die Soldaten sind losmarschiert«, sagte sie flüsternd. »Zehntausende Soldaten aus Eisen. Sie werden Kanchar zermalmen.«

»Eisensoldaten?« Das ergab keinen Sinn. Man konnte keine eisernen Menschen bauen – wer hätte sie lenken sollen und wie? Und dass sie gegen Kanchar marschierten, konnte erst recht nicht sein. Wenn Joaku hinter alldem steckte, würde er die Soldaten benutzen, um Le-Wajun zu unterwerfen, und nicht, um sich gegen den Kaiser zu wenden.

Dilaya umschlang ihre Knie mit den Armen, verschränkte die Finger, als könnte sie sich irgendwie zusammenhalten. »Dieser Krieg hat bereits Tausende Menschenleben gekostet, bevor er begonnen hat. Es ist kaum noch jemand übrig, denn Laikan brauchte Seelen für seine Armee. Und nun wird er auch Kanchar vernichten.«

Karim wurde eiskalt. »Er hat Menschen getötet, um Eisenmenschen zu erschaffen? Aber wer lenkt sie? Und wie konnte Tenira das zulassen?«

»Tenira?« Dilaya lachte freudlos auf. »Sie kennt nur ein Ziel: Wabinar. Dort, wo Tizarun auf sie wartet.«

Karim legte die Arme um sie, er zog sie an sich und hielt sie fest. Spürte ihr Weinen, ihr schlagendes Herz. Ihre Tränen durchnässten sein Hemd. Tenira, Tochter einer Fee, einer Lichtgeborenen, hatte recht – Tizarun war in Wabinar. Doch nicht in diesem irdischen Wabinar, sondern in Spiegel-Wabinar in Kato. Jenseits des Nebelmeers. Und kein noch so schrecklicher Krieg konnte die beiden Städte zu einer einzigen machen oder die beiden Länder vereinen, die sich wie in einem Zerrspiegel gegenüberlagen, zwischen sich das Nebelmeer.

»Kann man es noch verhindern?«, fragte er. »Was kann ich tun, um Laikan und Tenira aufzuhalten?« In diesem Moment wusste er genau, wer er war. Karim von Wajun. Der Wüstendämon mit dem Ring des Großkönigs am Finger, ohne Thron und ohne Krone, aber mit der Pflicht, das Schlimmste zu verhindern. Wenn es überhaupt noch etwas zu verhindern gab. Eine Tür, ein Schritt, acht Jahre. Ein viel zu großer Schritt. Hätte es nicht ein halbes Jahr sein können oder ein Monat oder nur ein Tag?

»Du willst eine Armee aus Eisensoldaten aufhalten? Dann bist du noch verrückter als alle anderen. Geh dorthin zurück, wo auch immer du hergekommen bist, Karim. Das Land geht vor die Hunde. Wir haben alles verloren, und ob wir jetzt noch siegen oder verlieren, spielt keine Rolle. Der Krieg wird sich seinen Blutzoll holen. Und die Welt geht in Flammen auf.«

Er wünschte sich so viel. Seine Wünsche hätten Türen aufreißen müssen und Mauern sprengen. Er wollte Dilaya trösten und ihr sagen, dass alles gut werden würde, doch er konnte ihr rein gar nichts versprechen, denn er war zu spät gekommen. Er hatte alle, die auf ihn gewartet hatten, im Stich gelassen.

»Es ergibt keinen Sinn, dass sie gegen Kanchar kämpfen«, sagte er, und sie lachte nur traurig.

»Welcher Krieg hätte je einen Sinn ergeben? Geh, Karim.«

Mitleid zerriss ihm fast das Herz. Er ließ sie los, erhob sich von ihrer Bettkante, öffnete den Mund, um ihr irgendetwas zu versprechen, irgendetwas, und konnte doch nichts sagen.

»Leb wohl, Karim«, rief sie, als er schon an der Tür stand, schon den Fuß über die Schwelle hob, und dann, während er schon losging, sprang sie aus dem Bett und rannte ihm nach.

Ein Schritt. Er sah sie laufen, ihr blondes Haar klebte an der tränennassen Wange, und in dem Moment, da er durch die Tür in den Flur hinausgehen wollte, war es wieder die blaue Tür. Er stand auf der Galerie, in der milchigen Sonne Kanchars. Über den Dächern tanzten die Schwalben. Und drüben stand Anyanas Fenster weit offen.

Acht Jahre entfernt stand Dilaya barfuß im Flur. Kälte stieg von den Steinfliesen auf. Sie bekam einen Krampf im Fuß.

»Karim? Karim, bist du da?«

Nur ihre eigene Stimme hallte durchs Gewölbe. Sie war allein. Nur wenige Diener waren übrig geblieben, nur ein Dutzend Wachen patrouillierte noch draußen im Hof. Anta'jarim war zu einem Schatten seiner selbst verkommen. Leer. Dunkel. Selbst in jenen Augenblicken, wenn die Sonne die Dachpfannen erhitzte und die Libellen über die Teiche im Hof schwirrten, blieb die Dunkelheit. Sie war wie ein Gestank, der sich nicht auflöste.

Doch erst in der Dunkelheit wurde das Helle sichtbar, konnte man sehen, was leuchtete. Karims Erscheinen war wie eine Kerze gewesen, ein Wegweiser in der Nacht. Er war tot, daran zweifelte Dilaya keine Sekunde. Er war ein Funke Hoffnung gewesen, damals im Rebellenlager. Der Beweis dafür, dass jemand sie ansehen konnte, ohne zu erschrecken. Sein Auftauchen erinnerte sie an ihr altes Ich, an ihre Träume, ihre Sehnsüchte. Damals hatte sie noch geglaubt, dass es genügte, Edrahim zu besiegen. Ein Sieg, und dann würde alles gut werden, dann könnte sie in ihr Zuhause zurückkehren, das Land heilen, gut und gerecht regieren, zum Wohlergehen des Volks beitragen. Wie naiv sie gewesen war! Laikan hatte sie auf den Thron gesetzt, doch sie besaß keinerlei Macht. Macht beruhte nicht auf altem Blut oder einem Namen, sondern sie gehörte demjenigen, der die Soldaten befehligte. Ihm und nur ihm, und das war Laikan.

Seit sie mit ihm verheiratet war, schlief sie allein. Seit sie Königin war, lebte sie einsam inmitten vieler Menschen. Sie hatte um ihre Krone gekämpft, doch sie war nichts als ein hübsches Schmuckstück. Es war Dilaya nicht gelungen, Laikan aufzuhalten, als er mit seiner Armee ausgezogen war, ihn auch nur dazu zu bringen, ihr zuzuhören. Für Laikan war sie immer noch das kleine Mädchen, das so dumm gewesen war, sich in ihn zu verlieben. Auch die Liebe war nur eine verblasste Erinnerung.

Die Kälte kroch ihr die Waden hoch. Das Nachthemd klebte an ihrer schweißnassen Haut. Mondlicht malte silberne Streifen auf den dünnen, abgetretenen Teppich, und in der Dunkelheit dahinter, in den Nischen und Türrahmen und Treppenaufgängen, lauerten Schatten.

Dilaya kehrte in ihr Schlafgemach zurück und zündete die Öllampe an. Trotz all der heimlichen und unheimlichen Magie, die Laikan betrieb, um seine Soldaten zu beleben, hatte er keine magischen Leuchten ins Schloss gebracht. Sie hatten immer noch keine Magier in Diensten, anders als Tenira, und das Volk konnte so tun, als sei alles in Ordnung. Als ginge alles immer noch den richtigen Gang.

Die Öllampe flackerte. In der Kanne war noch mehr Öl. Dilaya goss es über ihr Bett. Sie träufelte es über den Teppich, zog eine Spur durch den Korridor. Nahm die nächste Lampe von einem Bord, zerschlug sie, das Öl spritzte in alle Richtungen. Der scharfe Geruch reizte ihre Nase, ihr Auge tränte. Sie war schon immer verloren gewesen, sie hatte es nur nicht gewusst.

Sommermädchen. Sonnenmädchen. Feuermädchen.

Unten in der Halle traf sie auf eine Dienerin, die erschrocken auffuhr. Ein vergoldeter Kelch fiel ihr aus den Händen, landete klirrend auf dem Boden.

»Herrin! Hoheit! Ich wollte nicht …«

»Verschwinde«, sagte Dilaya, und die Frau rannte davon, als seien tollwütige Wölfe hinter ihr her.

Dilaya hob den Kelch auf. Durst brannte in ihrer Kehle, ihr Mund war trocken. Sie hatte nie verstanden, warum sie überlebt hatte, als ihre Familie gestorben war. Als sie alle zu den Göttern gegangen waren, alle, bis auf sie. Sie war am falschen Ort gewesen, bei Laikan, und nicht dort, wo sie hingehörte. Die schlimmen Dinge wären ihr nicht passiert, wenn sie bei den anderen gewesen wäre. Bei Maurin und ihren Eltern. Bei Anyana. Bei König Jarunwa, der jeden Tag ein besserer König gewesen war als Laikan in acht Jahren.

Sie ließ die brennende Lampe fallen. Und das Feuer umhüllte sie. Endlich, endlich schloss es sie ihn seine Arme. Endlich war alles so, wie es schon immer hätte sein sollen.

23. Der Preis

Wabinar war größer als alle anderen Städte. Die Stadt war ein versteinertes Meer, aus dem der Palast ragte wie ein Berg, und Lanis Furcht vor dem, was geschehen könnte, wandelte sich zu stiller Ehrfurcht.

Oh ihr Götter, Wabinar! Sie hatte nie herkommen wollen, und sie fürchtete sich entsetzlich davor, dem Kaiser zu begegnen. Es fühlte sich an, als würde sie den Göttern selbst von Angesicht zu Angesicht gegenübertreten. Lani machte diese Reise nur, weil Selas sie vor wenigen Tagen dazu überredet hatte. Die Bedrohung durch Nehess rückte näher, Tenira riskierte einen neuen Krieg gegen Kanchar, und Guna würde zwischen den Parteien zerrieben werden. Es fühlte sich falsch an, Wabinar um Hilfe zu ersuchen, auch wenn Selas ihr deutlich gemacht hatte, dass dies die beste Möglichkeit war, ihr Volk zu schützen. Doch er war in Kanchar aufgewachsen, wahrscheinlich empfand er es deshalb anders als sie.

Ob sie Kirian treffen würde? Sie wünschte es sich, aber gleichzeitig hatte sie Angst davor. Ihr kleiner Bruder war längst erwachsen. Solange sie davon geträumt hatte, ihn zu finden, war er immer noch Kir'yan-doh gewesen, der Junge, um den sie sich gekümmert hatte, nachdem ihre Eltern gestorben waren. Doch sobald sie ihn wiedersah, war er das nicht mehr. Dann musste sie sich der Realität stellen. Einem Fremden.

Der Feuerreiter, der den Wüstenfalken zu einer der Dachterrassen lenkte, war ein guter Bekannter. Während der Revolte der Feuerreiter hatte er in ihrem Haus gegessen und in ihrem Tal gelebt, bis Mernat den Flug nach Daja angeordnet hatte. Als er nun den Lederhelm abnahm und sich zu ihr umdrehte, wirkte er besorgt.

»Der Kaiser hat diese Reise gebilligt, um sich mit Euch zu treffen«, sagte er. »Und dennoch fürchte ich, er ist nicht gut auf Feuerreiter zu sprechen. Vergebt mir, aber ich wünschte, ein mutigerer Mann als ich hätte Euch hergebracht.«

Sie nickte nur. So gerne sie ihm versichert hätte, dass er in Sicherheit war und der Kaiser ihn nicht hinrichten lassen würde – sie wusste es nicht. Dass Wabinar Daja in Ruhe ließ war eine Sache, doch einen einzelnen Feuerreiter für die Rebellion aller zu bestrafen, als Zeichen und Warnung, das konnte einem Kaiser durchaus einfallen. Lani wusste nichts über den neuen Mann auf dem Thron. Es hieß, er sei sehr jung, aber das musste nicht bedeuten, dass er milde gestimmt war. Gerade als junger Herrscher musste er so schnell wie möglich seine Macht stärken und allen Zweiflern beweisen, dass mit ihm zu rechnen war.

»Viel Glück«, sagte er leise. »Wir beide wünschen, es wäre anders gekommen.«

Wenn Karim nur zurückgekehrt wäre. Er hätte den Thron von Wajun beansprucht und Laikan aus dem Land gejagt.

Es half ihr nicht weiter, darüber zu lamentieren, dass Karim alle seine Verbündeten im Stich gelassen hatte. Sie griff nach der Hand des Feuerreiters und kletterte aus dem Sattel nach unten. Ihre Knie waren weich, und trotz der Sonne, die auf das Dach herunterbrannte, war ihr kalt.

Der Mann fürchtete um sein Leben, und sie fürchtete, dass sie die falsche Entscheidung getroffen hatte. Am liebsten wäre sie wieder auf den Eisenvogel gestiegen und zurückgeflogen. Sie hatte versucht, Selas zu diesem Flug zu überreden, nachdem ihr klar geworden war, dass Kirian, wenn er klug war, sich ihr gar nicht zeigen würde. Doch Selas war König. Er konnte sein Leben nicht gefährden, indem er nach Wabinar flog, während sie als seine ungeliebte Königin nicht einmal als Geisel taugte. Er brauchte sie nicht, und dabei hatte sie noch vor Kurzem gedacht, dass sie ihm einen großen Gefallen tat, wenn sie an seiner Seite herrschte.

»Dort stehen schon die Männer des Kaisers, um Euch zu begrüßen«, sagte der Feuerreiter leise und lenkte ihren Blick auf ein niedriges Gebäude, das sich in der Gartenanlage auf dem Palastdach erhob. »Ich bin Euch gerne wieder zu Diensten, wenn Ihr zurückfliegen möchtet.«

Für diesen tapferen Versuch, seine Angst zu überwinden, schenkte sie ihm ein Lächeln. Dann wandte sie sich den Kancharern zu, die auf sie warteten.

Ihr Herz schlug schneller, während sie ihren Blick über die zwei Männer wandern ließ, doch keiner von ihnen konnte Kirian sein. Beide waren zu klein und zu dunkelhäutig.

»Königin Lan'hai-yia von Guna«, sagte er kleinere Mann und verbeugte sich, jedoch nicht zu tief. »Ich bin Hulio, Protokollmeister des Edlen Kaisers, und heiße Euch hiermit willkommen.«

Sie erwiderte das Nicken und versuchte, ihre Erleichterung zu verbergen. Eine Hürde war bereits gemeistert. Hätte er sie mit »Gräfin« angesprochen, wäre klar gewesen, dass Kanchar die Krönung nicht anerkannte. Das hätte ihre Verhandlungsposition vehement geschwächt.

»Wir kennen uns ja bereits«, sagte der Zweite. Sein Lächeln war wunderschön, so wie vor einigen Wochen, als er mit seinem gigantischen Eisengeier in Königstal gelandet war und Tod und Zerstörung gebracht hatte. »Euer Aufstieg zur Königin ist unnachahmlich. Ich gratuliere Euch dazu, so wie zu Eurer Hochzeit.«

Lani hatte nicht vor, Prinz Matino zu zeigen, wie sehr seine Anwesenheit sie störte. Sie dachte an Feuer, das vom Himmel fiel, an zerberstende Eisenvögel und Blut, das herabregnete, und an die Häuser, die immer noch nicht wieder aufgebaut waren. Aber hier stand er, in ein kostbares, mit goldener Stickerei und bunten Edelsteinen geschmücktes Gewand gehüllt, die Schärpe eines kaiserlichen Prinzen über der Brust, und lächelte. Er war der Bruder des Kaisers, und sie konnte ihn weder zum Duell fordern noch ihm mit Worten deutlich machen, was sie von ihm hielt. Also lächelte sie zurück.

»Danke, Ihr seid zu gütig.«

»Der Kaiser ist bereit, Euch zu empfangen, Königliche Hoheit«, sagte Protokollmeister Hulio. »Zuvor zeige ich Euch Euer Gemach.«

Die Reise hatte ihren Tribut gefordert. Sie hatte gefroren und geschwitzt, und die Rast mitten in der Wüste, in Erde und Staub, hatte ihre Kleider in Mitleidenschaft gezogen. So eilig sie es auch hatte, die Audienz hinter sich zu bringen, so dankbar war sie für die Möglichkeit, sich ein wenig königlicher herzurichten. Ein auffälliges Kleid hatte sie nicht mitgebracht, nur die Uniform der Rebellen, in der sie gegen Tenira gekämpft hatte. Der Kaiser musste begreifen, warum sie die Leute der Großkönigin nicht ins Land lassen konnte.

Prinz Matino plauderte unentwegt, während er an ihrer Seite hinter dem Protokollmeister herhinkte. Lani hatte den Verdacht, dass sie einen möglichst langen Weg durch die verschlungenen Gänge und Zimmerfluchten nahmen, um sie mit der verschwenderischen Pracht und der erlesenen Schönheit der Einrichtung zu beeindrucken und ihr ihre eigene Unwichtigkeit vor Augen zu halten. Und beeindruckt war sie, das konnte sie nicht leugnen. Wann hatte sie jemals solchen Prunk gesehen?

Tizaruns Krönungsfeier war lange her, und dennoch konnte sie sich gut daran erinnern, wie märchenhaft ihr Wajun vorgekommen war. Der Palast der Sonne ein Traum aus Musik und Lichtern. Auch der Palast in Daja bot alle Annehmlichkeiten, die Räume waren erlesen eingerichtet und verwöhnten die Sinne, und ihr Aufenthalt dort als König Laons Gast war ihr noch gut im Gedächtnis. Doch nichts hatte sie auf Wabinar vorbereitet. Worauf ihr Auge auch fiel, es betonte den Reichtum und die Macht und die gottgleiche Autorität des Kaisers. Dagegen war Le-Wajun nichts als ein zorniger Hund, der zu Kanchars Füßen kläffte. Und hier wohnte Kirian? Hier, wo sogar die Sklaven prächtiger gekleidet waren als sie selbst, die Königin von Guna? Sie kam sich vor wie in Lumpen gehüllt im Vergleich zu der Tracht eines einfachen kancharischen Palastwächters.

Sie blieben vor einem Vorhang stehen, der in kunstvollen Farbverläufen eingefärbt war, in tiefdunklem Blau, Gold und Grün.

»Ich warte auf Euch«, flüsterte Prinz Matino verschwörerisch. »Der Edle Kaiser hat nicht viel Zeit.«

Er trieb sie nur zur Eile, um sie einzuschüchtern. Es war ihr klar und machte sie dennoch nervös. Die Uniform, die sie aus ihrem Reisesack holte, war zerknittert und voller Sand, und ihre Selbstsicherheit schmolz dahin. In einem Spiegel, der mit seinem vergoldeten Rahmen wertvoller war als ihre ganze verlorene Farm in der Kolonie, sah sie sich selbst: ihr müdes Gesicht, die trockenen, aufgesprungenen Lippen. Die schäbige Uniform. Oh ihr Götter, sie hatte wie eine Soldatin aussehen wollen, eine Anführerin, die den Krieg kannte und nicht aus Feigheit davor zurückschreckte. Stattdessen kam sie sich vor wie eine verkleidete Dienerin.

»Herrin? Darf ich Euch helfen?« Ein Mädchen schwebte lautlos heran. Aus welchem Winkel sie wohl kam? Es gab keine Türen, nur leise raschelnde Vorhänge. Keine Möglichkeit, sich zu verschanzen, sicher zu sein.

»Ich weiß nicht«, sagte Lani matt. Sie malte sich Prinz Matinos herablassendes Lächeln aus, wenn sie in der Uniform wieder auf den Gang trat.

Die Dienerin oder Sklavin – woran unterschied man sie? – trat näher, blickte ihr über die Schulter, lächelte und schüttelte den Kopf. »Herrin, Ihr seid eine Königin. Gestattet.« Sie eilte davon, um gleich darauf wiederzukommen, über dem Arm etwas Glitzerndes, einen Traum aus Stoff und Schleiern und goldenen Fäden.

Lan'hai-yia hatte sich nie in wallenden Röcken wohlgefühlt. Sie war als eine der Edlen Acht durch die weiten Landschaften von Lhe'tah geritten. Sie hatte wie ein Mann gekämpft und ihre Zärtlichkeit den Büchern geschenkt, ihre Sehnsucht Prinz Winya, ihr Leben ihren Freunden. Sie sträubte sich. »Nein, das kann ich nicht anziehen.«

»Das«, sagte das Mädchen, »wird aus Euch eine Königin machen. Es ist eine Verkleidung, mehr nicht.«

»Der Kaiser wartet.«

»Dann zeigt ihm, dass sich das Warten gelohnt hat.«

Ob Kirian sie geschickt hatte? Der Palast war riesig, und sie hatte keine Ahnung, wo er sich befinden mochte, ob die Dienstboten über die Ankunft der Königin von Guna Bescheid wussten. Falls er es erfahren hatte, war dies vielleicht seine Art, sie zu unterstützen? Seufzend gab Lani nach. Sie ließ zu, dass die Dienerin ihr aus der Uniform half und ihr das prächtige goldene Gewand überstreifte. Sie duldete, dass das Mädchen ihr die Haare bürstete und sie mit diamantenbesetzten Spangen hochsteckte. Dass ihr Gesicht gepudert wurde und kleine Schmucksteinchen auf ihren Wangenknochen glitzerten.

»Jetzt seid Ihr fertig«, verkündete das Mädchen schließlich. Sie lächelte breit, fast schon verschwörerisch, und Lani konnte nicht anders, sie lächelte zurück. Im Spiegel drehte sich eine Fremde um sich selbst. Sie war verpackt und mit Schmuck behängt, und bei jedem Schritt rauschte und raschelte es. Glücklicherweise würde Selas sie nie so zu sehen bekommen.

Prinz Matino war verschwunden, als sie den Vorhang schließlich wieder zurückschob. Nur der Protokollmeister lehnte an der Wand. Er erhob sich sofort und blinzelte überrascht. Sein Mund öffnete sich und schloss sich wieder.

»Jetzt dürft Ihr mich zum Kaiser führen«, erklärte sie.

Yando hielt sich verborgen. Er war kaum sichtbar in den Schatten, die die Säulen warfen, und seine Schwester bemerkte ihn nicht.

Lani sah aus wie eine Göttin, so ganz anders, als er sie in Erinnerung hatte. Eine Fremde. Nicht seine Vertraute, seine Freundin, sein letztes Familienmitglied, sondern eine Königin. So herausgeputzt hatte er sie noch nie gesehen. Das sah ihr gar nicht ähnlich, und ihm entging nicht, dass Liro sie anstarrte. Yando hatte Lani immer für schön gehalten, auch wenn sie stets behauptet hatte, ihr Kinn sei zu eckig oder ihre Nase zu spitz. Nun konnten alle sehen, wie hübsch sie war – und eine wahre Königin. Yando ballte die Hände zu Fäusten, um nicht auf sie zuzustürzen und sie in die Arme zu schließen. Er wollte rufen: »Hier bin ich, hier!«, und tat es doch nicht. Stattdessen biss er sich auf die Lippen. Seit Tagen hatte er kaum gegessen oder geschlafen. Liro war sich nicht sicher gewesen, was er von der Bitte um ein Gespräch hatte halten sollen, doch Yando hatte ihm zugeredet, Königin Lan'hai-yia von Guna zu empfangen.

Nun bereute er es beinahe. Es war zu viel, sie zu sehen und sich fernzuhalten. Am liebsten wäre er geflohen, doch da es um Guna ging, wollte er anwesend sein. Was immer Lani zu sagen hatte, er wollte es hören.

Liro lehnte sich in seinem prächtigen Sessel zurück und verschränkte die Arme. Er war nervös, und Yando konnte sehen, dass auch Lani unruhig war. Ihre Augen weiteten sich überrascht. Vielleicht hatte sie nicht erwartet, dass der Kaiser so jung war.

Ehrerbietig verbeugte sie sich, aber nicht zu tief, schließlich war sie eine Königin.

»Bitte, setzt Euch«, sagte Liro. »Ich hoffe, der Flug war nicht zu anstrengend.«

»Sie beeindruckt ihn jetzt schon«, murmelte eine Stimme neben Yandos Ohr, und er verpasste die weitere Begrüßung. Matino war neben ihm aufgetaucht und lehnte sich ebenfalls an die Wand. »Ich frage mich, wer ihr dieses prächtige Kleid zugespielt hat. Es sind winzige magische Leuchtkugeln in den Stoff eingearbeitet. Sie verströmt mehr Glanz als ganz Guna.«

»Was tut Ihr hier?«, zischte Yando. »Das ist eine private Audienz. Ihr habt kein Recht …«

»Was?«, fragte Matino. »Hier zu sein? Auf diese Weise ist es viel einfacher, als wenn ich mir von dir Bericht erstatten lassen würde. Wer weiß, wie ehrlich du zu mir bist.«

Jeden anderen hätte Yando umgehend aus dem Salon entfernt, aber gegen den Prinzen konnte er nichts ausrichten. Zudem irritierte ihn der wissende Blick, mit dem sein Peiniger ihn bedachte. Als wüsste er, was Yando und die Besucherin verband.

Spiro hatte es gewusst, woher auch immer. Einem Magier seines Ranges entging nichts. Was, wenn er Matino vor seinem Tod eingeweiht hatte? Seit der Prinz wenige Tage später als Yando aus Gojad zurückgekehrt war, hatte er sich seltsam verändert. Er war krank gewesen, hieß es, und vielleicht hatte er nicht die ganze Wahrheit über den Tod des Eisenmeisters erzählt.

Liro schaffte es unterdessen, recht entspannt mit der Königin von Guna zu plaudern, doch obwohl jede Einzelheit wichtig war, konnte Yando sich kaum darauf konzentrieren, was Lan'hai-yia erzählte. Matino war ihm zu nah, das Lächeln seines Feindes schimmerte durch den Schatten. Yando brach der kalte Schweiß aus.

»Ich war in Guna«, sagte Matino. »Ich fürchte, ich habe mich dort nicht beliebt gemacht. Und ich fürchte, du wirst dich noch unbeliebter machen, denn was auch immer die liebe Königin wollen mag: Du wirst es ihr verwehren.«

Yando hatte seine Gesichtszüge unter Kontrolle. Er würde sich nichts anmerken lassen, weder seine wachsende Angst noch seine Freude darüber, seine Schwester zu sehen. Auch nicht seine Scham darüber, wer er war. Einst der Thronerbe von Guna und einer der Edlen Acht, jetzt ein Sklave.

»Ihr seid Euch sicher?«, fragte Liro gerade. »Nehess verbündet sich mit Le-Wajun?«

Es war nicht klug, sich bei Verhandlungen anmerken zu lassen, dass man etwas nicht wusste. Wäre es nicht ausgerechnet Lani gewesen, er hätte sich längst dazugesetzt und die Gesprächsführung übernommen.

Matino versetzte ihm einen Stoß, und Yando stolperte ein paar Schritte nach vorne, ins Licht. »Sieh, verehrter Bruder, ich habe deinen Ratgeber aufgespürt, der es beinahe versäumt hätte, zu dieser wichtigen Unterredung zu erscheinen.«

Stolz wie ein Hahn spazierte Matino in den Salon, deutete eine Verbeugung an und nahm ungeniert Platz. Verunsichert warf Liro Yando einen fragenden Blick zu. Er nickte knapp, um dem Jungen anzuzeigen, dass es in Ordnung war, und wandte sich seiner Schwester zu. »Verzeiht die Verspätung, Königliche Hoheit.«

Lan'hai-yia starrte ihn mit weit aufgerissenen Augen an. Sie schien sich zu fragen, ob er es wirklich war oder ob sie träumte.

»Ihr kennt den Ratgeber des Edlen Kaisers bereits?«, fragte Matino munter. »In der Tat, die Familienähnlichkeit ist frappierend.«

Er würde nichts sagen. Er würde nicht zusammenzucken, nicht lächeln, sich nicht nach ihrem Wohlergehen erkundigen. Irgendwie gelang es ihm, sein Gesicht zu einer kühlen, unbeweglichen Maske erstarren zu lassen.

Liro hingegen keuchte erschrocken. »Was?«

Nie Unkenntnis zugeben. Nie Schwäche zeigen. Und niemals Überraschung. Der Kaiser durfte keinesfalls als jemand erscheinen, der über die wichtigsten Dinge nicht Bescheid wusste. Yando zwang sich zu einem winzigen Lächeln. Er wusste, wie kalt er wirkte, und der tiefe Schmerz, der in Lanis Augen aufschimmerte, brach ihm das Herz. »Vergebt, Königliche Hoheit, verwandtschaftliche Verbindungen sollten außen vor bleiben. Ich bin hier, um den Edlen Kaiser in dieser Angelegenheit zu beraten. Würdet Ihr kurz darlegen, wofür Ihr Hilfe wünscht?«

Er atmete, und sein Herz schlug weiter, und Matinos leises, unterdrücktes Lachen spielte keine Rolle. Auch nicht, dass Lanis Hände zitterten und sie die kunstvoll gelegten Falten ihres goldenen Kleides zerdrückte. Nur Liro war wichtig, der Yando ansah, als hätte dieser ihn verraten.

Nur Liro, Kaiser von Kanchar. Was seine Gefühle dazu sagten musste hintenanstehen. Mochten sie schreien, seine wahren Gefühle, er würde nicht auf sie hören.

Seine Pflicht galt Kanchar. Doch sein Herz! Sein Herz wollte etwas ganz anderes. Er wollte seine Schwester umarmen, sie an sich drücken, sie nie wieder loslassen. Und dann wollte er mit ihr um Guna kämpfen.

Er schloss halb die Augen, um sich zu sammeln. Seine Ratschläge mussten Kanchar dienen. Das war nie wichtiger gewesen als in diesem Moment.

Aber es war Guna, von dem Lani sprach. Guna, das zu Le-Wajun gehörte und es dennoch gewagt hatte, Selas, ehemals Graf von Trica, zum König zu krönen. Guna, das vor der Wahl stand, sich zu verteidigen oder sich zu ergeben, und das auf die Abschreckung durch die Feuerreiter hoffte, um eine weitere Schlacht zu vermeiden.

Es war Guna, aber er musste sein Herz töten und tun, als sei es irgendeine Provinz des Nachbarlandes, die ihn nichts anging. Die

Kanchar und den Kaiser nichts anging. Weil ein sadistischer Prinz ihn in der Hand hatte und es so verlangte.

Daher sagte er in dem kühlen, nüchternen Tonfall, der ihn vor einem Gefühlsausbruch bewahrte: »Guna gehört der Großkönigin.«

Lani zuckte zusammen, fasste sich jedoch wieder. Nun blickte sie ihn mit unverhohlener Wut an. »Guna gehört Guna. Und soviel ich weiß, hat Tenira bei der Schlacht um Daja verloren und regiert von Kanchars Gnaden.«

»Wie wir auf Teniras Abkommen mit Nehess reagieren, werden wir gewiss nicht mit Euch besprechen, Königliche Hoheit«, sagte er kalt. Er war sich bewusst, dass ihn alle drei beobachteten. Seine Schwester entsetzt, Matino amüsiert über seine Qualen und Liro verwirrt.

»Die Feuerreiter wohnen in meiner Stadt«, warf der Prinz ein. »Deshalb bin in gewisser Weise ich für sie verantwortlich. Sie in einen Kampf mit Nehess zu schicken ist ein unwägbares Risiko. Ich würde meine Leute ungern gefährden, zumal nicht gewiss ist, mit welcher Streitmacht Prinz Laikan anrückt. Eure Auskünfte diesbezüglich sind reichlich vage.«

Yando hätte sich am liebsten zum Nachdenken zurückgezogen, doch dafür war es noch zu früh. Noch hatte Lani nicht alles preisgegeben, was für eine Entscheidung relevant war.

»Die Stärke der anrückenden Truppen können wir mithilfe der Feuerreiter und Magier feststellen«, sagte er. »Die Frage ist: Warum seid Ihr hier, königliche Hoheit?« Er merkte selbst, wie anders seine Stimme klang, wie harsch, beinahe feindselig. Lani wurde jetzt richtig ärgerlich.

»Ich biete Euch Brandsteine an, Edler Kaiser«, sagte sie zu Liro und ignorierte Yando. »Brandsteine im Gegenzug für Eure Unterstützung.«

Matinos Augen leuchteten auf. »Das«, meinte er, »klingt doch gleich viel besser.«

»Wie viele denn?«, fragte Liro eifrig.

Yando seufzte innerlich. Liro sollte ihn reden lassen, gerade bei einem so heiklen Thema. Kanchar brauchte sehr dringend Nachschub, wie Yando in Gojad selbst erfahren hatte, doch das sollten die Gegner nicht unbedingt wissen.

Die Gegner. Als wenn Guna Feindesland wäre! Er verfluchte sich selbst und das Schicksal, das ihn und seine über alles geliebte Schwester auf verschiedene Seiten gestellt hatte. Liro wusste nun, dass er aus Guna kam, Matino wusste es, bald würden es alle wissen. Yando konnte Guna nicht retten, er durfte es nicht – jedenfalls nicht offensichtlich.

»Ein paar Brandsteine für die Unabhängigkeit von Guna?«, fragte er mit schneidender Stimme. »Für die einmalige Gelegenheit, sich von Le-Wajun zu trennen? Für das Recht, einen eigenen König zu haben?«

»Ich habe nie gesagt, dass es um unsere Unabhängigkeit geht«, meinte Lani rasch.

»Worum sollte es sonst gehen? Die Regentin von Le-Wajun muss laut Vertrag im Einvernehmen mit Kanchar handeln.« War am Ende er selbst schuld daran, dass Guna nun in Schwierigkeiten war? Hätte er nicht stets besänftigend auf Liro eingewirkt, hätten sich die Fürsten und Generäle, die darauf drängten, Tenira viel stärker zu bewachen und Le-Wajuns Macht durch höhere Abgaben einzuschränken, längst durchgesetzt. »Ein Abkommen mit Nehess verstößt dagegen, doch falls ein neuer Krieg gegen uns geplant ist, wäre es nicht an Guna, uns dies kundzutun. Seid Ihr hier, um Verrat zu üben, Königliche Hoheit?«

»Nein!« Seine Schwester funkelte ihn fassungslos an. »Wenn hier irgendjemand ein Verräter ist«, zischte sie, »dann gewiss nicht ich.«

Er ignorierte den Vorwurf. »Euer Besuch beweist, dass Ihr Euch aus dem Reich der Sonne lösen wollt. Dazu braucht Ihr kancharische Unterstützung, das ist uns sehr wohl bewusst. Für ein paar Wagenladungen Brandsteine strebt Ihr nach einem neuen Königreich, das auch in Zukunft Bestand haben soll?«

Sie atmete tief durch. »Wir bieten mehr als ein paar Wagenladungen. Gewährt uns zehn Jahre lang Schutz, um eine eigene Armee auszubilden. Für den Einsatz der Feuerreiter wären wir bereit, ein Drittel der Brandsteine, die in den nächsten zehn Jahren geborgen werden, an Euch abzutreten, und Euch für das zweite Drittel ein Vorkaufsrecht einzuräumen.«

Matino stieß ein leises Schnauben aus.

»Und wie viel gedenkt Ihr abzubauen?«

»In den letzten Jahren hatten wir stets einen Ertrag von einer Wagenladung im Monat.«

»So wenig?«, warf Liro ein.

»Es ist noch weniger, als Ihr denkt«, sagte Yando, »denn dieser Wagen, wie jeder Gunaer weiß, enthält sowohl kleine Splitter als auch größere Brocken, und jedes einzelne Stück wird in eine schützende Hülle gewickelt, die mehr Platz einnimmt als der Brandstein selbst. Ein Wagen kann mitunter mit nur zwölf Steinen beladen sein.«

»Jeder Gunaer weiß auch, dass man die Menge nicht gefahrlos erhöhen kann.«

Yando erwiderte Lanis zornigen Blick. Sie war nicht hier, um zu handeln. Das war ihr Angebot, und mehr würde sie nicht bieten. Das letzte Drittel an Brandsteinen sollte für die Sicherheit Gunas im Land verbleiben.

Liro wirkte bereits leicht erschöpft.

»Man wird Euch Erfrischungen reichen, Königliche Hoheit.« Yando beendete die Audienz mit einer Schroffheit, die ihm selbst übel aufstieß. »Der Protokollmeister führt Euch in Euer Gemach, wo Ihr Euch ausruhen könnt. Der Edle Kaiser wird Euer Ansinnen überdenken.«

Er hatte sie Jahre nicht gesehen und war doch erleichtert, als sie mit hochgerecktem Kinn hinausrauschte, das goldene Kleid raschelnd und glänzend.

Sobald sie fort war, verlor Liro seine Haltung und begann zu schreien. »Guna? Du bist mit der Königin von Guna verwandt? Bei den Göttern, warum hast du mir nie gesagt, dass du aus Guna kommst!«

»Weil er ein kleiner, elender Verräter ist, der es zu sehr genießt, dich zu manipulieren«, sagte Matino.

»Hinaus!«, brüllte Liro. »Raus hier! Ich will allein mit ihm reden!«

Er hatte Liro noch nie so erlebt. Der Junge tobte, und er konnte es ihm nicht einmal verdenken. Yando wartete, bis auch Matino den Salon verlassen hatte, und trat ans Fenster. Unter ihnen wogte das graue Häusermeer von Wabinar. Seine Heimat. Er hatte sich so sehr daran gewöhnt, dies waren seine Berge. Nicht mehr die grünen Hänge von Guna, die Wälder, Königstal. Sondern das hier – die schiefen Dächer, die Eisenvögel, Liro. Ruma. Sadi.

»Ich wollte nie, dass Ihr Euch verraten fühlt, Herr«, sagte er in die plötzliche Stille hinein.

»Du bist aus Guna. Es stimmt also.«

»Ja, Herr, es stimmt.«

»Warum hast du mir das nie gesagt?«

Darauf hätte es ein Dutzend Antworten geben können. Weil Ihr nie gefragt habt. Weil Kinder sich für ihr eigenes Leben interessieren, nicht für die Vergangenheit ihrer Lehrer. Weil wir keine Freunde sind, weil wir niemals gleichberechtigt waren, weil Sklaven immer Geheimnisse haben. »Ihr wisst, dass ich aus Le-Wajun komme. Das wusstet Ihr immer.«

»Ach«, sagte Liro höhnisch, »aber wenn die Königin von Guna zum Tee eingeladen ist, hältst du es nicht für nötig zu erwähnen, dass ihr verwandt seid? Während ich mich darauf verlasse, dass du mich weise berätst?«

»Ich würde Euch nie falsch beraten, Herr. Meine Loyalität gehört Euch.«

»Das sagst du so!«, rief Liro. »Aber woher soll ich denn wissen, ob das stimmt? Ich habe sonst niemanden, dem ich vertraue! Und jetzt erfahre ich, dass du mich schon immer belogen hast. Du kommst aus Guna, und du bist adelig!«

»Ja, Herr.« Ein Mitglied der Edlen Acht, der Helden im Krieg um Guna, hätte man in Kanchar damals, als er in die Sklaverei geraten war, unverzüglich hingerichtet. Er hatte keine andere Wahl gehabt, als seine Identität zu verschweigen.

Es war, als hätte jemand einen Schwarm Brieftauben fliegen lassen. Nun würden sie sich in die Höhe schwingen, sich zerstreuen, nach Hause fliegen. Die Nachricht verbreiten. Es blieb nur noch, ihnen hinterherzustarren.

»Wie? Wie nah bist du mit ihr verwandt?«

Die Wahrheit. Diese Wahrheit, die schlimmer war als alles, die seinen Tod bedeutete, sobald Matino davon erfuhr. Er hatte immer gewusst, dass es eines Tages dazu kommen würde.

»Ich bin ihr Bruder, Herr.«

Liro ließ sich in seinen Sessel fallen und verbarg die Stirn hinter seinen Händen. »Oh Götter.«

»Es tut mir leid, dass ich Euch das verschwiegen habe. Es wäre wichtig für Euch gewesen, das vorher zu wissen.«

»Was?« Der Junge sprang wieder auf. »Es tut dir leid? Du bist der Bruder der Königin, und du bist mein Sklave! Ich kann doch nicht den Bruder einer Königin als Sklaven halten! Ich muss dich freilassen!« Er weinte fast. »Ich muss dich freilassen, Yando. Du bist ein Prinz. Warum hast du nie etwas gesagt? Ein Prinz, du! Du bist überhaupt nicht mein Sklave, du hättest es nie sein dürfen. Du bist mein Freund.«

Yando starrte ihn entgeistert an. »Herr?«

»Hör auf, dich wie ein Sklave zu benehmen!«, schrie Liro. »Du bist ein Prinz aus Guna, der Bruder der Königin, und ich muss dich freilassen! Was wirst du jetzt tun? Wirst du mit ihr nach Guna gehen? Wirst du gegen Nehess kämpfen?« Er schluchzte laut, untröstlich, und Yando stand wie gelähmt am Fenster, fassungslos vor dem, was hier geschah.

Vor dem Wunder.

»Ihr ... lasst mich frei?«

Die endlosen Quälereien, die Matino sich ausdenken würde, die unweigerlich kommen mussten. Das Misstrauen, das ihm von allen Würdenträgern im Palast entgegenschlagen würde. Das alles wischte Liro mit ein paar Sätzen fort, mit Tränen und Wut und Enttäuschung. Dieser Junge war nicht wie sein Vater Ariv oder wie sein Bruder Matino. Er war nicht wie Kanchar, das auf Macht und Magie und Grausamkeit beruhte. Dies war der Junge, den er,

Yando, erzogen hatte, so gut er es eben vermochte. Dies war sein Junge, Schüler, Freund, Bruder, Sohn. Seine Familie.

Er löste sich von dem Fenster, hinter dem der weite Himmel sich ausbreitete, die Freiheit, der Wind, und kniete sich vor den Sessel. Er fasste nach Liros Händen, die dieser vors Gesicht geschlagen hatte. »Herr …«

»Nenn mich nicht so! Prinz von Guna. Yando. Wenn das überhaupt dein richtiger Name ist!«

»Ich heiße Kir'yan-doh von Guna«, sagte Yando. »Ich bin der Neffe des früheren Königs von Guna und wurde von Sklavenhändlern entführt und verkauft. Und ich habe Euch nie wissentlich falsch beraten, das schwöre ich bei allen Göttern.«

»Du wirst mich verlassen«, flüsterte der Junge. »Und dann?«

»Ihr habt eine wundervolle Gemahlin, Herr.«

»Ja, und sie hat auch schon versucht, mich zu beraten. Aber sie ist nicht wie du. Sie ist überhaupt nicht wie du.« Er zog die Nase hoch. »Wie Ihr, Prinz Kir…?«

»Yando reicht völlig. Möchtet Ihr meine Meinung zu Guna und dem Angriff von Nehess hören?«

»Nenn mich Liro.«

»Liro«, sagte Yando sanft. Der Junge war erstaunlich. Er war bereit, das, was ihm am wichtigsten war, wegzugeben. Seinen Sklaven. Und mit diesem Sklaven die Aussicht darauf, ein weiser Kaiser zu werden, der die Anerkennung seines Volkes verdiente. Doch jemand, der eine solche Entscheidung traf, würde auch aus eigener Kraft ein herausragender Herrscher werden. In diesem Moment bewies er, dass er das bereits war. »Ihr werdet Kanchar zu einer Größe bringen wie kein Kaiser jemals vor Euch.«

Liro lächelte unter Tränen. »Was ist mit Guna?«

»Das Angebot ist gut«, sagte er. »Ein Drittel der Brandsteine, das entspricht einem Wert, der dem von ganz Daja bei Weitem übersteigt.«

»Ich weiß nicht, wie viele Brandsteine die Minen enthalten. Vielleicht ist es gar nicht so viel, wie du glaubst. Was, wenn sie bereits erschöpft sind?«

»Das ist ein guter Gedanke. Wir könnten jemanden hinschicken, der die Bergwerke besichtigt und eine Einschätzung abgibt. Doch gleichzeitig würde ich einige Feuerreiter dazu abkommandieren, die Bedrohung einzuschätzen. Und wir müssen Tenira einen Besuch abstatten und sie zur Ordnung rufen. Sie hat kein Recht auf einen Pakt mit Nehess, das kommt einer Kriegserklärung gleich.«

»Es gibt so viel zu tun.« Liro trocknete sich mit einem Ärmel die Wangen. »Ich weiß gar nicht, wie ich ohne dich … ohne Euch auskommen soll, Kalazar.« Er lachte leiser. »Ich hätte nie gedacht, dass ich Euch jemals so nennen würde.«

Liro konnte es alleine schaffen. Und Sadi? Yando dachte an das Versprechen, das er und Maira einander gegeben hatten. Den Jungen im Stich zu lassen kam ihm wie Verrat vor. Doch Matino hatte vor, einen anderen Lehrer aus Le-Wajun herzubringen. In Kürze würde man ihm die Erziehung der Geisel ohnehin entreißen.

»Darf ich stören?« Trotz seines Hinkens wirkte Matinos Gang geschmeidig. Das mochte an seinem entschuldigenden Lächeln liegen, an der Art, wie er die Hände hob, als würde er sich ergeben. »Nun, da sich alle wieder beruhigt haben?«

»Was willst du?«, fragte Liro schroff.

»Dein Ratgeber ist der Bruder der Königin. Mehr noch, er ist der einzig wahre König von Guna, wie man mir glaubhaft versichert hat.«

Der Junge blinzelte nicht einmal, obwohl ihm Letzteres neu sein musste. »Und?«

»Und wir haben eine Königin, die auf eine Entscheidung wartet. Ich meine nicht die herzzerreißende Entscheidung, ob sie nun ihren verschollenen Bruder umarmen darf oder nicht, sondern die Brandsteine. Da seine Meinung nun nicht mehr zählt, bist du vielleicht bereit, dir meine anzuhören, Liro.«

Liro neigte den Kopf zur Seite. »Ich höre.«

»Schick ihn erst weg, das ist nicht für seine Ohren bestimmt. Er steht nicht auf unserer Seite.«

»Solange er hier ist, wird er mich beraten, also sprich.«

Matino warf Yando einen hasserfüllten Blick zu. »Mit neuen Brandsteinen können wir die Eisenvögel, die der Fertigstellung harren, beleben. Die Eisenmeister werden einen neuen Schwarm bauen können.«

»Ihr wollt Euch Daja zurückholen«, stellte Yando fest.

»Und wenn? Die Feuerreiter sind ein Haufen Verräter, die sich schon einmal von Kanchar losgesagt haben. Sie haben gegen Daja gekämpft! Das muss bestraft werden.«

»Wir haben nicht genug unbescholtene Feuerreiter«, sagte Liro. »Außer dir und Prinzessin Jechna fällt mir überhaupt niemand ein.«

»Die bekomme ich zusammen.«

Wie denn?, hätte Yando am liebsten gefragt. Feuerreiter brauchten eine Ausbildung, man konnte nicht irgendjemanden dazu ernennen. Dieser Plan benötigte Zeit, das musste auch Matino klar sein. Zeit genug, um Guna zu retten. Yando dachte an den Eisendrachen, der in der Halle auf seine Belebung wartete. An den blutigen Feldzug, den Matino angekündigt hatte, und an sein eigenes Porträt in der Brust des Drachen. Plante er etwa, den Drachen zu beleben, sobald er die Brandsteine hatte? Um Daja zurückerobern? Denn gegen den Drachen konnte gewiss kein Eisenvogel bestehen. Der Prinz wollte ein starkes Kanchar und einen Thron. Und wenn er bekam, was er wollte, würde er vielleicht erst einmal Ruhe geben.

Am wichtigsten war es, zuerst Guna beizustehen.

Nein, am wichtigsten war es, im Sinne Kanchars zu handeln. Und für Kanchar war es verführerisch, Le-Wajun zu brüskieren und Guna bei seinen Unabhängigkeitsbestrebungen zu unterstützen.

»Also«, fuhr Matino fort. »Ich will die Brandsteine. Aber nicht bloß ein Drittel. Und wer soll das zweite bezahlen? Fordern wir alle.«

»Das ist unverschämt«, sagte Liro.

»Nein, das ist nur folgerichtig. Sie erwarten unsere Hilfe, aber sie erwarten noch viel mehr. Jede Menge mehr. Alles Details, die unsere liebe Königin vergessen hat zu erwähnen. Nämlich dass wir uns in Zukunft heraushalten. Wir sollen uns mit Le-Wajun streiten, für sie, statt uns *um* Guna zu streiten. Das kostet mehr als das, was sie geboten hat. Oder wir nehmen jetzt, was sie freiwillig gibt, und holen uns den Rest später, wenn Nehess abgezogen ist. Sonst kommt sie noch auf die Idee, sich mit dem Feind gegen *uns* zu verbrüdern.«

Guna. Kanchar. Wem gehörte Yandos Herz wirklich? Linua hatte ihn im Palast gelassen, damit er hier seine Pflicht tat, aber worin bestand diese? Guna zu retten um jeden Preis? Sämtliche Brandsteine aus den Bergen zu schlagen würde Trica und die umliegenden Täler zerstören, und es würde Kanchar eine Macht verleihen, die seinesgleichen suchte.

Brandsteine. Eine Flotte aus Eisenvögeln, dazu der Drache, der die Seelen verschlang. Was Matino plante, ging weit über alles hinaus, was je ein Kaiser von Kanchar erträumt hatte. Mit dieser Macht konnten sie Le-Wajun in die Knie zwingen, Guna annektieren, sie konnten sich sogar nach den Ländern des Südens ausstrecken. Yando sah Armeen vor seinem inneren Auge aufziehen, Tausende von Eisenpferden stampften über Felder und durch Gärten, und ein Eroberungsfeldzug begann, dessen Enden nicht zu erahnen waren.

Guna war der Schlüssel.

Doch es ging um viel mehr als um Guna, und vielleicht hatte Linua das geahnt und ihn deshalb hier zurückgelassen, für diesen Augenblick, damit er jetzt sein Wort in die Waagschale legen konnte.

Er kniete immer noch vor Liro. Nun stand er auf. Er wappnete sich innerlich gegen das, was kommen würde. Matino war bereits sein Feind, und ihn herauszufordern konnte bedeuten, dass ihn ein Messer im Rücken erwartete. Und ein flammendes Grab in geflügeltem Eisen.

»Ich habe Eure Meinung gehört und zur Kenntnis genommen, Kalazar«, sagte er und straffte sich. Kein Sklave mehr, sondern nur noch der Ratgeber des Kaisers. »Lasst uns allein, ich muss mit dem Kaiser sprechen.«

Matino hob die Brauen. »Du überraschst mich. Müsstest du nicht darüber begeistert sein, dass wir Guna retten wollen? Die Unabhängigkeit sollte doch der königlichen Familie etwas wert sein.«

Auch Liro wirkte verwundert. »Es klingt doch gut, oder?«

»Allein«, beharrte Yando.

Matino musterte ihn finster, gehorchte jedoch. »Fühl dich nicht zu sicher«, flüsterte er auf dem Weg zum Vorhang.

Yando wartete eine Weile, dann überprüfte er, ob der Prinz wirklich gegangen war und nicht lauschte.

Dennoch senkte Liro die Stimme. »Das verstehe ich nicht. Ich meine, warum tut Ihr so geheimnisvoll, Kalazar? Ihr werdet mir raten, auf das Hilfsgesuch einzugehen und den Preis zu akzeptieren. Während Matino will, dass wir sämtliche Brandsteine verlangen. Er wird darauf beharren, sie sich später zu holen, wenn Guna das Angebot nicht erhöht. Auch das ist ziemlich offensichtlich.«

Yando hatte seinen Entschluss gefasst. Er drehte sich zu dem jungen Kaiser um. »Nein«, sagte er. »Wir lehnen ab.«

»Wir helfen Guna nicht? Dann wird Tenira sich die Brandsteine holen, mit der Hilfe von Nehess, und sie gegen uns einsetzen.«

»Natürlich helfen wir, aber zu unseren Bedingungen. Kanchar für Kanchar. So ist es immer gewesen.«

Liro zupfte nervös an seinen Haaren herum, eine Angewohnheit, die er eigentlich bereits abgelegt hatte. »Wir helfen Guna also?«, meinte er zweifelnd.

»Vertraut Ihr mir, Liro?«

Der Junge blickte ihm ins Gesicht. Dass er zögerte war nicht schmerzhaft, im Gegenteil, es fühlte sich für Yando wie eine Ehre an, die ihm erwiesen wurde. Der Edle Kaiser von Kanchar prüfte sein Herz und nickte dann. »Mehr als jedem anderen.«

»Dann verweigert Guna die Unabhängigkeit.«

»Aber ... ich dachte ...«

Dieser bittere Geschmack auf der Zunge, das üble Gefühl, während sein Magen sich zusammenkrampfte. Yando schluckte. *Ihr Götter*, dachte er, aber die Götter schwiegen wie immer. Er kannte sie nicht, weder ihre Gedanken noch ihre Wünsche. Er wusste nur, wozu sie ihn gemacht hatten.

»Le-Wajun ist geschwächt. Nehess mag sie unterstützen und einen neuen Krieg anzetteln, doch dieser Plan beruhte offensichtlich auf der Hoffnung, die Brandsteine in ihre Gewalt zu bringen. Was hat Kanchar von jeher getan, wenn Le-Wajun schwach war? Wir haben uns Guna geholt.«

»Aber«, sagte Liro laut, »aber ich verstehe nicht. Wir? Ihr seid ein Gunaer.«

Guna war nicht wajunisch, und Guna war nicht kancharisch. Guna war Guna.

»Nehmt es Euch«, sagte Yando. »Jetzt. Die Königin ist hier, lasst sie Euch den Eid schwören, den jeder König von Kanchar schwört. Fügt dem Kaiserreich ein neuntes Königreich hinzu. Keine Provinz, sondern ein eigenständiges Königreich mit einer Stimme in Wabinar. Und dann verteidigt es mit dem Recht des Kaisers von Kanchar.«

Liro schwieg, während er nachdachte. Er ging ans Fenster und öffnete es. Das hatten sie beide gemeinsam – sie sahen gerne hinaus und genossen den Wind im Gesicht. Die Sonne tastete nach den Gipfeln der talandrischen Berge, die von hier aus nur eine gezackte Linie am Horizont waren.

»Ihr seid schlau«, sagte er schließlich. »Ungeheuer schlau, Yando. Beinahe hätte ich gedacht, es sei eine gute Idee.«

»Das ist sie. Ihr werdet der Kaiser sein, der Guna ein für alle Mal ins Reich einfügt.«

»Wo ist der Haken?«

»Es gibt keinen Haken.«

»Den muss es geben. Ihr seid ein Gunaer, ein Prinz von Guna, und ganz sicher habe ich etwas übersehen, das Ihr mir sagen müsstet, wenn Ihr wirklich mein Ratgeber wärt. Was ist es?«

»In der Tat gibt es etwas, das Ihr nicht seht. Die Brandsteine.«

»Was ist damit? Sie würden Kanchar gehören.«

»Nein, Liro. Die Schätze eines Königreiches gehören dem König. Der Kaiser kann keinen Anspruch darauf erheben.«

»Müssten sie nicht Steuern zahlen? Und diese könnten wir in Form von Brandsteinen einfordern.«

»Sie werden Steuern zahlen, gewiss, aber nicht einmal Tenira hat je gewagt, Steine von ihnen zu fordern. Die Minen öffnen sich nur für den Handel.«

»Das würde bedeuten, dass Guna sämtliche Brandsteine behält, und wir kriegen gar nichts. Wir retten Guna – für nichts?«

»Für ein neuntes Königreich«, sagte Yando. »Guna müsste auf seine Unabhängigkeit verzichten. Dazu war Guna bisher nie bereit, in seiner ganzen jahrtausendealten Geschichte nicht. Wir wurden von einem Fremdherrscher zum nächsten weitergereicht, doch wir haben uns nie freiwillig unter den Schutz einer Krone begeben.«

Auch darüber dachte der Junge nach. Yando fühlte einen seltsam wehmütigen Stolz. Er würde einen prächtigen Kaiser abgeben.

»Für nichts«, wiederholte er. »Nur für die Ehre. Nur für das Privileg, ein Land zu erobern, ohne einen Finger zu rühren.«

»Das ist gewiss nicht nichts. Es ist ungeheuer viel. Meine Schwester wird mich verfluchen, denn sie ist nicht hergekommen, um ganz Guna zu verkaufen.«

»Kann sie sich weigern?«

»Natürlich kann sie das. Doch wenn Kanchar sich nimmt, was sie nicht geben will, würde sie ihr Königtum wieder verlieren, die Berge und die Minen.«

»Das wäre auch ein Weg, an Guna zu kommen. Mit Nehess und Tenira müssen wir uns ohnehin auseinandersetzen. Und in dem Fall könnten wir frei über die Steine verfügen. Wir könnten Guna zu einem Teil von Daja machen. Wozu Guna einen eigenen König lassen?«

»Weil eine andere Lösung nicht lange halten wird. Das hat es nie. Man müsste die Gunaer immer davon abhalten zu rebellieren, was Männer und Geld kostet. Und ein paar Jahre oder Jahrzehnte später schlägt Le-Wajun zurück, und das Ganze beginnt von vorn.«

»Ich weiß nicht recht. Was, wenn es nicht so läuft, wie Ihr es Euch jetzt vorstellt? Dann ist niemand da, der mir sagt, wie es weitergeht.«

Und da – wie seltsam, dass ihm das erst jetzt klar wurde, dass es wie eine plötzliche Erleuchtung über ihn kam – wusste er, was fehlte. Was er zu dem Preis, den Guna darstellte, hinzufügen konnte, um Liro umzustimmen. Um die Brandsteine, von denen die Macht abhing und hundert Kriege und Schwärme von Eisenvögeln, wie etwas völlig Unwichtiges darzustellen, das in den Tiefen der Berge vor sich hinschwelte.

Yando kannte den Preis. Es auszusprechen war schwer. Es war beinahe unmöglich. Sein Körper begann zu zittern. Kälte zog schneidend durch seine Knochen, das Blut rauschte ihm in den Ohren. Er rief die Götter nicht an, er flehte sie nicht an, ihm zu helfen. Sie würden es nicht tun, denn sie verlangten nur, und alles, was sie gaben, war vergiftet.

»Ich bleibe bei Euch.«

Liro blinzelte erstaunt. »Was?«

»Ihr habt mich verstanden. Folgt meinem Rat, und ich bleibe Euer Ratgeber. Solange Ihr es wünscht, solange Ihr mich braucht.«

»Ihr seid ein freier Mann. Ein Prinz sogar. Was, wenn Euch auf einmal das Heimweh überkommt? Dann wärt Ihr plötzlich weg, und ich habe Guna gerettet, für nichts und wieder nichts.«

»Wie schlau Ihr seid«, flüsterte Yando. Das war Kanchar: Macht und Magie und Grausamkeit. »Ihr wünscht Euch, dass ich wieder Euer Sklave bin?«

»Nur dann kann ich mir sicher sein, dass Ihr hierbleibt. Dass Ihr mir dient und nicht der Königin von Guna, Eurer Schwester.«

Liro war zur Hälfte Talandrier, hellhäutig und blond und so ganz anders als Matino, und doch sah Yando zum ersten Mal in seinem Leben die Ähnlichkeit der beiden. Liro war Arivs Sohn, genau wie sein älterer Bruder. Und ohne Yandos Einfluss wäre vielleicht ein genauso fürchterlicher Mensch dabei herausgekommen. Er wurde hier gebraucht.

»Dann werde ich Euer Sklave sein.«

Nichts hatte sich geändert. Sklave und frei und wieder Sklave – es war ein bisschen, als hätte er das alles nur geträumt.

24. Rumas Fenster

Ruma erwachte davon, dass sie unsanft geschüttelt wurde.
»War es deine Idee? Das hast du dir ganz geschickt ausgedacht, wie?«
Sie starrte in Matinos wutverzerrtes Gesicht. »Was wollt Ihr hier?«
»Du warst das«, zischte er. »Du hast ihn dazu angestiftet.«
Sie richtete sich auf. »Geht«, sagte sie. »Habt Ihr mir nicht schon genug angetan? Verlasst auf der Stelle dieses Zimmer!«
Er stieß sie zurück in ihr Kissen, packte mit festem Griff ihr Haar und beugte sich über sie. »Glaubst du, du kannst mich so leicht loswerden? Das war der größte Fehler deines Lebens!«
»Wovon sprecht Ihr überhaupt?« Sie versuchte, nach ihm zu schlagen, und als das nicht half, öffnete sie ihren Mund, um nach ihren Sklavinnen zu rufen. Matino legte ihr die Hand über den Mund, bevor sie ihren ersten Schrei ausstoßen konnte. Vergebens versuchte sie, ihn zu beißen, und während ihr das Atmen immer schwerer fiel, dachte sie: *Er bringt mich um.*
Es war ihr gleich. Diese Erkenntnis überraschte sie am meisten. Es war ihr völlig gleichgültig, ob er sie tötete oder nicht. Und deshalb schrie sie nicht, als er sie unvermittelt losließ. Sie blieb liegen und musterte ihn und stellte fest, dass sie ihn nicht einmal mehr hassen konnte.
»Du hast diese angebliche Königin so herausgeputzt! Du hast sie dazu gebracht, Liro gegenüberzutreten wie eine Herrscherin!«
»Ja«, sagte Ruma. Vorsichtig befühlte sie ihre wunden Lippen. Das würde blaue Flecken an ihrem Kinn geben. »Natürlich. Ich habe ihr mein schönstes Kleid gebracht. Schließlich ist sie die Königin von Guna.«

»Und Yandos Schwester.«

Sie verzog keine Miene. Nein, sie verriet ihm gar nichts über das, was sie wusste. Es war nicht schwer gewesen, hinter Yandos Geheimnis zu kommen, als sie erst mal erfahren hatte, dass er ein Graf war. Schließlich waren Lan'hai-yia und Sidon im Palast von Daja gewesen, schließlich hatten sie nach dem verschollenen Kir'yan-doh gefragt, schließlich konnte Ruma eins und eins zusammenzählen, auch wenn alle sie für dumm hielten.

Matino beugte sich über sie, seine harten Finger bohrten sich in ihre Schultern. »Wolltest du ihn auf diese Weise vor mir retten? Indem du Lan'hai-yia die Macht gibst, ihn als ihren Bruder zu beanspruchen?«

War die Angst erst fort, war man frei. Ruma spürte ihre Freiheit. Sie war so leicht wie ein Vogel, so leicht wie eine einzelne, ausgerissene Feder, die der Wind dorthin wehte, wo er wollte.

»Meine Pläne«, keuchte er. »Sie haben all meine Pläne zerstört!« Er hob die Hand und schlug zu, und sie lachte. Sie konnte nicht aufhören, und er schlug und schlug. Sie war leicht, und das Leben war wie Trunkenheit: ein einziger Tanz, taumelnd und lachend, und nichts ergab einen Sinn.

»Hast du keine Angst vor mir, Ruma? Hast du immer noch nicht genug Angst vor mir?«, schrie er. Er riss ihr die Decke fort. »Niemand wird kommen«, flüsterte er ihr ins Ohr. »Niemand wird kommen, um dich zu retten.«

Sie fühlte keinen Schmerz und keine Angst. Sie hörte nicht auf zu lachen, und sie dachte daran, dass Yando nun ebenfalls frei war und dass er gehen würde. Sie würde ihn nie wiedersehen, aber wenn er außer Gefahr war, konnte sie tun, was sie wollte. Dann konnte sie Matino ins Gesicht lachen, wenn er zu ihr kam, und sie konnte Liro alles erzählen. Der Kaiser würde seinen Bruder hinrichten lassen für alles, was er hinter seinem Rücken getan hatte.

Sie lachte und lachte und lachte, bis sie sich an dem Blut verschluckte, das ihren Mund füllte. Matino war fort.

»Herrin?« Eine andere Stimme, sanft und freundlich. Eine Sklavin. »Es ist dunkel, ich lasse das Sonnenlicht herein.«

»Nicht die Vorhänge öffnen.« Rumas Stimme klang heiser und fremd in ihren eigenen Ohren. Die Sklavin zog ihre Hand wieder zurück. Ruma dachte daran, dass sie das Mädchen nie nach seinem Namen gefragt hatte. Die Frauen, die wie ein Schwarm bunter Fische um sie herumglitten, waren so gesichtslos wie Träume.

»Ja, Herrin.« Das Mädchen trat vorsichtig näher. »Möchtet Ihr noch etwas, Herrin?«

»Nein«, flüsterte Ruma.

»Kaiser Liro hat nach Euch gefragt. Er wünscht Euch eine gute Genesung und möchte wissen, wann Ihr seinen Besuch wünscht.«

Rumas Gesicht lag im Dunkeln. »Noch nicht.«

»Herrin, darf ich offen reden?«

Ruma begann sich zu fürchten, aber die Sklavin sprach einfach weiter. »Herrin, wenn Ihr Euch zu lange versteckt, wird Kaiser Liro die Ärzte zu Euch schicken.«

»Ich will keine Ärzte«, murmelte Ruma.

»Der Edle Kaiser denkt, dass Ihr seit zwei Tagen unpässlich seid, Herrin, aber ...«

Es war schwer, sich zu bewegen. Mühsam richtete Ruma sich auf ihren Kissen auf. »Seit ... Tagen?«

Wie lange lag sie schon hier im Bett? Sie hatte gedacht, es seien nur ein paar Stunden gewesen, aber offenbar hatte sie einen ganzen Tag verschlafen. Warum hatte Liro sie nicht längst wecken lassen? Und was war mit Yando? Aber Yando war bestimmt längst nach Guna abgereist. Und hatte sich nicht einmal von ihr verabschiedet.

Warum hatte keine der Dienerinnen Liro berichtet, was mit seiner Frau passiert war? Sie musste fürchterlich aussehen. Doch man sprach in Kanchar nicht über Krankheit, und man hielt sich von Kranken fern. Natürlich musste der Kaiser so tun, als sei alles in Ordnung. Auch die Kaiserin hatte vollkommen zu sein, und Kränklichkeit passte nicht ins Bild.

»Hat Matino euch bedroht?«, fragte sie. Ihre Oberlippe war so geschwollen, dass sie kaum sprechen konnte.

»Herrin ...«

Natürlich hatte der Prinz das getan. Er konnte nicht riskieren, seinen kaiserlichen Bruder gegen sich aufzubringen. Was fragte sie dieses arme Mädchen? Alle im Palast lebten in Angst vor Matino.

»Jetzt lasst mich vorbei!« Die laute Stimme, die vom Eingang her kam, ließ die Sklavin zusammenzucken. Liro schob die Dienerinnen zur Seite.

Hastig zog Ruma die Decke höher, bis über ihre Nase. Er kam sie besuchen! Damit verstieß er gegen das Protokoll. Sie hoffte, dass man ihren Augen nichts ansah, aber da ihre Lider nicht geschwollen und die Fenster zudem abgedunkelt waren, würde er hoffentlich nichts bemerken. Sobald sie sicher wusste, dass Yando abgereist war, würde sie ihrem Ehemann die blauen Flecken zeigen. Ihr Bein, wo die Eisenkrallen ihr die Haut aufgerissen hatten, schmerzte so heftig, dass sie leise stöhnte, als Liro sich auf die Bettkante setzte.

»Bitte verzeiht mir, dass ich herkomme, aber ich mache mir Sorgen«, sagte er. »Geht es Euch gut, meine Kaiserin?«

»Ja, gewiss«, sagte sie mit dieser neuen, heiseren Stimme. Mit dem, was von ihrer Stimme übrig geblieben war. »Macht Euch keine Sorgen, ich habe … Bauchweh, mehr nicht. Es ist gewiss bald vorüber.«

Er wand sich; das Thema war ihm offensichtlich peinlich. »Ich hatte gehofft, Ihr könntet an der Zeremonie teilnehmen.«

»Zeremonie?« Sie legte so viel Interesse in die Frage, wie sie nur konnte.

»Wir erkennen Guna als unser neuntes Königreich an, und ich nehme den Eid der Königin entgegen.«

»Sie ist noch hier?«

»Oh ja«, sagte er. »Die Protokollmeister überschlagen sich dabei, die nötigen Dokumente aufzusetzen. Es ist komplizierter, als ich erwartet hatte.«

Lan'hai-yia war also noch da. Somit war Yando ebenfalls noch im Palast. Das hieß, dass Ruma noch nicht darüber sprechen durfte, was ihr passiert war. Liro durfte nicht das Geringste ahnen. Ihre Flecken und Wunden würden nicht nur Matino verdammen, sondern Yando mit ihm. Sie musste so schnell wie möglich wieder gesund werden.

»Ich werde dabei sein, wenn Ihr es wünscht«, wisperte sie. »Könntet Ihr Meister Ronik zu mir schicken lassen?«

Er küsste ihre Hand, die unter der Decke hervorschaute. »Sofort, meine Liebe.«

Am liebsten wäre er bei ihr geblieben, das merkte sie. So anhänglich wirkte er, so zärtlich und ehrlich besorgt. Aber sie konnte ihm das Geheimnis nicht anvertrauen, das alles zerstört hätte. Matino würde Yando mit in den Abgrund reißen, und deshalb musste Liro jetzt gehen und weiterhin glauben, dass er ihr etwas bedeutete.

Sie schloss die Augen und wartete. Sohlen knarrten, Stoff raschelte. Er war fort. Doch das bedeutete nicht, dass sie allein war. Zahlreiche Menschen atmeten in ihrer Nähe, sie schlichen umher, rückten Dinge zurecht, öffneten das Fenster oder schlossen es wieder, brachten dampfenden Tee, trugen ihn wieder fort. Sie stellte sich vor, dass die Dienerinnen ängstlich Ausschau hielten. Und erleichtert ausatmeten, als der Heiler erschien. Die Lichter brannten sich schmerzhaft durch ihre Lider. Sie hielt den Atem an, als fremde Hände nach der Decke griffen.

»Bitte, Hoheit.« Roniks Stimme war warm und beruhigend. »Ich werde vorsichtig sein.«

Er fragte nicht, wer sie so zugerichtet hatte. Vielleicht dachte er, es sei Liro gewesen. Oder vielleicht kannten alle die Wahrheit, der ganze Palast, nur nicht der Kaiser. Seine Hände strichen behutsam über ihre Haut. Ruma fühlte, wie sie geheilt wurde. Das Atmen wurde leichter, der Schmerz ließ nach, sie öffnete die Augen, und dennoch blieb es dunkel. Wie seltsam, dass das Licht zu hell war und die Finsternis blieb.

»Oh meine Kaiserin«, sagte Ronik. »Ihr solltet ... vorsichtiger sein. Bringt den Erben nicht in Gefahr.«

»Was?«, fragte sie, und nun sah sie ihn doch an. Seine Augen blickten gütig, viel zu gütig. So wissend und väterlich, dass ihr Tränen in die Augen stiegen.

»Es ist noch sehr früh«, sagte er. »Eigentlich könnt Ihr es noch gar nicht wissen, doch ich kann den göttlichen Funken spüren, der in euch wohnt. Etwas wächst in Euch heran.«

Sie blinzelte, alles war verschwommen. »Das kann nicht sein. Ihr habt mir einen Trank gegeben.«

»Ich war nicht ganz ehrlich zu Euch, Hoheit. Der Trank hat Eure Fruchtbarkeit gefördert, statt sie zu hemmen. Kanchar braucht einen Erben, und es kann in diesen schwierigen Zeiten dem Kaiserreich nur dienlich sein, wenn dieser Erbe so bald wie möglich geboren wird. Wenn Kaiser Liro etwas zustoßen würde, was würde dann geschehen? Seine jüngeren Brüder sind nicht tauglich, und Ihr könnt Euch selbst ausmalen, wer dem nächsten Erben zur Seite stehen würde. Daher habe ich meine Pflicht als treuer Diener von Kanchar getan.«

Sie schrie ihn nicht an. Sie fiel nicht in Ohnmacht. Sie dachte ganz kühl: *Er ist der Magier des Kaisers, was habe ich denn erwartet?* Es war ihre eigene Dummheit, die sie in diese Lage gebracht hatte. Niemand war auf ihrer Seite, wusste sie das nicht längst?

Ein Kind. Ein Kind, aber kein Erbe. Nein, nicht Liros Erbe. Es war eine Weile her, dass sie sein Bett geteilt hatte. Sie hatte sich zurückgezogen, seit sie Karims Hinrichtung verschuldet hatte, und er hatte es geduldet. Er war nie aufdringlich geworden, er hatte sie nicht einmal zu sich rufen lassen. Stattdessen hatte er gewartet.

Es war Matinos Kind.

Sie trug Matinos Kind, und sobald es geboren war, konnten die Magier mit Leichtigkeit herausfinden, wer der Vater war. Dann war sie als untreue Ehefrau des Todes.

Der Prinz ebenfalls. Doch wen kümmerte das?

Wenn er dann Yando verriet, zählte auch das nicht, denn bis dahin war Yando längst in Guna, längst in Sicherheit. Ihr Tod war nun unausweichlich.

Sie biss sich auf die gerade geheilten Lippen.

»Ihr werdet Euch schon bald darauf freuen«, sagte Ronik. »Das ist immer so.«

»Ja«, flüsterte sie. »Bestimmt.«

»Ich werde dafür sorgen, dass der Erbe gesund und wohlbehalten aufwächst.« Er tätschelte ihren Arm. »Das wird eine große Freude für ganz Kanchar.«

Ja, dachte sie. Sie konnte diesen Mann nicht verstehen. Wenn er daran glaubte, dass sie ihrem Ehemann treu war, von wem stammten dann wohl ihre Verletzungen? Sollte Ronik, ein Meistermagier, wirklich so ahnungslos sein? Einen Moment lang überlegte sie, ob seine Loyalität vielleicht sogar Matino galt. Schließlich hatte der Heilmagier viele Jahre geglaubt, dass der ältere Prinz dem Kaiser auf den Thron folgen würde. Ob er heimlich gegen Liro arbeitete? Sie konnte ihn nicht danach fragen, ohne mehr zu enthüllen, als sie enthüllen wollte.

»Nun ruht Euch gut aus, Hoheit. Ich werde Euch eine stärkende Mahlzeit bringen lassen. Alles wird gut.«

Sie wartete, bis er den Raum verlassen hatte, dann sprang sie aus dem Bett. Sie hatte keine Zeit zu verlieren. Bevor die Königin zusammen mit Yando den Palast verließ, musste sie mit ihm reden. Alles hatte sich geändert. Das Ende vor Augen zu haben verlieh ihr einen Mut, mit dem sie nicht gerechnet hatte.

Flucht oder Tod. Am besten heute noch, gleich nach der Zeremonie.

Der Eisenvogel auf dem Dach gehörte den Feuerreitern von Daja. Es war ein Wüstenfalke, und außer dem Reiter würde er nur die gunaische Königin mitnehmen können. Das war ihr klar. Also musste sie sich etwas anderes überlegen, was eine Flucht zusammen mit Yando noch schwieriger und gefährlicher machte als ohnehin schon. Aber sie hatte nichts mehr zu verlieren.

Hektisch zog sie sich an. Die Sklavinnen eilten herbei, um ihr zu helfen und das Gewand in die richtigen Falten zu legen. Es war zu schön, zu auffällig, um darin wegzulaufen, aber so musste es sein. Niemand sollte auch nur ahnen, was sie plante.

»Wunderschön«, flüsterte die Sklavin.

Ruma war kurz davor, sie nach ihrem Namen zu fragen, aber dann unterließ sie es doch. Vielleicht würde Liro die Sklaven bestrafen, wenn seine Frau verschwunden war. Nein, sie wollte die Namen der Mädchen gar nicht wissen.

»Das schickt Meister Ronik.« Ein Sklave mit einem Tablett erschien am Eingang.

Kein Sklave – Yando. Yando, der mit der Königin von Guna verwandt war, ein Adliger, ein Fremder. Sie hatte nur einen Wunsch: dass er sie mitnahm, wenn er fortging.

»Ihr solltet Euch vor der Feier stärken«, sagte er förmlich.

Ruma winkte die Sklavinnen fort. Nur er blieb stehen und sah sie an mit seinen wunderschönen blauen Augen, die wie immer zu traurig waren.

»Kommst du, um dich zu verabschieden?«, fragte sie leise.

Yando trat näher. Er hatte sich verändert, das war unverkennbar. Schon vorher hatte er Kleidung getragen, die seinem Status als Ratgeber des Kaisers angemessen war, doch nun schien er sie erst richtig auszufüllen. Er hielt sich sehr aufrecht, um seinen Hals trug er eine goldene Kette mit einem Anhänger. Seine Schärpe war mit Smaragden besetzt, und der Fellbesatz an seinen Schultern stammte von den seltenen Gebirgskatzen.

»Ihr seid wie ein wahrer Adliger ausstaffiert«, fügte sie hinzu. Es gefiel ihr. Das war der Mann, den sie in Daja kennengelernt hatte – arrogant und traurig und von Kopf bis Fuß ein Prinz. Sie wünschte sich, ihn zu küssen.

»Ja«, sagte er. »So ist es wohl. Aber ich bin nicht hier, um Lebewohl zu sagen. Ich bleibe in Wabinar.«

Er platzierte das Tablett auf dem Tisch am Fenster, hob die Deckel von den Tellern und Schüsseln, und der Duft nach heißer Brühe und Kräuterfleisch stieg auf. Es roch köstlich und drehte ihr doch den Magen um. Es war keine Schwangerschaftsübelkeit, dafür war es zu früh. Es war die Angst, die sie plötzlich ergriff.

»Ich dachte, du bist frei. Du bist der Bruder der Königin von Guna. Liro kann dich nicht länger als Sklaven behalten!«

Ein Schatten glitt über sein Gesicht. »Das ist wahr, und dennoch bleibe ich. Von meiner Abstammung her wäre ich der König von Guna, aber sie haben einen anderen Mann zum König gewählt. Wenn ich zurückkehre, würde ich nur Unfrieden stiften. Ich werde an Liros Seite bleiben.«

»Aber …« Ja, er sah aus wie ein König. Aber das zählte nicht. Sie hatte sich in diesen Mann verliebt, als sie ihn für einen Prinzen gehalten hatte, und sie hatte ihn geliebt, obwohl er ein Sklave war, und ob er nun ein verschmähter König war oder ein echter Prinz, es hatte keine Bedeutung. Er war Yando. Er war der Mann, dessen Anblick ihr Herz höherschlagen ließ, der Einzige, dem sie vertraut. Der Mann, der ihr schon einmal angeboten hatte, mit ihm zu fliehen.

»Geh mit mir fort«, sagte sie. »Du bist frei, Liro würde dich nicht verfolgen lassen. Wir müssen nicht nach Guna gehen, wenn du es nicht willst. Die Welt ist groß. Wir könnten uns irgendwo niederlassen, wo es uns gefällt.«

»Er würde dich verfolgen lassen«, sagte Yando sanft. »Du bist seine Kaiserin.«

»Das ist mir gleich. Wir verstecken uns vor ihm und den Männern, die er nach uns ausschicken würde. Vielleicht …« Sie zögerte. »Vielleicht würde er mich sogar gehen lassen. Er ist ein guter Junge. Aber wir dürfen ihn nicht fragen. Wir müssen einfach verschwinden. Er kann sich eine neue Kaiserin nehmen, die besser zu ihm passt.«

Nun hätte er sie anlächeln müssen, er hätte ihre Hände ergreifen und ihr einen Plan unterbreiten müssen. Er war so klug, ganz sicher hatte er längst einen Fluchtplan.

»Das geht nicht«, sagte er.

»Ich habe dich gesehen.« Sie fühlte das Lächeln auf ihren wunden Lippen, wenn sie an die Nacht dachte, an das Mondlicht und die Schatten von Flügeln. »Du kannst einen Eisenvogel fliegen. Leugne es nicht. Das war auch der Grund, warum euer Vogel in Guna abgestürzt ist, als du mit den Prinzen unterwegs warst. Du hast ihn gelenkt. Nicht gut, aber wie man sieht, bist du besser geworden, und ich vertraue dir.«

»Du hast mich gesehen?«, fragte er.

»Du bist um den Palast herumgeflogen, vor wenigen Nächten.«

»Ich war dabei, das stimmt«, sagte Yando, »aber nicht ich bin geflogen. Das war Sadi.«

Das war nicht, was sie hören wollte. »Wir könnten den Eisenvogel stehlen, Yando. Du fliegst ihn. Meinetwegen nehmen wir auch das Kind mit. Sein Gewicht wird den Wüstenfalken nicht zusätzlich belasten. Der Kleine kann uns irgendwo absetzen und wieder zurückkehren.« Sie versuchte, in seinem Gesicht zu lesen. War da Hoffnung, Erleichterung, Freude? Wo war die Freude?

»Ich weiß, die Frau, die uns in der Nacht von Liros Ernennung helfen wollte, hat dir die Verantwortung für den Kaiser übertragen,« fuhr sie schnell fort. »Und das ist wichtig, das ist mir bewusst. Aber inzwischen ist so viel passiert. Liro wird es auch ohne dich schaffen, Yando.« Und selbst wenn nicht, selbst wenn das Reich im Chaos versank – ihre Zeit lief ab. Sollte Liro für sich selber sorgen. »Sag mir, dass wir zusammen fliehen.«

Sie redete zu viel, und er schwieg zu viel, und da war keine Freude in seinen Augen, kein Lächeln auf seinem Mund. Stattdessen zogen sich seine Brauen zusammen, seine Hände lagen auf einer der Speisehauben, die er auf die Tischplatte gelegt hatte, schützend, als wäre darunter ein Leben, das er bewahren musste.

»Ich kann nicht, Ruma.«

Sie hatte ihm von dem Kind erzählen wollen, das ihren Tod bedeutete. Von Matino, der sie immerzu quälte. Von der Dunkelheit in ihrer Seele, die sich wie ein schwarzer Brunnen anfühlte, in dem sie versank. Sie wollte ihn anflehen, sie zu retten, bevor das dunkle Wasser über ihr zusammenschlug und sie sich an einem Ort wiederfand, an dem es keine Wünsche mehr gab.

»Du liebst mich nicht«, wisperte sie. Sie hatte so fest daran geglaubt. Sich so sehr darauf verlassen, daran festgehalten. Yandos Liebe war der einzige Grund, warum sie dem Schmerz standgehalten hatte.

Er fasste sie nicht an, nahm nicht einmal ihre Hände. Vielleicht spähten die Sklavinnen hinter den Vorhängen hervor, vielleicht lauerten adlige Damen oder undurchschaubare Grafen in den Schatten. Es war klug von ihm, dass er sie nicht anfasste, auch wenn es ihr das Herz brach.

»Wenn du wüsstest, was ich fühle, würdest du das nicht sagen.«

Er schaute sie nicht an, seine Hände legten Essstäbchen bereit, rückten Teller und Becher auf den richtigen Platz. »Ich bin hergekommen, um mich daran zu erinnern, dass es etwas gibt, das Licht in meine Seele bringt. Du, Ruma. Denn alles andere ist finster. Ich kann nicht gehen, denn ich habe einen Vertrag mit Liro geschlossen, der Guna Sicherheit garantiert. Nur deshalb wird Guna das neunte Königreich von Kanchar. Würde ich jetzt fliehen, wäre alles hinfällig, und Liro würde seine Truppen schicken – nicht um Gunas Grenzen zu schützen, sondern um es einzunehmen.« Er schien noch mehr sagen zu wollen, doch er konnte nicht, seine Stimme brach. Erneut ordnete er das Geschirr an, als wäre es immer noch nicht perfekt. Die Suppe duftete salzig und würzig. Wieder stieg Übelkeit in ihr auf.

Vielleicht war es doch das Kind. Vielleicht war es schon ein paar Wochen alt. Vielleicht würde Liro nie auf den Gedanken kommen, seine Vaterschaft überprüfen zu lassen, und es als seinen Erben willkommen heißen.

Matinos Kind, das in ihrem Leib heranwachsen würde.

»Ich würde meinen Schwur für dich brechen«, sagte Yando. »Das weißt du, Ruma. Aber nicht jetzt. Es ist noch zu früh, verstehst du das? Wenn ich jetzt fliehe, wird alles auseinanderbrechen, dann wird alles umsonst sein. Die Dinge müssen sich beruhigen, die Kriegsgerüchte verstummen. Ich bin für Guna verantwortlich, selbst wenn ich kein König sein kann. Und Sadi ... ich muss auf ihn achtgeben, ich muss dafür sorgen, dass er etwas über die Welt lernt. Er muss wissen, dass es mehr gibt als Kanchar. Auch dafür bin ich verantwortlich.«

Sie senkte den Kopf. In der Brühe schwammen kleine Stücke von Fleisch und Zwiebeln und Gemüse. Der Fladen war mit glänzenden Salzkrümeln bestreut. Sie betrachtete das Salz. Es sah aus wie silberne Mondsplitter.

»Ruma, bitte. Wir werden zusammen weggehen, das verspreche ich dir. Aber noch nicht. Kannst du auf mich warten?«

Ruma nickte. Sie mied seinen Blick. Doch als er ging, schaute sie ihm nach. Seine hochgewachsene Gestalt, sein helles Haar, sein

Gang. So königlich. So edel. Pflichtbewusst bis zum Letzten. Sie wünschte sich, sie hätte sich in jemanden verliebt, der seine Verträge zerriss und lachte und sie bei der Hand nahm und mit ihr fortlief, egal wohin. Doch das wäre nicht Yando gewesen.

Der Einzige, der ihr helfen konnte, war Matino. Der Prinz hatte den Mut, dem Kaiser zu trotzen. Er würde sie wegbringen, wenn sie ihm erzählte, dass sie sein Kind trug, denn Matino war stolz und wollte geschätzt und gefürchtet werden. Schon um sein eigenes Leben zu retten würde er handeln. Und ganz gewiss würde er seinen eigenen Sohn oder seine Tochter nicht der Willkür seines Bruders überlassen. Matino würde um dieses Kind kämpfen.

Aber natürlich hatte sie nicht vor, ihren Feind um Hilfe zu bitten. Sie würde ihm einen letzten Schlag versetzen, einen so heftigen Schlag, dass er ihn spüren musste. Und dann würde sie gehen, auf die einzige Art und Weise, die ihr blieb.

Also schrieb sie einen Brief an Matino, schrieb die Worte, die sie zum Lachen brachten, wenn sie sich vorstellte, wie er sie lesen und vor Wut und Ärger und Trauer schreien würde. Ihre Finger zitterten nicht einmal dabei. Sie übergab die Nachricht einer Dienerin und schickte auch die anderen Frauen fort. So wie ihre Hand nicht gezittert hatte, war auch ihre Stimme ruhig und furchtlos. Sie klang souverän. Königlich. Ihr war nichts anzumerken, denn die Zofen durften nichts ahnen.

Es gelang. Sie verließen sie, ohne Verdacht zu schöpfen.

Allein. Endlich.

Ruma ging durchs Zimmer zum Fenster. Sie bewegte sich durch die Stille, und bei jedem Schritt zerrte der Schmerz an ihr, etwas Dunkles, Unfassbares, das sie an den Boden kettete, über den sie ging. Etwas, das sie hinunterriss, das mit ihr kämpfte.

Es tut mir so leid ... So leid ...

Noch einmal drehte sie sich um. Das Bett war voller Blut. Sie konnte es nicht sehen, aber es war da, so viel Blut.

Denk nicht an Matino, rief jemand. *Denk nicht an ihn, denk nicht an ihn.* Aber der Schmerz war überall. Er hüllte sie ein. Er war der Sturm, der um sie herum tobte. Seine Stimme war es, die

Worte in ihr Ohr flüsterte: *Du bist verloren, du bist verloren ... Kleine Prinzessin, du bist verloren ...*

Sie merkte nicht, dass sie weinte.

Es tut mir so leid.

Es musste aufhören. Irgendwie musste es aufhören. Sie wollte nichts so sehr, als dass es aufhörte. Sie blinzelte, sie konnte kaum etwas sehen durch all den Schmerz. Da war Matinos Gesicht über ihr, sein höhnisches Grinsen. *Du bist verloren. Niemand wird dich retten.*

Es musste aufhören. Der Schmerz musste aufhören. Sie musste Matino dazu bringen, dass er aufhörte.

Ruma blickte sich um, aber Yando war fort. Er kam nicht zurück. Und es war so schwer, etwas zu erkennen, durch das Dunkle hindurch, durch den Schmerz, durch Matinos Gesicht hindurch. Er beugte sich über sie, lächelnd.

Sie stieß ihren Kopf gegen die Wand, aber der Schmerz hörte nicht auf. Sie zerkratzte sich die Arme, sie hielt sich die Ohren zu, sie wiegte sich hin und her. Es hörte nicht auf. Es hörte einfach nicht auf.

Sie öffnete die Fensterflügel. Der Wind war warm auf ihrem Gesicht. Da war die Sonne, eine wunderbare, wärmende Sonne. Sie streichelte ihre Haut, sanft wie Seide, kühl auf ihrer Haut, das den Schmerz linderte. Sie kletterte auf die Fensterbank und breitete die Arme aus und fiel ins Licht, frei wie ein Vogel, endlich frei.

Lan'hai-yia wandte den Blick nicht ab. Sie widerstand der Versuchung, ihren Bruder zu ignorieren. Diesen Fremden, der einmal ihr Bruder gewesen war. Diesen Verräter. Diesen Jungen, den sie großgezogen hatte und der alles, was sie ihm beigebracht hatte, mit Füßen trat.

Ein Teil von ihm wirkte trotz allem vertraut. Wie ernst er war! Und in seiner königlichen Kleidung gab er sich arrogant und selbstherrlich. Krieger des Feindes. Sollte er verflucht sein! Sie wünschte sich, sie hätte ihn niemals wiedergefunden, denn dann hätte sie ihren Träumen von ihrem perfekten kleinen Bruder weiter nachhängen können.

Nun wich er dem jugendlichen Kaiser nicht von der Seite. Es war offensichtlich, für wen er eintrat. Schon der Name – Yando. Kancharischer hätte er seinen schönen Geburtsnamen nicht verunstalten können.

Kirian stand wie ein Wächter neben dem Thron. Er redete halblaut mit dem blonden Jungen, der in seinem funkelnden Mantel fast verschwand. Kaiser Liro hielt das Zepter in den Händen, einen wurmstichigen Knüppel. Der Protokollmeister hatte ihr erklärt, wie alles ablaufen würde. Von dem Gegenstand, der stellvertretend für Guna verbrannt werden würde, von dem Kniefall vor dem Edlen Kaiser und der Segnung. Er würde ihr eine Krone aufsetzen, für Selas, den König, an dessen Stelle sie hier war.

Selas würde sie umbringen, wenn er davon erfuhr.

»Sie hat es versprochen«, zischte Liro.

Der Protokollmeister räusperte sich nicht, aber er schien kurz davor. Die kancharischen Adligen, die in ihren besten Kleidern den Gang hoch zum Thron säumten, scharrten ungeduldig mit den Füßen. Sie wirkten beeindruckt. Lan'hai-yia entgingen die anerkennenden Blicke nicht, die zu dem Edlen Kaiser huschten. Er hatte geschafft, was keinem Herrscher je zuvor gelungen war – Guna zur Kapitulation zu bewegen. Später würden sie ihn beglückwünschen und wahrscheinlich auch seinen Ratgeber, den Prinzen aus Guna.

Es war so schwer, einen Schritt vor den anderen zu setzen, das Unausweichliche geschehen zu lassen. Obwohl sie am liebsten auf dem Absatz umdrehen und davonrennen wollte. Oh ihr Götter! Es war nicht möglich, dass das hier geschah und dass sie auch noch daran mitwirkte, ihre Berge zu verkaufen.

»Jetzt«, wisperte der Protokollmeister.

Sie sank auf die Knie und legte das Symbol für Guna in die tönerne Schale, die vor den Stufen des Thrones platziert worden war. Es war ein Tannenzweig, der nicht wirklich aus Guna stammte – warum hätte sie auch einen Zweig mitbringen sollen –, sondern von einem der Dachgärten des Palastes. Ein Magier trat vor und steckte ihn in Brand. Eine Stichflamme zischte empor, der würzige Duft nach Harz erfüllte den Saal. Dann fiel der Zweig zu einem Häufchen Asche zusammen.

»So geht alles, was lebt und ist, durch das Flammende Tor zu den Göttern«, verkündete der Magier. »So geht alles, was lebt und ist, davon und kehrt nie zurück. Das Alte ist vorbei. Doch etwas Neues entspringt aus der Asche, und die Götter, die sich abwandten, wenden uns erneut ihren Blick zu.«

Nun musste sie Kaiser Liro die Treue schwören. Die Worte wollten ihr im Halse stecken bleiben. Sie schaute den blassen Jungen an und dann Kirian, der wie ein Leibwächter an dessen Seite stand, der Zeuge ihrer Niederlage war. Mehr noch, der Guna in den Staub getreten und dafür gesorgt hatte, dass es hier verbrannte, in dieser Schale, vor aller Augen.

Der junge Kaiser hätte ihr Hilfe gewähren können, ohne diesen Preis zu verlangen. Er hatte es tun wollen, das hatte sie bei der Audienz gespürt. Also hatte Kirian ihn dazu gedrängt, so viel mehr zu fordern als Brandsteine. Zorn und Hass wanden sich in ihrem Inneren wie Schlangen umeinander, der Duft der bitteren Asche reizte sie zum Husten. Und so leistete sie ihren Schwur, mit heiserer Stimme und kratzender Kehle und so voll Wut, dass sie sich wünschte, selbst zu entflammen. Sie wünschte sich, sie könnte ihn umbringen, den Ratgeber des Kaisers, diesen Mann mit dem schönen, starren Gesicht, das wie aus Stein gemeißelt war, und ihm den Brandstein, zu dem sein Herz geworden war, aus der Brust reißen.

Irgendwie gelang es ihr, die Worte zu Ende zu sprechen. Sie neigte den Kopf, und Liro stand von seinem Thron auf, schritt die Stufen hinunter und drückte ihr den goldenen Reif ins Haar, das Symbol der Herrschaft Kanchars. Er sprach die Segenswünsche über ihr aus, und dann jubelten die Umstehenden laut. Bis jetzt hatte Lani nicht gewusst, dass Gelächter und freudiges Schreien zu einem feierlichen Ritual gehören konnten.

Ihr eigenes Lachen geriet bitter. Der Kaiser reichte ihr die Hand und half ihr hoch. Nun war sie also eine der kancharischen Königinnen.

Ihr war übel. Sidon hätte sie erwürgt, würde er noch leben. Die Königstaler würden sie bespucken und aus dem Tal jagen, und sie könnte es ihnen nicht einmal übelnehmen.

»Wir werden umgehend dafür sorgen, dass Guna in Sicherheit ist«, sagte Kirian.

»Natürlich«, stimmte der Junge zu. Irgendwo im Hintergrund erklang Getuschel, dann stürzte Prinz Matino zwischen den Feiernden hindurch. Sie hörte nicht auf das, was er rief, sondern wandte sich ihrem Bruder zu. Ihrem abtrünnigen, verräterischen, kancharischen Bruder. In seinen blauen Augen entdeckte sie keinen Triumph, nicht die hämische Freude, die sie erwartet hatte, nur Kälte.

»Königin«, sagte er und verneigte sich vor ihr. Es war kaum mehr als eine Bewegung seines Kinns.

»Wie lebt es sich in Wabinar?«, fragte sie. War er Eis, dann war sie Feuer. Sie brannte. Ihre Hände zitterten vor Verlangen, ihn zu schlagen. »Wie lebt es sich in den Höhen der Macht, als rechte Hand des Kaisers?« Da er schwieg, fügte sie hinzu: »Linua hat mir gesagt, wo du bist, Kirian. Oder sollte ich Yando sagen? Sie meinte, es sei wichtig, was du hier tust. Aber ich fürchte, sie hat vergessen zu erwähnen, wie gewichtig deine Stimme im Palast wirklich ist.«

Er zuckte nicht zurück vor dem Hass und der Verachtung, nur sein Mundwinkel krümmte sich leicht, als er die Lippen aufeinanderpresste. Sie tat ihm weh. Das war gut. Ja, sie wollte ihm wehtun. Es war schön zu sehen, wie ihr Zorn seine Selbstgefälligkeit zerschmetterte.

»Dann leb wohl«, sagte sie. »Kraft meines Amtes als Königin von Guna verbiete ich dir, je wieder einen Fuß in mein Königreich zu setzen.«

»Lani«, sagte Kirian leise. Es war wie ein Riss in seiner steinernen Maske. Falls er sich bei ihr einschmeicheln wollte, hatte er keine Chance. Falls er sich entschuldigen wollte, würde sie ihm nicht zuhören. Sie war mit ihm fertig. Lani drehte ihm den Rücken zu, und hörte, wie er scharf die Luft einsog, aber es gab kein Zurück. Er hatte aus freien Stücken gewählt, und sie wünschte ihm, dass er litt.

Im Festsaal war Bewegung in den Hofstaat gekommen.

»Die Kaiserin? Wo ist die Kaiserin?«

Matino humpelte durch den Saal, andere folgten ihm. Der Kaiser stand verloren vor dem Thron, sein Mantel schien Tonnen zu wiegen, seine Schultern sackten herab. Er blickte unendlich verwirrt um sich, und schon war Kirian da, legte ihm die Hand auf den Arm, sprach zu ihm.

All das kümmerte sie nicht. Sie wollte nur noch nach Hause. Die Feuerreiter, die von Daja aus losflogen, würden vor ihr in Guna sein. Es würde an Selas sein, die Neuigkeiten zu verkünden. Darum beneidete sie ihn nicht.

»Die Kaiserin!«, schrie jemand, und die Menge strömte aus dem Saal wie abfließendes Wasser.

Gegen ihren Willen wurde Lan'hai-yia mitgetrieben. Sie rannte mit den Adligen mit, stolperte beinahe über Schleppen und lange Kleider, die über den Boden schleiften. Es ging einen Flur hinunter und durch weitere Räume, und dann öffneten sich breite Flügeltüren aus Glas, und vor ihnen lag eine der Dachterrassen. Diener standen dort und Wächter. Ein Magier versuchte, die Menge zurückzuscheuchen.

»Ruma!«, schrie jemand, und zwischen den vielen Leuten sah Lani eine grotesk verdrehte Gestalt auf den steinernen Platten liegen. Die Welt drehte sich um sie, denn sie dachte an Sidon. Immer würde sie an Sidon denken, wenn sie Blut auf dem Pflaster sah.

Der junge Kaiser fiel schluchzend auf die Knie. Die Wächter drängten die Leute zurück in den Palast und gingen nun gröber und rücksichtsloser vor. Liro schrie den Namen seiner Frau. Schwarzes Haar auf dem hellen Stein und Blut und der Schimmer bunter Seide.

Es war das Mädchen, das ihr das herrliche Kleid gebracht hatte. Lani kehrte mit den anderen zurück ins Innere des Gebäudes,

Schmerz krallte seine grausame Hand in ihre Brust. Sie versuchte zu atmen, es ging nicht. Sie wollte die junge Kaiserin und ihren schreienden jungen Gemahl bedauern, auch das war ihr unmöglich. Sidon. So war auch Sidon gestürzt, gefallen, gestorben.

Es würde nie aufhören zu schmerzen.

Sie blinzelte die Tränen fort und sah ihren Bruder neben Liro stehen, der sich heulend über die Tote warf. Kirians Gesicht wie aus Stein, so wie zuvor, aber in seinen Augen war so viel Leid, dass ihre Schutzwälle brachen. Sie hatte das Gefühl, als könne sie ihm mitten in die Seele schauen, ins Zentrum einer Qual, die unerträglich war. Eben noch hatte sie sich seinen Tod gewünscht oder wenigstens eine Strafe, die ihn aufrüttelte, doch nun empfand sie keinerlei Genugtuung. In ihrem Herzen war es still, als sie sich umdrehte und ging.

Matino hatte den Brief immer noch in der Hand. Ihren Brief. Es war nur ein kleiner, abgerissener Zettel, die Botschaft nur eine einzige Zeile lang.

Es wäre Euer Kind gewesen, Kalazar.

Er war gerannt, so schnell er konnte, um sie zu suchen. Vor seinen Augen hatten grausame Bilder getanzt. Er sah sie vor sich, blass und dennoch lachend, die Schenkel nass von ihrem Blut. Er malte sich aus, wie sie sein Kind aus ihrem Leib kratzte, und rannte noch schneller, hetzte von einem Raum in den nächsten. Die Krallen seines künstlichen Fußes gruben sich durch seine Ledersohle, während er über die Marmorfliesen schlitterte.

Doch das hier hatte er nicht erwartet – dass sie lieber starb, als seinen Sohn zu bekommen.

Natürlich wäre sie ohnehin des Todes gewesen als eine Kaiserin, die dem Herrscher von ganz Kanchar eine falsche Brut in die Wiege legte, aber er hätte eine Lösung gefunden. Er hätte sie entführt und fortgebracht, vielleicht nach Gojad. Sie hatte ihm gehört, denn sie hätte von Anfang an seine Frau sein sollen.

Ungläubig starrte er auf den zerbrochenen Körper. Über den Versammelten gähnte das offene Fenster. Nur ein heftiger Windstoß, und sie wäre nicht auf die Terrasse, sondern durch die Schächte den langen Weg in die Tiefe gefallen, ganz hinunter. Dann wäre nicht viel von ihr übriggeblieben.

Liro weinte. Der Dummkopf. Ruma war eine schlechte Ehefrau gewesen und eine noch schlechtere Kaiserin. Sie hatte ihn mit einem Sklaven betrogen, sie war schwach gewesen, eine verwöhnte Prinzessin, keine mächtige Herrscherin. Dies war der Beweis ihrer Schwäche. Zu springen, bei allen Göttern!

Wütend schlang er die Arme um seinen Körper. Sein Bein schmerzte, dort, wo das Eisen mit seinem Fleisch verschmolz. Er war zu schnell gerannt, und nun spürte er, wie Blut seine Hose tränkte.

»Genug. Geh jetzt nach drinnen«, sagte er zu Liro, der vor Schwäche und Selbstmitleid zerfloss. Sein Ratgeber hätte ihn längst darauf aufmerksam machen müssen, dass es einem Kaiser nicht gut anstand, seine Trauer öffentlich zu zeigen. Doch ebendieser Ratgeber stand wie gelähmt dabei und kämpfte gegen seine eigenen Gefühle. »Geh und sprich ein paar Worte zu deinen Untertanen. Erinnere sie daran, dass du vollkommen bist, auch ohne Kaiserin.«

Jetzt endlich straffte sich Yando. Er schien sich daran zu erinnern, was seine Aufgabe war. Sanft umfasste er Liros Schultern, brachte ihn dazu, die Tote loszulassen, und half ihm auf. Er führte ihn zurück in den Palast, und nur Matino blieb zurück. Die Wächter schlossen die Türen. Ein einzelner Mann, dunkel gekleidet, schlängelte sich hindurch.

»Für mich gibt es hier nichts mehr zu tun«, sagte Meister Ronik. »Wie bedauerlich.«

»Was ist mit dem Kind?«, fragte Matino.

»Sie hat Euch erzählt, dass sie schwanger ist, Kalazar?«

Das verdiente keine Antwort. Er musste sich nicht rechtfertigen, warum er wusste, was er wusste.

»Nach einem solchen Sturz …«

Matino wusste, dass er nie heiraten würde. Abgesehen davon, dass ihm jegliche Geduld für die Launen einer Ehefrau fehlte, würde ihn kein Mädchen nehmen. Er war ein Krüppel mit einem Metallbein, und keine Prinzessin oder auch nur Fürstentochter würde sich auf ihn einlassen, wenn sie stattdessen einen vollkommenen Prinzen haben konnte.

»Ich muss es wissen, Meister.« Er würde nicht trauern. Nicht um Ruma, nicht um seinen Erben, der nur eine Möglichkeit gewesen war, eine Hoffnung, die sich zerschlagen hatte. Sein Zorn ging ins Leere.

»Es ist nicht nötig, dass der Kaiser davon erfährt«, sagte Ronik sanft. »Es würde ihn bloß in noch größere Traurigkeit stürzen.« Er kniete neben der Toten und legte die Hände auf ihren Bauch. Dann glitt ein Lächeln über sein Gesicht. »Da … Ich spüre den Funken. Immer noch. Das Kindchen ist so klein, dass es nicht beschädigt worden ist. Aber lange wird es nicht mehr leben, nun da seine Mutter von uns gegangen ist. Ich wiederhole mich ungern, aber sagt dem Kaiser nichts davon. Lasst ihn nicht wissen, dass stirbt, was die Hoffnung von Kanchar war.«

Matino biss sich auf die Lippen. Er unterdrückte den Drang, sich ebenfalls hinzuhocken und Rumas Hand zu halten, bis es endgültig vorbei war. Sie hatte sich ihm entzogen, auf ihre kleinmütige, gehässige Art. Warum er sich so schwer und niedergedrückt fühlte, hätte er nicht sagen können.

»Könnt Ihr es retten?«

Meister Ronik stieß ein ungläubiges Lachen aus. »Bin ich einer der Götter?«

»Ich weiß, was Ihr getan habt«, sagte Matino leise. »Ich weiß von … Wenorio.«

»Das war etwas anderes. Wir hatten sein Bild, und wir hatten einen Leib ohne Seele.«

»Und hier haben wir nun eine Seele ohne Leib.«

»Nein«, widersprach der Meister. »Diese Seele hat einen Leib, auch wenn er nur der Funken oder eher der Samen eines Leibes ist. Ein Keimling, der erst noch zu einem Baum heranwachsen muss. Es wäre unmöglich, die Seele von ihrem Zuhause zu trennen, selbst wenn es noch so klein ist. Und es gibt kein Bild, es kann kein Bild geben. Diese Seele braucht eine Mutter. Habt Ihr eine Mutter für sie?«

»Der Palast ist voller Frauen. Suchen wir uns eine aus.«

Ronik legte die Stirn in Falten. »Eine Frau. Irgendeine Frau als Mutter des kaiserlichen Erben? Bedauerlicherweise hat der Edle Kaiser keine zweite Gemahlin.«

»Es wäre also möglich?«, fragte Matino. »Ihr könntet diesen winzigen Funken in einen anderen Leib pflanzen? Den Keimling in einen anderen Garten versetzen?«

»Vielleicht.« Der Heiler wiegte den Kopf. »Vielleicht auch nicht. Ich könnte es versuchen, doch in wessen Bauch soll ich des Kaisers Spross legen? Wenn wir zudem nicht wollen, dass in ganz Kanchar über Seelen geredet wird, müsste dieser Versuch unter uns bleiben. Der Kaiser müsste die Frau heiraten, die ihm einen Erben schenkt. Und wenn er das tut, warum sollte er nicht ein neues Kind mit dieser Frau zeugen?«

»Ich habe eine Idee«, sagte Matino leise, »einen Vorschlag zum Wohle des Kaiserreichs. Doch Ihr müsst Stillschweigen geloben.«

25. Das Blut eines Vaters

Der Wald konnte sich nicht für eine Jahreszeit entscheiden. Anyana stieg über die Blaubeersträucher hinweg, in denen dunkelblaue Beeren lockten, während Waldmeister und das kleine, weißblättrige Sternkraut, das Unya so gerne in ihren Tee gab, zwischen den Blättern leuchteten. Die braunen, gesprenkelten Hüte von Pilzen standen wie eine Versammlung wichtiger kleiner Männer im Kreis. Lijun wand sich in ihren Armen. Er wollte sich selbst bewegen und die Welt erforschen, und sie hatte nichts dagegen, denn er schien von Tag zu Tag schwerer zu werden.

Auf der Lichtung setzte sie den Kleinen ins Gras, breitete die Decke aus und stellte den Picknickkorb ab. Karim hatte versprochen, später nachzukommen. Anyana hätte nie gedacht, dass er den Unterricht bei Unya so ernst nehmen könnte. Er verbrachte jeden Tag Stunden im Rosenzimmer und erzählte ihr später von seinen Abenteuern – oder dem Ausbleiben derselben. Allzu oft gelang es ihm nicht, die Türen zu durchschreiten, doch seit er im Anta'jarim der Zukunft gelandet war, arbeitete er verbissen daran, die Kontrolle über das Durchschreiten der Türen zu erlangen.

Dass er Dilaya getroffen hatte, berührte Anyana seltsam. Er hatte ihr jede Einzelheit berichtet, doch was nützte es, da sie nicht daran teilhaben konnte? Ihre Frage, ob sie das Hinüberwandern nicht genauso lernen könnte wie Karim, hatte Unya mit einem Kopfschütteln abgetan.

»Er ist ein Magier«, hatte sie gesagt. »Er hat bereits ein wenig Kontrolle über das Wünschen gelernt. Du, Liebes, wirst hingegen immer deinem Herzen folgen.«

»Weil ich eine Frau bin«, hatte Anyana mit nicht wenig Bitterkeit angemerkt.

»Oh nein, nicht deshalb. Sieh dir Wihaji an – er hatte hundert Jahre Zeit, doch er hat keinen Brunnen gefunden. Es gibt in Kato Seen und Gruben und Tausende von Türen! Wihaji wird es niemals lernen. Er ist ein Krieger. Und du bist eine Träumerin. Keiner von euch ist ein Magier, mein liebes Kind.«

»Na schön, ich kann nicht selbst zurück nach Anta'jarim gehen, aber warum kann er mich nicht mitnehmen? Wir könnten zusammen nach Hause gehen.«

Unya hatte sie lange angeschaut mit ihren klaren, hellen Augen. Augen, die immer viel zu viel sahen. »Eines Tages«, sagte sie, »wird er das können. Aber noch ist dieser Tag nicht gekommen.«

Ihr blieb also nur, darauf zu warten. Wenn Karim sie ausgeschlossen hätte, wäre sie wirklich wütend gewesen, doch er ließ sie daran teilnehmen. Gemeinsam träumten sie von Anta'jarim.

Lijun, der zwar noch nicht krabbeln konnte, aber gerne auf dem Bauch robbte, arbeitete sich in Richtung Wald vor. Er war alles andere als dankbar dafür, dass sie ihn immer wieder auf die Decke zurückholte. Sie durfte nicht einmal für kurze Zeit die Augen schließen, denn überall lauerte Gefahr. Es gab hier zwar keine wilden Tiere, doch der Kleine sollte weder Steine noch Käfer in den Mund stecken. Manchmal wünschte sie sich wirklich eine Amme, die hin und wieder auf ihn achtgab. Unya war mit Karims Unterricht beschäftigt, und Lugbiya stellte gerade zusammen mit Wihaji eine Kampftruppe zusammen. Sie wollten einen Angriff starten, um das eiserne Schiff zu beschädigen, bevor es fertiggestellt werden konnte. Der Plan sah auch Magos Befreiung vor, doch er schien ihr noch nicht ganz ausgereift. Sie würde natürlich mitkommen und …

Etwas knackte im Gebüsch und riss sie aus ihrem Gedankengang. Alarmiert sprang Anyana auf – das klang nicht nach Karim, der sich stets lautlos wie ein Fuchs bewegte. Sie packte Lijun und duckte sich hinter einen Baumstamm. Wieder krachte es, eine Ranke zerriss. Etwas bewegte sich hinter den Bäumen. Dann traten mehrere Gestalten auf die Lichtung, und ihr Herzschlag setzte aus.

Soldaten in Kettenhemden, Eisenhelme auf den Köpfen. Die Soldaten des Flammenden Königs.

Das Kind fest an sich gedrückt, bewegte sie sich rückwärts von ihnen fort. Doch ihr war selbst klar, dass rennen nichts nützte. Sie wäre niemals schnell genug. Das Schloss war nicht weit entfernt, aber zu weit, als dass man sie würde schreien hören. Außerdem konnte ihr Geschrei die Soldaten dazu bringen, ihr sofort das Kind aus dem Arm zu reißen. Also schluckte sie ihre Furcht hinunter.

»Was wollt ihr?«, fragte sie laut.

Die Männer zogen den Kreis enger.

»Was?«, wiederholte sie. »Dort hinten ist das Schloss. Der Aufrechte Mann wird gleich hier sein, wir sind hier verabredet.«

»Wir fürchten ihn nicht«, sagte einer der Soldaten, vermutlich der Anführer. »So wenig wie wir dich fürchten. Die einzige Person, die es für mich auf ganz Kato zu fürchten gilt, ist der Graue Kapitän, und du hast ihn betrogen. Wusstest du nicht, dass er über göttliche Macht verfügt? Wir sind hier, um ihn zu besänftigen.«

Anyana presste Lijun enger an sich. In der Idylle des verzauberten Waldes wirkten die Soldaten in ihren Rüstungen so fehl am Platz, dass sie darüber gelacht hätte, wenn die Gefahr nicht so real gewesen wäre. »Was kümmert es euch, bei wem ich Schulden habe?«

»Wir sind um ein gutes Einvernehmen mit dem Kapitän bemüht.« Der Sprecher schien hinter dem Helm zu lächeln, doch es war ein Lächeln wie das Zähnefletschen eines Wolfs. »Gib mir das Kind, und ich lasse dich gehen.«

»Das ist nicht das richtige Kind.« Sie musste ihn irgendwie hinhalten, bevor es zu spät war, bevor alles zu spät war. »Ich bin nur die Amme. Mein eigener Sohn ist im Schloss.«

»Du lügst.« Er kam näher, seine Stiefel trampelten über die Decke und den Korb hinweg. »Ich spüre, wenn jemand lügt. Die Verzweiflung in deinen Augen ist unübersehbar. Und wusstest du nicht«, nun stand er dicht vor ihr, »dass es keine Kinder in Kato gibt? Die Toten zeugen nicht und empfangen nicht.«

»Das mag ja sein, aber wer mit dem Schiff gekommen ist, ist

durchaus lebendig. Es gibt viele Kinder, die der Graue Kapitän hergebracht hat.«

Er streckte die Hand nach Lijun aus. Anyana stieß einen erstickten Schrei aus und stolperte rückwärts, bis ein dicker Baum ihr den Weg versperrte. Sie spürte die raue Rinde durch den dünnen Stoff ihrer Tunika. Es ging nicht weiter. Es ging nirgendwo hin.

»Gib es mir.« Er kam ihr nach. Die Augen hinter den Sehschlitzen waren nicht so kalt, wie sie erwartet hatte. Es war schwer, in ihnen zu lesen, wenn man das Gesicht nicht sehen konnte, wenn man nur die Stimme hörte. Aber sie meinte, ein wenig Bedauern darin zu entdecken.

Lijun protestierte, weil sie ihn so fest an sich drückte. »Der Graue Kapitän ist der Tod. Du kannst ihm dieses Kind nicht ausliefern. Hast du denn gar kein Mitleid? Hast du ... vielleicht selbst Kinder?« Sie flehte die Götter an, dass sie auf der richtigen Spur war. »Könntest du ihm etwa dein eigenes Kind geben?«

»Mein eigenes Kind«, sagte der Mann, »wohnt jenseits des Meeres, und das Schiff, das der Flammende König baut, wird mich dorthin zurückbringen. Doch nur wenn es uns gelingt, den Kapitän zu besänftigen. Also erinnere mich lieber nicht an meine Familie.«

Lijuns flaumige Haare berührten ihr Kinn. Er zappelte heftiger und krakeelte in seiner eigenen Sprache.

»Familie? Mach keinen Fehler. Dieser Junge gehört zur Familie des Flammenden, und der König wird wenig erfreut sein, wenn er erfährt, dass sein Enkelsohn dem Tod übergeben wurde.«

Der Soldat lachte laut. »Sein Enkelsohn? Wohl kaum.« Dann nahm er den Helm ab, und sie konnte sein Gesicht sehen. Die warme braune Haut, das glänzende schwarze Haar, die dunklen Augen. Es war Tizarun selbst, der vor ihr stand. Sein Lachen war alles andere als freundlich. »Offenbar bist du Wihajis Schützling, Mädchen. Warum auch immer er dich mit in meinen Palast genommen hat. Dachtest du, ich hätte ihn nicht erkannt? Ich erkenne ihn immer. Selbst in Rüstung und wenn er sein Gesicht verbirgt, ist er unverkennbar. Es war nicht schwer herauszufinden, dass das Mädchen mit den roten Haaren – dein Helm konnte sie nicht vollständig verbergen, meine Schöne – die Frau ist, nach der der Graue Kapitän suchen lässt. Also bin ich hergekommen, und schau, was ich gefunden habe.«

»Was für ein Glücksfall«, brachte Anyana heraus. Sie musste ihn am Reden halten, Zeit gewinnen.

»Glück? Wir sind länger hier in diesem Wald, als du denkst. Wir haben auf dich gewartet, meine Schöne.«

Wihajis Wächter hatten Tizaruns Soldaten nicht entdeckt. Verdammt! Sie hatte geglaubt, der Flammende hätte Wichtigeres zu tun, als seinem Feind nachzuspüren. Wichtigeres, als ein gestohlenes Kind zu rauben.

»Lijun ist Euer Enkelsohn«, sagte sie. »Ich lüge nicht.«

Tizarun legte die Hände um Lijuns Oberkörper. So sehr sie sich auch an ihren Sohn klammern wollte, sie musste loslassen, wenn sie nicht wollte, dass er zu Schaden kam.

»Schade, dass er mir gar nicht ähnlich sieht. Solltest du also nicht meine Tochter sein, was du gewiss nicht bist, ist dieses Kind nicht mit mir verwandt.«

»Oh doch, das ist es, Vater.« Karim trat so lautlos zwischen den Bäumen hervor, dass mehr als einer der Soldaten zusammenzuckte und nach seiner Waffe griff. »Denn dieser Junge ist mein Sohn und damit Euer Enkel.«

Karim war blass und angespannt. Er trug kein Schwert, nicht einmal einen Dolch, jedenfalls nicht sichtbar. Anyana hoffte dennoch, dass er eine Waffe dabei hatte oder wenigstens einen guten Plan. Sie erlaubte sich nicht, erleichtert aufzuatmen, während er näher trat. Einer der Soldaten riss das Schwert hoch und setzte ihm die Spitze an die Brust.

»Wartet«, befahl Tizarun. »Lasst ihn sprechen. – Wer bist du?«

Ihm musste die Ähnlichkeit auffallen. Oder etwas anderes irritierte ihn an dem jungen Mann, der mit einer Selbstverständlichkeit und Furchtlosigkeit in den Kreis trat, die ihresgleichen suchten.

»Euer Sohn, Vater.«

Karims Herz schlug so schnell, dass es fast zersprang. Auf diesen Moment hatte er lange hingelebt. Nachdem er Tizarun getötet hatte, war die Chance, seinem Vater gegenüberzutreten, vertan. Es gab keine Chance für eine Versöhnung nach einem Mord. Doch jetzt, hier in Kato, wurden die Karten neu gemischt. Er hatte, ohne mit Wihaji darüber zu sprechen, schon länger Pläne geschmiedet, nach Wabinar zu gelangen und vor den Flammenden König zu treten. Dass Tizarun nun stattdessen hergekommen war erschreckte Karim – und erfüllte ihn mit einer unbezwingbaren Hoffnung.

Sein Hass war fort. Er hatte seinen Vater getötet, und der Hass hatte sich aufgelöst wie Regentropfen in der Wüste. Zurückgeblieben war nur das Bedauern.

»Mein Sohn ist ein kleines Kind, wie mir der eine oder andere Neuankömmling berichtet hat. Allerdings«, Tizarun betrachtete ihn nachdenklich, »habe ich mir ihn durchaus so ähnlich vorgestellt.«

»Ich bin Euer ältester Sohn«, sagte Karim. »Ich bin der Junge, den Gräfin Enema von Trica gebar, nachdem Ihr sie geschändet habt. Nachdem Ihr ihre Familie abgeschlachtet habt. Nachdem Ihr das Minendorf dem Erdboden gleichgemacht habt.«

Tizarun starrte ihn an.

Anyana hingegen kannte diese Geschichte schon. Sie hatte bereits davon gewusst, als er ihr vor ein paar Wochen davon hatte erzählen wollen. Daher ließ sie sich keinen Augenblick lang ablenken. Hätte Tizarun das Kind nicht festgehalten, hätte sie nun versuchen können, zusammen mit Lijun zu fliehen, denn der Flammende König schien in diesem Moment völlig durcheinander zu sein. Doch er hielt Lijun im Arm. Karim wollte ihr bedeuten, alleine zu fliehen, damit er, wenn es darauf ankam, sich nur um das Leben des Jungen sorgen musste, doch sie verstand sein leichtes Kopfnicken nicht.

»Ich bin Euer Bastardsohn«, fuhr Karim fort. »Euer Ebenbild, wie mir alle versichert haben, die Euch kannten.«

Tizaruns Starren wurde intensiver. »Jetzt erkenne ich dich. Du bist Wihajis Knappe! Du hast dich in Wajun eingeschlichen. Du warst da, ich habe dich gesehen!«

Karim schob das Schwert des Soldaten, dass noch immer kurz vor seiner Brust schwebte, zur Seite. Er vergaß beinahe das Kind. Da war so viel Sehnsucht. Einsamkeit. Hoffnung.

»Ich habe mir gewünscht, dass Ihr es wisst. Dass Ihr mich erkennt.« Einen Moment lang war alles möglich. Dass Tizarun ihn in die Arme schloss – oder dass er seinen Tod befahl. Doch stattdessen zögerte der Flammende König.

»Was erwartest du nun von mir?«, fragte er. »Dass ich dich in meinen Palast mitnehme und dir eine Krone aufsetze? Du bist ein Fremder für mich. Du erinnerst mich an eine Zeit, an die ich nicht gerne zurückdenke. Teniras Kind ist der Sohn, auf den ich mich gefreut habe. Seien wir ehrlich – ich kenne dich nicht, und du kennst mich nicht. Wir bedeuten einander nichts.«

Das stimmte nicht. Tizarun war schon immer ein großer Teil von Karims Welt gewesen, Ziel seines Hasses und seiner Wut. Grund seiner Existenz. Und so wie die Ermordung seines Vaters Karims Welt und ganz Le-Wajun erschüttert hatte, so ging auch jetzt ein Beben durch seine Seele. Enttäuschung und Ernüchterung.

»Warum habt Ihr dann ein Gesetz verabschiedet, dass uneheliche Kinder den eigenen gleichstellt?«

Tizarun schnaubte ungeduldig. »Wir sind in Kato. Hier gelten andere Gesetze.«

Am liebsten hätte Karim ihm an den Kopf geworfen, dass er ihn getötet hatte. Doch Tizarun hatte Lijun im Arm. Er musste mit List vorgehen, wenn er den Kleinen retten wollte.

»Ihr habt recht, wir sind Fremde. Doch dieses Kind könntet Ihr aufziehen und zu Eurem Nachfolger machen. Statt es dem Grauen Kapitän zu übergeben, könntet Ihr es behalten.«

»Wenn es denn überhaupt mein Enkel ist.« Ein spöttisches Lächeln zog über Tizaruns Lippen. »Glaub nicht, dass mir entgeht, was du hier versuchst. Der rothaarige Sklave, den ich ausgiebig befragt habe, war sich recht sicher, dass Laimoc der Vater ist. Er hat mir ausführlich beschrieben, wie der Fürst sie«, er deutete in Anyanas Richtung, »genommen hat.«

Karim erschrak. Davon hatte sie ihm nie erzählt. Er war davon ausgegangen, dass ihr Freund Mago ihr Geliebter war. Doch Tizarun sprach offenbar die Wahrheit, denn Anyana war blass geworden. Sie war kurz davor, sich auf den König zu stürzen. Karim musste eingreifen, bevor etwas Schlimmes passierte.

»Vielleicht war es so, vielleicht auch nicht. Doch dieses Kind ist von mir.« Er war genauso wenig davon überzeugt wie Tizarun, aber eine Lüge war das Einzige, was ihnen jetzt noch helfen konnte. Mit den Soldaten würde er fertigwerden, und er zweifelte auch nicht daran, dass er Tizarun besiegen konnte. Doch solange dieser den Kleinen festhielt, war Karim im Nachteil. Darum ging es hier: um Lijun, und nur um ihn.

»Ich kann es beweisen. Ich verfüge über gewisse magische Fähigkeiten. Wünscht Ihr, dass ich vor Euren Augen den Blutzauber durchführe?«

»Mit deinem Blut oder mit meinem?«, fragte Tizarun. »Denn womöglich hast du gelogen, was unsere Verwandtschaft betrifft. Dann wäre auch dieser Zauber nichts wert.«

»Ich kann Euch zunächst beweisen, dass ich Euer Sohn bin.« Er musste schlucken, denn sein Vater schien nicht viel darauf zu geben. An dem Kind, das er erziehen und formen konnte, war er weitaus mehr interessiert. »Wir brauchen Wasser und eine Schale. Gehen wir an den See, der dort drüben durch die Bäume schimmert.«

Tizarun dachte darüber nach. »Na gut. Du willst es mir beweisen? Dann beweise es. Geh voraus.«

Er nickte seinen Soldaten zu, die daraufhin Karim in die Mitte nahmen.

»Verschwinde«, flüsterte er Anyana zu, aber sie reagierte nicht schnell genug, und schon hatte einer der Männer sie am Handgelenk gepackt und zerrte sie mit. Karim konnte nur hoffen, dass sie die Nerven behielt. Wenn der richtige Zeitpunkt gekommen war, musste sie sofort loslaufen.

Der See lag kaum fünfzig Meter entfernt, und jeden Schritt nutzte Karim, um die zehn Soldaten zu beobachten und ihre Fähigkeiten einzuschätzen. Zwei waren Frauen, drei Männer waren sehr jung, einer war müde, vier waren erfahrende Kämpfer.

Das Wasser leuchtete ihnen blau entgegen. Karim betete, dass sich niemand in der Nähe befand, der ihnen in die Quere geraten könnte. Wenn Wihajis Soldaten jetzt eintrafen, wäre das eher hinderlich, denn dann würde Tizarun mitsamt dem Kleinen verschwinden. Karim zweifelte nicht daran, dass ihre Pferde ganz in der Nähe warteten.

So friedlich wirkte das Seeufer. Üppiges Gras, Moospolster und im Licht schimmernde Steine, deren dunkles Grau mit bunten Einschlüssen marmoriert war, fassten die spiegelglatte Fläche ein.

»Einen Helm, bitte.« Er kniete am Ufer nieder.

Tizarun hielt Lijun mit sicherem Griff und doch zärtlich. Es war ein seltsames Gefühl, ihn mit einem Kind zu sehen. Vielleicht wäre er ein guter Vater gewesen. Vielleicht … Es hatte keinen Zweck. Laon hatte Enema und ihre Söhne aus einem Dorf an der kancharischen Grenze, in das sie geflohen waren, mitgenommen, statt Karim, der damals noch ein Säugling war, nach Wajun zu schicken, und Tizarun hatte keine Chance gehabt, seinen Bastard kennenzulernen.

Mit misstrauischem Blick verfolgte der Flammende König jede von Karims Bewegungen.

»Ich brauche einen Tropfen Eures Blutes. Da Eure Leute auf mich losgehen würden, wenn ich ein Messer zücke, solltet Ihr das selbst erledigen.«

Tizarun kniete sich hin, das Kind in einer Armbeuge haltend, während er einem der Soldaten seine Hand hinstreckte. »Einen Tropfen nur«, knurrte er.

Er ließ Lijun nicht los, verdammt.

Der rote Tropfen fiel ins Wasser.

»Jetzt bin ich dran.« Karim behielt die Soldaten im Auge, als er seinen Dolch aus dem Gürtel zog.

»Nimm das Blut des Kindes«, forderte Tizarun. »Dann sehen wir, ob du ein Lügner bist oder nicht.«

Karim fröstelte innerlich. Lijun war nicht sein Sohn, natürlich nicht, aber er hatte gehofft, die Prüfung manipulieren zu können, nachdem er seine Verwandtschaft mit Tizarun bewiesen hatte. Die Blutstropfen der beiden würden hingegen kein Muster bilden. Danach war es für den Flammenden König unerheblich, ob Karim sein Sohn war oder nicht.

Anyana stieß einen erstickten Schrei aus, als er sich mit dem Dolch dem Kind näherte und den rundlichen Arm des kleinen Jungen ergriff.

»Ich warne dich«, sagte Tizarun leise. »Eine falsche Bewegung, und ich breche dem Jungen das Genick.«

Kälte stieg in Karim auf, eine innere Abscheu, die nichts mit seinem eigenen Schicksal zu tun hatte. Ein aufrechter Mann bedrohte keinen Säugling. Und aus diesem Grund wurde Wihaji der Aufrechte genannt und Tizarun nicht. Es blieb Karim nichts anderes übrig, als die zarte Haut mit der Spitze der Klinge anzuritzen. Lijun spürte keinen Schmerz. Der Kleine staunte ihn mit runden Augen an.

Der zweite Tropfen fiel ins Wasser.

Karim konzentrierte sich auf die feinen Schlieren, die das Blut im Wasser zog, um sie mit Hilfe seiner Willenskraft zu einem Muster zu formen. Tizarun war kein Magier, er würde den Betrug nicht bemerken. Doch bevor er eingreifen konnte, ordneten sich die feinen Tröpfchen umeinander, bildeten zwei Kreise, einen größeren mit dem Blut des Flammenden und einen kleineren Innenkreis.

»Was bedeutet das?«, fragte Tizarun irritiert.

Karim starrte in den Helm. Das konnte nicht sein. Sie waren verwandt, wirklich und wahrhaftig verwandt, Tizarun und Lijun.

»Das heißt ...«

Ein Schrei unterbrach ihn. Anyana riss sich von dem Soldaten los, der sie festhielt, und lenkte damit die Aufmerksamkeit aller auf sich. Bevor irgendjemand reagieren konnte, schmetterte Karim den wassergefüllten Helm an Tizaruns Schläfe. Der König sackte in sich zusammen, und Karim riss den Jungen an sich. Er hielt sich nicht damit auf, gegen die Soldaten zu kämpfen – damit hätte er nur Lijun gefährdet –, sondern rannte los. »In den See!«, schrie er Anyana zu.

Er konnte nicht für sie kämpfen, nicht wenn er den Kleinen trug. Anyana musste nun für sich selber einstehen. Ins Wasser, so hoffte er, würden ihr die Soldaten mit ihren Kettenhemden nicht folgen können.

»Ihm nach!«, schrie Tizarun.

Er war nicht bewusstlos. Karim fluchte innerlich.

Sie hätten ihn hier im Wald, wo er sich mittlerweile auskannte, nie einholen können. Hinter Baumriesen und dichtem Gestrüpp gab es unzählige Verstecke. Dennoch sorgte er dafür, dass seine Verfolger ihn nicht aus den Augen verloren. Jeder, der ihn verfolgte, war einer weniger, mit dem Anyana fertigwerden musste.

Flink wie ein Reh sprang er über Brombeerranken, umrundete Bäume und hielt auf das Schloss zu, hinter sich die zornigen Soldaten des Flammenden Königs.

Es hatte geklappt. Anyana sah noch, wie Karim davonhetzte, dann floh sie in die einzige Richtung, die ihr blieb – sie stürzte sich ins Wasser.

So schnell sie konnte, schwamm sie los. Hinter sich hörte sie Tizarun schreien, dann platschte es gleich mehrfach. Die Soldaten kamen ihr nach. Sie mussten ihre Kettenhemden weit schneller abgelegt haben, als Anyana erwartet hatte. Sie wagte nicht, auch nur ein paar Meter Vorsprung zu verlieren, indem sie sich umblickte. Ihre Arme pflügten durch das Wasser, zerteilten das Himmelsblau. Sie konnte hören, dass einige ihrer Verfolger dicht hinter ihr schwammen. Die übrigen Soldaten rannten am Ufer entlang. Nie im Leben würde sie vor ihnen die andere Seite des Sees erreichen. Sie konnte nur hoffen, sie so lange hinzuhalten, bis Karim Verstärkung geholt hatte.

Doch wie sollte sie das anstellen? Wenn sie hin und her schwamm, würden Tizaruns Schergen sie erwischen, und wenn sie weiter auf die gegenüberliegende Seite zuhielt, würden die anderen sie einfach am Ufer erwarten.

Ihre einzige Chance war, eine Strecke zu tauchen und an einer Stelle Luft zu holen, an der keiner ihrer Verfolger mit ihr rechnete. Vielleicht konnte sie es gar bis zum östlichen Teil des Sees schaffen, wo die Seerosen üppig blühten, und sich zwischen ihnen verstecken. Doch um dort hinzugelangen, würde sie in großer Tiefe unter Wasser schwimmen müssen. Das Wasser war kristallklar; zu nahe an der Oberfläche würde man sie sehen.

Eine Hand streckte sich nach ihrer Schulter aus, und Anyana traf ihre Entscheidung. Sie holte tief Luft und tauchte unter. Sie schwamm zum Grund hinab. Mit jedem Meter wurde das Wasser kälter, während das Licht immer grünlicher wurde. Schlingpflanzen wuchsen ihr entgegen, dunkelgrüne Schnüre wogten im Wasser wie die Haare einer Unterwasserkönigin. Sie war im Nebelmeer beinahe untergegangen, umringt von Gesichtern, doch hier war sie völlig allein. Selbst die Gegenwart der Toten wäre tröstlich gewesen.

Eine Hand haschte nach ihr, streifte ihren Fuß. Anyana sah Luftbläschen nach oben schweben. Sie würde nicht nach oben schwimmen und aufgeben. Sie würde so lange durchhalten wie nur irgend möglich, um ihre Verfolger abzuschütteln. Die Soldaten konnten doch gewiss nicht länger tauchen als sie? Im selben Moment wurde Anyana ihr Irrtum klar. Die anderen waren schon tot.

Aber sie konnte doch nicht aufgeben! Niemals.

Niemals.

Es schneite. Wie seltsam. Eben noch war sie im Wasser gewesen, und nun befand sie sich im Schnee. Sie spürte die Flocken, die auf sie herabfielen und auf ihrem Rücken schmolzen. Verwirrt schüttelte sie den Kopf, versuchte sich aufzurichten, doch stattdessen fiel sie beinahe um.

Jemand lachte.

Erschrocken fuhr sie herum.

Und da war er – der Junge auf dem Pony. Um sie herum ragten die Tannen in den grauweißen Himmel, der so dicht über ihnen hing, dass die Wipfel ihn zu tragen schienen. Der Junge trug eine Fellmütze, unter der schwarze Strähnen hervorlugten. Seine Wangen waren von der Kälte gerötet, sein Atem bildete weiße Wölkchen. Er war älter geworden, seit sie das letzte Mal von ihm geträumt hatte, und zählte jetzt vielleicht sechzehn oder siebzehn Jahre. Und doch erkannte sie ihn sofort. Seine Stiefel schleiften im Schnee; wenn er sich hinstellte, würde das kleine Tier unter ihm hervorlaufen und ihn stehen lassen.

»Da bist du ja, Hirsch«, sagte er belustigt.

Er sprach Wajunisch mit einem leichten Akzent, der ihr in den Ohren kitzelte. Einem kancharischen Akzent? Vermutlich, aber nicht die Mundart von Daja, die ihr am vertrautesten war.

Sie wollte antworten, aber sie konnte nicht sprechen. Nur ein seltsames Geräusch drang aus ihrer Kehle, und auf einmal ergab ihre Unfähigkeit, sich aufrecht hinzustellen, einen Sinn. Sie spähte hinunter auf ihre Füße, die keine Füße waren. Ihre mit braunem Fell bedeckten Beine waren sehr lang und sehr schlank und endeten in Hufen, die im Schnee steckten.

Der Junge ließ sich vom Rücken seines Ponys gleiten. »Hab keine Angst. Wir haben uns schon so oft getroffen. Das haben wir doch? Manchmal bin ich mir nicht sicher, ob ich dich nicht bloß träume.«

Zitternd blieb sie stehen, als er näher kam und die Hand nach ihr ausstreckte. Er trug einen Mantel mit Pelzkragen und Handschuhe, die er sich nun von den Fingern zog. Seine Hand war warm in ihrem Fell, und sie zitterte noch stärker.

Riad, wollte sie sagen, aber das war nicht sein Name, das war nur eine Figur aus einem Märchen. Ein Prinz, von dem ihre Amme ihr erzählt hatte. Aber dieser Junge, nein, dieser junge Mann, war wirklich. So wirklich wie der heiße Atem, der sich mit der eisigen Winterluft mischte. So wirklich wie seine warme Hand. Wie seine Stimme, die rau und angenehm in ihren Ohren nachhallte.

Seine Gegenwart beruhigte sie, linderte ihre Verwirrung, ihre Angst. Der See, in dem sie untergegangen war, schien der Traum zu sein, während dies hier das echte Leben war. Nicht Kato, sondern ein Ort in der wirklichen Welt der Menschen. Der Ort, von dem sie seit Jahren träumte.

»Hirsch, mein Hirsch.« Er sprach zu ihr wie zu einem wilden Tier, das er zähmen wollte. »Hab keine Angst. Ich bin kein Jäger. Ich werde nie zulassen, dass die anderen dich erwischen.«

Jemand rief. Eine Stimme hallte durch den Wald, und sie zuckte zusammen. Er lachte leise, während er ihre Ohren kraulte. »Lauf«, sagte er. »Nun lauf schon, bevor sie hier sind.«

Also lief sie. Sie sammelte ihre langen Beine unter sich und sprang und stürzte in den Schnee.

»Ruhig. Atme. Atme, du bist in Sicherheit.«

Diese Stimme kannte sie. Karim. Seine Arme lagen um ihre Schultern. Unwillkürlich schüttelte sie sich, hustete, spuckte Wasser. Er ließ sie los, während sie würgte, und streichelte ihren Rücken. Die Berührung war der so ähnlich, die sie eben im Schneewald erlebt hatte, dass sie nicht mehr wusste, was real war und was nicht. Beides fühlte sich gleich echt an.

Ihr Blick wanderte zu seinem Gesicht, hielt sich an dem vertrauten Anblick fest. »Du bist es.«

Er lächelte nicht. »Und du lebst, das ist die Hauptsache. Ich fürchtete schon …«

Es war ein Brunnen, dachte sie. *Der See war ein Brunnen für mich. Ich war drüben, wo auch immer das ist.*

»Lijun?«

»Ist in Sicherheit. Ich habe Maurin getroffen, ihm den Kleinen übergeben und bin zurückgerannt, so schnell ich konnte.«

Sie richtete sich auf. Um sie herum lagen die Soldaten, ihre Gliedmaßen in unnatürlichen Winkeln verrenkt.

»Wo ist Tizarun?«

»Geflohen.« Karim verzog das Gesicht. »Als er gesehen hat, wie ich seine Leute niedergemacht habe, ist ihm wohl aufgegangen, dass mit mir nicht zu spaßen ist. Er ist so schnell verschwunden, dass ich beinahe enttäuscht bin.«

»Das glaube ich nicht.« Sie drückte seine Hand. »Es wäre verständlich, wenn du nicht gegen ihn kämpfen willst. Immerhin ist er dein Vater.«

»Du warst sehr lange unter Wasser«, sagte er. Offensichtlich wollte er nicht über Tizarun sprechen. »Viel zu lange.«

Sie war nicht gestorben. Sie war so lebendig wie eh und je, und das wäre ein Wunder gewesen, wenn es nicht eine viel einfachere Erklärung dafür gegeben hätte.

»Ich war ... woanders.«

Karim half ihr hoch. Durch die Bäume sah sie Wihaji in ihre Richtung laufen, dazu eine große Anzahl Soldaten. Der Gegenkönig würde nicht dulden, dass der Flammende sich in diesem Wald aufhielt. Anyana war sich ziemlich sicher, dass er die Gefallenen hinausschaffen lassen würde, bevor sie wieder zu sich kamen. Und dann würde er Tizarun zeigen, was er von diesem Überfall hielt.

Ihr war, als könnte sie den Schnee noch an ihren Knöcheln spüren. Und die Hand des Jungen auf ihrem Rücken. Sie blickte Karim von der Seite her an. Die Ähnlichkeit zwischen den beiden war unverkennbar, nun da Riad älter war. Nein, nicht Riad. Sie hatte gehört, wie ihn seine Freunde gerufen hatten. Sadi.

»Geht es Euch gut? Euch beiden?« Wihaji war ganz Grimm und Besorgnis. »Den Göttern sei Dank. Wir schlagen sofort zu. Wir haben einige Pferde gefunden. Vielleicht ist der Flammende noch nicht zu Hause und es gelingt uns, ihn zu überholen, bevor er in Wabinar eintrifft. Wir werden das Schiff zerstören, koste es, was es wolle.«

»Ich reite mit Euch«, sagte Karim sofort.

Anyana war keine Kämpferin. Sie fürchtete sich bei dem bloßen Gedanken an die unterirdische Werft, an die Knüppel und Peitschen und die schweißüberströmten Sklaven, an die Wächter mit ihren Helmen und an den König, der in seinem blutroten Mantel über allem wachte. Aber sie war schon zu sehr in diese Geschichte verstrickt, um zu Hause zu sitzen und ihr Kind zu wiegen. Es bedeutete keine Sicherheit, sich mit Lijun an schönen Plätzen aufzuhalten, das hatte sie gerade eben erlebt. Sicherheit gab es weder hier in Kato noch zu Hause in Le-Wajun, dort, wo sie hingehörte. Dort, wo Sadi lebte, zu dem sie alle ihre Träume hinführten. Zwei Könige hatten ihren Namen auf ein Dokument gesetzt, und die Götter hatten zwei Fäden in ihrem Bild miteinander verknüpft, und seitdem träumte sie von ihrem Schicksal. Dieses Schicksal hieß Sadi.

Doch gerade weil sie das wusste, wollte sie jeden Tag, jede Stunde, die ihr noch in diesem Land blieb, mit Karim verbringen. Sie hielt seine Hand fester. »Ich komme mit.«

26. Wenn wir in den Kampf ziehen

Etwas an Anyana war anders; das Zusammentreffen mit Tizarun und seinen Soldaten hatte eine Entschlossenheit in ihr geweckt, die ihn überraschte. Karim widersprach nicht und versuchte nicht, ihr auszureden, sich an dem Überfall zu beteiligen. Ob sie Mago retten wollte? Doch Mago war nicht ihr Geliebter. Lijun war nicht das Kind des rothaarigen Sklaven, und er war auch nicht der Sohn des Fürsten Laimoc. Das zumindest hatte die magische Prüfung ergeben. Karims Blut kochte, wenn er an Laimoc dachte und daran, was er Anyana angetan hatte. Nie im Leben würde er glauben, dass sie sich ihm freiwillig hingegeben hatte. Wäre der Fürst nicht bereits tot gewesen, er hätte das liebend gern selbst erledigt.

Während sie sich in Anyanas Gemach für den Krieg ankleideten, wanderte sein Blick immer wieder zu ihr. Woran dachte sie? Um ihren Mund zuckte es, als würde sie gleich anfangen zu weinen. War es der Schrecken, der ihr noch anhing? Die Vorstellung, Tizarun könnte ihrem Kind etwas antun?

Seinem Kind. Das Blut log nicht. Sie hatte nicht gelogen. Er begriff es immer noch nicht.

Anyana zog sich derbe Hosen an und eine Weste, in der ein Dutzend Dolche Platz gehabt hätten. Das Kettenhemd, das sie darüber anlegte, bot ihr viel zu wenig Schutz. Es schmerze ihn, sie darin zu sehen, aber er protestierte nicht. Er biss sich auf die Lippen, um sie nicht anzuflehen, hierzubleiben.

»Hohe Tannen«, sagte sie. »Dunkelgrün sind sie, fast schwarz. Überall liegt Schnee, nur nicht dort, wo die Bäume zu dicht stehen. Die Hänge sind steil, und die Wolken hängen so tief, dass man kaum etwas erkennen kann. Ich vermute, dass ein Tal vor mir liegen würde, wenn die Sicht frei wäre.«

Sein Herzschlag setzte aus. »Königstal.«

»Königstal?«

»Guna«, sagte er. »Sicherlich gibt es noch andere Orte, auf die dieselbe Beschreibung zutrifft, aber ich denke an Königstal in Guna. Unten im Tal liegt das graue Haus, in dem der König wohnt. Er hat keinen Palast und keine Krone.«

Anyana schnürte ihren Gürtel. Dann trat sie auf ihn zu und legte die Hände an seine Wangen. »Karim«, flüsterte sie seinen Namen.

Die Art, wie sie ihn musterte, ließ ihm das Blut in den Adern gefrieren. »Verabschiedest du dich gerade von mir?«

»Ich habe Sadi getroffen.«

»Was?«

»Ich wusste nicht, dass er es ist. All die Jahre habe ich ihn in meinen Träumen gesehen, doch diesmal war es kein Traum. Ich war da. Im Schnee. Ich bin im See in die Tiefe getaucht, und er wurde zu einem Brunnen. Mein Wunsch nach Sicherheit hat mich hindurchfallen lassen. Ich war nicht so lange unter Wasser, wie du glaubst. Ich war drüben. In Guna. In einem verschneiten Wald. Sadi war mindestens siebzehn. Er sah fast so aus wie du. Seine Haut ist ein bisschen heller. Seine Brauen«, ihre Finger wanderten über sein Gesicht, »sind dichter als deine. Er hat nicht viel von Tenira, vielleicht den Mund.« Ihr Daumen strich über seine Unterlippe. »Ich habe deinen Bruder gesehen, Karim. Ich kenne ihn seit meinem dreizehnten Lebensjahr, seit ich mit ihm verlobt bin. Ich kann dir nicht sagen, wie oft ich ihm dort im Schnee begegnet bin.«

Er hielt still, während ihre Hände sein Gesicht erforschten. Ihre Worte taten so weh, dass er nicht atmen konnte. Sadi. Siebzehn! Die Zeit mochte ein Strom sein, der gleichmäßig dahinfloss, doch wenn man hineinsprang, wusste man nie, an welcher Stelle man wieder auftauchen würde. Anyanas Wunsch hatte sie dennoch zielsicher geführt, und ohne es auch nur geübt zu haben, traf sie sich mit ihrem Zukünftigen. Hätte sie es Karim erzählt, wenn sie ihn schon öfter getroffen hätte? Oder würde das noch kommen?

Vielleicht würde sie Sadi das nächste Mal zu einem Zeitpunkt begegnen, zu dem sie bereits mit ihm verheiratet war. Oder … oder das war bereits geschehen. Und nun ergab es plötzlich einen Sinn, warum Tizaruns und Lijuns Blut einen Kreis gebildet hatte, denn Sadi war ebenso Tizaruns Sohn wie er.

Nicht er, sondern Sadi war also vermutlich Lijuns Vater. Ein älterer Sadi, den sie liebte. Und warum auch nicht, wenn sie ihn schon fast ihr ganzes Leben lang kannte? Um sicherzugehen, sollte er Lijuns und sein Blut überprüfen. Bei Gelegenheit. Er musste sich eingestehen, dass er das Ergebnis gar nicht unbedingt wissen wollte.

»Du gehörst zu mir«, flüsterte er heiser. »Nicht zu ihm. Heirate mich, Anyana.«

»Glaubst du, auf diese Weise können wir dem Schicksal entkommen?«

»Er ist nicht …« Wie sollte er das sagen? »Er ist nicht, was du denkst. Er ist nicht wirklich mein Bruder, auch wenn er so aussehen mag. Seine Seele …« Oh ihr Götter, er wollte es ihr doch gar nicht erzählen, aber sie musste es wissen, um die richtige Entscheidung treffen zu können. »Sadi ist bei der Geburt gestorben, und ein kancharischer Magier hat eine andere Seele in seinen Körper gepflanzt. Deshalb ist Sadi genau genommen ein kancharischer Prinz, ein Halbbruder des derzeitigen Kaisers. Das ist es, was ihn ausmacht. Er wird der erste Kancharer auf dem Sonnenthron sein, wenn niemand es verhindert.«

»Es verhindern?« Ihre Augen sprühten Funken, und sein Mut sank. Nun wusste sie, wozu er fähig war. Was er sich erträumte und was er erhoffte.

Bleib bei mir. Vergiss Sadi. Heirate mich.

Sie hatte nicht einmal geantwortet. Denn ganz gleich, ob er den Ring des Großkönigs trug, ob es Gesetze gab, die seinen Anspruch untermauerten, letztendlich war er doch bloß Abschaum, ein Bastard, den Joaku zu einem seiner Hunde gemacht hatte. Während sie dazu bestimmt war, die Braut von Tizaruns ehelichem Sohn zu sein.

»Karim, er ist nur ein Junge. Egal, was er sonst noch ist.« Die Enthüllung über Sadi schockierte sie offenbar weniger als die Andeutung, Karim könnte ihm etwas antun. Auf einmal wollte er dieses Gespräch nur noch beenden.

»Bist du fertig? Lass uns gehen.«

Als sie gemeinsam die Treppe hinunterschritten, überfiel ihn das verzweifelte Gefühl, dass alles, was sie taten, endlich war. Sie wohnten gemeinsam im altdunklen Schloss, aber nicht mehr lange. Sie teilten ein Bett und ein Zimmer, aber es war nicht dauerhaft. Sie hatten ein Kind, das Kind seines Bruders – auch das ging nicht mit rechten Dingen zu. Sie waren kein Ehepaar, und dies war nur ein Traum, ein schönes Märchen, in dem der Prinz und die Prinzessin durch Wände gehen konnten.

Wihaji hatte eine schlagkräftige Truppe aus zweihundert Kämpfern zusammengestellt. Es waren ausgebildete Soldaten, stark und geschickt, und jeder kannte seinen Platz. Anyana fragte nicht, wie oft sie schon gestorben waren im Kampf gegen Tizaruns unsterbliche Wächter. Vielleicht waren auch Schiffspassagiere dabei, die um ihr Leben fürchten mussten, aber man konnte sie nicht voneinander unterscheiden. Keiner von ihnen war langsamer oder wirkte verträumter. Jeder wusste, worum es ging.

Mit finsterer Miene ritt Karim neben ihr.

»Hast du dir euer Wiedersehen so vorgestellt?«, fragte Anyana schließlich, um das Schweigen zwischen ihnen zu brechen.

»Wiedersehen?«, murmelte er. »Tizarun hat mich nie zuvor wahrgenommen. Als Wihajis Knappen hat er mich hin und wieder gesehen, aber er hat mich nicht beachtet. Außerdem war es ja nicht so, dass er in Wihajis bescheidenem Heim ein und aus gegangen wäre. Er ist kein Großkönig gewesen, der sich unter die Leute mischt.«

Tizarun und Tenira waren ihre Helden gewesen, ihre Vorbilder, doch das war lange her. Anyana wunderte sich darüber, dass sich die Enttäuschung über die wahre Natur ihrer Idole, über ihre Fehler und ihre Grausamkeit, so lange hielt.

Sie wünschte sich, Karim würde von sich erzählen, von seiner Kindheit, von seinem Leben bei Wihaji, von all den Erlebnissen, die ihn zu dem Mann gemacht hatte, der er war. Doch er schwieg, und sie suchte vergeblich nach unverfänglichen Fragen, die ihn aus der Stille locken konnten. Seine düstere Stimmung hatte etwas mit Sadi zu tun und seiner Eifersucht. Und natürlich mit Tizarun. Warum drehte sich die ganze Welt nur um ihn, immer und immer wieder! Als wäre Tizarun der Mittelpunkt von allem.

Vor ihnen lag die Wüste, und dahinter drohte der dunkle Berg. Wabinar. Zu ihrer Linken verriet ein weißer Streifen am Horizont, der wie eine Wolkenfront aussah, die Nähe des Nebelmeers.

»Ich habe euch meine Pläne nicht verraten«, sagte Wihaji. »Und das werde ich auch weiterhin nicht tun, denn sollten wir vorher angegriffen werden, ist es besser, wenn keiner von euch auch nur ahnt, wie wir das Schiff des Flammenden Königs zerstören wollen.«

Sein Blick heftete sich auf Anyana. Ihr Herz schlug schneller, und fast hätte sie gefragt, ob sein Plan etwas mit ihr zu tun hatte.

»Reiten wir«, befahl er, und sie setzten sich in Bewegung. Zweihundert Gefolgsleute, bereit zu allem, ritten die hohe Düne hinauf, die ihnen den Weg in die Wüste versperrte. Die Hufe der Pferde sanken tief ein, die Tiere kämpften sich mühsam hinauf. Die heiße Luft stach Anyana in den Lungen, obwohl sie milchig und beinahe kühl aussah, ein feiner Schleier über dem Sand. Dann wurde sichtbar, was sie alle hinter dem Hindernis erwartete.

Die Senke zwischen den Dünen war voller Reiter. Helme glitzerten in der Sonne. Es waren einige hundert Soldaten, zweimal oder gar dreimal so viele wie sie.

Wihaji lenkte sein Pferd zu Anyana und Karim. »Ich führe mein Heer an. Ihr nehmt das.« Er reichte ihnen eine kleine Schriftrolle.

Verwirrt starrte Anyana darauf. »Was ist das?«

»Du kennst den Weg in den Palast, den Weg hinunter in die Werft. Achtet darauf, dass niemand euch erkennt.« Er schien nicht im Mindesten überrascht, dass der Flammende König ihm seine

Soldaten in den Weg stellte. Vermutlich hatte er die ganze Zeit damit gerechnet. »Lest meine Anweisungen erst, wenn ihr dort seid. Nicht früher. Versprich mir das.«

Sie nickte. Karim öffnete den Mund, um zu protestieren, und schloss ihn wieder.

»Ich brauche euch dafür«, sagte Wihaji. »Niemand sonst kann das tun. Ruft eure Lieblingsgötter an und macht euch auf den Weg.«

»Bela'jar, sei uns gnädig«, flüsterte Anyana. Sie war so erschrocken, dass ihr gar nicht einfiel, sich gegen den Befehl aufzulehnen.

»Kelta und Kalini, wendet euch ab von mir«, sagte Karim grimmig. »Also tanzen wir mit den Todesgöttinnen.«

Wihaji streckte den Arm in die Luft und rief seine Kämpfer zusammen. Dann rasten sie den Hang hinunter, auf die Feinde zu.

Nur Anyana und Karim blieben zurück. Während vor ihnen Schwerter und Schilde aufeinanderprallten, lenkten sie ihre Tiere in Richtung Spiegel-Wabinar.

Wihaji hatte schon unzählige Male gegen Tizarun gekämpft. Er hatte seine eigenen Soldaten so oft gegen das Heer des Flammenden geführt, dass er ihre Schlachten nicht mehr zählen konnte. Tizarun war der Stachel in seinem Fleisch, die Kette, die ihn an Kato band. Denn solange ihn die Pflicht hier festhielt, ließ ihn kein Brunnen nach Hause. Seine Sehnsucht nach Linua, seine Angst um sie, hätte andernfalls stark genug sein müssen, um ihm die Rückkehr zu ermöglichen. Oder war es Teniras Fluch, der ihn hier gefangen hielt, bis er bereit war, Tizarun nach Hause zu bringen?

Während er sich der ersten Reihe der feindlichen Soldaten näherte, das Schwert gegen die aufgestellten Schilde gerichtet, hielt er nach seinem Erzfeind Ausschau.

Dann nahm der Kampf seine Aufmerksamkeit völlig in Anspruch. Wihaji schnitt und hackte sich durch die Reihen der Soldaten. Er nahm keine Rücksicht auf sein eigenes zerbrechliches Leben, sondern befahl sich der Gnade der Götter an. Man konnte nicht gegen eine Übermacht kämpfen, wenn man sich fürchtete.

Wie jedes Mal empfand er nichts – oder zu wenig. Keinen Schlachtenrausch, kein Bedauern über die Männer, denen er die Klinge zu schmecken gab. Sie hatten ihr Schicksal selbst gewählt, immer und immer wieder für Tizarun zu sterben. Auf der falschen Seite zu stehen. Sie wollten büßen? Schön, dann würde er sie für ihre Fehler büßen lassen.

Wihaji duckte sich, als eine Lanze über seinen Kopf hinwegzischte, und glitt vom Pferd. Im Nahkampf war er unschlagbar. Hundert Jahre lang hatte ihn niemand besiegen können, wenn er von Mann zu Mann kämpfte. Sobald er den Sand unter sich spürte, verwandelte er sich in den Krieger Wihaji, von dem alles Königliche abfiel. Er bohrte dem nächsten Soldaten das Schwert durch das Kettenhemd, das nur Messerstiche abhalten konnte, und wirbelte herum, um dem Angriff eines leichtsinnigen Feindes zu begegnen, der sich von hinten näherte. Ein scharfer Schmerz an seiner Seite. Heißes Blut floss über seine Hand. Das war das Tückische an Kato: dass Leben und Tod hier so innig miteinander verbunden waren, die toten Seelen in einem neuen Leben verhaftet, von dem sie sich nicht trennen mochten. Sie kämpften, als würde tatsächlich ihr Leben davon abhängen. Er riss das Schwert aus der Leiche, stellte sich dem nächsten Feind, einem bärtigen Hünen, dem er schon häufig in Tizaruns Nähe begegnet war. Nun konnte es nicht mehr lange dauern, bis er auf den Flammenden König traf.

Um ihn herum tobte der Kampf. Das Krachen von Metall auf Metall hallte weit über die Dünen, doch er hörte es kaum. Da vorne sah er das scharlachrote Banner, dort musste Tizarun sein. Seit er seinem Vetter das erste Mal einen Dolch zwischen die Rippen gejagt hatte, war Wihaji ihm nicht mehr so nah gekommen. Auge in Auge, nur sie beide. Tizarun wich ihm aus, seit er erkannt hatte, dass Worte nichts mehr bewirken konnten. Wihaji ließ sich schon lange nicht mehr von einer schönen Rede beeindrucken. Er hatte gesehen, wie Tizarun die Toten benutzte und die Lebenden quälte, wie er alles, absolut alles, einem einzigen Ziel unterordnete seiner – Rückkehr nach Le-Wajun.

»Ihr kommt nicht an mir vorbei«, rief ihm der Hüne herausfordernd zu. Er krallte beide Hände um das breite Langschwert, das andere Männer kaum hätten halten können. Wihaji verließ sich ganz auf seine Schnelligkeit. Er tauchte unter dem Schlag hindurch, ohne auch nur zu versuchen, ihn zu parieren. Der Hieb hätte ihm leicht den Arm gebrochen. Stattdessen warf er sich nach unten, streifte mit seinem Schwert die Knöchel des Mannes und rollte sich ab. Schon war er wieder auf den Beinen. Der Soldat schwankte und fluchte laut. Noch fiel er nicht, aber sein schmerzverzerrtes Gesicht war voller Hass. »Ihr besiegt ihn nicht!«, schrie er. »Wann seht Ihr es endlich ein, Ihr könnt den König nicht besiegen!« Erneut hob er sein mächtiges Schwert, und Wihaji schleuderte seinen Dolch. Er traf die ungeschützte Kehle, und kurz wünschte er sich, er hätte wenigstens Mitleid empfinden können.

Während der Mann sich am Boden wand, holte Wihaji seine Waffe zurück. In hundert Jahren war seine Treffsicherheit immens gewachsen.

»Du bist der Tod«, gurgelte der Soldat.

»Ja«, sagte Wihaji knapp, »das bin ich.«

Er, der Gegenkönig, der in einem verwunschenen Schloss inmitten blühender Wälder mit kristallklaren Seen lebte, er brachte nichts als den Tod. Er wusste das. Tizarun quälte seine Untergebenen, aber er tötete sie nicht. Er verlangte nur Unmögliches, während er ein Schiff nach dem anderen bauen ließ. Es war Wihaji, der keine Rücksicht nahm. Wihaji, der so unerbittlich war wie eine Klippe, an der das Meer sich brach.

Kein Bedauern. Kein Moment der Stille. Er kämpfte sich weiter, der blutroten Flagge entgegen. Und endlich erblickte er seinen Feind, einen hochgewachsenen Krieger mit rotem Umhang, dessen Saum über den blutgetränkten Sand schleifte.

Wihaji rannte auf ihn zu. Diesmal würde er nicht zulassen, dass

Tizarun entkam. Diesmal würde er ihn kriegen, ohne auf seine eigene Sicherheit zu achten. Der Flammende König wandte ihm den Rücken zu, während er gegen drei Soldaten kämpfte, die zu Wihajis kleinem Heer gehörten. Lebendige Menschen, die mit dem Schiff gekommen waren, die er aus der Werft gerettet hatte und die ihm seitdem treu dienten. Das Leben, das sie in Kato erwartet hatten, hatten sie nicht bekommen, und keiner von ihnen fürchtete sich davor, endgültig zu den Göttern zu gehen. Tizarun verteidigte sich äußerst geschickt gegen sie, spielte sie gegeneinander aus, brachte sie dazu, sich gegenseitig in die Quere zu kommen.

War er so viel besser geworden? Sein alter Freund war nie ein begnadeter Kämpfer gewesen. Er hatte gut fechten können, aber nicht herausragend. Geschickt, aber nicht außergewöhnlich. Tizarun war zu impulsiv gewesen, zu schnell in Wut oder in Angst zu versetzen, um gegen drei Soldaten gleichzeitig zu bestehen. Wenn er das mittlerweile beherrschte, zeigte das nur, wie wichtig ihm dieser Krieg zwischen ihnen beiden war.

Für das Schiff würde er alles geben.

»Er gehört mir!«, rief Wihaji seinen Leuten zu.

Er widerstand der Versuchung, Tizarun von hinten zu erstechen. Ihn an seinem lächerlichen Umhang zu packen und zu Boden zu reißen. Denn heute konnte es enden. Heute würde es enden. Es gab einen Weg, den Flammenden König ein für alle Mal an der Rückkehr nach Le-Wajun zu hindern. Die Zerstörung des Schiffs war letztendlich nur ein Aufschub, für den Karim und Anyana ein großes Risiko auf sich nehmen mussten. Falls Wihaji heute versagte, war es dennoch notwendig. Außerdem hatte er Karim eine Aufgabe geben müssen, um ihn aus dem Weg zu haben, denn was er heute vorhatte, verlangte mehr als ein Wagnis. Dafür war ein Opfer nötig.

Er fasste das Schwert fester, als Tizarun sich zu ihm umdrehte. Dunkle Augen funkelten in dem Sehschlitz des Helms, schwarze Strähnen lugten am Hals darunter hervor.

»Kämpf mit mir«, sagte Wihaji, »wenn du dich traust.«

Sich selbst zu töten würde er nie fertigbringen. So unvermeidlich sein eigener Tod auch sein mochte, er konnte nicht Hand an sich legen. Also musste Tizarun es tun. »Sterben wir gemeinsam«, rief er ihm zu, und dann griff der Behelmte an.

Tizarun kämpfte nicht einfach bloß gut, er war exzellent. Die Erfüllung des Plans rückte näher: bei diesem Kampf zu sterben, um zu den Göttern zu gelangen und den Flammenden König mitzunehmen. Hundert Jahre lang hatte Wihaji versucht, am Leben zu bleiben, denn er musste zurück, um Linua zu retten. Doch Karim hatte ihn von dieser Pflicht befreit. Linua war nicht mehr Teniras Gefangene, sie war frei. Und Wihaji hatte nun keine Entschuldigung mehr, warum er sich weigerte, durchs Flammende Tor zu gehen.

Und Tizarun musste er mit zu den Göttern nehmen.

Wihaji hoffte darauf, dass Tizarun nicht einfach wieder in Kato erwachen würde – wie beim letzten Mal, als er ihn getötet hatte –, wenn sie gemeinsam starben. Wenn die Götter ihn, den Aufrechten, denn zum Tor riefen. Zu viele Wenns und Vielleichts drohten, sein Opfer umsonst zu machen, aber es war das Einzige, was ihm einfiel. Und was er bisher vermieden hatte.

Funken sprühten, als die Schwerter aufeinanderkrachten. Ein taubes Gefühl breitete sich in Wihajis Arm aus, und nur mit Mühe schwang er die Waffe erneut. Wieder und wieder prallten die Klingen aufeinander. Seit wann war Tizarun so stark? Er musste einen neuen Lehrmeister haben. Ein Wunder, dass er sich unterrichten ließ; Tizarun hörte auf niemandem, der ihm Ratschläge erteilte. Dieser verdammte Bastard.

Schwer atmend sprang Wihaji zurück, besann sich auf seine Aufgabe und rückte erneut vor. Ein ums andere Mal versuchte er, dem Flammenden beizukommen, seine Deckung zu durchbrechen. Sich absichtlich zu opfern rückte in weite Ferne; er kämpfte um sein Leben. Tizarun drängte ihn Schritt für Schritt zurück, den Hang der Düne empor. Um sie herum starben Pferde und Männer. Pfeile schossen durch die Luft, bohrten sich in Hälse und ungeschützte Körperstellen. Tizarun drängte Wihaji weiter ab, weg von den Soldaten, die ihm zu Hilfe hätten kommen können. Er musste ihm unbedingt das Schwert abnehmen. Waren sie erst ohne Waffen, konnte er seine Nahkampftechniken anwenden, gegen die sein alter Freund stets machtlos gewesen war.

Schweiß tropfte ihm unter dem Helm in die Augen. Am liebsten hätte er sich das störende Ding vom Kopf gerissen, doch erneut streifte die Klinge ihn dort, wo sonst seine Wange gewesen wäre. Ohne den Helm wäre er längst tot.

Wihaji spürte, dass er ermüdete. Lange würde er das nicht mehr durchhalten, während sein Gegner kein bisschen müde zu werden schien. Die Toten wurden nicht müde.

Doch auch sie konnte man besiegen, indem man sie hinterrücks überrumpelte.

Ungläubig starrte der Flammende König auf die Lanzenspitze, die vorne aus seinem Kettenhemd drang. Er stieß ein Geräusch aus – einen erstickten Protest. Und im selben Moment als Lugbiya, die zu seiner Rettung erschienen war, Wihaji ein Lächeln schenkte, im selben Moment als der Kämpfer in den Sand fiel, erkannte Wihaji seinen Irrtum.

»Verdammt!«, schrie er.

»Was ist?«, fragte Lugbiya. »Mir schien, du brauchtest Hilfe.«

Er konnte sich nicht einmal bedanken. Stattdessen ließ er sich neben den Sterbenden auf die Knie fallen und löste den Helm von seinem Kopf.

»Das ist nicht Tizarun«, sagte Lugbiya. »Wer ist das?«

Es war Quinoc. Quinoc von Weißenfels, sein alter Kampfgefährte, sein Freund, einer der Edlen Acht. Und nicht Tizarun.

»Oh, verdammt!« Er nahm den eigenen Helm ab und beugte sich über Quinoc. »Wo ist Tizarun? Sag mir, wo Tizarun ist!«

Quinoc blinzelte verwirrt. »Wihaji? Was machst du denn hier? Ich dachte, ich würde mit dem Gegenkönig kämpfen.«

»Ich bin der Gegenkönig!«, rief er. »Wo ist der Flammende?«

Quinoc antwortete nicht.

Wihaji blickte zu Lugbiya hoch, die totenblass geworden war.

»Eine Falle«, flüsterte sie.

Er sprang auf. Natürlich hatte er Wachen zurückgelassen, um

das Schloss zu schützen. Er ließ die anderen niemals allein zurück. Und trotzdem krallte sich eine eiskalte Hand um sein Herz.

»Wir müssen zurück. Sofort.«

Lugbiya setzte das Horn an ihre Lippen und blies zum Rückzug. Noch nie hatte Wihaji solche Angst gehabt. Für Quinoc, dem blutiger Schaum vor den Lippen stand, hatte er keinen Blick übrig.

27. Matinos Glück

Tenira ließ sich nichts anmerken. Mit starrer Miene, unbeweglich wie eine Statue, saß sie auf ihrem Thron in der großen Halle unter dem goldenen Dach. Unzählige Sonnen prangten an der Decke, mit Goldfarbe ausgemalt oder aus glitzernden Mosaiksteinchen. Die Leuchtkugeln verwandelten den Saal in ein Meer aus Licht.

Der junge Prinz aus Wabinar blinzelte nicht einmal. Er verbeugte sich auch nicht vor ihr. Er stand nur da und blickte sie hochmütig an, und ihr blieb nichts anderes übrig, als es zu dulden. In Guna hatte es, wie sie gerade erst erfahren hatte, Schwierigkeiten gegeben, aber sie wusste noch nicht welcher Art. Noch hatte sie nicht die belebte Eisenarmee im Rücken, die Kanchar ein für alle Mal in die Schranken weisen würde. Noch musste sie gute Miene zum bösen Spiel machen und die Frechheiten der Feinde dulden.

Zum Glück verstand sie kein einziges Wort Kancharisch und brauchte einen Dolmetscher. Mit dem arroganten Kerl persönlich zu sprechen, hätte sie an den Rand ihrer Geduld gebracht.

»Er ist hier, um was zu fordern oder zu tun?«, fragte sie Fürst Bokka, ihren Übersetzer. Der Mann war nicht besonders eloquent und schon gar nicht, was die fremde Sprache betraf. Der Prinz musste sich mehrmals wiederholen, bis Bokkas verwirrtes Stirnrunzeln sich ein wenig glättete.

»Prinz Matino von Kanchar will, äh, Unterstützung, glaube ich, Eure Majestät.«

»Unterstützung welcher Art?«

»Für Prinz Sadi. Einen Lehrer. Nein, mehrere Lehrer? Ja, er will eine Auswahl an hochrangigen Adligen, die bereit sind, nach Wabinar zu gehen und den Jungen zu erziehen.«

»Wenn er so um das Wohl meines Sohnes besorgt ist, warum hat er ihn dann nicht mitgebracht?«

Bokka senkte die Stimme. »Eure Majestät, es ist ein großzügiges Angebot, das wir auf jeden Fall annehmen sollten. Auf diese Weise habt Ihr weiterhin Einfluss auf die Erziehung des Großkönigs.«

Tenira schnaubte. »Wir könnten ihn hierbehalten und einen Geiselaustausch vorschlagen.«

»Seid Ihr wahnsinnig?«, entfuhr es ihm. Erschrocken schlug er die Hand vor den Mund. »Bitte, Hoheit, verzeiht. Das war unangemessen.«

Das war es auf jeden Fall. Für eine solche Beleidigung hatte er eine Strafe verdient, doch leider gingen ihr die Ratgeber aus. Sie vermisste ihren Bruder Quinoc schmerzlich, und in Momenten wie diesen fühlte sie die Trauer wie einen bitteren Kloß in ihrem Magen.

»Verzeiht, aber ich bin an Eurer Seite, um offen zu Euch zu sprechen. Den Bruder des Kaisers zu bedrohen würde Le-Wajun erneut in einen Krieg stürzen, den wir nicht gewinnen können. Im schlimmsten Fall würde Kaiser Liro Euren Sohn sofort töten. Und er würde Euch keinesfalls auf dem Thron belassen, also macht bitte keinen Fehler.«

Bokka wusste nichts von Laikan und der Eisenarmee, die auf ihren Einsatz wartete, doch ihm zu diesem Zeitpunkt mangelndes Vertrauen vorzuwerfen, hätte ihn nur misstrauisch gemacht.

»Also suchen wir einen Erzieher aus. Wie wäre es mit Euch?«

Sie weidete sich an seinem Entsetzen, doch das hatte er sich selbst zuzuschreiben.

»Wer, ich? Ich, Hoheit? Aber wer soll Euch dann beraten?«

»Die Kancharer werden mir jemanden zur Seite stellen, daran zweifle ich nicht. Meldet Ihr Euch freiwillig, Fürst?«

Er verdrehte die Augen, richtete dann jedoch das Wort an den schwarzhaarigen, dunkeläugigen Prinzen, der zustimmend nickte. Der junge Mann war ihr unheimlich, sie traute ihm nicht. Sie traute überhaupt keinem Kancharer.

»Er freut sich über meine Bewerbung, verlangt jedoch weitere

Kandidaten. Es komme nur der Beste für den jungen Großkönig in Frage.«

»Sagt ihm, dass Ihr das seid. Ihr seid ein Vertrauter meines Sohnes.«

Bokka gehorchte. Er sprach mit Prinz Matino, und Tenira nickte ungeduldig. »Sagt ihm auch, er möge sich am Hof so viele Lehrer aussuchen, wie er will.« Sie blickte sich um. Die Adligen, die bei Besprechungen wie dieser anwesend waren, standen leise flüsternd am Rand. »Habt Ihr nicht gehört? Es wird ein Lehrer für meinen Sohn gesucht!«

Das wirkte. Die edlen Herren und Damen widmeten ihr endlich die nötige Aufmerksamkeit.

»Wenn Ihr es wünscht, werden wir Euren Gast bei seiner Suche unterstützen«, sagte einer.

»Was seid Ihr bloß für Männer!«, rief Tenira aus. »Ihr wart Euch nicht zu schade dafür, gegen Kanchar in den Krieg zu ziehen. Ihr habt alles stehen und liegen gelassen, Eure Ämter und Städte und Familien und was weiß ich noch. Es hätte gut sein können, dass Ihr nie zurückkommt. Aber niemand kann nach Wabinar gehen, um etwas wirklich Wichtiges zu tun? Und das sind die Helden, die geschworen haben, der Sonne von Wajun bis an das Ende der Welt zu folgen! In den Krieg, ja, aber für den Frieden? Ihr macht mich krank, ihr alle.«

Betreten senkten sich die Köpfe, das Tuscheln verstummte.

»Also bedenkt, meine Herren und Damen: Was habt Ihr für eine Verantwortung, die nicht warten kann? Irgendein Fürstentum, das Euch dringend braucht? Irgendetwas, das wichtiger ist als die Sonne von Wajun, die gerade einmal fünf Jahre alt ist?«

Zögernd meldete sich der Erste, dann zog einer nach dem anderen nach.

»Sagt dem Prinzen, er soll seine Wahl treffen«, wies sie Bokka an. »Ich ziehe mich zurück.«

Ihr wilder Herzschlag beruhigte sich erst wieder, als sie allein war. Seit den Geschehnissen in Kanchar kam Tenira sich vor wie in einem seltsamen Traum. Die Götter waren ihr gnädig gewesen, hatten ihr Wunder um Wunder geschenkt, und was war daraus erwachsen? Wie hatte sie unterliegen können? Sie verstand es einfach nicht. Doch vielleicht würde sie das irgendwann. Licht würde auf den dunklen Weg fallen, den sie gegangen war, und sie würde alles begreifen. Am Ende dieses Weges wartete Tizarun.

Die Sehnsucht nach ihm wohnte ungebrochen in ihrem Herzen, begleitete sie jede Stunde. Manchmal war es fast, als wäre er ganz nah bei ihr, als stünde er dicht hinter ihr, doch wenn sie sich umdrehte, war niemand da.

Ihren Sohn hingegen vermisste sie erstaunlicherweise nicht. Er war nicht Tizarun, und sie konnte nichts von ihrem Geliebten in ihm sehen. Hätte sie die Wahl gehabt, sie hätte ihn herholen lassen, damit er bei ihr war, doch die hatte sie nicht. Und wenn sie entscheiden musste zwischen ihren wahren Wünschen und dem Kind, würde sie keinen Moment zögern.

Tizarun erwartete sie in Wabinar.

Sie wusste es in ihrem Herzen, sie sah es in ihren Träumen. Er war dort, und sie musste zu ihm, und wenn sie Sadi dafür aufgeben musste, würde sie den Preis bezahlen.

Tenira erfasst wieder eine Unruhe, die sie in ihr Sonnengemach trieb, wo sie Zwiesprache mit Tizarun halten konnte. Dort konnte sie ihn beinahe fühlen.

Heute fiel das Licht wie ein blassgoldener Schleier durch die Glaskuppel. Die fein gearbeiteten, vergoldeten Metallblätter, die die Kuppel von außen wie Blütenblätter umschlossen, waren halb geöffnet. Durch die Magie, die in sie eingearbeitet war, reagierten sie auf das Licht der Sonne und die wechselnden Tageszeiten. Auch die hauchdünne Wolkenschicht, die den Himmel wie eine Patina überzog, milderte die Helligkeit. Tenira vermied den Blick auf das breite Bett und setzte sich an den Rand des Wasserbeckens. Und wie schon einmal zuvor schaute sie daraus ein Männergesicht an.

»Ich wünschte, Ihr würdet das lassen, Laikan!«, rief sie verärgert aus.

»Das hier duldet keinen Aufschub. Wir sind auf Schwierigkeiten gestoßen.«

»Drückt Euch deutlicher aus! Welche Art von Schwierigkeiten?«

»Eisenvögel sichern die Berghänge und schweben über dem Pass, der nach Guna hineinführt. Wir müssen zu den Minen, um unsere Soldaten zu beleben, aber wir brauchen bereits jetzt diese Soldaten, um zu den Minen zu gelangen.«

»Ich werde Euch Unterstützung schicken.«

Laikan versuchte nicht, seine Erleichterung zu verbergen. »Dann ziehe ich mich zurück und werde darauf warten.«

Eisenvögel über Guna? Was war da los? Diese lästige Provinz musste in ihre Schranken gewiesen werden – wieder einmal.

Matino war mit seinen bisherigen Ergebnissen im Schloss von Wajun äußerst zufrieden. Bokka lag auf dem Rücken. Auf seiner Brust breitete sich ein großer roter Fleck aus, seine Augen stierten glasig zum Himmel. Er war eindeutig tot.

Und trotzdem wollte es jeder sehen, es mit eigenen Augen bestätigt finden. Und mehr als einer fragte ungläubig: »Wie, er ist tot? Das kann doch nicht sein.«

Träge trat Matino dazu und heuchelte Überraschung.

»Man hat ihm das Herz herausgerissen!« Eine Dame fiel in Ohnmacht.

Eine Seele. Stolz, aufrecht, ein Mann ganz nach seinem Geschmack. Die erste Seele für das Ungeheuer, und es war so leicht gewesen. Wajuner hatten keine Hemmungen, sich porträtieren zu lassen. Die Erklärung, er brauche die Bilder der möglichen Erzieher, damit der Kaiser in Wabinar eine Entscheidung treffen könnte, war Bokka nicht etwa seltsam vorgekommen – er schien sogar vergessen zu haben, dass in Kanchar keine Bilder erlaubt waren. So töricht, so leichtsinnig. Und so einfach zu töten, obwohl der Fürst noch versucht hatte, Widerstand zu leisten. Ein alter Soldat, ein Kämpfer. Matino war mehr als zufrieden.

»Kalazar?«

Matino drehte sich zu einem jungen Mann um, der mit starkem

Akzent Kancharisch radebrechte. »Ich wurde dazu abgestellt, für Euch zu übersetzen.«

»Wunderbar. Wir können gleich die nächsten Befragungen für die Erzieher des kleinen Prinzen durchführen.«

»Mit Verlaub, aber die Großkönigin wünscht Euch zu sprechen.«

Matino hatte bereits eine Ahnung, worum es gehen könnte, und tatsächlich, die Tenira, die ihn auf ihrem Thron erwartete, mit gerunzelter Stirn und unordentlicher Frisur, war wesentlich angespannter als vorhin. Sie versuchte nicht einmal mehr zu lächeln.

»Eisenvögel über Guna«, sagte sie, wie der Dolmetscher weitergab. »Wie erklärt Ihr das als Abgesandter von Kanchar?«

»Wir sichern nur unsere Grenzen«, sagte Matino mit einem seidigen Lächeln. Er machte sich keine Sorgen darüber, dass er sich allein in Feindesland befand, ohne einen Wächtertrupp, der ihm den Rücken stärkte. Wenn sie meinte, er sei verletzlich, sollte sie es nur versuchen. Doch dass er sein Gästegemach sorgfältig abschloss und einen Dolch mit ins Bett nahm war selbstverständlich. Gift wäre allerdings fatal. Was das betraf, musste er ab jetzt noch vorsichtiger sein.

»Eure Grenzen?«

»Guna wurde als neuntes Königreich dem Kaiserreich Kanchar hinzugefügt.« Ihr Gesicht bei dieser Eröffnung zu beobachten war einfach köstlich. »König Selas und Königin Lan'hai-yia von Guna unterstehen damit unserem Schutz, und jede Verletzung der Grenzen wird als Affront gegen uns betrachtet.«

»Das ist doch …« Sie fluchte laut, und der Übersetzer verstummte höflich.

»Sobald ich nach Wabinar zurückgekehrt bin, werde ich Euch einen Berater senden, der unsere Interessen in Wajun vertritt.« Er deutete eine Verbeugung an. »Und erlaubt mir, Euch mein Beileid für Euren Verlust auszusprechen. Der Fürst wäre ein hervorragender Lehrer für Euren Sohn gewesen, dessen bin ich gewiss.«

Tenira rief etwas, doch der junge Mann, der dolmetschen sollte, schwieg. Vielleicht hatte sie gefragt, warum er dann derjenige war, der Bokka als Letzten gesehen hatte. Doch wer sollte ihn anklagen? Sie etwa?

Dennoch, er musste vorsichtig sein, sehr vorsichtig. Vielleicht sollte er die anderen Anwärter lieber erst nach Wabinar mitnehmen und dort einen Unfall erleiden lassen. Ohne eine Schlacht war es schwierig, an genügend geeignete Seelen zu gelangen. In Zeiten wie diesen vermisste Matino den Rat von Meister Spiro. Es kam nicht nur auf die Anzahl der Seelen an. Niedere Bürger und Sklaven, nach deren Schicksal niemand fragte, gab es zuhauf. Was er brauchte waren starke, kämpferische Menschen, die dem Drachen Flügel verliehen. Und er benötigte Zeit. Je mehr er darüber nachdachte, umso deutlicher wurde ihm Letzteres. Um unauffällig Seelen zu fangen, ohne je des Mordes angeklagt zu werden, würde er sehr viel Geduld aufbringen müssen.

Laikan, König von Anta'jarim, beugte sich über die Wasserschale, die der Magier auf den behelfsmäßigen Tisch gestellt hatte. Er bestand aus einem flachen Stein, über den sie ein grobes Tuch gebreitet hatten. Das Lager am Fuß der gunaischen Berge bot wenig Bequemlichkeit für einen König, doch Laikan war das entbehrungsreiche Soldatenleben gewöhnt. Letztendlich konnte er sich kaum vorstellen, lange Zeit in einem luxuriösen Schloss zu verbringen. Auch an seine Gemahlin dachte er ungern.

»Wie viele Soldaten könnt Ihr schicken?«, fragte er, sobald das Bild klarer wurde. Der Schatten eines Eisenvogels zog darüber hinweg und ließ ihn schaudern. Sie machten ihre Anwesenheit allzu deutlich, doch noch hatten die Feuerreiter nicht angegriffen. »Wann machen sie sich auf den Weg?«

»Kanchar hat Guna annektiert«, sagte Tenira. Ihre Stimme war heiser vor Wut. »Ich kann keine Soldaten schicken, ohne einen Krieg zu riskieren, für den wir noch nicht bereit sind.«

Laikan hätte sich am liebsten die Ohren gerieben. »Was redet Ihr da? Guna ist wajunisch!«

»Nicht länger!«, fauchte sie. »Wir können nicht an die Brandsteinmine heran, ohne dass uns die Eisenvögel zerschmettern. Die

Kancharer sind frech wie nie. Der Prinz hat meinen Ratgeber ermordet und gebärdet sich, als gehöre der Palast ihm!«

Er atmete tief durch. Ein Fehler, denn das Bild auf der Wasseroberfläche verschwamm, und der verfluchte Magier stieß ihn beiseite und legte die Hände um die Schale, bis sich das Wasser wieder geglättet hatte. Die kurze Pause half Laikan, sich zu beruhigen. Tenira durfte auf keinen Fall einen Angriff der Kancharer provozieren. Nicht jetzt, da zweitausend Eisensoldaten an der anta'jarimischen Küste standen, eine Armee aus Statuen. Noch waren sie völlig nutzlos. Seine Leute hatten die Soldaten mit Segeltuch abgedeckt, um sie vor einer Entdeckung zu schützen, denn weder spionierende Feuerreiter noch neugierige Magier sollten hinter dieses Geheimnis kommen. Es war viel zu früh für einen Angriff.

»Laikan? Seid Ihr noch da?«, hörte er Teniras Stimme. »Ich werde diesen arroganten Prinzen in die Schranken weisen!«

»Nein, Hoheit. Nein, tut das nicht.« Er suchte nach den richtigen Worten, um sie zu besänftigen. »Lasst Kanchar den Sieg. Nehmt die Demütigungen hin, so schwer es auch fällt. Umso süßer wird unsere Rache sein.«

»Rache?«, fragte sie.

Nun hatte er sie. Rache war etwas, das sie kannte, das sie gekostet und woran sie sich verbrannt hatte. Sie war süchtig danach und zu ungeduldig, um darauf zu warten, aber eben dazu musste er sie bringen. Wochen oder Monate waren viel zu wenig für das, was er plante.

»Lasst Kanchar mit Freuden zusehen, wie Ihr Euch beugt. Gebt Prinz Matino, was immer er will. Lächelt, aber nicht zu sehr, damit er nicht misstrauisch wird.«

»Ihr verlangt sehr viel.«

»Ich weiß, Hoheit. Und wie ich das weiß. Aber Geduld wird uns den Sieg bringen. Ich werde dafür sorgen, dass wir die Brandsteine bekommen. Ich werde unsere eigene Eisenarmee damit ausstatten. Während Kanchar glaubt, dass wir trauern und unsere Wunden lecken, wird Nehess uns Schiff um Schiff mit neuen Soldaten schicken. Würden wir nur die Soldaten, die wir jetzt haben, beleben und sofort losschlagen, hätten wir zweitausend unzerstörbare Krieger, die nicht sterben können. In einem Jahr könnten es jedoch doppelt so viele sein, in zwei Jahren sechstausend, in drei Jahren … Rechnet es Euch aus.«

»Wie gedenkt Ihr denn an die Brandsteine zu kommen?«, fragte sie spöttisch. »Wollt Ihr sie nach und nach kaufen? Das wird auffallen.«

Er war geneigt, ihr die Ungläubigkeit zu verzeihen. »Ich werde sie natürlich stehlen. Ich werde einen Tunnel in den Berg graben und mir einen eigenen Zugang zur Mine verschaffen. Und dann werde ich die Steine Stück für Stück durch die Wälder nach Anta'jarim schaffen. In den Wäldern des Hirschgotts wird eine Eisenarmee schlummern, die erwachen wird, sobald wir sie brauchen. Sobald wir bereit sind. Und dann kommen wir über die Welt, die uns so schändlich behandelt hat.«

»Brandsteine schmuggeln? Das würde nur jemand tun, der lebensmüde ist.«

»Ich war bei Lan'hai-yias kleiner Rebellentruppe dabei«, sagte Laikan mit einem Lächeln. »Ich weiß, wie man es macht. Wir werden vorsichtiger damit umgehen als irgendjemand zuvor. Wir werden die Steine tragen, als seien es die Herzen unserer Geliebten. Niemand wird sterben – nicht allzu viele jedenfalls. Und jeder Tote wird eine Stufe sein auf der Treppe, die uns in die Höhe führt. Was sagt Ihr?«

»Jahre«, murmelte sie. »Oh ihr Götter, Jahre!«

Wieder glitt ein Eisenvogel über ihn hinweg, und Laikan musste den Impuls unterdrücken, drohend die Faust in die Höhe zu recken.

»Wird es gelingen?«, fragte sie schließlich.

»Die Götter sind mit uns«, gab er zurück, denn er wusste, wie sehr sie an die Macht der Götter glaubte.

»Gut«, sagte sie leise. »Dann warten wir. Und beißen die Zähne zusammen.«

»Denkt an unsere Rache. Wann immer Ihr nachgebt und Euch Kanchar fügt, denkt an unseren Traum.«

Er stieß gegen die Schale und lehnte sich zurück. Einen Moment lang schloss er die Augen.

Ein Tunnel. Schmuggler, die er nach Guna schicken würde. Minenarbeiter, die sich unter die gunaischen Arbeiter mischen mussten. Ein Wegenetz, auf dem die Brandsteine transportiert werden könnten, ohne jemals für Fragen oder gar Aufsehen zu sorgen.

»Rückzug«, befahl er nach einem kurzen Blick nach oben. »Kehren wir nach Anta'jarim zurück.«

»Alles in Ordnung?«, fragte Selas.

Lan'hai-yia zuckte zusammen, als er sie so plötzlich ansprach. Seit sie Guna verkauft hatte, war ihre aufkeimende Freundschaft wieder verwelkt. Er sprach kaum mit ihr, und sie lebten nebeneinander her wie Fremde. Das graue Haus umgab sie wie die Wände einer Zelle. Königstal war ihr Gefängnis, und sie beide waren aneinandergekettet wie Verbrecher. Sie hatte das Gefühl, dass sie seine Verachtung verdiente, deshalb hatte sie ihn nie zur Rede gestellt.

»Ja, natürlich, warum fragst du?«

»Du starrst die ganze Zeit auf deinen Teller.«

Verwirrt betrachtete sie das Essen, in dem sie mit der Gabel herumgestochert hatte. Diese widerliche Masse aus Eiern und Kräutern sollte sie essen?

»Vorhin hat mir eine der Frauen gratuliert«, sagte sie.

»Wozu?«, wollte er wissen.

»Zu unserem Kind.«

Selas blinzelte. »Du bist schwanger?« Ein Lächeln breitete sich auf seinem Gesicht aus, und allein für dieses Lächeln hätte sie ihn lieben können. Lieben – in Freundschaft. »Ich wusste nicht, dass du dir einen Geliebten genommen hast. Nein, ich werde nicht fragen. Wir werden dieses Kind als unseren Erben aufziehen, und du musst nichts weiter zum Vater sagen.«

»Unser Kind. Wir werden ein Kind haben.« Darüber zu sprechen machte es beinahe real. Sie konnte es kaum aussprechen, die Worte schienen sich mit Widerhaken in ihrer Zunge festzukrallen. *Selas, ich habe dich nicht betrogen*, wollte sie sagen. Auch wenn es kein richtiger Betrug gewesen wäre. Sie liebten einander nicht, sie hatten sich nichts versprochen als die gemeinsame Herrschaft über Guna. *Ich weiß nicht, wie ich schwanger sein könnte.* Die Sache mit Laikan war zu lange her. Oder? War es möglich, dass ein Kind oder eher noch der Same eines Kindes so lange in einem Bauch ruhte, bis er irgendwann anfing zu wachsen? Oder wie sonst hätte es passieren können?

Ein Gedanke ... beinahe zu schrecklich, um ihn weiterzudenken.

Da war dieser eine Morgen in Wabinar gewesen, kurz vor ihrer Abreise, als sie sich seltsam schläfrig gefühlt hatte und auf eine komische Weise beunruhigt. Was, wenn man sie betäubt hatte? Es gab keine Türen im Palast, jederzeit hätte jemand hereinkommen können. Ein Magier, der ihr etwas verabreicht hatte? Und dann? Hatte jemand ihr Gewalt angetan, während sie geschlafen hatte? Es nicht zu wissen war das Schlimmste.

Ein Teil von ihr wollte diese beunruhigenden Fragen aussprechen. Sie brauchte Trost, sie wollte, dass jemand sie in den Arm nahm. Aber Selas konnte dieser Jemand nicht sein.

»Wie schön.« Seine Stimme war warm und voller Verständnis, vielleicht sogar voller ehrlicher Vorfreude. »Weiß er es? Wird er damit umgehen können, dass das Kind als meines aufwächst? Denn wir dürfen es niemandem sagen, Lani. Der Erbe muss unser Fleisch und Blut sein. Es gibt sonst niemanden, der nach uns kommen könnte, keinen Neffen, keine Nichte, niemanden.«

»Ja«, sagte sie tonlos.

Es konnte nicht sein, und doch war es so. Sie spürte, wie ihr Körper sich veränderte, dass ihre Brüste schwer wurden und ihr Magen empfindlich. Ihre Sinne waren scharf wie nie, jeder Geruch so deutlich wie nie zuvor. Sogar die Farben hatten sich geändert, waren strahlender, deutlicher voneinander abgegrenzt.

Dieses Kind war wie ein Fluch, der sie getroffen hatte. Vielleicht aber auch ein Wunder, das ihr die Götter geschenkt hatten.

III. VON SOLDATEN UND UNGEHEUERN

28. In den verschneiten Wäldern

Seit acht Jahren träumte Yando von Ruma. Seit acht Jahren verfolgte ihn die Liebe eines Mädchens, das sich aus dem Fenster gestürzt hatte. Wenn er mit dem Kaiser und seinem Schüler zusammen nach Guna reiste, hoffte er, ihr zu entkommen. Doch er konnte zwar Wabinar und den Palast hinter sich lassen, aber niemals Ruma. Sie wohnte in seinem Herzen; immer würde sie darin wohnen.

So auch in dieser Nacht. Er sah sie, jung und schön wie immer. Sie drehte sich zu ihm um, blickte ihm entgegen, sehr ernst, und lächelte dann. »Yando«, sagte sie. »König Kir'yan-doh von Guna. Dein Name ist Musik in meinen Ohren.«

»Nichts kommt deinem Namen gleich.« Er streckte die Hand nach ihr aus, er konnte nicht anders. Vorsichtig berührte er ihr weiches Haar, das im Sternenlicht glänzte. Sie schmiegte ihre Wange in seine Hand, und ehe er es sich versah, hing sie an seinem Hals und ihre Lippen fanden seine.

Yando schloss die Augen und schmeckte ihren Mund, und seine Hände gruben sich in ihre seidigen Locken.

Der Wunsch, sich in ihr aufzulösen, kam mit einer solchen Gewalt über ihn, dass er selbst davor erschrak. Hier war der Trost, den er so dringend brauchte, die Versicherung, dass alles gut war, hier war Vergebung. Er versuchte, Herr über sich selbst zu bleiben, und sagte mit rauer Stimme: »Du überraschst mich.« Er sagte es dicht an ihrem Ohr, Wange an Wange mit ihr, während seine Hände schon begannen, ihren Körper zu erforschen. »Hast du heute keine Angst, dass man uns ertappt?«

Sie machte einen Schritt von ihm fort, und er wollte schon aufheulen über den Verlust, ohnmächtig in einem Schmerz, für den er kein anderes Heilmittel wusste als sie. Aber sie blies nur die Kerzen aus, und es war dunkel. »Sag nichts«, flüsterte sie. »Bitte, sag nichts.« Dann schälte sie ihn aus seinen Kleidern heraus wie eine köstliche Frucht, und er tat das Gleiche mit ihr. Er fühlte ihre Haut überall, warm und weich, und vergrub sich in ihrem süßen Fleisch. Und war zu Hause, wie er noch nie zu Hause gewesen war. Entrückt, wie er noch nie entrückt gewesen war, ganz daheim und ganz bei den Sternen. Doch da hielt sie auf einmal inne und fragte: »Yando, liebst du mich?«

»Ja, Ruma«, flüsterte er, »ja, ich liebe dich.«

»Ich habe eine Bitte.«

»Alles«, keuchte er, »alles, was du willst.«

»Schwöre«, befahl sie, und er schwor, ohne nachzudenken. Er hielt sie im Arm, er klammerte sich an sie und sagte: »Bei den Göttern, ich schwöre alles, alles, was du willst.« Er bedeckte ihr Gesicht mit seinen Küssen und verschlang ihren Mund, und alles war ein Wunder. Sie lebte, und er hatte sich geirrt. Tränen rannen ihm über die Wangen vor Glück.

»Was wünschst du dir, mein Herz?«, fragte er. »Soll ich dich mitnehmen? Willst du von hier fort? Ich fliehe mit dir, wohin du auch willst.« Er würde den Vertrag, den er mit Liro geschlossen hatte, zerreißen. Und wenn ihn sämtliche Soldaten des Kaiserreichs verfolgten, es war ihm gleich. Sie konnten einfach leben, im Verborgenen irgendwo. »Ich brauche nichts, wenn ich nur dich habe, Ruma.«

Er erwartete, dass sie zustimmte. Er hielt sie immer noch in seinen Armen, eng an sich gepresst, und dachte: *Wir könnten fliehen, wir beide.* Er wusste, dass es das war, was sie sich erhoffte. Sie war hier nie glücklich gewesen. Aber nun würde das Glück kommen. Sie würden weggehen, gemeinsam. Er würde alles planen.

»Töte Matino«, sagte sie.

»Was?« Er fühlte sich wie jemand, der aus dem warmen Zimmer in den Schnee springt, mit den bloßen Füßen ins Eis.

»Du hast mich verstanden.« Dann verblasste ihr Gesicht auf einmal, es verschwamm wie ein Antlitz in einer Wasserschale. Sie war da und war es doch nicht. Der Traum löste sich auf, und zurück blieb das schreckliche Gefühl seines Versagens.

Er hätte Matino töten sollen – wenn nicht für sich selbst, dann für sie. Er hätte mit ihr fliehen sollen. Sein Pflichtbewusstsein war ihm wichtiger gewesen als die Frau, die er liebte. Guna. Kanchar. Liro. Sadi.

Manchmal kam es ihm vor, als sei Ruma erst seit gestern tot. Und manchmal, in Träumen wie diesen, durfte er für kurze Zeit daran glauben, dass es noch nicht geschehen war, dass er ihren Sprung noch verhindern konnte. Doch es gab kein Zurück, nur Bedauern.

Wie ein Albtraum senkte sich die Wirklichkeit über ihn, die wie eine kalte Nacht voller Sterne und Schnee war. Er saß aufrecht in seinem Bett, reglos, eingefroren wie ein Betrunkener in eisiger Winternacht.

»Ruma«, flüsterte er, »das kann ich nicht tun. Ich konnte es nicht. Ruma, ich konnte es nicht.« Sie hatte ihn nie darum gebeten, dennoch hätte er es tun sollen. Hatte er nicht oft genug darüber nachgedacht?

Warum schickten ihm die Götter solche Träume? Wollten sie ihn quälen, war er nicht schon gestraft genug? Was wollten sie denn noch von ihm?

»Ich bin kein Mörder«, flüsterte er.

»Doch«, widersprach Ruma. Sie wisperte ihm die Worte ins Ohr, die Schuld, die er nicht auf sich genommen hatte und dennoch bis an sein Lebensende tragen musste. »Doch, Yando, das bist du. Du hast mich ermordet.«

Er vergrub sein Gesicht in den Händen, als könnte er dort Schutz finden vor der Nacht seiner Seele.

»Ich liebe dich, Ruma«, sagte er. »Oh ihr Götter, Ruma!«

»Tu es«, befahl sie. »Ich will, dass du Matino tötest.«

Übelkeit stieg in ihm hoch. Er griff sich an den Hals, schluckte. Ihm war schwindlig. Seine Hände begannen wieder zu zittern, heftig, unkontrollierbar. »Nein«, flehte er. »Nein, oh bitte, Ruma, nein.«

Er stieg aus dem Bett, um den Traum abzuschütteln. Draußen ging bereits die Sonne auf, rot und glühend kam ein neuer Morgen.

Dort unten auf einem der Dächer lag Ruma. Er sah sie jedes Mal, wenn er aus einem Fenster hinausblickte, obwohl sein Verstand wusste, dass da nichts war. Sie lag da, mit ausgebreiteten Armen, und er konnte sie nicht retten. Er musste weiterhin seine Pflicht tun. Es gab keinen Ausweg.

Im Laufe der Jahre waren seine Träume von Ruma seltener geworden, und dennoch suchte sie ihn immer wieder heim, um ihn an seine Versäumnisse zu erinnern. Jeden Morgen stand Yando auf und war sich bewusst, dass er auf einem sehr schmalen Grat balancierte. Er hatte gehofft, hier würde es besser sein, doch das war es nicht. Auch in Guna gab es keine Erlösung.

Ein Geräusch aus dem Nebenzimmer ließ ihn aufhorchen. Der Kaiser. Die Pflicht rief.

Obwohl Yando schon lange nicht mehr als Leibdiener arbeitete, sondern nur noch als Ratgeber und Erzieher des wajunischen Prinzen, frühstückte er jeden Morgen mit Liro. Er war Liros Halt gewesen in den schweren Wochen nach Rumas Tod, und keinen Moment lang wäre Liro auf den Gedanken gekommen, dass auch Yando trauerte. So sollte es auch bleiben.

Yando öffnete die schwere Holztür und trat in den schmalen Gang hinaus. Fahlweißes Morgenlicht sickerte durch die Fenster. Durch die Fugen zog es leicht, und ihn fröstelte. Doch der Duft nach dem starken süßen Kräutertee, den Maira jeden Tag zubereitete, malte ihm ein Lächeln auf die Lippen. Etwas brutzelte in einer Pfanne, und schon wehte der kräftige Geruch von Schinken und Eiern durchs ganze Haus.

Maira stand in der Küche und drehte sich zu ihm um, sobald sie ihn hörte. Während die Welt um sie herum zerfiel, wie ihm manchmal schien, wurde die junge Frau von Tag zu Tag schöner. Ihr Grinsen ehrlicher, das Leuchten ihrer Augen heller.

»Speck, Yando?«

Auf den schlichten Holzstühlen hockten die Jäger, die sie begleiten würden. Die Königin schickte ihnen immer dieselben griesgrämigen Männer. Sie sprachen nicht viel und ignorierten ihn völlig, doch manchmal hatte er das Gefühl, dass sie ihn heimlich beobachteten. Dabei konnten sie nicht wissen, wer er war. Das war die Bedingung dafür gewesen, dass er überhaupt gunaischen Boden betreten durfte. Lani hatte nicht vergessen, dass sie ihn verbannt hatte. Nur weil sie es nicht wagte, den Kaiser zu brüskieren, duldete sie zähneknirschend, dass er ihr Königreich betrat.

»Gerne.« Er nickte den Männern zu, die nur kurz aufblickten, und setzte sich an den Tisch. Draußen schneite es wieder. Große weiche Flocken legten sich auf das Sims.

»Ein wundervoller Tag!« Liro gähnte ausgiebig. Er war kein Frühaufsteher, auch wenn er sich an die Regeln der Jäger hielt. Die Gunaer neigten ehrerbietig die Köpfe. »Ich mag gar nichts essen, meinetwegen können wir gleich los.«

So früh hatte Liro noch keinen Appetit. Später, wenn sie unterwegs waren, würde er Hunger bekommen. Maira packte ihnen stets reichlich Wegzehrung ein. Während die Männer ihren Tee schlürften, schichtete sie Äpfel, Käse, dunkles Nussbrot und helle Gewürzkuchen in einen Lederbeutel.

»Kommt Sadi heute mit?«, fragte Liro.

»Ich schau mal, ob er schon auf ist.« Yando schob seinen Teller zur Seite. Der Junge kam jedes Mal mit, wenn der Kaiser seinen Jagdausflug antrat – die einzige Möglichkeit für ihn, weite Strecken zu fliegen. Sadi war zwar erst dreizehn, ließ es sich aber trotzdem nicht nehmen, den Eisenvogel selbst zu lenken, mit dem sie herkamen. Matinos Unterricht hatte Früchte getragen, so ungern Yando es auch zugeben mochte. Jedes Mal, wenn der Junge Zeit mit dem Prinzen verbrachte, fühlte Yando sich wie eine Glucke, die die Flügel über ihr Küken legt, um es vor dem Habicht zu beschützen.

»Sadi?« Er klopfte und öffnete die Tür.

Das Bett war leer. Yando seufzte innerlich. Der Versuch, dieses Kind zu bändigen und an Regeln zu gewöhnen, war von vornherein zum Scheitern verurteilt gewesen. Immerhin war die Seele dieses Jungen ein verwöhnter Kaisersohn, der Bruder von Matino.

Mittlerweile musste Yando sich diese Tatsache jedoch beinahe mit Gewalt in Erinnerung rufen, so sehr war ihm Sadi ans Herz gewachsen.

Mit einem resignierten Kopfschütteln kehrte er in die Küche zurück. Die Jäger waren bereits auf dem Sprung, nur Liro saß noch mit zusammengepressten Lippen am Tisch. So gerne er auf die Jagd ging, so aufgeregt war er jedes Mal davor. In den Wäldern war es nicht ungefährlich, vor allem jetzt im Winter. In Talandria wäre es zwar noch weitaus riskanter gewesen, mit dem Edlen Kaiser durchs Gebirge zu streifen, doch auch in Guna konnte etwas Unvorhergesehenes passieren. Die Ponys waren trittsicher wie Bergziegen, aber wenn sie in eine Schneewehe gerieten, konnten auch sie stürzen. Die Bären hielten Winterschlaf, aber seit einigen Jahren kamen die Schneepanther aus den höheren Regionen herunter. Eine größere Gruppe griffen sie nicht an, doch wehe, jemand verlor die anderen im Schneetreiben. Die Panther sprangen aus den Wipfeln herab, und wenn sie einen Reiter erwischten, rissen sie ihn vom Pferd und bissen ihn ins Genick.

Wäre es nach Yando gegangen, hätten sie ganz auf diese Ausflüge verzichtet, doch Liro konnte erstaunlich stur sein. Und Sadi war ein Überlebenskünstler, der die Gefahr geradezu suchte.

»Er ist weg«, sagte er laut.

Liro stöhnte. »Oh ihr Götter. Nicht schon wieder.«

»Ihr solltet trotzdem auf die Jagd gehen. Die Königin muss hiervon nichts erfahren. Sie wird es nicht gerade schätzen, wenn einer ihrer ungeliebten Gäste ohne Aufsicht durch die Wälder streift.«

Yando hatte nicht mehr mit seiner Schwester gesprochen, seit Guna ein Teil von Kanchar geworden war. Lan'hai-yia konnte nichts dagegen unternehmen, dass der Kaiser seinen Winterurlaub in ihrem und Selas' Königreich verbringen wollte und Yando mitbrachte, doch sie hatte sehr deutlich gemacht, dass sie keinen persönlichen Kontakt zu ihrem Bruder wünschte. Um keinen Streit zu provozieren, bezogen sie ein Haus in einem Nachbartal und nicht in Königstal, und wenn der König und die Königin zu ihrem Begrüßungsbesuch kamen, zeigte er sich nicht.

»Ich werde Sadi suchen.«

»Allein?«, fragte Liro skeptisch. »Wir sollten ihn gemeinsam suchen.«

»Ihr kennt Sadi. Er wird sich von den Jägern nicht fangen lassen, dazu genießt er es viel zu sehr, uns alle an der Nase herumzuführen. Ich hole ihn.«

»Der Schnee hat die Spuren bedeckt.«

»Ich weiß«, sagte Yando, »aber ich habe so eine Ahnung, wo er sein könnte.«

Liro wirkte alles andere als glücklich, aber er nickte. »Sei vorsichtig.«

Auch Maira seufzte. Sie fand, dass er Sadi viel zu viel durchgehen ließ. Manchmal schien es ihm, als fürchtete sie immer noch, dass er dem Jungen etwas antun könnte. Als hätte er sie all die Jahre in Sicherheit gewiegt, um irgendwann aus dem Hinterhalt zuzuschlagen. Es verletzte ihn mehr, als er ihr je sagen würde. Er hatte sich geschworen, dieses Kind zu beschützen. Vor allen Feinden. Vor Matino im Besonderen. Sadi würde nicht zerschmettert auf dem Pflaster enden – oder im Rachen eines Leoparden.

»Was meinst du, wo ist er hin?«, fragte Maira, sobald der Kaiser mit den Jägern aufgebrochen war. Er war ihr dankbar dafür, dass sie so lange mit dieser Frage gewartet hatte.

»Es gibt zwei Orte, die er unbedingt sehen will«, sagte Yando. »Königstal und Trica.«

»Bei dem Wetter kommt er nicht über den Berg. Er wird weder das eine noch das andere erreichen.«

Trica war in der Tat zu weit weg. Aber Königstal? Bei Schneetreiben ins andere Tal zu gelangen war gefährlich. Man sah kaum die Hand vor Augen. Jeder andere würde sich verirren; selbst einheimische Gunaer blieben bei diesem Wetter zu Hause. Doch sie sprachen hier von Sadi.

»Ich hole ihn ein«, sagte Yando zuversichtlich und fügte ein leises »Hoffentlich« hinzu.

Sadi fluchte laut vor sich hin. Die Plane, die den Steppenadler, mit dem sie gekommen waren, vor Frost und Schnee schützte, war am Boden festgefroren. So sehr er auch daran zerrte, er bekam sie nicht los. Seine Hände waren bereits rot von der Kälte, und einer seiner Fingernägel war eingerissen und blutete.

Das Pony, mit dem er auf die Lichtung geritten war, scharrte ungeduldig mit den Hufen. Es wollte zurück in den Stall, was er ihm nicht verdenken konnte.

»Tut mir leid, Dicker. Ich hätte dich zurückgeschickt, aber mein Vogel ist eingeschneit. Das heißt, wir müssen gemeinsam weiter.«

Das Pony musterte ihn kritisch. Seine langen Wimpern waren weiß vom Reif, in seiner Mähne bildeten sich Kristalle. Nach Trica war es weit, wenn man sich durch den Schnee kämpfen musste. Zwei Tage im Sommer, hatte Sadi gehört. Mit dem Steppenadler ein Katzensprung.

Die Kälte kroch in seine Stiefel, während er überlegte, ob er es trotzdem wagen sollte. Nein, das wäre Selbstmord. Er würde erfrieren, bevor er den Durchgang zwischen den Tälern gefunden hatte. Natürlich könnte er auch versuchen, nach Königstal zu gelangen. Vielleicht würde er den Hirsch wiedersehen. Einen Teil von ihm zog es zu dem wunderbaren Tier – ihn zu sehen gehörte zu den geheimen Freuden eines jeden Winters. Doch der Gedanke an Trica ließ ihn nicht los. Yando hatte ihm strikt verboten, sich den Minen auch nur zu nähern, aber das stachelte ihn nur umso mehr an.

Erneut wandte Sadi sich dem Eisenvogel zu, der unter der Schneeschicht wie ein unförmiges Ungeheuer wirkte. Er formte eine Schneekugel in den behandschuhten Händen und ließ sie leuchten. Das war einfach. Matino hatte ihm erklärt, wie es ging, nachdem er bemerkt hatte, dass Sadi eine große magische Begabung besaß. Der Prinz war selbst kein Magier, aber er hatte genug Erfahrung mit hochrangigen Meistern, um das eine oder andere weiterzugeben.

Sich Licht zu wünschen war leicht. Doch was Sadi brauchte war Wärme. Er musste die leuchtende Kugel erhitzen, so. Ja, so fühlte es sich richtig an. Kindliche Freude erfüllte ihn, als sie ihm geschmolzen durch die Finger floss.

Sehr gut, auf diese Weise konnte es gehen. Sadi streifte die durchnässten Handschuhe ab und legte die bloßen Finger auf die weiße Masse, dann ließ er Wärme hindurchströmen. Es war knifflig, sich Hitze zu wünschen, während er doch so sehr fror, aber wenn er an Wabinar dachte, an die flimmernde Sonne über den Dächern, konnte er sie sich gut genug vorstellen.

Der Schnee schmolz unter seinen Händen, lief an der eingewachsten Decke herunter und versickerte. Das Pony wich erschrocken den fließenden Rinnsalen aus. Sadi zog nochmals mit aller Kraft an der Plane. Er weckte den Adler, der darunter schlummerte, und die Flügel hoben sich und lösten den Rest ab, der noch am Boden haftete. Es war anstrengend, die schwere Decke vollständig von dem Vogel herunterzuzerren, aber die Mühe lohnte sich. Rote Augen blickten ihn glühend an. Dolchartige Krallen durchfurchten die harte Erde.

Ein lautes Lachen quoll aus Sadis Kehle. So musste es sein, genau so. Er und ein Eisenvogel und die Freiheit, überall hinzukommen, wo er hinwollte. »Lass uns fliegen, Großer.«

Das Pony stürmte davon und verschwand im Schneegestöber. Nun waren nur noch Sadi und der Adler da, der seinen scharfen, gebogenen Schnabel gegen Sadis Hand presste.

»Ich weiß. Ja, ich weiß, du magst die Kälte und den Schnee nicht. Nicht mehr lange, dann fliegen wir zurück nach Wabinar. Aber heute brauche ich dich für etwas anderes.«

Das Metall war so kalt, dass seine Hosen daran festklebten, doch das würde natürlich nicht genügen, um ihn sicher auf dem Eisenvogel zu halten. Schon griffen die Eisenklammern nach ihm und hielten ihn im Sattel fest. Die Flügel bewegten sich stärker, Eisklumpen flogen in alle Richtungen davon. Sie hoben ab. Um sie herum tanzten die Schneeflocken, wehten Sadi ins Gesicht, die Kälte war so groß, dass sie ihm den Atem aus den Lungen trieb. Dann durchbrachen sie die Wolkendecke. Über ihnen schien die Sonne in einem kühlen Weiß, und unter ihnen breitete sich wie ein graues Meer die Wolkenschicht aus. Nur an wenigen Stellen waren die Gipfel der Berge zu erkennen, in Schnee getaucht, während die Tannen dunkle Schatten warfen.

Trotzdem wusste Sadi, wo Trica lag. Es war, als wäre ein Seil zwischen ihm und den Brandsteinminen gespannt, zwischen seinem Herzen und dem Ort, an dem die flammenden Steine schliefen. Der Adler hatte in der Ferne das goldene Leuchten der dajanischen Wüste erspäht; ihn zog es dorthin. Ohne die geringste Anstrengung wölbte Sadi seinen Willen über den des magischen Tieres. Außerdem wünschte er sich Wärme, er rief sie in seine Kleider, in die Luft, die ihn umgab, bis er die Hitze der Wüste um sich trug wie einen Mantel. Er wartete, bis sich die Wärme auch auf den Vogel übertrug. Der Brandstein in dessen Brust loderte auf, und hastig lenkte Sadi die Wüstenhitze von dieser Stelle fort. Mit Brandsteinen durfte man nicht spaßen. Matino hatte ihn eindringlich davor gewarnt. Einmal, ein einziges Mal, hatte der Prinz ihn verprügelt. Das war, nachdem Sadi einen der kostbaren Eisenvögel in Flammen hatte aufgehen lassen. Sadi hatte seine Lektion gelernt.

Behutsam ließ er die Wärme von der Leibesmitte des Adlers fortfließen und bis in die Flügelspitzen fluten.

»Trica.«

Der Eisenvogel glitt wie ein Schiff über das Wolkenmeer. Sadi konnte Trica fühlen, konnte die Brandsteine spüren wie ein schlagendes Herz, die Seele der Welt. Er lenkte den Steppenadler tiefer, wieder tauchten sie ins Grau, Schnee wirbelte um sie herum, und Graupelkörner stachen ihn wie Nadeln. Baumwipfel ragten wie bizarre Felsen aus dem Schneegestöber. Sie konnten nirgends landen. Durch die Äste zu brechen war zu gefährlich, und bei diesem Blindflug hätte er keine Lichtung gesehen, selbst wenn es eine gegeben hätte. Wo die Baumwipfel zu verschwinden schienen, mochten Dächer unter der Wolkendecke liegen oder ein Gebirgsbach. Er konnte den Adler nicht tiefer gehen lassen, ohne ihrer beider Sicherheit zu riskieren.

Sadi schimpfte leise über seine eigene Dummheit und überlegte. Trica lag in einem der südlichen Täler. Wenn er an einem Berghang landete und zu Fuß ging? Nein, das war zu weit. Oder wenn er ein Seil hätte und sich daran nach unten hangeln würde? Den Vogel konnte er über sich fliegen lassen, dieses Kunststück beherrschte er schon lange. Aber er hatte kein Seil. Ihm war klar, dass Yando ihm Hausarrest erteilen würde, sobald er ihn in die Finger bekam. Also musste er schnell eine Lösung finden, damit er vorher die Minen besuchen konnte und sich das alles auch gelohnt hatte.

Es blieb ihm nur eins übrig – er musste in einen Baum springen und hinunterklettern. Der Adler stimmte ihm zu und ging tiefer, so tief, dass seine Flügelspitzen die Bäume streiften. Das war das Gute an Eisenvögeln. Sie machten einem keine Vorhaltungen, sie sprachen keine Warnungen aus, sie taten einfach, was man ihnen befahl.

Die Klammern um seine Waden lösten sich. Er hangelte sich daran herunter, hielt sich mit dem einen Arm fest, bis er mit den Beinen zwischen zwei Tannen baumelte, und versuchte, mit den Füßen Halt auf einem der oberen Äste zu finden. Dann machte der Vogel eine ruckartige Bewegung nach oben, und Sadi streifte mit den Füßen die Spitze der Tannen. Zapfen lösten sich und fielen polternd nach unten. Seine Finger verloren den Halt, und er krachte durch die Äste. Sadi schrie vor Schreck, während der Boden ihm entgegenflog. Irgendwie bekam er einen rauen Zweig zu fassen, der ihm durch die Hände glitt und ihm die Haut aufriss. Er krachte durch weitere Äste, dann gelang es ihm, sich an einem Aststumpf festzukrallen. Ein abgebrochener Zweig bohrte sich schmerzhaft in seine Rippen. Kurz hing er da, keuchend, dann fanden seine Füße Halt auf einem dicken Ast unter ihm.

Eine ganze Weile bewegte er sich nicht und versuchte, sich von dem Schrecken zu erholen. Er lebte noch, immerhin, und er hatte sich auch nichts Schlimmeres als ein paar Kratzer und blaue Flecken zugezogen. Hoffte er jedenfalls. Der Schmerz lauerte irgendwo im Hintergrund. Er atmete tief durch und machte sich dann an den Abstieg. Die Tanne, auf der er gelandet war, schien endlos weit vom Boden entfernt. Einige Male bekam er mit den

Stiefeln keinen Halt in den Astgabeln, rutschte auf vereisten Stellen aus und stürzte beinahe.

Dann, endlich, berührten seine Sohlen festen Grund. Er ließ sich auf die Knie sinken, bis sich seine zitternden Beine so weit erholt hatten, dass sie ihn wieder tragen konnten. Es regnete Schneeklumpen und Tannennadeln auf ihn herunter, doch die Bäume standen hier so dicht, dass kaum eine Schneeflocke die dunkle, von Nadeln bedeckte Erde erreichte. Sadi horchte auf das Knistern des Eises, während der Wind durch die Wipfel strich. Den Steppenadler über ihm in den Wolken konnte er kraft seines Willens fühlen, auch wenn er ihn nicht länger zu sehen vermochte.

»Gut«, murmelte er leise. »Trica. Sehen wir es uns an.«

Die Brandsteinmine musste ganz in der Nähe sein. Es hörte auf zu schneien, und nun konnte er den bitteren Schwefelgeruch der Steine wahrnehmen. Sobald sie aus ihrem Felsbett herausgeschlagen worden waren und mit der Luft in Berührung kamen, war ihr Duft unverkennbar. Yando hatte ihm erzählt, wie sie abgebaut wurden, und Matino war mit ihm in Gojad gewesen und hatte ihn kurz zusehen lassen, als ein Brandstein, nicht größer als ein Wachtelei, in ein Eisenpferd eingesetzt wurde.

Mühsam wankte er vorwärts. Einer seiner Knöchel tat ziemlich weh, und mit seinen Rippen stimmte etwas nicht. Bei jedem Atemzug fühlte er ein heftiges Stechen. Doch er biss die Zähne zusammen. Jede Stunde, die verging, würde Yando sich mehr aufregen. Wenn Sadi jedoch vor dem Mittagessen zurück war, konnte er so tun, als hätte er ganz in der Nähe der Jagdhütte im Schnee gespielt. Oder als hätte er sich verirrt. Hauptsache, sie merkten nicht, dass der Eisenvogel nicht an seinem Platz schlummerte.

Plötzlich stand ein blonder Mann vor ihm. Er war dunkel gekleidet, ähnlich wie die Jäger aus Königstal, und blickte überaus grimmig drein. Auf dem Rücken trug er ein Gestell aus langen Stäben, zwischen die etwas in einem Beutel geschnallt war. Sadi konnte das pulsierende Glühen spüren, das von dem Brandstein ausging.

»Du hast einen Brandstein bei dir?«, fragte er neugierig. »Darf ich ihn sehen?«

Der Mann bewegte sich nicht. Er starrte ihn eine Weile an, dann lächelte er breit. »Ich habe nichts dergleichen. Ich bringe Holzscheite heim.«

Sein Akzent verriet ihn. Er sprach ein flüssiges Wajunisch, aber aus Guna stammte er nicht. Nun fielen Sadi auch weitere Einzelheiten auf. Das blonde Haar des Mannes war gebleicht – an seinem Scheitel wirkte es dunkler. Trotz der Kälte trug er keine Pelzmütze. Welche Ausländer durften denn die kostbaren Brandsteine handhaben?

»Was tust du hier?«, fragte Sadi, und im nächsten Moment packte der Mann ihn am Kragen.

»Ein ganz schlaues Bürschchen bist du, was?«

»Wer ist das?« Ein zweiter Kerl kam aus dem Wald, auch er hatte ein Gestell auf dem Rücken, mit dem er Brandsteine transportiere. Sein Akzent war ebenfalls verräterisch.

»Nur ein Kind, das dumme Fragen stellt.«

Die beiden musterten ihn. Ihre Augen waren kalt, ihr Lächeln zu breit. Der Erste hielt ihn immer noch fest, und als Sadi versuchte, zurückzuweichen, riss er ihn sogar näher an sich heran. »Bist du allein, Junge? Wo sind deine Eltern?«

Sadi war bewusst, dass er sich in Schwierigkeiten gebracht hatte. Die Männer würden ihn nicht gehen lassen. Sie hatten die Brandsteine gestohlen, das war ihm mehr als klar. Und so sehr er auch zappelte, er konnte sich nicht befreien. Wild vor Angst trat er dem Mann gegen das Schienbein, doch statt ihn loszulassen, versetzte ihm der Kerl einen Schlag ins Gesicht, der ihn vor Schmerz aufschreien ließ. Gleich darauf drückte sich eine Hand auf seinen Mund und erstickte seinen Schrei.

»Wir müssen ihn erledigen. Sofort, bevor er um Hilfe ruft.«

»Es ist nur ein Kind.«

»Ja, ein Kind, das uns gesehen hat. Verdammt, er könnte alles auffliegen lassen!«

Sadi suchte in sich nach seinen magischen Fähigkeiten und fand nur Todesangst. Instinktiv griff sein Wille nach der einzigen Waffe in Reichweite – nach den Brandsteinen.

29. Das Feuer hinter den Türen

Karim sog zischend die Luft ein, während er an Anyanas Seite die Treppe in die riesige Fertigungshalle hinunterstieg. Das Eisenschiff war überwältigend groß, ein Koloss aus Metall und Kraft. Die Luft roch nach heißem Metall und Blut, doch das Stöhnen der Sklaven ging im Hämmern und Dröhnen der Werkzeuge und Blasebälge unter.

»Hier.« Anyana führte ihn am Fuß der Treppe zur Seite, wo sie niemanden störten. Sie stand so dicht neben ihm, dass sie einander fast berührten. Er gab der Versuchung, seine Hand um ihre zu legen, nicht nach. Sie trugen die Kettenhemden und Helme von Soldaten und waren bislang nicht aufgefallen, und obwohl er ahnte, dass dies bald der Fall sein würde, wollte er das Schicksal nicht herausfordern. Stattdessen nickte er ihr zu. Sie waren an Ort und Stelle. Zeit, Wihajis Brief zu lesen.

Obwohl er Anyanas Gesicht nicht sehen konnte, spürte er ihre Anspannung. Sie zog die kleine Schriftrolle aus einer Seitentasche ihrer Tunika und öffnete sie. Mit gerunzelter Stirn las sie das Schreiben. Ungeduldig wartete Karim darauf, dass sie es ihm überreichte.

»Und?«, fragte er, obwohl er nicht sicher war, dass sie ihn bei dem Lärm hören konnte. »Was ist unsere Aufgabe? Oder wollte er uns einfach bloß aus dem Weg haben?« Auch das war seinem ehemaligen Herrn zuzutrauen. Die Schlacht in der Wüste mochte für den Aufrechten Mann bloß eine von vielen sein, doch er mochte es Karim nicht unbedingt zumuten, gegen seinen eigenen Vater anzutreten.

Stumm reichte Anyana ihm den Brief. Die Worte verschwammen vor seinen Augen. »Was?«, murmelte er entsetzt. Unmöglich.

Was Wihaji von ihm verlangte, war undenkbar. Und er hatte recht – wenn irgendjemand das tun konnte, dann Karim. Anyana war schon zweimal in einen Brunnen gesprungen, doch er war derjenige, der die Türen durchschreiten konnte.

»Geh nach Guna«, so lautete die knappe Anweisung. »Hol dir so viele Brandsteine wie nötig, um das Schiff zu zerstören.«

Nach Guna gehen. Am liebsten hätte Karim laut gelacht und dann gegen die Felswand geschlagen und geflucht.

Wie stellte Wihaji sich das vor? Selbst wenn er es schaffte, genau dort herauszutreten, wo er hinwollte – bei allem Üben mit Unya war es ihm nicht jedes Mal gelungen –, wie sollte er an Brandsteine kommen? Wenn er nicht den richtigen Zeitpunkt traf, würde es schwierig werden. Außer Selas und Lan'hai-yia kannte er niemanden, der ihm ohne Gegenleistung einen Stein verschaffen würde. Also musste er sich auf seine Vorfreude, seinen Bruder zu sehen, konzentrieren, damit der richtige Wunsch ihn durchs Tor brachte. Gelang es ihm nicht, hatte er ein Problem, doch auch für diesen Fall brauchte er einen Plan. Sich in die Mine schleichen und die Steine einfach stehlen? Denn niemand betrat eine Brandsteinmine und stellte Forderungen. Und selbst wenn er die Mission erfolgreich ausgeführt hatte, stand ihm die knifflige Aufgabe bevor, ohne Zeitverlust hierher zurückzukehren. Mit einem Brandstein im Gepäck konnte jeder kleine Fehler katastrophal enden.

Andererseits hatte Wihaji recht, das musste er widerwillig zugeben. Brandsteine waren die einzige Möglichkeit, um das Schiff zu vernichten oder wenigstens so stark zu beschädigen, dass Tizarun um Jahre in seinem Vorhaben zurückgeworfen wurde.

Er blickte sich nach einer Tür um. Durch offene Portale im Fels, die sich unter der Galerie befanden, gelangte man in andere Hallen oder nach oben in den Palast. Dies war Wabinar, wenn auch ein anderes, verzerrtes, albtraumhaftes Wabinar. Es gab keine Türen.

Anyana berührte ihn am Arm. Sie zeigte auf das Schiff, und dort sah er endlich, was er brauchte: eine in die Metallwand eingelassene Tür. Er nickte. Es gab tausend Einwände und doch kein Zurück. Wenn man sie hier unten entdeckte, lag dort sein einziger

Fluchtweg – in ein anderes Land oder zu einem anderen Kontinent. Wenn er es schaffte. Anyana hingegen hatte keine Möglichkeit zu entkommen. Die Furcht um sie schnürte ihm die Kehle zu. Angst war ein schlechter Begleiter, also musste er diese Tür besser unerkannt erreichen, indem er möglichst lässig dorthin spazierte.

Anyana folgte ihm durch das Gewölbe.

Der Lärm. Der Rauch. Die unzähligen schwitzenden, in Lumpen gehüllten Körper, das Fauchen der Peitschen. Die leeren Gesichter der Sklaven weckten einen Zorn in Anyana, den sie kaum niederzwingen konnte. Sie wollte all das hier zerstören. Sie wollte Tizarun vom Thron stürzen! Dieser elende Tyrann! Das hier waren seine Untertanen. Er war für sie verantwortlich, und er hatte kein Recht, sie für seine Sehnsucht zu opfern.

Fest den Blick auf das Schiff gerichtet, lief sie hinter Karim her.

»Jinan?« Eine Hand legte sich auf ihren Arm. Mago, zerlumpt, schmutzig, das Gesicht gerötet von Hitze und Anstrengung. Ein Mann von Anfang dreißig. An sein neues Alter hatte sie sich immer noch nicht gewöhnt. Doch die Veränderung konnte ihre gemeinsame Geschichte nicht auslöschen.

»Du bist es doch, Jinan?«

Karim hatte das Schiff beinahe erreicht. Sie rief ihn nicht, denn sie lenkte jetzt schon die Aufmerksamkeit auf sich. Überall ringsum hoben sich die Köpfe der Sklaven. Zum Glück war noch keiner der Wächter zu ihnen unterwegs, um Mago für die Unterbrechung zu bestrafen.

»Was tust du hier?«, zischte er. »Weißt du nicht, dass der Flammende König dich suchen lässt? Er hat die Anweisung erteilt, dass alle nach dir Ausschau halten sollen. Glaubst du, dieser lächerliche Helm macht dich unkenntlich? Du musst sofort verschwinden. Wenn es nicht schon zu spät ist.«

Aus den Augenwinkeln bemerkte Anyana, wie die Arbeiter sich aufrichteten. Sie behielten ihre Werkzeuge in der Hand – gewaltige Hämmer, Eisenstangen, anderes Gerät, das sich bestimmt hervorragend zum Zuschlagen eignete.

Mittlerweile war Karim an der Tür im Schiffsrumpf angekommen und drehte sich zu ihr um. Sein Helm verbarg, was immer er empfand, als er sie umringt von bewaffneten Sklaven sah. Der Auftrag war das Wichtigste. Sie mussten Tizarun stürzen, und deshalb musste Anyana dafür sorgen, dass niemand Karim beachtete.

Also griff sie nach ihrem Helm und nahm ihn ab. Rotes Haar ergoss sich über ihre Schultern. Um sie herum verzerrten sich die Gesichter zu Masken des Zorns. Auch Mago, dessen bärtiges Männergesicht ihr so fremd war, starrte sie an.

»Ich bin hier, um euch zu befreien!«, rief sie. »Ihr seid bewaffnet. Ihr seid stark. Die Wächter sind in der Unterzahl. Folgt mir nach draußen! Folgt mir in den Wald von Anta'jarim, wo sich der Aufrechte Mann um euch kümmern wird!«

Natürlich war es nicht so einfach. Rebellionen entstanden nicht aufgrund einer kurzen Brandrede, mochte sie noch so viel Wahrheit enthalten. Die Sklaven kamen drohend näher. Der Aufseher, der sich durch die Reihen schob, hatte zwar kein Schwert, jedoch einen Knüppel, den er in der Hand wog. An seinem Gürtel klemmte eine lange Peitsche.

Mago sprang vor und schob Anyana hinter sich. »Keiner rührt sie an!«, brüllte er.

Sie wagte einen raschen Blick über die Schulter. Karim stand auf der Leiter, die hoch zum Rumpf führte, und legte die Hand an die Tür. Er hatte den Helm abgenommen und nickte ihr zu, seine dunklen Augen funkelnd im Licht der magischen Kugeln. Seine Lippen formten Worte, die sie erraten musste.

Vertrau mir.

Vielleicht sagte er auch: *Ich liebe dich.*

Dann öffnete er die Tür und verschwand im Inneren des Schiffs.

Keine Angst. Du kannst rechtzeitig zurück sein.

Er durfte sich nicht fürchten, oder die Tür würde nur in das Schiff führen – und was sollte er da? In dem Fall wären sie beide verloren. Karim mochte einer der besten Kämpfer von Kanchar und Kato sein, aber gegen eine solche Übermacht hatte auch er keine Chance.

Er sammelte sich, drückte gegen die Metalltür und trat hindurch. Und sofort war alles anders. Kälte wehte ihn an, auf einen Schlag war er völlig durchgefroren. Milchiges Licht tröpfelte durch die Äste der Tannen. Auf der Lichtung, auf der er stand, reichte ihm der Schnee bis zu den Knien, durchweichte seine Hose und kroch ihm in die Stiefel.

Karim fluchte leise. Offensichtlich hatte es geklappt, und er war in Guna gelandet, doch ein weniger verschneites Guna wäre ihm lieber gewesen, schließlich hatte er sich erst Stunden zuvor in der Wüste aufgehalten.

Während er drauflosstapfte, versuchte er, sich zu orientieren. Der Himmel war grau und verhangen, der Stand der Sonne dahinter nicht zu erkennen – irgendwann am Vormittag, schätzte er. Wie weit er von Trica entfernt war, konnte er ebenfalls nur vermuten. Sein Wunsch hatte ihn hergebracht, also konnte die Mine nicht weit sein. Eigentlich hätte er schon die Geräusche des Dorfes hören müssen, das Lachen der Kinder, die Rufe, all das, was das Dorfleben ausmachte. Doch alles war still. Nur der Frost knisterte in den Tannen. Ein kalter Wind wehte ihm die schweißnassen Haare aus der Stirn. Zwischen den Stämmen huschte ein grauschwarz geflecktes Eichhörnchen davon. Und vor ihm, beinahe wäre er darüber gestolpert, lag eine Tür. Eine breite, doppelflügelige Luke, nicht völlig flach am Boden, sondern schräg in den Hang eingefügt. Es konnte nicht lange her sein, dass jemand den Schnee darauf weggeschoben hatte, denn die fallenden Flocken hatten nur eine hauchfeine Schicht auf dem Türblatt gebildet. Ringsherum war der Schnee höher aufgetürmt. Wärme schien durch das Holz zu dringen, doch vielleicht bildete er sich das auch bloß ein. Manchmal fiel es ihm schwer, seine magischen Wahrnehmungen von seinen körperlichen Sinnen zu unterscheiden.

Es musste sich um einen Tunnel in den Berg handeln. Karim betrachtete die Spuren, die von der Luke wegführten; keine kam hierher. Er bückte sich und versuchte, die Luke zu öffnen. Sie war abgeschlossen, doch das war für einen Wüstendämon kein Hindernis. Im Handumdrehen hatte er das Schloss aufgebrochen und spähte in die Dunkelheit eines Schachtes. Es roch nach dem unverwechselbaren Schwefelduft von Brandsteinen.

Das war nicht der offizielle Eingang zur Mine von Trica. Es war ein anderer Zugang – geheim, an einer verborgenen Stelle auf der gegenüberliegenden Seite des Berges. Karim wollte schon hineinsteigen und sich seine Brandsteine holen, denn dafür war er schließlich hier. Sein Wunsch hatte ihn an einen Ort gebracht, an dem er nicht einmal an irgendwelchen Wachen vorbeimusste. Doch er zögerte. Die Fußspuren waren frisch, nicht einmal eine Stunde alt. Wenn er sich beeilte, konnte er die Männer einholen. Ihren Stiefelabdrücken nach zu urteilen waren sie zu zweit. Die Spuren waren tief, also trug jeder von ihnen eine schwere Last. Man brauchte keinen besonderen Scharfsinn, um zu erraten, dass sie Brandsteine bei sich hatten.

Brandsteine, die bereits aus dem Fels geschlagen waren. Es gab keinen Weg, einfacher an das heranzukommen, was er benötigte, als auf diese Weise. Und außerdem wollte Karim wissen, wer sich an der Mine bediente. Welche Schmuggler wagten es, mit solch gefährlicher Ware zu handeln? Er hatte ganz andere Sorgen und musste so schnell wie möglich zurück nach Kato, und dennoch konnte er diese Sache nicht einfach auf sich beruhen lassen.

Sacht schloss er die Luke wieder und folgte den Spuren im Schnee.

Wer Brandsteine transportierte, konnte nicht schnell sein. Karim taute seine klammen Füße auf – sich Wärme zu wünschen genügte schon – und lief los, nicht zu schnell, um nicht zu rasch zu ermüden, und doch so stramm, dass er eine Chance hatte, die Schmuggler einzuholen. Der Wald wölbte sich über ihn wie eine knochige Hand. Seltsamerweise fühlte er sich trotzdem geborgen. Im Schnee wisperten die Stimmen Gunas, die wilden Geschichten von Lichtgeborenen und alten Helden. Doch plötzlich durchdrang eine viel lautere Stimme die schläfrige Winterstille. Zwei

Männer stritten. Jemand gab ein schwaches Geräusch von sich. Karim rannte schneller. Ein Streit, bei dem Brandsteine im Spiel waren, konnte übel ausgehen. Da waren sie schon, er sah dunkle Gestalten zwischen den kahlen Stämmen der Tannen. Zwei große Kerle, jeder von ihnen mit einem aufwendig konstruierten Tragegestell auf dem Rücken. Und eine kleinere Gestalt, ein Junge oder eine Frau. Der Mantel, den sie trug, war zu unförmig, um es genau zu erkennen. Einer der Männer hatte die Hände um den Hals dieses Dritten gelegt, während der andere lauthals auf ihn einredete.

Karim spürte die Gefahr, bevor er den verräterischen Duft wahrnahm. Die Steine! Sie entzündeten sich gerade, womöglich schlugen sie innerhalb ihrer Umhüllung aneinander. Gleich würden sie in die Luft fliegen.

»Nein!« Er sprang vor. Das Risiko, das er damit einging, war ihm in diesem Moment gleich. Er konnte nicht zulassen, dass diese Frau oder dieses Kind ums Leben kam. Es war ein Junge – jetzt da er das Gesicht sehen konnte, die weit aufgerissenen erschrockenen Augen, wurde ihm die Gefahr noch deutlicher. »Lasst ihn los!«

»Und was hast du damit zu tun?«, fragte der Mann verächtlich. »Verschwinde.«

Die Steine wurden heißer. Karim konnte die Hitze spüren, die magische Kraft, die sie ausströmten. Während er auf die Gruppe zuging, wurden ihm immer mehr Dinge klar. Der Junge, der kaum unter seiner großen Fellmütze zu erkennen war, fürchtete sich, machte jedoch keinerlei Anstalten, wegzulaufen. Es war, als würde irgendetwas ihn dort halten, eine Verbindung. Zu einem der Männer? Nein, es war wie eine dünne Schnur, die ihn ... mit den Brandsteinen verband, ein Faden aus Wille und Zorn.

Oh ihr Götter, das Kind war ein Magier! Wusste es überhaupt, was es da tat? Karim hatte nie zuvor davon gehört, dass jemand Brandsteine nur mit seinem Willen entzündete. Ihn graute, als ihm bewusst wurde, dass sie kaum eine Viertelstunde vom Eingang der geheimen Mine entfernt waren. Der von Wut und Furcht entflammte Aufruhr des Kindes übertrug sich nicht nur auf die

Steine, die die Schmuggler bei sich hatten, sondern fand ein fernes Echo unter ihnen im Berghang.

»Kalini, sei uns gnädig«, flüsterte Karim, dann hob er entschlossen den Kopf. Was immer er unternahm, es musste schnell gehen, bevor ganz Guna in Stücke gerissen wurde.

»Das ist mein Sohn«, sagte er mit fester Stimme. »Ich rate euch dringend, ihn loszulassen. Sofort. Nehmt eure Tragen ab und verschwindet.« Würden sie sich tatsächlich auf einen Kampf einlassen – mit Brandsteinen auf dem Rücken?

Er trat noch näher, während ihn der Junge überrascht anstarrte. Zögernd löste der Mann seinen Griff, und Karim fasste das Kind bei den Schultern. »Lauf«, befahl er. »Lauf, so schnell du kannst.«

Schwarze Augen, umrahmt von langen schwarzen Wimpern, schwarze Strähnen, die unter der Fellmütze hervorlugten, samtbraune Haut. Kein Einheimischer. Und bei der magischen Kraft, die der Junge besaß, war es nicht schwer zu erraten, woher er kam. Was tat ein kancharisches Kind in Guna? »Lauf!«

Der Mann hob die Faust. Karim duckte sich und schlug sofort zu. Er traf den Schmuggler in den Bauch, und der Kerl klappte zusammen. Karim tat ihm den Gefallen und fing ihn auf, legte ihn behutsam in den Schnee und löste mit zwei raschen Messerschnitten die Tragegurte. Vorsichtig hob er die eingewickelten Steine hoch. Der zweite Mann starrte ihn entsetzt an, drehte sich dann um und rannte davon.

Verdammt! Man durfte nicht laufen, nicht mit Brandsteinen. Karim legte seine Beute vorsichtig ab, versetzte dem ersten Mann einen Schlag an die Schläfe, der ihm das Bewusstsein raubte, und eilte dem zweiten hinterher. Das Grollen im Erdinneren nahm zu. Die Zeit lief Karim davon, ein einziger Funke konnte ein Inferno auslösen, das halb Guna zerstören würde. Unzählige Menschenleben waren in unmittelbarer Gefahr. Er hatte keine Zeit für Spielchen. Der Kerl verschwand zwischen den Baumstämmen, und hier unter den Tannen lag kaum Schnee, der seine Spuren sichtbar gemacht hätte. Karim streckte die Hand aus und sprach einen Wunsch aus: »Sei gelähmt.«

Joaku beherrschte diesen Zauber zur Vollendung. Karim hingegen hatte ihn bisher noch nie angewandt, ihn nur am eigenen Leib zu spüren bekommen. Ihm blieb keine Gelegenheit, sich mit Zweifeln und Hemmungen abgeben. Er sprach die Worte mit aller Entschiedenheit, und das Geräusch hastiger Schritte brach ab. Der Mann war nicht zu sehen, aber nun brauchte Karim nicht mehr lange, um ihn hinter einer Tanne zu entdecken, an den Stamm gepresst, das Gesicht verzerrt vor Angst und Schrecken. Die Magie hatte gewirkt, der Schmuggler konnte sich nicht rühren. Karim drehte ihn so, dass er an die Trage herankam und die Brandsteine losschneiden konnte. Behutsam hielt er sie in den Händen und wirkte mit seinem Willen auf sie ein, um sie zu beruhigen. Um den magiebegabten Jungen würde er sich gleich kümmern, sobald die unmittelbare Gefahr abgewendet war. Wie bei einer lebendigen Seele in Aufruhr wirbelte Hitze durch die Steine, zuckende Flammen, die ihre schützende Hülle auseinanderzureißen drohten.

Er legte seinen Willen besänftigend darüber. War so etwas je zuvor versucht worden? Aber er hatte ja auch noch nie davon gehört, dass jemand die Steine durch bloße Willenskraft entflammt hätte. Ein Gedanke zuckte durch seinen Geist, eine Idee …

Erstarrende Lähmung. Denselben Zauber, den er eben über den Schmuggler gelegt hatte, breitete er nun über die Steine. Er ging mit ihnen um, als seien sie lebendig – und wie Eisklumpen, die von außen nach innen gefroren, schienen sie innezuhalten. Jetzt fühlten sie sich für seine Sinne nicht anders als gewöhnliche Felsbrocken an. Er lauschte, tastete mit seinem Willen die Umgebung ab und erschrak, als er etwas Brennendes über sich erahnte. Ein Wille, gebunden wie ein Hund an der Kette. Ein Eisenvogel, der sich in den Wolken über ihnen verbarg. Der Anzahl der gefangenen Seelen nach, die miteinander im Widerstreit lagen, war er größer als ein Wüstenfalke. Ein Steppenadler.

Karim ließ ihn, wo er war. Der Wille, der den Vogel an Ort und Stelle hielt, war stark wie eine Eisenkette. Er fluchte leise, als er sich auf die Suche nach dem kancharischen Jungen machte.

Schnee knirschte unter leisen Schritten.

Karim brauchte nicht lange, um den jungen Magier zu finden. Er war nicht weggelaufen wie befohlen, sondern hatte ihn vermutlich die ganze Zeit über beobachtet. Mit der ganzen Unbekümmertheit eines Kindes, das sich selbst für unverwundbar hielt, näherte es sich ihm. »Was hast du mit den Männern gemacht? Sag mir, wer du bist!«

Der Junge war recht klein, doch schon beinahe in dem Alter, in dem er einen Wachstumsschub erwarten durfte. Zwölf oder dreizehn Jahre vielleicht. Doch er sprach mit ihm, einem Erwachsenem, wie ein kleiner Herzog.

Karim fasste ihn näher ins Auge und nahm die Details seiner Kleidung wahr. Der Mantel war aus feinster Wolle, der Pelzkragen ... War das Leopard? Der auffällig schöne Pelz stammte jedoch nicht von den dunkelgefleckten Raubkatzen, die hin und wieder in Guna auftauchten. Dieses makellose, nur leicht mit schwarzen Tupfen gesprenkelte Weiß fand sich ausschließlich im Fell der talandrischen Bergleoparden. Die Hose, an der Schneematsch klebte, war ebenfalls aus sorgfältig gefütterte Wolle, die Stiefel aus feinstem Leder, mit Pelzumschlägen versehen. Dieser Junge war nicht nur ungewöhnlich magiebegabt, sondern auch ungewöhnlich gekleidet. Ein kancharischer Prinz? Verdammt, was tat er hier in Guna? Dabei wusste Karim nicht einmal, was draußen in der Welt vor sich ging. Zu welcher Zeit war er hier aufgeschlagen – in der Vergangenheit, während Kanchar die Oberherrschaft innehatte? Oder hielt die Zukunft Übles bereit? Karim hielt nach einem Wappen Ausschau, nach der Wüstenblume, und entdeckte die blitzende Kante eines Ansteckers, den der Kragen fast vollständig verbarg.

»Ich warte«, sagte der Junge schroff. Er sprach Wajunisch mit dem melodischen Akzent eines echten Gunaers. »Wer bist du? Was hast du hier zu suchen?«

Er schien nicht einmal daran zu denken, dass er in Gefahr sein könnte. Das mochte leichtsinnig sein, nachdem er gerade erst angegriffen worden war, doch Karim wusste um den Eisenvogel in den Wolken. Der Junge verließ sich auf seine magischen Fähigkeiten, die ihm und Tausenden von Menschen eben beinahe das Leben gekostet hätten.

»Dasselbe möchte ich Euch fragen, Kalazar«, entgegnete Karim geschmeidig. »Ihr seid ohne Begleitung unterwegs. Das dürfte Euren Leibwächtern nicht gefallen.«

Der Junge verengte die Augen. »Wie kommst du auf die Idee, dass ich Leibwächter habe? Du kennst mich überhaupt nicht. Außerdem ist Kalazar der falsche Titel. Ich bin kein Kalazar.«

Karim hatte keine Zeit, um sich mit diesem Kind zu streiten, das er gerade gerettet hatte. Und doch dämmerte ihm auf einmal, wo die Tür ihn hingeführt haben könnte. Er hatte sich zu den Brandsteinen nach Guna gewünscht, doch man konnte sein eigenes Herz nicht überlisten. Was ihm die ganze Zeit über zu schaffen gemacht hatte war Anyanas Kind. Und ihre Verbindung zu Sadi.

Sadi, den sie in einem verschneiten Wald getroffen hatte. Oh ihr Götter – war das etwa sein Halbbruder?

»Nein, das bist du wohl nicht«, sagte Karim. Eine schnelle Handbewegung, und er riss dem Jungen die Mütze vom Kopf. Darunter kam ein schmales, dunkles Gesicht zum Vorschein, das von glänzendem schwarzem Haar umrahmt wurde. Sein bronzefarbener Teint war hier im winterlichen Guna blass und würde sich unter der kancharischen Sonne rasch in ein sattes Hellbraun verwandeln. Die Lippen, die sich empört aufeinanderpressten, waren voll und sanft geschwungen. Die Ähnlichkeit zu ihrem Vater war da, war, wenn man es wusste, unverkennbar. Die ziselierte Brosche unter dem Kragen war schon keine Überraschung mehr: eine Sonne mit Strahlen aus Bronze um die goldene Mitte.

Dies hier war Tizaruns Sohn, sein leiblicher Sohn, der Erbe von Le-Wajun. Die Sonne. Seine verräterischen Wünsche hatten ihn direkt zu Anyanas jungem Bräutigam geführt. Doch es war schwer, ein unschuldiges Kind als Feind zu betrachten. Er vermochte es nicht, erst recht nicht, nachdem er ihm gerade erst das Leben gerettet hatte.

Die Augen des Jungen blitzten gefährlich. »Bist du ein Wegelagerer, ein Dieb? Gehörst du zu den anderen?«

»Ich bin ein Magier«, sagte Karim. »Und nur aus einem Grund hier im Wald: Um die Brandsteine, die diese Kerle gestohlen haben, in Sicherheit zu bringen. Mein Name tut nichts zur Sache. Geht das hier schon länger so? Es gibt offenbar einen Nebeneingang zur Mine von Trica.«

Sadi zuckte mit den Achseln. »Das wird den König nicht freuen.«

»Den König?«

Wie arrogant dieser Knabe schauen konnte. »König Selas. Weißt du denn gar nichts?«

Selas war König? Offenbar erwartete ihn eine Überraschung nach der anderen. Selas als König von Guna! Karim wünschte sich, er könnte ihn besuchen, doch für ein Familientreffen war keine Zeit. Er musste die Brandsteine sichern. Und die Schmuggler befragen, obwohl das eigentlich nicht seine Aufgabe war. Doch ließe er sie einfach im Schnee liegen, bis Sadis Leute kamen, würden sie erfrieren und ihr Wissen mit in den Tod nehmen.

Karim kehrte zu dem Mann zurück, den er niedergeschlagen hatte, und weckte ihn, indem er ihm die Hände an die Schläfen legte. Sadi folgte ihm neugierig und sah zu, wie der Fremde stöhnte und schließlich die Augen aufschlug.

»Die Mine«, sagte Karim. »Wie lange plündert ihr sie schon? Und für wen?«

Der Mann versuchte, ihn anzuspucken. Karims Griff wurde fester. Ein Wüstendämon wusste, wie man Verhöre führte, doch der Junge war dabei, deshalb musste er behutsamer zu Werke gehen. Er wollte nicht, dass Sadi mitbekam, wie der Schmuggler vor Schmerzen schrie. Er hätte durchaus noch behutsamer vorgehen und dem Mann Vertrauen einflößen können, so wie er es damals mit Kirian gemacht hatte, doch dafür fehlte ihm die Geduld.

»Für wen? Wer hat den Tunnel gegraben? Wohin bringt ihr die Steine?« Er ahnte, wie die Antwort lautete: Nach Kanchar. Sie brauchten neue Brandsteine für ihre Eisentiere, und wenn Guna den Handel eingeschränkt hatte …

Der Mann verdrehte die Augen, als ihm der Schmerz die Sinne raubte. »Anta'jarim«, stieß er hervor. »König Laikan.«

»Was?«, fragte Sadi. »Wieso Anta'jarim? Was wollen die denn mit Brandsteinen?«

Karim ließ den Kerl los. Seine Gedanken überschlugen sich, setzten die Mosaikteile zusammen. Als er durch eine andere Tür gegangen war, hatte er mit Dilaya gesprochen, zu einer Zeit als der Krieg gerade begonnen hatte. Sie hatte eine Eisenarmee erwähnt. Eiserne Soldaten. Von hier kamen die Brandsteine, nicht in ehrlichem Handel erworben, sondern gestohlen. Unter den Augen des neuen Königs.

Verdammt!

Nun konnte er nicht einfach verschwinden. Diese Sache war zu wichtig. Er musste dafür sorgen, dass Selas so schnell wie möglich hiervon erfuhr.

Karim sprach erneut den Lähmungszauber, der ihm immer leichter von den Lippen ging, dann sammelte er die Brandsteine ein.

»Du hast das gehört«, sagte er zu Sadi. »Diese Männer dürfen auf keinen Fall entkommen. Kannst du sie bewachen und darauf achten, dass sie nicht erfrieren? Kannst du sie wärmen, ohne sie umzubringen? Ich werde den König benachrichtigen.«

Sadi nickte. Ohne Fragen zu stellen, sah er zu, wie Karim Schnee in seinen Händen sammelte und schmolz. Und sich über die behelfsmäßige Schale beugte. Karim wartete eine Weile, Selas' Gesicht erschien jedoch nicht. Damit hätte er rechnen müssen. Niemand hielt sich unablässig in der Nähe einer Wasserschale auf, was gerade jetzt, da Karim es eilig hatte, zu ärgerlich war.

»Wir müssen bis zum Mittag warten, wenn der König eine Mahlzeit zu sich nimmt.«

Sadi zuckte mit den Achseln. »Oder du wartest hier, und ich fliege zurück und statte dem König einen Besuch ab.«

Karim richtete den Blick nach oben in die Wolken. »Ich habe mir schon gedacht, dass es deiner ist.« Es war äußerst großzügig von den Kancharern, einem ausländischen Prinzen einen Eisenvogel zu überlassen. Doch der Kaiser wusste natürlich, wer seine Geisel in Wirklichkeit war. Ob Sadi sich seiner Vergangenheit als

Prinz Wenorio bewusst war? Besaß er Erinnerungen an sein erstes Leben, oder hielt er seine magischen Gaben für einen Zufall?

»Wie willst du hinaufkommen? Er kann hier nicht landen, die Bäume stehen zu dicht.« Die Lichtung, auf der er eingetroffen war, war ein gutes Stück entfernt, und er war sich auch nicht sicher, ob er sie wiederfinden würde.

Mit gerunzelter Stirn starrte der Junge hoch. »Ich werde auf einen Baum klettern.«

Das ist zu gefährlich, wollte Karim einwenden, doch er hielt sich zurück. Woher kam die plötzliche Sorge um dieses Kind, das eines Tages sein Nebenbuhler sein würde? Erst als der Knabe loshumpelte und nach den abgebrochenen Aststumpen der nächsten Tanne griff, erkannte er, dass Sadi verletzt war. Wie blind war er gewesen! Das Hinken. Die Blässe der braunen Haut. Die Art, wie sich der Junge auf die Lippen biss.

»Warte!«, rief er ihm nach. »Habt ihr einen guten Heiler? Ist Linua bei euch?«

»Linua?«, fragte Sadi. »Ich kenne keine Linua.«

»Ich bin kein ausgebildeter Heiler, aber zeig her.« Jeder Magier konnte auch ein wenig heilen. »Ist es nur der Fuß? Wo hast du noch etwas abbekommen? Was haben die beiden Männer dir angetan?« Vielleicht sollten sie doch kurzen Prozess mit ihnen machen.

»Mir geht es gut«, knurrte der Junge. »Es war nur … nur der Abstieg. Ich bin gestürzt.« Er wandte das Gesicht ab, während er seinen Mantel öffnete. Das feine Hemd darunter war blutgetränkt.

»Du solltest dich vor Schmerzen kaum bewegen können. Hast du ihn verdrängt?« Wer hatte ihm das beigebracht? Das war Geheimwissen der Wüstendämonen. Hatte Joaku etwa seine Finger mit im Spiel? Unterrichtete der Meister des Todes den zukünftigen Großkönig von Le-Wajun? Das waren keine guten Neuigkeiten. Vielleicht sollte er doch um sein Erbe kämpfen, so wie er um die Frau kämpfen wollte, die er liebte.

Doch er brachte es nicht fertig, ein verletztes Kind einfach sich selbst zu überlassen. Behutsam legte Karim die Hände auf den knochigen Brustkorb des Jungen. Zwei Rippen waren gebrochen, eine davon hatte die Lunge verletzt. Anstatt den Schmerz wie ein Held zu bekämpfen, hätte der Junge sofort nach Wabinar fliegen sollen, um sich dem Meisterheiler anzuvertrauen. Verdammt! Dieses Kind war viel zu leichtsinnig, viel zu begabt, viel zu stur.

Karim ließ Wärme aus seinen Händen strömen, hinein in den Knochen, in das zerstörte Gewebe. Wünsche konnten Wunder bewirken, heilen, was zerbrochen war, zusammenfügen, was zusammengehörte. Manchmal war der Wille zu schwach, manchmal vermochte man nicht zu glauben, dass man tatsächlich etwas bewirken konnte, doch in solchen Zeiten wurden die Wünsche lebendig. Hoffnung. Das war es, was Unya ihn gelehrt hatte. Der Wille spielte keine Rolle, wenn man seiner Seele Raum gab. Es war der Wunsch, der aus den Tiefen des Herzens kam, der Türen öffnete und sogar Mauern durchbrach.

Bruder, dachte er zärtlich. Es war nichts, was er denken oder gar fühlen wollte. Er musste daran festhalten, dass die Seele eines getöteten Prinzen in dem Leib des Jungen steckte, und doch ... es spielte keine Rolle. Überhaupt keine. Sadi war Sadi, und jede Entscheidung, die er traf, machte ihn zu dem, was er war.

»Besser?«, fragte Karim. »Du kannst jetzt den Schmerz loslassen. Vorsichtig, nicht alles auf einmal. Tu es jetzt, solange ich noch hier bin.«

Sadi nickte. Er atmete aus, keuchte, sein Gesicht wurde grau. Mit einem leisen Seufzer fiel er gegen Karim, der ihn festhielt, ihn mit beiden Armen umschlang. Dann war es vorbei.

»Du verrückter Kerl. Ich habe doch gesagt, nicht alles auf einmal.«

»Ich wollte es rasch hinter mich bringen.«

Natürlich. Wie hatte Karim auch etwas anderes erwarten können?

»Dann hinauf mit dir. Sag Selas, dass es Krieg geben wird. Laikan und Tenira werden gegen Kanchar ziehen. Kein einziger Brandstein darf Guna verlassen. Er muss die Grenzen sofort abriegeln und die Mine schließen, auch den Eingang in Trica. Kanchar und Le-Wajun steht der schlimmste Krieg bevor, der je geführt wurde.«

Sadi starrte ihn an. »Der König wird mir nicht glauben.«

»Doch, das wird er, wenn du ihm sagst, was du gesehen hast. Hier, siehst du?« Er hielt ihm seine Hand hin. Der Ring des Großkönigs war blutverschmiert und dennoch unverkennbar eine Sonne.

Verwirrt starrte Sadi darauf. »Was ist das?«

Er hatte ihn nie gesehen. Es gab nur zwei – Teniras Ring und diesen. Und einen dritten, den Wihaji trug. Einen Ring, für den es keine Erklärung gab.

»Sag es ihm einfach. Und jetzt geh.«

»Wer bist du?«, fragte der Junge. »Woher kennst du König Selas?«

Karim hätte ihm seinen Namen nennen können. Einen kurzen Moment lang erwog er, sich Sadi zu erkennen zu geben. Doch dann schreckte er doch davor zurück. Ein Kind wie Sadi würde sich nicht mit einer bloßen Vorstellung zufriedengeben. Er würde Fragen stellen oder, schlimmer noch, ihm vorwerfen, seinen Vater ermordet zu haben. Von einem Augenblick auf den anderen konnten sie Feinde sein. Nein, es war besser, er blieb ein Fremder für Sadi.

Karim half ihm, die unteren beiden Meter der Tanne zu überwinden, und bot ihm seine Hände als Räuberleiter an. Er würde nicht mehr hier sein, wenn die Gunaer kamen. Und voraussichtlich würde er seinen kleinen Bruder nie wiedersehen. Das, was Wihaji von Karim verlangt hatte, konnte sehr leicht seinen eigenen Tod bedeuten. Er mochte nicht darüber nachdenken. Vielleicht musste es so kommen, vielleicht würde erst dann alles einen Sinn ergeben. Seine Liebe. Der Verlust, der ihm bevorstand; eines Tages würde Anyana Sadi heiraten. Wie er sich eingestehen musste, hätte sie es schlechter treffen können.

»Pass auf dich auf«, sagte er noch.

Dann wandte er sich ab und sammelte die Brandsteine ein. Er musste zurück, in einen anderen Krieg. Durch eine Tür. Da es hier im Wald keine Türen gab, hatte er noch den Rückweg zu der Luke vor sich. Stumm betete er zu den Göttern darum, dass er zur rechten Zeit zurückkehrte und Anyana noch lebte.

30. Ein Kind im Schnee

Yando erreichte den Pass nach Königstal, ohne dass er irgendwelche Spuren von Sadi gefunden hätte. Es schneite jetzt stärker. Dicke Flocken legten sich über alle Vertiefungen im Schnee, über Wurzeln und Äste, und überzogen den Waldboden mit einer weichen Schicht. Selbst wenn er denselben Weg genommen hatte wie der Junge, würde er ihn nicht finden. Und falls Sadi gestürzt war oder ihm sonst etwas zugestoßen war, würde er erfrieren.

Hin und wieder rief Yando nach seinem Schützling. Seine Stimme hallte so laut durch den Wald, dass die Eiszapfen oben in den Wipfeln klirrten. Es war zu gefährlich, hier oben Lärm zu machen; manche dieser Zapfen waren lang und spitz wie Speere und würden jeden Knochen zerschmettern. Schon das Stampfen und Schnauben des Ponys schien ihm zu laut. Die Wolken hingen so tief, dass er immer noch kaum etwas sehen konnte, und obwohl er die Himmelsrichtung nicht bestimmen konnte, folgte er seinem Instinkt. Dieses Gespür würde ihn nach Königstal führen. Das war ein Teil der Mysterien, die in den Bergen von Guna verborgen lagen. Geschichten von Lichtgeborenen, die verdorrte Täler zum Blühen brachten. Von Rebellen, die sich vor den Truppen der jeweiligen Besatzer versteckten, die niemand fand und die irgendwann aus einer Höhle herausstolperten, so jung wie bei ihrem Verschwinden, während ihre Feinde längst gestorben waren und neue Feinde in den Minen wühlten. Königstal war das Zentrum von Guna, es war Yandos Herz, zu dem das Blut floss oder dass wie ein Magnet alles zu sich zog.

Das Pony trottete gehorsam vorwärts, dann stieß es ein lautes Schnauben aus. Sie waren über den Wolken. Licht glänzte auf den Gipfeln und verwandelte die Wolkendecke in ein glühendes Meer.

Der Anblick des wolkengefüllten Tals unter ihnen war so schön, dass Yando die Tränen kamen. Für einen Moment vergaß er seine Sorge um Sadi. Vergaß Liro, der mit den Jägern unterwegs war, wieder einmal, um dem Leben in Wabinar wenigstens für eine Weile zu entfliehen. Vergaß seinen eigenen Kummer, die Entscheidungen, die er getroffen hatte und die vielleicht richtig gewesen waren und vielleicht falsch. Er hatte Guna gerettet, daran musste er festhalten. Was in den Tälern vor sich ging, wo die Menschen lebten, wo sie sich liebten und hassten, Kinder aufzogen, auf die Jagd gingen, Brandsteine aus dem Fels schlugen, wo sie Schuster waren oder Müller oder Geschichtenerzähler – dieses kleine, kostbare, einzigartige Leben hatten sie, wenigstens zum Teil, ihm zu verdanken. Dieser Gedanke gab ihm Kraft. König von Guna. Er hatte getan, was getan werden musste.

Gerade wollte er das Pony talwärts lenken, da fiel ihm ein schwarzer Punkt auf, der über den Wolken schwebte. Er kam rasch näher. Ein Vogel – eine Krähe. Schon war sie da, doch sie wich nicht zur Seite aus, sondern flog ihm direkt ins Gesicht. Krächzend und flügelschlagend fiel sie über ihn her. Yando schlug nach ihr. Plötzlich hatte er Angst, sie könnte ihm mit ihrem scharfen Schnabel das Gesicht zerfetzen. Doch sofort ließ sie von ihm ab. Sie flatterte vor ihm her, flog ein Stück, setzte sich auf einen Ast und blickte zurück zu ihm.

»Was?«, fragte er unwillkürlich, denn dieses Verhalten war so seltsam, dass etwas dahinterstecken musste. Vielleicht war sie zahm. Oder tollwütig. Konnten Krähen die Tollwut bekommen?

Wieder flog sie auf, durch einen Schauer aus Schnee, der aus den Tannen niederging, krächzte auffordernd, flog zum nächsten Ast, setzte sich und wandte den Kopf, um Yando anzustarren.

»Willst du, dass ich dir folge?«

Ganz so sah es aus. Das war unmöglich und dennoch ... Dies war Guna. Was war hier nicht möglich?

Das Pony scheute; ihm schien das Ganze ebenso unheimlich. Yando stieg ab und führte sein Reittier hinter der Krähe her, die immer ein Stück flog und dann auf einem Ast auf ihn wartete. Es hörte auf zu schneien, und endlich fand er, wonach er die ganze Zeit gesucht hatte: Spuren. Ein Pony, kleiner und leichter als seins, war hier entlanggekommen.

Ungeduldig ging Yando schneller. Die Krähe würde ihn direkt zu Sadi führen, den Göttern sei Dank! Quer durch den Wald, unter den Tannen hindurch. Hin und wieder standen die Bäume so dicht, dass kaum Schnee unter ihnen lag. Hier verloren sich die Spuren, und ohne die Krähe hätte er den Weg niemals gefunden. Er lief vorwärts, von plötzlicher Angst erfüllt, und dann sah er etwas im Schnee zwischen schwarzen Stämmen. Wie ein Bogen ragte eine dornige Brombeerranke aus der Schneewehe. Überall war Blut. So schrecklich viel Blut. Yando keuchte vor Schreck. Rasch schlang er die Zügel seines eigenen Reittieres um einen kräftigen Ast. Während er sich näherte, wagte er kaum zu atmen.

»Sadi?« Nie hatte er solche Angst vor einer Antwort gehabt – oder vor dem Ausbleiben der Antwort.

Vor ihm lag ein Pony – tot. Es lag auf der Seite, seine Kehle war herausgerissen, der Bauch zerfetzt. Spuren im Schnee erzählten eine Geschichte. Ein Leopard hatte die Abdrücke seiner Pfoten im Schnee hinterlassen und tiefe Kratzer in das blutige Fell des Ponys gegraben.

»Sadi?«, fragte Yando mit erstickter Stimme. Dann wurde ihm bewusst, dass die Fellfarbe des Ponys nicht stimmte. Sadi ritt einen Schecken, und dieses tote Tier war ein Falbe.

Die Krähe hüpfte über den zerwühlten Schnee und krächzte, bis er sich ihr wieder zuwandte. Sie stocherte mit dem Schnabel im Schnee, und da sah Yando es: ein Stück Stoff ragte aus dem Weiß, vermutlich von einem Schal oder einem Halstuch. Er stürmte zu der Stelle und grub sich durch die Senke. Bald stieß er auf einen blutigen Mantel. Und darin war ein Kind.

Ein Mädchen, sieben oder acht Jahre alt. Ihre dunkle Haut war so fahl, dass er schon glaubte, sie sei tot. Schwarze Zöpfe fielen wie tote Schlangen über Yandos Hand. Der Leopard hatte die Zähne in ihr Genick geschlagen, hatte tiefe Löcher an ihrem Hals hinterlassen, aus denen das Blut rann. Doch dann, aus irgendeinem

Grund, hatte er sich an dem Pony gütlich getan, nicht an dem Kind.

»Oh ihr Götter«, murmelte Yando. Er hob das kleine Mädchen hoch und wankte aus der Schneegrube heraus. Als Erstes riss er sich den eigenen Schal vom Hals, um die Blutung zu stillen. Er war kein Heiler, nicht mal ein Heilkundiger, kein Magier. Nichts als ein Mann mit einem zu kleinen Pferd, weitab von jeglicher Hilfe.

Die Krähe musterte ihn eindringlich mit ihren klugen gelben Augen.

»Also wohin?«, fragte Yando. »Flieg voraus.«

Lan'hai-yia hatte an diesem Morgen einen großen Becher Tee getrunken, wie jeden Morgen. Sie hatte beobachtet, wie Sahiko in ihrem Grießbrei herumstocherte, die Früchte an den Rand schob, und die Qual ihrer Tochter schließlich mit einem Seufzen beendet. »Nun lauf schon.«

Sobald die Kleine hinausgerannt war, begannen die schwierigeren Aufgaben des Tages. Immerzu musste Recht gesprochen werden. Könige und Fürsten aus anderen kancharischen Königreichen sandten Briefe, die beantwortet werden mussten. Manche hofften, dass Lani ihre Anliegen an den Kaiser weiterleitete, der wie jeden Winter zwei Wochen in Guna jagen ging, doch sie weigerte sich, den jungen Kaiser zu behelligen. Sollten diese Wichtigtuer warten, bis Liro wieder in Wabinar war, und sich dorthin wenden. Wenn sie glaubten, dass Guna einen Vorteil daraus gewann, dass der Edle Kaiser jedes Jahr zu Besuch kam, dann hatten sie sich getäuscht.

Selas spähte durch seine Augengläser, während er einen Brief nach dem anderen durchsah und auf mehrere Stapel verteilte. Sie sprachen wenig, während sie gemeinsam arbeiteten, und Lani war an die kameradschaftliche Stille zwischen ihnen gewöhnt. Es kam äußerst selten vor, dass sie sich stritten. Wenn sie es doch einmal taten, dann heftig, doch zumeist waren sie sich einig. Sie erzählten sich nicht alles, und sie besaßen getrennte Schlafzimmer. In nahezu jeder Hinsicht benahmen sie sich wie ein altes Ehepaar.

Nun lachte er leise. »Ist das zu glauben? Sie ist erst acht Jahre alt und bekommt schon Angebote.«

»Von wem?«

Kancharische Prinzessinnen wurden häufig schon bald nach ihrer Geburt verlobt. Dass Sahiko bisher noch von dergleichen verschont geblieben war, zeigte vielmehr, wie sie von den anderen Königen wahrgenommen wurden. Guna war für die meisten nicht mehr als der Vorgarten Kanchars. Kein vollwertiges, eigenständiges Königreich. Den engsten Kontakt pflegten sie mit Daja. Selas hatte zahlreiche Freunde unter den Feuerreitern, die das benachbarte Wüstenreich beherrschten – auch wenn Prinz Matino offiziell als Regent galt.

»Gojad«, erklärte Selas und legte das Schreiben zur Seite. »Sie bieten uns einen ihrer jüngeren Prinzen an.«

Eine Verbindung mit der Eisenstadt? Das machte zumindest Sinn. »Sie wollen doch nur Zugang zu den Minen.«

»Natürlich wollen sie das.« Er lachte vor sich hin. »Sie bitten um die Erlaubnis, eine Delegation herzuschicken, um unsere Tochter kennenzulernen.«

Unsere Tochter. Wie leicht ihm das über die Lippen ging. Dabei war er lange Zeit verärgert gewesen, weil sie ihm nicht anvertrauen wollte, wer der Vater war. Was hätte sie ihm sagen sollen? Dass sie vermutlich im Palast von Wabinar betäubt und missbraucht worden war? Eine andere Erklärung hatte sie nicht für dieses dunkelhäutige, schwarzhaarige, ganz offensichtlich kancharische Kind. Sahiko hatte eine Haut wie Waldhonig und herrliche große Rehaugen. Sie war schöner und kostbarer als alles, was Lani jemals in den Händen gehalten hatte, schöner als Guna, schöner als ihre Erinnerungen. Keiner der Königstaler machte jemals eine dumme Bemerkung oder stellte Selas deswegen in Frage. In Guna wurde der Neffe des Königs als Erbe betrachtet, nicht der Sohn oder die Tochter. Wie vergeblich deshalb die Bemühungen der anderen Könige waren, hatte sich noch nicht in ganz Kanchar herumgesprochen. Es sei denn, sie würden das gunaische Erbrecht doch noch den Bräuchen des Kaiserreichs anpassen. Da ihnen kein Neffe zur

Verfügung stand, würde ihnen vermutlich gar nichts anderes übrig bleiben.

»Ich werde sie fragen, was sie davon hält. Wo ist sie überhaupt?« Selas stand auf und spähte in den Flur hinaus. Im grauen Haus war immer jemand zu Besuch. Die Köchin schwatzte mit ihren Freundinnen in der Küche, und Ilit, die ihnen als Kriegerin mit Rat und Tat zur Seite stand, befragte die Gunaer, die von weither herbeireisten. Jetzt im tiefsten Winter blieben Gäste aus den anderen Tälern jedoch fern, dafür wärmten sich immer einige Nachbarn am Kamin im Salon.

Von Sahiko keine Spur. Der Lehrer, der die Kinder im Tal unterrichtete, hatte sich das Bein gebrochen, daher fiel die Schule zurzeit aus. »Ist sie draußen? Wir haben einen Prinzen für sie«, hörte sie Selas im Salon rufen.

Die Nachbarn brachen in Gelächter aus. »Wo ist er denn, der Prinz? Hast du den Knaben in der Schreibstube versteckt, Vater?«

Eine seltsame Unruhe erfasste Lan'hai-yia. Sie schob ihren Stuhl zurück und trat ans Fenster. Die Scheiben waren von außen mit Frostblumen überwuchert, dennoch konnte sie erkennen, dass da draußen etwas lauerte. Etwas Riesiges, Dunkles.

Von kalter Angst erfasst rannte Lani aus der Stube, sie schob Selas zur Seite, drängte sich an den gemütlich plaudernden Königstalern vorbei und riss die Haustür auf. Ein gewaltiger Eisenvogel senkte sich gerade auf der verschneiten Wiese vor dem Haus nieder. Ein Flockensturm wirbelte auf, während die mächtigen Schwingen den Schnee peitschten. Kaum hatte der Vogel sich beruhigt, kletterte der Reiter schon herunter und sprang in den hüfthohen Schnee. Er kämpfte sich hindurch, fiel hin, kämpfte sich weiter und stand schließlich vor ihr – kein Feuerreiter aus Daja, sondern ein Junge.

Er nahm seine eisverkrustete Pelzmütze ab, und Lani erblickte Tizarun. Sie blinzelte verwirrt, doch der Junge sah immer noch so aus wie Tizarun. So hatte er damals ausgesehen, der junge Tizarun, als er zu den Edlen Acht gestoßen war. Seine Haut hatte die samtig braune Farbe von Rindentee mit Sahne, die Augen dunkel und verheißungsvoll, ein Blick, bei dem alle jungen Mädchen dahinschmolzen.

»Prinz Sadi«, sagte Selas hinter ihr, während sie noch versuchte, diesen Besuch aus der Vergangenheit zu begreifen. »Welche Ehre.«

»Ihr seid der König«, stellte Sadi fest. Woher er das wusste, war Lani ein Rätsel; Selas und Sadi waren sich, soviel sie wusste, nie begegnet. Der Junge wirkte aufgeregt, in Eile, seine Stimme schraubte sich eine Nuance höher und brach. »Ich habe eine Nachricht. An Euch. Sie ist geheim. Und es muss schnell gehen.«

»Von wem?«, fragte Selas.

»Kommt mit, Hoheit«, sagte Lani, die fand, dass halb erfrorene Jungen wichtiger waren als Botschaften. »Ins Warme.« Sie fasste den Knaben am Arm und führte ihn ins Haus. Die Nachbarn ließen sich von dem Neuankömmling nicht beunruhigen. Ilit, die an bedürftige Gäste gewöhnt war, brachte eine Wolldecke und machte einen Platz am Kamin frei. Doch sie schien zu begreifen, dass es mit diesem Gast eine besondere Bewandtnis hatte, denn bevor Lani sie dazu auffordern konnte, winkte sie den Königstalern und führte sie nach hinten in die Küche.

Sie waren allein.

Und Sadi berichtete von den Schmugglern. Von dem schwarzhaarigen Fremden, der die beiden Männer überwältigt und befragt hatte. Von der Antwort, die einer der beiden Schurken gegeben hatte und die Sadi sofort überbringen sollte: Laikan und Tenira stahlen heimlich Brandsteine, die sie dazu benutzten, eine Armee aufzustellen.

»Ihr müsst die Mine sofort schließen und die Grenze sichern«, verkündete der junge Prinz.

»Wer, sagtet Ihr, war der Mann, der Euch geholfen hat?«

»Er hat seinen Namen nicht genannt. Doch er hat mir seinen Ring gezeigt.« Sadi beschrieb den Ring, und Selas verbarg das Gesicht in seinen Händen und seufzte leise.

»Karim«, sagte Lan'hai-yia. »Er hat Karim getroffen? Karim ist tot.« Sie sprach nie mit Selas über seinen Bruder, um ihm keine Schmerzen zu bereiten, aber sie beide wussten, dass es so sein musste. Karim wäre zurückgekehrt, wenn er noch am Leben gewesen wäre. Er hätte weder Guna noch die Feuerreiter im Stich gelassen. »Das ergibt doch keinen Sinn.«

»Wir müssen sofort handeln.« Selas sprang auf. »Ich fliege mit Euch. Wir müssen die Männer in Gewahrsam nehmen und befragen. Wo ist Ilit? Sie fliegt mit uns. Ruf in der Zwischenzeit alle zusammen und schick Leute zum Kaiser. Liro muss auf der Stelle informiert werden.«

»Kannst du denn sofort wieder fliegen?«, fragte Lani den Jungen. Sie vergaß die korrekte Anrede, denn in diesem Moment wirkte er nur wie ein überfordertes Kind. Er zitterte, obwohl er vor dem Kamin saß, die schmalen Hände auf den Knien. Jetzt erst bemerkte sie das Blut. War er verletzt? »Geht es dir gut?«

Der Prinz hob das Kinn und ein stolzer Ausdruck trat in sein Gesicht. »Natürlich kann ich fliegen. Es ist wichtig, also werde ich es tun.«

»Ich ziehe mir nur noch etwas Warmes an.« Selas verschwand in seinem Schlafzimmer. Ein eigenes Ankleidezimmer gab es nicht im grauen Haus.

Lani nutzte die Zeit, um in die Küche zu eilen und Anweisungen zu erteilen. Eine Gruppe musste über den Berg steigen und den Kaiser aufsuchen, ein paar andere Königstaler alle wehrhaften Männer und Frauen im Dorf zusammentrommeln. Verdammt, wo war diese nichtsnutzige Krähe? Gerade jetzt hätten sie sie gut gebrauchen können, um dem Vorarbeiter in Trica eine Nachricht zu schicken.

Trotz der alarmierenden Neuigkeit blieben alle ruhig. Die Köchin goss Tee in einen Becher und brachte ihn dem Jungen, damit er sich ein bisschen aufwärmte. Zwei andere Nachbarn folgten Lani in die Schreibstube, wo sie eine Kartenrolle aus dem Schrank holte und auf dem Tisch ausbreitete. »Hier ist Trica. Wenn der geheime Eingang auf der anderen Seite des Berges liegt, muss er sich in dieser Gegend befinden, abseits der Dörfer. Um ihre Beute nach Anta'jarim zu schaffen, werden sie einen Pfad durch menschenleeres Gebiet wählen. Wir müssen … Was? Wer schreit da?«

Sie hob den Kopf und stöhnte innerlich über die zweite Unterbrechung an diesem Tag.

»Ich gehe nachsehen.« Eine der Frauen stand auf und öffnete die Tür zum Kaminzimmer, das die Mitte des Hauses bildete. Dort hatte der junge Prinz seinen Becher abgestellt und war gerade dabei, Selas nach draußen zu folgen. Jemand riss die Haustür auf. Weiteres Geschrei.

»Sahiko!«, rief jemand. »Das ist Sahiko!«

Menschen riefen durcheinander. Die Krähe krächzte. Im Kamin zerplatzte ein Holzscheit. Die große Standuhr tickte. Zu viele Geräusche auf einmal. Lani befand sich wie in einer Blase aus Stille, als sie aufstand. Sie konnte ihre Füße nicht spüren, es war, als würde sie schweben.

Da. Menschen, ihre Gesichter verschwammen. Ein Gesicht jedoch nicht. Sie sah ihrem Bruder in die Augen. Kirian war hier. Er war blass, von der Kälte angegriffen, die Augen gerötet, die Nase rot, die Lippen blau. Er trug keinen Mantel, nur ein durchnässtes Hemd, das ihm am Körper klebte. Sein Mantel war um das gewickelt, was er in den Armen hielt. Ein schwarzer Zopf pendelte in der Luft.

»Nein«, sagte Lani, vielleicht schrie sie auch. »Nein, nein, nein! Was hat sie? Was ist mit ihr?«

Sie wollte Kirian das Mädchen aus den Armen reißen und konnte sich doch nicht bewegen.

»Das ist Sahiko?«, fragte er. »Deine Tochter?«

Er hatte keine Ahnung gehabt, wen er hergebracht hatte, und nun, da er es wusste, sah sie das Bedauern in seinem Blick. »Sie lebt noch, aber sie ist sehr schwach. Sie hat zu viel Blut verloren. Ihr braucht sofort einen Heiler. Keinen gunaischen Kräutermann, sondern einen Magier.« Kirian richtete den Blick auf Sadi. »Du bist hier? Wusste ich es doch, dass es unser Steppenadler ist, der draußen steht. Du musst das Mädchen nach Daja fliegen. Sofort.«

Selas stand neben der Tür, er war schon fertig zum Aufbruch. Er öffnete den Mund, um etwas zu sagen, doch Lani kam ihm zuvor. »Ich fliege mit nach Daja.«

Er schüttelte den Kopf. »Lani«, sagte er nur.

Tausend Gedanken. Ein Schneesturm, ein Wirbel, nichts ergab mehr einen Sinn. Ihr blieb nur die Angst um ihre Tochter. Doch das Wissen um die sehr reale Gefahr eines Krieges ließ sich nicht ausblenden.

»Wir brauchen den Eisenvogel eigentlich für etwas anderes«, sagte sie leise. »Wir müssen zur Mine. Wenn wir jemanden hinschicken, über die verschneiten Berge, wird er zu spät kommen. Entweder sind die Schmuggler geflohen oder erfroren. Wir werden sie nicht befragen können. Entweder kehren sie mit der Nachricht zurück, dass wir Bescheid wissen, oder gar nicht. So oder so wird König Laikan erfahren, dass wir Verdacht geschöpft haben, und womöglich schlägt er schneller zu als geplant. Während wir nicht einmal erahnen, was auf uns zukommt.« Sie wich seinen ernsten Augen nicht aus. »Das alles ist mir bewusst. Aber es geht um meine Tochter.«

»Um unsere Tochter«, sagte Selas.

Sie konnte nicht einmal Dankbarkeit empfinden. Ihr Herz stand unter Schock. Wie eine Schlafwandlerin folgte sie Sadi und Kirian zu dem Steppenadler, der träge mit den Flügeln schlug, damit sie nicht einfroren.

»Ich kann zwei Personen mitnehmen«, sagte Sadi, der auf den Rücken des Eisenvogels stieg und einen Ledermantel aus einer Satteltasche zerrte.

Kirian hielt immer noch ihre Tochter im Arm. Zu einem anderen Zeitpunkt hätte Lani ihn angeschrien, ihn verflucht, weil er es gewagt hatte, in Königstal aufzutauchen, doch heute war sie nur dankbar. Heute verzieh sie ihm alles.

Sie streifte Mantel und Helm über, die Sadi ihr reichte, und kletterte auf den Rücken des Vogels. Kirian stieg ihr vorsichtig hinterher, indem er sich nur mit einer Hand festhielt, und reichte ihr dann die kostbare Last. Lani wagte kaum, das stille Gesicht ihrer Tochter anzuschauen. Sie hüllte das Mädchen in die Decken, die eine Nachbarin nach oben warf, und betete zu allen Göttern.

»Bereit?«, fragte Sadi. Sie nickte benommen. Die Flügel des Adlers streckten sich, dann peitschten sie den Schnee. Flocken wirbelten auf, der Wind schlug ihnen harsch ins Gesicht. Sie stiegen schnell auf, schon umhüllten die Wolken sie, verbargen das Tal und die Menschen dort unten vor ihren Blicken. Lani beugte sich schützend über ihr Kind.

31. In der Glut

Wihaji ritt, so schnell er konnte. Manchmal wünschte er sich, Kato wäre wie ein Teppich, den man raffen konnte, um von einer Falte zur nächsten zu springen. Die Zeit, die wild durch dieses Land irrlichterte, ließ sich jedoch nicht bändigen. Der Wald von Anta'jarim schien in unerreichbare Ferne zu rücken, als er sich dazu entschied, seinen erschöpften Rappen nicht länger anzutreiben, und abstieg. Das Tier zu opfern, um rechtzeitig zurück zu sein, wäre sogar seine Pflicht gewesen. Nur glaubte er nicht, dass es irgendetwas nützen würde.

Eine Weile führte er den Rappen. Es war, wie sich durch zähen Morast zu kämpfen. Wie in einem Traum, der einen nicht entkommen ließ – schwere Gewichte schienen an seinen Knöcheln zu hängen, lähmten ihn, verwandelten jede Bewegung in einen Schatten ihrer selbst. Der Wald floh vor ihm.

Da er Kato und seine Tücken mittlerweile kannte, gab Wihaji nicht auf. Träume ließen sich nicht besiegen, man musste auf sie eingehen, mit dem Strom schwimmen. Er musste seine Angst und seine Eile vergessen und wie ein Dichter über die Wiesen wandern. Sich an jedem Grashalm freuen und an den Blumen, die ihren verstörenden Duft verbreiteten, während der Hengst mit müden Beinen über sie hinwegtrottete. Das Himmelsblau, das Himmelsgrau – weiche Farbverläufe, so sanft, dass man sich hineinschmiegen mochte. Er versuchte zu singen, doch so weit ging seine Hingabe an den Traum dann doch nicht. Erinnerungen stiegen in ihm auf, während er ein Lied summte, das er längst vergessen geglaubt hatte. Hatte Linua es gesungen, damals, als sie beide glücklich gewesen waren?

An Linua zu denken versetzte ihn hundert Jahre zurück. Manchmal war er sich nicht sicher, ob er ihr Gesicht nicht im Laufe der Zeit verklärt hatte, ob sie wirklich so schön gewesen war, wie er dachte. Schöner als ein Nachthimmel voller Sterne, umkränzt von Mondsplittern. Schöner als der Gesang der Vögel unter den Bäumen, des Morgens, wenn man barfuß durch den Tau ging.

War Linua überhaupt mehr als ein Traum, hatte er sie je gekannt und geliebt? War sie mehr als ein Lied, das ihm nicht aus dem Kopf ging? Wihaji wusste es nicht. Er ging über Blumen, das Pferd schnaubte ihm in den Nacken und knabberte an seinem Kragen. Er ging. Nein, er saß an einem kristallklaren See, in dem sich das sanfte Wolkenlicht spiegelte.

Ohne es zu merken, war der Wald über ihn gekommen.

Wihaji tauchte seine Hände ins eisige Wasser und benetzte sein Gesicht, um die Reste des Traumes und des Liedes abzuschütteln. Dann stand er auf und versuchte, die Richtung zu erraten, in der das Schloss lag. Sein Instinkt leitete ihn. Und, deutlicher als zuvor, seine Furcht. Kalter Schweiß tränkte seine Kleidung. Er schwang sich wieder in den Sattel und ritt los.

Schloss Anta'jarim lag wie eine offene Schatzkiste im Moos. Die Mauern wie aus weichem Quarzgestein, die Türme mit Perlmutt überhaucht, dornige Ranken suchten ihren Weg durch den matten Schimmer. Dunkelrote Blüten öffneten sich wie Flammen.

Der Hof war verlassen. Alles war erschreckend still, und Wihajis dunkle Ahnung verhärtete sich zu Gewissheit. Die Wachen am Portal waren nicht seine eigenen Leute. Mit leerem Blick starrten sie an ihm vorbei. Auf ihren Rüstungen das Zeichen des Flammenden: das Rot von Lhe'tah, Tizaruns Farbe.

»Oh ihr Götter«, murmelte er.

Niemand hielt ihn auf oder sprach ihn an. Keine Lanzen kreuzten sich, als er Türen und Hallen durchschritt. Er hätte fliehen sollen, sein eigenes Leben retten, doch stattdessen ging er weiter. Ob Tizarun im Thronsaal wartete, erhöht über die Welt, die er vernichtete?

Wihaji kam nicht so weit. Die Tür zum Speisesaal stand offen.

Dort, vor dem prächtigen Wandbild der springenden Hirsche, saß Tizarun an der langen Tafel, an der Wihaji vor über einem Jahrhundert mit König Jarunwa und seiner Familie gespeist hatte. Damals, im wirklichen Anta'jarim, war er voller Hoffnung gewesen, erfüllt von seiner eigenen Rolle, die dazu beitragen sollte, dass Le-Wajun gedieh. Heute, in Kato, fühlte er nur eine seltsame Traurigkeit.

»Da bist du ja, alter Freund«, sagte Tizarun. »Setz dich.«

Auf dem Tisch stand ein Teller mit frischem Brot und eine Schale glänzend schwarzer Waldbeeren. Vielleicht waren es Tollkirschen oder andere giftige Beeren. Für Wihaji, der sich damit nicht auskannte, sahen sie alles andere als verlockend aus. Er traute auch dem Wein nicht, den Tizarun in beide Becher goss. Rot wie der ganze Stolz von Lhe'tah, eines Königreichs, das sie beide verloren hatten.

Tizarun hatte seinen Umhang über die Stuhllehne gehängt. Der Stuhl war vom Tisch weggerückt, sodass ein Korb darauf Platz gefunden hatte. Eine kleine Hand winkte, mehr war von dem Kind darin nicht zu sehen.

»Ja, er lebt noch«, sagte Tizarun freundlich. »Dachtest du, ich wäre ein Kinderschlächter? Setz dich, Wihaji. Trink. Iss. Du musst völlig erschöpft sein. So wie ich dich kenne, hast du erst gekämpft, bis du dich völlig verausgabt hast, und dann bist du wie der Wind zurückgerannt. Menschen werden müde, also mach mir nichts vor.«

Wihaji dachte an Anyana und Karim und ihren gefährlichen Auftrag. Vielleicht brannte das Schiff längst. Vielleicht fraß das Feuer gerade den Palast von Wabinar, diese Monstrosität, die Menschen verschlang und Seelen knechtete. Vielleicht war nichts mehr zu retten, und niemand konnte die Zerstörung noch aufhalten. Und hier waren sie nun – zwei Todfeinde und das Kind.

Anyanas Kind.

Ihm war schlecht vor Angst, wenn er an die fahlen Augen des Kapitäns dachte.

Zögernd griff er nach dem Becher. Er tat, als würde er trinken, doch er wagte es nicht. Sein Misstrauen war größer als sein Durst. Und sein Zorn größer als das Bedauern über den Verlust ihrer Freundschaft.

»Was hast du vor?«

»Erinnerst du dich noch an die Zeit, als wir Freunde waren? Die Edlen Acht. Wir waren so jung. So naiv. Das Schlimmste war nicht, dass wir uns in jeden Kampf gestürzt haben, dass wir gegen Räuberbanden und Rebellen, gegen Schuldige und Unschuldige gekämpft haben. Das Schlimmste war, dass wir uns dabei so verdammt edel gefühlt haben. Helden waren wir, und jeder musste uns dafür bewundern.«

»Vielleicht ging es dir so«, sage Wihaji, »aber ich kann mich nicht erinnern, jemals das Schwert gegen Unschuldige erhoben zu haben. Und es ging mir auch nie darum, ein Held zu sein. Wir taten, was wir tun mussten, nicht mehr und nicht weniger. Dass du in deiner Raserei ein halbes Dorf ausgelöscht hast, das war deine Schuld. Nicht die Schuld deiner Freunde. Steh zu deinen eigenen Taten.«

Tizarun musterte ihn über den Rand seines Bechers hinweg. Er nippte daran und schaukelte dann den Korb, indem der kleine Junge leise krähte.

»Also grollst du mir immer noch wegen Trica? Das ist lange her. Ich habe dafür bezahlt. Die Götter haben mir vergeben, also warum kannst du es nicht?«

»Die Götter?« Wihaji stieß ein heiseres Lachen aus. »Warum bist du dann hier und nicht bei ihnen?«

»Ich habe lange gebraucht, bis ich begriffen habe, wer du bist. Dass du lebst. Dass du mit einem Auftrag hergeschickt wurdest, Wihaji. Du bist hier, um mich zu suchen und nach Hause zu bringen. Also, verdammt noch mal, warum tust du es nicht?«

»Woher weißt du das?«

»Von Quinoc. Hast du ihn nicht getroffen? Vor Kurzem erst ist er hier aufgetaucht, und er hat interessante Neuigkeiten mitgebracht. Hundert Jahre lang hast du mir verschwiegen, warum du hier festsitzt. Du kannst nicht zurück nach Le-Wajun, zurück zu deinem Mädchen, zu deinem Leben. Zu deinen Ländereien und allem, was dir etwas bedeutet. Zu allem, was du vermisst. Und das alles bloß meinetwegen.«

Sein Leben, seine Ländereien in Lhe'tah? Seine Pferde und Schlösser und sein kleines Haus in Wajun? Er hatte alles vergessen. Alles, außer Linua.

»Hör auf, mich zu bekämpfen. Lass uns zusammen heimkehren.«

Wihaji seufzte leise. »Das kann ich nicht.«

»Wir müssen keine Feinde sein.«

»Tizarun.« Er hob den Kopf und sah ihn an, den Flammenden König, den Tyrannen von Kato, den Stolz von Lhe'tah. Die untergegangene Sonne von Wajun. »Tizarun, du kannst nicht heimkehren. Nicht dorthin. Du darfst nicht, und wenn du es versuchst, werde ich es zu verhindern wissen.«

Nun seufzte Tizarun. »Ach, mein Freund, du machst es mir wirklich nicht leicht.« Er streckte seine Hand aus, und die rosigen Finger des Säuglings schlossen sich um seinen Daumen. Lijun quietschte vergnügt. »Die Wahl, vor der ich stehe, ist eine andere, als du annimmst. Nicht ob ich hierbleibe, oder ob ich zurückkehre. Nichts wird mich aufhalten. Auch du nicht. Das kann höchstens der Graue Kapitän, und den werde ich mit einem Geschenk umstimmen.«

»Du darfst ihm das Kind nicht ausliefern.«

»Leg dich nicht mit dem Schicksal und mit den Göttern an, Wihaji. Das kann nicht gut ausgehen.«

»Ich lege mich mit dir an. Gib ihm nicht das Kind.«

Wenn er lossprang, über den Tisch, sich auf den König stürzte, ihm mit einem Griff das Genick brach … Es würde nicht viel nützen, denn Tizarun würde bald wieder aufstehen. Aber vielleicht reichte die Zeit, um nach dem Korb zu greifen und durch ein Fenster zu klettern. Wihaji kannte sich hier aus. Er würde den Wald erreichen, bevor die Wachen wussten, was geschah. Oder er blieb im Schloss. Eine Weile könnte er sich in geheimen Kammern verstecken, während man nach ihm fahndete.

»Ich hoffe, dass der Kapitän mich mitfahren lässt, wenn ich ihm seinen Besitz bringe.«

»Wie könnte dieses Kind ihm gehören? Ich halte nichts von Sklaverei. Jeder Anspruch auf einen Menschen ist unrechtmäßig.«

»Nicht für die Götter.« Tizarun zog seine Hand zurück und umfasste seinen Becher. »Ich werde dennoch darauf verzichten. Ich werde mich dem Grauen entgegenstellen und mit meinem eigenen Schiff fahren. Doch dafür musst du aufhören, gegen mich zu kämpfen. Ich verlange deine Kapitulation, Wihaji. Steh an meiner Seite. Komm mit mir. Lass uns im Triumph im Hafen von Daja einfahren.«

Also das war die Wahl, vor der Tizarun stand – und nun er? Das eiserne Schiff oder das Kind? Und bald würde es kein Schiff mehr geben. Deshalb war dieses Gespräch völlig sinnlos. Er machte sich bereit, loszuspringen, doch da beugte Tizarun sich vor und hob den kleinen Jungen aus dem Korb.

»Du kannst mich nicht aufhalten, also steh mir bei. Ich kenne dich, Wihaji. Du bist stur, nichts kann dich von deinem Weg abbringen. Weißt du, warum ich geglaubt habe, du hättest mich vergiftet? In jenen Augenblicken, bevor ich gestorben bin, dachte ich, du hättest es herausgefunden, die Sache mit Trica. Denn du warst immer auf meiner Seite. Kein Gold, keine Versprechungen hätten dich dazu bringen können, mich zu verraten. Nur Trica. Hättest du davon gewusst, du hättest niemals zugelassen, dass Laimoc in die Verbannung geschickt wurde, dass Quinoc als unser Mitwisser in den Rang meines obersten Wächters aufstieg, dass ich selbst die Krone bekam. Ohne Rücksicht auf deine eigene Sicherheit hättest du dafür gekämpft, dass ich vor Gericht gekommen wäre. Du hättest dich gegen meine Eltern gestellt, gegen alle. Ich hätte dich als Freund verloren. Und du wärst fähig gewesen, mich zu ermorden, um meine Herrschaft zu beenden und die Schande zu tilgen.«

Wihaji spürte das Zittern in seinen Knochen. Tizaruns Worte gingen ihm näher, als sie sollten. »Nein«, sagte er. »Ich hätte dir die Freundschaft gekündigt, das stimmt, doch ein Mord ...«

Tizarun lachte leise. Er herzte das Kind, brachte es dazu, mit ihm zu lachen. Seine Hand im weichen blonden Haar des Jungen war zärtlich.

Spring, befahl Wihaji sich selbst. Töte ihn. *Vergiss das Kind, vergiss dein eigenes Leben. Töte ihn und dich und bring ihn zu den Göttern, damit das endlich endet.*

Aber er konnte nicht. Es war unmöglich. Seine Hände schwitzten, seine Füße waren schwer wie Blei. Linuas Stimme sang in seinen Ohren. Es war, als hätte er sie gestern erst zum letzten Mal gesehen. In seinen Träumen küsste er sie im dunklen Flur seines Hauses. In der Stube spielten die Welpen, die Hündin kam näher, machte eine überraschte Miene und trollte sich wieder. Linua duftete nach Blumen und Wüstensand, nach Sonne und Frieden.

Er konnte kein Kind töten, und wenn der Preis die ganze Welt war.

»Nichts kann dich dazu bringen, etwas zu tun, das du nicht richtig findest«, sagte Tizarun. »Dein edles Gehabe abzulegen und in den Dreck hinabzusteigen, in dem wir anderen wühlen. Du siehst auf mich herab wie auf etwas Widerliches. Ich bin Abschaum, ein Mörder. Kein Held, sondern ein Kriegsverbrecher. Ich bin die schwarze Sonne von Wajun. Doch bei all deiner Gerechtigkeit und deinem Edelmut, Aufrechter Mann, musst du doch zugeben, dass ich ein guter Großkönig war. Ich sehne mich nach dem, was gut war in meinem Leben. Lass mich noch einmal Tenira sehen. Bitte. Ich will sie in die Arme schließen. Ich werde keine Vernichtung über Le-Wajun bringen – glaubst du das etwa? Ich kämpfe für meine Liebe. Gerade du solltest das doch verstehen.« Er lächelte ein feines Lächeln.

Wihaji glaubte ihm kein Wort, und dennoch schien ihm, dass Tizarun selbst davon überzeugt war. Er glaubte sich im Recht, einer der Edlen Acht, der wie ein strahlender Held zu seiner Königin zurückkehrte. Es war ein Märchen, doch die Märchen wurden in Kato zu dunklen Träumen, zu Nebel und fernen Gesängen und Gewichten an den Schuhen. Manche Herzen wurden hier leichter, doch der Berg von Spiegel-Wabinar wuchs, und wuchs und die Schreie der gepeitschten Sklaven hallten manchmal bis hinunter zum Hafen.

»Tizarun ...«

Der Bastard würde das Kind vor sich halten, wenn Wihaji angriff. Lijuns feines goldenes Haar war gewachsen und hatte sich in kleine Löckchen gelegt. Er strahlte und versuchte, nach Tizaruns Nase zu greifen.

Wihaji wünschte sich, er könnte Linua vergessen. Sie und ihr helles Sommerkleid im Dämmerlicht des Hauses, während die Wärme durch die Fenster kroch. Seine Sehnsucht nach ihr, die nicht einmal gestillt wurde, wenn er sie in den Armen hielt. Er war kein Soldat. Er hatte gekämpft, aber er hatte nie die Befehle anderer Männer befolgt. Nun wusste er nicht einmal mehr, wie er seinen eigenen Befehlen gehorchen sollte.

Er hatte nie ein eigenes Kind gehabt. Nur einen Knappen. Karim, diesen Kindskopf, diesen viel zu klugen Jungen. Und dies hier war Karims Sohn. Das machte Lijun zu seinem Enkelkind, seinem Nachkommen. Nicht der Abstammung nach, nicht durch Fleisch und Blut, doch das spielte keine Rolle. Blut war nicht das Wichtigste. Familie bedeutete mehr als das, eine Verbundenheit, die noch stärker war. Er hatte Karim gewählt, so wie er Linua gewählt hatte.

»Ein Schiff wird mich übers Nebelmeer bringen, mein Freund. Uns beide vielmehr«, sagte Tizarun. So eindringlich er sprach, so weise er sich gab, der leise Hohn in seinen Augen verriet die Wahrheit. Er war der Flammende. Der Tote, der über Leichen ging. Das Verhängnis. »Wir werden zurückkehren wie Götter, du und ich. Welches Schiff soll es sein? Das Graue? Oder das eiserne? Werden wir gegen den Tod kämpfen oder mit ihm handeln?«

Karim trat durch die Tür und fand sich in völliger Dunkelheit wieder. Von irgendwoher erklang Lärm, sonst hätte er geglaubt, er sei vielleicht bewusstlos. Hämmern, Vibrieren, Pochen, Zischen.

Er tastete um sich, fand eine Kante, einen Spalt, drückte dagegen. Flackerndes Licht blendete ihn, er blinzelte und orientierte sich rasch.

Vor sich sah er Tizaruns Baustelle, um ihn herum wölbten sich Metallwände. Also war es geglückt, er befand sich wieder im Bauch des eisernen Schiffs. Und da, etwa zwanzig Meter von ihm entfernt, standen Anyana und der rothaarige Arbeiter Rücken an Rücken, beide mit einer Eisenstange bewaffnet.

Gefahr! Die Erleichterung über seine gelungene Rückkehr löste sich in nichts auf. Sein Herz schlug rasend schnell, in seinen Schuhen schmolz der Schnee und tropfte von der Leiter. Zwei Säcke mit Brandsteinen hatte er mitgebracht, jeder einzelne Stein in dicke, weiche Tücher gehüllt. Karim wandte sich um, ging zurück in die Dunkelheit der Kammer und legte die Säcke in einer Ecke ab. Ein einziger der Steine würde genügen, um das Schiff in Stücke zu sprengen. Doch sie befanden sich in einer Höhle voller Menschen. Der Brand, den die Explosion auslösen würde, würde Hunderte Arbeiter mit in den Tod reißen. Viele von ihnen waren Seelen, die es nicht bis zum Flammenden Tor geschafft hatten, dennoch spürten sie Schmerzen. Und wieder andere waren Lebende, die mit dem Schiff hierhergekommen waren und dann von Tizarun versklavt wurden. Zu den Göttern zu gehen mochte besser sein als das hier, und dennoch … Sie alle in einem Flammenmeer umkommen zu lassen? Obwohl Wihaji ihm den Befehl gegeben hatte, sträubte sich alles in Karim. Doch natürlich war er der Richtige für diesen Auftrag – er, der Wüstendämon, ausgebildet vom grausamsten Menschen, den er kannte, Joaku, dem schlimmsten von allen.

Wie viel Schmerz und Tod durfte es kosten, Tizarun aufzuhalten?

Ja, er war der Richtige. Denn was auch immer er an Unheil brachte: Er tat es für die Menschen hinter dem Nebelmeer. Die Toten durften nicht zurückkehren, um keinen Preis, und er würde aushalten, das zu tun, was getan werden musste. Aber er würde auch sein eigenes Leben einsetzen, um so viele Menschen wie möglich vor einem grausamen Tod zu bewahren.

Um Anyana zu retten, hätte er einen der Steine mitnehmen und die aufgebrachten Wächter und Arbeiter damit bedrohen können, doch die Gefahr, dass sich der Stein in dieser von Hitze, Lärm und Leid erfüllten Umgebung von selbst entzündete, war einfach zu groß. Er würde als Erster sterben, wenn es schiefging, und dann konnte er das Inferno nicht mehr aufhalten.

Karim sprang die Leiter hinunter und bahnte sich den Weg zu Anyana auf altbewährte Weise. Seine Hände genügten. Er teilte Schläge aus, die seine Gegner sofort außer Gefecht setzten. Es war beinahe zu leicht. Weder die Wächter noch die Arbeiter waren auf jemanden wie ihn vorbereitet. Die richtige Stelle zu treffen genügte, und sie sanken wie Steine zu Boden. Aber es waren zu viele. Die Künste der Wüstendämonen gelangten im Zwielicht zur Vollendung, nicht vor aller Augen.

Die übrigen merkten rasch, dass jemand Anyana zu Hilfe kam, und der Kreis um sie und Mago weitete sich.

»Wer bist du?«, rief jemand.

Und ein anderer keuchte: »Der Flammende! Oh ihr Götter, auf die Knie!«

Karim hatte nicht daran gedacht, den Helm wieder aufzusetzen. Die Ähnlichkeit mit Tizarun, dieser Fluch, der ihn sein Leben lang verfolgt hatte, brachte ihm nun Glück. Bevor er auch nur bestätigen konnte, wer er war oder auch nicht, fielen die Eisenstäbe und Hämmer polternd zu Boden, neigten sich Köpfe, beugten sich Knie. Mago und Anyana blieben aufrecht wie Klippen in einem Meer von furchtsamen Untertanen stehen. Das rote Haar klebte verschwitzt an Anyanas Wangen. Ihre Augen leuchteten, ein belustigtes Lächeln zuckte um ihre Mundwinkel. Mago hingegen betrachtete ihn mit finsterer Miene.

»Gehen wir«, sagte Karim. »So schnell wir können.«

Er griff nach Anyanas Hand, um sie mit sich zu ziehen, doch sie sträubte sich. »Was ist mit den Menschen?«

»Was habt ihr beide hier eigentlich zu suchen?«, fragte Mago, der hinter ihnen herkam. »Und du bist nicht wirklich der König, oder?«

Anyana bedeutete ihm mit einem strengen Blick zu schweigen.

Dann wandte sie sich wieder Karim zu. »Die Menschen, Karim. Sie werden alle verbrennen. Befiehl ihnen zu fliehen.«

Er hatte nicht daran gedacht, die neugewonnene Autorität zu nutzen. Natürlich – auf diese Weise würde es ganz leicht sein, sowohl Sklaven als auch Wächter aus dem Gewölbe zu schicken. Er konnte nur hoffen, dass niemandem auffiel, dass seine Stimme nicht wie Tizaruns Stimme klang.

Mago kam ihm zuvor. Er stieß zwei Eisenstäbe zusammen. Das Klirren ließ die Menschen, die sich gerade wieder aufrichteten, aufblicken. »Raus hier!«, rief er laut. »Der Flammende befiehlt euch, euch zu entfernen! Hinaus mit euch! Aus dem Palast, ins Freie!«

Karim nickte zustimmend und wies befehlend auf die Galerie.

Niemand fragte nach dem Warum. Die Sklaven beeilten sich zu gehorchen. Der Befehl sprach sich herum, wurde weitergegeben, und sofort begann eine stürmische Flucht zu den Treppen. Die Erschütterung, die durch den steinernen Boden ging, ließ sogar das Schiff erzittern. Karim presste die Hände an die Schläfen. Er konnte die Brandsteine fühlen, die wirbelnde Kraft in ihnen, die erwacht war und nun pulsierte und pochte und stärker wurde. Die Zeit lief ihnen davon. Wenn sie nicht selbst schleunigst flohen, würden sie den Flammen nicht mehr entkommen können. Doch er konnte nicht fort. Noch nicht. Er war der Einzige, der die Brandsteine davon abhalten konnte, sich sofort zu entzünden.

»Lauft!«, sagte er zu Anyana und Mago. »Wartet nicht auf mich, ich komme nach.«

Anyana rührte sich nicht. Er legte die Hand auf ihre Schulter, aber sie schaute durch ihn hindurch. »Anyana? Hörst du mich? Ihr dürft nicht warten, rennt!«

»Es brennt«, flüsterte sie. Sie schien ihn nicht zu hören, ihn nicht einmal wahrzunehmen. »Anta'jarim. Es brennt. Ich sehe das Feuer aus den Fenstern schlagen, ich sehe es auf dem Dach tanzen. Es singt. Es spricht in unbekannten Sprachen. Ich werde es nie verstehen.«

»Anyana!«, rief er. »Wach auf!«

Mit zitternden Lippen starrte sie ins Leere. »Wer könnte das Feuer verstehen?«

»Ich«, sagte er. »Ich verstehe es! Lass es brennen, sieh mich an!«

Sie blinzelte. »Karim?«

»Ich verstehe das Feuer«, sagte er. »Ich bin seine Stimme. Du musst fliehen. Jetzt.«

»Anta'jarim brennt.«

»Nein, aber Kato wird brennen. Lauf!« Er wandte sich an Mago, der verwirrt zusah. »Sorg dafür, dass sie aus dem Palast herauskommt, ehe es zu spät ist.«

»Lass mich!« Sie wehrte sich, als Mago sie um die Schultern fasste. »Karim, warte. Etwas stimmt nicht. Wir müssen zurück ins Schloss! Zurück zu Lijun!«

»Dann reite zurück. Nimm Mago als Begleitschutz mit.«

Verärgert schüttelte sie Magos Hände ab. »Karim, willst du mich nicht verstehen? Vergiss das Schiff. Ich habe ein ganz übles Gefühl wegen Lijun.«

Ein Krächzen ertönte plötzlich über ihren Köpfen. Ein schwarzer Vogel segelte über sie hinweg. Im ersten Moment dachte Karim an seine Krähe und wunderte sich, wie sie nach Kato gelangt war, dann erkannte er, dass dieser Vogel größer war: ein Rabe. Genau über ihnen ließ er eine Schriftrolle fallen, die Karim auffing. Sie brannte in seinen Händen, als hätte jemand sie in Gift getaucht.

»Lijun«, flüsterte Anyana.

Die Welt stand noch nicht in Flammen, und doch schien es Karim, als könnte niemand das Feuer mehr löschen. Er rollte das Schriftstück auseinander.

Hatte er eine Botschaft von Tizarun erwartet? Von Tizarun, dem die Raben gehörten? Doch es war Wihajis Schrift.

Wihaji sehnte sich danach, Tizarun zu töten. So sehr, wie er sich danach sehnte, seinen Freund zu umarmen. Er dachte darüber nach, wie er es anstellen könnte. Ein Sprung über den Tisch genügte. Aber da war das Kind. Und er musste berücksichtigen, dass es zwei Schiffe gab. Eine Idee erblühte in seinem Geist.

»Ich gebe auf«, sagte er.

Seine Miene verriet nichts, das wusste er. Sein Gesicht war wie eine Maske, nein, besser als jede Maske. Haut wie aus Obsidian gemeißelt, das Lächeln war in den Jahren seiner Verbannung von ihm abgefallen. Tizarun hatte recht – er würde alles tun. Er würde Wege gehen, die er nie zuvor beschritten hatte. Etwas wagen, was er nie zuvor gewagt hatte. Dieser Krieg zwischen dem Aufrechten Mann und dem Flammenden König musste ein Ende haben.

»Ich gebe auf«, wiederholte er, »unter einer Bedingung. Der Tod kann dir nichts mehr anhaben, also ist es nicht mehr als eine kleine Unannehmlichkeit für dich. Lass uns jetzt Freunde sein – aber ich will noch einmal erleben, wie du stirbst. Ich will bei dir sein bis zu deinem letzten Atemzug. Versprich mir das.«

Tizarun lächelte seidig. Wann war sein Lächeln so geworden, abgerundet und dünn? Abgeschliffen von hundert Jahren, so wie jede Mitmenschlichkeit, jeder Anflug von Güte sich abgeschliffen hatte auf dem Thron von Spiegel-Wabinar.

»Gut«, sagte Tizarun. »So sei es.«

Wihaji nickte. Er betrachtete die Hirsche auf dem Wandbild. Wie alles in diesem anderen Anta'jarim war auch dieses Bild seltsamer als in der echten Welt. Und es hatte sich verändert, erkannte er, denn den Jungen, der mit den Hirschen durch den Wald lief, hatte er nie zuvor bemerkt. Seine Haut war goldbraun wie das Fell der Hirsche, golden wie Waldhonig, und seine Augen dunkel wie ihre Augen. Er rannte mit den Hirschen, als hätte er sein Leben lang nichts anderes getan.

»Ich weiß nicht, was du geplant hast«, fuhr der Flammende fort, »aber was auch immer es ist, du solltest es beenden.«

Er musste tun, als würde er mitspielen, also sagte Wihaji: »Es geht um dein Schiff. Aber wenn der Graue Kapitän dich mitnimmt, brauchst du es ohnehin nicht mehr.«

Tizarun hob die Brauen.

»Ich kann den Anschlag noch aufhalten. Dafür musst du mir einen deiner Raben geben. Ich will eine Nachricht verfassen, die so schnell wie möglich überbracht werden muss.«

Die Raben waren schnell wie Gedanken. Während sich die Träume an die Füße der Menschen hefteten und ihre Schritte verlangsamten, waren die Vögel frei. Sie würden immer frei sein. Wenn irgendjemand Karim und Anyana noch rechtzeitig erreichen konnte, dann einer der schwarzen Boten. Manchmal dachte Wihaji, dass sie Tizaruns Palast umkreisten wie Fliegen ein Stück Aas. Es stank in Kato.

»Endlich«, murmelte Tizarun. Er wiegte das Kind in seinen Armen. »Endlich kehre ich heim.«

Anyana streckte die Hand nach der Nachricht aus, doch Karim starrte immer noch auf das Blatt. Er schien die Tinte vom Papier zu saugen, so intensiv heftete er seine Augen an die Buchstaben. Dann zerriss er sie in kleine Fetzen.

»Wir müssen die Mission abbrechen«, sagte er mit rauer Stimme. »Tizarun hat unser Kind. Sie sind unterwegs zum Hafen, und der Graue Kapitän wird sie an Bord lassen. Wihaji bittet uns darum, ihm zu vertrauen und nicht einzugreifen. Wir sollen bleiben, wo wir sind.«

Sie wollte es nicht glauben, weil es einfach unmöglich war. Weil Lijun im Schloss war und Wihaji sie nicht hergeschickt hätte, wenn der Kleine nicht in Sicherheit gewesen wäre. Doch Karims Schrecken war echt. Sein Entsetzen griff auf sie über. Wie blass er geworden war.

»Die Brandsteine, verdammt!« Er fasste nach ihren Händen, drückte einen Kuss darauf. Seine Lippen waren kühl und rissig. »Lauf!«, keuchte er. »Lauf um dein Leben!«

Während sie ihn entsetzt anstarrte, stolperte er von ihr fort, sein Gesicht eine Maske des Schreckens. Dann wandte er sich um und hetzte zum Schiff zurück.

In dem Chaos um sie herum erfüllte Anyana plötzlich eine unnatürliche Ruhe. Karim würde verhindern, dass das Feuer ausbrach. Er war der stärkste Magier, den sie kannte, vielleicht Unya ausgenommen. Er würde auch mit dieser Bedrohung fertigwerden. Sie hingegen musste sich um Tizarun kümmern. Schon zum zweiten Mal bedrohte er ihr Kind. Das konnte sie nicht zulassen. Sie würde es nicht länger dulden. Es war nicht Karims Aufgabe, gegen den Tyrannen von Kato vorzugehen, denn Kinder sollten sich nicht gegen ihre Eltern wenden. Es war ihre.

Noch mehr Raben kamen in die Höhle geflogen. Schwarze Federn rieselten wie Schnee herab. Das Krächzen der Vögel übertönte die Schritte und Rufe der Sklaven und Wächter.

»Deshalb bin ich hier«, sagte sie leise. Sie erwiderte den Blick runder Vogelaugen ohne Furcht. »Ich habe immer von Feuer geträumt. Und hier, wo der Flammende herrscht, werde ich sein Feuer mit meinem Feuer bekämpfen.«

Dann packte Mago ihr Handgelenk und zerrte sie mit sich fort. Mit dem Strom der Fliehenden wurden sie die Treppe hochgeschwemmt und weiter durch die langen steinernen Korridore und endlich ins Freie. Es würde nicht brennen. Karim würde dafür sorgen, dass es nicht brannte, er war stark genug dafür. Schwer atmend fiel sie auf die Knie, rang um Atem. Mago riss sie hoch. »Weiter! Wir sind noch nicht in Sicherheit!«

»Es wird nichts Schlimmes passieren«, sagte sie.

Um sie herum eilten die Menschen in Panik hin und her, während der Schatten des Palastberges über sie fiel.

»Der Flammende!«, schrie jemand. »Alles wird brennen!«

»Nein«, sagte Anyana, denn Tizarun hatte ihr Kind, und Karim würde nicht zulassen, dass Lijuns Leben gefährdet wurde. Karim war nicht der Flammende, auch wenn er die Ähnlichkeit zu seinem Vater genutzt hatte, um sie vor ihren Angreifern zu retten. Um alle diese Menschen zu retten.

Eine Erschütterung ging durch die Erde. Mago stürzte und zog Anyana mit sich. Überall fielen Menschen schreiend und schluchzend zu Boden. Schlagstöcke und Peitschen lösten sich aus zitternden Händen. Sklaven, noch blutig von den letzten Schlägen, die sie in der Werft erduldet hatten, krümmten sich im Sand.

Anyana sah über ihr Schulter, sah, wie eine Flammenwand aus dem Tor schoss, sich brüllend zu einer Wolke formte und dann wieder verschwand. Ein unglaublicher Lärm füllte die Welt aus, und obwohl sie sich instinktiv die Ohren zuhielt, konnte sie das Krachen und Bersten, das Knirschen und Trommeln nur dämpfen. Ein Ruck nach dem anderen durchfuhr sie, während es in der Erde rumorte. Wieder schlugen Flammen aus Fenstern und Toren. Schwarze Löcher gähnten in der Fassade des Palastes. Und es hörte immer noch nicht auf.

Mago rappelte sich auf, zog sie wieder hoch. Er rief etwas, das sie nicht hören konnte.

Weiter.

Sie rannten. Stolperten, rannten weiter, fielen, weinten. Jemand trat auf ihre Hand, als sie auf dem Boden lag. Jemand stieß sie in den Rücken. Jemand trug sie. Dann spürte sie wieder ihre eigenen Füße auf der harten Erde. Tief unter ihnen grollte das Unheil. In ihren Ohren pfiff es. Sie hörte die Raben schreien, die in einer Wolke über ihnen hinwegschossen. Ihre Augen brannten.

Sie wandte sich um und stieß einen erschrockenen Schrei aus. Der schwarze Palast hatte sich in einen glühenden Berg verwandelt. In ein Ungeheuer mit roten Augen, wie ein Eisenpferd oder ein Eisenmonstrum, ein unförmiges Ding, das lebte und brannte und alles vernichtete.

Das Schiff war zerstört. Tizaruns verdammtes Schiff, mit dem er das Nebelmeer überqueren wollte.

Ihr war nach Weinen zumute. Und doch lachte sie, sie konnte nicht anders. Tränen rannen ihr über die Wangen, während das Gelächter sie schüttelte.

»Wir haben ihn besiegt. Ist das zu glauben? Wir haben alles zerstört, woran er gearbeitet hat.«

Mago saß neben ihr. Nun erst wurde sie ihrer Umgebung gewahr. Sie befanden sich in der Wüste zwischen Wabinar und Anta'jarim auf einer Anhöhe. Die Sonnenglut wurde von der Rauchwolke verdunkelt, die sich über dem Palast ausbreitete. Überall waren Menschen. Der Platz zwischen ihnen und dem Ort der Katastrophe war übersät von ihnen. Die Soldaten hatten ihre Helme abgenommen. Man konnte nicht erkennen, wer von ihnen eine Seele war, die es nicht bis zu den Göttern geschafft hatte, und wer mit dem Grauen Schiff gekommen war. Blutig und zerkratzt, mit geschwärzten Gesichtern und zerfetzten Kleidern, waren sie alle gleich.

Es sah aus, als hätte der Aufrechte Mann den Krieg gewonnen.

»Und alle glauben, dass der Flammende es selbst war. Sie werden ihm nicht mehr folgen«, ergänzte Mago. »Nur, wer war der Mann, der ihm so ähnlich sah?«

Er sprach in der Vergangenheit von Karim. Niemand konnte dieses Feuer unter dem Palast überlebt haben.

Nur einer, der durch Türen ging.

Vielleicht würde eine Tür sich öffnen, und Karim würde herausspazieren und ihr zuwinken. Und sie würde ihn in die Arme schließen und ihn festhalten, so fest sie nur konnte. Um ihn dann von sich zu stoßen und anzuschreien: Wie konntest du nur! Er hat Lijun. Hast du vergessen, dass er unseren Sohn in der Gewalt hat?

Anyana biss sich auf die Lippe. »Karim«, sagte sie. »Er heißt Karim, und er ist Tizaruns Sohn. Wir müssen auf ihn warten.«

Einer, der durch Türen ging, konnte ihr Kind vielleicht noch retten, bevor der Flammende erfuhr, was passiert war. Sie wollte die Hoffnung nicht aufgeben. Sie konnte nicht. Wie eine Ertrinkende musste sie sich daran klammern, dass Lijun nicht verloren war.

Die Sonne verschwand im Rauch und nahm den Tag mit. Die Nacht war dunkel, viel zu dunkel. Schwer legte sich die Asche auf sie alle. Glühende Augen starrten aus dem Palast auf sie herunter. Manchmal rumpelte es in der Erde. Anyana wollte nicht schlafen, doch die pure Erschöpfung zwang sie dazu. Ihr Geist stürzte in die traumlose Finsternis wie in einen kühlen schwarzen Brunnen.

Am nächsten Tag war Karim immer noch nicht zurück. Anyana starrte auf die glimmenden Augen der Qualmwolke, bis ihr Gesicht brannte.

»Ich muss nach Spiegel-Anta'jarim.«

»Ohne Wasser gehen wir nirgendwohin«, sagte Mago. »Wir sind hier in der Wüste.«

»Der Wald ist ganz nah.« Vielleicht. Nichts war in Kato gewiss. Hatte sie nicht auch geglaubt, sie wären am Ziel, als sie bis zum Schiff vorgedrungen waren? Hatte sie nicht gedacht, danach würden sie zu ihren Freunden zurückkehren, und alles wäre gut?

»Die anderen gehen an den Fluss. Wir sollten mitgehen. Es ist nicht weit, auf der anderen Seite von Spiegel-Wabinar. Der Flammende wollte das Schiff über diesen Strom ins Meer überführen, er hat sogar eine Schleuse gebaut, die das unterirdische Gewölbe geflutet hätte.«

Was spielte es noch für eine Rolle? Sicher wusste Tizarun bereits, was passiert war. Aber vielleicht hatte Karim längst eine Tür geöffnet und war hindurchgegangen.

»Gut«, sagte sie. »Gehen wir.«

Tizarun schrie.

Der Himmel war schwarz. Flammen schlugen aus seinem Palast, der zu einem glühenden Berg geworden war. Asche umkreiste ihn. Oder waren es die Raben? Sie waren zu weit entfernt, um es zu erkennen.

»Nein!«, brüllte er. »Das kann nicht sein!«

Er wandte sich zu Wihaji um, der dicht hinter ihm ritt. Die Prozession war prächtig anzusehen, das musste Wihaji sich eingestehen. Der König ritt auf dem Eisenpferd, sein roter Mantel floss von seinen Schultern wie ein Strom aus Blut. Eine Pferdelänge hinter ihm ritt Wihaji. Er war sich bewusst, dass er als der Zweite in der Prozession wie der wichtigste Gefolgsmann des Flammenden wirkte. Der Aufrechte Mann, der aufgegeben hatte – größer konnte Tizaruns Sieg nicht sein. Dicht nach ihm kam Fürst Quinoc, Teniras Bruder. Quinoc hielt ein Bündel im Arm, und Wihaji biss die Zähne zusammen, um ihn nicht anzuschreien, es ihm zu überreichen. Am Ende ritten Tizaruns Soldaten, ihre Gesichter hinter den Helmen verborgen.

»Was hast du getan?«, brüllte Tizarun.

»Eine Nachricht geschickt«, sagte Wihaji. »Doch offenbar ist sie nicht rechtzeitig angekommen.«

Er sagte nicht, dass es ihm leidtäte, denn das hätte der Flammende ihm nicht geglaubt. Dennoch war der Ausdruck der Sorge auf seinem Gesicht echt genug; Wihaji sorgte sich sehr. Sein Spiel war so riskant, dass er es selbst kaum glauben konnte. Würden die Götter ihn damit durchkommen lassen? Vielleicht waren sie gnädig, wenn er versuchte, alles wiedergutzumachen, was er in seinem Leben falsch gemacht hatte.

»Bei den dunklen Schwestern!«, heulte der König. »Mein Schiff! Mein Palast!«

Wann hatte Wihaji gelernt, ruhig zu bleiben, selbst im Angesicht des Todes? Seine Finger krallten sich in die Mähne des Rappen, und er musste sie zwingen, sich wieder zu lösen. In Kato wurden Träume wahr, sagte man, doch es waren nie seine gewesen. Niemals hatte er davon geträumt, Tizarun zu bekämpfen und in den Staub zu treten. Und niemals hatte er sich gewünscht, einen Mord zu begehen und das Muster der göttlichen Weber aufzulösen, Faden für Faden.

Mechal, der Gott des Schicksals, war einer der mächtigsten Götter überhaupt. Was konnte er ihm bieten, wenn er doch schon alles, was es zu opfern gab, dem Tod zu Füßen legte?

Tizarun drängte das Eisenross neben Wihajis schwarzen Hengst, er hielt ein Langschwert in den Händen, dessen Schneide zu glühen schien, auch wenn es nur eine Spiegelung des großen Brandes von Wabinar sein konnte.

»Es gibt zwei Schiffe«, erinnerte Wihaji ihn.

Die Klinge verharrte in der Luft.

»Du brauchst den Palast nicht, wenn du zurückkehrst. Alle deine Besitztümer wären nur Ballast, wenn du übers Nebelmeer fährst.«

Er hatte die richtigen Worte gefunden. Tizarun nickte knapp. »Dann soll es so sein. Bezahlen wir den Preis.«

Die Pferde galoppierten über geschmolzenen Sand, der unter ihren Hufen wie Glas splitterte.

»Tizarun hat kein Schiff mehr«, sagte Anyana. »Dafür hat er mein Kind, das der Graue Kapitän will.«

»Du kannst nicht zum Hafen gehen«, wandte Mago ein.

Sie knieten am Ufer des Flusses, dessen Wasser sich in schwarzen Schlamm verwandelt hatte. Es schmeckte bitter, zu bitter, um es zu trinken, und doch tranken sie es.

»Der Kapitän lässt dich nie im Leben an Bord gehen, eher wird er dich umbringen. Du hast ihn betrogen. Denkst du, das verzeiht er dir einfach so?«

»Wir gehen heimlich an Bord. Ich muss zu Lijun.«

»Wie denn? Jinan, du unterschätzt ihn. Du kennst den Flammenden nicht, und du hast dir den Kapitän zum Feind gemacht, und was willst du eigentlich erreichen?«

Sie musterte ihn. Er war nicht mehr Mago, der rothaarige Junge, der Laimocs Sklave gewesen war. Nicht mehr der ängstliche Knabe, der sich vor einer Flucht genauso gefürchtet hatte wie davor, nicht zu fliehen. Dieser Mago war erwachsen, ein kräftiger Mann mit rotem Bart und störrischem Haar, mit Striemen auf dem Rücken und Kraft in den Händen. Wenn er ihr von diesem Plan abriet, dann nicht, weil er feige gewesen wäre; über dieses Gefühl war er längst hinaus. Er sorgte sich um sie, obwohl sie einander mehr wehgetan hatten, als überhaupt möglich sein sollte. Sie brauchte ihn. Wie sonst sollte es ihr gelingen, Lijun ein zweites Mal zu entführen?

Er könnte dabei sterben, sie wusste es und er wusste es, und dennoch machte er sich Sorgen um sie und nicht um sein eigenes Schicksal.

»Vielleicht hast du recht«, sagte sie langsam. »Wir sollten nach Spiegel-Anta'jarim gehen. Der Aufrechte hat bestimmt alles unternommen, was er nur konnte, und Tizarun davongejagt. Dort im Schloss werden wir Lijun finden.«

Mago nickte erleichtert. Auch wenn er nicht glaubte, dass der Junge in Sicherheit war, würde er sie doch in dieser Annahme bestärken, um ihr das Leben zu retten. So war Mago.

Doch diesmal war sie an der Reihe. Diesmal würde sie ihn retten.

»Also nach Westen, nicht an den Hafen. Gehen wir.« Die Pferde, mit denen sie und Karim gekommen waren, hatten sie im Chaos verloren. Zu Fuß war es noch schwieriger, ihren Plan durchzuführen, Mago abzuschütteln. Irgendwie musste sie ihn dazu bringen, vorauszugehen und sich nicht nach ihr umzudrehen. Er würde den verwunschenen Wald erreichen und sich im Gesang der Vögel verlieren. Seine Schritte würden im Moos versinken, und während er staunend weiterging, würde er begreifen, dass er am Ziel war. Denn auch das war Kato.

Und manche Träume gingen in Erfüllung.

»Gehen wir«, wiederholte sie.

In dieser Nacht ließ sie ihn zurück. Er schlief so fest, dass er nicht hörte, wie sie aufstand. Sie wagte nicht einmal ein Flüstern. *Leb wohl*, dachte sie.

Das Meer leuchtete ihr den Weg, ein weißes Schimmern in der mondlosen Aschenacht.

32. Das Kostbarste

Mernat klopfte nicht an. Mit leisen Schritten, geschmeidig wie ein Leopard, trat der Feuerreiter ins Zimmer. Komisch, dass alles sie derzeit an Leoparden denken ließ. Lan'hai-yia klammerte sich an das Sims. Die Fensterflügel standen weit offen, Hitze schlug ihr entgegen. Bei ihrem letzten Aufenthalt im dajanischen Palast war sie eine Gefangene von König Laon gewesen. Sidon war hier gestorben, hier vor ihrem Fenster. Das wäre ein Grund gewesen, das Fenster zu schließen, die Vorhänge zuzuziehen und die Kühle zu genießen, die von den Drehfächern im Raum verteilt wurde. Doch sie hatte das Gefühl, keine Luft zu bekommen. Sie erstickte an der Enge, und ihre Augen hingen an dem Eisenvogel draußen auf dem Dach, der in der Sonne glitzerte. Er stand zwischen so vielen anderen, zwischen Wüstenfalken, Steppenadlern, Gebirgsgeiern, doch sie erkannte den Vogel, mit dem sie hergekommen waren. Der Adler aus Wabinar, im Besitz des Edlen Kaisers höchstpersönlich.

»Gräfin«, sagte Mernat leise. Und wartete.

Sie war schon lange keine Gräfin mehr, aber sie berichtigte ihn nicht. Am liebsten hätte sie sich nicht umgedreht, denn sein Gesicht würde ihr zeigen, wie es um ihre Tochter stand, und sobald sie es wusste, würde es kein Zurück mehr geben.

Unendlich langsam wandte sie sich zu ihm um. Seine Miene war besorgt. Voller Bedauern.

Nein, nein, nein. Sie konnte nicht fragen. Ihr Leben lang hatte Lani keine Angst vor dem Tod gehabt. Doch jetzt fürchtete sie sich so sehr, dass es sich wie Sterben anfühlte.

»Ich will ehrlich sein, Gräfin. Eurer Tochter geht es nicht gut.«

»Sie lebt«, flüsterte Lani. Sie konnte nichts fühlen. »Gibt es … Hoffnung?«

Er blieb stehen, wo er war. Gab ihr Raum zum Atmen. Sein ernstes Lächeln war voller Respekt.

»Der Heiler hat sein Möglichstes getan und die Prinzessin in einen tiefen Schlaf versetzt. Wir haben eine Botschaft nach Wabinar geschickt und Ronik, den Meisterheiler des Kaisers, gebeten, herzukommen, doch dazu muss der Edle Kaiser seine Zustimmung geben.«

Sie hielt den Atem an. »Das wird er gewiss tun.«

Was das bedeutete, war ihr bewusst. Jede Bitte kostete etwas, aber es war ihr gleich. Sie würde jeden Preis bezahlen, um Sahiko zu retten.

»Wir haben glücklicherweise zurzeit eine ganze Schar Feuerreiter in Guna.« Das wusste sie, schließlich hatte sie sofort, noch bevor Sahiko versorgt worden war, um Unterstützung für Guna gebeten. Wenn sich noch irgendwo Brandsteindiebe herumtrieben, würden die Feuerreiter sie aufspüren. »Deshalb können wir den Kaiser durchs Wasser erreichen. Stimmt Ihr zu, dass wir ihn um Hilfe bitten?«

Er musste sie fragen, auch wenn er die Antwort kannte. »Ja, das tue ich.«

Sogleich fielen ihr tausend Gründe ein, warum Kaiser Liro nein sagen könnte. Sie hatte ihm die Jagdhütte zur Verfügung gestellt, aber sie hatte auch deutlich gemacht, dass sie Kirian nicht zu sehen wünschte. Liro hatte ihr im Laufe der Jahre hin und wieder einen kurzen Besuch abgestattet, aber ihr Verhältnis war kühl geblieben. Das war ihre Schuld, da sie Kanchar immer noch insgeheim grollte und der Chance, Guna für unabhängig zu erklären, nachtrauerte. Falls er sich nun dagegen verwahrte, seinen persönlichen Heiler nach Daja zu schicken, um ihr eine Lektion zu erteilen, war sie machtlos dagegen. Plötzlich brauchte sie für alles Kanchars Hilfe – für das Leben ihrer Tochter, für den Schutz der Mine, für den Beistand gegen Le-Wajun. Falls Karim nicht gelogen hatte. Falls es wirklich Karim war, mit dem Sadi gesprochen hatte.

Mernat nickte. Ihm war sie mittlerweile auch sehr viel schuldig. Wenn Daja eine Verbindung mit Guna vorschlug, würden sie dem nicht entgehen können. Hatten die Feuerreiter Familien, Kinder? Galt irgendeins davon als Prinz? Soviel sie wusste, hatten die Reiter nie einen der Ihren zum König erklärt.

»Ich möchte zu meiner Tochter.«

»Das habe ich mir gedacht, Hoheit. Der Heiler bittet lediglich darum, dass Ihr nichts unternehmt, um sie aufzuwecken.«

Lani folgte ihm durch die kühlen Marmorhallen in einen abgelegenen Bereich des Palastes. Dort lag Sahiko auf einem breiten Bett auf seidenen Laken. So still, als wäre sie bereits tot.

»Einen ungewöhnlichen Namen habt Ihr gewählt«, sagte Mernat leise. »Wunderschön, aber ungewöhnlich. Altes Kancharisch, sehr traditionell. Wolltet Ihr damit ihren Status als kancharische Prinzessin unterstreichen?«

»So in etwa«, antwortete sie knapp.

In der Tat hatte Lan'hai-yia sich einen anderen Namen überlegt. Gunaisch, wie es sich gehörte. Bis sie kurz vor der Geburt einen Brief bekommen hatte. Noch heute wusste sie nicht, wer ihr die Rolle geschickt hatte, die nichts als diesen Namen enthalten hatte. Lani hatte Selas nie davon erzählt, davon, wie ihr Herz schwer wurde, als sie die Nachricht las. Nicht einmal eine Erklärung war dabei gewesen. Nur ein Wort: Sahiko. Als hätte derjenige gewusst, dass das Kind, das sie gebären würde, so herrlich braune Haut besitzen würde und Haar so schwarz wie glänzendes Pech. Wie eine echte Kancharerin aus einem der südlichen Königreiche, aus Briatach oder Mianor.

»Alles wird gut«, flüsterte sie, als sie sich neben das Mädchen aufs Bett setzte.

Es gab nichts zu tun, als zu warten.

Irgendwann kam eine Dienerin und teilte ihr mit, dass der Meister unterwegs sei. Sie reichte Lani Wasser und etwas zu essen und verschwand wieder auf leisen Sohlen.

Die Nacht kam und mit ihr ein wenig Schlaf, als die Erschöpfung sie übermannte. Dann dämmerte ein neuer Tag herauf, der keine Veränderung brachte. Wie lange dauerte der Flug aus Wabinar? Lani fühlte, wie die Zeit verrann, sich in Augenblicke zerteilte, die sich nicht atmen ließen, die schwer wie Kiesel durch ihre Luftröhre rasselten.

Stunden verrannen. Manchmal hörte sie die Diener, ihre Sandalen machten kaum ein Geräusch. Sahiko schlief. Kaum zu glauben, wie man jemanden lieben konnte, um dessen Herkunft sich so viele Rätsel rankten. Das dunkle Geheimnis darum, was der Königin von Guna in Wabinar zugestoßen war, dieses Geheimnis, das sie nicht lösen konnte, nach dem sie niemanden je hatte fragen dürfen. Wie hätte sie den Kaiser anklagen können, dass es für einen Gast in seinem Palast nicht sicher war? Kancharer sprachen nicht über Leid und Schmerz und Krankheit.

Sie kamen nicht zu Besuch, wenn jemand dahinsiechte, sondern taten, als sei alles in bester Ordnung.

Schritte auf dem Flur, wieder und wieder, Getuschel. Noch jemand war in einem der Krankenzimmer untergebracht. Es war unhöflich, danach zu fragen, aber obwohl sie die kancharischen Regeln kannte, setzte sie sich über diese hinweg. Als sie von einem kurzen Besuch beim Abtritt zurückkehrte, zögerte sie im Flur und wandte sich der anderen Tür zu. Gerade öffnete eine Pflegerin das Zimmer, dahinter erhaschte Lani einen Blick auf einen kühlen, verdunkelten Raum.

»Wer liegt da?«

Die Frau huschte davon, und Lani trat näher, wie magisch angezogen vom Leid eines anderen Kranken.

Eine schmale Gestalt lag unter einem Seidenlaken. Lani sah schwarze Haare, goldene Haut, dunkle Ringe unter den Augen. Der Heiler stand an dem Bett und drehte sich zu ihr um.

»Sadi?«, fragte sie erschrocken. »Was ist mit ihm?«

»Hoheit«, sagte der Heiler förmlich. »Ihr solltet nicht hier sein.«

»Er ist krank? Warum? Hat er sich beim Flug etwas zugezogen – eine Lungenentzündung?«

Sie hatte den Jungen, der sie hergeflogen hatte, einfach vergessen. Wenn sie ehrlich war, hatte sie angenommen, dass er sich im Palast verwöhnen ließ und dann, sobald er sich erholt hatte, zurück nach Wabinar gebracht werden würde.

»Nein«, sagte der Mann. Er war groß und feist, kleine Schweißtröpfchen standen ihm auf der Stirn. Warum schwitzte er so, obwohl es so kalt war, dass sie selbst fror?

»Er hat sich nicht verkühlt. Es ist ... schwierig. Er liegt im Sterben.«

»Was?« Sie starrte den Jungen an, lauschte auf seinen schweren, röchelnden Atem. Sein Brustkorb hob und senkte sich. »Er ist nur ein Kind! Könnt Ihr nichts für ihn tun? Seid Ihr ein magischer Heiler oder nicht?«

Er erwiderte ihren anklagenden Blick ohne Scheu. »Verlasst dieses Zimmer, Hoheit. Niemand darf hier eintreten.«

Rückwärts entfernte sie sich und kehrte fluchtartig zu ihrem Platz an Sahikos Seite zurück. Ihre Angst war zu groß, um noch zu wachsen. Es gab in ihrem Herzen keinen Raum für noch mehr Schmerz.

»Das ist sie also«, sagte eine leise Stimme.

Lani öffnete die Augen. An ihrem Bett stand der Heiler aus Wabinar. Jedenfalls nahm sie an, dass der kleine, schmale Mann, den sie noch nie im Palast von Daja gesehen hatte, Meister Ronik war. Doch nicht er hatte gesprochen. Neben ihm war ein weiterer Besucher in Sahikos Zimmer getreten. Diesen Mann kannte sie leider – es war der attraktive, hinkende Bruder des Kaisers. Prinz Matino. Für kancharische Verhältnisse war es grob unhöflich, dass er an einem fremden Krankenbett auftauchte, und Lani hätte ihn am liebsten gefragt, was er hier wollte. Stumm betrachtete er ihre schlafende Tochter, die Stirn leicht gerunzelt, der Blick aus seinen dunklen Augen so intensiv, dass es geradezu bedrohlich wirkte.

»Kommt«, sagte er zu ihr. »Lassen wir den Heiler kurz allein.«

Ronik griff nach Sahikos Hand, ohne Lani zu beachten. Es widerstrebte ihr, ihre Tochter auch nur einen Moment allein zu lassen, aber sie musste vernünftig sein. Deshalb folgte sie dem Prinzen nach draußen. Im Gang gab es keine Sitzgelegenheit. Die Tür zu Sadis Zimmer war geschlossen. Matino blickte sich um und führte sie schließlich in einen Lagerraum, in dem sich Tücher zum

Wechseln, Decken, Wasserkannen und Becher befanden. Hier waren sie ungestört.

Lani wunderte sich darüber, dass er hier aufgetaucht war. Daja gehörte offiziell ihm, aber soviel sie wusste, war er hier unerwünscht. Allein unter den Feuerreitern zu erscheinen war ein großes Risiko für ihn.

»Warum seid Ihr hier?«, fragte sie. »Habt Ihr den Meister hergeflogen?«

»Es gibt sonst keine Feuerreiter in Wabinar«, sagte er schroff. Ihm war merklich unbehaglich zumute. Ohne sie anzusehen, trat er ans Fenster und blickte hinaus auf die sonnigen Terrassen.

»Dafür danke ich Euch.« Sie hätte nie gedacht, dass sie sich jemals bei ihm bedanken würde. Nicht bei ihm, der so viel Zerstörung in Königstal angerichtet hatte.

Stumm nickte er. Er hatte offenbar weder vor, ein Gespräch mit ihr zu beginnen, noch machte er Anstalten, einfach zu gehen. Sie vermutete, dass die Feuerreiter dem Krankentrakt fernblieben und er sich hier am sichersten fühlten. Dennoch hatte er Ronik hergebracht.

Ihre Hände zitterten, während sie auf den Meister wartete. Wie lange würde er brauchen, um Sahiko zu heilen? Sie musste sich auf eine lange Wartezeit einstellen und wusste jetzt schon, dass es unerträglich sein würde.

Da hörte sie das leise Knarren der Tür. Sie sprang auf, eilte dem Heiler entgegen. In der kurzen Zeit ... Bedeutete das etwas Gutes oder etwas Schlechtes? Seine Miene verriet nichts.

»Setzt Euch«, befahl er, und Lani ließ sich auf eine Kiste sinken. Bequemere Sitzgelegenheiten waren in dem Lagerraum nicht vorhanden.

»Es gibt ein Problem«, verkündete der Meister. »Als der Kaiser mich bat, herzukommen und Eure Tochter zu heilen, kam ich, so schnell ich konnte, dank der Hilfe des großzügigen Prinzen auf einem Wüstenfalken. Ich wusste von dem schweren Blutverlust. Magie allein kann zwar Verletzungen heilen, doch kein Blut ersetzen, daher nahm ich ein magisch hergestelltes Serum mit, das dem

Körper hilft, in sehr kurzer Zeit neues Blut herzustellen. Ich habe jedoch nur mit einem kranken Kind gerechnet, nicht mit zweien.«

»Was soll das heißen?«, fragte Lani erschrocken. »Sadi hat doch gewiss keinen Blutverlust erlitten.«

»Er wurde vergiftet«, erklärte Ronik knapp. »Um ihn zu retten, muss ich das verdorbene Blut aus seinem Körper fließen lassen und ihm das Serum verabreichen. Der Punkt ist, ich kann nur eins der Kinder retten. Die Tochter einer kancharischen Königsfamilie ist sehr viel wert. Doch die Geisel aus Le-Wajun, der zukünftige Großkönig, ist wertvoller. Ihn sterben zu lassen könnte einen Krieg auslösen.«

Lani versuchte, die Worte zu begreifen. Sie in ihr Herz hineinzulassen. Er würde Sahiko lieber sterben lassen als Sadi? Sahiko sollte sterben? Sie wünschte sich, sie müsste nicht wählen. Sie wünschte sich, niemand auf der Welt müsste eine solche Entscheidung treffen. »Kann man nicht mehr Serum kommen lassen? Oder es herstellen?«

»Das würde zu lange dauern«, erklärte Ronik. »Ich muss heute mit der Heilung beginnen, oder es ist für jedes dieser Kinder zu spät.«

Sie kannte Sadi kaum. Sie hatte nur wenige Stunden mit ihm verbracht, doch ihm verdankte sie, dass sie so schnell nach Daja gekommen war. Dass Sahiko überhaupt noch lebte. In jedem anderen Fall hätte sie für sein Leben gekämpft – aber nicht, wenn es bedeutete, dass ihre Tochter sterben musste.

»Der Krieg wird auf jeden Fall kommen«, sagte sie. »Tenira stellt bereits eine Armee gegen uns auf, Anta'jarim stiehlt unsere Brandsteine. Sadi wird ohnehin sterben müssen, um Tenira für ihren Verrat zu bestrafen.«

Ronik schwieg dazu. Mit grimmiger Miene wandte er sich an Matino. »Eine Angelegenheit von solcher Tragweite muss der Kaiser entscheiden.«

Matino stieß sich von der Wand ab, an der er gelehnt hatte, und stand nun aufrecht da, die Hand auf dem steinernen Fenstersims. »Es ist Zeit für die Wahrheit, Meister. Mein Bruder wird Sadi nicht opfern, nicht, solange er die Geisel gegen Tenira verwenden kann. Noch hat Le-Wajun nicht angegriffen. Liro muss erfahren, wer Sahiko ist.«

Ronik seufzte schwer. »Seid Ihr sicher? Ausgerechnet jetzt? Ich kann nicht garantieren, dass ich sie retten kann. Sie an einem Tag zu finden und am nächsten zu verlieren wäre zu grausam.«

»Wovon sprecht Ihr?«, fragte Lani. Eine dunkle Ahnung überfiel sie, und ein bitterer Geschmack legte sich auf ihre Zunge. »Was muss der Kaiser über Sahiko wissen?«

»Sagt es ihr«, befahl Matino.

Ronik wandte sich ihr zu. »Sahiko ist sein Kind. Sie ist das Kind des Kaisers.«

»Nein«, stammelte sie, »nein, das kann nicht ... Er hätte doch nicht ...« Hatte sie nicht immer schon diesen Verdacht gehegt? Aber es ausgesprochen zu hören war etwas ganz anderes. Daraus Gewissheit werden zu lassen. »Meine Tochter ist ...«

»Sie ist nicht Eure Tochter.« Roniks Stimme war ohne Mitleid. »Als Ihr in Wabinar wart, vor acht Jahren, starb die Kaiserin. Sie war schwanger, was zu dem Zeitpunkt außer mir niemand wusste. Es gelang mir, das Kind aus ihrem Leib zu bergen. Es war nicht größer als ein Daumennagel, und wir hatten kaum Hoffnung, es könnte überleben. Die Entscheidung musste sehr rasch getroffen werden. Wir wählten Euch als Gefäß für das Kind – eine kancharische Königin, verheiratet und kinderlos. Verzeiht, dass wir Euch nichts davon gesagt haben, doch wir zweifelten daran, dass wir das Kind des Kaisers tatsächlich retten könnten. Als die Kunde von der Geburt des Mädchens im Palast eintraf, hatte der junge Kaiser gerade den Tod seiner Gemahlin überwunden. Er war dabei, sich zu erholen. Wir entschieden, noch abzuwarten, ob das Kind am Leben bleiben würde. Irgendwie kam der richtige Zeitpunkt jedoch nie, ihm davon zu erzählen, was wir getan hatten. Als die Prinzessin älter wurde, schien es wiederum grausam, sie Euch wegzunehmen. Der Kaiser legt Wert darauf, in Einvernehmen mit seinen Königen zu leben. Das ist wichtig für die Stabilität des Kaiserreichs.«

Es war zu viel auf einmal. Sahiko war nicht Lan'hai-yias Kind.

Sie war nicht das Ergebnis einer ungewollten Vereinigung, Lani war nicht betäubt und missbraucht worden. Man hatte sie benutzt, das schon. Man hatte ihr ein Geschenk gemacht, das sie staunend angenommen hatte. Acht Jahre lang. Ihre Tochter.

»Hoheit«, sagte Ronik, »die Zeit drängt. Die Entscheidung, welches Kind ich retten soll, obliegt dem Kaiser. Wenn ich ihm sage, wer Prinzessin Sahiko ist, wird er Anspruch auf sie erheben. Versteht Ihr das? Ihr werdet sie auf jeden Fall verlieren.«

Sein dunkles, faltiges Gesicht war unscheinbar. Seine Augen wirkten klug, aber man hätte nie erraten, was dieser Mann bewirken konnte, welche Wunder er vollbracht hatte, magische Taten voller Kraft und Schrecken. Kunststücke, die Leben retteten und Leben zerstörten.

»Hoheit?«, wiederholte er. »Ich werde durchs Wasser mit dem Edlen Kaiser sprechen. Jetzt. Und ich will Euer Versprechen, dass Ihr Euch nicht wehren werdet, wenn er seine Tochter mitnehmen will. Ihr werdet sie ihm freiwillig überlassen. Habe ich Euer Wort?«

Und sie sagte ja. Wie hätte sie ihm auch eine andere Antwort geben können?

Unruhig wanderte Matino auf und ab. Er hatte alles auf eine Karte gesetzt, auf die Hoffnung. Auf Sahiko. Auf seine Tochter. Weil ein eigenes Kind mehr wert war als alles. Weil es kein Für und Wider gab, kein Abwägen und Berechnen. Nur sie. Also hatte er zugelassen, dass Ronik Liro über die angebliche Wahrheit in Kenntnis setzte.

Doch nur, weil er für Sadi etwas anderes erhoffte. Seinen Bruder konnte er genauso wenig aufgeben, und Sahiko die erste Heilung zu überlassen bedeutete nicht, dass Sadi sterben musste. Weil Matino einen Magier kannte, der helfen konnte, selbst wenn der kaiserliche Meisterheiler versagte. Einen üblen Menschen, wohl wahr, aber jeder hatte einen Preis. Mit seinem Selbstmord hatte Kaiser Ariv den Preis bezahlt, den Joaku für Matinos Einmischung verlangt hatte. Er war dem Herrn von Jerichar nichts schuldig. Er wusste nicht, was Joaku für Sadis Leben fordern würde, doch was es auch war, er würde es ihm versprechen. Jerichar würde ohnehin nicht mehr lange existieren. Der Eisendrache war nach acht Jahren sorgfältigen Seelensammelns nahezu bereit. Wann immer Matino ihn besuchte und ihm ein Bild brachte, wurde er ein Stück weit lebendiger.

Vielleicht sollte er Mernat hinzufügen. Die arrogante Seele eines verfluchten Feuerreiters.

Matinos linkes Bein, das Metallbein, machte sich wieder bemerkbar, aufgepeitscht von seinen heftigen Gefühlen. Die Krallen drohten sich durch seine Ledersohle zu graben. Die Stelle, an der das Eisen mit seinem Oberschenkel verschmolz, schmerzte wieder so stark, dass er es am liebsten abgerissen hätte. Er hielt es in der Nähe der beiden Kranken nicht aus und hinkte den Flur entlang. Die Wachen blickten weg, und eine grimmige Genugtuung erfüllte ihn. Sie fürchteten ihn. Und sie taten gut daran.

In der Halle wandte Matino sich dem Ausgang zu. Überall verstummten die Gespräche. Diener flohen ins Dunkle wie Ameisen, die man aufscheuchte, indem man einen Stein hochhob. Wächter öffneten die Türen vor ihm, und endlich stand er im Freien. Der Abendhimmel leuchtete goldblau, in der Luft lag die Hitze der Wüste, durchmischt mit den vielfältigen Gerüchen der Stadt. Viehmist und Gewürze, der Duft von faulendem Gemüse und köstlichem gebratenem Fleisch. Es war so anders hier als in Wabinar, wo die kaiserliche Familie weit über dem Volk thronte. Kieswege mäanderten zwischen Blumenbeeten und Wasserbecken, Palmen spendeten Schatten. Manche Menschen mochten hier Ruhe finden. Er nicht. Er brauchte nur Wasser. Dort drüben, bei den Springbrunnen, die in Kaskaden in tönerne Rinnen schäumten, würde er gewiss eine geeignete Stelle zum Wassersprechen finden.

»Prinz Matino.« Beim Klang der verhassten Stimme drehte er sich um und zauberte ein Lächeln in sein Gesicht.

»Mernat – richtig?«

Der Anführer der Feuerreiter erwiderte das Lächeln nicht. »Ihr fühlt Euch hier wie zu Hause, scheint mir, Kalazar.«

Er würde nicht klein beigeben. Selbst im Angesicht von tausend

Feinden würde er nicht wanken. »Stolze Worte für jemanden, der sein Haus nicht im Griff hat. Oder wie würdet Ihr es erklären, dass die wertvollste Geisel, die Kanchar besitzt, in Eurer Obhut vergiftet worden ist?«

Mernats Miene verdüsterte sich. »Es gibt Dinge, gegen die kein Mensch gewappnet ist, nicht einmal ein König. Gerade Ihr solltet das wissen.«

Eisige Pfoten schienen über seinen Rücken zu laufen. Seine Krallen bohrten sich durch den Schuh, kratzten über die Kiesel. Er wäre rückwärts getaumelt, hätten ihn die Krallen nicht festgehalten.

Das Gift, das ihn nicht nur sein Bein, sondern den Thron von Kanchar gekostet hatte. Das Gift, das ihm ein Assassine verabreicht haben musste.

Warum hatte er vorher nicht darüber nachgedacht, wer Sadi vergiftet haben könnte?

»Das könnt Ihr nicht ernst meinen«, brachte Matino noch heraus, dann wandte er sich um und stolperte davon. Stimmen raschelten in den Palmen, sangen in den Springbrunnen. Er ließ sich am Rand eines ruhigen Beckens auf die Knie fallen. Glänzende rote und goldene Fische stoben davon, als sein Schatten über sie fiel.

»Joaku«, flüsterte er. Sein Wille war ein Ruf, doch sein ohnmächtiger Zorn loderte wie ein verheerendes Feuer. »Sprecht mit mir!«

Da erschien es, deutlich wie in einem Spiegel, das Gesicht, das er so sehr hasste, dass es ihm beinahe den Atem verschlug. Acht Jahre lang hatte er seine Rache vorbereitet, doch in diesem Moment fühlte er sich so hilflos wie ein Krüppel.

»Prinz Matino.« Der Meister musterte ihn aufmerksam.

Wie kam es, dass die wahrhaft Mächtigen stets so unauffällig wirkten? Joaku, Ronik, auch Spiro hatte wie ein ältlicher Diener ausgesehen. Verzehrte die Macht, was sie vielleicht sonst an Schönheit besessen hätten? Oder war sie das Geschenk der Götter als Ersatz für den Mangel an anderen Gaben?

»Wart Ihr es?«, keuchte er. »Habt Ihr Sadi vergiften lassen? Ich wollte Euch darum ersuchen, ihn zu heilen!«

»Prinz Matino.« Aus Joakus Mund klang sein Name wie ein Fluch. »Ihr seid in Daja, wie ich erfahren habe. Hätte ich eher davon gewusst, hätte ich es Euch überlassen, den passenden Tod für den Jungen zu wählen.«

»Was?«, brachte er heraus.

»Ich nehme nicht an, dass Ihr unsere Abmachung vergessen habt. Euer Leben gegen das Eures liebsten Menschen.«

»Aber ... mein Vater hat sich geopfert, um für König Laons Tod zu bezahlen. Das wisst Ihr!«

»Ein Opfer, das ich nie verlangt habe. Und das niemandem etwas nützt. Seid ehrlich – ob der Altkaiser lebt oder stirbt ist nicht von Belang. Eure Loyalität hat nie Eurem Vater gehört. Doch diesem Kind seid Ihr aufrichtig zugetan. Es muss geschehen, und ich bin immerhin so gnädig, dass ich die Hauptarbeit bereits von jemand anders habe erledigen lassen. Bringt es zu Ende, und Ihr seid frei. Tröstet Euch damit, dass der Junge ohnehin nicht zu retten ist.

In Guna wurde eine Verschwörung der Le-Wajuner aufgedeckt, und der Kaiser wird von Tenira Rechenschaft fordern. Im Gegenzug wird sie darauf bestehen, ihren Sohn zu sehen. Sie wird eine öffentliche Entschuldigung anbieten sowie versprechen, König Laikan in die Schranken zu weisen. Um mit ihr durchs Wasser zu sprechen, wird Kaiser Liro Sadi wecken lassen. Sie soll glauben, es ginge ihm gut, während er doch schon längst im Sterben liegt. Das ist der Zeitpunkt, zu dem Ihr gefordert seid. Ihr werdet den Knaben töten, und zwar so, dass Tenira es mitbekommt.«

Ungläubig starrte Matino den Meister der Wüstendämonen an. »Ihr wollt einen Krieg entfachen?«

»Was ich vorhabe geht Euch nichts an. Tut Eure Pflicht.«

Das Wasser bewegte sich, Meister Joakus Gesicht verschwand. Der Abendhimmel war ein Farbenspiel aus blassem Blau, goldenen Streifen und einem rötlichen Schimmer, der alles überhauchte. »Das werde ich nicht tun!«, schrie Matino und schlug ins Becken.

Wasser spritzte hoch. Er sah die erschrockenen Gesichter der Wächter, die an den Eingängen zum Palast standen.

So schnell wie möglich humpelte er zurück zu den Krankenzimmern.

Im grauen Haus in Königstal herrschte eine plötzliche Stille. Yando war nicht mitgegangen, als Liro von einem der Feuerreiter gerufen wurde, weil es eine Nachricht für ihn im Wasser gäbe. Erst als alle Bediensteten, Nachbarn und Feuerreiter aus der Küche herausströmten und das Kaminzimmer füllten, erfasste ihn ein ungutes Gefühl. Sie hatten nun schon Stunden damit verbracht, Botschaften an die kancharischen Könige zu verschicken und sie vorzuwarnen. Womöglich würde der Kaiser demnächst Soldaten anfordern, die nach Guna und zur Grenze zwischen Kanchar und Le-Wajun geschickt werden sollten. Noch hatte Liro sich nicht zu einer Kriegserklärung durchringen können. Ein Schwarm Eisenvögel sollte Anta'jarim überfliegen und nach der Armee Ausschau halten, vor der Karim gewarnt hatte.

Die nervöse Unruhe wurde noch dadurch verstärkt, dass es nichts Neues aus Daja gab.

Selas stürzte sich in die Arbeit, schickte mit Hilfe seiner Krähe Botschaften in die Täler. Doch wiederholt blickte er in Richtung Küche und fragte: »Noch immer nichts?«

Zwei Tage waren vergangen. Liro bereitete seine Abreise nach Wabinar vor. Der Kaiser gehörte zu solchen Zeiten in seinen Palast, und die Kriegsräte der Könige waren schon einbestellt. Vielleicht, dachte Yando, ging es darum, und Liro hatte deshalb alle möglichen Zuhörer aus der Küche verbannt.

Die Stille breitete sich aus. Nach und nach verstummten sämtliche Gespräche.

Schließlich hielt Yando es nicht mehr aus und ging über den düsteren Flur zur Küche. Er presste das Ohr an die Tür, doch es waren keine Stimmen zu hören. Vorsichtig öffnete er. Liro saß am Küchentisch, vor sich die Wasserschale. Darin spiegelte sich nichts als die Kerze, die auf dem Tisch stand. Mit reglosem Gesicht saß der junge Mann da, die hellen Augen gerötet, ein Blutstropfen an der Lippe. Er musste sich gebissen haben.

Er war das Zentrum der Stille.

»Liro?«, fragte er leise. »Was ist passiert? Gibt es schlechte Neuigkeiten? Geht es um Prinzessin Sahiko?«

Liro atmete tief durch, dann schob er die Schale von sich fort. »Ja«, sagte er. »Ja, es geht um Sahiko.«

»Ist Ronik …?«

»Ronik ist in Daja. Sadi ist ebenfalls schwer krank, und der Meister hat nur das Heilmittel für eins der Kinder. Ich habe ihm gesagt, er soll Sahiko retten. Sahiko, nicht Sadi.«

Yando ließ sich auf einen der hölzernen Stühle sinken. *Nicht Sadi!*, schrie sein Herz. Er war so erschüttert, dass seine Hände zitterten. »Was habt Ihr getan? Oh ihr Götter! Sadi ist unsere einzige Chance, den Krieg noch abzuwenden und Tenira zum Einlenken zu zwingen!«

»Ich weiß«, murmelte Liro. »Glaubst du, das weiß ich nicht? Aber sie ist meine Tochter. Sahiko ist meine Tochter, Yando, und ich wusste nichts davon. Sie ist Rumas und mein Kind.«

Ruma. Die Wunde war nie ganz verheilt. Yando fühlte, wie sie erneut aufbrach, während er der unglaublichen Geschichte lauschte. »Warum ist Sadi krank? Warum ausgerechnet jetzt?«

»Ich erzähle dir, dass ich eine Tochter habe, und du fragst nach Sadi?« Liro schüttelte gekränkt den Kopf. »Kannst du denn niemals an etwas anderes denken als an Politik?«

»Wir müssen sofort nach Daja.«

Der junge Kaiser nickte. »Das müssen wir. Ich will sie sehen. Wenn Sadi überlebt, wirst du in Zukunft zwei Schüler unterrichten statt einen.«

»Wir nehmen sie mit nach Wabinar?«, ächzte Yando. »Und ihre Eltern?«

»Es sind nicht ihre Eltern«, sagte Liro. »Sag dem Feuerreiter Bescheid. Wir fliegen sofort. Unsere Sachen aus der Jagdhütte können sie nachliefern.«

»Und Maira?«

»Kann nachkommen.« Er klang nicht überzeugt, dass das überhaupt noch nötig sein würde. Wie schlimm stand es wirklich um Sadi?

Eiskalte Furcht griff nach Yando, doch er ließ sich nichts anmerken. Mit der gewohnten Ruhe traf er die nötigen Anordnungen. Es fühlte sich anders an als jeder bisherige Abschied aus Guna. Der Schmerz, das Land, das er liebte, zu verlassen, hatte ihn sonst jedes Mal heimgesucht. Heute waren seine Befindlichkeiten unwichtig. Die gestohlenen Brandsteine und die Gefahr eines bevorstehenden Krieges überlagerten die Kümmernisse seines eigenen Lebens. Rumas Kind nahm seine Gedanken gefangen, dieses kleine, leichte Geschöpf, das er durch den Wald getragen hatte. Er wäre selbst fast erfroren, hätte ihn der Heiler von Königstal nicht gleich danach versorgt.

Sahiko.

Und Sadi. Sadi, der an diesem Tag das Wichtigste von allem war.

33. Der Duft von Wüstenblumen

Das Mädchen saß aufrecht im Bett, mit dicken Kissen im Rücken, und aß schon wieder. Ein hübsches kleines Mädchen. Wenn man es wusste, konnte man Ruma in ihr entdecken – ihr vorwitziges Lächeln, die hohen Wangenknochen, das lockige schwarze Haar. Nichts an ihr erinnerte an Liro, doch den Kaiser schien das nicht zu stören. Verzückt betrachtete er sie, dann wandte er sich an Lan'hai-yia, die wie erstarrt am Fenster stand.

»Danke«, sagte er bewegt.

»Ich habe zu danken«, gab Lan'hai-yia zurück. Sie neigte hoheitsvoll den Kopf, und Yando fühlte so sehr mit ihr, dass es ihn fast zerriss. »Für alles.«

Liro ging leise hinaus. Yando kannte seine Aufgabe, doch wie ihm schien, wusste Lani bereits, was kommen würde.

»Er wird sie mitnehmen«, sagte er.

»Das muss er.« Ihre Stimme war heiser vor Kummer.

Das kleine Mädchen griff nach den Essstäbchen, die auf dem Tablett lagen, und fuchtelte damit durch die Luft wie mit einem Schwert. »Wofür sind die?«

»Zum Essen, Schatz«, antwortete Lani.

»Wie soll ich denn damit die Suppe essen?«

Yando trat näher. Er hatte seine Schwester nicht berührt, nicht umarmt, ihr nicht einmal die Hand auf die Schulter gelegt. Seit sie sich wiedergefunden hatten, herrschte Feindschaft zwischen ihnen. Bis jetzt. Er hatte Sahiko heimgebracht, das änderte alles. Lani redete endlich wieder mit ihm, und dennoch war die Fremdheit zwischen ihnen nicht so einfach zu überwinden.

»Ich werde mich um sie kümmern«, versprach er. »Soweit es in meiner Macht steht, wird es ihr gutgehen.«

»Steht es denn in deiner Macht?«, fragte sie.

»Vielleicht mehr, als du mir zutraust.«

Sie biss sich auf die Lippen. »Wenn wir unabhängig wären, könnten wir uns nicht gegen Le-Wajun wehren«, sagte sie. »Es war die richtige Entscheidung damals. Es tut mir leid, dass ich dich so sehr dafür gehasst habe.«

Er brach nicht zusammen. In seinen Augenwinkeln glänzten keine Tränen. Er nahm ihre Entscheidung mit einem knappen Nicken zur Kenntnis, dann ging er, um nach Sadi zu sehen.

In einem Krankenzimmer hatte Ruhe zu herrschen. Stattdessen stritten sich lauthals drei Männer, ohne Rücksicht zu nehmen. Liro, Mernat und Meister Ronik diskutierten hitzig und hielten auch bei Yandos Eintreten nicht inne. Im Hintergrund lehnte Prinz Matino am Fenster, und wie immer überkam Yando bei seinem Anblick ein Schauder, doch er ließ sich nichts anmerken.

»Worum geht es?«, fragte er mit lauter Stimme und trat mitten zwischen sie. Längst kein Sklave mehr, sondern der geschätzte Ratgeber des Kaisers. Liro hatte ihm den Titel »Fürst von Wabinar« verliehen, um ihm die Autorität zu geben, auch Adligen über den Mund zu fahren.

»Die Feuerreiter melden Truppenbewegungen. Sie strömen aus dem Wald von Anta'jarim in Richtung Guna. Wir müssen sofort mit Tenira reden«, sagte Mernat.

»Er will, dass wir Sadi wecken«, warf Liro ein.

»Was sein Tod wäre«, fügte der Heiler hinzu. »Nur der Schlaf hält ihn noch am Leben. Vielleicht noch einen Tag oder zwei. Ihn zu wecken würde sein Herz schneller schlagen lassen. Das Gift würde sich in seinem ganzen Körper ausbreiten.«

»Er stirbt ohnehin«, sagte Mernat. »Wir müssen Tenira zeigen, was sie riskiert!«

»Ihr zeigen, dass ihr Sohn im Sterben liegt?«, fragte Liro.

Entscheidungen. Immer waren Entscheidungen zu treffen, immer musste Yando wählen. Fast immer waren es zwei Übel, die er gegeneinander abwägen musste. Sadi war mehr als sein Schüler.

Er war wie ein Sohn für ihn. Und trotzdem musste ein Kaiser das Richtige tun, ganz gleich, was es ihn persönlich kostete. Es war ein Fehler gewesen, Sahiko zu retten statt Sadi. So wie es ein Fehler wäre, den Jungen jetzt zu schonen. Was sie aus seinen letzten Lebensstunden gewinnen konnten, mussten sie nutzen.

Yando war sich darüber im Klaren, wie verachtenswert es war, was er tat, und dennoch … Wenn der Schmerz eines einzigen Menschen den Krieg verhindern oder wenigstens hinauszögern konnte, wer war er, auf das Leid unzähliger Unschuldiger zu spucken?

»Weckt Ihn auf, Meister«, sagte er zu Ronik.

Mernat nickte. »Ich habe viel über Euch gehört, Fürst Yando. Es scheint alles wahr zu sein.«

»Er wird ohnehin sterben«, sagte Liro. »Und Tenira wird merken, dass es ihm nicht gutgeht.«

»Ich werde mit Sadi reden.« Yando verschloss seinen eigenen Schmerz tief in seinem Inneren. »Und ihm erklären, worum es geht. Er ist kein kleines Kind mehr, er wird verstehen, was dieses Gespräch mit seiner Mutter bedeutet. Und falls der Junge danach dem Gift erliegt … Falls …« Seine Stimme. Er musste weiteratmen, weiterreden. Er musste handeln und planen und das Richtige wählen, auch wenn es immer zugleich das Falsche war. »Wir werden es ihr verschweigen, so lange wir können. Wir werden einen Jungen, der ihm ähnlich sieht, auf einem Eisenvogel nach Wabinar schicken und die Leute glauben machen, er sei noch am Leben. Also weckt ihn, Meister Ronik.« Er wandte sich an Mernat. »Wer ruft das Spiegelbild?«

Der Feuerreiter warf einen Blick zu Matino hinüber, der mit verschlossener Miene zuhörte, und hob die Hand. »Ich kann das tun. Darf ich Eure Schale benutzen, Meister?«

Ronik brummte etwas. Er hielt die Hände über den bleichen Jungen und legte sie ihm nach einer Weile an die Schläfen. Die dunklen Augen öffneten sich. Sie waren klar und glänzend. Sadi wirkte nicht einmal krank. Verwirrt blickte er sich um, dann erkannte er Yando und lächelte erleichtert. Der Junge sah nicht aus wie jemand, der zum Tode verurteilt war.

»Ich rede mit ihm«, sagte Yando. »Allein.«

Liro seufzte. Der alte Kaiser hätte dafür Köpfe rollen lassen, dass man ihn aus einem Raum schickte, doch Liro fügte sich – wie immer. Sogar Matino folgte den anderen ohne Widerspruch nach draußen.

»Ihr solltet ihm nicht alles sagen. Seid einmal im Leben barmherzig«, murmelte Ronik an der Schwelle, doch dann schloss er mit einem Kopfschütteln die Tür.

»Was sollst du mir nicht sagen, Yando?«, fragte Sadi.

Die dunklen Ringe unter seinen Augen waren verschwunden. Was immer der Heiler mit seiner Magie getan hatte, es wirkte Wunder. Nur dass Roniks Fähigkeit, Wunder zu bewirken, begrenzt war. Was hätte Yando nicht dafür gegeben, es wäre anders.

»Du hast uns gerettet. Dass du die Schmuggler entdeckt hast hat alles geändert.«

»Nun ja«, meinte der Junge bescheiden, »eigentlich war es dieser fremde schwarzhaarige Mann, der sie befragt hat. Der mir die Nachricht an den König mitgegeben hat. Wenn ich ihn nicht getroffen hätte, wäre ich vermutlich gar nicht hier.«

»Es ehrt dich, dass du den Ruhm mit einem Fremden teilen willst. Wir wissen nicht, wie groß die Armee ist, die Anta'jarim aufstellt, aber jeder Brandstein, den sie nicht stehlen konnten, wird uns helfen. Wird Guna helfen und Kanchar die Chance geben, Le-Wajun zu besiegen, falls es zu einem Krieg kommt.«

»Ich bin die Sonne von Wajun«, sagte Sadi. »Meine Mutter würde niemals einen Krieg beginnen, solange ich hier bin.«

»Ich fürchte doch. Sie scheint das schon seit Jahren zu planen, aber noch können wir ihr die Möglichkeit geben, sich ohne Gesichtsverlust von König Laikan zu distanzieren. Wir möchten dich bitten, mit ihr zu reden und sie davon zu überzeugen, dass dein Leben in Gefahr ist, sobald sie einen Fuß über die Grenze setzt.«

Die Brauen des Jungen wanderten hoch, seine Mundwinkel zuckten. »Liro blufft? Glaubst du, davon lässt sie sich täuschen?«

»Ein Kaiser muss sich an sein Wort halten. Wenn er ankündigt, dass er dich in den Kerker wirft oder dir eine Hand abhackt, dann muss er das tun. Du weißt, dass es so ist.«

Der Junge tastete über die Decke und berührte das dünne Hemd, das er trug. »Ich weiß. Aber was ich nicht weiß ist, warum ich immer noch in Daja bin. Warum ist Ronik hier? Und Liro? Und Matino? Was ist los?«

»Du wurdest vergiftet, gleich nach deiner Ankunft hier in Daja. Kannst du dich noch daran erinnern? Hast du etwas gegessen, was seltsam schmeckte?«

»Nein, ich bin vorsichtig, das weißt du doch.« Er runzelte die Stirn, während er nachdachte. »Es muss das Glas gewesen sein. Ein Diener brachte mir ein Glas Wasser. Es hat sich sehr kalt angefühlt.« Nachdenklich runzelte er die Stirn. »Was meinst du damit, dass ich vergiftet worden bin? Hat Ronik mich geheilt?«

»Nein, Sadi. Er hat Prinzessin Sahiko geheilt. Du hast sie hergebracht, deinem Mut verdankt sie ihr Leben. Wie sich herausgestellt hat, ist sie wohl Kaiser Liros Tochter. Also hat Ronik sich um sie gekümmert.«

»Und nicht um mich. Ich verstehe.«

Ob er es wirklich verstand? Konnte man verstehen, dass man zum Tode verurteilt war?

»Werde ich sterben?«, fragte er leise.

Yando musste schlucken. Sein Mund war so trocken, dass er nicht wusste, wie er auch nur ein Wort herausbringen sollte.

»Das heißt wohl Ja«, murmelte der Junge.

Er weinte nicht und klagte nicht. Die Tatsache seines nahenden Todes schien ihn weit weniger zu schrecken als Yando, dem es vorkam, als müsste die Welt untergehen. Eine Weile schien Sadi in sich hineinzuhorchen. »Ich fühle es nicht. Müsste ich es nicht fühlen?«

Es klopfte an der Tür, Liro steckte den Kopf hindurch. »Das Wasser ist bereit. Kommt er?«

So war es, wenn Leute starben. Man sprach nicht mehr mit ihnen, sondern über sie, als wären sie nicht im Raum. Sadi presste die Lippen aufeinander.

»Ich würde das nicht von dir verlangen, wenn ich nicht wüsste, wer du bist«, sagte Yando leise. »Sonne von Wajun. Denn wenn Le-Wajun angreift, wird Kanchar es endgültig zerschlagen. Dieses Mal wird es keine Gnade geben.« Er hasste sich selbst dafür, dass er ein sterbendes Kind dazu zwang, seine Mutter anzulügen. Dass er ihm Aufgaben gab, statt ihn in die Arme zu nehmen.

Sadi schlug die Decke zurück. Er war ein wenig zittrig auf den Beinen, aber Yandos Angebot, ihm zu helfen, wies er stolz zurück. In dem Hemd wirkte er sehr jung und sehr zerbrechlich, doch die Männer, die im Lagerraum auf ihn warteten, um den Tisch mit der Wasserschale versammelt, huldigten ihm mit dem ehrerbietigen Neigen ihrer Köpfe.

»Eure Mutter, Prinz«, sagte Mernat und trat zur Seite.

Und der Junge nahm auf dem Sitzkissen Platz und beugte sich über die Schale.

Zuerst sah Sadi gar nichts. Im Wasser spiegelte sich weder die hellgetünchte Decke noch der Drehfächer, dessen Flügel so lang wie Männerarme waren. Die Oberfläche war von einem matten Schwarz.

Dann kristallisierte sich das Gesicht einer Frau heraus. Ihre langen schwarzen Haare schienen an ihrem Kinn vorbei in die Luft zu wachsen, doch Sadi war klar, dass sie nach unten hingen und die Spitzen beinahe ins Wasser tunkten.

Es war lange her, dass er das letzte Mal mit seiner Mutter gesprochen hatte. Keiner von ihnen schien das Bedürfnis dazu zu verspüren. Auch jetzt empfand er nichts als leichtes Befremden. Tenira mochte seine Mutter sein, doch sie war nicht seine Familie. Seine Familie, das waren Yando, Maira und Liro. Und vielleicht noch Matino. Er konnte die Gegenwart des älteren Prinzen in seinem Rücken spüren.

»Sadi, mein Sohn, wie groß du geworden bist«, sagte Tenira.

Ihr Lächeln war so falsch, dass ihm davon übel wurde. »Ja, Mutter«, antwortete er höflich. »Ich hoffe, Ihr unternehmt nichts, das mein weiteres Wachstum gefährden könnte.«

»Wie meinst du das?« Sie zauberte den Anblick von Überraschung auf ihr zeitlos schönes Antlitz. »Bist du in Gefahr? Soll ich darauf dringen, dass du nach Hause kommst?«

»Ihr habt längst erfahren, dass Laikans Ränke entdeckt wurden. Ich hoffe, Ihr führt ihn seiner gerechten Strafe zu.«

»Gewiss«, sagte Tenira. »Warum zweifelst du daran?«

Weil Ihr lügt, Mutter, dachte er. Matinos Schritte auf den Marmorfliesen waren unverkennbar. Das ruckartige Aufsetzen des falschen Beines. Das Kratzen von Metall auf glattem Stein. Er kam näher. Sadis Nackenhaare stellten sich auf, doch weil er ins Wasser sprach, konnte er sich nicht umdrehen.

»Warum habt Ihr es überhaupt so weit kommen lassen, Mutter? Habt Ihr Eure Könige nicht im Griff?«

So redete ein Sohn nicht mit Vater oder Mutter, und Sadi bemerkte aus den Augenwinkeln, wie Yando ihm ein Zeichen gab. Doch sein Zorn wuchs. Diese Frau würde Le-Wajun in den Untergang führen. Der Thron war sein Erbe, und die Tatsache, dass er nicht mehr lange genug am Leben sein würde, um seinen Platz darauf je einzunehmen, machte ihn nur umso wütender.

»Habt Ihr vergessen, dass ich der wahre Großkönig bin? Dass mir die Krone gehören sollte? Dass Ihr nur auf diesem Thron sitzt, weil Kanchar Euch dort sitzen lässt?«

Eine Hand auf seiner Schulter. Yando, nicht Matino. »Komm jetzt, das genügt.«

Am liebsten hätte Sadi dieser schönen Frau alles entgegengeschrien, was sich an Kummer und Wut in ihm aufgebaut hatte. Er war wie ein Brandstein, der auseinanderbrach und alles in seiner Umgebung mit in Stücke riss. Doch die Hand auf seiner Schulter, stark und warm, erinnerte ihn daran, wo er sich befand und worum es ging.

»Verdammt!«, fluchte er leise, obwohl Yando ihm beigebracht hatte, nicht zu fluchen, und erhob sich von dem Kissen. Liro trat vor, doch bevor er sich setzen konnte, glitt Yando auf den freien Platz.

»Großkönigin Tenira«, sagte er mit fester, sicherer Stimme. Sadi bewunderte ihn dafür. Yando schien nie zu zweifeln, nie zu wanken, nie zu irren. »Mir scheint, Ihr verkennt Eure Lage und die Lage Eures Erben. Er ist die Geisel des Edlen Kaisers von Kanchar, der nicht zögern wird ...«

Sadi wollte nicht hören, was Yando der Großkönigin androhte. Wie er ihr vor Augen malen würde, was mit ihrem Sohn geschehen könnte, wenn sie nicht klein beigab. Wie man ihn in Stücke hacken und ihr jedes Stück einzeln schicken würde.

Mit gesenktem Kopf trottete er zur Tür, während sich die Erwachsenen um den Tisch scharten. Matino starrte ihn merkwürdig an. Als ob er etwas sagen wollte und es doch nicht tat. Ob sogar Matino davon wusste, dass er sterben würde? Natürlich. Sie alle wussten es. Und keiner würde etwas dagegen unternehmen.

Sadi stolperte, als er die Schwelle erreichte, und klammerte sich am Türrahmen fest, bevor er fallen konnte. Seine Beine taten weh, sie brannten, als hätte jemand seine Füße in ein Feuer getaucht, das sich von den Zehen nach oben über seine Waden fraß. Auch seine Hände zitterten. Er würde wirklich sterben. Bis jetzt hatte er es nicht geglaubt. Was Yando ihm erzählt hatte konnte nicht stimmen, musste ein Irrtum sein. Tränen füllten seine Augen, er biss die Zähne zusammen, um ein Schluchzen zu unterdrücken. Nein, er würde nicht vor all den anderen weinen.

Sein Gleichgewichtssinn ließ ihn im Stich, als er auf sein Zimmer zuhielt, er taumelte – und dann tauchte plötzlich ein Mann vor ihm auf. Ein dajanischer Wächter, einer von denen, die schon die ganze Zeit über in den Gängen patrouilliert hatten. Eine Klinge blitzte auf, fuhr durch die Luft. Sadi öffnete den Mund zum Schrei ... und ächzte erschrocken auf, als der Wächter vor ihm zu Boden krachte. Er fiel auf sein Gesicht wie ein gefällter Baumstamm, und aus seinem Nacken ragten zwei Essstäbchen, die wie die Schnurrhaare einer Katze erzitterten.

Auf der Schwelle des zweiten Krankenzimmers stand das dunkelhäutige Mädchen, das er nach Daja gebracht hatte. Wie er trug sie ein weißes Krankenhemd. Ihre schwarzen Locken waren wie ein Sturm, in ihren schwarzen Augen schien Feuer zu brennen.

Der süße Duft fremdartiger Blumen wehte durch den Flur. Sadi dachte ... er fühlte ... es war eine Ahnung, ein Gedanke, der sich ihm entzog wie ein Schmetterling, der sich nicht fangen ließ.

Er starrte sie an.

»Sahiko?«, erklang die Stimme der Königin Lan'hai-yia aus dem Hintergrund. »Du musst dich anziehen, bevor du rausgehst.«

»Ja, Mutter«, sagte Sahiko. Ein wildes Grinsen erhellte ihr Gesicht, ihre weißen Zähne blitzten. Sie legte den Finger an ihre Lippen zum Zeichen, dass er schweigen sollte, dann verschwand sie in ihrem Zimmer.

»Was ist denn hier passiert?«, rief jemand hinter Sadi. Prinz Matino stürzte in den Gang. »Wer ist das? Warum ist er tot?«

»Ich habe keine Ahnung«, sagte Sadi, obwohl er nicht daran zweifelte, dass der Mann ihn hatte töten wollen und soeben dafür bezahlt hatte. Wahrscheinlich hatte derselbe Kerl ihm auch das Gift verabreicht. Ohne sich umzudrehen, ging Sadi in sein Zimmer. Er schaffte es gerade noch, sich aufrecht zu halten, bis er sein Bett erreichte. Dann fiel er. Es fühlte sich an wie ein Sturz aus großer Höhe, und er spürte, wie die Dunkelheit heranwogte.

Sahiko hatte ihm das Leben gerettet. Ganz umsonst.

Magie flutete durch ihre Adern. Der Tod hatte sie berührt, und sie hatte ihn geküsst. Diesen lieben, vertrauten Tod.

»Schwester«, flüsterte der Tod ihr ins Ohr.

Sie lachte leise. Alles war genauso wie vorher, und doch war alles anders. Sahiko fühlte sich, als sei sie gerade erwacht, und doch lag ihre Umgebung wie hinter einem dichten Nebel verborgen. Melodien und Gesänge tanzten in einem wilden Reigen durch ihre Seele. Sie öffnete die Augen, und vor ihr lag so viel Fremdheit. Ein fremdes Zimmer, ein fremdes Land. Zugleich war die Sonne, die hinter den Häusern der Stadt versank, vertraut. Die Gerüche, die aus den Straßen hochstiegen. Staub und Steine, Tiere und Menschen, Gewürze und köstliche Früchte. Hinter der Himmelsröte warteten die Sterne, und der Mondgürtel grub sich wie ein Flussbett in die Farben des Himmels.

Die Wüste, sangen die Stimmen.
Daja, frohlockten sie.
Kanchar. Du hast Kanchar so sehr geliebt, Kind des Schnees.
Einiges davon war richtig, und einiges war falsch, und alles war verwirrend.
Linua, wisperten die Stimmen. *Kind, das aus dem Brunnen stieg. Stern, der eine Blume wurde. Tod, der zu leben begann.*
»Sahiko«, sagte ihre Mutter. »Mein liebes Mädchen. Ich muss mich von dir verabschieden, denn du wirst auf eine weite Reise gehen.«
Sie war gerade erst von einer weiten Reise zurückgekehrt. Älter. Anders. Also nickte sie. »Gut, Mutter. Wohin?«
»Nach Wabinar. Mit dem Kaiser. Mein Bruder wird auf dich aufpassen. Dein Onkel Kirian … Yando. Dein Onkel Yando.«
Sahiko weinte nicht. Sie weinte nie. Sie ließ sich von ihrer Mutter umarmen. Tränen tropften in ihr Haar. Dann zog sie die Kleidungsstücke an, die ihre Mutter ihr gab. Kein albernes Kleid, sondern vernünftige Sachen, wie man sie im Winter in Guna trug, wenn man ausreiten wollte. Eine Hose aus festem Stoff und eine Tunika aus Wolle sowie Unterkleidung aus weichem Leinen.
»Es ist kalt, wenn man mit den Eisenvögeln fliegt. Und ihr werdet lange fliegen.« Ihre Mutter umarmte sie noch einmal. Küsste sie auf die Wangen. »Wie gut du riechst, Sahiko. Als hättest du in Blumen gebadet.«
Dann ging sie, aufrecht, ohne sich ihrer Tränen zu schämen. Sahiko setzte sich auf ihr Bett und wartete auf den Kaiser und auf ihren Onkel und auf den Beginn der großen Reise, doch als die Tür aufging, war es der Junge aus dem Nebenzimmer. Der hübsche, schwarzhaarige Junge mit den schönen Augen. Er konnte sich kaum auf den Beinen halten. Wie ein Betrunkener wankte er herein, stieß mit dem Tischchen zusammen, auf dem das Tablett mit ihren Essensresten stand, und fiel gegen die Wand. Er sank daran hinunter, bis er auf dem Boden saß, die Arme um die Knie geschlungen. Seine Lippen waren blau verfärbt. Schweiß stand ihm auf der Stirn.

Er starb. Sie hatte gehört, wie die Erwachsenen über ihn redeten. Sein Name war Prinz Sadi, er war die Sonne von Wajun, und irgendein feiger Meuchelmörder hatte ihn vergiftet. Es waren entschieden zu viele Mörder in diesem Palast unterwegs.

Es hatte ihr gefallen, die kleinen Spieße auf den Soldaten zu schleudern, der den Dolch erhoben hatte. Ein guter Treffer war ein guter Treffer.

»Tut es weh?«, fragte sie.

Mühsam hob er den Kopf. »Ja, ziemlich. Ein Brandstein. Ich bin ein Brandstein.«

»Du redest dummes Zeug.« Sie hüpfte von der Bettkante und kniete sich vor ihn. Sein Schweiß hatte einen eigentümlichen Geruch. Sie konnte das Gift riechen, das seinen Körper zerstörte, und dahinter spürte sie etwas anderes, etwas Dunkles, Schweres, Schönes. Für ihre inneren Sinne war der Junge wie ein Edelstein mit rauen, ungeschliffenen Kanten, die kristallen glitzerten. Vielleicht hatte er recht, und er war wirklich ein Brandstein. Vielleicht war seine Seele etwas, das brennen musste wie ein Stern oder wie eine Sonne.

Er sah sie an und flüsterte etwas.

Der Tod lichtete den Nebel. Die Gesänge wurden lauter. Die Stimmen waren ihr so lieb, so vertraut. *Wüstenbruder*, wisperten sie. *Freund. Musst du ihn schon wieder retten? Er tanzt viel zu oft mit dem Tod.*

Ein Name. Der falsche Name, oder war es der richtige? Sie war Sahiko, und er war Sadi, aber es waren nicht diese Namen, von denen die Stimmen flüsterten.

»Karim«, sagte sie leise, überrascht, ohne zu wissen, warum sie so überrascht war.

Die Stimmen wussten so viel mehr als sie.

Sahiko streckte die Hände aus und legte sie an seine Stirn, um zu fühlen, ob er Fieber hatte. Um zu fühlen, wie er brannte. Doch er war so kalt, dass es sich wie Eis anfühlte. Als hätte sie ihre Finger in Schnee getaucht. Hinter seiner Haut tat das Gift sein Werk der Zerstörung. Es war bitter. Es war wie eine böse Ranke, die durch seine Adern kroch und mit ihren Dornen alles in ihm zerfetzte. Er müsste unendliche Schmerzen leiden, doch sie waren nicht an der Oberfläche. Er hatte sie weggesperrt, hinter den Schild. Da war eine Tür in seinem Geist.

Man konnte die Schmerzen wegschließen, den Tod jedoch nicht. Der Tod war wie ein Brandstein, der alle Barrieren hinwegfegte.

Nur das Lied konnte ihn dazu bringen, einzuschlafen, ihn, den dunklen Tod. Die Ranken wiegten sich in der Brise ihres Gesangs. Die Dornen brachen auf und verwandelten sich in Blüten. Es war wie im Frühling, wenn es über der Wüste regnete und das Leben aus den kleinsten Samenkörnern brach und die Einöde mit Farbe überzog. Der Duft war unbeschreiblich.

»Karim«, flüsterte sie. »Du bist es wirklich.«

Einen Moment lang war der Tod so unendlich groß wie ein Meer. In diesem einen Augenblick wirbelte der Sturm den Nebel auf, und ihre Seele erkannte seine. Und er erkannte sie. Und während sie einander in die Augen blickten, wussten sie wieder, wer sie gewesen waren.

»Linua«, sagte er.

Dann fegte der Gesang den bitteren Geschmack des Todes hinfort, und ihre Seelen vergaßen, wie alt sie waren und dass sie einander kannten.

Sahiko.

Sadi.

Sie waren wieder Kinder.

34. Was in der Nacht näher kommt

»Ich glaube, sie plant etwas Großes«, sagte Yando, »etwas sehr Großes, und es ist von langer Hand vorbereitet. Tenira war schon immer verrückt, aber ... Tut mir leid, dass ich so über deine Mutter rede.«

»Das stört mich nicht.« Sadi presste die Lippen aufeinander. Sein Bestreben, erwachsen zu wirken und stark zu sein, rührte Yando.

Die Götter hatten ein Einsehen gehabt und den Jungen gerettet. Niemand hatte eine Erklärung für seine wundersame Genesung, aber er wirkte lediglich noch etwas erschöpft. Yando konnte es immer noch nicht glauben. Und nun stand Sadi neben dem Eisenvogel, mit dem er gleich nach Wabinar gebracht werden sollte. Die Vorfreude glänzte in seinen Augen, und zugleich war da etwas Neues. Yando konnte nicht sagen, ob das etwas Gutes oder etwas Schlechtes war, aber Sadi war über Nacht erwachsen geworden. Er war kein Kind mehr.

»Ich habe dir gesagt, dass wir den anderen nach Wabinar folgen. Langsamer, damit du dich öfter erholen kannst.«

»Mit einem Feuerreiter, der den Eisenvogel lenkt, damit ich mich nicht überanstrenge, ja«, sagte Sadi grimmig. »Das habe ich jetzt oft genug gehört.«

»Ich wollte, dass es jeder glaubt, aber ich habe den Feuerreiter, der uns fliegen sollte, unter einem Vorwand weggeschickt. Ich will, dass du fliegst.«

Jetzt hatte er Sadis volle Aufmerksamkeit. »Ich darf fliegen?«

Als würde dieser Junge erst vollständig genesen, sobald er auf einem Eisenfalken saß.

»Wenn wir nur zu zweit sind, können wir einen Wüstenfalken

nehmen. Und …« Yando zögerte. Sein Schützling schien kräftig genug zu sein, und dennoch war es riskant. Wie jeder Flug. Wie alles, was sie taten, um den Krieg zu verhindern. Er tastete über den Flugmantel, unter dem Papier knisterte. »Ich habe Karten gezeichnet. Wir werden Kundschafterflüge unternehmen und die Position unser Feinde markieren. Ich glaube nicht, dass Laikan in Anta'jarim eine Armee aufbaut.«

»Die Feuerreiter haben sie aus dem Wald kommen sehen.«

»Bis sie das Land der tausend Städte überquert haben, würden Wochen vergehen. Tenira klang nicht so, als hätten wir Zeit, um uns zu rüsten. Sie klang, als müsste sie nur die Hand ausstrecken und sie um uns schließen. Da geht viel mehr vor sich, als wir auch nur ahnen.«

»Karims Warnung«, murmelte der Junge.

»Ganz recht. Eine Eisenarmee? Das ist eigentlich ein Ding der Unmöglichkeit. Wer soll die Geschöpfe lenken, wenn sie keine Reiter haben? Geht hinter jedem magischen Soldaten ein zweiter, der ihn irgendwie lenkt? Wir müssen mehr wissen. Und zwar so bald wie möglich.«

»Du willst die Eisensoldaten suchen?«

»Wir müssen so viel wie möglich herausfinden. Die Feuerreiter haben die gleiche Mission, aber du bist der beste Flieger, den ich kenne. Wir können tiefer fliegen und schneller. Ich habe Vermutungen, wo ein Heer sich verstecken könnte, und wir werden gezielt die Routen abfliegen, auf denen die Feinde unterwegs sein könnten.«

»Wir sollten nachts fliegen«, schlug der Junge vor. »Dann sind sie nicht auf der Hut und kommen vielleicht aus der Deckung.«

»Nachts sehen wir nicht genug.«

»Ich schon.«

Sie waren bereits nachts geflogen. Gemeinsam. Yando konnte nicht leugnen, dass Sadi ihn jedes Mal heil zurückgebracht hatte.

»Also gut«, stimmte er zu. »Aber wir kehren um, wenn ich es sage. Wir landen, wenn ich meine, dass du Ruhe brauchst. Und wir brechen den Einsatz ab, wenn es zu gefährlich ist.«

Sadi lächelte. Er hatte die Hand auf den schlanken Hals des Wüstenfalken gelegt, seine dunklen Augen funkelten. »Nur ein Wille, Yando«, sagte er. »Entweder ich oder du. Anders geht es nicht. Ich kann nicht auch noch gegen deinen Willen kämpfen, wenn ich fliege.«

Alles in die Hände eines so jungen Menschen zu legen war unverantwortlich. Und doch war es wieder eine dieser Entscheidungen, die getroffen werden mussten. Er liebte diesen Jungen wie einen Sohn. Würde es ihm zu viel abverlangen?

»Du«, sagte Yando. Es ging ihm gegen den Strich, einem so jungen Menschen die Hauptverantwortung zu übertragen, doch Sadi war ein Feuerreiter, wie es keinen anderen gab.

Sadi nickte zufrieden. »Gut, dann machen wir es so: Wir suchen uns einen geschützten Ort, wo du dich verstecken kannst. Zeig mir auf der Karte, welche Gegend ich überprüfen soll. Ich fliege sie ab und komme dann zurück, um dir Bericht zu erstatten.«

Das war Wahnsinn. Liro würde es niemals erlauben, aber Liro war nicht hier. Und Sadi hatte recht: Zwei Reiter, einer davon nicht ausgebildet, würden einen Vogel abstürzen lassen. Zumal bei Nacht. Sadi flog ihn und Liro recht häufig, doch dieses Unternehmen war anders. Yando würde sich nicht zurücklehnen und den Flug genießen können, sondern würde, ohne es zu wollen, eingreifen. Dennoch zögerte er.

»Wenn ich nach Wajun fliegen wollte«, sagte Sadi, »hätte ich es längst getan. Ich müsste nur einen Eisenvogel stehlen und könnte in einem Tag bei meiner Mutter sein. Hast du dich nie gefragt, warum ich es nicht einfach tue? Wegen dir. Weil du mir erklärt hast, dass es einen Vertrag gibt. Was wäre ich für ein König, wenn ich mich nicht an Verträge halten würde? Und das muss meine Mutter genauso tun.«

Yando nickte. Er war so stolz auf diesen Jungen, dass er ihn am liebsten umarmt hätte. Stattdessen sagte er: »Verschwinden wir von hier, bevor die Dajaner uns einen neuen Feuerreiter schicken.«

Der Mondgürtel stieg vom Horizont auf und begann seine Wanderung über das Firmament. Der Wüstenfalke flog so hoch, dass die Sehnsucht in ihm entflammte. Sadi dämpfte den Willen, der sich gegen seinen stemmte. Lieder lagen in der Luft, wenn die Nacht sich süß und voll über die Wälder legte. Es war eine Qual für die eisernen Vögel.

Die Soldaten blieben davon unbehelligt. Sie marschierten über die leeren Straßen, die sich wie silberne Flüsse durch die dunkleren Wiesenlandschaften schlängelten. Leise wanderten sie ostwärts, im Schutz der Dunkelheit. Das Stampfen und die knarrenden Geräusche, die Sadi erwartet hatte, fehlten. Es waren Menschen, die durchs Land der tausend Städte in Richtung Kanchar zogen.

Am Morgen erstattete er Yando Bericht. Dies war die vierte Nacht, die Sadi damit verbracht hatte, über Le-Wajun hinwegzufliegen und die Lage auszukundschaften. Er wusste, wie sehr seinen Lehrer das Gespräch mit Tenira beschäftigte.

Auch er selbst dachte immer wieder daran zurück. Aus den Erzählungen hatte er eine schreiende Königin erwartet, die ihre Wut herausbrüllte, doch die echte Großkönigin, die er im Wasser gesehen hatte, war freundlich und um ihn besorgt gewesen. Sie hatte gelächelt. Noch nie hatte er irgendjemandem weniger getraut.

Yando hatte die Karten auf dem Tisch ausgebreitet. Ihr Versteck befand sich dort, wo niemand nach ihnen suchen würde: in der verlassenen Jagdhütte des Kaisers. Solange kein Rauch aus dem Kamin aufstieg, würde niemand sie hier vermuten. Doch da sie sparsam mit dem Brennholz umgehen mussten, war es zu kalt. Yandos Ausflüge ins nächste Dorf, wo er Brennholz und Nahrung erstand, gefährdeten ihrer beider Sicherheit. Es wurde Zeit, dass sie nach Wabinar flogen, bevor man sie dort vermisste.

»Sie kommen also von hier und von hier. Aus Anta'jarim und von Wajun her. Was ist mit Lhe'tah?«

»So weit südlich bin ich nicht geflogen. Das ist in einer Nacht nicht zu schaffen.«

Yando rieb sich die Schläfen. Sein Haar stand wirr in alle Richtungen ab. Sadi zeigte ihm eine dritte Straße, auf der er Soldaten gesehen hatte, und ließ sich auf sein Bett fallen. Sie hatten beide Betten in die Küche getragen, da sie der einzige warme Raum im Haus war.

»Warst du schon im Norden?«

»Im Norden ist nur Malat.«

»Die Berge, ja. Vielleicht haben wir die ganze Zeit über falsch gedacht. Wir haben angenommen, dass Laikan seine Armee in Anta'jarim aufbaut. Doch die Brandsteine einen so weiten Weg zu transportieren ist gefährlich. Was, wenn sie sich im Gebirge verstecken?«

»Dann steckt Malat mit ihnen unter einer Decke?«

»Oder sie wissen nichts davon. Das Bergreich ist sehr dünn besiedelt. Wenn die Soldaten sich im Grenzbereich aufhalten …«

»Die Feuerreiter hätten sie gesehen.«

»Nein, denn sie sind nach Westen und Süden geflogen, so wie du bisher.«

Eine Nacht noch. Eine Nacht, um König Laikans Geheimnis zu entdecken.

»Dann fliege ich morgen nach Norden. Aber dann kehren wir heim nach Wabinar.«

Der Eisendrache füllte mit seiner Gegenwart die Halle. Ehrfürchtig stand Matino vor ihm und genoss den Anblick der gewaltigen Kreatur. Sein Werk würde alle das Fürchten lehren.

Schon lange waren die Arbeiten daran abgeschlossen. Jeder, der am Bau des Drachen beteiligt gewesen war, hatte sein Leben lassen müssen. Matino hatte das Ungeheuer mit ihren Seelen gefüttert, doch sie waren Sklaven gewesen und nicht stark genug, um diese Masse an Eisen zu bewegen. So oft wie möglich hatte er dem Drachen bessere Seelen gebracht. Wajunische Fürsten, die er getötet hatte, die meisten, nachdem er sie nach Kanchar gelockt hatte. Es waren immer noch nicht genug. Heute jedoch hatte er etwas Besonderes dabei.

Vor Vorfreude zitterten seine Hände. Er hinkte auf die Leiter zu, die zum Brustkorb hochführte und an der Klappe endete, hinter der sich das Brandsteinherz befand. Bevor er den eisernen Fuß auf die erste Sprosse setzte, zog er sich den Schuh aus. Die Krallen streckten sich, klackerten über den Steinboden. Mittlerweile konnte Matino sein Eisenbein betrachten, ohne sich vor Abscheu zu winden, doch der Fuß war grotesk, die Kralle eines Vogels. Spiro hatte ihm vorher nicht gesagt, wie sehr er ihn verunstalten würde. Es tat ihm nicht leid, dass der Meister tot war. Auch seine Seele ruhte längst in der eisernen Brust des Drachen.

Sprosse für Sprosse kämpfte er sich hinauf. Es war entsetzlich hoch, und er ermüdete rasch. Wäre er gestürzt, hätte ihn die Kralle gerettet. Nein, es war undankbar, sich über den alten Eisenmeister zu ärgern. Schönheit war nicht alles.

Keuchend hielt er inne, als er viele Meter über dem Boden an seinem Ziel ankam. Die Bodenplatten unter ihm schimmerten wie der Spiegel eines zugefrorenen Sees. Matino griff in seine Weste und holte das Porträt des Meuchelmörders heraus, der in Daja gestorben war. Er hatte ihn so rasch gezeichnet, dass das Bildnis nicht ganz getroffen war, aber es müsste gereicht haben, um die Seele einzufangen. Matino ging davon aus, dass es – wer oder was auch immer »es« war – einen Wüstendämon erwischt hatte. Vielleicht würde diese Seele den entscheidenden Unterschied machen.

Er zögerte, während er die kleine Rolle in der Hand wog. So viel Hoffnung. So viele Tode. Manchmal war er kurz davor gewesen aufzugeben, denn der Drache wollte und wollte nicht erwachen. Spiro hatte ihn damals gewarnt, dass ein zu ehrgeiziges Projekt letztendlich zum Scheitern verurteilt sein könnte.

»Bei allen Göttern«, flüsterte er. »Bei Sahiko. Erfüllt mir meinen Wunsch.«

Bevor er nach Gojad gekommen war, hatte Matino Sahiko nach Wabinar in den Palast gebracht. Er war wie berauscht von ihr, von ihrer Gegenwart, davon, wie aufgeweckt und hübsch sie war. Lan'hai-yia von Guna hatte dem Kind tatsächlich den Namen gegeben, den er ausgesucht hatte. *Sahiko.* In Gojad sprachen noch manche der Älteren diesen fast vergessenen kancharischen Dialekt, aus dem das Worte stammte. Es bedeutete Wüstenblume. Sie gehörte zur kaiserlichen Familie, zu ihm. Alles an dem Kind gefiel ihm. Wie sie mit ihm geflogen war, wie sie nach jeder Rast abwartend neben den Eisenvögeln stand, still und gerade, mit neugierigen Augen und einem halben Lächeln, als würde sie sich freuen, auf die Reise ins Unbekannte zu gehen. Ohne ihre Eltern, ohne ein vertrautes Gesicht. Sahiko hatte den Tod ihrer wahren Mutter und den Angriff eines Leoparden überlebt. Sie war wie ein Diamant, unzerstörbar, wie die Wüste, die auch nach Jahren der todesähnlichen Dürre noch zu blühen vermochte.

Am liebsten hätte er sie mit nach Gojad genommen, doch da sie nun offiziell Liros Tochter war, hielt er sich zurück. Auf keinen Fall durfte Matinos Interesse an dem Mädchen Misstrauen erregen. Und er hatte ohnehin etwas anderes vor. Dass er Joakus Befehl ignoriert und Sadi am Leben gelassen hatte, würde Konsequenzen haben, und im kaiserlichen Palast war er nicht mehr sicher.

Deshalb war er sofort weiter nach Gojad geflogen und hatte seine Tochter in der Obhut seines nichtsnutzigen Bruders zurückgelassen.

»Nun gilt es. Wenn er jetzt nicht zum Leben erwacht, bin ich so gut wie tot.« Der Eisendrache war das Einzige, was zwischen ihm und diesem verfluchten Joaku stand. Matino öffnete die Klappe und schleuderte die Rolle hinein wie etwas, das man in einen Hochofen warf, damit es verbrannte.

Ein Beben ging durch den eisernen Leib. Die Leiter schwankte, tanzte. In Panik versuchte Matino, das Gleichgewicht zu halten, sich nach vorne zu lehnen, damit sie an Ort und Stelle blieb. Doch erneut zuckte das Ungeheuer, und die Leiter sprang aus ihrer Verankerung und rutschte an den glatten Schuppen ab. Sein Fuß krallte sich um die Sprosse, doch das würde nichts nützen. Tief unter ihm glänzte der Steinboden, die Leiter schwang hin und her, pendelte immer weiter, während er kämpfte. Die Furcht überrollte ihn, während er seinen Tod vor sich sah. Er schrie, der Boden raste ihm entgegen, doch der erwartete Aufprall blieb aus. Stattdessen ging ein Ruck durch seinen Körper, als gewaltige Krallen sich um ihn schlossen. Einen Moment lang glaubte er, das Ungeheuer wolle ihn zerquetschen. Doch sanft setzte ihn der Drache auf den Boden. Ein glühendes rotes Auge glänzte über ihm wie eine untergehende Sonne.

Liro ging auf und ab, während er redete, so wie er es schon immer gemacht hatte. »Das kann nicht wahr sein. Es kann nicht sein!«

Yando hatte die Karten im Studierzimmer auf dem großen Tisch ausgebreitet. Den Jungen hatte er fortgeschickt, damit er sich nach dem langen Flug erholte. Er hatte ihn benutzt, doch jetzt war es an ihm, die Verantwortung zu übernehmen. Und zu tun, was getan werden musste.

»Eisensoldaten? In Malat? Aber das ergibt keinen Sinn!«

»Sie sind bereits unterwegs. Die ersten haben die Wüste erreicht und werden in Kürze in Daja sein.«

»Nein!«, schrie Liro. »Wie kann sie? Wie kann sie nur? Wir werden Tenira sämtliche Feuerreiter entgegenschicken! Ich verstehe nicht, warum niemand das gesehen hat. Wozu taugen diese dämlichen Reiter überhaupt?«

»Laikans Soldaten marschieren nachts, wenn keine Eisenvögel unterwegs sind, und halten sich von Siedlungen fern. Wir vermuten, dass sie sich tagsüber tarnen. In der Wüste könnten sie sich mit Sand bedecken. Es sind Eisensoldaten, die nicht atmen müssen und denen die Hitze nichts ausmacht. Wenn sie unseren Vögeln ähneln, sind sie bei Wärme sogar besonders stark. Außerdem müssen wir davon ausgehen, dass sie von Magiern begleitet werden, und diese für einen Sichtschutz sorgen. Eisenwesen können sich normalerweise nicht ohne Reiter bewegen, doch diese offenbar schon. Dennoch werden Magier zumindest in der Nähe sein, und wir müssen damit rechnen, dass es außergewöhnlich mächtige Magier sind, deren Fähigkeiten alles übersteigen, was wir kennen.«

Der junge Kaiser war stehen geblieben. Seine Augen weiteten sich vor Schreck. »Die Wajuner verabscheuen Magie. Sie haben sich nur ein paar Spielereien in ihrer Hauptstadt gestattet. Anta'jarim würde nie mit Magiern in den Krieg ziehen.«

»Das alte Anta'jarim nicht. Aber Nehess ist eine völlig unbekannte Größe«, gab Yando zu bedenken. »Wir wissen nichts über Magie aus dem Sultanat. Deshalb müssen wir aufhören zu glauben, wir wüssten, wie stark Teniras und Laikans Armee ist. Wir wissen gar nichts. Während wir acht Jahre lang an den Frieden glaubten, hat Tenira an ihrer Rückkehr gewirkt.«

»Das alles macht mir Angst. Wir haben keine Zeit.«

»Wir sind Kanchar«, sagte Yando. Es war das erste Mal, dass er sich einen solchen Satz sagen hörte und es meinte. Er war selbst überrascht. Guna war nun ein Teil von Kanchar, also war er das auch. »Wir sind das Kaiserreich, das Zentrum der Welt. Tenira wird sich an uns die Zähne ausbeißen.«

»Wir werden Le-Wajun in Grund und Boden stampfen«, knurrte Liro. »Noch einmal werden wir nicht so gnädig mit ihnen verfahren.«

»Nein, das werden wir nicht. Aber wir werden Le-Wajun auch nicht vernichten. Tenira ist das Problem, nicht das wajunische Volk. Mit Sadi auf dem Thron werden wir einen zuverlässigen Nachbarn haben, der sich an die Verträge hält.«

Der junge Kaiser knurrte etwas, das sich verdächtig nach einem bösen Fluch anhörte. Yando konnte seine Wut verstehen, und er rechnete damit, dass sich diese Wut gleich auf ihn richten würde. Denn die Blindheit, mit der Kanchar darauf vertraut hatte, dass die Großkönigin sich zahm gab, war …

»Deine Schuld. Das ist deine Schuld!«

»Niemand hat das ahnen können. Weder ich noch Ihr. Wenn Ihr jemanden anklagen wollt, dann fangt bei unseren Leuten in Wajun an. Haben wir Tenira nicht mit einem Stab an fürstlichen Beratern umgeben? Waren sie blind und taub? Oder war Tenira nur besonders geschickt und einfallsreich, um ihre Ränke zu vertuschen? Eure Fürsten konnten sie schließlich nicht zwischendurch auf den Thron der Wahrheit setzen.«

»Oh ihr Götter!« Liro rieb sich die Schläfen. »Das alles ist eine Katastrophe.«

»Beruhige dich. Alle unsere Königreiche wurden bereits in

Alarmbereitschaft versetzt. Mernat wird Dajastadt verteidigen, nur ...«

»Was?«, schnaubte Liro.

»Tenira weiß, dass Daja den Feuerreitern gehört. Wenn sie dennoch erneut den Weg über Dajastadt wählt, bedeutet das, dass sie vorbereitet ist.«

»Niemand ist auf Eisenvögel vorbereitet.«

Das mochte einmal gegolten haben, doch mit einem Schlag hatte die Welt sich verändert. Wie kämpften Eisensoldaten? Wie tötete man sie? Wenn Menschen auf Eisenpferden gegen eiserne Menschen ritten, wer würde siegen?

»Noch etwas«, sagte Liro. Nun wirkte er nicht mehr wütend, nur noch traurig. »Wir haben Tenira gedroht. Du selbst hast ihr gesagt, dass die Sicherheit ihres Sohnes von ihrem Verhalten abhängt. Wenn sie die Grenze zu Kanchar überschreitet, müssen wir ...« Er brachte den Satz nicht zu Ende.

»Nein«, sagte Yando. »Bei allen Göttern! Als ich mit ihr gesprochen habe, lag der Junge im Sterben.«

»Ein Kaiser muss zu seinem Wort stehen. Das hast du mir beigebracht. Das ist das Wichtigste von allem.«

»Nicht Sadi. Wir werden uns etwas überlegen. Zur Not suchen wir ein totes Kind aus der Stadt. Es wird irgendjemanden geben, der eine ähnliche Hautfarbe und Größe hat.«

»Ihre ach so guten Magier werden einen Bluttest durchführen.«

»Das ist mir gleich«, sagte Yando gepresst. »Wir täuschen sie, so gut es eben geht. Sadi wird nicht angerührt. Er wird auf dem Thron von Le-Wajun sitzen, wenn das alles vorbei ist. Tenira wird uns nicht des Wortbruchs bezichtigen können, denn sie wird diesen Krieg nicht überleben – jedenfalls nicht als Großkönigin.«

»Aber ...«

»Es ist Sadi. Hast du vergessen, wer er in Wahrheit ist? Für den Plan deines Vaters musste dein Bruder sterben. Du hättest es sein können. Hätte ich dich damals nicht davon abgehalten, wärst du jetzt an seiner Stelle. Dann würdest du auch darauf hoffen, dass dein Bruder, der Kaiser, die Familie über alles stellt.«

»Ja, da hast du recht.«

Liro wandte sich zum Fenster. Die Dächer der Stadt schienen sich manchmal, wenn die Sonne darüber flimmerte, zu bewegen, auf und ab wie Meereswogen. Es konnte einem schwindlig werden vom Zuschauen. Yando beobachtete den jungen Mann noch eine Weile, wartete auf einen erneuten Widerspruch oder eine neue Idee. Es schien ihm unwahrscheinlich, dass Liro so schnell nachgab. Die Zeit, in der der Kaiser in allem auf ihn hörte, war längst vorbei.

»Ich habe recht? Mehr sagst du nicht dazu?«

»Ich denke nach«, sage Liro schroff. »Siehst du das nicht? Ich denke darüber nach, dass ich mein Wort breche. Dass ich nur leere Drohungen ausstoße, und wie das auf meine Feinde wirkt. Bist du nun zufrieden?«

Das war Yando keinesfalls. Er machte sich Sorgen um seinen ehemaligen Schüler. Die Nachricht, dass Ruma ihm ein Kind hinterlassen hatte, hatte Liro derart erschüttert, dass er sich seitdem wie ein ganz anderer Mensch benahm. Er grübelte viel, seine Miene war finster, aber er gab seine Gedanken nicht preis.

»Wir könnten ...«

»Nein«, unterbrach Liro ihn. »Lass mich in Ruhe nachdenken, bevor du mich wieder zu etwas überredest, das ich später bereue.«

Yando blieb nichts anderes übrig, als ihn alleinzulassen.

Mernat, der Oberste Feuerreiter, fürchtete sich nicht vor dem, was auf Daja zukam. Die Aufregung über eine angebliche Eisenarmee konnte er nicht teilen, denn es gab keine Eisensoldaten. Ihre Existenz war unmöglich. Die Magie, die Eisenpferde oder Eisenvögel belebte, konnte ihnen kein echtes Leben verleihen, und ohne einen Reiter, der ihnen seinen Willen aufzwang, vermochten sie sich nicht zu bewegen. Die Pferde würden mit hängenden Köpfen herumstehen und Staub ansetzen, die Vögel würden mit gefalteten Schwingen auf den Dächern hocken. Nicht einmal das Mondlicht vermochte sie in die Höhe zu locken, wenn nicht zuerst ein Reiter ihnen die Kraft zum Flug verlieh. Daher machten eiserne Soldaten keinen Sinn – es sei denn, jedem von ihnen saß ein zweiter, menschlicher Soldat auf den Schultern.

Ein Gedanke, der ihn zum Schmunzeln brachte.

Was auch immer die Spione des Kaisers gesehen hatten, sie hatten sich getäuscht. Vermutlich hatten sie Menschen in Rüstungen für magische Kreaturen gehalten. Ein Irrtum, dem nur diejenigen erliegen konnten, die keine Ahnung von Magie besaßen.

Der Morgen war die schönste Zeit des Tages. Wenn die Sonne über die Dächer stieg und eine Ahnung der kommenden Hitze mit sich brachte, lag etwas Besonderes in der Luft. Verheißung. Noch waren die Stunden, die vor ihnen lagen, nicht gefüllt, noch waren sie wie Blüten, die sich erst öffnen mussten. Zart, duftend, zerbrechlich.

Auch als der Späher, den er beim ersten Anzeichen der Dämmerung losgeschickt hatte, zurückkehrte, spürte Mernat kein Unheil. Er blieb stehen, wo er war, oben auf dem Dach, und wartete, bis der Reiter gelandet war.

»Sie sind unterwegs. Sie müssen die ganze Nacht marschiert sein, sie haben die Wüste bereits durchquert. In Kürze werden wir sie sehen!« Der junge Mann stolperte, fing sich wieder. Seine Augen waren weit aufgerissen vor Schreck.

»Langsam«, sagte Mernat. »Ganz langsam. Berichte der Reihe nach. Du hast die ominöse Armee gesehen, die laut Wabinar in unsere Richtung unterwegs ist?«

»Sie sind schon fast da.« Der Späher taumelte, und Mernat fasste ihn am Arm, damit er nicht fiel. Warum hatte er sich derart verausgabt? Die Wüste war nicht weit, und der Erkundungsflug hatte nicht lange gedauert.

»Wie viele?«

»Tausende. Ich konnte sie nicht zählen. Ich wäre beinahe abgestürzt. Sie haben mit Katapulten auf mich geschossen und mich um ein Haar getroffen.«

Mernat blickte zu dem Wüstenfalken hinüber, der mit ausgebreiteten Flügeln auf dem Dach hockte. Er schien nicht beschädigt zu sein.

Er musste eine Entscheidung treffen. Obwohl er das alles immer noch nicht recht glauben konnte, wäre es leichtsinnig gewesen, nichts zu unternehmen.

»Blast das Horn«, befahl Mernat den Wachen. »Riegelt die Stadt ab. Alle auf Gefechtsstation. – Warte!« Er hielt den jungen Mann am Arm fest. »Es sind menschliche Soldaten, nicht wahr? So wie damals, als Tenira anmarschierte. Wie damals, als wir Feuerreiter Karims Befehlen folgten. Ganz gleich, wie viele es sind, wir werden sie auf dieselbe Weise besiegen. Wir werfen ihnen alles entgegen, was wir haben an Eisenpferden und Eisenvögeln, und wir setzen Brandsteine ein.«

Die Vorbereitungszeit war knapp, aber es würde reichen. Es musste reichen. Tenira war schon einmal an Daja gescheitert.

»Ich weiß nicht, was sie sind.« In den dunklen Augen des jungen Mannes stand ein Schrecken, den er vergeblich zu verbergen suchte.

Mernat hatte diesen Blick gesehen. Im Krieg. Damals, als sie beschlossen hatten, sich dem Kaiser zu widersetzen. Und auch an jenem verhängnisvollen Tag, als Prinz Matino sie in Königstal angegriffen hatte. Es war der Blick von mutigen Menschen, die sich mit ihrer eigenen Angst konfrontiert sahen.

»Dann«, sagte Mernat entschlossen, »finden wir es heraus.«

Der Vorteil dieser unruhigen Zeiten war, dass er einige Feuerreiter in Guna hatte, die Tag und Nacht eine Wasserschale bewachten und jederzeit zum Gespräch bereit waren. König Selas wusste um die Wichtigkeit rascher Nachrichtenübermittlung. Mit schnellen Schritten verließ Mernat das Dach und stieg in sein Arbeitszimmer hinab. Auf dem niedrigen Tischchen stand seine Schale, in die er nun frisches Wasser goss.

»Sie sind da«, sagte er zu der Frau in den Dreißigern, die sich über das Wasser beugte. Sie war eine erfahrene Reiterin, besonnen und klug und jederzeit bereit, Selas zu stören, mochte es passen oder nicht. »Ich muss mit dem König sprechen.«

Wenig später erschien das übermüdete Gesicht des blonden Mannes, der für Mernat zu einem seiner wichtigsten Verbündeten geworden war, und mehr noch – zu einem seiner besten Freunde. Der Verlust seiner Tochter, die nun in Wabinar lebte, hatte Selas schwer getroffen, auch wenn sie dieses Thema nicht anschnitten. Mernat wusste nur, dass sein Freund die dumpfe Hoffnung hegte, dass Kaiser Liro das Mädchen wieder nach Hause schicken würde, sobald die Lage sicherer geworden war. Sahiko gehörte nach Königstal, nicht in den Kaiserpalast.

»Brandsteine«, sagte Mernat ohne Einleitung. »Wir können sie so wie damals zurückschlagen, mit Brandsteinen ihre Formation aufbrechen und den Angriff aufhalten.«

»Wir haben keine mehr«, beschied ihm Selas knapp. Die Krähe saß auf seiner Schulter. Mernat sah, wie sie neugierig den Kopf vorstreckte und das Wasser beäugte.

»Wie, ihr habt keine mehr? In wenigen Stunden können meine Reiter, die ich bei euch gelassen habe, wieder hier sein und eine Ladung Steine mitbringen. Rüste sie aus und schicke sie her.«

»Da ist nichts mehr. Das ist mein Ernst, so leid es mir tut.«

Die Mine konnte nicht erschöpft sein. Das war völlig unmöglich. Nicht ausgerechnet jetzt.

»Alles, was übrig ist, ist derart instabil, dass es Selbstmord wäre, die Steine aus dem Fels zu brechen. Wir müssen sie im Gestein belassen, oder wir sprengen den Berg. Ich kann dir nicht helfen, Mernat. Ihr müsst die Wajuner mit gewöhnlichen Steinen beschießen.«

Sie hatten Katapulte auf der Wehrmauer. Kleine handliche und größere, mit denen sie weite Entfernungen überwinden konnten. Noch waren die Feinde nicht nah genug, um sie zum Einsatz zu bringen. Doch Teniras Armee hatte ihre eigenen Katapulte. Die Feuerreiter zum Einsatz zu bringen lohnte sich nicht, wenn sie so leicht abgeschossen werden konnten. Und die Menge der Steine, die ein Eisenvogel zu tragen vermochte, war begrenzt. Für Brandsteine hätte es sich gelohnt. Für gewöhnliche Gesteinsbrocken nicht.

Ihm wurde erneut bewusst, wie sehr alle ihre Spione und Späher versagt hatten. Es war, als hätte ein Schleier über dem gelegen, was die Feinde trieben. Mernat traute Tenira solche Ränke nicht zu. Sie war geradlinig in ihrem Bestreben nach Rache. Er vermutete Prinz Laikan hinter dieser neuen Strategie, und das gefiel ihm noch weniger. Laikan kannte Daja. Er war hier gewesen und wusste viel zu viel über die Stadt und ihre Verteidigungsanlagen. Er hatte bei der letzten Schlacht gegen Tenira Dajas Truppen befehligt und kannte die Vorgehensweise der Kancharer. Es würde sehr schwer werden, ihn zu überraschen. Das einzig Gute war: Der Nehesser wusste nicht viel über die Feuerreiter. Auf diese Weise könnte es ihnen gelingen, ihn zu überrumpeln.

»Mernat?«, fragte Selas. Die Krähe krächzte und schlug mit den Flügeln, und gleich darauf zerfloss das Bild.

Zuerst war es nur ein Funkeln. Ein Glanz, der in der Ferne aufstieg wie eine Fata Morgana in der Wüste, dort, wo Himmel und Sand einander begegneten und sich in einen Traum verwandelten. Das Glitzern breitete sich aus, eine endlos lange Linie, als wäre der Mondgürtel mit dem Horizont verschmolzen. Dann löste sich die Schönheit auf und zerfiel in unzählige Teile.

Sonnenlicht glänzte auf Rüstungen. Helme blendeten, wo sich das Licht auf ihnen brach, Klingen blitzten auf.

Das Erschreckendste war die Geschwindigkeit, mit der die Armee auf Daja zurauschte. Ein Dröhnen lag in der Luft, untermalt vom Klirren der Waffen, vom Knirschen der Gelenke. Mernat stand mit den obersten Fürsten der Stadt auf der Wehrmauer, die Daja umgab, und blickte dem Grauen entgegen. Immer noch konnte man glauben, dass es sich bloß um Menschen handelte. Sie waren zu schnell, doch das mochte eine Täuschung sein. Der Lärm, den sie verursachten, war vielleicht nichts anderes als der Versuch, die Kancharer einzuschüchtern.

»Wann wird die Verstärkung hier sein?«

»Der Kaiser hat alle unsere Nachbarn in Alarmbereitschaft versetzt. Sie kommen, aber es wird eine Weile dauern.«

Mit gerunzelter Stirn starrte Mernat auf die heranrückende Heerschar. Die Feuerreiter waren bereit.

35. Der Sturm auf Daja

Viel zu schnell stürmten die Feinde heran, der Abstand zwischen der ersten Linie und der Mauer schwand. Katapulte wurden nach vorne gerückt, die ersten Steine flogen. Dumpf grollten die Einschläge in der Mauer, die Erschütterungen waren bis zu Mernats Standort zu spüren.

»Katapulte bereit!«, schrie er. »Jetzt!«

Aus allen Richtungen flogen nun Steine. Doch während die Steine, die aus Daja kamen und in die Reihen der Soldaten einschlugen, nur vereinzelte Krieger umwarfen, zerstörte jeder gegnerische Stein ein Stück der kostbaren Stadtmauer. Verteidiger stürzten in die Tiefe.

Die glänzenden Soldaten der Wajuner waren zu nah, sie schossen zu weit, und sie rückten viel zu schnell vor. Mernat ließ die Bogenschützen antreten, doch der Schauer an Pfeilen, den sie über den Feinden niederregnen ließen, war nutzlos wie Hagel.

»Schickt die Eisenpferde raus«, beschied er schließlich. »Die Wajuner dürfen nicht noch näher an die Stadt heran.«

Wenn es überhaupt Wajuner waren. Vielleicht waren es auch Jarimer oder Leute aus den Tausend Städten. Mernat kannte sich im Großkönigreich Le-Wajun nicht aus und wusste nicht viel über die einzelnen Königreiche, doch eins war klar: diese Soldaten mussten bereits in der Nähe von Daja gewesen sein, als Prinz Sadi die Schmuggler entdeckt hatte. Doch die Entdeckung hatte sie dazu gezwungen, ihren Angriff vorzeitig auszuführen, und daher konnte Mernat hoffen, dass der Feind, selbst wenn die Sache jahrelang geplant worden war, unter den überstürzten Entscheidungen leiden würde.

Unter ihm wurde das Tor geöffnet. Die Eisenreiter bildeten eine keilförmige Formation, dafür geeignet, die Linie der Feinde aufzubrechen und ihren Anmarsch ins Stocken zu bringen. Gespannt sah Mernat zu, wie die Schlachtrösser vorwärtspreschten. Im Nahkampf war nichts so effektiv wie ein mit Stacheln und Klingen ausgerüstetes Eisenpferd. Unaufhaltsam rückten die Wajuner weiter vor. Sie wurden nicht langsamer, und Mernat konnte nicht sehen, dass Schilde gehoben oder sonstige Maßnahmen getroffen wurden. Das Krachen, als die Reiter gegen die Soldaten prallten, war weithin zu hören. Metall kreischte auf Metall. Funken sprühten. An mehreren Stellen flammten Feuer auf, Bruchstücke von Armen und Köpfen flogen durch die Luft.

Es dauerte eine Weile, bis Mernat begriff, was da geschah. Dass es nicht die feindlichen Soldaten waren, die in Stücke gerissen wurden, sondern seine eigenen. Dass die Eisenpferde auseinanderbrachen, während ihre brennenden Herzen in Flammen aufgingen, und ihre Reiter durch die Gewalt des Feuersturms zerfetzt wurden. Es regnete Blut und Leichenteile und Eisensplitter über die feindlichen Soldaten, die ungerührt weitermarschierten, einfach immer weiter. Ihre gleichmäßigen Schritte ließen die Mauern erbeben. Steine, von Hunderten kleiner und großer Katapulte durch die Luft geschleudert, schlugen Lücken in die Mauer, in Häuserdächer, zerschmetterten Menschen. Und nun schickten sie auch die Überreste der Eisenpferde als Munition zurück. Und das, was von den menschlichen Soldaten übriggeblieben war.

Als ein verkohlter Arm dicht neben ihm auf der Brüstung landete, rebellierte Mernats Magen. Entsetzen überkam ihn. Er hatte keine Ahnung, wie er die Stadt retten sollte. Oder ob überhaupt irgendjemand es konnte.

Einen Augenblick war es, als würde die Zeit stillstehen. Sie standen immer noch in der großen, unterirdischen Halle, mitten im Strom der panisch fliehenden Arbeiter. Die Raben hatten ihre Botschaft überbracht, und Anyana starrte ihn entsetzt an, den Mund vor Schreck geöffnet. Karim zerriss Wihajis Nachricht, und ein heißer Luftzug wehte die Fetzen davon.

Es gab tausend Dinge, die er bedenken musste. Das eiserne Schiff, das gleich in die Luft fliegen würde. Die Brandsteine, die er aus Guna mitgebracht hatte. Lijun, der sich in Tizaruns Gewalt befand. Anyana, die ihm zutraute, den Sklaven, die aus dem Gewölbe flohen, das Leben zu retten.

In Anbetracht dessen, was er gleich tun musste, hätten seine Gedanken sich überschlagen müssen. Sein Herz hätte wie wild hämmern müssen, während ihm vor Augen stand, was er verlieren konnte. Doch er war ruhig. Völlig ruhig. Diese Fähigkeit verdankte er seiner Erziehung bei den Wüstendämonen. Keiner von ihnen geriet je in Panik, wenn rasches, kühles Handeln gefragt war.

Er wünschte sich, Anyana zum Abschied zu küssen. Ihr zu sagen: *Ich werde dich finden. Wo du auch hingehst, wo ich auch hingehe, ich finde dich.* Stattdessen nahm er ihre Hände in seine und berührte sie mit seinen Lippen. *Ich werde dich finden.*

Dann rannte er zurück zum Schiff. Dorthin, wo die Brandsteine bereits knisterten. Feine Rauchfäden stiegen von ihnen auf. Er konnte die gewaltige Kraft spüren, die in ihnen brodelte. Wollte er das Schlimmste verhindern, musste er sie mit seinem Geist beruhigen, jedoch nicht alle. Einen der Säcke lud er sich mit äußerster Vorsicht auf den Rücken, den anderen öffnete er, um einige Steine herauszuheben. Nein, entschied er, unmöglich. Es war zu spät. Jedes Eingreifen würde den sofortigen Brand zur Folge haben. Es waren zu viele. Nicht nur das Schiff, sondern der gesamte Palast würde brennen. Das Einzige, was er noch tun konnte, war, Anyana und den vielen Menschen so viel Zeit wie möglich zu verschaffen. Er durfte es nicht einmal wagen, nach Spiegel-Anta'jarim zu gehen, um Lijun zu retten – nicht mit den bösartig summenden Steinen, die er bei sich trug. Sobald jemand ihn angriff, würde er den Einfluss, den er auf sie hatte, verlieren. Die Folgen wollte Karim sich nicht ausmalen. So schwer es ihm auch fiel, er durfte sich nicht in einen Kampf stürzen. Seine Familie und seine Freunde brauchten ihn – und dennoch musste er weit weg gehen, dorthin, wo er auf Einsamkeit und Stille hoffen konnte.

Er wandte sich zu der Tür, die hinausführte, und wünschte sich an einen ganz anderen Ort.

Der Schnee in den Tälern von Guna war getaut, doch hier oben am Hang lag noch eine dicke Schicht Weiß über dem Wald. Karim hatte gehofft, er könnte in dieselbe Zeit zurückkehren, zu der er die Brandsteine mitgenommen hatte, doch es musste Wochen später sein. Hoffentlich war es wenigstens dasselbe Jahr. Er war in der Nähe der verborgenen Mine herausgekommen, und um nicht doch noch Schmugglern zu begegnen, verbarg er sich im Wald. Er fror, nachdem er im Gewölbe geschwitzt hatte, und durfte es sich nicht erlauben, sich Wärme zu wünschen. Die Gefahr, die mitgebrachten, sich bereits in Aufruhr befindlichen Brandsteine zu entzünden, war zu groß. Leise singend setzte er sie auf den Boden und beugte sich über sie. Er konnte ihre Unruhe fühlen, die wachsende Hitze in ihnen. Wie ein Echo spürte er die Steine, die der Berg noch barg – eine schlafende Präsenz, die aus ihrem Schlaf zu erwachen drohte.
Dem schlummernden Untier vorzusingen war, wie ein Kind zu wiegen, wie seinen eigenen Sohn in den Armen zu halten.
»Einer kommt und einer geht …« Er summte das Lied, das ihm als Erstes einfiel, das Lied, das Ruma für ihn gesungen hatte. Doch an Ruma zu denken tat weh, und ein dumpfes Grollen antwortete auf seinen Schmerz. Als Wüstendämon hatte er gelernt, den körperlichen Schmerz zu verbannen, nun schob er auch seinen Kummer zur Seite, hinter eine Tür, hinter der seine Vergangenheit lag. Es durfte nicht wehtun, nicht, wenn es Wichtigeres zu tun gab, als alte Fehler zu bedauern.
Der Berg schlief weiter, die verpackten Steine zischten leise – kein Laut, den menschliche Ohren hätten hören können. Er konnte ihre Unruhe fühlen und sang weiter, bis die Gefahr vorüber war.
Dann erst wurde ihm bewusst, wie durchgefroren er war. Seine Schuhe, schneeverkrustet, aufgetaut und erneut gefroren, klebten wie Felsbrocken an seinen Füßen. Der dünne Stoff seiner Hose hatte dem Wind nichts entgegenzusetzen; dass er seine Beine

kaum spürte war kein gutes Zeichen. Aus seiner Tunika und dem Waffenrock hatten Blut und Schmutz, Schweiß und Frost einen Panzer gebildet. Er brauchte eine Weile, bis ihm einfiel, dass es Sadis Blut war. Sadi, den er geheilt hatte, damit er den Baum hochklettern konnte. Es kam ihm vor, als wäre es Jahre her, und dabei war es gerade eben erst passiert.

Unter den Tannen tropfte es. Die Nadeln knisterten, jeder Schritt kam ihm plötzlich unendlich laut vor. Weit und breit war kein Mensch zu sehen, doch das Gefühl, beobachtet zu werden, war so intensiv, dass alle seine Sinne erwachten. Er lauschte. Ein Fink hüpfte durchs Geäst. Irgendwo raschelten Mäuse. Mehr Tropfen. Die Luft war schneidend kalt und brannte in seinen Lungen. Es roch nach nasser Erde, Schnee und Harz. Nach dem Herdfeuer in den Häusern der Dorfbewohner. Also war ein Dorf in der Nähe. Fein, so fein, dass er es sich möglicherweise nur einbildete, mischte sich etwas anderes in den Rauch – bitter und bedrohlich.

Etwas Großes, Dunkles glitt über ihn hinweg, streifte beinahe die Wipfel der Tannen.

Ein Eisenvogel. Der Feuerreiter hatte ihn nicht bemerkt, lautlos schwebte er vorüber. Eine Böe neigte die Zweige, es regnete Eiszapfen, die klirrend auf dem gefrorenen Boden zersprangen. Der Fink verschwand im Gehölz.

Karim griff mit seinem Geist nach dem Willen der eisernen Kreatur. Sie zögerte kurz, während Karims Wille und der des Reiters miteinander im Widerstreit lagen, dann ging der Vogel weiter vorne, wo der Weg sich zu einer Lichtung verbreiterte, tiefer. Der Schnee knirschte, als sich die eisernen Krallen hineinbohrten, ein Flügel streifte ein Gebüsch, in dem noch rote Beeren hingen. Der Feuerreiter, offensichtlich wenig erfreut über die unfreiwillige Landung, fluchte laut und schimpfte auf den Adler, der mit seinem Schnabel in den Schnee hackte.

Ein Dajaner. Das zumindest hatte sich nicht geändert.

»Kaltes Wetter«, grüßte Karim. »Sonne über der Wüste.«

»Sonne über der Wüste«, antwortete der Mann schroff, dann riss er die Augen auf. »Prinz Karim? Seid Ihr es wirklich, Kalazar?«

Das Gewicht der Steine auf seinem Rücken drückte. Doch etwas sagte Karim, dass er sie würde brauchen können. Nur ein Narr trennte sich von Brandsteinen, wenn Gefahr drohte. Nach dem Jahr zu fragen schien ihm keine gute Idee – er wollte nicht verrückt klingen. Daher fragte er nach seinem Bruder.

»Finde ich Selas in Königstal?«

»Ich fliege Euch hin, Kalazar, wenn ich darf.« Der Mann war jedenfalls kein Narr. Er hatte schnell begriffen, wer seinen Vogel zur Landung gezwungen hatte.

»Natürlich. Ich danke Euch.« Er brauchte keinen eigenen Eisenvogel, sondern eine neue Tür.

Und zuerst vielleicht ein heißes Bad.

Selas schwieg lange. Er drückte Karim fest an sich und schwieg.

Irgendwann sagte er: »Ich wusste, dass du lebst. Wo warst du?«

»Eine lange Geschichte.« Für die er keine Zeit hatte. Oder doch? Es zog ihn zurück nach Kato, doch er wusste, dass ihn die Tür keinesfalls ins brennende Schiff zurückführen durfte. Dort wartete nur der Tod auf ihn. Es zog ihn zurück zu Anyana; er konnte bloß hoffen, dass sie rechtzeitig aus dem Palast entkommen war. Wihaji benötigte seine Hilfe, um dem Feind das Kind zu entreißen. Dass er sich heraushalten sollte, konnte nicht ernst gemeint gewesen sein. Vermutlich hatte Tizarun ihm beim Schreiben über die Schulter gesehen. Kämpften sie gemeinsam, würde der Flammende König nicht gegen sie bestehen können. Die Sorge um seine kleine Familie brannte in ihm, er konnte sich kaum auf das Hier und Jetzt konzentrieren.

Andererseits war Zeit unbedeutend, wenn man durch Uhren gehen konnte wie durch Zimmertüren. Er konnte eine Weile hierbleiben und dann dorthin gehen, wo Anyana ihn brauchte. Zumindest hoffte er das. Er musste den Zweifel und die Angst abstreifen, wie Unya es ihn gelehrt hatte, und dem Wunsch folgen.

Sein Blick wanderte zu seinem Gepäck, das er in der Ecke des königlichen Arbeitszimmers abgestellt hatte, passenderweise neben der großen Standuhr. Es war ein freundlicher Raum, trotz der dunklen Möbel. Das Alter hatte die ehemals hellen Holzschränke mit einer graubraunen Patina überzogen. Staub tanzte im Sonnenlicht. Es war zu ruhig dafür, dass das Haus voller Menschen war. Karim konnte sie drüben im Kaminzimmer flüstern hören, ihre Kleider raschelten, schlammige Stiefel wurden vor der Tür ausgezogen, Schritte eilten über die Steinfliesen in der Küche. Wasser rauschte, Geschirr klapperte, und doch – die Stille war wie eine Unterströmung in der Tiefe. Präsent wie eine unausgesprochene Frage.

Das graue Haus war voller Königstaler, hinzu kamen womöglich noch ein halbes Dutzend Feuerreiter, und keiner wagte zu sprechen. Sie wussten natürlich, dass er hier war. Er hatte gebadet und neue Kleider erhalten, gunaische Kleidung. Mit einem Stirnrunzeln hatte Lan'hai-yia, die sich ohne viele Worte um ihn gekümmert hatte, den Waffenrock aus Kato betrachtet.

»Ich war ein Gefangener in Anta'jarim«, erklärte er schließlich, weil das Schweigen zu laut wurde. »Lange. Deshalb konnte ich nicht wie geplant zurückkehren.«

Selas runzelte die Stirn. »Und doch warst du hier, vor acht Wochen. Das hat Sadi uns jedenfalls erzählt. Du hast uns davor gewarnt, was König Laikan plant. Und dann verschwindest du einfach wieder?«

»Kato«, sagte er. Wie konnte er davon erzählen, ohne dass es aussah, als wäre er verrückt? Kato war ein Traum, das Land jenseits des Nebelmeeres, ein verzerrter Spiegel. »Ich war in Kato, und von dort komme ich gerade. Was ist passiert?«

»Zu viel.« Selas' Augen waren von dunklen Ringen umschattet. »Meine Tochter wurde nach Wabinar entführt, der Kaiser hat sie als sein Kind beansprucht. Anta'jarim hat seine Truppen im Norden herangezüchtet und unsere Brandsteine dafür benutzt, sie zu beleben. Unsere Minen sind geplündert worden, und wir können keine weiteren Steine schürfen, ohne zu riskieren, den Berg in die Luft zu jagen. Heute hat der Krieg begonnen, Karim, und die Nachrichten aus Daja sind erschreckend. Die Feinde sind heute Morgen wie aus dem Nichts aufgetaucht. Mernat sieht sich einer

Übermacht gegenüber, und es ist zweifelhaft, ob er die Stadt halten kann.«

»Laikans Eisenarmee«, murmelte Karim. Dilaya hatte ihm davon erzählt, er war sich nicht sicher gewesen, ob er es glauben sollte.

»Du musst uns helfen, Karim. Zu dieser Stunde wird in Daja eine Schlacht geschlagen, die Zehntausenden das Leben kosten wird. Die Feuerreiter greifen frontal an. Sie fliegen dicht über dem Boden und stürzen sich direkt in die Feinde. Das ist der einzige Weg, um die Eisensoldaten aufzuhalten. Doch jeder Feuerreiter, den wir verlieren, schwächt uns.« Selas wies auf die Wasserschale, die auf dem Schreibtisch stand. »Die Stadt steht unter Beschuss. Während du gebadet hast, starben Hunderte Dajaner.«

Die Brandsteine. Draußen auf der schlammigen Wiese stand der Steppenadler, mit dem er hergekommen war. Und nun wusste Karim auch, warum das dunkle Schweigen über dem Haus lag. Daja und Guna waren enge Verbündete, seit Karim die Feuerreiter hergeführt hatte. Er konnte nicht so tun, als ginge ihn das alles nichts an. Kato musste warten.

»Mernat ist immer noch der Anführer?«

Selas nickte.

»Wo hat er Posten bezogen, im Palast?«

»Nein, auf der Mauer über dem Tor. Wenn die Mauer fällt, ist Daja verloren. In den engen Straßen können die Eisenvögel nichts ausrichten.«

»Und die Eisenpferde?«

Ein Achselzucken. »Sind für den Kampf gegen Menschen ausgerüstet, nicht gegen Eisensoldaten. Sobald sie ihren Reiter verloren haben, sind sie nutzlos.«

Angst war schwerer einzusperren als Schmerz, und doch musste auch sie hinter die schwere Tür in seinem Geist, in das Gefängnis, das er für seine inneren Gegner bereitstellte. »Ich breche sofort auf«, sagte er. Prinz von Daja, immer noch.

»Der Adler ist zu langsam. Wir haben zwei Wüstenfalken, die unsere Grenzen abfliegen, aber sie sind noch nicht zurück.«

»Ich brauche keinen Adler.«

Er schulterte die Trage mit den Brandsteinen. Sah seinem Bruder ins Gesicht. Seinem Bruder, dem König. Ein stattlicher Mann, ruhig, geduldig, klug. »Ich könnte mir keinen besseren Mann als dich in Königstal vorstellen«, sagte er. »Ist die Krähe noch bei dir?«

Etwas raschelte in einem der Regale. Zwischen dicken alten Ledereinbänden lugte ein Kopf hervor.

Karim nannte den Vogel nicht bei seinem wahren Namen. »Komm mit mir, Krähe«, sagte er. »Für das, was ich vorhabe, brauche ich ein wenig Hilfe.«

»Du willst sie mitnehmen, nach Daja?« Selas musterte ihn verwundert. »Sie ist sehr schlau, aber Daja ist keine gute Idee. Der Vogel hasst Mernat fast so sehr, wie er mich liebt.«

Sieh an, ist da jemand eifersüchtig? Lächelnd schüttelte Karim den Kopf. »Komm, Krähe.«

Sie schüttelte die schwarzen Federn, streckte die Flügel aus und flog durchs Zimmer, um auf seinem ausgestreckten Arm zu landen.

»Bring sie mir heil zurück, Bruder. Mir ist nicht ganz klar, wofür du sie brauchst. Was kann eine Krähe in einem solchen Krieg ausrichten?«

»Nicht kämpfen«, sagte Karim, »aber etwas viel Wichtigeres. Sie kann mir helfen, herauszufinden, was die Eisensoldaten bewegt.«

Er unterdrückte den Wunsch, seinen Bruder noch einmal zu umarmen, sich an ihm festzuhalten. Als er nach dem Riegel griff, verbannte er seine Sehnsucht, nach Kato und zu Anyana zurückzukehren. Stattdessen tat er einen großen Schritt, mitten hinein in den Krieg. Nach Daja.

Karim trat aus einem dunklen, kühlen Hausflur in die Sonnenglut einer überfüllten Straße.

Es gab von allem zu viel. Zu viele Menschen, zu viel Geschrei, zu viele Steine, die durch die Luft flogen, Staub, der aufwallte und sich auf Menschen und Gegenstände niederlegte, zu viel Blut und zu viel Angst in weit aufgerissenen Augen. Die Krähe kroch unter seine Weste und machte sich klein. Es krachte und bebte, jemand schrie, ein Mann betete laut. Ein Schwarm Eisenvögel flog hoch über der Stadt, höher, als die Gesteinsbrocken, die wie Hagel auf die Straßen und Dächer niedergingen.

Um vom Palast zur Mauer zu gelangen, musste Karim ein halbes Stadtviertel durchqueren. Daja brannte an vielen Stellen, die Menschen hatten Eimerketten gebildet und versuchten, die Brände zu löschen, bevor sie sich ausbreiteten. Er war versucht, ihnen zu helfen, mit Hilfe seiner Magie würde es wesentlich schneller gehen, doch die größte Gefahr lauerte vor der Stadt. Die Einschläge wurden dichter und erfolgten in immer kürzeren Abständen, je näher er der Mauer kam. Durch seinen Willen hielt er alles von sich fern; es kostete ihn nicht einmal besonders große Mühe. Selbst ein Brocken von der Größe eines Schweins fiel neben ihm auf die Straße, ohne ihn zu treffen. Die Brandsteine, die er mit sich trug, waren so sicher wie in ihrem Zuhause im Berg.

Auf der Treppe an der Innenseite der Mauer eilten Soldaten hin und her, schleppten Nachschub an Waffen und Steinen für die eigenen Katapulte. Erstmals wurde Karim erkannt. »Kalazar!«, rief jemand, wurde jedoch von seinem Kameraden weitergezogen. Heute hatte niemand Zeit für Höflichkeiten. Mit großen Schritten stieg Karim nach oben, drängte sich zwischen Soldaten und Katapulten hindurch und erreichte schließlich den Mann, der die Befehle gab – einen erschöpften, staubbedeckten Mernat, der bereits heiser vom Brüllen war. Einen Moment lang wurde Karim vom Anblick der eisernen Armee abgelenkt, die wie ein Teppich glänzender Ameisen vor der Stadt wimmelte.

Dann schlug er seinem alten Freund auf die Schulter.

»Was?«, bellte Mernat, doch dann erkannte er ihn. »Prinz Karim! Dich haben uns die Götter geschickt!«

»Du scheinst die Sache ganz gut im Griff zu haben, alter Freund.«

»Das da?« Der Feuerreiter wies auf die schimmernden Gestalten. »Das sind keine Feinde, wie wir sie gewöhnt sind. Das ist ein Albtraum, aus dem wir nicht erwachen können. Was sollen wir tun?«

»Das fragst du mich, Herr von Daja?«

»Ja«, sagte Mernat schlicht, »denn ich habe keine Ahnung, wie wir gegen sie ankommen sollen. Du bist der Liebling der Götter, den sie aus der Skorpiongrube gerettet haben. Du bist der wahre Erbe von Daja. Sag ein Wort, und alle diese Männer und Frauen folgen dir.«

Das war nicht Karims Plan gewesen. Er war als Magier hier, der ein Rätsel lösen musste, nicht als Heerführer oder Prinz. Doch weder zum Streiten noch zum Rätsellösen hatten sie Zeit. Die Feinde hatten bereits zahlreiche Löcher in die Mauer geschlagen, die Verteidigung hielt nur mit Mühe und Not die Stellung, und Karim besaß Brandsteine. Also fügte er sich in sein Schicksal und übernahm das Kommando.

»Daja wird nicht fallen«, sagte er. »Das verspreche ich dir. Was auch immer geschieht, Daja wird es überstehen.«

»Wenn du es sagst«, murmelte Mernat.

»Ich brauche Feuerreiter und Eisenvögel. Alle. Sofort. Ich habe Geschenke mitgebracht, und wir schlagen zurück. Wo sind die Katapulte?« Diesmal würden Brandsteine fliegen. *Daja darf nicht fallen*, dachte er. *Es darf nicht.* »Wo sind die Magier?«

»Sie helfen, die Brände zu löschen.«

»Das muss warten. Ich will sie hier auf der Mauer. Und ich muss alles über diese Eisenmänner erfahren, was bisher bekannt ist.«

Mernat schien froh, die Verantwortung abzugeben. In wenigen Sätzen erzählte er, welche Verteidigungsmaßnahmen sie bisher ergriffen hatten und dass keine davon die Eisensoldaten dauerhaft aufhalten würde. Während Karim zuhörte, hob er den ersten Brandstein aus der Trage. Die Steine waren zu groß, es waren zu wenige, um damit die weit auseinander stehenden Katapulte der Feinde zu zerstören. Einen Brandstein zu zerteilen war mehr als gefährlich, doch er hatte keine Wahl. Die stärksten Waffen der Feinde mussten vernichtet werden, und dann würden sie den Marsch der Soldaten aufhalten. Er musste davon ausgehen, dass sie einen Rammbock dabeihatten, um das Tor aufzubrechen. Von hier aus konnte er das Ding nicht sehen, aber bestimmt war es da. Auch dafür genügte ein wohlplatzierter Brandstein. Katapulte waren nicht treffsicher genug, doch verstärkt mit magischem Willen konnten sie jedes Ziel erreichen. Magie im Kampf einzusetzen war schwierig. Kein Wunder, dass Mernat bisher wenig Hilfe von den Magiern erhalten hatte. Aber mit der richtigen Strategie sah das anders aus.

Er hielt den Stein fest in den Händen, und seine Angst löste sich in nichts auf. Es war, wie durch eine Tür zu gehen. Ohne Furcht. Nur mit einem Wunsch. Er konnte die Stärke des Steins spüren, den Willen zu brennen, und das träge Schlummern von Hunderttausenden von Jahren, in denen der Brandstein im Berg geruht hatte, ohne seine Kraft zu kennen.

Karim umhüllte den Stein mit seinen Gedanken, umhüllte ihn mit einem Lied, und brach ihn dann auseinander. Er war weich für seinen Willen, so spröde wie Kreide. Weich und formbar. Und immer noch zu groß. Während die Verteidiger weiter mit Steinen warfen, mit Armbrüsten und Bogen schossen und ihn nur vereinzelt neugierige Blicke trafen, teilte er die Bruchstücke erneut. Jedes Stück, nicht größer als eine Nuss, war imstande, ein ganzes Katapult zu zerstören. Und genau das sollte auch geschehen. Während um ihn herum weitere Einschläge die Mauer erschütterten, bereitete er alles vor.

Dann trat er an das nächstliegende der dajanischen Katapulte. Der Soldat, der es bediente, fürchtete sich vor dem kleinen Stein in Karims Hand, war jedoch darum bemüht, es nicht zu zeigen.

»Richte es dorthin aus.« Als Erstes nahm er sich das feindliche Gerät vor, das die meisten Treffer bei ihnen landete. Dort hatten die Wajuner ihren besten Mann platziert.

»Ich sorge dafür, dass du triffst.«

Sein Wille begleitete den Brandstein. Während des Flugs über das trockene Umland von Daja und dann über die ersten Reihen der Eisensoldaten weckte er die feurige Kraft des Steins. Karims Wille lenkte ihn an die richtige Stelle. Die Feuersäule, die kurz darauf aufstieg, brachte die Dajaner auf der Mauer zum Jubeln.

»Kalazar? Ihr verlangt nach uns?« Drei Magier waren die Stufen hinaufgestiegen und warteten auf Anweisungen. Hinter ihnen stand ein Feuerreiter, dessen blutverkrustetes Gesicht verriet, dass er bereits gekämpft hatte.

»Die Brandsteine müssen gelenkt werden, damit sie die Katapulte treffen.« Er beruhigte die Steine, während er sie den erschrockenen Männern in die Hände legte. »Es sollten genug sein. Aber seid sorgfältig, richtet sie gut aus. Gutes Gelingen.«

Sie nickten, betrachteten mit undeutbaren Mienen den Haufen kleiner Brandsteine, den er hergestellt hatte, und machten sich ohne Widerworte an die Arbeit. Er konnte sehen, wie ihre Hände zitterten, während sie nach den Steinen griffen und anschließend alle, die im Weg standen, mit Warnrufen verscheuchten.

Als Nächstes wandte Karim sich an den Feuerreiter. Das Gesicht war ihm bekannt, auch wenn er sich nicht daran erinnern konnte, je mit dem Mann geredet zu haben. »Du fliegst vom Palastdach aus?«

»Ja«, sagte der Reiter, »aber wir haben bereits ein Dutzend Vögel verloren.«

»Die Soldaten direkt anzufliegen ist Selbstmord. Schluss damit. Habt ihr gesehen, wo sich die Offiziere befinden? Wo befindet sich der General, und wo sind die Magier?«

»Welche Magier, Kalazar?«

»Nennt sie Feuerreiter, wenn Ihr wollt. Jemand lenkt die Eisensoldaten, und wenn wir diese Leute töten, wird das Heer stehen bleiben. Ihr seid über den Feinden geflogen. Habt Ihr etwas gespürt, einen besonders starken Willen?«

Der Feuerreiter starrte ihn verwirrt an. »Ich konzentriere meinen Willen auf meinen Vogel, wenn ich fliege.«

Natürlich. Die wenigsten Magier beherrschten ein Eisentier, das sich nicht direkt in ihrer Nähe befand. Karim war zu weit von der Eisenarmee entfernt, um den Willen zu spüren, der sie vorwärtstrieb. Es konnten unmöglich genauso viele Menschen wie Eisenmänner sein. Das hätte ein zweites Heer erforderlich gemacht, von dem jedoch nichts zu sehen war. Es musste sich um eine Schar überaus starker Magier handeln, womöglich zwischen den Soldaten verteilt, sodass jeder eine Truppe befehligte.

Er musste da raus, um sie zu finden. Auf einem Eisenvogel? Jemand, der Soldaten lenkte, und zwar gleich mehrere auf einmal, war dermaßen mächtig, dass er seinen Willen auch Eisenvögeln aufzwingen könnte – möglicherweise sogar denen, die über ihm flogen. Was wusste er schon über die Magie aus Nehess? Wenn er diese Magier aufspüren wollte, musste er sich in der Menge befinden. Ohne ein Eisenpferd, dessen Willen jemand anders beherrschen könnte.

Karim dachte eine Weile nach. Ein Katapult nach dem anderen ging in Flammen auf. Er hörte das Triumphgeschrei der Dajaner. Zu Fuß über das freie Feld zu laufen, das ihn von den Feinden trennte, war Selbstmord. Er brauchte ein Pferd. Ein echtes Pferd. Und er würde nicht von vorne kommen, sondern die Feinde umrunden. Sie mochten Späher haben, aber sie würden ihn nicht sehen, denn er würde sich in Staub und Schatten verbergen. Heute Nacht.

»Ich will, dass die Feuerreiter fliegen«, sagte er. »Wir müssen die feindlichen Magier beschäftigt halten. An den Brandsteinangriffen werden sie längst erkannt haben, dass sich etwas in Daja geändert hat. Jetzt nichts zu riskieren könnte sie misstrauisch stimmen. Also fliegt. Nehmt Brandsteine mit und zerstört die Rammböcke. Versucht ihre Reihen durcheinanderzubringen. Wenn die Magier viele Soldaten auf einmal lenken, müsste es sie verwirren, wenn sie nicht im Gleichschritt marschieren können. Wir schützen unterdessen die Mauern.«

Sobald die Brandsteine an den Katapulten verschossen waren, würde er die Magier einsetzen, um weiter Brände zu löschen und Lücken in der Mauer zu schließen. Immer wieder sah er hinunter und versuchte, mit seinem Willen die Seelen der Eisensoldaten zu berühren. Doch entweder waren sie zu weit entfernt, oder sie besaßen keine Seelen. Ein Gedanke, der ihn erschreckte. Wer konnte so stark sein, Eisenwesen zu beleben, ohne ihnen eine Seele zu geben?

»Wie ist dein Name?«, fragte er.

»Soa, Kalazar.«

»Noch ein Befehl, nein, eine Bitte, Soa. Bringt mir einen dieser verfluchten Soldaten. Nehmt notfalls einen Gebirgsgeier dafür. Und je weniger Leute davon erfahren, umso besser.«

Als der Mann fort war, griff Karim in seine Weste und holte die Krähe heraus, die eng an seine Brust geschmiegt geschlafen hatte. »Such die Magier, die für alles verantwortlich sind«, flüsterte er. »Heute Nacht musst du mich führen.«

36. Der Meister

Am Abend war Daja einigermaßen sicher. Die Mauer war mithilfe der Magier repariert worden, und die Feuerreiter hatten keine weiteren Verluste zu verzeichnen, nachdem die feindlichen Katapulte getroffen worden waren. Die Eisensoldaten waren ein ganzes Stück näher gekommen, doch sie hatten nicht versucht, in die Stadt einzudringen, solange es Brandsteine regnete. Nun waren nicht mehr viele davon übrig. Alle Feuer waren gelöscht, um die Wächter auf den Mauern nicht zu blenden. Durch den Rauch, der immer noch über der Stadt hing, schimmerte der Mondgürtel wie ein Nebelstreif. Karim hatte absolute Stille angeordnet, um einen Vorstoß der Feinde rechtzeitig hören zu können. Eisensoldaten konnten sich nicht lautlos bewegen.

In den Straßen war Ruhe eingekehrt. Panik hatte sich zu trotziger Zuversicht gewandelt. Die Nachricht von der Rückkehr des Prinzen von Daja hatte sich rasch verbreitet, und trotz der angespannten Lage hatten ihm zahlreiche Stadtbewohner Geschenke in den Palast geschickt – Köstlichkeiten, Schmuck, Kleider und Waffen.

»Schon wieder ein hübsches Mädchen, das dich dringend sehen will, um dir Familienerbstücke zu überreichen.« Mernat grinste.

Sie alle waren erschöpft, doch niemand wollte zu Bett gehen. Im großen Saal hatten sich Feuerreiter, Magier und hochrangige Offiziere versammelt, um gemeinsam zu feiern und den Krieg für eine Weile zu vergessen. Keiner trank viel, denn jederzeit konnte eine neue Angriffswelle erfolgen. Niemand hatte großen Hunger. Und doch brauchten sie die Gemeinschaft. Sie brauchten es, ihn anzusehen, ihm zuzuprosten, einen Becher Wein auf ihn zu leeren und den Göttern für seine Rückkehr zu danken. Niemand zweifelte daran, dass Karim für Dajas Sieg an diesem Tag verantwortlich war.

Wir haben nicht gesiegt, dachte er. *Nur die Niederlage abgewendet.* Doch es war nicht der richtige Zeitpunkt, um sie darauf hinzuweisen. Es verlangte sie nach einer Rede, nach etwas, das sie in ihrem Herzen bewegen konnten, das ihnen morgen den Mut verleihen würde, erneut gegen einen übermächtigen und schier unbesiegbaren Feind anzutreten. Und obwohl es zwei Dinge gab, die er unbedingt tun musste, war er es ihnen schuldig, ihnen die Worte zu geben, die sie brauchten.

»Lass das Mädchen rein. Wie viele sind es noch?«

Mernat zuckte mit den Achseln. »Ein Dutzend? Eine hübscher als die andere. Ihre Eltern machen sich große Hoffnungen.«

»Hoffnung sollte man nicht verbieten.«

Eine Bank oder wenigstens ein Stuhl wäre praktisch gewesen, um hinaufzusteigen. Die in Kanchar üblichen Sitzkissen halfen einem nicht, von allen gesehen zu werden. Daher sprang Karim einfach auf den Tisch. Von den großen Türen her näherte sich eine Schar hübscher Mädchen mit aschedunklen Haaren. Wären nicht ihre zerschrammten Gesichter gewesen, die angesengten Haare, die zerkratzten Hände, mit denen sie Schutt weggeräumt und Wassereimer weitergereicht hatten, man hätte meinen können, es sei ein Tag wie jeder andere gewesen.

Lächelnd und zugleich verlegen zeigten sie die Gaben vor, die sie mitgebracht hatten.

Er erwiderte ihr Lächeln. Sein Herz war schwer, aber nicht das mussten die Leute sehen, sondern die Macht, die er ausstrahlte, und die Gunst der Götter und die gute Zukunft, die Daja bevorstand.

»Als ich das letzte Mal hier war«, sagte er laut, »wurde ich angeklagt und in die Skorpiongrube geworfen. Ein Eisenvogel rettete mich, doch jeder weiß, dass Eisenvögel so etwas nicht tun. Dort in der Grube rief ich Bela'jar an, den jarimischen Hirschgott, und er antwortete mir und sandte Hilfe. Das Gift in meinen Adern hätte mich unweigerlich töten sollen, doch er schickte mir eine Heilerin, die mich ins Leben zurückbrachte. Meine Brüder und Schwestern, die Feuerreiter, folgten mir nach Guna. Mein Versprechen, Guna zu beschützen und die Feuerreiter zu führen, konnte ich nicht halten. Nicht weil ich es nicht gewollt hätte. Aber ich geriet nach Kato. Nach Kato, ins Land der Lichtgeborenen, in die gespiegelten Lande hinter dem Nebel, und kämpfte dort gegen einen mächtigen Feind.«

Sie hielten die Luft an, während sie ihm zuhörten. Ob sie es glaubten? Doch wie hätten sie ihm nicht jedes Wort glauben können? »In Kato kämpfte ich gegen den Flammenden König, der über ein dunkles Wabinar regierte, und setzte schließlich seinen Palast in Brand. Nun bin ich wieder hier. Wer den Flammenden besiegt hat, wird nicht vor den Eisernen weichen. Daja wird nicht fallen, Freunde.« Er hob seinen Becher. »Es wird nicht fallen!«

Unter dem Jubel seiner Zuhörer schritt er über die lange Tischplatte, bis er die Mädchen erreichte, die ihn gelähmt vor Ehrfurcht anstarrten. Einige, deren Kleidung ihre vornehme Herkunft verrieten, erinnerten sich an ihre gute Erziehung und knicksten, die Köpfe gesenkt. Die ärmeren Mädchen konnten den Blick nicht von ihm abwenden, eine wurde glühend rot. Sie erinnerte ihn an Ruma.

»Ich danke euch sehr für euer Kommen«, sagte er. »Esst und trinkt, wenn ihr mögt, und dann kehrt zu euren Familien zurück und sagt ihnen: Daja wird nicht fallen.«

Wenn er sein Versprechen nicht halten konnte, würde niemand mehr da sein, der ihn dafür anklagte. Überrannte die eiserne Armee die Stadt, würde das Blut durch die Gassen fließen. Eisenvögel konnten nicht überall landen, Eisenpferde hätten es nie in die Häuser geschafft, enge Treppen hinauf. Eisensoldaten hingegen konnten überall hin. Vor ihnen konnte man sich weder verstecken, noch war es möglich, gegen sie zu kämpfen.

Er kniete sich hin, sodass er auf Augenhöhe mit den Mädchen war, und strich einer der Schönheiten mit dem Zeigefinger über die Wange. »Hast du Angst?«

»Nicht mehr, Kalazar«, flüsterte sie. »Jetzt nicht mehr.«

Während die anderen weiter feierten, schlich er sich hinaus. An der Treppe erwartete ihn Soa, der Feuerreiter.

»Habt ihr ihn?«

»Ja«, sagte der Mann. »Ein Geier wäre zu auffällig gewesen. Wir haben den Feind mit einem Adler erwischt, in der Dämmerung.«

»Hat er sich gewehrt?« Karim folgte dem Reiter hinunter in die tiefergelegenen Stockwerke des Palastes.

»Er hat dem Adler ein Bein ausgerissen und ist über der Stadt abgestürzt, aber wir konnten ihn bergen. Es war dunkel, und es gibt keine Zeugen.«

Je tiefer sie hinabstiegen, umso lauter wurde das Getöse. Ein ohrenbetäubendes Krachen und Scheppern, bei dem einem angst und bange werden konnte. »Er randaliert?«

»Wir konnten ihn nicht fesseln, deshalb haben wir ihn in eine Grube geworfen. Zehn Männer und zwei Magier waren dazu nötig.«

Karim schauderte. Die Stärke dieser Kreatur war immens, und er hatte keine Ahnung, wie man sie bändigen oder töten konnte. So weit von dem Magier entfernt, der sie lenkte, hätte sie sich gar nicht mehr bewegen dürfen.

Soa führte ihn in die Verliese hinunter. Die meisten Gefangenen saßen in Zellen, die aus Lehm angefertigt worden waren, doch der Eisensoldat wütete in einem stillgelegten Brunnen, dessen Wände gemauert waren. Eine gute Entscheidung. Karim zweifelte nicht daran, dass dieses Wesen sich durch jede Art von Erde einfach hindurchgegraben hätte. Seine Hände waren klauenartig, mit langen Nägeln. Stacheln ragten aus Brustpanzer und Knien, aus den Schultern und entlang des Rückens. Die ganze Gestalt schien nur aus Rüstung zu bestehen, und unter dem Helm und dem geschlossenen Visier war kein menschliches Gesicht. Dort spürte er den Funken eines Brandsteins.

Die Wächter zogen sich ehrfurchtsvoll zurück, einer der Magier murmelte: »Seid vorsichtig, Kalazar.« Dann war er allein, nur Soa blieb an der Schwelle des Raumes stehen. Die Falltür, mit der der alte Brunnen abgedeckt werden konnte, stand weit offen. Das

Licht einiger magischer Kugeln beleuchtete den Schacht und den zornigen Gefangenen.

»Wie viele sind für seine Festnahme gestorben?«, fragte Karim.

»Fünf Männer«, sagte Soa.

Das habe ich nicht gewollt. Er sprach den Satz nicht aus. Es war sein Recht als Prinz und Feldherr, gefährliche Einsätze anzuordnen. Er konnte nur hoffen, dass sich dieses Opfer gelohnt hatte.

»Ihre Familien werden eine Belohnung erhalten.« Er kniete sich an den Rand der Grube. Der Eisensoldat konnte nicht hinaufspringen, doch nun versuchte er, mit Hilfe seiner gebogenen Krallen an der glatten Wand hochzuklettern. Über kurz oder lang würde es ihm gelingen, daran bestand kein Zweifel. Nur das Gewicht des Eisens ließ die Klauen immer wieder abrutschen.

Karim erspürte den Brandstein. Es war kaum mehr als ein Splitter, viel kleiner als die Stücke, die ein Eisenpferd oder gar einen Eisenvogel belebten. Das erklärte, wie es König Laikan gelungen war, so viele Soldaten herzustellen, bevor die Mine geplündert war. Doch was Karim noch mehr interessierte war die Seele. Hatte das Geschöpf einen Willen? Würde Karim erkennen können, wer diesen Willen lenkte? Normalerweise fiel es ihm nicht schwer, das Innere eines Eisenvogels zu erspüren, die in ihm wohnenden Seelen zu wecken und zu beherrschen. Doch was er jetzt fühlte, gab ihm Rätsel auf.

Da war etwas ... Leben. Aber kein richtiges Leben, nichts, was er jemals irgendwo angetroffen hatte. Nicht einmal auf Kato, wo Tote auf eine Weise existierten, die sie nahezu ununterscheidbar von den Lebenden machte. Es war scharf und kantig, und nur in Gedanken daran zu rühren tat weh; es schnitt wie eine Klinge.

Ein Splitter.

Keine Seele, sondern der Splitter einer Seele.

Sein Verdacht war ein anderer gewesen. Magier konnten Gegenständen ihre Wünsche aufzwingen: Sie brachten Kugeln zum Leuchten, sie konnten Steine fliegen lassen und Ziegel bewegen, um ein Gebäude hochzuziehen oder etwas Beschädigtes zu reparieren. Ein sehr starker Magier konnte, so hatte er gedacht, auch eine aus Eisen gefertigte Rüstung dazu bringen, zu marschieren und zu kämpfen. Ohne eigenen Verstand, aber tödlich genug.

Der Seelensplitter, dessen Anwesenheit er wie ein Kratzen von Krallen an seiner eigenen Seele empfand, ließ ihn vor Entsetzen zurückweichen. Er keuchte, Tränen traten ihm in die Augen. Jemand hatte Menschen getötet. Nicht so viele, wie Eisensoldaten auf dem Feld standen – das wäre auch wenig sinnvoll gewesen. Doch wer auch immer diese Grausamkeit vollbracht hatte, hatte Seelen für diesen Zweck benötigt. Hatte er die Bilder einfach zerrissen und jedem Soldaten ein kleines Stück in die leere Höhle in seiner Brust gelegt? Wie viele Soldaten gehörten zusammen, bildeten gemeinsam eine Seele? Ein solcher Frevel war unvorstellbar.

Eisenvögel träumten von den Sternen, wenn man sie schlafen ließ. Diese Kreatur hatte keine Träume. Ein Fetzen Seele war nicht genug, um sich nach dem Mondgürtel auszustrecken und sich nach den Göttern zu sehnen. Diese Wesen waren für immer verloren.

Es musste einen Willen geben, der sie lenkte, doch er war zu weit entfernt, um ihn zu spüren. Um zu erkennen, wie stark seine Kraft war, wonach dieser Wille schmeckte. Welche bösen Wünsche die geschundenen Kreaturen vorwärtstrieben. Der Eisensoldat hätte schlafen müssen, doch er konnte nicht. Er würde wüten und toben und kämpfen, bis er in Stücke zerfiel. Hielt er den fremden Willen für den fehlenden Rest seiner Seele? Dann brauchte er die Verbindung zu dem Magier womöglich gar nicht, sondern würde weiterstapfen, immer weiter, bis zum Bersten angefüllt mit Zorn und dem Wunsch, alles zu vernichten.

»Was ist?«, fragte Soa, als Karim immer weiter zurückwich.

Ein Wille, der nur auf Zerstörung aus war. Wie konnte es überhaupt möglich sein, Wünsche auf diese Weise zu benutzen? Wie konnte ein so finsteres Herz überhaupt existieren? Laikan war es nicht. Sein Wunsch war Macht, nicht das sinnlose Töten.

»Schließ die Falltür«, sagte er. »Ich werde den Brandstein wecken. Das ist die einzige Möglichkeit, das Ding da unten zu zerstören.«

Soa nickte, sein ohnehin blasses Gesicht nahm eine graue Färbung an. »Hier unter dem Palast? Ein Brandstein?«

»Ein Soldat wie dieser kann sämtliche Palastbewohner töten, wenn er entkommt. Das können wir nicht riskieren. Schließ den Deckel und lauf so weit weg wie möglich. Ich werde versuchen, die Schäden zu begrenzen.«

Es tat ihm nicht leid um den eisernen Soldaten. Der Mensch, dem die Seele gehört hatte, war längst tot. Karims Wille konnte nichts gegen den wilden Zorn ausrichten, der in der Kreatur tobte, doch der Brandstein reagierte sofort. Karim warf sich auf den Boden, bevor das Erdbeben ihn von den Füßen reißen konnte. Im nächsten Moment schoss eine Feuersäule aus dem Brunnen und schmetterte die Falltür gegen die Decke. Es regnete Steine, Bruchstücke von Metall und Holzsplitter. Nur seine Magie rettete Karim, denn wie eine unsichtbare Mauer hielt sie kraft seines Willens die Flammen und die Trümmer von ihm fern. Er beruhigte die Mauern, den ganzen Palast, hielt die Wände an Ort und Stelle, hielt fest, besänftigte, glättete. Die magischen Lampen flackerten nur und brannten dann unvermindert weiter.

Als es vorbei war, richtete er sich auf und beugte sich über den Schacht. Rauch stieg ihm in die Nase, kleine Flammen zuckten über geschmolzenes Eisen. Nichts war übrig.

»Ihr Götter«, flüsterte Soa.

»Du solltest dich doch in Sicherheit bringen.«

»In ganz Daja ist man nirgends sicherer als bei Euch.« Soa klopfte sich den Staub von den Kleidern. »Hat es sich gelohnt? Habt Ihr erfahren, was Ihr wissen wolltet?«

»Ja«, sagte Karim. »Ich habe Dinge über unseren Feind erfahren, die mich erschrecken. Er schreitet über alle Grenzen hinweg. Er zerstört, wie nicht einmal die Götter zerstören. Er liebt den Tod.«

»Wer ist es?«, hauchte Soa.

»Das«, sagte Karim, »finde ich als Nächstes heraus.«

Oben im Saal ging die Feier weiter. Einige schliefen in ihren Sitzkissen. Ein paar Mädchen tanzten. Sie sangen, so wie Ruma gesungen hatte, und Karim wandte das Gesicht ab, denn er wollte nicht an Ruma erinnert werden. Nicht jetzt.

Doch vielleicht war es nötig, gerade jetzt an sie zu denken. An ein dajanisches Mädchen mit schwarzen Haaren und bunten Kleidern, an ihren Papagei und ihre Einsamkeit. Die Stadt, für die er kämpfte, der er den Sieg versprochen hatte, war so grausam und launisch wie König Laon, so lieblich und verspielt wie Ruma. Sie war schön und prächtig, und sie war staubig und dreckig. Sie war Heimat und war es doch nicht. Sie war das Lied seiner Kindheit, und sie war der Tod seiner Mutter. Daja war ein Teil von ihm, ein Stück seiner Seele, ein Ton des Liedes, das er immerzu hörte. Daja war der Grund, warum er nicht zu Anyana zurückkehren konnte, noch nicht, und er musste sich darüber im Klaren sein, warum er hier war. Warum die Tür, die er jetzt öffnete, ihn auf ein Dach unter einem rauchgeschwärzten Himmel führen würde, und nicht nach Kato.

Nicht auf ein Schiff im Nebelmeer.

Und nicht zu Unya, die ihm sagen konnte, ob er richtig handelte oder sich in seiner Torheit und seinem Stolz verstrickte.

»Für Daja«, flüsterte er. »Daja wird nicht fallen.«

Er öffnete die Tür und betrat das Dach, auf dem die Eisenvögel schliefen. Rote Augen leuchteten auf. Er vermisste die Dohle, vermisste sie schmerzlich. Der Wüstenfalke, den er für den kurzen Flug über die Mauer wählte, war nur ein schlechter Ersatz.

Die Feuerreiter hatten für alles gesorgt. Das Pferd, das ihn jenseits der Mauer erwartete, war gut ausgeruht und munter. Es tänzelte unruhig. Dass ein Eisenvogel es kurz vorher aus dem Vorhof seines Stalls hierhergetragen hatte, weil Karim das Stadttor nicht hatte öffnen wollen, merkte man ihm nicht an. Womöglich, dachte Karim, während er in den Sattel stieg und dem wartenden Feuerreiter zunickte, stammte es aus Laimocs Pferdezucht. Schnell und ausdauernd, unerschrocken und temperamentvoll. Ein Rennpferd, das sich auch zum Kriegsross eignete.

Über die mondlose Steppe zu galoppieren war auch dann für

ein Pferd gefährlich, wenn es nicht ganz so schnell war wie dieses. Karim glättete den Boden kraft seines Willens. Seine magischen Fähigkeiten wuchsen mit jeder neuen Herausforderung. Er fegte die Hindernisse hinweg. Das war nichts gegen das Kunststück, die allgegenwärtige Angst zu bekämpfen. Das Grauen, das durch seine Adern kroch, seit ihm klar geworden war, wie mächtig der Feind war und wie skrupellos. Er fühlte sich blind. Wer tat den Seelen solch Unaussprechliches an? Zersplittert. Geschändet. Verloren.

Ein solcher Mensch musste mächtiger und grausamer sein, als man überhaupt denken konnte. Ihn zu suchen war Selbstmord. Und doch konnte Karim nicht anders, als vorwärtszustürmen durch die Nacht, die sich mit dem bitteren Geschmack von Asche auf seine Zunge legte.

In einer Senke unweit des feindlichen Lagers ließ er das Pferd stehen. Es gab hier nichts, woran er es hätte festbinden können, daher legte er eine Lähmung über es, so wie Joaku es mit ihm gemacht hatte. So wie er die Schmuggler gelähmt hatte. Es fühlte sich falsch an, diesen Zauber gegen ein Pferd einzusetzen, doch heute Nacht hatte er keinerlei Hemmungen. Was immer nötig war, um Daja vor den Eisensoldaten zu retten, er würde es tun.

Wie ein Gegenstand musste der Körper des Tieres seinem magischen Willen gehorchen, und das tat ihm leid. Sein Herz war nicht so entschlossen wie sein Verstand. Er streichelte das Pferd, bevor er ging, lehnte die Stirn an den Hals des Braunen, tätschelte seine Flanken, glättete die zerzauste Mähne.

»Hab keine Angst«, flüsterte er ihm ins Ohr. »Sei ganz ruhig und hab keine Angst.« Sein Wille vermochte nur den Leib und keine Tierseelen zu knechten, doch eins konnte er tun: Er ließ einen kleinen Funken Trost zurück.

Das Pferd wartete geduldig, ohne sich zu fürchten.

Karim hüllte sich in den Schatten der Nacht. Lautloser als der Wind huschte er über die Hügel.

Die Krähe fand ihn, bevor er sie entdeckte. Während er an den Wachposten vorbeischlich, senkte sie sich wie ein tiefschwarzer Schatten auf ihn herab. Sie landete auf seiner ausgestreckten Hand, kniff ihn mit dem Schnabel und flog wieder auf. Karim konnte im Dunkeln sehen. Und die Krähe, obwohl sie ein Tagvogel war und keine Eule, war eine Seele, die ein Eisenvogel gewesen war und ein Dichter. Sie war eine Seele, die fliegen konnte und im Mondlicht Worte geboren hatte. Sie durchschaute die Nacht und die Schatten und sogar seine magische Verhüllung. Sie war eine Seele, eingehüllt in schwarze Federn, ein Wille, der sich von keinem anderen Willen lenken ließ.

Sie führte ihn durch die Reihen der Eisensoldaten, die wie Statuen dastanden: unbeweglich, stumm, traumlos. Dann endlich vernahm Karim Stimmen, sah den flackernden Schein eines Lagerfeuers. Nein, mehrerer Feuer, an denen Menschen saßen. Die weniger wichtigen Menschen an den äußeren Feuern, wo sie in Kesseln Wasser erhitzten und Fleisch brieten, wo sie leise redeten und verhalten lachten. Im Zentrum saßen die Menschen, die die Befehle gaben. Und einige von ihnen kannte Karim.

Tenira war nicht dabei. Soviel er wusste, führte sie derzeit ein weiteres Heer über die Grenze in Richtung Kolonie. Teniras Ziel war schon beim letzten Mal Wabinar gewesen und nichts sonst.

Aber Laikan war hier. Er war älter geworden, sein Haar länger, seine Augen kälter. Den Mann, der neben ihm saß, hatte Karim das letzte Mal ebenfalls in Anta'jarim gesehen: Amanu, der Wüstendämon, Joakus Schüler. Nicht jeder der anderen Männer und Frauen am Feuer war ihm aus Jerichar vertraut, doch aus der Anwesenheit der bekannten Gesichter seiner Wüstengeschwister schloss Karim, dass auch die übrigen aus der Stadt der Assassinen stammten. Kein Zweifel blieb daran, wer der wichtigste Mann im Lager war. Er hatte die Kapuze zurückgeschlagen, unterhielt sich gedämpft mit Laikan und lachte, den Kopf in den Nacken gelegt.

Karim hatte ihn nie so fröhlich erlebt. Den Meister. Der mächtigste Mann von Kanchar war schon immer der Herr von Jerichar gewesen.

Joaku.

Er hätte es wissen müssen. Hätte es erraten können anhand der Anzeichen, die er bereits gesehen hatte. Die Eisensoldaten. Die zersplitterte Seele. Die Stärke eines übermächtigen Willens, die die Kraft jedes anderen Magiers übertraf. Die Lust am Tod.

Da saß er, der Meister des Todes. Karim hätte es wissen können, daher war er nicht überrascht. Es war vielmehr, als hätte er aus einem Becher getrunken, den Geschmack gespürt und das Brennen auf der Zunge, und nun hatte er den Wein hinuntergeschluckt.

Joaku. Der Herr der Wüstendämonen, der Künstler des Sterbens. Der Feind kam nicht aus Nehess. Er kam aus ihrer Mitte, aus seiner Vergangenheit. Das war der Mann, der ihn dazu gebracht hatte, seinen eigenen Vater zu töten, der ihn zu einer Klinge geschmiedet hatte in der Gluthitze der Wüstensonne.

Karim rührte sich nicht, er wagte kaum zu atmen. Der Schatten verbarg ihn, und doch fühlte er sich durchschaut, als Joaku sich umwandte und über das Feuer in seine Richtung sah. Sein Herzschlag setzte aus. Die Krähe schmiegte ihren Schnabel an seine Wange. Dann breitete sie die Flügel aus und flog mit einem lauten Krächzen los. Sie flog so dicht über das Feuer hinweg, dass ihre Flügelspitzen zu brennen begannen, und flog Joaku mitten ins Gesicht.

Ein Schrei, der sich in ein schrilles Kreischen verwandelte, folgte. Federn stoben auf. Flammen leckten. Die Wüstendämonen sprangen auf, suchten nach einem Feind. Zwischen ihnen stand Laikan, ganz Verwirrung.

»Tötet sie!«, gellte Joaku. »Das ist kein gewöhnlicher Vogel. Erledigt sie! Tötet sie!«

Geduckt huschte Karim davon. Erst als er das Pferd von seiner Lähmung befreite und aufsaß, kehrte die Krähe zurück. Sie setzte sich zwischen die Ohren des Braunen und zupfte an dessen Stirnlocke.

Daja darf nicht fallen, dachte Karim, weil dieser Gedanke schon den ganzen Tag in seinem Kopf kreiste. Er hätte laut gelacht, wenn er nicht Angst gehabt hätte, die Feinde dadurch auf seine Spur zu lenken. Als hätte Daja nicht schon immer Joaku gehört. Als wäre Kanchar jemals etwas anderes als die Spielwiese des Meisters gewesen. Und als wäre er selbst nicht schon hundertmal dabei gescheitert, dem Herrn von Jerichar zu entkommen.

Anyana hatte so lange gekrümmt auf der Erde gehockt, dass sie sich kaum rühren konnte. Ihre Knie schmerzten von der unbequemen Haltung, Feuchtigkeit drang durch ihre Kleidung und ließ sie frösteln. Wenigstens ließ sich kein Arbeiter blicken, um die Kisten und Fässer zu verladen, hinter denen sie sich versteckt hatte.

Das Schiff lag im Hafen vor Anker. Dunkelgrau ragten die Masten aus dem flockigen Nebel. Es hatte Asche geregnet, und die schaumgekrönten Wellen trugen Schwarz.

Der Graue Kapitän stand auf der Brücke. Sie konnte ihn als dunklen Umriss wahrnehmen. Dann fiel der Nebel von ihm ab wie ein Umhang, der ihm von den Schultern glitt. Er trat an die Laufplanke, die vom Schiff auf den Kai führte, und erwartete dort die nahenden Reiter. Das Trommeln der Hufschläge und das Klirren der Waffen hatte die Soldaten lange vorher angekündigt. Verborgen hinter den großen Holzkisten, hatte Anyana ebenfalls gewartet. Nun kroch sie ein Stück vor und spähte vorsichtig über den Rand eines Fasses.

Sie sah ihn sofort, und die Erleichterung darüber, dass Lijun lebte, war beinahe unerträglich. Dennoch lachte sie nicht, und sie weinte nicht. Sie war so still, dass niemand sie bemerkte.

Tizarun saß auf dem Eisenpferd. Der Ascheregen hatte Löcher in seinen roten Umhang gefressen, und sein Gesicht war so rußgeschwärzt wie seine Augen wild.

Auch Wihaji befand sich unter den Reitern. Der Aufrechte hielt den Kopf hoch erhoben, und einen Moment lang wollte sie ihn hassen, weil er Lijun nicht beschützt hatte. Doch sie konnte es nicht. Sie wusste nicht, was vorgefallen war, warum er sich unter den Reitern befand, die Tizarun begleiteten. Vielleicht gehörte dies zu seinem Plan und er war mit zum Hafen gekommen, um bis zum Schluss alles zu versuchen. Dass er mit dem Schiff zusammen untergehen würde, hatte sie nicht geplant, und es tat ihr jetzt schon in der Seele weh. Am liebsten hätte sie ihm ein Zeichen gegeben, damit er nicht mit den anderen an Bord ging, doch schon stiegen die Soldaten von den Pferden, sattelten sie ab und ließen sie frei. Wie um aller Welt hatte Tizarun es geschafft, den Grauen Kapitän zum Einlenken zu bringen? Noch nie hatte das Schiff jemanden zurück übers Nebelmeer gebracht, weder Lebende noch Tote.

»Auf, an Bord!« Etwas Weiches trat in Tizaruns Züge, seine Augen glänzten, und für einen Moment war er der Tizarun, den Anyana auf unzähligen Porträts gesehen hatte: die goldene Sonne von Wajun, gottgleich, untadelig, mächtig und schön. Er war der Tizarun aus den Geschichten, der junge Mann, der gebrochen heimkehrte und ein junges Mädchen in die Arme schloss, ein Mädchen, das ihn von ganzem Herzen liebte und die Wunden heilte, die der Krieg geschlagen hatte.

Er war der Erste einer langen Reihe von Reisenden, die an Bord gingen. In gedämpftem Tonfall sprach Tizarun mit dem Kapitän. Anyana konnte ihr Glück kaum fassen – ihre beiden Feinde lenkten sich gegenseitig ab. Entschlossen setzte sie ihren Helm auf. Die langen Haare hatte sie sich abgeschnitten, sodass diesmal keine rote Strähne unter dem Metall hervorblitzte und sie verraten konnte. Zusammen mit den anderen Soldaten – große und kleine, schlanke und muskelbepackte, Frauen und Männer – betrat sie das graue Schiff. Denn sie war der Schnee, unter dem Tizaruns Flammen ersticken würden.

Mit einem dumpfen Gefühl in der Brust lauschte Wihaji dem Fauchen des Windes, dem Knattern der Segel, dem Stöhnen des Holzes. Schon hatte der Nebel den Hafen verschluckt. Die Raben, die Tizarun überall hin begleiteten, umkreisten das Schiff wie verbrannte Möwen.

Gegen die Götter kämpfen oder mit ihnen handeln? Tizarun mochte versuchen zu kämpfen, wie er immer gegen das Schicksal gekämpft hatte. Wihaji hingegen hatte dem Grauen Kapitän einen Handel vorgeschlagen.

Anyana würde ihn hassen. Mit der ganzen Kraft ihres Herzens. Aber Anyana war nicht hier. Und wenn Wünsche in Erfüllung gingen, spielte es sowieso keine Rolle. Wenn er sich nicht irrte. So viele Wenns, so ein großes Wagnis. Es hätte sein Herz erleichtert, jemandem anzuvertrauen, was er vorhatte, aber er wusste, dass es klüger war, es nicht zu tun. Und wem hätte er es auch sagen können?

Nur in seiner Vorstellung verriet er Anyana, was er vorhatte. Sie sah aus wie eine Rachegöttin, das dunkelrote Haar umzüngelte ihr blasses Gesicht. Im Arm hielt sie ihren kleinen Sohn, doch ihr Lächeln war alles andere als milde. Aber es war nicht ihre Stimme, die er in seinem Kopf hörte, sondern Linuas. *Wie konntest du damit aufhören, gegen Tizarun zu kämpfen? Wie konntest du zulassen, dass er Lijun in die Hände bekommen hat?*

Das Schiff kämpfte gegen die Wellen, und er musste sich mit der Hand an einer Wand abstützen, während die Linua in seiner Vorstellung nicht einmal wankte.

Wie kommst du auf die Idee, ich hätte aufgehört zu kämpfen?, fragte er.

»Der Aufrechte Mann.« Eine heisere Stimme unterbrach den Tagtraum. Sie troff vor Spott. »Hat man Euch nicht so genannt – einst?«

Wihaji wandte sich um.

Der Graue Kapitän lächelte wissend. »Euer Bote hat mit mir gesprochen. Ein riskantes Spiel, mir hinter dem Rücken des Flammenden einen Handel vorzuschlagen. Wie kommt Ihr auf die Idee, ich würde darauf eingehen? Ich habe nun, was mir gehört. Was könntet Ihr mir sonst noch anbieten?«

Mit den Göttern zu handeln war immer gefährlich. Was war stärker, der Tod oder das Schicksal? Spielten sie nicht gemeinsam ihre tödlichen Spiele? Amüsierten sie sich nicht gemeinsam über die Knoten im Fadenverlauf, in denen sich die Menschen verstrickten?

Wihaji hätte es im Schloss tun können, dort wo er sie beide vor sich gehabt hatte, Lijun und Tizarun. Dort hätte er sie beide umbringen können, den König und das Kind. Doch die Endgültigkeit der Tat hatte ihn erschreckt. Im Nebelmeer, wo die Ströme der Zeit in unterschiedliche Richtungen flossen, war alles anders. Gefährlicher. Nichts war gewiss. Die Hoffnung wuchs. Sie war süß, unerträglich köstlich.

Er träumte von Linuas Lächeln.

Er dachte an all die Toten.

Die Uhren und die Türen, hinter denen Vergangenes lag und Zukünftiges.

Stell dir vor, Linua, mein Herzblatt, wir könnten an Orte gehen, an denen wir schon waren. In ein böses Jahr und es in ein gutes verwandeln. Karim kann durch die Zeit gehen. Warum nicht auch wir?

Karim ist nicht hier, würde Linua sagen.

Hundert Jahre habe ich in Kato verbracht. Wie viele Jahre waren es in Le-Wajun? Wir alle gehen durch die Zeit, Liebste. Träume scheren sich nicht um den geregelten Ablauf der Dinge. Und was ist Kato anderes als ein böser Traum?

Was hast du vor?, fragte Linua.

Ich werde ein Kind töten. Es ist zu schwer, es auszusprechen, beinahe zu schwer, um es zu denken. Anyana wird mich hassen. Und dann wird sie vergessen, mich zu hassen. Ich schreibe die Geschichte neu. Ich lasse die Götter ein neues Muster weben. Das tue ich für dich, Linua.

Er würde die Jahre in Katall auslöschen, die schrecklichen Jahre, die sie seinetwegen gelitten hatte. Er würde sie retten. Und sich selbst. Und vielleicht sogar Tizarun. All das für einen Preis, den er Anyana nicht nennen könnte, weil sie ihn bezahlen würde.

»Was ich Euch bieten kann, Kapitän, ist unvergleichlich«, sagte Wihaji. »Denn ich ahne, wer Ihr seid.«

»Ihr kennt mich nicht, Gegenkönig.«

»Das ist wahr. Prinzessin Anyana hat mir erzählt, was sie über Euch weiß – oder über Euch zu wissen glaubt. Dass Ihr auf der Suche nach Eurer Schwester wart und nicht gehen könnt, ehe Ihr sie nicht gefunden habt. Doch das Meer hält Euch hier fest, und solange es Euch hält, könnt Ihr nicht weitersuchen.«

»Ihr bietet mir also an, meine … Schwester zu suchen?« Die Brauen über den stählernen Augen wanderten in die Höhe. »Götter gehen nicht so leicht verloren. Und selbst wenn – warum solltet Ihr in der Lage dazu sein, sie zu finden?«

»Manchmal fällt ein Stern in einen Brunnen, wenn niemand ihn des Nachts abdeckt«, sagte Wihaji leise. Er war viele Jahre mit Lan'hai-yia und Kir'yan-doh unterwegs gewesen und kannte die Geschichten. »Manchmal erwacht die Sonne von Wajun mit einem neuen Namen auf der Zunge. Und manchmal knüpft der Gott des Schicksals einen neuen Faden ins Muster. Sidon ließ einen Pfeil fliegen und tötete einen Hirsch, und damit begann unser ganzes Unglück. Lenkt das Schiff zurück durch den Nebel, Kapitän, und alles kann neu beginnen.«

»Ihr wollt das Muster auflösen und es neu knüpfen lassen?«

»Ja«, sagte Wihaji, »denn nur dann werden wir alle frei sein.«

»Die Uhren gehen nicht rückwärts. Und das Graue Schiff bringt nie jemanden zurück. Vielleicht bin ich nicht gnädig, sondern grausamer, als Ihr ahnt. Vielleicht nahm ich Euch alle nur mit, damit Ihr mit mir hier gefangen seid, gefesselt an das Pendel der Uhr, das unablässig vor und zurück schwingt? Eure Schreie erstickt vom Nebel. Und der Gesang der Seelen, der Euch in den Wahnsinn treibt.«

Er durfte sich nicht einschüchtern lassen. »Freiheit«, flüsterte er. »Die Ordnung wird wiederhergestellt. Ich werde vergessen, was geschehen könnte, doch Ihr nicht. Ihr könnt den Brunnen abdecken, bevor der Stern fällt. Ihr könnt der Sonne den Namen ins Ohr flüstern, den sie versäumt hat auszusprechen, den Namen der verlorenen Göttin. Dann werden die Toten wieder gerufen werden und vor das flammende Tor treten.«

Der Kapitän legte den Kopf zur Seite und dachte nach. Er erinnerte Wihaji an einen Wolf, der von ferne das Geheul seiner Gefährten hörte. »Mensch«, murmelte er, »vergisst du etwa, wer du bist? Können denn die Sterblichen den Göttern helfen? Das ist mehr als vermessen. Das anzunehmen grenzt an Frevel. Wenn eine Göttin in den Brunnen sprang, um ihren innersten Wunsch zu finden, wer bist du, sie daran zu hindern? Wenn die Schwestern des Todes den Tod selbst betrügen, um zu tanzen, wer bist du, sie dafür zu maßregeln? Und wenn die Götter das Firmament zerreißen, um die Geheimnisse bloßzulegen, die dahinter verborgen liegen, wer bist du, das Antlitz der Welt zu heilen? Du bist nichts als ein Mann, der hundert Jahre lang nicht sterben konnte, weil ihn der Fluch einer Lichtgeborenen umfängt. Und was ist das gegen den Fluch, mit dem ein Gott dich belegen könnte?«

Wihaji schwieg, denn dazu konnte er nichts sagen. Der Kapitän hatte mit allem recht. Mit gesenktem Kopf wartete er auf die Entscheidung. Das Schiff pflügte durch die Wellen. Die Raben krächzten, doch er konnte sie nicht sehen. Der Nebel war so dicht, dass er nichts vor sich sah als das graue Gesicht des Kapitäns.

»Ich sehe dich, Aufrechter. Wenn der Tod kommt, um dich zu holen, würdest du nicht um Gnade flehen.«

Er dachte an die Zeit in Wajun, als Tenira ihn in der kleinen Zelle festgehalten hatte, allein mit dem Entsetzen. Und daran, wie seine Einsamkeit sich langsam in Wahnsinn verwandelt hatte. Er erinnerte sich an seine Schreie, an sein Flehen, an seine Schwäche. Und dennoch nickte er. Denn was ihn brechen konnte waren andere Dinge als die Angst vor dem Tod.

»Drei Jahre«, sagte er. »Gebt mir drei, wenn Ihr geizig seid; gebt mir vier oder fünf, wenn Ihr Euch großzügig fühlt. Sechs Jahre, und alles kann neu werden. Fünf, und ich kann Tizarun retten und den Krieg verhindern. Vier, und ich kann Linua aus dem Gefängnis holen. Drei oder auch nur zwei, und ich vermag ihr Leid zu beenden. Ich kann die Rebellen anführen, bevor sie sich zerstreuen, und Anyana aus der Gefangenschaft bei Laimoc holen und auf den Thron setzen. Sagt mir den Namen Eurer Schwester, und ich werde ihn der neuen Großkönigin ins Ohr flüstern, damit sie ihn verkünden kann. Alle ihre Träume werden den Namen herausschreien, bis die Verlorene ihn hört.«

»Nun gut«, sagte der Kapitän. »Erfülle du deinen Part, und ich erfülle meinen.«

Hatte Wihaji gehofft, er könnte seinem Schicksal entgehen,

seinem finsteren Vorhaben, seinem Verrat? Hatte er gehofft, der Kapitän würde nein sagen, um nicht tun zu müssen, was er nicht tun wollte? Ein Kind gegen die ganze Welt.

Denn bevor das Schiff am anderen Ufer anlangte, musste Tizarun von Bord gegangen sein; ihn in die Vergangenheit mitzunehmen würde alles nur noch schlimmer machen. Tizarun musste endgültig sterben, und wenn Wihaji sich selbst nicht opferte – was er nicht durfte, sonst könnte er den Handel mit dem Grauen Kapitän nicht erfüllen –, musste eine andere Seele zu den Göttern aufsteigen und Tizaruns Seele emportragen.

Nur Lijuns Seele war rein genug. Wihaji hatte sich das Hirn zermartert, aber er sah keinen anderen Weg. Er hatte gebetet, aber ihm war keine Erleuchtung gekommen.

Selbst die Götter bewahrten ihn nicht vor dem, was er am meisten fürchtete.

Anyana schlich durch den Nebel. Die Raben krächzten, doch manchmal, wenn sie genau hinhörte, mischte sich das Gurren und Glucksen eines Kindes hinein. Lijun war irgendwo an Deck. Sie hatte ihn unten gesucht, hatte in die verlassene Kajüte des Kapitäns gespäht, war zwischen den Hängematten der Seeleute hindurchgehuscht und hatte die Lagerräume überprüft. Welche Fracht brachte der Graue aus Kato nach Kanchar? Was war in den Kisten, in den Fässern? Der Schaum, den man von gegorenen Träumen abschöpfte? Der Duft der lieblichen Wiesen von Spiegel-Anta'jarim? Der Gesang der Vögel in den Wäldern? Oder das Feuer in den Schmelzöfen von Wabinar? Um keinen Verdacht auf sich zu lenken, sah sie nicht nach. Es ging ihr nicht um die Ware, nur um ihren Sohn.

In einem der Frachträume hatte Tizarun Platz genommen und hielt Hof. Mit großen Gesten beschrieb er sein wahres Reich, Le-Wajun und die goldene Stadt der Sonne, Wajun. Sie wandte ihr Gesicht ab, damit er den Hass in ihren Augen nicht sah. Seine Stimme genügte, um ihr Übelkeit zu bescheren. Sie wollte ihm nicht zuhören.

Also war sie nach oben gestiegen, und hier im Nebel schienen die Dinge klarer. Die dunklen Schatten der Masten, die Segel, die schlaff herabhingen. Die Feuchtigkeit tropfte von ihrem Haar, spülte die Asche fort, mit der sie es eingerieben hatte, da auch die anderen Soldaten während der Fahrt keinen Helm trugen. Auf einer Seilrolle saß Quinoc, Teniras Bruder. Er sah Laimoc, den sie getötet hatte, so ähnlich, dass ihr ein Würgereiz die Kehle zuschnürte. Ein kleiner blonder Junge schaukelte auf seinen Knien. Lijun war gewachsen. Ein paar Tage hatte sie ihn nicht gesehen, doch es schien mindestens ein Monat zu sein. Quinoc hielt ihn mit beiden Händen unter den Armen fest und ließ ihn auf und ab wippen.

Anyana hielt sich von Lijun fern, so schwer es ihr auch fiel. Die anderen gaben ihm genügend zu essen, sie hielten ihn warm und trocken, darauf musste sie sich verlassen. Sie spielten mit ihm und lachten ihn an, bis er zurücklachte, entzückt von dem Gefühl, geliebt zu werden. Dieselben Menschen, die ihre Familie vernichtet hatten, die Sklaven wie Käfer zertraten, waren liebevoll und freundlich zu einem Kind. Es war ein Rätsel, das sie nicht lösen konnte. Wie nah Liebe und Herzlosigkeit einander waren, verschlungen in einer einzigen Seele, wie ein Gesicht und sein gesichtsloser Schatten. Lijun zu beobachten, ohne die Hände nach ihm auszustrecken, fühlte sich an wie Verrat. Doch sie musste warten. Das Schiff befand sich mitten auf dem Meer, und noch war der Gesang der Seelen zu schwach. Noch war die rettende Küste zu fern. Diesmal stand ihr niemand zur Seite, um sie vorsichtig ins Wasser hinunterzulassen, und es würde keinen Trog geben, in den sie Lijun hineinbetten konnte. Noch war es zu früh, um den Sturm zu entfesseln.

37. Die Wahrheit hinter dem Thron

Obwohl der Krieg über alles einen dunklen Schatten warf, ging der Unterricht weiter. Sadi stand unter Arrest und durfte sein Zimmer nicht verlassen, offiziell galt er nun als Gefangener. Er war wütend und unruhig wie ein Tier hinter Gittern, dennoch zeigte Yando ihm kein Verständnis, obwohl er seinen eigenen Groll auf Liro bezwingen musste. Der Kaiser sah sich von Lüge und Verrat umgeben, doch den Jungen zu bestrafen war der falsche Weg. Yando hatte versucht, Liro das klarzumachen, aber er war abgeschmettert worden.

Nichts war mehr wie vorher, und trotzdem mussten Yando und seine Schüler weitermachen. Mit allem. Sobald sie anfingen, über die Ungerechtigkeit des Ganzen zu lamentieren, würde es gar nicht mehr möglich sein, an einem normalen Alltagsleben festzuhalten. Daher bestand er darauf, dass seine beiden Schützlinge zu ihren Stunden erschienen.

Sahiko zupfte an der Schreibfeder herum. Das unterschiedliche Alter der Kinder verlangte ihm als Lehrer einiges ab.

»Heute sprechen wir über die Vergangenheitsform, die im Kancharischen sehr viel komplizierter ist als im Wajunischen.«

Mürrisch rührte Sahiko die Tinte um. Sie lernte sehr viel schneller Kancharisch, als zu erwarten gewesen wäre. Beinahe so, als hätte sie die Sprache schon immer beherrscht und nur vergessen. »Das ist doch leicht.«

»Wie kommt es dann, dass so viele Kancharer sie falsch benutzen?«

Sadi rutschte auf seinem Sitzkissen herum. Nur Sahikos Gegenwart hielt ihn auf seinem Platz; war sie dabei, versuchte er wenigstens ein bisschen, sich zusammenzureißen.

»Also fangt an. Wir nehmen den Satz …«

Die Vorhang wurde zur Seite gezogen. Verärgert über die Störung drehte Yando sich um. Auf der Schwelle zwischen zwei Wächtern stand Liro. Etwas stimmte nicht. Das schmale Gesicht des jungen Kaisers war wie eine Maske, eingefroren zur Bewegungslosigkeit.

»Sahiko, in dein Zimmer. Sofort. Yando, du kommst mit.«

Yando nickte dem Mädchen, das erschrocken die Augen aufriss, aufmunternd zu, klopfte Sadi auf die Schulter und trat Liro entgegen. »Was ist denn los?«, fragte er leise, damit die Kinder ihn nicht hörten. »Schlechte Nachrichten von der Eisenarmee?«

»Komm einfach mit«, befahl Liro.

Das Verhalten seines einstigen Schülers hatte sich ihm gegenüber zwar in letzter Zeit verändert, doch dieser schroffe Befehlston war so ungewöhnlich, dass Yando es mit der Angst bekam. Eiskalte Furcht kroch ihm über den Rücken und schnürte ihm die Kehle zu. Waren die Feinde weiter vorgedrungen? Hatte es schlimme Verluste gegeben?

»Ist Testra gefallen?«

Der junge Kaiser antwortete nicht, und es blieb Yando nichts anderes übrig, als ihm durch die vielen Räume des kaiserlichen Stockwerks zu folgen. Bis in ihr gemeinsames Arbeitszimmer, wo sonst die Karten auf dem langen Tisch ausgebreitet lagen. Jemand hatte sie zur Seite geschoben, und nun stand dort eine Schale, wie sie für viele magische Tätigkeiten benutzt wurde. Sie war aus Keramik, flach und dunkelblau glasiert. Durch die dunkle Farbe erkannte Yando nicht sofort, dass sich nicht nur Wasser darin befand, sondern dunkle Schlieren, die sich wie Schleifen umeinander wanden.

»Was ist das?«, fragte er.

»Wonach sieht es denn für dich aus?«

Yando betrachtete die Schale eine Weile. »Ich weiß nicht. Ist es Blut?«

»Ganz recht.« Etwas an Liros Stimme hatte sich verändert. Sie klang überhaupt nicht mehr nach ihm, sondern tiefer, heiser, getränkt von etwas, das, wie Yando langsam begriff, nicht Angst war, sondern Zorn.

»Das ist eine Blutprüfung?«

»Die Fürsten haben darauf bestanden. Ich wäre gar nicht auf die Idee gekommen, aber sie haben mich immer wieder darauf angesprochen. Weil das Mädchen aus dem Nichts gekommen ist, und weil meine Geschichte, warum sie erst jetzt aufgetaucht ist, sehr fadenscheinig klingt.«

Langsam dämmerte es ihm. »Sahikos Blut.« Für einen Augenblick setzte Yandos Herzschlag aus, aber Sahiko konnte nicht seine eigene Tochter sein. Ruma hätte ihm gesagt, wenn sie von ihm schwanger gewesen wäre. Sie wäre mit ihm geflohen. Sie hätte ... Die Erinnerung traf Yando mit der Wucht eines Hammerschlags. Ruma hatte ihn tatsächlich darum gebeten, mit ihr fortzugehen, und er hatte abgelehnt, weil er sich für Guna verkauft hatte. Und dann hatte sie sich umgebracht. Oh ihr Götter! All die Jahre hatte er nie auch nur daran gedacht, dass sie schwanger gewesen sein könnte. Hätte man es zu der Zeit nicht längst an einem schwellenden Bauch sehen müssen? Er hatte nicht bei ihr gelegen, bevor sie gestorben war, seit – wie lange? Yando wusste es nicht mehr.

»Wie sieht das Muster für dich aus?«, fragte Liro. »Sind es wohl Vater und Tochter, deren Blut sich hier vereint?«

»Ich ... ich kenne mich damit nicht aus.«

»Nun, ich auch nicht. Und die Magier plötzlich auch nicht mehr. Niemand scheint sich mehr auszukennen! Es ist ein Muster vorhanden, aber nicht eindeutig. Der erste Magier schwor mir, ich sei der Vater. Er klang wie jemand, der lügt. Der Zweite, dem ich nicht gesagt habe, wessen Blut er überprüft, hat mir versichert, die beiden seien verwandt, aber nicht Vater und Kind.«

»Verwandt? Aber dann ...«

»Alle kancharischen Königshäuser sind um ein paar Ecken miteinander verwandt«, schnaubte Liro. »Meine Urgroßmutter, die Großmutter meines Vaters, stammte aus Daja. Ich bin mit nahezu allen Königen des Kaiserreichs durchs Blut verbunden! Außer mit Guna. Also sag mir, Yando, mein Ratgeber, was soll ich daraus schließen? Dass die Magier lügen? Oder dass Ronik gelogen hat und Sahiko gar nicht meine Tochter ist?«

»Dann ist sie doch Lan'hai-yias eigenes Kind? Du glaubst, der Heiler hat dich belogen, damit das Heilmittel für Sahiko genutzt werden konnte und nicht für Sadi?«

»Schweig!«, brüllte Liro. »Komm mir nicht so! Ich habe Ronik auf den Thron der Wahrheit setzen lassen, und es besteht kein Zweifel. Jedenfalls nicht an dem, was er glaubt. Dass er das Kind Rumas totem Leib entnahm und es der Königin von Guna in den Bauch pflanzte.«

»Du hast Ronik verhören lassen? Den Meister? Oh ihr gnädigen Götter! Warum hast du das vorher nicht mit mir besprochen? Damit hast du ihn gekränkt, Liro, er wird Wabinar verlassen! Wie konntest du nur?«

Liro musterte ihn eisig. »Nenn mich nicht so. Sprich mich an, wie es mir als deinem Kaiser und Besitzer zusteht.«

Yando ertappte sich dabei, wie er zurückstarrte. »Ja, Edler Kaiser.« Er brachte die Worte kaum über die Lippen.

»Über Ronik mach dir keine Gedanken. Er ist tot.«

»Was?« Yando starrte Liro entsetzt an. Ein kalter Schauer lief ihm über den Rücken.

»Und es tut mir nicht leid um ihn. Seit wir wieder in Wabinar sind, konnte ich ihm nicht mehr vertrauen. Er hat mich jahrelang belogen! Wie könnte ich jemanden wie ihn in meiner Nähe lassen?«

»Ihr habt … ihn hinrichten lassen?« Yando hatte gemerkt, dass Liro sich von Ronik verraten gefühlt hatte, doch mit einer tödlichen Rache am mächtigsten Magier im Palast hätte er nie im Leben gerechnet.

»Nein«, sagte Liro missmutig. »Er ist auf dem Thron der Wahrheit gestorben. Er hat mir alles gesagt, was ich über Sahiko wissen wollte, doch als ich tiefer gebohrt habe, hat er sich auf einmal dagegen gesträubt, mir Antworten zu geben. Ich wollte wissen, ob er noch in anderer Hinsicht gelogen hat. Die Schmerzen haben ihm fast den Verstand geraubt. Man muss antworten, weißt du, man kann gar nicht anders. Aber er war ein Magier, ein wirklich mächtiger Magier. Er hat einfach sein Herz angehalten.«

Alles drehte sich um Yando. Es war, als hätte sich die ganze Welt auf den Kopf gestellt. Das war nicht Liro. Das war ... ein kancharischer Kaiser. Ein Fremder, den Wut und Hass in jemanden verwandelten, der erschreckende Ähnlichkeit mit Matino besaß.

»Was mich in eine dumme Lage versetzt. Er wusste etwas, das er mir um keinen Preis verraten wollte. Was das wohl war? Weißt du es vielleicht?«

»Nein«, ächzte Yando.

»Und wen frage ich dann? Um zu überprüfen, ob es sich wirklich um Rumas Kind handelt, könnte ich irgendeinen ihrer Verwandten aus Daja herbeordern. Aber ich glaube, die Sache ist viel einfacher. Ich denke, sie hat mich betrogen. Sie hatte einen Liebhaber. Nun, habe ich überlegt, wer könnte das wohl gewesen sein? Ronik hat es vermutlich gewusst. Wen hat sie hier im Palast kennengelernt, der es wagen würde, den Kaiser zu hintergehen? Irgendeinen Adligen? Man hätte sie ertappt, wäre sie zu einem der Fürsten geschlichen. Also muss es jemand gewesen sein, der in der Nähe war. Ganz nah. Jemand, der mir vorgespielt hat, er sei mein Freund. Jemand, der schon immer seine eigenen Pläne verfolgt hat. Mein Feind, der mir so nah war und ist, dass er wie ein blinder Fleck in meinem Auge gewesen ist.«

Yando konnte nicht atmen. Nicht sprechen. Nicht denken. Und musste dennoch lügen, wie er noch nie gelogen hatte: »Nein, Liro, Majestät, nein. Ihr könnt doch nicht wirklich annehmen, dass ich es war. Ich habe alles gegeben, um Euch zu dienen.«

»Hast du das?«, fragte Liro nachdenklich. »Oder wolltest du bloß, dass ich das glaube?«

»Herr ...«

»Nein! Nicht so! Ich glaube gar nichts mehr. Ruma war mir der liebste Mensch auf Erden, ich habe um sie getrauert, wie man nur trauern kann. Ich konnte nicht einmal darüber nachdenken, erneut zu heiraten, obwohl mich alle dazu gedrängt haben. Und nun erfahre ich, sie war es nicht wert.« Liro sah nicht mehr aus wie ein junger Mann; es war, als wäre er mit einem Schlag zehn Jahre älter geworden. Der Zorn furchte seine Stirn, seine Augen waren gerötet, sein Haar wild zerzaust. »Wie geht es nun weiter? Wollen wir prüfen, ob dein Blut sich mit Sahikos Blut verträgt?«

Yando wagte nicht zu antworten, und Liro lachte.

»Welchen Sinn hätte das überhaupt? Könnte ich dem Magier glauben, der die Tropfen mischt? Könnte ich darauf trauen, dass er nicht mit dir unter einer Decke steckt? Ich bin von Feinden umgeben, und selbst wenn das Ergebnis dich freisprechen würde, könnte ich dir nicht mehr vertrauen. Du bist mit allen hier im Palast viel zu gut befreundet, jeder würde für dich lügen. Du wirst mir auf dem Thron der Wahrheit Rede und Antwort stehen, Yando.«

Und das war es nun, das Ende. Das war es, was ihn erwartete, nach all seinen Opfern. Nach den Jahren, die er diesem Jungen geschenkt hatte. Der Thron der Wahrheit. Seine Angst war zu groß, um sie zu fühlen, doch seine eigene Wut wuchs, sie wallte in ihm hoch.

»Das könnt Ihr nicht tun«, sagte er. »Das dürft Ihr nicht!«

Liro schien ihn nicht zu hören. »Es fühlt sich an, als würde ein Zeitalter enden. Die Eisenarmee da draußen. Kanchar fällt. Sahiko war für mich ein Stück Hoffnung, ein Lichtstrahl in einer dunklen Zeit. Nun ist sie das nicht mehr. Sie ist nur noch eins: Rumas Betrug.«

»Liro, bitte!«

»Was?«, schrie Liro. »Was fällt dir ein, so mit mir zu reden, mit mir, deinem Kaiser?«

Es war unmöglich, ihn zu erreichen, zu ihm durchzudringen. Der Drang zu fliehen wurde übermächtig. Er war sogar noch stärker als der Wunsch, Liro mit Worten zu überzeugen, ihn anzuflehen, ihm weiter zu vertrauen. Es war vorbei. Liro hatte recht: Ein Zeitalter schien zu enden, ein ganzes Leben, das auf einer Lüge beruhte. Sie waren keine Freunde. Dieser Junge hatte ihm vertraut – und ihn dennoch versklavt. Liro hatte Guna, für das Yando alles getan hätte, benutzt, um ihn bei sich zu behalten. Und im Gegenzug hatte Yando den Jungen verraten, indem er Ruma geliebt hatte. Ruma, die ihrerseits verraten worden war. Die nie eine Wahl gehabt hatte, die jeder Mann in ihrer Umgebung wie einen Gegenstand behandelt hatte. Auch sie war nichts als eine Gefangene gewesen, und wenn Liro glaubte, er hätte ein Recht auf ihre Liebe und ihre Treue gehabt, nur weil ein Priester sie gesegnet hatte, irrte er sich auf fatale Weise.

Ihrer beider Leben – Liros ebenso wie seins – beruhte auf Lügen und Irrtümern, und es kam nun zu einem Ende. Was Yando erwartete, dort wo der Tod ihn begrüßen würde, war Matinos Ungeheuer. Er hatte einen Platz in dem gewaltigen eisernen Brustkorb des Drachen, unter den anderen Seelen, fern der Götter, nach deren Gnade er sich sehnte. Wenn er jetzt starb, würde er niemals das Flammende Tor durchschreiten.

Es gab nichts mehr zu tun. Außer Matino zu verraten, damit dieser mit ihm aus diesem Leben schied. Und was würde noch alles ans Licht kommen, wenn Yando auf dem Thron der Wahrheit gefoltert wurde? Jedes Gefühl, das er für Ruma in seinem Herzen gepflegt hatte, würde die Magie ihm aus der Seele reißen und in den Schmutz ziehen. Jeder Kuss, jede Berührung, die er preisgeben musste, würde nicht nur sein Herz zerreißen, sondern Liros ebenfalls. Bis von dem jungen Mann vor ihm, der wie von Sinnen war von Schmerz, nicht mehr als eine Hülle übrig war.

»Tut das nicht, Herr«, sagte er. »Um Euretwillen.«

»Schafft ihn weg«, befahl Liro kalt.

Die Wächter tauchten wie aus dem Nichts auf. Sie packten Yando an den Armen, aber er wehrte sich nicht. Wie betäubt ging er mit ihnen, aus den Räumlichkeiten des Kaisers hinaus, dorthin, wo die Magier wohnten. Jeren, der vermutlich der neue Hauptmagier war, wartete neben dem hohen Stuhl, an dem Ketten und Lederriemen baumelten. Yando überkam das kalte Grausen. Der Mann vermied seinen Blick. Sie waren keine Freunde gewesen, doch nachdem Yando ihm den einen oder anderen Gefallen getan hatte – wie Liro schlechte Nachrichten zu überbringen –, hatte ein stummes Einvernehmen zwischen ihnen geherrscht. Jerens Mitleid ließ ihm die Knie weich werden.

»Du bist nicht wie Ronik«, sagte Liro. »Du kannst den Fragen nicht entkommen.« Er winkte den Wachen, die Yando losließen und zurücktraten.

Jeren hob den Kopf, und Yando erkannte mit einem Mal, dass der Schrecken in seinen Augen kein Mitleid war. Der Mann fürchtete sich aus einem ganz anderen Grund: Er fürchtete für sich selbst.

Liro würde niemanden am Leben lassen, dem er nicht vertraute. Und vielleicht auch niemanden, der das finstere Geheimnis kannte – dass Ruma ihren Gemahl betrogen hatte. Damit hatte sie seine Ehre verletzt, und selbst jetzt, neun Jahre nach ihrem Tod, spielte das noch eine Rolle. Was war mit den Magiern geschehen, die die Blutprüfung durchgeführt hatten? Lebten sie noch? Oder war Jeren einer von ihnen? Die Angst, die er verströmte, deutete darauf hin, dass es mit den anderen Magiern ein übles Ende genommen hatte.

»Setzt Euch, Fürst Yando«, sagte er. »Mit dem Rücken lehnt Euch an, den Hinterkopf fest gegen dieses Brett pressen.«

Yando blieb stocksteif stehen. »Nein, wartet.« Er wandte sich an Liro. »Das ist nicht nötig. Ich werde gestehen. Alles.«

Der Kaiser lächelte dünn. »Ach wirklich?«

»Bitte, Majestät. Ich sage Euch alles, was Ihr wissen wollt. Unter vier Augen. Niemand sollte es mit anhören.« Er senkte die Stimme. »Meister Jeren muss nicht wissen, was ich Euch sagen werde, und Ihr müsst ihn danach nicht hinrichten lassen. Hört noch ein letztes Mal auf mich. Die Magier werden es Euch sehr übelnehmen, wenn Ihr so harsch gegen sie vorgeht. Ihr werdet sie verlieren, alle.«

»Ich könnte ihn am Leben lassen, ganz gleich, was er hört.«

Würde er das? Jemanden, der erfuhr, wie sehr Ruma Yando geliebt hatte, dass sie nur in die Ehe eingewilligt hatte, weil sie geglaubt hatte, Yando sei der Prinz? Jemanden, der Zeuge einer solchen Demütigung wurde, konnte ein Kaiser nicht am Leben lassen.

Jeren presste die Lippen aufeinander, dann meldete er sich plötzlich zu Wort. »Darf ich reden, Edler Kaiser?«

»Was habt Ihr zu sagen?«

»Ihr könntet ihn anhören, Hoheit, und danach immer noch entscheiden, ob Ihr ihn auf den Thron der Wahrheit setzen wollt.«

Liro zögerte. Yando wartete darauf, dass sich etwas in seiner strengen Miene veränderte, dass ein Stück des alten Liros wieder zum Vorschein kam. Konnte Jeren sein Herz verändern, ihn gnädig stimmen, seine Wut abkühlen? Doch keine Milde oder gar Güte trat in Liros Augen. Da war nichts als kühle Berechnung, Zorn und verletzter Stolz.

Yando gab schon alles verloren. Doch letztendlich siegte der Stolz.

»Nun gut. Wartet draußen, Meister. Nehmt die Wachen mit. Bleibt außer Hörweite. Das hier geht niemanden etwas an.«

Der Magier ließ sich seine Erleichterung nicht anmerken. Er senkte den Kopf und verließ den Raum. Sorgfältig zog er die Vorhänge hinter sich zu.

Liro trat neben den Stuhl und berührte die Schnallen und Gürtel. »Hat dich dieser Anblick so erschreckt, dass du auf einmal reden willst? Ich hätte dich für furchtloser gehalten, Yando. Für jemanden, der seine Geheimnisse lieber mit ins Grab nimmt, statt vor der Folter zurückzuschrecken.«

»Ihr braucht die Magier, Herr.«

»Du denkst also, ich werde Jeren töten lassen? Den stärksten Magier, der mir dient? Wie sollte ich ihn töten können?«

»Jerichar.«

»Einen Wüstendämon auf ihn anzusetzen ... darauf kannst auch nur du kommen. Ich werde dich vermissen, Yando. Dich und deine Ratschläge. Obwohl ich befürchte, dass ich die ganze Zeit über den falschen Ratschlägen aufgesessen bin. Dass du in Wahrheit für jemand ganz anderen gearbeitet hast. Für Tenira? Du kennst sie von früher. Habt ihr die ganze Zeit unter einer Decke gesteckt?«

»Fragt mich, was Ihr mich wirklich fragen wollt. Fragt nach Ruma. Fragt nach Sahiko.«

Liro atmete tief durch. »Na schön. Die Zeit der harmlose Plaudereien ist ohnehin vorbei. Bist du Rumas geheimer Liebhaber gewesen?«

Die Lüge. Die Wahrheit. Konnte er sein Leben noch retten? Es gab noch eine Chance. Die letzte Möglichkeit, alles zu wenden. Die allerletzte. »Es war Matino, Herr. Matino war ihr Geliebter.«

»Das ist doch absurd«, fauchte Liro. »Er ist ein Krüppel! Warum hätte sie einen Krüppel mir vorziehen sollen?«

Im Stillen leistete Yando Abbitte bei Ruma, doch die einzige Möglichkeit, Liros Zorn von sich abzulenken war, ihn auf jemand anders zu lenken. »Damals wart Ihr nicht, wie Ihr jetzt seid, Herr. Nun seid Ihr ein erwachsener Mann, und ich zweifle nicht daran, dass sie Euch heute anders betrachten würde. Doch zur Zeit Eurer Hochzeit wart Ihr ein halbes Kind. Und er hat sie sehr bedrängt. Er hat ihr wehgetan. Er hat sie sogar erpresst unter dem Vorwand, sonst ihrem Vater etwas anzutun. Vielleicht tröstet es Euch, dass sie sich ihm nicht freiwillig hingegeben hat.«

Yando hatte die Lüge gewählt. Doch während er sprach, fragte er sich, ob es wirklich eine Lüge war. Er erinnerte sich an Rumas Angst vor Matino. Wie sie immer stiller geworden war, immer unglücklicher, immer weniger sie selbst. Was war damals zwischen den beiden passiert? Lag hier seine wahre Schuld – dass er es nicht bemerkt hatte?

Der Ausdruck in Liros Gesicht veränderte sich. »Sie hätte damit zu mir kommen sollen.«

»Sie hatte Angst vor ihm. Und deshalb ist sie letztendlich gesprungen, glaube ich. Nicht weil Ihr ihr nichts bedeutet hättet, sondern weil sie wahnsinnig war vor Angst.«

Vor dem Thron der Wahrheit zu lügen war mehr als dreist. Es war dumm. Liro würde ihn foltern lassen, sobald er auch nur den Verdacht hegte, dass Yando log.

»Und du wusstest das alles? Du hast das von Anfang an gewusst und nichts gesagt?«

»Ihr habt mich gefragt, für wen ich gearbeitet habe. Und das ist die Wahrheit, Herr: für Euren Bruder. Nicht für Le-Wajun oder Guna, sondern für Prinz Matino.«

»Wie lange schon?«, fragte Liro heiser.

»Seit unserer Reise an die Grenze, um Tenira zu treffen.« Je weniger er log, umso besser. Und war es denn nicht sogar die Wahrheit? Matino hatte von ihm verlangt, sein Sklave zu sein. Immer wieder. Und hatte ihn immer wieder daran erinnert, wie machtlos Yando war. Selbst wenn der Prinz sich nicht in Wabinar aufhielt, hatten Yandos Gedanken ständig um ihn gekreist. Es war, als wäre er ein Tier gewesen, das sich nicht aus der Falle hatte befreien können, in der es steckte. Was er getan hatte und was nicht – in gewisser Weise hing alles mit Matino zusammen.

»Ronik hat mir erzählt, dass mein Bruder ihn dazu überredet hat, das Kind zu retten«, flüsterte Liro. »Ich habe nicht die richtigen Schlüsse daraus gezogen. Ich dachte wirklich, es wäre Matino um den Fortbestand der kaiserlichen Familie gegangen. Denn die Familie ist alles.« Er krallte die Hände in die Lederriemen, bis seine Finger weiß wurden. »Was hast du noch für ihn getan? Mich bespitzelt? Hast du ihm alles berichtet, was ich getan und gesagt habe?«

»Nein, Herr. Ich habe Euch nur nicht alles erzählt, was ihn angeht.«

»Deine Ratschläge. Unsere Strategie. Alles, was ich im Laufe meiner Herrschaft entschieden habe, weil du mich dazu gebracht hast – das war alles für ihn? Du hast mich zu Matinos Handlanger gemacht, während er der Schattenkaiser im Hintergrund war!«

»Ich habe Euch gedient«, sagte Yando. Nun, da Liro ihm nicht mehr vertraute, nicht mehr vertrauen konnte, war jedes Wort falsch. Ein Schritt zu weit, und er würde in den Abgrund stürzen. »Euch, Herr. Und jede Eurer Entscheidungen war gut und richtig und zum Wohle Kanchars. Meine Ratschläge waren nicht mit Eurem Bruder abgesprochen. Er wollte einfach nur das Gefühl haben, dass er eingreifen kann, wenn er es für nötig hält.«

»Ist das so?«, fragte Liro leise. »Ich bin der Kaiser. Alles, was gegen mich gerichtet ist, betrachte ich als Verrat. Ich werde alles, was du mir geraten hast, im Licht dieser Enthüllung noch einmal überdenken. Es kam mir immer so klug vor! Ich dachte, ohne dich schaffe ich es nicht.«

»Es kam Euch klug vor, weil Ihr klug seid, Herr. Weil Ihr meine Argumente überdacht und zu den gleichen Schlüssen gekommen seid. Ich habe Euch nie absichtlich falsch beraten. Ihr hättet es ohnehin gemerkt.«

Der junge Mann musterte ihn. Sein Blick war abschätzig, voller Misstrauen und Verachtung. »Und Sadi?«

Yando wusste nicht, worauf Liro hinauswollte. »Was ist mit ihm?«

»Du hast Tenira angedroht, dass wir ihn in Stücke hacken. Doch nach unserer Rückkehr war nicht mehr die Rede davon. Hat Matino dir befohlen, mich dazu zu überreden, wortbrüchig zu werden? Sadi ist sein Bruder, nicht meiner.«

»Er ist genauso auch Euer Bruder.«

»Nein, das ist er nicht. Nur mein Halbbruder. Er ist so weit von mir entfernt wie die Geschwister, die Arivs Gemahlinnen mit nach Gojad mitgenommen haben, um sie vor mir zu retten. Weil ein Kaiser sich gegen Nebenbuhler zu schützen weiß. Sadi gehört zu Matino, und auch das wusstest du von Anfang an. Du hast ihn unterrichtet, und Sahiko auch. Du ziehst die Familie meines Feindes groß, deines Herrn, und wenn sie erwachsen sind, werden sie meine Herrschaft in Frage stellen. Der neue Großkönig auf dem Thron – ein Bruder Matinos. Das Kind, das ich für meine Tochter gehalten habe – eine Tochter Matinos.« Wütend schlug er gegen die Wand. »Das muss aufhören. Das wird aufhören!«

Yando wartete, bis Liro sich wieder etwas beruhigt hatte. Eine neue Angst glomm in ihm auf. Hatte er es geschafft, das Unheil von sich selbst abzuwenden? Dann konnte er sich nicht darüber freuen. Wenn Matino fiel, würden Sadi und Sahiko dann mit ihm fallen?

»Was habt Ihr mit den Kindern vor?«

»Ich werde die Brut ausmerzen.« Liro ballte die Fäuste. »Ich schicke Tenira ihren Sohn zurück, so wie sie es immer wollte, Stück für Stück. Und Sahiko? Ich werde Matino nach Hause rufen. Und ihn auf diesen Stuhl setzen, auf den Thron der Wahrheit, und ich werde jedes Quäntchen Wahrheit aus ihm herauspressen, bis er sich vor mir im Staub windet. Und bevor er stirbt, soll er zusehen, wie ich seinem Kind die Kehle durchschneide.«

»Nein, Herr! Nein, tut das nicht. Könnt Ihr das Mädchen nicht einfach nach Guna zurückschicken? Und in Sadi täuscht Ihr Euch. Er ist ein guter Junge, das wisst Ihr. Habt Ihr denn alles vergessen? Sadi gehört zu uns, zu Euch und zu mir, er wird …«

»Schweig!«

Der Schmerz warf ihn beinahe um. Yando taumelte rückwärts, während ein gleißendes Brennen sein Gesicht spaltete. Er fühlte, wie ihm das Blut über die Stirn lief. Ungläubig starrte er auf den Lederriemen mit der Schnalle, den Liro in der Hand hielt. Er musste ihn vom Stuhl entfernt haben, während sie miteinander gesprochen hatten. Yando hatte es nicht einmal wahrgenommen.

Liro wog den Riemen in der Hand, während er näher kam. »Ich will nichts von dir hören. Nicht solange du Matino dienst. Nicht solange er noch lebt. Du bist ein Sklave, ein erbärmlicher Sklave, und du sollst mir dienen. Mir, nicht ihm! Du gehörst mir!«

»Herr, ich …« Seine Lippe blutete. Er wischte sich darüber. Noch mehr Blut.

»Ich sagte, schweig!«

Schützend hob Yando seinen Arm und fing den nächsten Schlag damit ab. Der Gürtel peitschte durch die Luft und traf seinen Unterarm. Die Haut platzte auf, sengender Schmerz jagte durch seinen Körper. Er keuchte, Tränen traten ihm in die Augen.

»Ich hasse dich!«, schrie Liro. »Ich habe dir vertraut. Ich dachte, du bist mein Freund, aber du bist nur ein Sklave, nichts als ein Sklave! Zieh dein Hemd aus.«

Yandos Hände zitterten, während er nach den Schnürbändern seiner Tunika fasste. Sein Gesicht fühlte sich taub an, sein Arm ließ sich kaum bewegen. Es war alles wie damals, als Matino ihn geschlagen und gequält hatte. Die Schmerzen. Die Demütigung. Die Erniedrigung. Der Hass. Nur dass es diesmal Liro war. Es würde nicht enden. Niemals. Ein Sklave zu sein. Nie.

»Na los. Zieh es aus. Ich werde dir zeigen, was es heißt, mich zu hintergehen.«

Yandos Finger verhielten am ersten Knoten seiner Tunika. Alles von vorne. Der Schmerz. Die ungeschrienen Schreie. Matinos grausames Lächeln. Ein Dorn in seinem Fuß. Sein Rücken eine einzige Qual. Eine Peitsche. Ein Knüppel. Der Feuerreiter, der vor aller Augen starb. Und die Grausamkeiten in den unbeobachteten Momenten. Während Ruma heiratete, seine Ruma. Matino. Yando saß in der Falle. Es war immer Matino gewesen. Und nun war es Liro.

Er bewegte sich nicht, die zitternden Hände vorne an seiner Tunika, Blut auf seinen Händen. Nie wieder, hatte er sich geschworen. Er war kein Sklave, er konnte nicht wieder zu einem werden. Er hatte die Götter um Kraft angefleht, aber alles, was er je an Stärke und Geduld und Demut bekommen hatte, war verbraucht.

»Nun mach schon. Du bist ein Sklave, es ist deine Pflicht, mir zu gehorchen.«

»Ich denke nicht daran.« Er wand Liro den Riemen aus der Hand, bevor dieser noch einmal zuschlagen konnte, und drängte den jungen Mann gegen die Wand, an den Stuhl mit den Schnallen und Riemen. Mit einem empörten Aufschrei rutschte Liro auf den Sitz. »Was fällt dir …?«

»Du verfluchter Bastard!«, keuchte Yando. Er griff nach dem nächsten Riemen, der von der Vorrichtung herunterhing, und schlang ihn um Liros Hals. »Du schlägst mich? Ich bin nicht dein Sklave! Ich war dein Lehrer. Ich war dein Freund!« Mit aller Kraft zerrte er an dem Lederstreifen, führte ihn durch den Ring am anderen Ende der Stuhllehne und zog ihn fest. Und fester, während Liros Gesicht blau anlief. »Ich habe dir alles beigebracht, was ich wusste, und du willst zwei Kinder töten? Das ist es, was du bist, sobald ich dir den Rücken zukehre? Ein Kindermörder?«

»Lass mich los«, ächzte Liro.

»Damit du Sadi in Stücke schneiden kannst? Ich verachte dich!«, schrie Yando. »Dich und dein ganzes Kaiserreich, und wenn die Eisenarmee euch überrennt, habt ihr es verdient! Ich habe alles für dich geopfert. Du wolltest es so! Du hast mich hier festgehalten, als ich hätte frei sein können! Du hast mich erpresst mit meiner Pflicht, mit meiner Verantwortung als König von Guna! Du wolltest mich nie als Freund und Berater, sondern nur als Sklaven, damit ich nicht gehen und dich im Stich lassen kann, wenn ich herausfinde, was für ein erbärmliches Stück Dreck du bist!« Blut spritzte aus Liros Mund und seiner Nase, besudelte das Gesicht des jungen Mannes. »Du bist wie Matino, ganz genau wie dein Bruder, ganz genau wie alle Kaiser vor dir!«

Hände versuchten Yando wegzustoßen, Füße traten nach ihm, er merkte es nicht. »Du hast Ruma angefasst, obwohl sie dich nicht wollte, obwohl sie dich nie wollte! Sie hat nur mich geliebt, und du hast sie benutzt wie eine Hure! Für dich sind wir alle deine Sklaven! Du hast meiner Schwester ihr Kind weggenommen! Du glaubst, Matino hat über Kanchar geherrscht? Du glaubst, er ist der wahre Kaiser! Du blinder Idiot! Ich bin es! Ich bin der wahre Kaiser von Kanchar!«

Ein letztes Zucken. Die Finger, die sich in seine Tunika krallten, fielen kraftlos herab. Das Röcheln verstummte. Entsetzt blickte Yando auf das leblose Gesicht des Jungen, der sein Herr gewesen war. Nicht sein Sohn, nicht sein Schüler, nicht sein Freund. Und vielleicht nicht einmal sein Herr. Nur ein Fallensteller, der ihm eine Falle nach der anderen gestellt hatte, um ihn bei sich zu behalten. Ein Jäger.

Ein Schwächling.

Tot.

Yando ächzte, ein seltsamer Laut kam aus seiner Kehle, doch es fühlte sich nicht an, als würde er selbst diesen erstickten Schrei ausstoßen. Er sank am Thron der Wahrheit herab, umfasste die Knie des Jungen. Und er weinte um das, was sie einander gewesen waren.

Ein Zeitalter hatte sein Ende gefunden. Ein Faden war zerrissen. Ob auch die Götter über dem zerstörten Muster weinten? Ob sie jemals mitfühlten mit den Trauernden und hassten mit den Hassenden? Yando wusste es nicht. Er verstand die Götter nicht. Er hatte aufgehört, an sie zu glauben, und dann irgendwann begriffen, dass er nicht damit aufhören konnte. Er hatte nur aufgehört, ihnen zu vertrauen und in dem Teppich, den sie webten, ein Bild zu suchen.

Es gab kein Bild. Vielleicht hatte es nie eins gegeben.

Er schluchzte laut, vor Wut und Schmerz und Trauer, doch dann zwang ihn sein immer wacher Verstand, innezuhalten.

Yando löste die Hände von Liros Leichnam. Es schauderte ihn, er wollte das aufgequollene Gesicht nicht sehen.

»Liro«, flüsterte er.

Und ihm wurde bewusst, dass er nicht einfach nur Liro getötet hatte, den Jungen, den er großgezogen hatte. Er hatte den Kaiser ermordet, den Edlen Kaiser von Kanchar.

Yando wäre niemals so weit aufgestiegen, wenn er nicht eine seltene Fähigkeit besessen hätte: klar und kühl zu denken, während um ihn herum eine Schlacht tobte oder die Welt in Flammen aufging. Er hatte einen Mord begangen, für den man ihn hinrichten würde. Wenn er dem entgehen wollte, musste er auf der Stelle fliehen.

Den Blick von Liro abzuwenden war beinahe eine Erleichterung. Er weinte nicht mehr. Gefühle durfte er sich jetzt nicht erlauben. Stattdessen blickte er sich im Raum um.

Es war das Zimmer eines Magiers. Auf dem Tisch an der Wand standen die üblichen Utensilien: eine Wasserkaraffe, einige Schalen. Da dies kein Schlaf- oder Ankleidegemach war, fanden sich keine sauberen Kleidungsstücke hier, doch einer der Vorhänge verbarg den Zugang zu Jerens privaten Räumlichkeiten. Den Mantel eines Magiers zu tragen, ohne selbst ein Magier zu sein, war verboten, und es bestand die Gefahr, dass man ihn darin erkannte. Seine eigene Kleidung hingegen war blutbefleckt, und sein Gesicht lädiert. Sein rechtes Auge schwoll bereits zu.

Yando hatte keine Zeit, lange nachzudenken und einen guten Plan zu schmieden. Er musste sofort Entscheidungen treffen. Er wollte Jeren nicht in Schwierigkeiten bringen, indem er die Leiche in dessen Schlafzimmer versteckte, doch der Magier würde sich selbst retten müssen. Yandos Verantwortung für andere Menschen war hiermit beendet. Nun würde er nur noch für sich selber sorgen.

Zuerst wickelte er den Toten in Decken und verbarg ihn hinter dem Bett des Magiers. Anschließend reinigte er sich selbst mit dem Wasser, das ihm zur Verfügung stand, wusch sich Gesicht und Hände und zog sich die blutbefleckte Kleidung aus. Jeren war kleiner als er, dennoch musste eine seiner Tunikas und eine lange Hose genügen. Kein Mantel, obwohl es verführerisch war, sein Gesicht und die Verletzungen zu verbergen. Doch das Gerücht, das er sich mit dem Kaiser gestritten hatte, hatte sich bestimmt längst verbreitet. Die Diener und Wachen würden tun, als bemerkten sie nichts.

Yando glättete mit den Fingern seine Haare und verließ das Gemach. Darin, so zu tun, als würde er gerade nicht innerlich sterben, hatte er jahrelange Übung. Die Wächter, die sich mehrere Räume weiter leise unterhielten, standen stramm. »Fürst«, murmelte einer, während er an ihnen vorbeischritt. Von Jeren war nichts zu sehen. Wenn er klug war, hatte er sich bereits aus dem Staub gemacht und den Palast verlassen.

Durch die Räume zu gehen, den Kopf hoch erhoben, und sich den Anschein von Normalität zu geben, die eine oder andere Dienerin anzulächeln, den Wächtern zuzunicken – das war Routine. Seine eigenen Räume wurden nicht bewacht. Er zog sich um und sammelte ein, was irgendwie von Wert war und wenig Gewicht besaß. Seine Ringe, die er nie trug, steckte er nun an die Finger. Er hängte sich einige Ketten um, die Ruma gehört hatten. Liro hatte sie nicht mehr sehen wollen, weil sie ihn zu sehr an seine Frau erinnerten, und Yando hatte sie in einer Kiste aufbewahrt. Er wählte seine besten Stiefel. Dann wandte er sich zum Gehen.

Die Zeit von Yando, dem Sklaven in Wabinar, war vorüber. Nie wieder würde er Yando sein, der für die Pflicht auf irgendetwas verzichtete. Der alles andere über seine Flucht stellte: eine Frau oder ein Land oder ein Großkönigreich, das er beschützen musste.

Er hätte schon vor Jahren verschwinden sollen. Verdammt sollten sie alle sein.

Doch als er schon die Hand am Vorhang hatte und der seidige Stoff sich an seine Finger schmiegte, zögerte er.

Sadi. Und Sahiko. Und nicht zu vergessen: Maira. Wer war er ohne diese drei? Und was würde mit ihnen geschehen, wenn er sie zurückließ?

Wer würde sich auf den Thron setzen – einer der jüngeren Söhne, die der Altkaiser in Gojad um sich scharte? Der gewiss ohne zu zögern die angebliche Tochter des Kaisers beseitigen lassen würde. Und der die Geisel hinrichten ließ, sobald Tenira ihren nächsten Sieg errang. Ganz zu schweigen von einer Ausländerin, die niemand brauchte und die allzu schnell in den Verdacht geraten konnte, eine Spionin zu sein.

Yando seufzte. Auch wenn er nicht mehr Yando sein wollte, so war er dennoch Kir'yan-doh von Guna, einer der Edlen Acht. Er konnte aufhören, für den Frieden zu leben, den er nicht hatte bewahren können, doch die, die er liebte, im Stich zu lassen? Nicht einmal jetzt brachte er das fertig.

»Sahiko«, flüsterte er. »Sadi. Maira.«

Drei Reiter, mit ihm vier, waren zu viele für einen Wüstenfalken. Und ein Wüstenfalke musste es sein, sonst würde man sie zu schnell einholen. Zwei Personen konnte der Falke tragen. Drei waren schwierig, doch zum Glück waren alle drei, um die es ihm ging, leicht an Gewicht. Zwei Kinder, eine zierliche Frau. Es musste möglich sein, wenigstens zwei von ihnen mitzunehmen. Ohne Sadi konnte er nicht fliegen, daher musste er sich zwischen Maira und Sahiko entscheiden. Wenn er nur selbst fliegen könnte ... Er traute sich sogar zu, notfalls einen Vogel in die Luft zu bringen, doch eine Verfolgungsjagd verlangte Erfahrung und Geschick. Das Risiko, durch sein Unvermögen zu scheitern, konnte er nicht eingehen.

Doch das bedeutete auch: Entweder das Mädchen oder die junge Frau musste er zurücklassen.

Seine Gedanken wurden kalt und klar. Es war alles ganz einfach, wenn man das Herz nicht befragte, sondern den Verstand entscheiden ließ. Yando fasste einen Entschluss und ging hinüber zu Maira.

Sie hatte es sich auf einem bunten Sitzkissen bequem gemacht und blätterte in einem Buch. »Yando? Was willst du?«

Seit Sadi unter Hausarrest gestellt worden war, hatte sie ihn kühl behandelt. Als hätte er etwas dagegen unternehmen können. Sie hatte ja keine Ahnung, wie intensiv er um Sadis Leben gekämpft hatte. »Komm mit. Sofort. Keine Fragen.«

Maira starrte ihn an, blinzelte, ihr Blick ruhte eine Weile auf seinem Gesicht. Dann stand sie auf und griff nach ihrem Mantel. Sie folgte ihm zu der Treppe, die hoch zum Dach führte, und stellte keine einzige Frage. Erst als sie oben waren, fasste sie nach seinem Arm. Es war der verletzte Arm – Yando konnte ein Aufkeuchen nicht unterdrücken.

»Ich gehe nicht ohne Sadi.«

»Ich auch nicht. Vertrau mir.«

Es war Maira. Maira, die immerzu stritt und sich aufregte und sich nie um seine Stellung bei Hofe scherte, wenn sie ihn wegen was auch immer zur Rede stellte. Doch diesmal schwieg sie. War es in seinem Gesicht zu lesen, was geschehen war? Sein Versuch, sich normal zu verhalten, Autorität und Ruhe auszustrahlen, schien zu gelingen. Doch Maira sah irgendetwas an ihm, das sie wortlos gehorchen ließ.

Die Wächter, die am Dachrand patrouillierten, wünschten ihm höflich einen guten Tag. Yando hob grüßend die Hand. Die Sonne stand hinter ihm. Wenn er Glück hatte, konnten sie sein Gesicht nicht richtig erkennen.

Ein einziger Wüstenfalke schlummerte zwischen Steppenadlern und einem Gebirgsgeier.

»Wer ist unser Feuerreiter?«, fragte sie leise, als Yando die Trittsprossen emporkletterte und die Mäntel herausholte. »Und wie will uns der Vogel tragen, wenn wir schon zu zweit …«

»Du bist leicht genug«, unterbrach er sie. »Du und Sadi, ihr seid zusammen nicht schwerer als ein Mann. Und bis er bei uns ist, fliege ich. Das kurze Stück sollte ich schaffen.«

Sein Wille war stark. Er war wie ein Feuer, das ausgebrochen war, das alle Fallen, in denen er feststeckte, verglühen ließ. Sein Wille loderte, schäumte, er reichte bis zu den Göttern. Der Vogel erwachte mit einem Schauder, ein rotes Auge glühte auf, Schwingen streckten sich. Die Wächter riefen etwas, doch Yando hörte sie nicht. Er konzentrierte sich auf den Willen, der in dem eisernen Leib gefangen saß, auf die Seele, die darin um ihre Freiheit kämpfte.

»Flieg«, befahl er ihm und schon schwang sich der Falke in die Luft. Er stieg beinahe senkrecht empor. Maira schrie auf vor Schreck, aber Yando hatte den Vogel in seiner Gewalt. Sein Wille war so viel größer als das flatternde Nichts im Herzen der Kreatur. Kraft seines Willens zwang er den Eisenvogel, einen Halbkreis zu fliegen und an den Fenstern im obersten Stockwerk entlangzusegeln. Da war es – Sadis Fenster.

Es zu wollen genügte, und der Falke flatterte auf der Stelle und rammte den spitzen Eisenschnabel durch das Glas. Ein Scherbenschauer ging nieder.

»Sadi!«, rief Yando.

Gleich darauf sprang der Junge zum Fenster und kletterte durch die Öffnung. Er schien nicht im Mindesten überrascht. Geschickt balancierte er vom Sims über den Hals des Vogels und ließ sich in den vordersten Sattel sinken.

»Wer fliegt?«, schrie Sadi. »Ich oder du?«

»Du«, sagte Yando. »Bring uns hier weg. Sofort.«

»Was ist mit Sahiko?«

»Sie ist in Sicherheit.«

Niemand wusste, dass sie nicht Liros Tochter war, dafür hatte Liro selbst gesorgt. Falls er die Magier am Leben gelassen hatte, waren sie bestimmt längst geflohen. Dennoch schwebte Sahiko natürlich in Gefahr, gerade weil sie als die Tochter des Kaisers galt. Es kam darauf an, ob derjenige, der sich auf den Thron setzen würde, sie als Bedrohung empfand oder nicht. Wenigstens hatte Sahiko eine Chance zu überleben, wenn Lan'hai-yia sie rechtzeitig zu sich holte. Maira hingegen hatte niemanden in Wabinar. Yando hatte sie nicht zurücklassen können. Außerdem war sie die Frau, die sich von Anfang an um Sadi gekümmert hatte. Sie war Sadis echte Mutter.

»Flieg«, sagte er noch einmal. »Flieg, Sadi. Bring uns hier weg.«

Einen Tag nach dem Tod des Kaisers von Kanchar beschloss König Laikan, Dajastadt mit einem Teil seiner Truppen zu belagern und mit der Hauptmacht seiner Armee aus Eisensoldaten gen Testra weiterzuziehen. Er ritt an der Spitze, umgeben von seinen besten Kriegern, sein roter Umhang ein leuchtender Fleck im Graubraun der Steppe, auf seinem Wappen der springende Hirsch von Anta'jarim. Doch hinter der Gruppe schwerbewaffneter Offiziere ritt ein schmaler, unauffälliger Mann in einem dunklen Mantel. Dieser winkte seine Assassinen zu sich heran.

»Karim ist wieder da, wie man hört«, sagte er. »Ich reite mit Laikan, doch ihr bleibt hier. Tötet ihn. Egal, was es kostet, egal, wie lange es dauert, egal, in welche Gefahr ihr euch bringt. Dajastadt ist mir gleich. Ihr seid mir gleich. Und wenn ihr versagt, wäre es besser, ihr hättet nie gelebt. Ich will nur seinen Tod.«

Amanu, sein bester Schüler, neigte demütig den Kopf. Dann winkte er den anderen Wüstendämonen, und gemeinsam blieben sie zwischen den Hügeln zurück, eine kleine Schar dunkelgewandeter Männer und Frauen mit einem einzigen Ziel.

Einen Tag nach dem Tod des Kaisers von Kanchar brannte Schloss Anta'jarim. Es war verlassen, da König Laikan gegen Daja gezogen war. Nur die Königin war noch dort, umgeben von einigen wenigen Dienern. In den Sälen und Gängen herrschte Stille, der Hof lag nachtdunkel da, und im Schlossgraben schimmerten einige wenige Sterne, die durch die Lücken in der Wolkendecke funkelten. Der Wind rauschte in den Baumkronen. Dilaya träumte in dieser Nacht von Prinz Karim, ihrem verschollenen Verlobten. Der Traum war so lebensecht, dass sie beinahe glaubte, er wäre wirklich zu Besuch gekommen. Er saß an ihrem Bett. Er betrachtete ihr Gesicht, und unter seinem Blick fühlte sie sich wieder schön. Ihre

Einsamkeit wehte davon, und für einen Augenblick war sie eine andere Frau, war sie wieder das Mädchen, das sie einmal gewesen war. Die goldgelockte Prinzessin Dilaya, die von einer wunderbaren Zukunft träumte.

Als Karim fort war, zerschmetterte sie die Lampen und rief das Feuer, und das Feuer kam.

Einen Tag nach dem Tod des Kaisers von Kanchar verließ Matino mit dem Eisendrachen die große Halle in Gojad. Einen Tag, nachdem er vom Tod seines Bruders erfuhr, stieg er die Leiter hinauf in den Bauch des Untiers. Er nahm auf dem Sessel Platz, den er vorbereitet hatte, und blickte durch die Spiegel. Auf diese Weise konnte er sehen, was der Drache sah.

Sein Wille wäre nie stark genug gewesen, die Seelen zu einem einzigen Willen zu vereinen, doch Spiro hatte ihm gezeigt, wie es dennoch gelingen konnte. Der Drache gehorchte mit einem freudigen Schrei, seine Augen glühten, seine Schwingen breiteten sich aus. Die letzten Gerüste fielen von ihm ab, die Leitern zersplitterten, dann brach er durch die Mauer.

38. Heimkehr

Das Flüstern klang wie aus weiter Ferne. Im Nebel wisperten die Stimmen. Die Wellen waren eisengrau, mit unerbittlicher Härte schlugen sie gegen den Rumpf des Schiffes. War man an Deck und sah, wie hoch sie sich auftürmten, mochte man die Stimmen für das Zusammenspiel von Wind und Wogen halten, für das wütende Gebrüll des Sturms, doch wann immer der Sturm nachließ, klang das Flüstern umso lauter.

Wovon sprachen sie? Wortfetzen erreichten Wihajis Ohr. Seine Fantasie füllte die Lücken. Sangen sie von rettenden Inseln, von fernen Ufern? Von versunkenen Schiffen, die tief unter ihnen den Meeresgrund bedeckten wie geborstene Kiesel? Waren es die ertrunkenen Seeleute, die draußen im Nebel heulten? Wenigstens griffen sie nicht an, doch es schien nicht viel zu fehlen.

Wihaji dachte an den Pakt, den er mit dem Grauen Kapitän geschlossen hatte. Er dachte an das Blut, das fließen würde, und an die Dunkelheit in seiner eigenen Seele. Daran, dass es kein Zurück mehr gab.

Seit zwei Wochen waren sie unterwegs, und mit jedem Tag, der verging, wurde die Last, die er trug, größer. Er durfte es nicht zu früh tun, und er durfte nicht zu lange warten. Heute war der Tag.

Heute.

Heute würde er seine Verdammnis besiegeln.

Wihaji sog die feuchte Luft in seine Lungen, um sich zu beruhigen. Er wünschte sich, der scharfe Wind würde seine Gedanken davonwehen, bis er nichts mehr denken und nichts mehr fühlen konnte. Er wünschte sich, es gäbe irgendeine Art von Gewissheit, dass seine Wünsche sich erfüllen würden und alles so kam, wie er es geplant hatte. Etwas, an dem er sich festhalten konnte, doch das Krächzen der Raben oben im Mast klang wie hämisches Gelächter.

Sie waren nicht mehr in Kato, dennoch war jede seiner Bewegungen verlangsamt wie in einem bösen Traum. Er stolperte durch den Nebel, fand die hölzernen Stufen nach unten, sein Fuß glitt ab, beinahe wäre er gestürzt. Das brachte ihn zur Besinnung. Sein Herz hämmerte wie verrückt. Schweiß tropfte ihm von der Stirn, seine Hände rutschten ab. Wihaji zwang sich zur Ruhe. Er war vielleicht der beste Nahkämpfer weit und breit sein; hundert Jahre Übung hatten seine Fähigkeiten vervollkommnet. Unbedingte Konzentration gehörte dazu. Er war ganz bei sich, wenn er kämpfte, und genauso musste es heute sein.

Vergiss, wer du bist und wer du warst. Vergiss Kato und den Krieg gegen den Flammenden. Denk an die Zelle, an Tenira, die auf der Schwelle erscheint wie ein blendendes Licht. Denk daran, wie du den Wüstendämon getötet hast. Schnelligkeit und Entschlossenheit ist alles.

Sein Körper gehorchte ihm wieder. Er verbannte die Zweifel. Stufe um Stufe stieg er hinab. Im Inneren des Schiffes roch es nach Salz und Getreide, dazwischen die herbe Note mörderischen Willens. Tizarun badete darin wie in Parfüm. Er zelebrierte seine Rückkehr. Er verwöhnte das Kind, mit dem der Kapitän ihn spielen ließ. Der Graue Kapitän, der darauf wartete, dass Wihaji handelte.

Wihaji stieß die Tür zur Kajüte auf. Tizarun residierte darin wie ein König. Pelze und Decken waren über Bänke und Boden gebreitet, die Seekarten auf dem Tisch hatten längst Bechern und Flaschen Platz gemacht. Tizarun war weder in seiner Jugend noch in seiner Zeit als Großkönig ein Trinker gewesen, doch seit er vergiftet worden war, schien er nicht mehr genug von starken Getränken zu bekommen. Er trank Met wie Wasser, schlürfte Wein wie Suppe und genoss den kostbaren weißen Garnt, die wertvollste Fracht des Grauen Schiffes, als wäre es das Blut seiner Feinde.

Der kleine Junge saß auf Tizaruns Knien, während sich seine

treuesten Soldaten auf den Sitzkissen verteilt hatten. Quinoc spielte mit Würfeln, eine hohlwangige Frau stieß ein meckerndes Lachen aus.

Wihaji trat näher. Tizaruns Augen waren dunkel vor Zufriedenheit. »Hast du dich oben an Deck verkühlt? Du solltest damit aufhören, nach dem Ufer Ausschau zu halten, die Überfahrt kann Jahre dauern. Trink einen Becher mit uns, alter Freund.«

Ein Ruck ging durch das Schiff, wie ein wildes Pferd bockte es, und die Flaschen auf dem Tisch fielen um und rollten über die Platte.

»Ein Sturm zieht auf«, sagte Wihaji.

»Das ist schon die ganze Zeit über so. Mal ist es schlimmer, dann wieder besser.«

»Dieses Mal ist es anders. Sogar der Kapitän wirkt besorgt.« Er hob eine der Flaschen auf. Der Duft, der daraus aufstieg, war wie das frühlingshafte Aroma der magischen Wälder von Anta'jarim.

»Trink«, sagte Tizarun. Er gab seinen Leuten ein Zeichen, ihn allein zu lassen. Nur Quinoc zögerte und setzte sich schließlich neben Tizarun, ein stummer Wächter mit undurchschaubarer Miene. Wie lange war es her, dass sie Freunde gewesen waren? Wihaji schien es, als hätten sie einander nie gekannt. Der junge Mann, an den er sich erinnerte, hätte seinen Bruder nie für eine Lüge geopfert. »Wir können nicht untergehen, also lass uns auf die Angst trinken.«

»Weißer Garnt«, sagte Quinoc genießerisch. »Er ist nicht wie der Schwarze von den Weinbergen am Nebelmeer, sondern wird mit dem Schiff gebracht. Das ist die Hauptfracht des Kapitäns. Honig aus dem anderen Anta'jarim, Wein aus dem anderen Garnt. Wenn du ihn trinkst, hörst du die Stimmen der Götter.«

Wihaji hatte nicht das Bedürfnis danach, die Stimmen der Götter zu hören. Er wollte nur seine Aufgabe hinter sich bringen. Aber er würde es nicht überstürzen. Er war wie ein Leopard in Guna, der oben im Geäst lauerte, bis seine Beute nah genug herangekommen war. Daher nahm er den Becher an, wog ihn prüfend in der Hand. Er bestand aus glänzend glasierter Keramik, in die feine Ornamente geritzt waren.

»Dann gieß mir einen Schluck ein.«

Natürlich misstrauten sie ihm. Wer hätte das nicht? Tizarun mochte so tun, als seien sie wieder Freunde, aber Quinoc wusste Bescheid. Quinoc, der ihn nie eingeweiht hatte über das, was in Trica geschehen war, der hinter seinem Rücken die Fäden gezogen hatte.

»Was hast du da? Einen Dolch? Besser, du gibst ihn mir. Du willst doch gewiss nicht, dass jemand verletzt wird bei dem unruhigen Seegang.«

Wihaji erlaubte sich ein entschuldigendes Lächeln, als hätte man ihn ertappt. »Oh, gewiss nicht.«

Das Kind lachte, als das Schiff sich zur Seite neigte. Lijun liebte es, geschaukelt zu werden.

Jemand, der gut genug war, um einen Wüstendämon zu töten, brauchte keinen Dolch. Er konnte alles verwenden, was zur Hand war. Sogar sein Lächeln. Oder die Art, wie er von dem Wein kostete, der Wellen im Becher schlug, während Wihaji so tat, als wollte er die alte Freundschaft aufwärmen.

»Erzähl mir von den Jahren, die ich versäumt habe, Quinoc. Erzähl mir von Le-Wajun. Von … von Linua. Und von den anderen. Was ist aus Sidon geworden? Aus Lani? Habt ihr Kirian wiedergefunden?«

Er konnte gleichzeitig zuhören und auf der Lauer liegen. Gleichzeitig Fragen stellen und an dem Wein nippen und zwischendurch dem Kleinen über das flaumige Köpfchen streicheln. Tizarun hatte einen Narren an seinem Enkel gefressen.

Wihaji setzte eine versonnene Miene auf. Das Schiff krängte so stark, dass man Becher und Flaschen festhalten musste und alles von den Borden fiel, das sich bis jetzt an seinem Platz behauptet hatte. Obwohl er zerstreut tat, hörte Wihaji sehr gut zu. Er hörte auf die unausgesprochenen Worte hinter Quinocs Erzählung, hörte eine Geschichte von Zweifeln und Verzweiflung, von der Sehnsucht nach Klarheit und Reue. Quinoc war nicht der, für den

Tizarun ihn hielt, kein loyaler Getreuer, sondern so zerrissen wie ein Seil, an dem ein viel zu schweres Gewicht gehangen hatte. Er sprach nicht davon, wie er gestorben war.

Wihaji trank noch einen Schluck. Der Wein brannte Löcher in seine Zunge. Der Duft des Frühlings verflog, und im Gaumen breitete sich ein anderer, bitterer Geschmack aus. Es schmeckte nach Sterben im Schnee.

Er zerschlug den Becher an der Tischkante und schnellte vor. Bevor die Erkenntnis in Tizaruns Augen aufstrahlte, hatte er ihm die größte Scherbe in den Hals getrieben. Tizarun konnte nicht einmal mehr schreien. Er öffnete den Mund zu einem stummen Protest, seine Hände ruderten durch die Luft. Wihaji griff nach dem Kind, doch im selben Moment riss ihn jemand zurück. Quinoc umklammerte ihn, und das Schlingern des Schiffes schleuderte sie beide gegen einen Stuhl, der unter ihnen zu Bruch ging, dann gegen eine Kommode, die krachend zersplitterte.

»Lass mich los!«, schrie Wihaji. »Es muss sein!«

Er kämpfte gegen Quinoc, rollte sich herum und benutzte seinen Ellbogen, um seinem Gegner die Nase zu brechen. Röchelnd sackte Tizarun zu Boden. Der Kleine heulte. Und zwischen den Trümmern der Möbel, die haltlos durch den Raum rutschten, erschien einer der Soldaten. Schmutzigbraunes Haar stand ihm wirr vom Kopf ab, das Gesicht war jung und glatt, die Augen groß und klar. Der Soldat bückte sich und hob das wimmernde Kind auf.

Eine Soldatin. Ein Mädchen, das er kannte.

»Anyana!«, rief Wihaji, der sich weiter gegen Quinoc wehrte. Die Angst, das sie ihn aufhalten könnte, verlieh ihm die Kraft, Quinoc von sich zu stoßen. »Warte!«

Sie war schon an der Tür, eilte davon, er setzte ihr nach. Tizarun lag im Sterben, Wasser flutete in die Kajüte. Wo kam all das Wasser her? Er watete durch knöcheltiefes Meerwasser, während er Anyana hinterherhetzte. »So warte doch! Anyana!«

Sie war schon an der Leiter. Wie hatte er nur übersehen können, dass sie an Bord war? Hatte sie sich die ganze Zeit über vor ihm verborgen gehalten, mit kurzem Haar wie ein Junge, das auffällige Rot mit Asche gefärbt? Kein einziges Mal hatte sie versucht, in Lijuns Nähe zu kommen, und jetzt das! Er griff nach ihren Füßen, sie trat nach ihm und huschte so flink wie ein Eichhörnchen die Leiter hoch, hinauf in den Sturm.

»Anyana!«, schrie er. »Du verstehst das nicht!«

Der Wind fiel über ihn her, als er aus der Luke kroch, und zwang ihn in die Knie. Das Schiff krängte heftig zur Seite, und Wihaji musste sich irgendwo festhalten. Er griff nach dem erstbesten Gegenstand und erwischte ein Seil. Flog durch die nächste Welle, erahnte den nassen Tod und klammerte sich fest.

Die Stimmen im Nebel brüllten. Sie sangen im Chor. Sie gellten ihm in den Ohren. Das Schiff tauchte durch eine Woge, richtete sich wieder auf. Es ächzte und stöhnte wie ein lebendes Wesen. Anyana stand an der Reling, nur zwei, drei Meter von ihm entfernt. Genauso gut hätte es ein ganzes Königreich sein können.

»Vertrau mir, bitte!«, schrie er, doch der Sturm pflückte ihm die Silben von den Lippen. »Ich bin nicht dein Feind!«

Sie drehte sich zu ihm um. Ihr Gesicht war ihm so lieb, so vertraut, und es tat ihm weh, sie so zu sehen: der Mund bläulich von der Kälte, ihre Miene erstarrt in Zorn und Liebe. Schützend hielt sie ihr Kind an sich gedrückt. Der Nebel wich zurück und bildete eine Mauer um die beiden. Wihaji sah plötzlich Gesichter in der Nebelwand: Er sah Hetjun lächeln, Hetjun, seine ehemalige Geliebte! An ihrer Seite grinste Prinz Nerun. Und da – Laimoc! Eiskaltes Grauen erfasste ihn. Am liebsten hätte er die Augen geschlossen, doch er konnte es sich nicht erlauben, auch nur einen Herzschlag lang zu zögern. Das Gelingen seines Plans stand auf dem Spiel.

Anyanas Lächeln war zärtlich.

»Ich wollte Lijun retten!«, rief Wihaji.

Sie schüttelte den Kopf. »Ich verstehe nicht, warum, aber du wolltest ihn nie retten. Ich habe dich im Hafen beobachtet. Du hast es nicht einmal versucht! Leugne es nicht. Denkst du, ich sei blind?« Sie sprach ihn nicht mehr an wie einen Fürsten, wie den Gegenkönig, sondern wie einen Freund. »Du hast Tizarun angegriffen, und dann wolltest du Lijun umbringen. Ich war da. Ich stand auf der Schwelle, um ihn zu holen. Hätte ich nicht eingegriffen, wäre es dir gelungen.«

Auf einmal verstand er seine Schwäche. Verstand, warum es Quinoc gelungen war, ihn festzuhalten, ihn von dem zweiten Mord abzuhalten. Eine Klinge ragte aus seiner Schulter, spitz und glänzend. Er hatte es nicht einmal gemerkt, spürte auch jetzt keinen Schmerz, während die Kälte durch seine Beine und höher hinaufkroch. Während das Schiff erneut schwankte und bebte, als rissen die Hände von Riesen daran.

Anyana stand sicher da, als würde der Nebel sie stützen. Als würde er sich wie Seile um sie schlingen, sie halten, sie bewahren. Eine Erkenntnis nach der anderen überrollte ihn. »Du hast den Sturm gerufen!«

»Ja«, sagte sie, »denn ich kenne die Toten. Kennst du sie nicht auch? Sieh, da ist Hetjun, meine Mutter. Siehst du den General zwischen ihnen, Kann-bai, deinen alten Freund? Sogar Laimoc ist hier. Er weint die ganze Zeit. Seine Pferde springen seit vielen Tagen über den Mast und reißen die Segel herunter.«

»Sie gehorchen dir?« Vorsichtig wagte er sich einen Schritt näher. Einen Schritt näher an seine Aufgabe heran.

»Nein«, antwortete Anyana. »Sie gehorchen niemandem, nicht einmal dem Grauen Kapitän. Seine Unerbittlichkeit ist die Klippe, an der die Wellen sich brechen. Sie sind die Toten. Sie hassen die Seelen an Bord. Auf der Hinfahrt wollten sie das Eisenpferd, doch jetzt sind so viele Seelen auf dem Schiff, dass ihr Hass grenzenlos ist. Ich habe sie gerufen, mehr nicht.«

Sie war eine Prinzessin gewesen, mit langem, wehendem Haar, und er hatte zugeschaut, wie sie über das glänzende samtgrüne Moos gewandert war, unter dem Smaragddach der Bäume, in den Armen ihr Kind. Nun war sie mehr als das. Sie war mehr als zornig. Er sah, wie sie strahlte, so intensiv, dass es ihn blendete. Wie ein Stern, der einen Streifen Gold über den Nachthimmel malte und dann verlosch. Sie war die Sonne von Wajun. Nie war das deutlicher gewesen als in diesem Moment.

»Du willst das Schiff versenken?«, fragte er, und das Entsetzen ließ ihn erstarren.

»Das tun sie, nicht ich«, sagte Anyana. »Sie ganz allein. Sie werden den weißen Garnt trinken, am Meeresgrund. Und du wirst einer von ihnen sein.«

»Nein!«, rief er, er streckte die Arme aus. Nicht um sie festzuhalten, sondern um ihr das Kind zu entreißen. »Tizarun stirbt. Sie müssen gleichzeitig sterben, damit er nicht zurückkehren kann. Die reine, unschuldige Seele eines Kindes wird ihn mit zu den Göttern tragen. Ich muss mich beeilen. Bitte, Anyana!«

»Du willst mein Kind töten!«

»Der Kapitän schenkt mir dafür die verlorenen Jahre!« Seine Worte waren zu schwach, um einen brennenden Stern zu überzeugen. »Das Graue Schiff segelt durch die Zeit. Wir werden früher ankommen, als wir aufgebrochen sind. Während des Bürgerkrieges nach Tizaruns Ermordung, vielleicht sogar davor. Du wirst dieses Kind noch gar nicht geboren haben. Und ich werde dich aus der Kolonie befreien, bevor es geschehen kann. Wenn ich Lijun jetzt opfere, wird es ihn nie gegeben haben, verstehst du? Wir reißen den Göttern das Garn aus den Händen und knüpfen ein neues Muster. Es wird ein neues Bild sein, das wir malen. Ich werde dich finden, Anyana, und auf den Thron der Sonne setzen, wo du hingehörst.«

Es war wie ein Rätsel, dessen Antwort er kannte und das dennoch ein Rätsel blieb. Das Versprechen eines Gottes.

Anyanas Lächeln wurde fremd und kühl, ein anderes Geheimnis, das er nie enträtseln würde.

»Oh, Wihaji«, sagte sie. »Diesmal wirst du mich nicht retten, wenn ich in den Brunnen springe.«

Sie kletterte auf die Reling, und er ließ das Seil los, um nach ihr zu greifen. Das Schiff tauchte in ein Wellental. Er verlor das Gleichgewicht, prallte mit dem Rücken gegen etwas, das ihm entgegenrutschte, und schon war sie zu weit entfernt, um sie festzuhalten. Hoch über ihm stand sie, und der Wind spielte in ihrem kurzen Haar.

»Anyana, nicht!«

Er warf sich nach vorne, doch es war zu spät. Als er gegen die Reling stürzte, war sie bereits fort. Vor ihm türmte sich eine Woge auf, schwarz wie die Nacht, schimmernd wie aus rauchdunklem Glas, bekränzt von weißem Schaum. Sie wuchs und wuchs, während das Schiff den Bug ins Wasser tauchte, wurde zu einem Berg, in dem tausend Augen wohnten, und brach dann über ihn herein.

Anyana sprang. Sie tauchte in den Nebel, ins Meer, ins Nichts. Ihre Mutter flüsterte ein zärtliches Willkommen. Das Schiff brach auseinander, mit einem Laut, als würde es schreien.

Sie ließ sich von ihrem Wunsch leiten. Einem Wunsch, den sie nicht beeinflussen konnte, der in ihrem Herzen wuchs und erstarkt war, größer als alle anderen Wünsche.

Sicherheit.

Stille.

Ein Leben fern von Angst.

Sie sprang in den Brunnen, in einen Traum, der ihr so vertraut war wie ihr Gesicht im Spiegel. Sie sprang in einen Traum, in dem sie zu Hause war.

Und landete im Schnee. Auf zierlichen Hufen, ihre goldbraunen Läufe knickten ein. Erschrocken fuhr sie hoch, witterte. Ein Kitz lag zitternd im Schnee, mit großen, dunklen Augen. Weiße Flocken rieselten aus den Ästen und legten sich auf ihr Fell.

Ich bin tot, dachte Wihaji. So fühlte er sich jedenfalls. Zerschlagen bis in den letzten Knochen. Jeder Atemzug trieb Sandkörner in seine Lunge. Er öffnete die Augen, die so stark brannten, dass das Licht wie Messerklingen in ihn fuhr. Mühsam rappelte er sich auf, fiel vornüber, warf sich zurück, blinzelte, sah sich um. Er hockte auf einem schwarzen Felsbrocken, gegen den die Wellen schlugen. Weitere Felsen verteilten sich im Wasser, luden die Strömung zum Spielen ein. Strudel kreisten um die Steine und schäumten, während sie unablässig dagegenschlugen. Über ihm schrien die Raben. Er sah hoch, sah sie fliegen, gegen den Wind kämpfen. Dort drüben war das Ufer, ein Streifen dunklen Gesteins, zerklüftet und rau. So nah.

Wihaji hatte keine Ahnung, wo er war, was er war, ob er überlebt hatte oder ob ihn das Meer zurück nach Kato gespült hatte. Wo war das Graue Schiff? In seiner Seele wohnte immer noch der Schrecken. Er hatte Tizarun getötet, aber das zählte nicht. Tizarun kam wieder, er kam immer wieder, und keine leichte Seele hatte ihn zum Flammenden Tor getragen. Das Kind war nicht geopfert worden.

Der Graue Kapitän hatte nicht bekommen, was er wollte.

Anyana war gesprungen.

Ihr Götter, er war so müde. Wihaji wischte sich über das nasse Gesicht. Seine Schulter schmerzte, Blut tränkte seine zerrissene Tunika, die ihm in Fetzen am Leib klebte. Mühsam kletterte er von dem Felsbrocken hinunter und ließ sich ins Wasser herab. Es war nur hüfttief, und vorsichtig watete er über den unebenen Grund, über Steine und scharfe Kanten. Die Schuhe hatte ihm der Sturm von den Füßen gerissen. Als er auf das Ufer zuhielt, sah er die dunklen Umrisse einer Gestalt auf den Felsen stehen. Jemand wartete dort auf ihn, jemand beobachtete ihn. Noch konnte er nicht erkennen, wer es war, doch er hatte einen Verdacht. Die Raben kreisten wie eine Wolke über dem Mann.

»Tizarun«, flüsterte Wihaji.

Er wünschte sich, er hätte irgendeinen der Götter um Beistand anflehen können, aber er wusste nicht, an wen er sich wenden sollte. Sie hatten ihn alle im Stich gelassen.

Ein Loch tat sich unter seinen Füßen auf, er trat hinein, das Wasser schlug über ihm zusammen. Hustend kam er wieder hoch. Er schwamm ein paar Meter, hielt sich an einem kleineren Felsbrocken fest und kämpfte sich weiter. Dann wurde das Wasser flacher, die Steine unter seinen wunden Füßen kleiner und runder. Er schritt über den Strand auf den wartenden Mann zu.

Es konnte nicht Tizarun sein. Ihm hätte es ähnlich ergehen

müssen wie Wihaji. Nach dem Untergang des Schiffes hätten seine Kleider zerrissen und nass sein müssen, das Haar zerzaust, die Haut zerschrammt und aufgeweicht. Der Mann, der auf ihn wartete, war kein Schiffbrüchiger. Er trug einen langen schwarzen Mantel, der fast bis zum Boden reichte, seine Haare waren trocken. Der Wind berührte ihn nicht, und er schien die Kälte nicht einmal zu spüren.

»Karim?«, fragte Wihaji, aber es konnte nicht Karim sein. Dieser Mann war älter, bestimmt Mitte dreißig, er sah Karim ähnlich und Tizarun noch mehr, aber es konnte keiner der beiden sein. Wihaji hatte ihn schon einmal gesehen. Nun erinnerte er sich. Dies war der Mann, den er im Palast von Wajun getötet hatte. Der Magier, der vor seiner Zelle erschienen war und dem er seinen eigenen Dolch zwischen die Rippen gerammt hatte. Der Mann mit dem Ring des Großkönigs. Wihaji trug ihn noch immer, das Zeichen einer längst untergegangenen Sonne.

»Fürst Wihaji«, begrüßte der Magier ihn. »Du kommst spät.«

Wihaji erinnerte sich an die Abmachung, die er mit dem Grauen Kapitän getroffen hatte. An das Nebelmeer, das mit der Zeit spielte, so wie die Träume es taten. Hatte der Kapitän ihm doch geschenkt, was er sich nicht verdient hatte? Doch dieser Magier, der Karim so sehr ähnelte, stammte aus einer Vergangenheit, die – so schrecklich sie auch gewesen war – dennoch die Zeit war, in die zurückzukehren Wihaji sich ersehnt hatte. Konnte er Tizarun noch retten? Konnte er die Vernichtung des Hauses Anta'jarim aufhalten? Würde er Linua in die Arme schließen können?

Seine Knie zitterten vor Schwäche. Mit den brennenden Lungen zu atmen war grausam, aber er suchte nach seiner Stimme. »Wo bin ich? Und wer bist du?«

»Erkennst du deinen eigenen Knappen nicht mehr?«

Karim konnte durch die Zeit gehen, aber hier in der Vergangenheit hätte er jünger sein müssen, nicht älter. »Du kannst nicht Karim sein. Du bist zu alt.«

Der Mann verzog die Lippen zu einem seltsam schmerzlichen Lächeln. »Und du bist zu spät, Wihaji. Der Krieg ist vorbei. Die

Welt ist unter einer Schicht Asche begraben, und die Seelen irren durch die Lande und finden keine Ruhe.«

»Welcher Krieg?«, flüsterte Wihaji. »Der Bürgerkrieg?« Dann konnte er Linua aus Burg Katall befreien. Und Anyana aus der Kolonie.

»Das war vor zwanzig Jahren«, sagte der Mann, der behauptete, Karim zu sein. Er wirkte ernst und grimmig, und in seinen Augen lag zu viel Wissen. Dennoch strahlte er eine Ruhe aus, wie sie nur den Mächtigen und den Alten zu eigen war. »Ich spreche von dem Krieg zwischen Le-Wajun und Kanchar. Von der Eisenarmee und Matinos Drachen. Wir leben in einer Zeit, in der es Asche vom Himmel regnet.«

»Das glaube ich nicht«, widersprach Wihaji, denn das alles durfte nicht sein. Er hatte ein Abkommen geschlossen, und es war nicht seine Schuld, dass er seinen Part nicht erfüllt hatte. Der Graue Kapitän hatte ihm etwas versprochen. »Wir waren nur ein paar Wochen auf dem Meer.«

»Es waren über zehn Jahre.«

»Nein! Wir sollten früher ankommen, nicht später! Ich muss zu Linua! Wo ist sie? Ich bin zurückgekommen, ich bin endlich wieder zu Hause! Wo ist meine Braut?«

»Es tut mir so leid«, sagte Karim. »So leid um deine Hoffnung. Doch wir haben eine Aufgabe. Wo ist Anyana?«

»Sie ist gesprungen«, sagte Wihaji. Salziges Wasser verätzte seine Atemwege, seine Augen, seine Haut. Er wünschte sich, er wäre gestorben.

»Dann kann sie überall sein. Wir müssen sie finden. Das ist das Einzige, was wir noch tun können. Wir müssen die Sonne von Wajun finden.«

Raben schrien. Die Wellen brachen sich an den schwarzen Felsbrocken, Gischt wehte zu ihnen herüber. In der Luft lag ein kalter Hauch. Der Boden war von schlammiger Asche bedeckt.

»Aber zuerst muss ich zu Linua«, sagte Wihaji, denn seine Beine wollten ihn nicht länger tragen, und sein Herz war zerbrochen, und er hatte noch diese eine Hoffnung.

Karim schüttelte den Kopf. Seine Augen sagten alles. In ihnen erkannte Wihaji den frechen Jungen, den er wie einen Sohn geliebt hatte.

»Linua ist tot. Sie ist vor vielen Jahren in Gojad ermordet worden.«

Die Raben schrien. Oder lachten sie? So hätte auch der Graue Kapitän gelacht, am Ende der Welt, an einem neuen Ufer.

Personenverzeichnis

AMANU, ein Wüstendämon
ANYANA VON ANTA'JARIM, Tochter von Prinz Winya und Prinzessin Hetjun von Gaot
ARAT †, ehemaliger Meistermagier von Daja
ARIV VON KANCHAR, ehemaliger Kaiser von Kanchar
BAIHAJUN, Anyanas frühere Amme
BERON, Passagier auf dem Grauen Schiff
BOKKA VON LAGRUN, Fürst, Vater von Retia, wajunischer Heerführer
BURHAN, kancharischer General
DILAYA VON ANTA'JARIM, Tochter von Prinz Nerun und Lugbiya von Rack-am-Meer
EDRAHIM VON ANTA'JARIM, von Tenira ernannter König von Anta'jarim, Bruder von Lugbiya
ENEMA VON TRICA †, ehemalige Gräfin von Trica, Mutter von Karim und Selas
FLAMMENDER KÖNIG, der König von Spiegel-Kanchar in Kato
FREIER MANN, Gegenkönig, König von Spiegel-Anta'jarim in Kato, Wihaji von Lhe'tah
GRAUER KAPITÄN, Kapitän des Grauen Schiffes auf dem Nebelmeer
HETJUN VON GAOT †, Ehefrau von Prinz Winya, Mutter von Anyana
HULIO, Protokollmeister von Kaiser Liro von Kanchar
ILIT, Kriegerin aus Königstal in Guna
JARIM †, Ahnherrin von Haus Anta'jarim
JARUNWA VON ANTA'JARIM †, ehemaliger König von Anta'jarim, Bruder von Prinz Winya und Prinz Nerun

JECHNA VON GOJAD, Prinzessin von Gojad, Feuerreiterin
JEREN, Meistermagier im Palast von Wabinar
JINAN, angenommener Name von Anyana von Anta'jarim
JOAKU, Meister der Wüstendämonen von Kanchar
JURON, Rebell in Anta'jarim, Enkel von Baihajun
KANN-BAI VON SCHANYA, Graf, einer der Edlen Acht, Cousin zweiten Grades der Brüder Laimoc und Quinoc, General der Armee von Le-Wajun
KARIM VON TRICA, Ziehsohn von König Laon von Daja, Bastardsohn von Großkönig Tizarun, Wüstendämon und Feuerreiter
KIR'YAN-DOH VON GUNA, genannt Kirian, Graf von Guna, Bruder von Lan'hai-yia von Guna und Cousin von Sidon von Guna, einer der Edlen Acht, heute lebt er als Sklave unter dem Namen Yando
LAIKAN VON NEHESS, Prinz von Nehess, Sohn von Sultan Nenuma von Nehess
LAIMOC VON WEISSENFELS †, Sohn von Fürst Micoc, Bruder von Quinoc und Halbbruder von Tenira, einer der Edlen Acht
LAN'HAI-YIA VON GUNA, Gräfin, ältere Schwester von Kir'yan-doh und Cousine von Sidon von Guna, eine der Edlen Acht, ehemalige Rebellenführerin
LAON VON DAJA †, ehemaliger König von Daja
LIJUN VON ANTA'JARIM †, ältester Sohn von König Jarunwa von Anta'jarim
LIJUN, Sohn von Anyana von Anta'jarim, benannt nach dem Cousin seiner Mutter
LINUA, Wüstendämonin, ehemalige Geliebte von Fürst Wihaji von Lhe'tah
LIRO VON KANCHAR, Kaiser, zweiter Sohn von Ariv
LORLIN †, ehemaliger Lehrer auf Schloss Anta'jarim
LORK, ein Bär
LUGBIYA VON RACK-AM-MEER †, Ehefrau von Prinz Nerun von Anta'jarim, Mutter von Dilaya und Maurin, Kriegerin in Kato
MAGO, ehemaliger Stallbursche von Laimoc von Weißenfels, Reisegefährte von Anyana

Maira, Kinderfrau von Prinz Sadi von Wajun

Matino von Kanchar, ältester Sohn von Altkaiser Ariv und Wara, Prinzessin von Mianor

Maurin von Anta'jarim †, Sohn von Prinz Nerun und Prinzessin Lugbiya, Krieger in Kato

Mernat, Anführer der Feuerreiter aus Kanchar

Mirr, dajanischer Hauptmann

Nenuma von Nehess, Sultan, Vater von Rebea und Laikan

Nerun von Anta'jarim †, Prinz, Bruder von König Jarunwa und Prinz Winya

Quinoc von Weissenfels †, Fürst, Bruder von Laimoc und Halbbruder von Tenira, einer der Edlen Acht, Ratgeber und Leibwächter von Großkönigin Tenira von Wajun

Qumen, Rebell in Anta'jarim

Rebea von Nehess †, ehemalige Königin von Anta'jarim, verheiratet mit Jarunwa, Mutter von Terya und Lijun, Schwester von Prinz Laikan von Nehess

Ronik, Meister der Heilmagie und Hofmagier des Kaisers von Kanchar

Ruma von Daja, Kaiserin von Kanchar, Ehefrau von Kaiser Liro, Tochter von König Laon, ehemals Verlobte von Karim

Sadi von Wajun, Großkönig, Sohn des verstorbenen Großkönigs Tizarun und Großkönigin Tenira

Sahiko von Guna, Tochter von Lan'hai-yia und angenommene Tochter von Selas

Salira, Malerin in Gojad

Selas von Guna, ehemals Selas von Trica, einstiger Kammerdiener von Prinz Winya, Halbbruder von Karim

Sidon von Guna †, Herzog, Cousin von Kir'yan-doh und Lan'hai-yia, einer der Edlen Acht

Sira von Waldruh, Ehefrau von Edrahim von Anta'jarim

Soa, Feuerreiter in Daja

Spiro, Eisenmeister aus Gojad

Tenira von Wajun, Großkönigin von Le-Wajun, war verheiratet mit Tizarun, Mutter von Sadi

Terya von Anta'jarim †, jüngerer Sohn von König Jarunwa und Königin Rebea, Bruder von Lijun
Tizarun von Wajun †, ehemaliger Großkönig von Le-Wajun, König von Spiegel-Wabinar in Kato, genannt ›Der Flammende‹, Sohn von Naiaju von Lhe'tah und Diatah von Lassim, verheiratet mit Tenira
Ulin, Meistermagier in Daja
Unya von Wajun, legendäre Großkönigin an der Seite Arujas von Wajun, Urgroßmutter von Anyana
Wenorio von Kanchar †, verstorbener Sohn von Ariv von Kanchar und Kaiserin Wara
Wihaji von Lhe'tah, Fürst, Gegenkönig in Kato, genannt ›Der Aufrechte‹, Cousin des Großkönigs Tizarun von Wajun
Winya von Anta'jarim †, Prinz, verheiratet mit Hetjun von Gaot, Bruder von König Jarunwa und Prinz Nerun, Vater von Anyana, genannt ›Der Dichter‹
Yando, Ratgeber von Prinz Liro von Kanchar, siehe auch Kir'yan-doh von Guna
Yarn, Heiler aus Königstal in Guna

DIE EDLEN ACHT

Tizarun von Lhe'tah
Wihaji von Lhe'tah
Quinoc von Weißenfels
Laimoc von Weißenfels
Kann-bai von Schanya
Sidon von Guna
Kir'yan-doh von Guna
Lan'hai-yia von Guna

EINIGE DER BEKANNTEN GÖTTER

Antar, Gott der Jagd
Beha'jar, Gott des Waldes
Bianan, Göttin der Frühlingsnächte und der Fruchtbarkeit
Gori, Göttin der Weisheit
Kalini, dunkle Göttin des Todes, die Ruferin
Kelta, Schwester von Kalini, steht den Mördern und Dieben bei
Kerianah, Göttin der hellgrünen Laubwälder
Liaras, Göttin der ewigen Treue
Mechal, Gott der schicksalhaften Verknüpfung
Sivion, Gott der Tagundnachtgleiche und des Gleichgewichts aller Dinge
Taran-Manet, Göttin des Sommers
Temmes, Gott der Lieder
Wileke, Göttin der kleinen Kinder
Wor'tan, mächtiger Gott des Sturms
Zria, Gott der wilden Tänze und der sprunghaften Gedanken

Die Community für alle, die Bücher lieben

Das Gefühl, wenn man ein Buch in einer einzigen Nacht verschlingt – teile es mit der Community

In der Lesejury kannst du

- ★ Bücher lesen und rezensieren, die noch nicht erschienen sind
- ★ Gemeinsam mit anderen buchbegeisterten Menschen in Leserunden diskutieren
- ★ Autoren persönlich kennenlernen
- ★ An exklusiven Gewinnspielen und Aktionen teilnehmen
- ★ Bonuspunkte sammeln und diese gegen tolle Prämien eintauschen

Jetzt kostenlos registrieren: www.lesejury.de
Folge uns auf Facebook:
www.facebook.com/lesejury